Kurt Tucholsky

Gesamtausgabe

Texte und Briefe

Herausgegeben von
Antje Bonitz,
Dirk Grathoff, Michael Hepp,
Gerhard Kraiker

Rowohlt

Kurt Tucholsky

Gesamtausgabe

Band 1:
Texte 1907–1913

Herausgegeben von
Bärbel Boldt, Dirk Grathoff,
Michael Hepp

Rowohlt

Die Gesamtausgabe der Texte und Briefe
von Kurt Tucholsky erscheint mit Unterstützung durch
die Deutsche Forschungsgemeinschaft,
das Ministerium für Wissenschaft und Kultur
des Landes Niedersachsen,
die Senatsverwaltung für Kulturelle Angelegenheiten
(Literaturreferat) des Landes Berlin,
die Kurt-Tucholsky-Stiftung, Hamburg,
das Deutsche Literaturarchiv, Marbach

1. Auflage März 1997

Umschlag- und Einbandgestaltung Walter Hellmann
Gesetzt aus der Garamond und Frutiger (WinWord 6.0c)
Kurt Tucholsky-Forschungsstelle
Konvertierung und Belichtung
Clausen & Bosse, Leck
Druck und Bindung Clausen & Bosse, Leck
Printed in Germany
ISBN 3 498 06530 0

Inhalt

Texte 1907: 1 – 2	**7**
1911: 3 – 15	**8**
1912: 16 – 72	**24**
1913: 73 – 230	**125**
Übersetzung: 231	**382**
Ungesicherte Texte: 232* – 244*	**389**
Antworten	**400**
Anhang	**417**

1

Märchen

Es war einmal ein Kaiser, der über ein unermeßlich großes, reiches und schönes Land herrschte. Und er besaß wie jeder andere Kaiser auch eine Schatzkammer, in der inmitten all der glänzenden und glitzernden Juwelen auch eine Flöte lag. Das war aber ein ganz merkwürdiges Instrument. Wenn man nämlich durch eins der vier Löcher in die Flöte hinein sah – o! was gab es da alles zu sehen! Da war eine Landschaft darin, klein, aber voll Leben: eine Thomasche Landschaft mit Böcklinschen Wolken und Leistikowschen Seen. Reznicieksche Dämchen rümpften die Nasen über Zillesche Gestalten, und eine Bauerndirne Meuniers trug einen Armvoll Blumen Orliks – kurz, die ganze moderne Richtung war in der Flöte. Und was machte der Kaiser damit? Er pfiff drauf.

Anonym, Ulk 22.11.1907

2

Vorsätze

Ich will den Gänsekiel in die schwarze Flut tauchen. Ich will einen Roman schreiben. Schöne, wahre Menschen sollen auf den Höhen des Lebens wandeln, auf ihrem offenen Antlitz soll sich die Freiheit widerspiegeln …

Nein. Ich will ein lyrisches Gedicht schreiben. Meine Seele werde ich auf sammetgrünem Flanell betten, und meine Sorgen werden kreischend von dannen ziehen …

Nein. Ich will eine Ballade schreiben. Der Held soll auf blumiger Au mit den Riesen kämpfen, und wenn die Strahlen des Mondes auf seine schöne Prinzessin fallen, dann …

Ich will den Gänsekiel in die schwarze Flut tauchen. Ich werde meinem Onkel schreiben, daß ich Geld brauche.

Anonym, Ulk 22.11.1907

3

Kunst und Zensur

Im ‹Tag› schrieb dieser Tage der Ästhet Oskar A.H. Schmitz über die Zensur. Schmitz ist für den Gegner der Bourgeoisie wertvoll, weil er fast der einzige aus ihrem Lager ist, der sich unverblümt mit den unglaublichsten Ansichten hervorwagt. Seine Ausführungen laufen in diesem Fall auf folgendes hinaus: Die jetzige Zensur ist ja allerdings ein Unfug, weil sie von Ungeeigneten ausgeübt wird. Das Ideal der Zensur wäre die, die der «großen Masse» den «Schmutz in Wort und Bild» entzieht und ihn den Wählern der ersten Steuerklasse reserviert. Ich zitiere:

«Menschen mit sicherem Auskommen sind sozial nicht leicht erregbar … Es ist bekannt, daß die Frivolität der höheren Gesellschaftskreise nicht annähernd so bedenklich im Interesse der Allgemeinheit ist wie die Verderbnis im Mittelstand oder gar im Volke … Aber vollkommen begreiflich wäre es, wenn die Polizei z.B. dasselbe Stück im Deutschen Theater verbieten und in den Kammerspielen erlauben würde … Es ist auch ganz folgerichtig, daß «Frühlings Erwachen» von Wedekind in Berlin, – in einem nur zu teuren Preisen zugänglichen Theater erlaubt wird, während es in Mittel- und Kleinstädten – verboten wird …

Die Frage wird verstummen, ob Zolas Nana gut oder schlecht ist. Natürlich ist sie gut, aber zu einer Mark pro Band in Warenhäusern verkauft, ist sie ein großes Übel. Was wäre z.B. gegen den ‹Simplicissimus› zu sagen, wenn er heute nicht das beliebteste Familienblatt des deutschen Volkes wäre? Das Unglück ist nicht, daß wir ihn haben, sondern daß er so billig ist ... – Auf guten Photographien – ist natürlich bedeutend mehr erlaubt, als auf Ansichtspostkarten zu 10 und 20 Pf., auch wenn sie Nachbildungen von Werken großer Künstler wie Corregio enthalten ...»

Also die Fähigkeit, Schmutz von Kunst zu unterscheiden, wäre eine Frage des Einkommens? Jedem Arbeiter sein Gebetbuch und jedem Legationsrat seine Aktstudien! – Die Erziehung zur Kunst geschieht natürlich nicht durch «Verbieten», sondern durch Besserung des Unterrichts (Schulelend, Herr Schmitz!) – Es muß das immer wieder betont werden; denn dieser Schmitz ist der Typ des satten Bürgers: sie sehen auf die ruhige Straße, in der sie wohnen, die Sonne scheint, nun, nach dem Mittagessen, einige kleine Zoten, nicht wahr ...? Warum auch nicht! ... Wenn nur «denen da unten» die Moral erhalten bleibt! – Dabei vergißt man ganz, daß bei uns die Zensur wesentlich *aus politischen Gründen* existiert. Mögen sich die Damen im Residenz-Theater jeden Abend vor der angenehm gekitzelten Zuhörerschaft an- und ausziehen, wenn nur nicht eine «Freie Volksbühne» es sich einfallen läßt, ein soziales Drama aufzuführen! Das Bildungsbestreben der proletarischen Massen zu unterdrücken, ist das Bestreben der Bourgeoisie. «Frivolität! Unzucht!» rufen sie, während sie es in ihren Kreisen: Freiheit, Sichausleben! nennen. Privilegierte Unsittlichkeit ist schlimmer als eine, die von der Unbildung her kommt, und ein Bauernknecht, der einer Magd ein Kind macht, steht höher als der Greis, der mit zitterigen Händen widerliche Bilder betastet. Wir wollen dahin gelangen, daß Zoten *durch das Publikum* von der Bühne und aus den Büchern verschwinden – dann wird auch die Zensur mit anderem Gerümpel dahin wandern, wohin sie gehört, auf den – Kehricht!

K.T., Vorwärts 25.4.1911

4

Das Herz von Preußen

(Ein wenig frei nach Strachwitz.)

«Graf Theo, presse den Helm ins Haar,
Gürt um dein lichtblau Schwert,
Schnall an dein schärfstes Sporenpaar
Und sattle dein schnellstes Pferd!

Der Totenwurm pickt im Reichstagssaal,
Ganz Deutschland hört ihn hämmern,
Der schwarzblaue Block liegt in Todesqual,
Sieht nimmer den Morgen dämmern!» –

– – «Und stirbt er morgen, so lebe ich heut!
Man ist nur einmal jung!
Was kümmert mich Messe und Totengeläut –
Ich rede! – – Das ist genung!» –

«Graf Theo! zieh dir die Stiefeln an!
Graf Theo! du kannst nicht dafüre!
Graf Theo! fasse dich, sei ein Mann –
Der Henker steht vor der Türe!» –

– – «Der Henker steht zwar vor dem Hauptportal!
Doch gibt es auch Hinterpförtchen …
Ich werde entwischen all der Qual –
Auf – ein gewisses Örtchen!

O horch! wie sie toben! mir wird blümerant – –
Ich sehe die geifernden Rachen …
Bald sitz ich – im – Düstern und lese Kant,
Und denke: der Herr wird's schon machen!» –

Kurt, Vorwärts 19.4.1911

5

Preußische Justiz

Unsre Justiz steht jetzt auf dem ersten
Platz in der Welt: es ist erreicht!
Die kompliziertesten und die schwersten
Rechtsfälle lösen wir spielend leicht!

Wir haben die allerdicksten Bände,
voll von Gesetzen und Ministerial-
verordnungsbestimmungen ohne Ende.
Wir haben Verbote ohne Zahl!

Wir haben tausend und abertausend
Verordnungen unserer Polizei –
auf weiße Tafeln gemalt – und grausend
gehen die Fremden daran vorbei ...

Wir haben in Heften, Broschüren und Bänden
Entscheidungen unseres Reichsgerichts –
ich will nicht behaupten, daß wir sie verständen,
doch klingen sie hübsch, und da macht das nichts.

Wir haben weißbärtige Professoren,
von denen der eine den andern auszischt.
Wir haben unzählige Kommentatoren –
na also! ... wie? ... was? ... Ist das immer noch nischt?

Wir haben mannigfaltige Strafen,
voll schneidiger Schärfe, nach altem Brauch,
Gesetze, Vorschriften, Paragraphen – – –
– Richter?! –
Ja! Richter haben wir auch ...

Kurt, Vorwärts 14. 6. 1911

6

Blumentag

Der dicke Bürger greift in seine Weste:
«Da nimm! mein Kind!» –
Er gibt den Sechser mit gerührter Geste –
die Träne rinnt! –

Das Auge tropft. Der dicke Bauch schlägt Wellen.
Er *schenkte* was!! – –
In solchen Patriotenrummelfällen
da tut er das!

Er sorgt für Veteranenpensionierung
von Stolz geschwellt –
Bei uns hat nämlich dafür die Regierung,
weiß Gott! kein Geld.

Denn sie muß eifrig auf die ††† Roten fahnden –
sie darf nicht ruhn.
Sie muß politische Verbrechen ahnden –
sie hat zu tun –!!

Das leert vor allem andern ihre Kassen. –
Für's Kriegerpack
da betteln sie derweil auf allen Gassen –
Kornblumentag …

Der Bürger denkt bei Tisch, nach süßen Torten
und blauem Aal,
(Hupp! stößt's ihm auf –): «Wie sind wir allerorten
christlich-sozial!» –

Kurt, Vorwärts 17. 6. 1911

7

Pst!

Es gibt so gewisse Dinge in Preußen,
davon wird nicht gerne gesprochen …
Ein jeder weiß zwar, wie bei Namen sie heißen,
doch nie wird das Schweigen gebrochen.
Da war mal ein Fürst, der schwor einst – daneben …
doch dann erkältet er sich,
und wurde krank und jetzt ist er eben …
Pst! Pst! Still!! – Lieber nich!

Da haben zum Beispiel zwei Uniformierte
den Arbeiter Herrmann erschlagen –
und wie man auch suchte und eruierte,
man kriegte sie nicht beim Kragen.
Der Berliner Präses der Polizisten,
der hat nämlich stark auf dem Strich
die roten Nörgler … weiß Gott! man müßt 'n … –
Pst! Pst! Still!! – Lieber nich!

Zum Beispiel die Klagen beim Militäre
die nehmen nun einmal kein Ende –
schon manchem zerquetschte im deutschen Heere
der grausame Drill die Hände. –
Beschwerden? Gerichte? Lirum, larum!
Der Untertan denkt nur bei sich:
Die halten so ruhig? – ja, Herrgott – warum …
Pst! Pst! Still!! – Lieber nich!

Da ist doch unsre Agrariersorte
aus ganz, ganz anderem Holze –
sie spielt sogar mit dem Fürstenworte …

Und sagt roh, gebläht von Stolze:
«Erlauben Sie mal! Bei uns ist der Fürst doch
der Hort der Treue –» so sprich:
«Du glaubst zu schieben, und ach! Du wirst doch ... –
Pst! Pst! Still!! – Lieber nich!»

Kurt, Vorwärts 21. 6. 1911

8

Stirbt die Kunst?

«Stirbt die Kunst?» –

Diese seltsame Frage ist jetzt zum zweiten Male aufgetaucht. Schon vor Jahresfrist hatte Moszkowski, der Chefredakteur der ‹Lustigen Blätter›, die Frage gestellt, in etwas unklarer Weise behandelt und schließlich bejaht. Jetzt kommt ein Berufener, um sie abermals zu stellen und abermals zu bejahen: Victor Auburtin. Auburtin, der Schöpfer eines der feinsten deutschen Prosastücke: «Der Ambassadeur», veröffentlicht in einem kleinen Hefte bei A. Langen-München Ansichten, die nicht nur die kleine Gruppe der Literaten angehen. Hier wird ein Problem der Massen behandelt! Und weil er mit seinem blitzenden Schwertlein so unvorsichtig herumgefuchtelt hat – getan hat er keinem etwas – darum wollen wir die Marionette des *Kritikers* Auburtin (nicht des Künstlers!) auf eine kleine Bühne stellen und ihn sprechen lassen. Hoppla!

Aber sachte! sachte! Immer ausreden lassen und nicht unterbrechen! Erst soll er uns erheitern und dann werden wir sehen. –

Und er spricht: «Kunst ist Verzückung, Raserei, Träumerei, Schwärmerei, Delirium ... Kunst wuchs empor aus den dämmernden Kirchen, in denen (verlogene) Pfaffen beteten ... Kunst entstand aus der Vagabondage und dem Elend des Schauspielers, aus den kleinen, eckigen Kleinstädten, die noch keine Kanalisation hatten, aber Idylle, – die Voraussetzungen der Kunst sind der Krieg, große Epidemien, Raubrittertum, regellose Unordnung!» –

(spricht er.) «Die Ordnung kommt, die soziale Organisation, die wenigstens das aller-, allerschlimmste zu beseitigen versucht ... und nun stirbt die Kunst! –»

Vorhang.

Allseitiges Staunen. Also – wie? ... Die Masse (wer ist das übrigens?) ist schuld am Untergang der Kunst. Hm. Welche Masse? An welcher Kunst? Das wollen wir sehen?

Zunächst: Kunst ist gar nicht «Delirium, Schwärmen, Träumerei»! – Das kann sie *auch* sein. Aber wo bliebe, wenn sie es *nur* wäre, die edle Klarheit Goethes. «Ja!» spricht die Marionette, «der könnte heute auch nicht mehr durchdringen, die Masse hat ja nicht die Geduld mehr, zu lesen.» – «Durchdringen»? Ist denn Goethe «durchgedrungen»? – Keine Spur; es existieren eine Unzahl ungünstiger Kritiken, die ihn nicht begriffen, und, wie er sich einst zu Eckermann beklagte, «im eigentlichen Volke bleibe alles still». – Für solche Erscheinungen hat nun Auburtin zwei Schemen: erstens: die Masse kümmert sich nicht um die Kunst. Natürlich, sagt er dann, wie sollte sie auch, diese – Masse! Zweitens: sie kümmert sich um die Kunst. Dann schreit er: «Die Kunst stirbt an der Verpöbelung. Die Masse herrscht, und vor ihr hat alles zu kuschen. Sie verlangt billige Kunst und eine handfeste, deutliche Kunst, von der man doch etwas hat.» – Ja! Aber das hat sie immer getan. Und doch ist die ganz subtile Kunst weiter gediehen, unbekümmert um die ... die ... Masse. Ja, wer war denn das eigentlich?

Hören wir: «Daß in einem wohlorganisierten *Bürger*staate die Kunst sterben muß, das lehrt uns die Kunstgeschichte Hollands.» – Aha! Das glaube ich, daß die dicken Mynheers für die Kunst nichts übrig gehabt haben. – In einem Bürgerstaate, sagt er – ist das unsere Zukunft? Sicher nicht. Sondern –? Ach, die Marionette stimmt ein Klagelied an: «Unsere Species geht einer Verameisung entgegen. Wie bei den Ameisen und Bienen der Staat alles, die Persönlichkeit nichts ist, wie bei ihnen die Freß- und Greiforgane auf Kosten des verkümmerten Gehirns sich entwickelten, so wird es auch bei uns geschehen, die wir unser Heil auf das Dümmste und Gemeinste gestellt haben, auf die Arbeit. All das Feine und Leise, das der Muße und dem Eigensinn des Individuums entblühte, das wird verkümmert; schon in der Schule den Rotznasen die Nützlichkeit als das Höchste gepriesen; das ganze Leben darauf eingerichtet, ja keine Minute zu verträumen, ja die Zeit fleißig zu verhämmern und verpochen, ja immer mitten im wimmelnden Haufen zu bleiben ... In 250 Jahren, wenn die soziale Organisation glänzend durchgeführt worden ist, dann wird man den Dämon des Künstlers schon auf den Schulbänken gedusselt haben ... Ich glaube, daß die menschliche Rasse einer gewaltigen Zukunft entgegengeht. Ich glaube an das Kommen friedlicher Demokratien, immenser, geeinter Arbeiterschaften, die das Höchste wollen, und das Höchste erreichen werden. – Aber ich weiß, daß aus dem anonymen Gewimmel nie die reißend schmerzliche Strophe eines Liedes tönen wird, und sollte sie dennoch wieder einmal tönen, so wird sie nicht verstanden werden.» –

Er weiß das. Aber nun genug der Ironie, denn wir wissen etwas anderes: Daß jede Zeit den Ausdruck ihrer Gefühle selbst findet und die «Anemonen auch im April des Jahres 2361 nicht versäumen werden, zu blühen». Auf derartige Einwendungen, sagt Auburtin, *pfeife* er. Nun, so wollen wir ihm eins trommeln. – So lange bis selbst er begriffen hat, daß die Massen sich nach der Kunst sehnen und für sie reif werden, und wenn der Pfeifer erklärt, «es gäbe nichts greulicheres als Schillertheaterei und jene Volksbühnen, wo die Kunst braven Arbeitern zu Aschingerpreisen serviert werde» – so muß ihm getrommelt werden, daß die undisziplinierten Grinser im «Faust», die er gesehen hat, schon längst zu den Ausnahmen zählen. Schon. Dank den Bemühungen der Volksbühnen.

Das Spiel ist aus. Wir hängen die Puppe samt Schwert und Tragik wieder an die Wand und verlassen das Bühnchen mit einer Frage im Ohr, die so recht zeigt, wie Auburtin der Kleine – denkt. «Damals», sagt er, «zur Zeit Neros, da hat man schon das Ende der Kunst für gekommen gehalten, weil alles ausgeschöpft schien. Sie ahnten noch nicht die ungeheueren Barbarenmassen, die jenseits der Grenzen lauerten, und in denen die Keime zu Rembrandts und Goethes Naturen schon vorhanden waren. Wo aber sind heute die Barbaren, aus denen wir uns erneuern können? Wo sind die Reserven?» –

Ich erlaube mir, Herrn Victor Auburtin auf die Existenz eines *Proletariats* aufmerksam zu machen.

K.T., Vorwärts 27. 6. 1911

9

Mecklenburg

«Mein Volk! –» so tönt es von dem Thron,
«hier hast du die Konstitution!» –
Die Junker und die Ritter
empfanden dieses bitter.
Sie hörten das Kommuniqué,
und brannten drauf, und sagten: «Nee! –
Was sollen wir mit Wahlen?
Wir herrschen, und die zahlen!»
Denn dieser mecklenburgsche Ferscht
ist Souverän, und er beherrscht
die Ochsen und die Knechte,
doch nicht die starre Rechte.
Im Gegenteil: sie zwiebelt ihn –
(ganz ähnlich so, wie in Berlin) –
es hilft nichts: *sie* regieren,
er darf repräsentieren.
Die Bürgerschaft? – hat keine Zeit,
sie hat die Reuterfestlichkeit –
man feiert (wie bei Jahnen)
mit Kränzen und mit Fahnen.
So geht es seinen alten Trott;
und ist die Wirtschaft mal bankrott,
so kaufts der Russ' am Endchen – –
es ist ein liebes Ländchen! –

Kurt, Vorwärts 20. 7. 1911

10

«Bei die Hitze –»

Die Sonne glüht. Der Asphalt kommt ins Kochen,
daß jedes Pferd zusammenklappt.
Selbst Oldenburg hält seit acht Wochen
das Maul – es ist wie zugepappt.
Mißmutig, träge, ohne Eile
verzehren wir die karge Kost – –
und einer liest sogar aus Langeweile
die ‹Post› –!

In Kirchen läßt sichs prächtig schlafen,
zumal am Sonntag, wenn man kommandiert ...
So dachten neulich jene Braven;
ein Schläfchen haben sie riskiert.
Da plötzlich – Schreck der Itzenplitze:
«Der Pfarrer spricht im Gotteshaus
Von – Jatho? – wie?! – auch *hier* die Hitze?
Marsch! Raus! –»

Auch in den hohen Kabinetten
herrscht 35 Celsius –
Wenn doch die Herren Ferien hätten;
ist denn Marokko ein Genuß? –
Ein Waechter kühlt sich mit Essenzen
das heiße Köpfchen, denn das stärkts ... –
Die Hitze hat oft böse Konsequenzen –
man merkts. –

Kurt, Vorwärts 30.7.1911

11

Spiele nicht mit Schießgewehr!

Was kraucht denn da im Busch herum?
Ich glaub', es ist Napolium
    vom Alexanderplatze.

Ein äußerst kriegerischer Mann,
er hat den großen Sabel an,
    den Dreispitz auf der Glatze.

«Äh! – wer das Schießen unterläßt,
fliegt eine Woche in Arrest!» –
    Gleich schnappt die Stimme über …

Die linke Hand im Busenlatz
so steht er da, der Hosenmatz – –
    hier fehlt ein Nasenstüber.

Hier fehlt noch mehr!! – Uns wird sehr klamm –
der schießt die ganze Stadt zusamm':
    Verbrecher, Demokraten …

Die *Schutzmann*mörder sind gefeit –
denn dazu hat er keine Zeit –
    der Kleine spielt Soldaten! –

Kurt, Vorwärts 8.8.1911

12

Meyrink Englisch

Schönherrkarl ist hundertemal gespielt worden; Meyrinks Bücher haben im ganzen, wenn richtig gerechnet ist, zwölf Auflagen. Seine Bücher sind also von den Fünftausend oder Sechstausend in Deutschland gekauft worden, die wissen, was sie an diesem Glas- und Eisenfresser haben. Er ist in unsrer Welt gehört worden; diese Welt ist etwas klein; daß sie anderswo größer ist, scheint unsicher. Glaubt Meyrink, den wir verehren, bei Englands literarisch besonders tiefstehendem Publikum bessere Beachtung zu finden? Höchstens ... daß die Okkultisten über das Buch kommen. Und da sei Gott vor.

Tu., Pan 1.10.1911

13

Caruso

«Hei levet noch
Hei levet noch ...»

Und ob er lebt! – Mittwoch standen die Leute zu Hunderten in langen Reihen um das Opernhaus herum, von Schutzleuten bewacht (zu zweien angetreten!), stundenlang in der Kälte, um Billetts! Billetts! – Händler, Messenger-Boys, Dienstmänner, um Billetts!

Dieser Caruso ist ein Symbol.

Ob er so viel kann, daß dieser Spektakel berechtigt ist, sei dahingestellt, nein, es ist ganz gleichgültig, denn die Leute gehen nur des Spektakels halber hin. Diese Begeisterung hat mit Kunst so viel zu tun wie ein Landrat mit liberaler Politik.

Da leben in Deutschland, sagen wir, 100 Künstler, Musiker, Maler, Literaten, die ungeheures leisten und noch mehr leisten würden, wenn sie anerkannt, also bezahlt würden. Wer kennt sie? – Die Kollegen, die kleinen Fachkreise, eine Zeitschrift nennt ihren Namen – aus.

Ja, aber Caruso. Das ist nicht der Sänger, der Künstler, der Musiker, – das ist das Phänomen, der Mann mit dem hohen Cis, das Kalb mit drei Beinen, der Kerl mit dem Millioneneinkommen. Speziell das letzte zieht immer: dafür bekommt er nun 10 000 Mark!! –

Es imponiert, und das ist schließlich die Hauptsache.

Dieser Mann schluckt Millionen – niemand mache ihm einen Vorwurf, denn er nutzt berechtigterweise die Konjunktur aus – und bei uns zerquälen sich starke Talente (und vielleicht größere) die Köpfe mit der intensiven Frage: wann essen wir heute Mittag? –

Dieser Artikel erscheint alljährlich, wenn der Göttliche schmettert. Es ist immerhin möglich, daß nach seinem Tode die Begeisterung nachlassen wird.

K.T., Vorwärts 20. 10. 1911

14

Herzliches Beileid! –

Ei sieh mal an: bei diesen Wahlen
da fielen unsre Liberalen
nicht wenig sanft auf den Popo –
selbst Rosenow! selbst Rosenow!

Mein Gott! wie sich die Zeiten wandeln!
Wer wird im Roten Haus jetzt handeln!
(klug, wie ein Börsenspekulant) –
und wo bleibt künftig Haberland? –

«Die Politik trübt den Charakter»,
so sagt ein kluger, ganz Vertrackter.

Und ob er auch die Wahrheit spricht –
bei diesen nicht! bei diesen nicht!

Indem: sie hatten nämlich keinen! –
Noch einmal leises Abschiedsweinen,
ein sehnsuchtsvoller Blick zurück …
Halloh! – jetzt kommt ein *neues* Stück!

Kurt, Vorwärts 7. 11. 1911

15

Zahlende Literatur

Neben der wertvollen Literatur läuft schon von jeher ein schmaler oder auch breiter Strom Druckpapiers, in dem schon viele jämmerlich ersoffen sind.

Ich meine nicht Blumenthal oder Fulda, die durch Produktion von einem Hektoliter Makulatur monatlich viel Geld gemacht haben.

Es gibt da einen unendlichen Troß armseliger Schreiber, die falscher Ehrgeiz und erstaunliche Unkenntnis über fremdes und eigenes Können verleitet, folgendes Puppenspiel aufzuführen:

In stillen Nachtstunden, wenn andere Bürger an nichts Böses denken, kauen diese Tichter an den Federhaltern und legen schlechte Reime auf das Papier. Dann schreiben sie an einen der hierfür unrühmlichst bekannten «Verlage» (besser Druckereien). Gewiß, «wir würden uns freuen, Ihr geschätztes Werk in unseren Verlag übernehmen zu können …» allerdings – – die Kosten – dafür muß der Tichter garantieren, das heißt sie bezahlen – denn kaufen tut das Buch kein Mensch.

Wobei zu erwägen ist, ob der «Verlag» auch wirklich die nötige Reklame betreibt und vor allem das Buch auch an alle Redaktionen und Sortimenter verschickt.

Tausende sind hier schon ihre Spargroschen losgeworden.

Diese Erscheinung hat sich nun in den letzten zehn, zwanzig Jahren erschreckend gesteigert: das kann nicht nur daran liegen, daß es früher einen solchen kapitalistischen Industriezweig wie diese Druckereien nicht gab.

Es handelt sich aber um dies: Fast alle Benutzer dieser Anstalten sind biedere Bürgersleute des Mittelstands.

Die Herren von der selbstbezahlten Literatur sind keine Proletarier.

Aber der Mittelstand hat doch früher sicher nicht so viel geschrieben! –

Die Hauptschuld an dieser Produktion trägt die bürgerliche Presse. Zeitungen sind neben einigen guten Büchern, die sie nicht verstehen, und vielen schlechten das, was diese Leute hauptsächlich lesen. Die Zeitung ist für sie der Mentor und Leiter in den «Kunstdingen», die Zeitung, d.h. das Feuilleton.

Wie das Feuilleton in bürgerlichen Blättern redigiert wird, das ist unglaublich. Auch in politisch gut gemachten Blättern: unter dem Strich macht sich sentimentale oder gehässige Geschwätzigkeit breit, wird die gute Kunst totgeschwiegen und der Kitsch verherrlicht. – S. M. der Abonnent will es! –

Das geht weit bis nach links: das ‹Berliner Tageblatt› hat da viel auf dem Gewissen. Ist es ein Wunder, wenn die Empfänglichkeit der Masse für wahre Kunst heruntergedrückt wird durch das ewige Hinweisen auf den alleinseligmachenden Kitsch? –

Die Wochenschriften Scherls haben die zahlenden Dichter gezüchtet.

Nicht einen Namen werde ich hier nennen, denn das schmeichelte ihnen – kritisch, mit Proben, gegen sie zu wüten ... nein!

Aber alle warnen, die nächstens hineinfallen werden, und rufen: Finger weg! – das ist die Aufgabe.

K.T., Vorwärts 15.11.1911

16

Aus den Tagen von Sedan*)

Berta von Suttner, die zu diesem Buch ein Vorwort geschrieben hat, hat ganz richtig erkannt, mit welchen Mitteln Lemonnier einen so großen Effekt auf den Leser ausübt. Sie schreibt:

«Bazeilles ... Sedan ... Es ist eine alte, durch den Geschichtsunterricht eingeprägte Denkgewohnheit, solche Ortsnamen, an die sich eine Kriegserinnerung knüpft, eigentlich nicht mehr als Ortsnamen aufzufassen, sondern als die Symbolisierung großer Ereignisse und heftiger Gefühle von Ruhmesstolz oder Rachezorn. Man spreche das Wort Sedan aus und hunderttausend Deutsche sind dabei siegesfreudig – hunderttausend Franzosen schmerzlich grollend – bewegt, und die Schüler und Schülerinnen der ganzen Welt hören in den zwei Silben den historischen Klang.»

«Es entschwindet der Vorstellung», schreibt sie, «daß es ein Stückchen Erdboden ist, mit ein paar Häusern drauf, wo zwei unglückselige Häuflein Menschen einander zerfleischten ...»

Aber das ist nicht nur mit Sedan so, sondern mit dem ganzen Begriff der Krieg. Das Wort «der Krieg» ist ein geschlossenes Gefäß, das von Hand zu Hand gereicht wird, ohne daß einer den Deckel aufzumachen wagt. Wir haben alle auf der Schule die Worte «Schlacht», «Sieg», «Niederlage» niemals begriffen. Es hat wohl nur wenige unter uns gegeben, die sich diese Dinge jemals aus dem abstrakt gehaltenen Lehrbuch in eine Art Wirklichkeit übersetzten. Das nun hat Lemonnier getan: Er löste die großen Phrasen «Rückzugsschwenkungen», «Eilmärsche», «Divisionslager» in Bilder auf. Er arbeitete rückwärts, er analysierte, was chauvinistische Schwadroneure synthetisch zusammengefaßt hatten. Man kann den Krieg nicht grausamer bekämpfen, als indem

* Roman von Camille *Lemonnier*, Verlag Axel *Juncker*, Berlin. Umschlagzeichnung von Kurt *Szafranski*.

man in kleinen, faßbaren Bildern zeigt, wie er auf den Einzelnen gewirkt hat. «Die Truppen verwüsteten das Land.» Das ist nichts, darunter kann man sich nichts vorstellen. Selbst die Worte «Trümmerhaufen», «Feuersbrunst», «Schutt», «rauchende Ruinen» sind Schlagworte geworden, die ein bildhaftes Denken nicht mehr aufkommen lassen. Das vermeidet Lemonnier auch. Aber wie rührend ist es, wenn einer sagt: «Nein, wenn man bedenkt, meine Herren, daß Bazeilles vor kaum einem Monat noch ein hübsches kleines Örtchen war, wohin man am Sonntag von Sedan aus spazieren ging, wir Sedaner, wir kannten es alle.» Wir Sedaner – wir haben nie gewußt, daß es so etwas gibt, langsam fangen wir an uns die Wirkungen eines solchen Eingriffs wie des Krieges in kleine bürgerliche Verhältnisse, in unser Leben, vorzustellen.

Und so folgt Bild auf Bild in diesem Buch, ich will sie nicht aufzählen, man lese sie selbst, mit fast übermenschlicher Kraft hat Lemonnier, der Franzose, sein Urteil unterdrückt. Der Künstler Lemonnier hätte es ganz und gar tun sollen (und nicht, wie am Schluß, den Krieg vom ethischen Standpunkt aus verwerfen sollen). Gerade diese Objektivität ist es, die das Buch so wertvoll macht, nur ein Künstler konnte die Dinge so nebeneinander sehen.

In welchem Gegensatz stehen hierzu die deutschen Kriegsbücher aus der Zeit. Nichts gesehen, nichts erlebt – Thomas Mann sagt einmal: «Der Mann hatte kein Eisenbahnunglück, sondern den Zeitungsbericht über einen Eisenbahnunfall erlebt.» So sind diese Bücher.

Dieses Buch aber hält die Mitte zwischen der Suttner und Andrejew (Das rote Lachen). Die Suttner verdammt vom bürgerlichen Standpunkt aus den Krieg und läßt die papiernen Figuren ihrer Entrüstung Leitartikel reden: Sie hat zweifellos das Verdienst den einzelnen Mann im Krieg zum ersten Male beobachtet zu haben. Der Russe bewertet den Krieg rein ethisch, aber mit einem so ungeheuren Pathos, mit einer so fabelhaften Kenntnis der Dinge, die er so nebenbei hinwirft, daß sogar seine banausischen Gewalthaber diesen Fackelwurf verspürten und ihn nach Sibirien schickten. Lemonnier hält die Mitte. Hier liegt einer der seltenen Fälle vor, in denen die Tendenz eines Buches (zum großen Teil) unbeabsichtigt aus den künstlerischen Absichten erwuchs.

Kurt Tucholsky (Berlin), Prager Tagblatt 7.1.1912

17

Aus den Tagen von Sedan

(C. Lemonnier: Aus den Tagen von Sedan.
Verlag Axel Juncker, Berlin)

Dies Buch ist eines der wenigen aus der antimilitaristischen Literatur, die künstlerisch überhaupt in Betracht kommen. Bertha v. Suttner, die sonst eine gute Seele, aber eine schlechte Musikantin ist, hat zu Lemonniers Werk eine ausgezeichnete Vorrede geschrieben. «Nicht das grimme Gelage wird uns vorgeführt», heißt es darin, «nur die Anordnung der geleerten Schüsseln und der umgeworfenen Gläser auf dem besudelten Tischtuch. Bazeilles ... Sedan ... Es ist eine alte, durch den Geschichtsunterricht eingeprägte Denkgewohnheit, solche Ortsnamen, an die sich eine Kriegserinnerung knüpft, eigentlich nicht mehr als Ortsnamen aufzufassen, sondern als die Symbolisierung großer Ereignisse und heftiger Gefühle von Ruhmesstolz oder Rachezorn. Man spreche das Wort Sedan aus und 100000 Deutsche sind dabei siegesfreudig – 100000 Franzosen schmerzlich grollend – bewegt, und die Schüler und Schülerinnen der ganzen Welt hören in den zwei Silben den historischen Klang. – Daß es ein Stückchen Erdboden ist mit ein paar Häusern darauf, wo zwei unglückselige Häuflein Menschen einander zerfleischten; und wie dieser Boden, der wahrscheinlich zerstampft, wie diese Häuser, die wahrscheinlich niedergebrannt sind, ausgeschaut haben ...»

Lemonnier sagt selbst von seinem Buch, es bestehe nur aus losen Notizen. «Nur» – diese Aufzeichnungen sind fabelhaft scharf gesehen, wie gute Skizzen: unter Hinweglassung alles Unwesentlichen. Wie fein ist es, daß sich Lemonnier jeder chauvinistischen

Aufwallung enthält, daß zwischen den Zeilen nicht der Aufschrei erklingt: diese Deutschen! – sondern: der Krieg! Einmal, an einer Stelle, als er etwas Widerwärtiges von zwei deutschen Offizieren berichtet, heißt es: «Die Einzelheiten, deren ich in diesen Aufzeichnungen Erwähnung tue, sollen nichts anderes bezwecken, als das Verhalten des Siegers in eroberten Ländern darzutun: sie richten sich weder gegen den einzelnen noch gegen eine Nation.» –

Lemonnier ist durch die Schlachtfelder von Bazeilles und Sedan gewandert, und da sah er: ein Leichnam lag da, halb verfault, mit einem grünlichen Grinsen auf dem Gesicht, seine Lider regten sich, weil Würmer auf ihm herumkletterten ... das Lazarett mit den brüllenden, kreischenden, fluchenden Menschenteilen, denn das waren nicht mehr Menschen, Chloroform war nicht vorhanden, einem Turko wurde bei voller Besinnung ein Bein abgesägt, und durch den scheußlichen Lärm der anderen drang das Knirschen der Säge ... die endlosen Züge zerlumpter, halbtoter Gefangener, – oder er ließ sich erzählen, wie sie das Mädchen in der Hütte vergewaltigten, sie hatten sie an den Tisch gebunden, die Eltern, die sich unter die Betten verkrochen hatten, mußten dem Scheußlichen zusehen ... Pferde krochen über das Feld, blutend mit aufgerissenen Mäulern, manchen hingen die Eingeweide heraus ... «die Mutter des Neugeborenen war, kaum genesen, aus ihrem Bett gerissen und mit Säbelhieben davongejagt worden. Vor Schreck war die Milch in ihrer Brust versiegt: mechanisch knetete sie ihr mütterliches Fleisch wie eine ausgepreßte Frucht.» Und einmal, als er von einer Sanitätskolonne spricht, sagt er – und das ist der beste Vergleich des ganzen Buches: «Über all diesem Jammer flatterte die schmutzig-weiße Fahne des Roten Kreuzes wie die Schürze eines Metzgergehilfen.»

Der (Tendenz-)Wert dieses Buches liegt auf der Hand. Die Suttner sagt in der Vorrede: «Es mag auf viele Leser so wirken, wie es der Friedensbewegung frommt – aber dann geschieht es ohne des Autors Vorwissen.» Und dann: «Daß der Krieg voller Greuel ist, wissen auch seine Anhänger – sie halten ihn nur für unvermeidlich.»

Die Suttner hat mit Lemonnier nichts zu tun. Sie hat in ihren (ein wenig sentimentalen) Büchern die letzte Ursache der Kriege, die wirtschaftliche Struktur der Gesellschaft, viel zu wenig berücksichtigt. Lemonnier, dieser große Künstler, spricht tiefste psychologische Erkenntnisse nicht aus, sondern er läßt sie uns von neuem finden.

Ich müßte das Buch abschreiben, wollte ich alles Schöne daraus erzählen. Briefe von Gefallenen sind darin, Reden, Gegenreden, die Luft dieser vergangenen Zeit ist wieder da …

Aber was nützt das alles: es sind selten über dieses Thema bessere Bücher geschrieben worden (eins: Andrejew, ‹Das rote Lachen›, in der wundervollen Nachdichtung von August Scholz, das gewaltigste, furchtbarste von allen). Goethe hat zu Eckermann oft über den Chauvinismus aburteilend gesprochen, seitdem haben fast alle Großen den Krieg mit verabscheuenden Worten bedacht –: alles ist geblieben.

Daß wir hier an einen wunden Punkt rühren, beweist das Verhalten der Regierungen. Mit unerbittlicher Strenge sind sie hinter den Antimilitaristen her, sie fühlen, wenn die Hunderttausende erst einmal aus diesen Büchern gelernt haben, für welche Schemen (oder wessen Portemonnaie) sie sterben, dann ist es aus. Dann werden auch die Schlagworte: Ruhm, Vaterland, Ehre nicht mehr ziehen, dann wird der französische Arbeiter nicht mehr auf deutsche Kollegen schießen.

Und gerade hier läuft alles Spintisieren auf das Politische hinaus. Lemonnier hat (nach Andrejew) das *künstlerisch* Stärkste gegen den Krieg geschrieben. Praktisch heißt es für uns, daraus die Konsequenzen zu ziehen und dem Krieg den Krieg zu erklären.

K.T., Vorwärts 9.1.1912

18

Wer in der Wilhelmstraße singt

Wo habe ich denn meinen Kant gelassen? –
Ihr Heiligen helft! Ihr Heiligen helft! –
Ich kann das Wahlresultat noch nicht fassen,
ich armer Mann!

Wo sind denn die lauten Volksovationen?
Ihr Heiligen helft – Ihr Heiligen helft! –
Ich spräche so gerne von hohen Balkonen …
ich langer Mann!

Wo ist denn mein Mut, meine Rednerpose?
Ihr Heiligen helft! – Ihr Heiligen helft! –
Ich kann nicht zu Hofe mit *dieser* Hose …
ich armer Mann!

Wo ist denn mein kleines Nachtstühlchen geblieben?
Ihr Heiligen helft! – Ihr Heiligen helft! –
Ich saß auf ihm trauernd von zehne bis sieben …
ich langer Mann!

Sie störten mir für ewige Zeiten –
(Ihr Heiligen helft! – Ihr Heiligen helft! –)
die gottgewollten Abhängigkeiten!
Was fang ich an?! –

Ich hab es von allen Beamten am schwersten –
selbst mein Diener fängt schon zu lächeln an …
Es ist wohl am besten, ich gehe am 1.
ich armer Mann! –

Kurt, Vorwärts 13. 1. 1912

19

Das neue Drama von Gerhart Hauptmann

Am Schlusse des Dramas*, als sie die Leiche Gabriel Schillings bringen, stehen die Worte: «Etwas Lautloses, Unwirkliches liegt in dem Vorgang.» So ist das ganze Stück – unwirklich. Kein Satz,

* ‹Gabriel Schillings Flucht›. S. Fischer, Berlin, ‹Neue Rundschau› 1912.

der um seiner selbst willen gesprochen wird, keine Person, deren Schicksal für uns das augenblicklich Wichtigste ist ...

Der Maler Gabriel Schilling ist auf eine einsame Insel der Ostsee geflohen, zu guten Freunden, zu einem Bildhauer und seinem Mädel – geflohen vor Hanna Elias, die ihn seiner Frau abspenstig machte und (mehr) sein künstlerisches Schaffen verhinderte. Sie reist ihm nach, er bekommt in der Aufregung einen Anfall, seine Frau kommt, Szene zwischen den beiden Rivalinnen, im Fieber geht er ins Wasser. –

Hier heißt es nun glauben oder nicht glauben: Das ist es nicht. Darauf kommt es in letzter Linie nicht an: «Ich kann dir eine andere Empfindung zugeben», sagt im Laufe des Stückes der Bildhauer, «die den meisten Menschen abhanden gekommen ist: das klare Gefühl, das sich hier ununterbrochen meldet, daß hinter dieser sichtbaren Welt eine andere verborgen ist. Nahe mitunter, bis zum Anklopfen.» Um die handelt es sich. Sie hat keinen Zusammenhang mit der wirklichen – wir sehen eine Tragödie und dahinter ist ein grinsendes Loch, wir hören ein Scherzwort von Mann zu Mann über einen sonnigen Platz gerufen, und etwas Grausiges wird vielleicht verdeckt. Gewiß, Gabriel Schilling muß sterben, und er wird von seinen beiden Frauen gequält, der Freund sucht ihn vergeblich zu retten, aber das ist es alles nicht, hier werden (Gott sei Dank) keine Probleme gelöst, keine Weltanschauungen gewälzt. Hier ist beinahe die große Aufgabe gelöst, ein Stück Leben so konzentriert unter Hinweglassung alles Unwesentlichen zu geben, daß wir empfinden wie so oft: Vielleicht ist es alles gleichgültig, was wir tun und warum stoßen wir uns an einander, wenn wir doch nicht anders können, warum gearbeitet, Frauen verführt, Aufregungen erlebt, über Büchern geweint? Und nicht nur diese Frage ist in dem Stück, sondern die große Antwort, die in allen Stücken Hauptmanns ist: weil wir leben, weil die Seligkeit des Daseins einzig in diesen (an sich unwesentlichen) Vorgängen steckt, weil wir gerade in diesem Rahmen deutlich empfinden, daß alles in einer Reihe steht: Selbstmord, und Ehebruch und ein Sturm an der See und das Spiel eines Kindes.

In diesem Stück sind noch Schlacken, Stellen, bei denen man einen kurzen Augenblick empfindet: warum, wir haben es ohnehin gewußt – aber das ist fast nicht der Rede wert – du liest das Ganze und vielleicht ist die augenblickliche Wirkung nicht groß, aber plötzlich, wenn du später etwas arbeitest oder küßt oder lachst – dann ist es da, und du weißt auf einmal, was dich mit Gabriel Schilling und dem Bildhauer Mäurer und allen verbindet: – Das Menschheitsgefühl, dieses Unnennbare, der Funke, der von Geschöpf zu Geschöpf überspringt.

Ich halte es für überflüssig, die Struktur des Dramas zu zerfasern, seinen Inhalt näher zu befühlen – es gibt auch keine wertvolle dataillierende Abhandlung über ein Volkslied – ich weiß nur, daß es zu den Stücken Hauptmanns gehört, die so zum Leben gehören wie das Bewußtsein: die Sonne, das ist etwas Helles, Großes.

Es gibt keine Kunstmittel, mit denen diese Wirkungen zu erreichen sind. Warum stockt der Atem bei den gewöhnlichsten Stellen? Wir wissen genau, was kommen wird, z.B. als Hanna Elias in den Gasthof tritt – sie ist schon in ihr Zimmer hinaufgegangen, und den nächsten Tag oder diesen noch, oder nach einer halben Stunde wird Gabriel Schilling, der seine Ruhe finden wollte, mit ihr zusammentreffen, unten steht das Gepäck, und ein Fischer tritt ins Wirtshaus, wischt sich mit dem Handrücken den Schweiß von der Stirn und sagt zum Wirt: «'t makt warm, Klas Olfers! 't makt wedder warm hüt!» Jeder andere hätte diese erstickende Luft, die drückende Situation geschildert oder angedeutet und hätte nicht diese aufregende Wirkung erzielt, wie diese einfachen, gleichgültigen Worte es tun, es ist wie ein Dominantakkord, auf dessen Auflösung man schmerzlich wartet.

Diese Sätze vergehen nicht. Wie der Satz nicht vergehen kann, den Frau Käte am Schluß der «Einsamen Menschen» spricht; angstvoll zitternd: «Nur das nicht, ich will ja gern alles tun.»

Worin die ungeheure Wirkung dieser Dramen, zu denen auch der im Jahre 1906 geschriebene Gabriel Schilling zu rechnen ist, beruht? Ich weiß es nicht.

Hauptmann will das Drama zunächst nicht aufgeführt wissen. Sein Wunsch ist «eine einmalige Aufführung vollkommenster Art, im intimsten Theaterraum» – unerfüllbar, wie er wissend hinzufügt – unerfüllbar wenigstens für Berlin, das sich mit intensivem

Ernst leicht faßbaren Gassenhauern und der klassischen Wasserpantomime zugewendet hat.

Kurt Tucholsky (Berlin), Prager Tagblatt 17. 1. 1912

20

Nach den Wahlen

Jetzt ist die wilde Zeit vorüber,
nun hat die liebe Seele Ruh – –
des Bürgers Blick wird wieder trüber,
ihm fallen beide Augen zu.

Im Wahlkampf blusen die Trompeten
mit Pflichtgefühl und viel Getös –
Attacken selten, meist Retraiten –
er meint es nämlich nicht so bös.

Den Braven schüttelt ein Gehuste,
er kann nicht mehr, er ist so matt;
schon fehlt es an der nötigen Puste,
weil er sich überanstrengt hat.

Wir wollen ihn ins Bettchen stecken.
Er schläft und die Regierung wacht …
So laßt ihn ruhen. Nur nicht wecken! –
Wir wünschen ihm ’ne
Gute Nacht!

Kurt, Vorwärts 26. 1. 1912

21

Vergeßlichkeit

Erinnern wir uns doch bis dato:
wer weiß noch heut etwas von Hau?
Von Radbod und vom Pfarrer Jatho
und von dem letzten Wahlradau? –

Wer denkt noch an die schlechte Leitung
des Staatsschiffs? – (hält es oder brichts?)
Jedwede liberale Zeitung
ist aktuell und weiß von nichts.

Wie rührend ist die Unschuldsgeste
des Schmocks, der nur des neuesten voll –:
Zum Beispiel gibt es Ordensfeste,
die man durchaus beachten soll.

Wie nichtig ist so eine Szene! –
und so vergißt man dann und wann. ...
Im Reichstag sitzen hundertzehne,
die denken dran! die denken dran!

Kurt, Vorwärts 31. 1. 1912

22

Hinrichtung

Sachsen, das sich in Dingen der Verwaltung und Justiz durch ein Unmaß von Gemüt auszeichnet, ist für jede Opposition von nicht zu unterschätzender agitatorischer Bedeutung. So hat es jüngst wieder bei einer Hinrichtung eines Raubmörders wertvolles Material zur Abschaffung der Todesstrafe geliefert.

Um sich die Szene zu vergegenwärtigen, muß man sich abgewöhnen, bei dem Wort «Gefängnishof» an etwas Außerordentliches zu denken. Ein Gefängnishof ist schließlich ein Hof wie jeder andere, nur fehlt die Teppichklopfstange, und er wirkt vielleicht ein bißchen grau und trübselig durch die Gitter, mit denen die Hoffenster der umliegenden Gebäude versehen sind. Aber er ist doch ein Hof, mit Steinen gepflastert, er steht auf ebenderselben Erde wie wir ...

Nun denke man sich, eine Tür öffnet sich und sie zerren einen Menschen heraus, der soll sterben und will nicht. (Sein Opfer wollte es auch nicht – also wozu die Scheußlichkeit wiederholen? –) Der Staatsanwalt, Beamter bis in die Schnurrbartspitzen, liest dem Halbirren, vor Angst Vertierten, etwas vor, «... von seinem Begnadigungsrecht keinen Gebrauch gemacht» ... er wird überbrüllt, überkreischt von dem Tollen, der sich abquält und sich windet unter den Fäusten der Scharfrichterknechte. Dieser hier (Göhlert hieß er wohl) rief zum Beispiel, man habe ihn unschuldig verurteilt, die Justiz solle sich das merken, er habe das auch an seine Frau geschrieben, irres Zeug, hervorgesprudelt von einem Tier, einem Tier.

Unter den Zuschauern befanden sich *drei Söhne und ein Schwiegersohn der Ermordeten!* – Ich bin überzeugt, es war auch ein Pfaffe da mit der Bibel: Richtet nicht, auf daß ihr nicht gerichtet werdet! – Was die Söhne wohl bei dieser Scheußlichkeit gedacht haben? – Rache? Befriedigung? –

Im ganzen waren es diesmal nur 60 (sechzig) Zuschauer. Bei Grete Beier fand ja ein kleines Volksfest statt: damals zierten 200 den Hof.

Diesmal war es ein kleines, aber gewähltes Publikum, das den spannenden Vorgängen auf der Bühne mit Interesse folgte und nach Schluß der Aufforderung der Beamten Folge leistend, sogleich den Hof verließ.

Also: eine mäßige Vorstellung.

K.T., Vorwärts 7.2.1912

23

Lieber ‹Vorwärts›!

Du meinst, ich soll ein Gedicht dichten auf das Präsidium, das bald da ist, bald nicht? – Ach Gott!

Ich tue ja seit einer Woche nichts anderes!

«Und ich seh' mich suchend um:
Wo ist das Präsidium?» –

So weit war ich schon Sonnabend, aber gerade als ich den Schlußstrich machte, kam die Nachricht. Peter Spahn ist gewählt und alles ist in Ordnung.

Worauf ich mein Werk als Schreibunterlage benutzte und ein neues baute, sehr witzig (ganz gegen meine Gewohnheit), es hätte Dir sicher gefallen.

Aber sieh mal, der Himmel (G.m.b.H.) hat es anders gewollt, und Peter Spahn dankte ab.

Lieber Vorwärts! – was ich die letzten Tage ausgestanden habe, das ist nicht zu blasen! – Kaum hatte ich einen Reim auf Paasche gefunden (Kleidage), so hieß es, Scheidemann ist derjenige, welcher, und wenn ich dann meine Siegestrompete ölte, so wurde Kaempf auf den Schild gehoben.

Du meinst, die Herren ließen ja sonst auch alle *Arbeit* den Sozialdemokraten? – Tja ...! Aber welche Gelegenheit, sich wichtig, eine Mücke zum Elefanten, Kaempf zum Präsidenten zu machen! – Und denk' mal, wenn Scheidemann Oerteln zur Ordnung ruft – die Schmach überlebt der Dicke nicht!

Nein, es wird weiter geschachert. Und wenn ich das 25. Gedicht habe – das schicke ich Dir. Jetzt muß ich arbeiten: «Spahn – nimmt nicht an – Scheidemann – den meide man – sonst kommt Paasche – in Rasche ...»

Herzlichst Dein Kurt.

Kurt, Vorwärts 15. 2. 1912

24

Rotundenzensur in Königsberg

Die hiesige Garnisonverwaltung –
(wir sind schon weit in der Kultur!)
die brauchte zwecks Toilettegestaltung
Papier – und zwar Makulatur.

Doch darf kein Blatt von jener Sorte,
so roh, so *rot* und so verderbt
darunter sein –
                    An solchem Orte
kann man nie wissen, ob das färbt.

Ertappt man etwa die Rekruten,
und lesen sie solch ein Traktat,
und grad, wenn sie – Reveille tuten:
das wäre glatter Hochverrat!

Wir dürfen dieses nicht beklagen! –
... ‹Kreuzzeitung› ... ‹Post› – nun – weg ist weg!
Und sie erreichen sozusagen
den eigentlichen Bestimmungszweck.

Kurt, Vorwärts 17.2.1912

25

Polizei und Gericht

Im Metternich-Prozeß ist von dem Verteidiger konstatiert worden, daß Schutzleute die Tür des Gerichtsgebäudes zur Straße besetzt hielten und niemanden zur öffentlichen Verhandlung heraufließen.

Der Vorsitzende fand das unerhört.

Ich nicht.

Ich habe von jeher von einem Sitzungssaal den Eindruck der «guten Stube» gehabt: hier geht es ja noch (verhältnismäßig) anständig zu – aber draußen! – Der preußische Subalternbeamte – um jedem Mißverständnis vorzubeugen, ich meine Gerichtsdiener, Schutzbeamte und dergl. Säulen – weiß genau, daß ihm nichts geschieht! – Die Autorität des Richters ... Ich habe erlebt, daß in einem Strafprozeß der Vorsitzende zu dem betr. Schutzmann sagte: «Sie haben den Angeklagten vorgeführt – Sie können nun den Saal verlassen.» – Der Mann blieb dick und wurstig sitzen. Der Richter schwieg ...

In dem Fall in Moabit ist eine von 1000 Ungesetzlichkeiten zufällig zu Ohren des Richters gekommen. Die Herren pflegen sonst derartige Klagen mit der Konstatierung abzuweisen, das sei nicht ihr Ressort.

Unsere Richter verurteilen, ordnen an, sprechen frei.

Sie könnten viel mehr. Sie könnten die Widerlichkeiten der Untersuchungshaft mildern – in der ‹Aktion› veröffentlicht Alfred Bader aus Hamburg einiges aus seinen Erlebnissen: er war in dem Prozeß gegen Kielmeyer und 9 Genossen wegen angeblicher Verleitung zur Desertation in Untersuchungshaft gesteckt worden, und es war alles reglementsmäßig hergegangen – aber hier wie bei der Polizei mäßig gebildetes Material, Feldwebel, Subalterne, die wissen, daß das Zuchthaus hinter ihnen steht – daher der Mut! –

Aber der Richter läßt sich und den Opfern schon manches gefallen, er weiß, *die* Leute kann er brauchen.

Anonym, Vorwärts 6.3.1912

26

Kriegshetzer

Es ist verständlich, daß jemand, der seine Rolle zu Hause ausgespielt hat, ungeduldig von einem Bein auf das andere trippelt, um herauszukommen.

Die Zahl der politisierenden inaktiven Offiziere wächst von Tag zu Tag. Aufsätze, Broschüren, Reden, Vereine –: das Resultat ist stets dasselbe: der Krieg! Der unvermeidliche, frische, fröhliche Krieg! Mit wem, – das wird dem Ermessen der vorgesetzten Behörde überlassen.

Mit welch unerhörter Frivolität gehetzt wird, zeigt das ‹Berliner Tageblatt› im Auszug eines demnächst bei Cotta – (Goethe …, Schiller …!) – erscheinenden Heftchens. Herr v. Bernhardi, ein General z. D., benutzt seine Mußestunden, um sich auf diese Weise seinen Vorgesetzten wieder ein bißchen in Erinnerung zu bringen. (Für bestellte Arbeit taugt das Ding zu wenig.) «Unverhüllte Drohung …, wirkliche Macht …, fester Wille …» – und so.

Es ist schließlich verzeihlich, erklärlich: man sitzt herum, hat nichts zu tun, immer mehr Leute beginnen einzusehen, daß das Heer zum wenigsten für den *äußeren* Feind geschaffen ist, daß die Zeit kommt, wo man es vielleicht entbehren kann …! Schreiben kann man, abschreiben auch – na also.

Aber das Gefährliche ist, daß die Herren, die übrigens wegen ihrer Klapprigkeit nicht mitschießen, *wirken*, daß man ihnen glaubt, daß nicht nur konservative Parteipolitiker aus naheliegenden Gründen hetzen, sondern daß ‹Tag› aus, ‹Tag› ein dieses parteilose Papier Hetzartikel bringt, daß an der Börse mit der Möglichkeit eines Krieges stark gerechnet wird – das ist es! –

Vielleicht kann man den alten ehrlichen Soldaten mit wirklicher Macht und festem Willen auch Maul und Feder pensionieren.

K.T., Vorwärts 9. 3. 1912

27

Bums!

Na Gottseidank! nun sind sie umgefallen! –
Das Echo tönt noch in den Reichstagshallen
von jenem herzhaft lauten Krach
des Sturzes – Ach!

Wen stören aber diese Kleinigkeiten? –
Ein jedes Ding hat schließlich stets zwei Seiten.
Und man bewegt den ratlos dicken Bauch
sowohl als auch.

Gebt acht! bald ist er wieder aufgestanden,
Prinzipien weichen, Sympathien schwanden,
Links biedert sich von neuem an
Klein-Bassermann.

So wackelt diese arme Gliederpuppe.
Das liebt die Klänge einer Huppe
und macht es nach: Trara! Trara! –
Bald hier, bald da! –

Kurt, Vorwärts 10.3.1912

28

Wie liest man einen Parlamentsbericht?

Das kann man nämlich ganz verschieden anfangen: Manche beginnen vorn und studieren sorgfältig jedes Wort bis zum Schluß, manche lesen nur die fettgedruckten Zeilen – dies System, sinnlos Worte aus dem Text hervorzuheben, hat Scherl erfunden, um faulen Lesern das Überfliegen noch leichter zu machen – so daß man, ohne näher hinzusehen, folgendes lesen kann:

auf den Kopf zugesagt
Rechte nicht verkümmern lassen
jede Verhandlung aufs schroffste zurückwiesen
grade die Sozialdemokraten

und so.

Man kann den Parlamentsbericht auch gar nicht lesen.

Aber wenn man ihn schon liest, schlage ich folgendes Verfahren vor:

Man lese einmal die kleinen Zeilchen, in denen die *positiven Resultate der Verhandlungen* aufgezeichnet sind. Das gibt dann folgendes Bild:

Der Etat wurde genehmigt.
Die Vorlage wurde angenommen.
Das Gehalt des Kriegsministers wurde bewilligt.

Oder bei Anträgen der Opposition:

Der Antrag wurde gegen die Stimmen der Sozialdemokraten abgelehnt.
Der Antrag ging an eine Kommission. (Vale!)
Das Haus vertagt sich.

Man könnte sagen: aber der Wert der Anregungen! – Geehrte, wenn die Minister mit ihren Räten nicht einmal dabei sind, wenn ihr Gehalt bewilligt wird, so beweist das die jämmerlich kleine Kompetenz unserer Parlamente.

Beschließen – gewiß! aber nicht gegen die Regierung.

Und so dürfte es sich denn auch einmal empfehlen, zu beobachten, wie nach schmalzigen Tiraden, großzügigen Reden, ehrlichen Ansprachen und tobenden Ausfällen das kleine Sätzchen steht:

Das Gehalt des Kriegsministers wurde bewilligt.

K.T., Vorwärts 13.3.1912

29

Die Mark Brandenburg in Farbenphotographie

Ein wunderschönes Werk beginnt soeben zu erscheinen: In 20 Lieferungen à 1,25 M. bringt die Verlagsanstalt für Farbenphotographie Naturaufnahmen aus der Mark heraus. Um die Mängel vorwegzunehmen: Der Text scheint – nach der ersten Lieferung und den Namen der professoralen Mitarbeiter (Bodo Ebhardt, Voß – – Richard Nordhausen) zu schließen – nichts zu taugen. Auch «gereicht es zur besonderen Ehre, mitteilen zu dürfen, daß

Ihre Majestät, die Kaiserin und Königin Auguste Viktoria geruht hat, die Widmung dieses Werkes entgegenzunehmen».

Aber das Werk ist trotzdem gut.

Unter Leitung des Direktors Franz Goerke (Urania) werden die Blätter ausgewählt. Gleich in der ersten Lieferung gibt es prachtvolle Aufnahmen.

Schloß Rheinsberg, der Werbellinsee, Eingang zu Schloß Sanssouci ... Zum Greifen scharf, noch ein klein wenig zu bunt vielleicht – aber nun das wichtigste:

Wie verhält sich diese fast naturgetreue Wiedergabe zur Malerei? – Gar nicht! – Es sind inkommensurable Größen. Aber diese Photographie geht bereits ihre eigenen Wege. Sie ist, im Gegensatz zur Malerei, ganz objektiv, nur anschaulich – aber eben dadurch erreicht sie, was der trockne, kitschige Begleittext nicht kann: sie regt an, Du *mußt* so ein Bild lange ansehen, Du wirst das tun, was sonst der Maler tat –: ergänzen, umfassen, zu verstehen suchen. Wolken siehst Du, weiße, wattige Sonnenwolken, kurzes Gras und immer wieder diese unendlich schöne, stille, geschwungene Uferlinie des Sees. Und Rheinsberg ... Du *mußt*, wenn Du das Bild siehst, weiter denken, an den lauen Sommerwind, an ein Rascheln, es ist reichlich warm, das Sonnenlicht zwinkerte durch alte Bäume – aber ferne, auf den Hügeln, lag es ausgegossen – und neben Dir stand die, die Du nie vergessen wirst. So lassen Dich diese Bilder schwer atmen: Heraus aus der Stadt! Heraus! – Du beginnst, die innere Schönheit einer jungen Birke zu verstehen, eines Schattens, Du wirst eins mit der Natur, und weißt plötzlich was das ist: Frühling! –

K.T., Vorwärts 22.3.1912

30

Der ungeschriebene Roman

Ich werde einen Roman schreiben; er wird im zweiten Empire spielen. Er soll ein Roman der Zeit werden – sie hat mich immer so gereizt, alle Modenbilder, deren ich habhaft werden konnte, habe ich angesehen und ich beherrsche die Trachten schon ganz gut: die Herren mit hellbraunen Beinkleidern und dunklen, langen, schmalgeschnittenen Röcken, die Damen mit starren Seidenkleidern, die mit ungeheuren Rüschen verziert sind.

Aber einen fortlaufenden Inhalt mit Anfang und Schluß wird der Roman nicht haben: alles wird seinen Gang gehen, ganz unbekümmert um mich, der ich die Zufälle dieser Welt beobachte.

So muß es damals gewesen sein: in wundervoller Unbekümmertheit lebten sie dahin, Grisetten u. alte Herren, junge Modefexe und ehrwürdige Damen; sie schwatzten, soupierten, lachten, borgten und all ihre Bewegungen, das Rauschen eines Kleides, das Klappern eines Fächers, eine weiße Hand liegt auf einem braunen Mahagonitisch – das sollte verloren sein? Sie waren begierig, die neueste Oper Offenbachs zu hören, Offenbach, der seine Zeit komponiert hat. Die göttliche Frechheit, die es verstand, durch die Musik Funken aus den Bürgern sprühen zu lassen … Das war kein Theater mehr, das alte Gebäude, in dessen Enge und Dumpfheit wir heute eintreten, das war ein Meer von Licht und einem gewissen schwankenden Taumel der Lustigkeit, Parfums und einem Odeur de femme.

Oben tanzen die Balleteusen – ein Herr in der Loge, die auf der Bühne liegt, lächelt, – er wirft einer im Chor eine kleine rote Blume herunter, die niemand aufhebt. Die Hauptdarstellerin steht einmal mit zusammengepreßten Beinen und vorgebeugtem Oberkörper in der Mitte der Bühne, vor dem Souffleurkasten, singt ein freches Lied, das ganz Paris entzückt wiederholt …

Manches wird sich aber doch in dem Roman ereignen. Ich weiß z. B., daß ein Mord stattfindet, auf einem dunklen Korridor; einer wird ermordet – von wem? und auf seiner braunen Weste bildet sich schnell ein rostroter Blutfleck. Es wird sich an dieser Stelle darum handeln, den schreckhaften, furchtbaren Übergang vom Leben zum Tod klar zu machen, der uns gerade bei Unglücksfällen so ergreift: dieser z. B. hat eben noch bei zwei Frauen gegessen, er auf einem Stuhl, die Frauen auf dem rotbezogenen Sofa. Die jüngere von ihnen stickte kleine gelbe Vögel auf eine weiße Leinendecke. Er geht heraus und nun auf einmal ist er nicht mehr! Und der unbekannte Täter! Da lief er entlang, hier muß er gestanden haben, er muß jetzt irgendwo sein, leben, atmen, sprechen. Wo – wissen wir nicht. Ich sah einmal im Museum eines Polizeipräsidiums eine alte, losgeschraubte Türklinke, die ein Mörder nach der Tat mit blutigen Händen niedergedrückt hatte; er öffnete die Tür, floh – man hat ihn nie fassen können. Und wir sahen damals alle neugierig auf die sorgfältig auf Pappe gebundene Klinke – sie wirkte wie eine amputierte Hand – und während wir hier standen, lief der Mörder herum, existierte, schlug vielleicht gerade ein Frauenzimmer.

Und dann weiß ich noch, daß am Anfang des Buches die Heldin, jung, ganz jung, mit ihrem Kinde nach Paris fährt. – Man hat sie in der kleinen Provinzstadt verführt, sie bekam ihr Kind, die Eltern wiesen sie aus dem Haus – und nun fährt sie nach Paris. In ihrem kleinen Heimatsort ist sie unmöglich geworden, aber dort in der großen, sagenhaften Stadt wird sie ihr Geld verdienen. Paris, das ist keine Stadt, das ist ein Traum. – Sie fährt schon neun Stunden in dem niedrigen Wagen der Eisenbahn, in dem es drükkend heiß ist, die anderen Fahrgäste lachen und essen und spucken. Aber sie sitzt in einer Ecke, ihr Kind an der Brust. Merkwürdig – damals als ihr François oder Gustave ihr zum ersten Mal das Mieder aufhakte, um sie auf die Brust zu küssen, hätte sie sehr geweint, wenn jemand anderer als er diese Brust gesehen hätte – hier aber gibt sie ihrer Kleinen zu trinken, vor allen Leuten – das Kind hat Durst.

Durch das halboffene Fenster dämmert ein dunkelbrauner Himmel mit matten, milchig weißen Sternen und eine qualmige Lampe blackt im Innern des Wagens.

Vielleicht wird jemand kommen und sagen, ich solle erst schreiben und dann bramarbasieren. Aber die Vorfreude ist doch so groß: ich werde in dem großen Saal der Bibliothek sitzen und eifrig alle Werke lesen: Dokumente der Zeit und alte Bücher; ich muß Notizen machen und Auszüge, damit ich nachher mit einer gewissen Selbstverständlichkeit schreiben kann: «Mein lieber Henri», sagte die Pailard spitzig, «ich speise heute Abend bei Vefours.» Dies ist ein kleines, sehr exquisites Restaurant gewesen; es waren nur zwei Zimmer, man trank Champagner. – Als ich das in den Büchern las, war es tot und langweilig, aber ich habe mir aus den Bildern und aus den Büchern *mein* Paris des zweiten Kaiserreichs errichtet.

Es ist ein böses Zeichen unserer Zeit, daß junge Leute, statt jahrelang gewissenhafte Philologenarbeit zu tun, sich darüber ergehen, was sie schreiben *wollen.* Sie schreiben es nicht einmal; es ist betrüblich, welch Niedergang in geistigen Dingen von Älteren, Zuschauenden zu verzeichnen ist. Was mich anbetrifft, so bin ich sehr froh, mit meinem Verleger in einem kleinen Zimmer darüber zu disputieren, ob mein Buch Illustrationen haben wird oder nicht, über den Preis und ob es einen grünen oder einen schwarzen Ledereinband hat.

Kurt Tucholsky (Berlin), Prager Tagblatt 4.4.1912

31

Warten im Speisehaus

Warum ist es so schön, zu warten? –
Die Leute gehen und kommen und schwatzen,
Die Trinker schlürfen, die Esser schmatzen –
Und du weißt, sie kommt.

Die Tür geht auf – ein Offizier
Kommt herein – er hat Hunger wie wir,
Hängt seinen Säbel an die Wand
Und hebt die weiße Lederhand –
Und du weißt, sie kommt.

Jeden Augenblick
Fliegt die Glastür auf, fliegt wieder zurück
Fremde Menschen gehen aus und ein,
Wann wird sie es sein?

Aber du bist so ruhig dabei,
Denn noch zwei Minuten oder drei –

Und nachdem du dich noch ein bischen gedehnt hast –
Tritt die ein,
Nach der du dich so gesehnt hast.

Kurt Tucholsky (Berlin), Prager Tagblatt 4. 4. 1912

32

Die gute Tante

Man kann der Charge selbst nichts tun –
sie ist immun.

Man hat sich wacker ausgepöbelt:
«Eidbrecher – Lügner!» – tja, der kann's!
nie kommt es, daß man ihn vermöbelt
dies Vorbild jedes tapfern Manns.

Doch Gottseidank! noch ist ja da
Justitia.

In ihre weiten Kleiderfalten
kriecht unser Kleiner und er weint.
Stets fand er Trost bei dieser Alten,
sie schenkt ihm Zucker, wenn er greint.

«Dein Näschen läuft, dein Aug ist naß?
wer tat dir was?» –

Die Tante hört den Knaben plappern
von einem bösen roten Mann,
sie hört das große Mundwerk klappern
und sieht sich die Bescherung an.

Die Tante ruft den Mann herein
und sperrt ihn ein.

Sie ist so treu, die Anverwandte,
er kommandiert, die Gute tuts ...
Wär sie dagegen *nicht* die Tante
und nicht so sanft und milden Muts,

sie hieb dem Knaben ohne Groll
den Hintern voll.

Kurt, Vorwärts 13.4.1912

33

Streikjustiz

Du siehst sie durchs Gefilde hupfen:
die Wangen angenehm verpudert,
frech, nicht mehr jung, und auch verludert,
verschminkt ... zwei rosarote Tupfen ...

Die Wage wackelt hin und her.
Das Schwert – mein Gott! – es ist aus Pappe,
sie trägt es scherzhaft als Attrappe,
ein eisernes ist ihr zu schwer.

Sie richtet so! O ja – man sieht's!
die schwarzen, hohen Stöckelschuhe
zertrampeln alles – schaffen Ruhe –.
So tänzelt Fräulein Streikjustiz.

Es raschelt des Talars Frou-Frou ...
– «Du trugst doch früher eine Binde?» –
– «Die hab' ich noch! Dem, den ich finde,
schnür' ich damit die Kehle zu!» –

Kurt, Dresdner Volkszeitung 18.4.1912

34

Die Literatur im Kastanienwäldchen

Am 16. April begann das Sommersemester der Berliner Universität. Das Verzeichnis der Vorlesungen umfaßt 70 Seiten. Alles Fachliche beiseite lassend, suche ich: Deutsche Literatur. Zunächst ist sie nicht zu finden: «Gotisch für Anfänger» ist es nicht, und «Interpretation von Braunes Althochdeutschem Lesebuch» auch nicht. Aber dann kommt es: 17 Vorlesungen werden über diesen Gegenstand gehalten. Trübe wird der Blick, traurig der Sinn: Germanische Heldensage – gut! –, aber dann: «Erklärung des Nibelungenliedes mit Erörterung der Sage und ihrer Geschichte», «Mittelhochdeutsche Übungen» im Seminar, Klopstock ...

Diese Vorlesungen sind verfilzt. Wer nie bei dem säuselnden Getön der professoralen Stimme Arabesken in die Bänke schnitt, wer diese Philologen nicht anhörte, ihr Ersaufen in Tatsachen, ihr dünkelhaftes Urteil über Künstler, die sie nie begriffen, – der mag glauben, daß aus dem Besuch der Vorlesung über den deutschen Roman bis zur Gegenwart oder über Politik irgend etwas herausspringt. Es lohnt nicht, die alten Eichen einzeln zu benennen: nicht den Simplicissimusfeind noch den Damenprofessor oder die anderen.

Nur soviel: dies papaliche Verstehen der «menschlichen Schwächen» der Dichter, das Herausklauben von Daten, – widerlich! widerlich! – Die Kärrner haben zu tun.

Für ihre Konstruktionen zwischen Leben und künstlerischem Schaffen müßte man sie einbalsamieren. Aber im Gegenteil: ob Goethe die Friederike oder ob er sie nicht ... 800 Federn kritzeln das mit, könnte man auch sonst wohl die Gedichte auf Seite 914 und 915 des II. Bandes verstehen? – Man könnte es nicht!

Tintenfinger tasten die Struktur zarter Gedichte ab, was hat der Dichter gewollt, gekannt, erreicht, gedacht ...? Nichts, was uns angeht, kein Zusammenhang mit den *lebenden* Großen; mißgünstiger Neid gegen die – Dilettanten.

Da wird eine Erläuterung zu Ibsens «Peer Gynt» gelesen: als

Hauptsache erscheint dem Dozenten, wie er in Klammern angibt, der vierte Akt wegen des darin enthaltenen Angriffs auf Deutschland! Aber dafür liest er über «den technischen Aufbau in den Hauptdramen Ibsens *auf Grund der Ideen*». Ibsen in einem Briefe vom 4. 12. 1890: «In diesem Stück (‹Hedda Gabler›) habe ich nicht eigentlich sogenannte Probleme behandeln wollen. In der Hauptsache ist es mir darum zu tun gewesen, Menschen, menschliche Stimmungen und menschliche Schicksale auf Grund gewisser gültiger sozialer Verhältnisse und Anschauungen zu schildern.» –

Eine Wanzenarbeit, die Lächerlichkeiten jeder Vorlesung zu belegen.

Und im Gedächtnis bleibt das einzige nutzbare, ehrliche Kolleg: Byzantinische Übungen. Mittwoch 6–8 abends. Gratis.

K.T., Vorwärts 19. 4. 1912

35

Rührung

Nekrologe ... Eisberg ... gelähmt ... Verluste ... Familien ... erschütternde Kata...

Man kann es nicht fetter drucken ... «– die sich sorglos dem schwimmenden Koloß anvertrauten.»

Es kam jedoch nicht das, was hervorragend wirklich war: lange Korridore, die plötzlich schief standen, versagendes Licht, Aussonderung bei lebendigem Leibe: *du* darfst leben, aber *du* stirbst. Bis zum Letzten: dem tierischen Umsichbeißen, Schlagen; Übereinanderklettern, Raserei.

Noch das Amtsblatt von Dinkelsbühl vergießt 2 Tränen à 16 Zeilen. Fünfzehnhundert ...!

Bei Gravelotte fielen beispielsweise 35 200 Mann, bei Vionville 39 000.

Kein Zweifel, daß es im Ernstfall wieder so käme, nur mit verdreifachten Zahlen.

Begeisterte Menge ... tiefgerührt ... dankt, daß man sich totschießen läßt ... Niedertrampeln der Besonnenen, irrsinnige Wut auf die Bauern, die Handwerker, die Proletarier der andern Nation – und der furchtbare ansteckende Wahnsinn ...

(Gegen die richtigen Eisberge wird sich schon etwas finden lassen!)

tu., Pan 25.4.1912

36

Der Hehlerstehlerkrakehler

Wie ...? Was ...? Na, dieser Sozialiste –!
Wie konnte er sich so vergessen!
Man liebt doch seine Futterkiste,
Zumal, wenn man sich vollgefressen.

«Mein Preußen!» seufzt es aus den Bänken,
«Mein Preußen!» ... Schnupfen ... Tränenfetzen ...
«Wir lassen, Heimat, dich nicht kränken,
weiß Gott: *wir* wissen dich zu schätzen!

Wo gibt es solche Untertanen,
so treu, so brav, so voll der guten
Gesinnung? – wo die Veteranen,
die sich für uns verzückt verbluten? –

Wo gibt es solche Liberalen,
die immer schrei'n und niemals beißen? –
Wo solche Bürger, die nur zahlen?
Sie können uns ja sonst ... gewogen bleiben!»

Warum so laut wie auf der Bühne? –
Sieht man ihn nur das Maul aufreußen,

so murmelt es auf der Tribüne:
«Der Zedlitz, ja – der ist aus Preußen!» –

Kurt, Vorwärts 30.4.1912

37

Kleines Gespräch mit unerwartetem Ausgang

Der Herrgott saß auf Wolkenkissen
und sah sich seine Erde an.
Was braust herauf? – Sieh da, das is 'n
Wolkenkahn!

Ein Offizier grüßt freundlich lächelnd:
«Jestatten! Schwaben Nr. 4!»
(und die Propeller surren fächelnd) –
«Wir sind nu hier!»

«Was sagen Sie zu unserm Siege?
Wir brachen spielend den Rekord.
Wozu? – Wir brauchen das zum Kriege.» –
«Zum Krieg? – Zum Mord!»

«Erlauben Sie, Sie sind zu schwächlich ...»
«Und wer gab Euch das viele Geld –?»
«Das Volk! das Volk war es hauptsächlich
vom Rhein zum Belt!» –

«Das Volk? – Habt ihr so krumme Nacken?
Ist denn bei euch das Volk so dumm?»
Hier lachte Gott aus vollen Backen.
Man kippte um.

Kurt, Vorwärts 8.5.1912

38

Die moderne politische Satire in der Literatur

Roda Roda sagt: «Humor ist die Verdauung der Satten, Satire der Schrei der Hungrigen.» Das ist das Wesen der Satire, aber wie erreicht sie ihre großen Wirkungen, mit welchen Mitteln arbeitet sie? Ich möchte hier einige Ausführungen des Genossen Eduard Fuchs zitieren: Jede Kunst, sagt Eduard Fuchs, ist Karikatur, wenn man nämlich unter Karikatur Hinweglassung des Unwesentlichen und die dadurch notwendige Betonung des Wesentlichen versteht. In ganz besonderem Maße wendet die Satire die Karikatur als Mittel an.

Aus diesen klaren und richtigen Worten folgt zweierlei: erstens, daß man verstanden haben muß, bevor man karikiert, daß man überhaupt nur *das* satirisch behandeln kann, was man in seinem tiefsten Kern begriffen hat, und zweitens, daß notwendigerweise die rechtsstehenden Parteien keine gute Satire haben können, weil das restlose Kapieren der Dinge Objektivität und oft genug Respektlosigkeit erfordert. Der Satiriker darf keine, aber auch gar keine Autorität anerkennen. Das widerstrebt den Priestern der Autorität und den Halben, Lauen, und niemals werden sie eine künstlerisch gute Satire hervorbringen können (Ludwig Thoma hat das einmal im ‹März› sehr lustig gegen das Zentrum bewiesen).

Die Satire der rechtsstehenden Parteien ist denn auch danach. Die Witzblätter sind fade, lasch, feige, und behandeln alles mehr von der komischen Seite aus, anstatt anzugreifen und niederzureißen. Niemals stehen diese gewerbsmäßigen Witzemacher über der Sache: ihre Pfeile gehen stets von unten nach oben. Da sind die ‹Lustigen Blätter› in Berlin, die ohne Gesinnung, aber mit viel Ungeschick alles bewitzeln, da ist der ‹Kladderadatsch›, der sich zu einem langweiligen Witzprofessorenkollegium entwickelt hat, da sind die Bücher bürgerlicher Autoren, die in Vers und Prosa nach links um sich hauen. Wilhelm Hegeler: ‹Des Königs Erziehung›, eine dumme utopistische Geschichte, in der die «Handleute», wie er die sozialdemokratischen Arbeiter nennt, sich als versoffene und verlauste Trottel repräsentieren. Das Gesudel von Max Brinkmann: ‹Genosse Tuleweit› ist geistloser und sehr schlecht kopierter Busch.

Das wäre die rechte Gegend. Ganz links, auf anarchistischer Seite, steht Erich Mühsam, der eine Zeitlang die ‹Canaille›, ein wöchentlich erscheinendes Beiblatt zum ‹Freien Arbeiter›, redigierte. Eines seiner Gedichte «Der Revoluzzer» ist ausdrücklich der deutschen Sozialdemokratie gewidmet. Die Tendenz ist die bekannte: Ihr seid im Grunde auch zu schlapp! Aber Mühsam ist ein ausgezeichneter Formenkünstler, und der Angriff kann sich sehen lassen.

Die gute politische Satire ist, wie wir gesehen haben, ein Vorrecht der Opposition. Und hier finden sich auch ihre besten Vertreter. In der Partei selbst Rudolf Franz, der hie und da im ‹Vorwärts› seine Beiträge veröffentlicht, gut pointierte und scharfe Gedichte, und der auch durch sein witziges Buch ‹Die politischen Märchen› bekannt geworden ist. Der süddeutsche ‹Postillion›, den Eduard Fuchs zirka sieben Jahre redigiert hat, ist leider eingegangen. Heinrich v. Reder, Otto Erich Hartleben, Henckell, Holz, Ernst Klaar zählten zu seinen Mitarbeitern, und eine Sammlung Aphorismen aus diesem Blatt, die anonym unter dem Titel ‹Gedanken eines arbeitslosen Philosophen› erschienen ist, enthält das beste, was in Deutschland in epigrammatischer Form über Politik gesagt worden ist. Politische Satiren gibt es auch von dem großen Stilisten Gustav Meyrink. Eine ist im ‹März› erschienen, eine ist in seinem Buch ‹Gustav Meyrinks Wachsfigurenkabinett› nachzulesen. Meisterhaft, wie hier das Grausige und das Scharfe, das fast an Majestätsbeleidigung grenzt, ineinander gearbeitet sind. Bei dieser Gelegenheit eine Bemerkung: gerade in der politischen Satire ist die Form gar nicht hoch genug zu schätzen. Es kommt bei vielen Ideen nur auf die Formulierung an. Es müssen sich die geprägten Schlagworte und Pointen dem Leser sofort einprägen, und man kann sogar sagen, daß das sicherste Kennzeichen für die Güte eines politischen Gedichts ist, daß man Stellen daraus sofort auswendig weiß. Ein Meister in solcher Formulierung ist Roda Roda, der wundervoll Geschichten erzählen kann, wie z. B. die von dem alten Grenadier Pospischill, der vierzehn Jahre lang in derselben Stube in der Kaserne in demselben Bett geschlafen hat, und nun in ein anderes Stockwerk übersiedeln soll: «Verfluchtes Zigeunerleben», sagte er. Diese Geschichte ist «Konservativ» überschrieben. Oder die Geschichte von dem Sozialdemokraten: Der Leutnant Franzl kommt bei der Musterung der neuen Rekruten purpurn erregt angelaufen und sagt: «Denkt's euch, – ich hab' an Sozialisten.» – «Was du nicht sagst», antwortet alles wie aus einem Mund. «Ja. Aber es scheint ein ganz gutartiger zu sein – ich hab' ihn probiert mit'n Säbel in Hintern zu pieken – er hat nichts dergleichen getan.» (Zu finden in ‹Der Schnaps, der Rauchtabak und die verfluchte Liebe›, Schuster u. Löffler, Berlin.)

Neben Ludwig Thoma ist der bedeutendste politische Satiriker Alfred Kerr, dessen Gedichte einhauen wie ein gutsitzender Säbelhieb. Da ist im ‹Pan›, einer Berliner Zeitschrift, seinerzeit ein Gedicht von ihm erschienen: «Der deutsche Schwund» und es hatte Strophen über Moabit, immer mit dem Kehrreim «wenn ihr man Geschäfte macht»:

Wenn sie sanken, wenn sie lagen,
wurden sie halbtot geschlagen;
mancher, wenn sein Krafthieb saß,
scherzte: «Hure, Saustück, Aas!»
Greise haut man über'n Kopp;
rote Suppe … na und ob.
Leidet's Kinder, gebt nicht acht –
wenn ihr man Geschäfte macht!

Eine Sammlung dieser famosen politischen Gedichte existiert leider nicht. Es wäre zu wünschen, daß sich dieser bedeutendste Kritiker Deutschlands einmal dazu entschließt, diese unglaublich schlagsicheren Verse gesammelt herauszugeben.

Das A und O der politischen deutschen Satire ist der ‹Simplicissimus›. Dieses herrliche Blatt ist 1896 gegründet worden und hat am Anfang ungeheures Aufsehen und bis heute eine tiefe Wirkung auf das Bürgertum ausgeübt. Die ersten fünf Jahrgänge des Blattes sind vergriffen und werden hoch bezahlt. An ihm arbeitet seit 1899 ein satirisches Genie: Ludwig Thoma. Was dieser grobe und kräftige Mensch in diesen 13 Jahren geleistet hat, ist ungeheuer. Er hat überhaupt erst wieder eine gute politische Satire geschaffen, vorbildlich in der Form, rücksichtslos im Inhalt. Wir haben allen Grund, diesem einzigen Künstler dankbar zu sein; er hat unendlich viel Gutes getan. Er schlägt und die Getroffenen stehen nicht wieder auf. Er lacht und der Blamierte kann sich in den Erdboden verkriechen. Hier eine Probe:

Die Agrarier

… … … … … … … … … … …
Das rafft sich aus des Lebens Schüssel
Und nimmt sich, ohne lang zu schauen
Und will nicht erst ästhetisch kauen
Und trägt die Seligkeit im Rüssel.

Und was euch andre sagen mögen –
So einfach ist ihr ganzes Wesen!
Sie wünschen ohne Federlesen
Allein zu sein an vollen Trögen.

Nichts von Ideen, Interessen!
Nichts in das Allgemeine schweifen,
Nichts Unbegreifliches begreifen,
Nein, weiter nichts als einfach fressen.

Und steht das Futter bis zum Rande,
Beginnt's wohl einem aufzustoßen,
So nebenbei ein Wort vom großen,
Von unserm teuren Vaterlande.

Evoë, Peter Schlemihl, Evoë!

Peter Schlemihl – das ist das Pseudonym Ludwig Thomas, und wenn man sieht, daß ein Gedicht so unterzeichnet ist, dann weiß man: hier bekommt es einer ab, aber ordentlich. Vorzüglich ist auch Dr. Owlglaß oder – wie er sich manchmal nennt: Ratatöskr –: niederträchtig und bitter, überlegt und weise. Seine beiden Gedichtsammlungen, die leider nicht alles enthalten, was er geschrieben hat, sondern nur eine Auswahl, heißen: ‹Der saure Apfel› und ‹Gottes Blasbalg›.

Es ist eine Freude, in den alten Jahrgängen des ‹Simplicissimus› zu blättern. Immer wieder springt ein gut formulierter Witz heraus; Dinge, die längst die Aktualität verloren haben, sind wieder so lebendig wie am ersten Tag, und man freut sich immer wieder dieser kleinen tapferen Schar, die über aller Tendenz das Künstlerische nie vergessen hat, (aber auch über dem Künstlerischen die Tendenz nicht).

Für die Wirkung dieser Satiren gibt es keinen besseren Beweis als die Unterdrückungsversuche der Behörde. Die Satire, die sich ganz systematisch und beinahe abgegrenzt gegen die einzelnen Ressorts der Verwaltung richtet: Justiz, Polizei, Äußeres, Inneres, Militär, Steuern, Beamte – ist der Zielpunkt vieler (danebengegangener) behördlicher Angriffe gewesen. Auf Grund der §§20, 21 und 23 des Preßgesetzes vom 7. Mai 1874 können periodisch erscheinende Druckschriften unter gewissen Voraussetzungen beschlagnahmt werden. Es gibt zwar keine Präventivzensur bei uns; aber die Zeitschriften müssen mit einigen Ausnahmen sofort nach Erscheinen unentgeltlich der Behörde zugestellt werden. Diese hat dann das Beschlagnahmungsrecht, und falls durch richterliche Entscheidung ein bezügliches Urteil erfolgt, auch die Befugnis (§§41, 42 Strafgesetzbuch) die Exemplare, die im Besitz des Druckers, Verlegers und Redakteurs sind, oder zum öffentlichen Verkauf ausliegen, zu vernichten, und die zur Herstellung benutzten Formen und Platten unbrauchbar zu machen. Das ist seinerzeit mit Nr. 31 des dritten Jahrgangs des ‹Simplicissimus› geschehen, die heute einen großen Wert repräsentiert. Der Erfolg dieser Maßnahmen ist gleich Null. Weder die widerliche Schikane, den ‹Simplicissimus› nicht auf den Bahnhöfen zu verkaufen, noch die Vorstrafen, die fast alle großen Satiriker auf sich sitzen haben, erreichten einen anderen Zweck als das fabelhaft witzige Reagieren der Betroffenen, die die armen Opfer, die als Gegenhilfe nur den Schutzmann und den Richter kannten, völlig in Grund und Boden verhöhnten.

Es ist zu wünschen, daß sich auch in unseren Blättern das Verständnis für gute Satire immer mehr entwickelt, damit man auch von ihr sagen kann, was Ludwig Thoma zum zehnten Geburtstag des roten Simplicissimushundes, des Sinnbilds dieses Blattes, gesagt hat:

Doch wie ich dieses Hundsvieh kenne,
hilft alles nichts:
das Luder beißt!

Kurt Tucholsky, Dresdner Volkszeitung 14.5.1912

39

Ein Neuer

Ich will weder ein neues Genie ankündigen, noch (zum 54. Male in der Saison) konstatieren, daß dieses Buch das Buch ist, vor dem alle andern Bücher eben nur Bücher sind. Aber *Heinrich Eduard Jacob* ist ein tüchtiger und geschmackvoller Künstler, und von den zehn Novellen im ‹Leichenbegängnis der Gemma Ebria› können sich einige schon sehen lassen. Da ist gleich die erste und beste, nach der das Buch seinen Namen trägt. Es wäre ganz dumm, hier auf Hofmannsthal hinzuweisen; gewiß hat Jacob gelernt, er ist Gott sei Dank kein «Narr auf eigener Hand». Seine Sprache ist gepflegt, ruhig, treffsicher und (dreimal Heil!) keine Musik, sondern Sprache. Ich habe oft an d'Annuncio denken müssen bei dieser eigentümlichen Vermischung von weicher Lyrik und scharfer Beobachtung (etwas, was Jacob einmal den «impressionistischen Klassicismus» genannt hat). Wie schön ist das hier: Ein Dichter, Settaglioni, hält die Leichenrede am Sarg der Schauspielerin und spricht von ihrer Sprache: «Wenn sie nur das Wort ‹Landleben› aussprach, ein gewisses Wort ‹Landleben› oder ‹die Freuden des Landlebens›, so besaßen wir auch schon die ganze Begebenheit, zu der dies Wort der Schlüssel war. Wir blickten aus einem Fenster über den wackersteingepflasterten Hof, wir hörten die Hühner gackern, sahen des Müllers Esel mit den stäubenden Säcken durch den Torweg trotten. An dem sonnenglänzenden Gehöft vorbei floß ein Bach und führte abgerissene Feldblumen mit sich. Der Wind schiffte lau durch die Wipfel der Kastanien; eine angenehme Schläfrigkeit umgab uns, zuweilen stieg ein roter und warmer Hahnenschrei über den Hof. Wenn sie das Wort ‹Vaterland› aussprach, so fielen ab von diesem Begriffe alle Verzuckerungen, womit hassenswerte Phraseure ihn rosarot umkleidet hatten und er stand da in seiner nackten Erhabenheit, nicht ganz anmutig, aber geliebt, geliebt mit tausend Herzschlägen. Wenn sie ‹Meer› sagte, empfanden wir, obschon wir in einem kleinen, dumpfen Theater zusammengepferscht saßen, mehr als körperlich die blaue Frische. Wie strömte uns die Salzflut entgegen! Wie herb duftete der Tang! Und vielleicht hätte uns die Wirklichkeit enttäuscht, gegenüber dem Zauber, den das Wort ‹Meer›, von ihr gesprochen, aus unsern Gehirnen schlug ... Von diesen und vielen ähnlichen doch sehr sachfreudigen Bemerkungen könnte man glauben, daß sie wirkungslos über die versammelt Lauschenden dahingestoben seien. Dem aber war nicht so. Im Gegenteil: in dem Augenblick, da Settaglioni es so wollte, gab es auch für den Schiffsmatrosen, der mit einem Mund voll Kautabak und öligen Händen dastand, nichts Wichtigeres, als das sprachliche Vermögen der dahingeschiedenen Schauspielerin.»

Außer dieser Novelle mit dem wunderschönen Schluß ist noch «das kindliche Chaos» zu lesen und «der Abschied des Schauspielers» und «der Lenzbrief» mit dem unvergeßlichen Satz: «Und welche Versprechungen bringt dir der Wind!»

Aber das Buch ist nicht geschrieben, damit es besprochen, sondern damit es gelesen wird. Und es ist zu wünschen, daß recht viele es lesen, dann wird vielleicht Heinrich Eduard Jacob sich eines Tages entschließen, seine gesammelten Gedichte herauszugeben, die so unendlich Schönes enthalten.

Er hat ein Gedicht geschrieben «Das Totenmahl» und es gibt Verse darin wie diese: «Es war nicht mehr denn Hefe in den Bechern, und leise schmeckten sie in jedem Trunk: er ist nicht hier! ach, daß er nicht mehr hier ist!»

Und es gibt «Epitaphia» von ihm, wie das einer Mutter: «Und ich war *so* von Nöten, hatte *so* viel der Zukunft abzubringen: Großes, Kleines. Es war der ungerechteste Befehl, der mich davon trug, eine Eingehüllte in Bitterkeit –, die ich doch fast gewohnt war ... Denn was sind Frauen? Willenlose Wasser, für die das Schicksal Bett gräbt und Gefälle.»

Und das Epitaph einer Braut: «Da kam ein Etwas, das ich nie ergründe, trat neben mich und rührte sanft mein Kinn, umgab die Augen mir mit einer Binde und nahm als eine Sehende und Blinde – mich hin ...»

Vielleicht werden diese Gedichte eines Tages erscheinen und ich möchte zwei vollständige Proben geben, die die ganze Begabung dieses starken Lyrikers zeigen:

Die Wiesen waren gottgedeckte Tische.
Der Blüten und der Quellen Honig floß.
Wir wandelten zu Zweit die Morgenfrische.
Die lichte Wolke war uns Weggenoß.

Wir wünschten uns nicht rasende Gespanne.
Wir zogen hin mit unbeschwertem Sinn.
Und gaben einem unbekannten Manne,
Der bettelte, die letzten Münzen hin.

Und das andere, eines seiner stärksten Gedichte.

Dir war die Nacht ein Schrei der Lust,
mir war sie eine fromme Spende.
Ich hatte meine keuschen Hände
auf deine Kniee hingelegt –

Dir war die Nacht ein Schrei der Lust –
da fand ich nicht die rechte Pforte
und sagte meine dunklen Liebesworte
an dir vorüber in die Ewigkeit ...

Kurt Tucholsky (Berlin), Prager Tagblatt 19. 5. 1912

40

Film

Der Schriftsteller, in einem ziemlich getragenen Gehrock, sitzt am Tisch und schreibt.

Brief:

An die Vitaskop-Gesellschaft, Berlin. Schpielen sie nur meinen Roman als Film. Ich bin ihr sehr ergebner Felix Holländer.

Das tut die Gesellschaft, und man sieht, wie in das Zimmer des Schriftstellers Gold rinnt, durch die Fenster, durch das Schlüsselloch, Gold ... Gold ... (Trickfilm).

Jenner hat also wirklich seinen letzten Roman dahin gebracht, wohin er gehört. Aber das ist ja sein Beruf. Die ganze Firma tut nichts andres. Und es war wunderschön: Mord, Gerichtsszenen, Polizei, Eifersucht, ein blutiger Kragen, Pulsadern – es war so schön! – Die Damen sagten: sch – ha ...! ist das schrecklich! – und hatten, als das Licht wieder anging, so merkwürdig rote Köpfe und feuchte Augen, und der Kinobesitzer äußerte zu einem Stammkunden: «Den Film? – Den seh ich mir jeden Tag viermal an!» – Nu?

Das Buch wird gekauft, der Name klebt an den Säulen, aber «er geht nicht hin und stellt sich der Polizei. Er will sein Recht und keine Gnade, und wenn er heut in derselben Lage wäre, er würde genau so handeln wie damals.» Urteil: Der eine (im Film) wird bestraft; der andere: Dramaturg bei Reinhardt.

tu., Pan 30.5.1912

41

Das Opfer

Der ‹Vorwärts› wunderte sich, daß zuerst keine liberale Zeitung diese Widerlichkeit aufnahm. – Warum gibt es bei uns so wenige Politiker, die noch wissen, wozu sie eigentlich da sind? – Niemand wird sich aufregen. «Es kommt hinzu», schrieb Walter Rathenau unlängst in einem sachverständigen Aufsatze, «daß in Deutschland seit 25 Jahren die Geschäfte gut gehen. Kein Mensch will beim Geldverdienen gestört sein; noch 10 Jahre, so ist er reich, so lange wird es halten, alles andere später. Politik? Mögen Fachleute und Arbeitslose sich drum kümmern, wenn nur die Konjunktur bestehen bleibt. Verfassung? Diejenige ist die beste, welche Geschäfte nicht gefährdet, gute Polizei übt, die Arbeiter im Zaum hält und wohlhabenden Bürgern verdiente Ehren zugänglich macht.»

Warum lernen wir nicht von diesen strammen Behörden? – Ihre Manieren, ihre Taktik, ihre Köpfe, ihre Gehröcke sind veraltet – aber sie setzen sich durch ... Wir sollten Freidenker sein, aber *dogmatisch im Handeln.* Eisern, voll Prinzipien, starr, wenn es drauf ankommt.

Düwell, der jetzt an der Handelshochschule studiert, wird drei Jahre oder zwei dienen müssen und ist ruiniert. Ich bereitete einmal einen Adligen auf dies Militärexamen vor, – man entdeckte plötzlich (sein Papa war vorher ein bißchen viel herumgelaufen) seine Befähigungen und schenkte es ihm, ohne Examen.

Der Schulrat Meyer in der Linkstraße ... Mein Gott, einmal hat man eine Waffe in der Hand, einmal darf man sich wichtig machen!

Seien wir dogmatisch im Handeln.

tu., Pan 6. 6. 1912

42

Als Vagabund um die Erde

(Harry Franck: Als Vagabund um die Erde.
Rütten und Löning, Frankfurt a. M. 1912.)

Der Tatbestand ist ganz einfach: ein junger amerikanischer Student unternimmt eine Reise um die Erde, beginnt mit dem Atlantischen Ozean, dann London, Frankreich, die Schweiz, Italien, die Ufer des Mittelländischen Meeres, Arabien, Palästina, Kairo, das Nilland, Indien, Siam, Japan, der Stille Ozean. Derartige Reisen sind oft unternommen worden, seine Reise noch niemals. Er hat einen großen Teil dieses Weges zu Fuß zurückgelegt, auch das ist nicht neu, er ist fast ohne Geldmittel ausgefahren, andere haben sich durchgebettelt, aber Franck hat seine 110 Dollars für Photographieren ausgegeben und sich seinen Lebensunterhalt erarbeitet.

Das Buch trägt als Motto den Ausspruch Rousseaus: «Um die wirklichen Sitten eines Landes kennen zu lernen, muß man in andere Schichten heruntersteigen. Denn die Lebensweise der Reichen ist fast überall dieselbe.» Woraus folgt, daß der Weltreisende, der mit Cook oder Stangen fährt, nur Kulissen sieht und außer den üblichen charakteristischen Bettlern nur Leute, die sich ein wenig in der Uniform von denen in der Heimat unterscheiden. Franck ist arbeitend durch die Welt gezogen. Was das heißen will, kann nicht einmal ein seßhafter Arbeiter ermessen. Von einer Stadt in die andere, ohne Kenntnis der Arbeitsbedingungen, ohne genaue Kenntnis der meisten Sprachen (er sprach allerdings englisch, französisch und deutsch, ein wenig spanisch und italienisch), aber was bedeutet das gegenüber den zahllosen indischen Stämmen und Arabern, mit denen er zu tun hatte?). – Der rein literarische Wert des Buches ist nicht eben groß. Es ist mit einer geschäftsmäßigen Sachlichkeit geschrieben und bietet dem Ethnologen nur insofern Neues, als hier einmal die uns geographisch bekannte Welt aus der Froschperspektive gesehen ist. Das ist speziell bei den europäischen Staaten von Interesse, die niemals beschriebene Unterwelt der großen Hafenstädte hat einer durchzogen, der sonst über ihr stand. So konnte er mit viel schärferem Auge ihre Gesetze und ihre Lebensform erkennen, als dies ein wahrer Vagabund je vermag.

In dem ganzen Buch ist keine der üblichen Heldentaten zu finden. Aber die Reise ist eine.

«Alles in allem trieb mich zu ihr eine angeborene Wanderlust, die ich als Amerikaner nicht als einzig für mich charakteristisch in Anspruch nehmen kann.» Aber wie verschieden ist diese amerikanische Wanderlust von der vielbesungenen deutschen. Bei uns ist es träumender Idealismus, der die Herzen weit macht und eine rechte Gunst erweisen will und ziellos hinaustreibt. Bei Franck ist es ein Überschuß an Kraft. Wieviel Energie muß dieser Mann, der *durchaus als Durchschnittstypus seiner Rasse anzusehen ist*, besitzen, wenn er sie so vergeuden kann. Es ist ein ungeheuerer Überschuß an Kraft, in der Welt herumzufahren, es immer wieder mit neuen Hindernissen aufzunehmen, ohne es zu müssen! Er hätte in jeder Stadt zum Konsul gehn können und heimreisen! Aber er plagte sich immer wieder, durch Empfehlungen, Sichvordrängen, mit Gewalt, auf alle Arten sich Arbeit zu verschaffen. Er hat alles gemacht. Er hat Viehtransporte geleitet, Feste bei dem englischen Konsul in Kairo vorbereitet, er war Clown, Matrose, Fischer, Gelegenheitsarbeiter. Es ist typisch für den Amerikaner, wie er die meisten Schwierigkeiten überwindet, ohne sie überhaupt zu kennen. Dieser Einzug jedesmal in eine fremde Stadt, ohne zu wissen, was kommt, wie es sein wird, immer mit der festen Zuversicht, nein, mit der absoluten Gewißheit: es wird sich schon irgend etwas finden, das ist typisch. Die Vorbildung durch den Sport: In Verona ist Bäckerstreik und von der Stadtverwaltung wird Brot umsonst verteilt. Die Menge kämpft um jeden Laib. «Bei all ihrem Lärmen und Gestikulieren weiß eine italienische Menge nichts von den Grundregeln des Fußballspiels, so daß ich bald die vorderste Reihe erreicht hatte.» Oder ein andermal: Ein Glück, daß diese Siamesen nicht boxen können. Er ist gar kein Held, dieser Amerikaner. Kein Held in dem Sinne, daß er wie ein Deutscher alles nach dem heimatlichen Schema sieht und die Abweichungen anrempelt. Große Strecken ist Franck ohne Waffe gereist und in Siam ist er und ein Australier, einer seiner Reisekameraden, von sechs Soldaten mit geladenen Gewehren verfolgt worden. Sie gingen ruhig weiter, in der Erwartung, daß die «wilden Männer» es nicht wagen würden, auf einen Weißen zu schießen. «Mein Fleisch zog sich zusammen, als ob es schon vorher den Stich der Kugel fühlte, und ich fragte mich, in welchen Körperteil sie mich wohl treffen würde. Aber der Kerl machte seiner Wut in Schreien und Zielen Luft; den Hahn abzudrücken, wagte er nicht.» Sie entrissen schließlich einem der Soldaten das Gewehr und schlugen die ganze Gesellschaft in die Flucht.

Harry Franck stellt den Menschen der kräftigsten Rasse dar. Er spricht einmal selbst von der «Energie des Westens» und er überschätzt sich keineswegs; er weiß genau, wann er zu schweigen hat, er ist wie ein Gummiball, elastisch, aber unzerstörbar. Wie verschieden von dem Germanen, der spröde zur Unzeit ist und sich lieber zerschlagen läßt, oder weich wie Wachs wird. Hätten wir ein Zehntel dieses ungeheueren Willens! Ein Zehntel dieser Natur, die mit allem fertig wird, kühl die Situation übersieht, nur das Nötigste tut und spricht und vor allem, vor allem: die es als so etwas Selbstverständliches wie die Luft und das Wasser empfindet, daß Pläne nichts taugen, die man nicht durchsetzt, Köpfe nichts wert sind, die nicht eine Mauer einrennen, und die einen Erfolg nicht bejubelt, sondern als natürlich erwartet hat. Hätten wir ein Zehntel dieser Energie! Die Moral, das Kunstleben, Familienspektakel mit klatschbedürftigen Frauen und Pantoffelhelden, die deutsche Politik, die Politik gegen Junker, die nur die Kraft tolpatschiger Bären besitzen – ein Zehntel der amerikanischen Energie und es stände besser um uns!

Kurt Tucholsky, Prager Tagblatt 9.6.1912

43

Aber nein –!

Und es sprach an seines Thrones Stufen
Heydebrand: «Ja – wollen Sie denn sehn,
wie Herr Bethmann und sein Bote (unberufen!)
auf denselben Wahltopf gehn?» –

Bethmann und sein Bote ... diesen beiden
gleiche Rechte bei der Landtagswahl? –
Aber nein –! wir wollen es nicht leiden,
diese beiden sind ja nicht egal.

Denn der Jüngling mit der Botenmütze
ist gewiß politisch informiert –
Bethmann aber ist
des Reiches Stütze,
Kanzler, lang und etwas angeschmiert.

Kurt, Vorwärts 9.6.1912

44

Nachruf und Aufruf

Der Hauptmann von Köpenick ist tot.

Er starb zu London, in einem Spital. Was ist Ruhm ...?

Sein Tod sei uns eine Mahnung: wo sind die anderen Gewerbe? Warum gibt es noch keinen Schneider von Hanau, keinen Obristen von Ludwigshafen, seines Zeichens Eisenhändler, keinen Polizeipräsidenten von Berlin, der eigentlich Friseur ist –?

Wir Deutschen sind ein gar ernsthaftes Volk. Viele von uns fühlen sich zwar sehr überlegen über uniformierte Schneider – aber es gab nur *einen* Hauptmann, der wirklich ein Schuster war.

Warum werden bei uns die «maßgebenden Stellen» nicht mehr gehänselt?

Warum sieht man nicht täglich Schutzleute durch die Straßen laufen, schwitzend, wichtig, mit durchweichtem Kragen, weil sich ein Trödler eine alte Maskenuniform anzog und ihnen befahl, den Anarchisten Mordini zu fangen, lebend oder tot?

Warum erleben wir es nicht, daß das Volk in Waffen und mit klingendem Spiel hinauszieht in den Ruhmeskampf. Reden werden geredet, zündende Reden, die Begeisterung kocht bis zum Siedepunkt, ein «Hoch!» mit Extrablättern und Photographiertwerden – – aber nachher stellt sich heraus, es war eine Mystifikation, es war nur der Münchener Schauspieler Herr v. Possart, der sich als – leitende Persönlichkeit verkleidet hatte ... (Allein Herr v. Bethmann ist nicht zu verulken: unsere Komiker sind zu kurz und zu intelligent.)

Wo sind die andern? – Der Hauptmann von Köpenick ist tot … Vivat sequens! –

Kurt, Vorwärts 13.6.1912

45

Wedekind in Berlin

In voriger Woche gab Wedekind in seinem Berliner Gastspiel sein Bestes: *Erdgeist.* Frau Tilly Wedekind spielte die Lulu, und es gibt wohl keine bessere Lulu als sie. Sie tat nichts, was Schauspielerinnen in dieser Rolle wohl sonst zu tun pflegen: sie war nicht dämonisch, und nicht hysterisch und gab nicht durch bedeutungsvolle Seitenblicke dem Parkett zu verstehen, daß sie gewillt sei, alle ihre männlichen Partner zu verderben. Diese Lulu war das Weib schlechthin, meisterhaft, in welch naivem Ton sie auf die hastig hervorgestoßenen Fragen: «… aber du hast doch schon einmal geliebt? – Wen hast du geliebt? – Ja, glaubst du denn überhaupt noch an jemanden?» antwortete, ruhig, selbstsicher, gleichgültig: «Ich weiß nicht.» – Sie war das Weib in Reinkultur (Rein*un*kultur?) – sie lag auf dem Sofa und ließ sich von einem fremden Mann küssen, sie goß lächelnd in der Wohnung ihres Mannes Strolchen die Schnapsgläser voll, – und man fühlte, wie alle Einwände an dieser lächelnden Selbstverständlichkeit der Natur versagen würden … Wedekind spielte den Dr. Schön, schlagsicher, ohne Gefühl für die Kontraste, die es da auf der Bühne gab. (So soll die Groteske sein: ohne Rücksicht auf Gegensätze, und seien es die wahnsinnigsten.) Es war der stärkste Berliner Theaterabend des Jahres. Wir sind das gar nicht mehr gewöhnt: die Kulissen waren nur Kulissen und spielten nicht mit – ein Spiegel war durch angestrichnes Blech angedeutet, ein Paar Soffitten, Wände – aber in den Worten war Blut und Leben, und jede Handbewegung dieser Frau, ein Stocken im Gespräch war Erlebnis. Als Prolog erschien Wedekind in rotem Frack als Zirkusdirektor, knallte mit der Peitsche, schoß einen Revolver ab: «Hereinspaziert!» – Er pries sich an, er würde feine Bestien zeigen, ein Theaterarbeiter trug auf seinen Schultern Tilly Wedekind im Pierrotkostüm heraus, «die Schlange» – und als Clou vermaß sich Wedekind, einem Untier den Kopf in den Rachen zu stecken. Es beiße nicht, es sei zu feig ... «Wißt ihr den Namen, den dies Untier führt? – – Verehrtes Publikum!! — Hereinspaziert!» Aber unser Berliner Publikum ist kein Untier, – es ist nur dumm. Denn nach wie vor erregten Worte des banalen Lebens und die Tatsache, daß sich jemand hinter einer Gardine versteckt hielt, freudige Heiterkeit. Oben standen Komödianten, aber dahinter war eine Stadt aufgebaut, grau, riesig, vielgestaltig, mit hohen Häusern, in deren Dachgeschossen wer weiß was geschehen mochte, Paris, das Paris des zweiten Kaiserreichs. Leben ... Damals wie immer: über die Denkenden schritt die Frau als Siegerin.

tu., Dresdner Volkszeitung 18.6.1912

46

Musiklärm

Karl Kraus sagt einmal irgendwo: «Wenn zwei Deutsche zusammen sind, so gründen sie einen Verein. Stirbt der eine, so erhebt sich der andere zum Zeichen der Trauer von seinem Platz.» Einen «Antilärm» zu gründen, bekommen nur Deutsche fertig. Immerhin, es gibt ihn.

Der Lärm spielender Kinder auf den Straßen ... baut Spielplätze! –

Babygeschrei in den Wohnungen ... Rabitzwände – zwei Schwurfinger der Bauschieber dick.

Teppichklopfen, Hundewauwau, die Straßenbahnen –: alles ist noch zu ertragen.

Aber wie, wenn eine o-förmig den Mund öffnet, eine den Klaviersessel höher dreht, einer das Kolophonium zückt? – Hier läßt uns alles im Stich: die Justiz, die ein Ausziehen nicht für gerechtfertigt hält – (auf der Stelle würden die Wirte die Kontrakte ändern), die Verwaltung, die sich, wenn sie Polizei heißt, eher damit befaßt, die Parteiangehörigkeit der Droschkenpferde zu ermitteln, – wir sind geliefert. Das hämmert, das gackert, das kratzt und lärmt. Wenn es noch gute Musik wäre! – Wenn es noch eine stille Stunde wäre, die dem Nachbar eingibt: Du mußt jetzt einmal ein schönes Volkslied spielen, einen Tanz ... Es ist (in den meisten Fällen) die schmierige Eitelkeit, sich durch diesen Lärm herauszustellen. Die Musik wird überschätzt.

Wenn einer zu stumpf ist, je ein ordentliches Buch zu lesen, zu dumpf, sich um Politik zu kümmern: Musik wird in seinem Haus gemacht. (Sie wird gemacht; da ist sie nicht.) – Nichts gegen gute Konzerte, gegen schöne Wanderlieder, rhythmische Lustigkeit – nur nicht dieses kleinbürgerliche: «Meine Tochter muß Klavierstunden haben.» Nein! sie muß nicht. Es ist geradezu fürchterlich, daß man keine drei Häuser weit mehr gehen kann, ohne dieser Musikpest zu begegnen, die die Gesunden, Nichtbeteiligten ansteckt, aber die Ausüber leider nicht tötet ... Es will nichts, aber auch gar nichts heißen, daß eine den Schubert ganz hübsch singen kann, eine andere den Liszt geläufig spielt. Na und –?

Sie tun es nicht, sicher nicht, nur, um ihre Mitmenschen mit der fertigen Leistung zu erfreuen. Es ist eine liebe, aufgeblasene Eitelkeit, die uns das Leben, nein, die Wohnung zur Hölle macht.

Künstler tun das nicht. Es sind bourgeoise Dilettanten, die sich und die Musik überschätzen. Man sollte sie in ihre Klaviere sperren.

tu., Vorwärts 22.6.1912

47

Mehr Photographien!

Im Berliner Gewerkschaftshaus hängen an den Wänden Photographien verstümmelter Hände. Betriebsunfälle der Holzarbeiter. Sie wirken: das rüttelt die Gleichgültigsten auf, bis weit nach rechts setzt es schmierige Feuilletons.

So etwas verdient Nachahmung. So ein Blatt mit den halbierten Fingern redet (agitatorisch) mehr als Statistik, Berichte, als die aufreizendsten Reden. Mehr Photographien! –

Es gibt schon welche. In der Wohnungsenquete der Ortskrankenkasse für den Gewerbebetrieb der Kaufleute sind einige Wohnungsaufnahmen, die den Unkundigen erblassen machen – sie sind noch zu mild, zu abgetönt, in Wirklichkeit ist es schlimmer. Aber sie wirken. Da ist eins – 1911 –: ich überlege mir immer, wenn ich es sehe, warum man es nicht längst verwertet hat: In einer Küche – 4,00 M., 2,75 M., 2,60 M. – arbeiten vier Personen, darunter zwei schulpflichtige Kinder – an der Herstellung von Knallbonbons ... Dreck, Unordnung, schlechte Luft ... Warum nimmt man dies Bild nicht, photographiert eine bürgerliche Hochzeitsgesellschaft, einen Tanz – und setzt beide nebeneinander? – Ganz ohne Text, oder vielleicht nur: Hier muß jeder nach seiner Fasson selig werden! –

Wir brauchen viel mehr Photographien. Eine Agitation kann gar nicht schlagfertiger geführt werden. Da gibt es keine Ausreden – so war es, und damit basta.

Wie wäre es mit einer Aufnahme von Sistierungen in Berlin? – Oder: Streikposten und Polizei. Oder: Der Feldwebel Kornischke bei der Rekrutenausbildung. Oder eine Hinrichtung ...?

Nichts beweist mehr, nichts peitscht mehr auf als diese Bilder. Es gibt so wenige, zerstreut, durch Zufall entstanden. Das ist nichts. Systematisch muß gezeigt werden: so wird geprügelt, und so wird erzogen, so werdet ihr behandelt, und so werdet ihr bestraft. Mit Gegensätzen und Gegenüberstellungen. Und mit wenig Text. Etwa eine Serie: Illustrierte Kaiserworte ...

Ungeahnte Möglichkeiten eröffnen sich: Bethmann, das Deutsche Reich regierend. Oder: Wilhelm II., ein Todesurteil unterschreibend. Oder noch höher: Jagow, einen vernünftigen Erlaß diktierend. Aber freilich: Das Unmögliche kann man nicht photographieren. ...

tu., Vorwärts 28.6.1912

48

Harun-al-Raschid

Ein Berliner Polizeipräsident hatte die Angewohnheit, sich gleich jenem glorreichen Kalifen Harun-al-Raschid in minderer Kleidung unter das Volk seiner Stadt zu mischen, um daselbst die Meinungen und Klagen des gemeinen Mannes höchst persönlich zu vernehmen. Eines Tages begegnete es ihm, daß er an einer Pferdetränke stand und dort mit anhörte, wie der Kutscher – wie es nun einmal die Art dieser Leute ist – sich in unziemlichen Worten über die Gesetze und Bestimmungen, die Pferdelenkkunst betreffend, ergingen und dieselben heftig schmähten. Harun-al-Jagof trat herzu und gab seiner Meinung dahin Ausdruck, daß die Klagen der Supplikanten wohl auf Übertreibungen beruhten. Darauf trat einer aus dem Haufen heraus und sprach also: «Nu will ick Ihnen mal wat sa'n. Nu setzen *Sie* sich ma uff'n Bock un kutschieren, und ick wer drinsitzen un denn passen Se mal uff, wat passiert.» Der glorreiche Harun-al-Raschid tat also und siehe, es begab sich, daß er nach einer halbstündigen Fahrt 71mal wegen Übertretung der Droschkenfahrpolizeiordnung aufgeschrieben wurde. Er wandte sich darauf ein wenig erstaunt (aber trotzdem seinen Adel nicht vergessend) zu dem im Fond des Wagens lehnenden Rosselenker und sprach: «Nun wohl! Ich sehe es. Aber sage mir doch, wer versteht denn eigentlich bei euch die Bestimmungen dieser Verordnung?» –

«Die Pferde», sagte der Mann des Volkes.

tu., Vorwärts 11.7.1912

49

Neue Bücher (mit Waschzetteln)

Jagows Erlasse. Auswahl in 23 Bänden.

Der liebenswürdige Humorist parodiert hier auf das glücklichste den Übereifer unserer Beamten. Kein Auge bleibt bei diesen köstlichen Einfällen trocken. Das Buch ist unserem Dallwitz gewidmet. Es sei jedem Griesgram empfohlen! –

Wegweiser für Nationalliberale ... schon längst erheischt. Wie sollte er sich sonst zurecht finden? – Hier findet er Anweisung und Führung.

Wie benehme ich mich auf der Polizeiwache? – Mit vielen Bildern über das Boxen im allgemeinen.

... dann zieht der deutsche Untertan einfach das Buch aus der Tasche, schlägt auf: S. 67. «Anschnauzen und Zurufen des Wortes: Paß uff, du Zylinderotto!» – und reagiert dementsprechend. Unentbehrlich für Arbeiter. (Für Studenten existiert eine Sonderausgabe.)

Der kleine Soldatenschinder ... bis zur Perfektion – «Schon nach kurzer Zeit habe überraschende Wirkungen erzielt. Wachmeister R. in B.» Hunderte von Anerkennungsschreiben. Auf allen Kriegsgerichten in Gebrauch!

Kurt, Vorwärts 12. 7. 1912

50

Haasenbraten

Nunmehr klauben die Herren Verteidiger
für sich die 4000 Mark – Belohnungen –
und wer verhörte auch schließlich schneidiger
in den Moabiter Gefängniswohnungen?

Wer redete 24 Stunden,
bis der Defraudant beinah an Nervosität gestorben, –
und sagte schon: ja! – und so wurde das Geld gefunden –
die 4000 Mark sind wirklich redlich erworben …

Nächstens wird auch noch der Staatsanwalt einen Preis
ausschreiben,
und so bekommt es der Rechtsanwalt zu verschiedenen Malen –:
aber am Schlusse wird dieser doch der Gelackte bleiben –
denn wovon wird Haase nunmehr das Honorar bezahlen?? –

Kurt, Vorwärts 16.7.1912

51

Die Stimme des Blutes

Auf dem Frankfurter Bundesschießen,
allwo sie ihre Gewehre knallen ließen,
senkte Prinz Heinrich den rauchenden Lauf
und sagte folgende Rede auf:

«Untertanen! Stammesbrüder und Träger
des nationalen Gedankens – ihr seid die Jäger,
ihr seid die Schützen eichenumlaubt,
vaterländisch, gehorsam und überhaupt.

Wer uns im Geldverdienen will stören,
der tut ja woll nicht zu uns gehören! –
Darum rufen Sie Hurra – ich bitte Sie –
für Kaiser, Reich und Kompagnie! –»

Wer wird nur so mit dem Feuer spielen
Hoheit blieben besser bei Ihren Automobilen,
denn erstensmal: dort bewundert man Sie,
und zweitens: wir kennen die Melodie! –

Gewiß: Sie sind schuldlos wie eine Lilie,
das liegt nun einmal so in der Familie ...
Aber wir wünschen durchaus keinen Chor:
das Solo kommt uns genügend vor. –

Kurt, Vorwärts 18.7.1912

52

Doping

Da sind so Schieber unter den Trainern und Jockeys, die geben den Gäulen vor dem Rennen Arsenik ein oder Kali oder Morphium. Das peitscht die Tiere (für Viertelstunden wenigstens) auf und ruiniert sie für ihr Leben. – Dieses Manöver nennt man «Doping», und die Blätter sind zeitweilig voll davon: Skandal, Ausschlußurteile, Betrug! – und so ... Man will eine gewaltsame Aufpulverung der Kräfte verhindern. Bei den Pferden tut es Morphium oder Elektrizität – und sie verbieten es.

Wer verbietet das «Doping» der Arbeiter?! – Kein Mensch. Der Arbeiter wird durch den Hunger «gedopt» oder durch die Furcht daran, durch den einfachen, klaren Denkprozeß: entweder – oder du liegst auf der Straße.

Was ist das anders als Doping, wenn man die Bergleute in unsichere Schächte hineinjagt, ihnen keine Zeit läßt, ihr Leben zu sichern: arbeiten! arbeiten! – Sie gehen drauf, wie die Fliegen gehen sie drauf, aber was macht das Doping! –

Aus diesen Leuten wird das Letzte herausgeholt, mit 35 Jahren sind sie alt, über 40 wird keiner – Doping. Hetzen, treiben, mehr, mehr, immer noch mehr – Doping.

Nur auf dem Rennplatz ist das verboten. Ein Rennpferd ist eine teuere Sache.

tu., Vorwärts 11.8.1912

53

In Zivil

Dieser Tage sah man in der illustrierten Scherl-Presse ein Bild: König Alfons von Spanien in London. Das wäre nun weiter nichts Merkwürdiges, aber die Fotografie zeigt den erhabenen Herrscher in Zivil. Mein Gott! – er sieht ein bißchen jämmerlich aus, wie ein Zigarettenreisender etwa, dem gerade gekündigt worden ist ... Dabei sitzt der Rock tadellos, und von seinem Kragen läßt sich sogar feststellen, daß er fleckenlos ist ... Und doch ...

Und doch sieht der ganze Junge so unendlich bemitleidenswert aus, so – verunglückt, so – bestellt und nicht abgeholt. In Uniform strahlt der Habsburger repräsentierend und seine Unterlippe wirkt ausgesprochen historisch ... In Uniform.

Und man ist versucht, sich so allerhand Herrschaften in Zivil vorzustellen. Nicht bloß so in bürgerlicher Kleidung. Nein: so ganz losgelöst von ihren Hintergründen, wie Villen, Diener – von denen sich diese Gattung Menschen auf das wirkungsvollste abzuheben pflegt. Ein paar würden ja die Probe aushalten – aber bei den meisten gäbe es ein klägliches Schauspiel. Wie wenn man eine ägyptische Königsmumie auf den Potsdamer Platz stellte.

Denn gerade bei uns, in Deutschland, kann nicht oft genug daran erinnert werden, daß ein buntgekleideter Unteroffizier – zivilistisch gesehen – nur ein ehemaliger Fuhrknecht ist, der peitschenknallend seinen Mist fuhr ...

tu., Vorwärts 14.8.1912

54

Na also –!

Wer wird hier totgeschwiegen? Wer will sich hier beklagen? Frank Wedekind wird immer populärer. Daran ist kein Zweifel, denn die neue Revue des Metropoltheaters nimmt ihn auf. «Julius Freund hat das Thema der Berliner Wedekindwoche zu einer von Rudolf Nelson vertonten Gesangsnummer benutzt, die den Dichter Frank Wedekind, seine Kämpfe, sein Schaffen und seine Zensoren behandelt. Giampietro, dem in der neuen Revue wieder eine große Rolle zugedacht ist, wird in der Maske Frank Wedekinds als Pierrot erscheinen.»

Ist das nun Popularität oder ist das keine? Fünfzigtausend Menschen werden in ihren Schlagwortkasten vulgo Gehirn in eine Schublade diese Begriffe tun: Wedekind, Zensor, Schweinerei, Giampietro, Metropoltheater. Ich glaube, ich glaube fast, es war schöner und reiner, als er noch nicht populär war; die, die ihn kannten, verstanden ihn. Wo soll das hinführen? Soll etwa Heinrich Mann in die Wochen kommen? Sollen die Bäcker Wassermann-Hörnchen verkaufen?

Heinrich Mann, Jakob Wassermann, Frank Wedekind – sie können und dürfen nicht populär werden. Unsere Zeitgenossen sind schon verlogen genug, aber niemand von ihnen ist heute mehr so christlich, daß er seine Feinde liebt.

tu., Pan 15.8.1912

55

Gleichzeitigkeit

... Das ungeheure Wunder der Gleichzeitigkeit ... Sie ist eines. Dies zu denken: du sitzt auf dem Hof der Fabrik und frühstückst, hier in Berlin, etwa in der Köpenicker Straße, und gleichzeitig, während du das tust, weht – heute angenommen, morgens ½ 11 Uhr – der Wind oben auf einem Gletscher der Jungfrau ein bißchen Schnee zusammen, rings ist es totenstill ... und zur gleichen Zeit kochen wirbelnd 3000 Mexikaner im Rund einer Arena wie in einem Topf um einen irrsinnigen Stier und die Eingeweide zweier Pferde ... und zur gleichen Zeit stehen sich in einem hohen Haus zu Chicago zwei Männer gegenüber, Blick in Blick, die Hände fest auf dem Tisch ... und irgendwo brüllt einer auf, im

Echo des Waldes, und Wilde stoßen auf Kanoes vom Lande ab, und einer sagt: Claire ... nicht, nicht weinen! Ruhig sein, so ... so ... Alles, während du frühstückst.

Das ist so eine Sache mit diesem Wunder: Da steht zum Beispiel in prächtiger Uniform der Herrscher eines Landes auf einem gelbsandigen Platz, der weit von Menschen umsäumt ist, und spricht: Ehre des Vaterlandes ... sagt er ... und: jedem das Seine! ... und: Bürgerrechte und Frieden – – und während alledem pufft und knufft ein Wachmann einen armen Inhaftierten auf der einsamen Polizeistube, tausend Meilen entfernt von dem redenden Herrscher, aber zur gleichen Zeit ... Oder in einer Gerichtsverhandlung erhebt sich der Staatsanwalt und sagt krähend: «– und so haben diese Burschen das Leben der Arbeitswilligen verletzt! Das Leben aber und die Gesundheit der Bürger ... schützen ... – –» und während alledem wirbeln in einem entfernten Bergwerk, tief unter der Erde, Knochen und Arme und Köpfe durcheinander, schwarzer Rauch stickt das Stöhnen Zerrissener ... Alles zu gleicher Zeit. Und man kann es dem lieben Gott, der doch von oben alles übersehen kann, nicht verdenken, wenn er hier und da, wenn sie ihm die ‹Kreuzzeitung› zu lesen bringen, ein bißchen lächelt ...

tu., Vorwärts 16. 8. 1912

56

Der Kopfarbeiter

Bethmann Hollweg, der Kanzler des Reiches,
hielt in seiner Hand etwas Weiches,
und dies war ein abgeschältes Ei –
(um ein weniges Salz war auch dabei).

Und während er langsam die Eihäutchen lupfte,
und das Gelbe sorgsam mit Butter betupfte –
(mit grausig viel Butter – jedem andern wird mies –)
sprach der längliche Beamte dies:

«Wie schwer hat es doch so unsereiner!
Die andern haben es viel, viel feiner:
sie schuften ein Jahr lang mit Emsigkeit
und freuen sich auf die Ferienzeit …

Wohin *ich* aber mein Haupt auch lege:
ob ich in den Ferien der Ruhe pflege,
ob Deutschland in Rußland ein Vorteil entwischt,
ob im Parlament der Heydebrand zischt –

ich merke nischt!» –

Kurt, Vorwärts 18. 8. 1912

57

Referendarexamen

Aber ist es nicht schließlich mit jeder Psychologie so? – Sie ist nur so lange richtig, wie wir unter den Bedingungen leben, unter denen wir die Richtigkeit ihrer Leitsätze erkannt haben – ohne deswegen die uns beherrschende Macht brechen zu können –; kaum sind wir aber heraus, so wundern wir uns ein wenig, zucken die Achseln und sind nicht einmal mehr Gegner einer Sache, die wir nie erlebt zu haben glauben … Eine Gotteslästerung ist ein klares schönes Ding – aber ein Mann, der über Glaubensstreitigkeiten steht, der sich nur über sie wundert, weil er mit wichtigeren Angelegenheiten beschäftigt ist – das ist etwas Schreckliches. Einen gegen uns kämpfen zu sehen, bereitet fast Freude, – einer, der gar nicht weiß, daß wir ebenfalls auf der Welt sind, ist uns unheimlich …

Und so war es mit der Schule und mit dem Studium und mit den Examina – und den Frauen … – und so wird es vielleicht einmal mit allem sein – …

Schmale Türen öffnen sich, und die Studenten brechen rempelnd herein, auf die krachenden Bänke. Vorne sagt eine leise Stimme etwas, Bücher klappen, Räuspern, die vier schwarzen Examensvögel sitzen wie auf einer langen Stange, mit eingezogenem Hals, gebückt ... Einer liest: aus einem umfangreichen Buch trägt er in der alten gewichtigen Sprache der Gelehrsamkeit aller Länder einen Rechtsfall vor, der die Köpfe von vierzehn Jahrhunderten umklammert hielt wie ein eiserner Reifen: «Ebenso wenn», sagt er auf lateinisch, «eine Wehmutter ein Heilmittel eingibt und darauf die Frau stirbt, so entscheidet Labeo, daß sie sie, wenn sie ihren Händen anvertraut war, offenbar getötet hat; wenn sie es aber so dargereicht hat, daß die Frau es selbst nahm, so ist eine actio in factum zu geben, allwelche Ansicht richtig ist: denn sie hat mehr eine Bedingung zum Tode gesetzt als selbst getötet. Wenn einer mit Gewalt oder vermittels Ratschluß eine Arzenei einflößt, sei es mit dem Mund oder mit einem Klystier oder sei es, daß er ihn mit einer üblen Arzenei bestreicht, so haftet er nach Maßgabe der lex Aquilia auf dieselbe Weise, wie die supponierte Wehmutter haftet.»

Das ist schwierig; der Student blickt den Professor, der wohlwollend vorbereitet neben den Kollegen sitzt, nicht freundlich an. – «Na, versuchen Se's mal!» – Er sei der Ansicht, sagte der Geprüfte, daß man diesfallsig mit der lex Aquilia vorzugehen in der Lage sei, vorbehaltlich einer näheren Prüfung der beiden Tatbestandsmerkmale der iniuria und des corpore corpori datum. Der Professor nickte. Er besaß 16 Kinder. Ja, das könne man. Wenn man auch eine diesbezügliche praktische Erfahrung des Studenten nicht annehmen könne, – hier lächelten die übrigen Examinatoren, soweit sie noch nicht schliefen – so müsse man doch sagen, daß der Fall im Großen und Ganzen richtig gelöst sei. (Oh! Er wußte wohl, daß es heutzutage, für die moderne Jurisprudenz, darauf ankam, auch das Praktische nicht zu vernachlässigen, ohne deshalb die Hauptsache, die Konstruktion, außer Acht zu lassen. Aber in Breslau haben sie einem Arzt einen Monat Gefängnis aufgepackt, weil eine Hebamme, während er sich die Hände wusch, aus eigener Nachlässigkeit ein Mittel anstatt äußerlich innerlich anwandte. Er hätte prüfen sollen, ob ... Und an das andere Corpus iuris, den

Hexenhammer, ist zu denken: «Fünfunddreißigste Frage dieses letzten Teiles. Über die Arten jedwede Hexen abzuurteilen, die in frivoler Weise oder auch berechtigt appellieren.»)

Worauf der Professor anhub, über den zweiten Prüfling mit einem Gestöber von Fragen herzufallen: wie denn die Römer ihre Schulden bezahlt hätten, und wie sei denn das mit der Übertragung des Eigentums bei ihnen gewesen, he? – und welche Klage hätte denn der anstellen müssen, um eine fremde, aber bewegliche Sache einem unrechtmäßigen Besitzer wieder abzunehmen? – Antworten kamen, zögernd, eingelernt, aber sie kamen und wurden vorne nur von dem Fragenden vernommen, die andern stierten längst, trüb und starr, in Hefte oder auf die gegenüberliegende Wand. Einer hielt die Augen geschlossen. Es war nicht ihr Fach ...

Hinten summte es: die Fragen wurden schneller beantwortet als es je ein Prüfling vermocht hätte, leise Entrüstungsschreie über falsche Aussagen wurden laut. Man versuchte zu soufflieren, blätterte verzweifelt in kleinen Bücherchen. Einer schrieb heimlich mit ...

Einer nach dem andern der zu Eis gefrorenen Professoren und Räte taut auf. Sie fragen: unregelmäßig, gedehnt oder sich überpurzelnd, sie reden unaufhörlich. Begriffe wünschen sie definiert zu sehen, Theorien erörtert, Gesetze geschichtlich entwickelt ... Einer, der es mit dem Strafrecht hat, erfindet blutrünstige Geschichten. Man denke sich, wie ein Strolch, ein herumlungernder Lump, sich auf eine einsame Dame stürzt, mit abscheulichen Absichten – – – Schon hat der Unhold sie zu Boden geworfen, da bemerkt er an ihrem Halse ein kleines Medaillon. In seiner Brust ringen zwei Pläne um die Oberhand – Hunger und Liebe – sozusagen – er entreißt ihr das Schmuckstück, entflieht ... Schuft, der er ist ... Wie sei zu entscheiden? – Wäre nicht hinsichtlich des einen zwar nicht begangenen sittlichkeitsverletzenden Deliktes Rücktritt vom Versuch anzunehmen? – Oder wie? – (Da der Student nur wenig stammelt): ein anderer Fall. Ein Bauer sitzt in der Kirche, lauscht träumend der Predigt und sieht plötzlich, wie sich hinten, im düstern Schiff des Gotteshauses, seine Tochter von einem Burschen, einem jungen Knecht, mit nur schwachem Widerstreben schamlos begreifen läßt. Es gibt da so einen gewissen

Griff, der Bauer kennt ihn … Er wird also etwas auf Platt durch die lauschende Kirche brüllen, etwas sehr Grobes, nicht recht Wiederzugebendes … Mitten in der Predigt wird das klatschen wie ein Stein in ein Goldfischglas … Wie steht es mit dem Paragraphen hundertsiebenundsechzig? – Sie wollen Straflosigkeit annehmen? – Gewiß, der Bauer ist im Notstand, aber ist das eine Gefahr für Leib oder Leben? –

Und so geht es fort. Die Geprüften werden einiges wissen, vieles nicht. Sie werden Fragen inbetreff des Gerichtsstandes der Personen, die keinen festen Wohnsitz haben, beantworten müssen und werden sich – am besten in lateinischer Sprache – darüber zu äußern haben, inwiefern die Hinzuziehung von drei Zeugen bei einem altrömischen Testament genügte …

Und dann werden sie herausgeschickt und wieder hereingerufen werden, und nur einer wird es nicht bestanden haben, und die andern werden mit einem Freund («Mensch! mach bloß dein Examen!») nach Hause eilen in die Arme der beglückten Mütter, Bräute, Schwestern, an die geldspendende Hand des Vaters … *Sie* haben es hinter sich: *sie* denken nie wieder daran.

Grund genug, auch in der Ausbildung unserer Juristen die Baisse einer Strafjustiz zu sehen.

tu., Pan 22.8.1912

58

Die Wand

(Mehr zum Vergnügen als für die Praxis): So wie es Romane gibt, die auf dem Prinzip der trennenden Tür aufgebaut sind, – sie können zusammen nicht kommen, sei es, weil das Wasser zu tief ist, oder weil eine alte Tante dagegen ist, oder die Moral, oder das Geld, – fiele die trennende Tür, wir wüßten nicht, wo das Buch bliebe –; so gibt es auch Badeverwaltungen, die ein richtiges Familienbad für einen – wie sagt man? – einen Pfuhl halten. An der Nordsee hat man beim Baden keine Zeit, auf schlechte Gedanken zu kommen: man übersieht das meiste, freut sich, wenn man einen Menschen mit einem schönen Körper sieht, und planscht im übrigen im Meer.

Mecklenburg (dessen Wappen man schon an der Stirn ansieht, mit wem man es zu tun hat) ist noch nicht soweit. Mühsam, und wohl auch nur, weil das zahlende Publikum es so gewollt hat, ist man zum Bau eines Familienbades geschritten. Das heißt: baden dürfen die (Pardon!) Geschlechter schon (Pardon!) zusammen – aber zum Trocknen werden sie – gesondert, nach Maßgabe ihrer Zugehörigkeit zum einen bezw. zum anderen – in viereckig eingezäunte Sandplätze gelegt. Frauen und Männer, getrennt durch eine Bretterwand. Man muß es dem asthmatischen Rechnungsrat und dem mit Hämorrhoiden behafteten Badedirektor lassen – der Einfall ist grundlos, aber witzig genug. Kann sein, daß sie an die wirklich scheußlichen Frauenkörper gedacht haben, die man hier zu sehen bekommt, es ist nicht jeder Frau Sache, sich große Füße und einen übervollen Busen, einen ungepflegten Leib begaffen zu lassen – der Einfall ist witzig genug. Zeigt aber, daß es allemal die Mucker sind, die schon frühmorgens um 10 Uhr nicht mehr Herr ihrer Begierden sind.

Eine Wand ist die Mutter des Astlochs.

tu., Vorwärts 22. 8. 1912

59

Kölner Karneval

In Köln, da stach ein buntbemützter Junge
in eine Dame, die er sich gekauft …
er stieß sie in die volle Brust, die Lunge, –
«roh» meinen Sie? – Mein Gott, er war besauft! –

Nun ja, er hatte eben einen kleenen –!
Und außerdem, auf medizinischem Gebiet:

litt seine Mutter nicht an heftigen Migränen?
Und sowas rächt sich bis ins zweite Glied! –

So spricht ein Universitätsprofesser,
erblich belastet, siehste wohl?
Nur daher sticht der Korpsstudent mits Messer –
(auch reagiert er stark auf Alkohol) ...

Kurt, Vorwärts 24.8.1912

60

Die patriotische Synagoge

Am Montag wird zu Berlin eine neue Synagoge im Beisein eines Kaiservertreters eingeweiht werden. Die Kuppel ist mit *Cadiner Kacheln* aus der Fabrik Wilhelm II. geschmückt.

Der Weg von Galizien bis zur Fasanenstraße – da steht das neue Bethaus – ist weit. Es hat lange gedauert, daß er zurückgelegt wurde – über hundert Jahre. Aber die alte Ausnahmestellung der Juden zu beseitigen, das ist dieser zähen Rasse bis heute nicht ganz gelungen. Die Offiziere nehmen sie nicht, und die hohen Staatsbeamten nicht. Das mit den Offizieren läßt sich verschmerzen. Außerdem ist der Jude intelligent und ... überhaupt für den Offizierstand ungeeignet. Anders die Sperrung der Beamtenkarriere. Was da momentan an leitenden Stellen sitzt, sieht man: man haut Abrahams Söhne links aufs Ohr, man haut sie rechts aufs Ohr, – und die Unfähigkeit einer Kaste wird, wie die gesamte auswärtige Politik, erst dann Sache der Nation, wenn man die Knochen der Soldaten braucht.

Der Jude ist noch heute von vielem ausgeschlossen; er wird «regierungsseitlicherseits» nicht allzu freundlich angesehen. Wie alles, was die Regierung Preußens tut, ist das dumm und unpraktisch. Denn *wie* konservativ der Jude ist, zeigt sich in der Fasanenstraße.

Hier kommen die sonst Geprügelten, Verachteten zusammen

(die nur liberal sind, weil man sie nicht für voll nimmt ...), hier *kacheln* sie mit *kaiserlichen Ziegeln*, hier steht unter ihnen ein hoher Offizier ... Fühlen sie nicht, wie sie sich verspotten? – Was denkt sich der Kaiservertreter unter Leuten, die er nie in seinen Kreis wählen würde? – Jüdische Rekruten werden schikaniert – es ist würdelos.

Die *Staatsbürgerin* wird pöbeln, daß Wilhelm II. jemand in seinem Namen gesandt hat, der diensttuende Rabbiner wird von neuem die «unverbrüchliche Treue zum Kaiserhaus» bezeugen und der hohe Offizier muß, muß, muß niedrig von Menschen denken, die sich selbst erniedrigen. Früher ...

In Prag steht heute noch, unter Mietshäusern, die «Judenschule», eine uralte Synagoge, halb unter der Erde. Da saßen sie, alte und junge, und beteten verängstigt, wenn draußen scharfe Pfiffe gellten und die Steine gegen die Fenster prasselten. Hepp! Hepp! – Und rückten noch enger zusammen und beteten lauter ...

Das Auge ihrer neugetauften Nachkommen aber sieht glänzend, gleißend, hoch oben an der Kuppel: – *Cadiner Kacheln*.

tu., Vorwärts 25. 8. 1912

61

Berliner Nachtkultur

Nacht! Nacht! – nicht Nackt ... (Mit der Nacktkultur ist das so eine Sache, sie ist im Aussterben, ihre Jünger waschen sich nicht mehr so häufig ...) Mit der Berliner Nachtkultur aber ist es so bestellt:

In einem Raum mittlerer Größe sitzen an den Tischen die Lehrlinge und jüngeren Angestellten der bedeutenderen Berliner Firmen, untermischt mit Studenten, die durch Einklemmen eines runden Glases in eins ihrer Augen und durch eine saloppe Haltung eine vornehme Abkunft vorzuspiegeln sich bemühen – und andererseits sitzen an den Tischen jene Art Frauen, die der kundige Beobachter, dem mittleren Bürgerstande und der Provinz entsprossen, nicht zu Unrecht als leichtfertig und zweifelhaft zu bezeichnen liebt. Die Vertreter beider Geschlechter stehen in regem Ge... Gedankenaustausch: es kann sogar im Laufe des Abends vorkommen, daß ein munteres Scherzwort, wie: «Na, Kleener!» – einen Heiterkeitssturm bei den Umsitzenden auslöst. Auffallend für den nicht Einheimischen ist das Bestreben, mehr zu scheinen, als man ist: der Kommis gibt vor, ein Graf zu sein – was ihm oftmals nicht allzu schwer fällt – junge Leute, die tagsüber Seidenrollen in die richtigen Fächer zu transportieren haben, legen hier das sorglose Benehmen eines «Lebemannes» an den Tag, und die Damen ...! Es ist ganz erschrecklich, wie diese armen Wesen sich anstrengen müssen, um den anwesenden Herren eine Eleganz, einen Duft von – großer Welt vorzutäuschen, einen Stil, den diese einst ehrsamen Töchter fleißiger Handwerker nicht von entfernt gerochen haben. –

In der Mitte ist Tanz. Man beliebt, offen das Letzte der Liebe hierbei anzudeuten ... Musik gibt es, helles Licht, Leute, die hinausgehen, und solche, die prüfenden Auges hereinkommen ...

Und ich kann nicht umhin, zu betonen, wie sehr traurig das alles ist. Es hat nicht den Ton unbefangener Fröhlichkeit, aber auch nicht die Kultur einer durchtriebenen Pariser Kokotte – Ladenschwengel, Frauenzimmer, Pack, das sich mit Gewalt höher schrauben will und sich vornehm dünkt ...

Es ist zu blöde, um unmoralisch zu sein.

Wofern aber einer hier mit dem mittelalterlichen Geschütz der «Moral!» aufrücken wollte, so fällt mir der Hund auf der Straße ein, der sich flöht; sein Herr verbietet es ihm. Er sollte ihn baden!

tu., Vorwärts 28. 8. 1912

62

Die Festrede

Ein ungefährer Überschlag ergibt, daß am 2. September (mindestens) 15 000 Festreden in den dazugehörigen Sedanfeiern steigen werden. Wir alle kennen diese papiernen Sätze (eine Rede ist keine

Schreibe, hat – für die Deutschen vergeblich – Th. Vischer gesagt), wir haben sie an unser Ohr schlagen hören, als wir träumend in Schulbänken saßen, und später, in Kasernen und Akademien, gab es ähnliches ... Werden nicht noch heute wie damals Schlangen die Köpfe zertreten, Banner entfaltet und ins Wanken gebrachte Altäre des Vaterlandes dem gähnenden Schlund ... oder so ähnlich. Es gibt aber auch Festredner, die wie seiltanzende Exzentriks die Feindschaft gegen die Welschen (nicht Franzosen – Welschen ist das Wort, mit «Tücke» ewiglich gepaart) in großen Händen verstecken, um dem verblüfften Publikum Deutschlands Aufschwung vorzujonglieren. Hin – her, sie lügen alle.

Fühlen sie es nicht, daß sie lügen? – Sie fühlen es nicht.

Fühlen sie es nicht, daß es nur eines kleinen Spazierganges von 10 Minuten bedürfte, um der Festgesellschaft klar zu zeigen: hier sind Kinder, die essen nur alle drei Tage etwas Warmes, und hier sind welche, die schlafen zu Dritt im Bett, und diese da müssen 14 Stunden Erntearbeit verrichten, und hier ist einer, der weiß seit Monaten nicht mehr, wie Fleisch schmeckt ... Fühlen sie nicht, wie sie lügen, wenn sie ein Land preisen, dessen Einwohner über die Grenzen müssen, um drüben billige Nahrungsmittel einzukaufen ...?

«Und so bitte ich Sie, verehrte Festversammlung, mit mir einzustimmen ...»

Gewiß, stimmen sie ein. Denn sie *verdienen* alle, alle.

tu., Vorwärts 1. 9. 1912

63

Logik

Unter allseitigem, dreimaligem Hurra
sagte ein Professor zu Kalifornia,
man solle den Friedens-Nobelpreis dem deutschen Kaiser geben,
denn trotz seiner großen Armee lasse er alle Leute leben.

Er hätte so unzählig viele Menschen zum Schießen –
aber nichtsdestotrotz täte er kein Blut vergießen …
Und überhaupt sei er ein Friedenslicht:
er könnte wohl, aber er tut es nicht.

Folgend diesen Ausführungen des geschätzten Gelehrten:
Wie wär's, wenn wir mit dem Preis auch Jagown beehrten –?
Denn schließlich könnte es dieser Beamte noch weit blutiger treiben …
aber er ist friedlich und freut sich, wenn die Witzblätter über ihn schreiben.

Bliebe als dritter unser «großer» Minister –.
Abgesehen von den beiden obenerwähnten Männern, ist er
nicht friedlich? – Früher, war der eine hungrig, der andere satt.
Heute ist dieser feindliche Gegensatz verschwunden, da niemand mehr etwas zu essen hat …

Ihm gebührt der Preis! – Von wegen dem mangelnden Fleischgericht:
Er könnte wohl, aber er tut es nicht.

Kurt, Vorwärts 1.9.1912

64

Die Pensionierten

Nur mit milder Rührung siehst du den alten, etwas ergrauten Herrn jeden Morgen auf seinen Gichtbeinen die Promenade entlang wandeln … Sein Scheitel ist auf eine unmögliche Art nach hinten gezogen, bis zum Kragen herunter, seine Schultern sind ekkig, aber noch erinnert eine hölzerne Haltung daran, daß dieser Mann jahrelang der Schrecken hunderter junger, in eine bunte Uniform gesteckter Leute war. –

Dies zu denken: einst marschierte er starken Schritts durch die muffigen Korridore der Kaserne, und wo seine machtvollen Schnurrbartspitzen erschienen, setzte es Bestürzung und Arrest. Seinetwegen mußten viele tagelang in schlecht gelüfteten Zimmern auf einem niedrigen Bett hocken (den Rock bis oben hin zugeknöpft), seinetwegen litten hundert, zweihundert Mann brennenden, wütenden Durst, weil er, der Gott, der sich satt getrunken hatte, es so wollte. Und nun …

Es gibt nichts Kläglicheres, als die alten pensionierten Soldaten. Ihrer Abzeichen und damit ihrer Macht entkleidet, gehen sie herum, meist sind sie leberleidend, denn sie haben früher gern ein bischen getrunken, was kann ihnen das Leben noch bieten, da es ihnen nun nicht mehr gestattet ist, ihre Mitmenschen anzubrüllen und ein wenig zu quälen, durch einen Gewaltmarsch etwa …? Schreien sie nunmehr einen an, einen jungen kräftigen Mann zum Beispiel, sie könnten ihre Knochen aufsammeln. Denn sie haben ja nie durch die Macht ihrer Persönlichkeit gewirkt, da war ja keiner, der sich nicht getraut hätte, wenn eben nicht das Kriegsgericht gewesen wäre. Solche Kerle waren es nicht. Es waren Militärbeamte.

Und das drückt sich nun herum, in Tölz oder in Aachen oder zu Oeynhausen, badet den alten Körper in heilkräftigen Quellen – und hier, im Zivil, wenn alle anderen arbeiten, oder mit frischen Augen wenigstens von einem Leben zu erzählen wissen, das aufgebaut hat und geschafft und gewirkt, – sitzen sie trübe herum, erinnern sich an alte Reglements und zeigen so recht, was hinter den schnauzbärtigen Majors und den gefürchteten Hauptleuten steckte: eine helle Stimme und ein halbes Hirn.

tu., Vorwärts 4.9.1912

65*

Lokales

Wie unser tu-Mitarbeiter aus lautersten Quellen erfährt, besteht die feste Absicht des Kaisers, auch einmal *Berlin* zu besuchen.

Die Sicherheitsmaßnahmen hat der bekannte Sicherheits- und Umstandskommissar v. J. übernommen.

Das Vergnügungsprogramm ist reichhaltig und munter: 1. Besichtigung der Stadt. (Wie verlautet, freuen sich Seine Majestät außerordentlich, auch einmal Berlin wiederzusehen.) 2. Polizeimanöver: Straßenschlacht. Die Jagd auf den Streikposten. Die blaue Partei hat hier wie immer die Aufgabe, die Roten durch Absperrungsmaßregeln zu bedrängen. 3. Besichtigung des unbestraften Berliners (ein Herr v. J.). 4. Vorführung des Lebens und Treibens der Bevölkerung: dieselbe ruft Hurra!, schwenkt mit Tüchern und ernährt sich auch sonst auf honette Weise. 5. Besichtigung des historischen Schnitzels.

Als besonderes Amüsement ist eine Gerichtssitzung gegen einen Korpsstudenten in Aussicht gehalten. Der betreffende Rechtsanwalt wird bereits jetzt – vorsichtshalber – eingesperrt.

Möchte doch unser Kaiser und Herr auch bei uns jenes Entzükken empfinden, das ihm andere Städte bereits eingeflößt zu haben die hohe Ehre hatten. Das walte Gott!

Anonym, Vorwärts 8. 9. 1912

66

Juristentag in Wien

Das räuspert sich und speichelt Paragraphen
in Reden, Gegenreden, Kommentaren ein …
Man ist gewissermaßen unter sich allein –
Der Redner spricht. Die andern Herren schlafen.

Das dünkt sich wohlerfahren, strotzt von Würden. –
Hier wird das Leben wissenschaftlich aufgefaßt: –
doch jeder Kerl, der eine schwere Last
zu Hafen trägt, weiß mehr als sie von unsern Lebensbürden.

Das glaubt noch an juristische Gewalten.
Und zwängt es sich nicht in Begriffe ein,

dann wird das Leben wohl nicht richtig sein ...
Das schwätzt und alles bleibt beim Alten.

Der Schöffe ist ein Strohwisch, eine Puppe ...
Was weiß der Landgerichtsdirektor mit der Atemnot
von Streik und Hunger und von Qual und Tod? –
Er urteilt ab, das andre ist ihm schnuppe.

Er geht nach Haus und deckt sich durch verdammte
Hochnäsigkeit und Akten und Papier
und Tinte ... Wozu sind die Professoren hier? –
Juristen? – Wissenschaftler? –
Richtbeamte! –

Kurt, Vorwärts 8.9.1912

67

Wen hat er gemeint?

In Heinrich Manns Göttin Diana finde ich diese Stelle: «Er ist unbestechlich und ich will nicht einmal sagen, daß er es aus Berechnung ist, – wohl eher aus Vorurteil und aus Eitelkeit. Wenn alle ehrlich wären, würde er stehlen, denn er muß *anders* sein, es ist bei ihm krankhaft.»

– – – – – – – – –

«Woher kommt er?» – «Aus dem Dunkel. Bald soll er Schauspieler gewesen sein, bald ein jüdischer Agent aus Buenos Ayres. Ich glaube, er ist einfach ein Literat ohne Erfindungsgabe. Er kann keine Charaktere aus eigener Kunst erwachsen lassen, aber er versteht die in der Wirklichkeit gegebenen sehr geschickt zu zergliedern. Darum geriet er in die Politik und treibt nun Seelenanatomie an Ministern und Finanzbaronen. Seine Kollegen erkennen die Menschen nur an den Abzeichen ihrer Partei, Della Pergolo weiß etwas von den Individuen. Er erklärt sie, was ja heute nicht mehr schwer ist aus ihrer Physis, und diese wieder aus dem Unterleib.

Der berühmte Dichter leidet ihm zufolge an einer Neurastheniker-Phantasie, befruchtet durch Verdauungsstockungen …

Bei den Prozessen der Bankdiebe ist der Staatsanwalt ein Monomane ohne Spur von Menschenkenntnis, der Richter ein am Hungertuch nagender leberkranker Neidhammel, die Geschworenen sind eine verstörte Herde von Hineingefallenen, der große Verteidiger ist ein behender Witzbold, trivial und sentimental, mit einer aus Kolportageromanen geschöpften Weltanschauung, und der Angeklagte ein gutmütiger und erblich belasteter Trottel. Alle miteinander sind über die Maßen einfältig, nicht ganz zurechnungsfähig und hinreichend verächtlich … Und zur Sühne für all seine unfruchtbare Bosheit gerät er von Zeit zu Zeit in Ekstase bei der Nennung des Namens Garibaldi. Er spricht von ihm nur mit einer zärtlichen Rührung und fast geheimnisvoll, so, als dürfe man ganz besondere Beziehungen ahnen zwischen ihm und dem Alten. Er schleudert den großen Namen allen denen entgegen, die etwas zu leisten glauben: ‹Seid wie er, wenn ihr könnt!› – mit dem Hintergedanken: ‹Wenn ihr so wäret, wäret ihr unschädlich.› Der tiefste Trieb in dem allem ist der Neid auf alle, die auch etwas können, und besonders natürlich auf die, die schreiben können. Della Pergolo ist ein Plebejer der garnicht begreift, wo er so viel Talent her hat. Mit ebensoviel Staunen wie Triumph berichtet er seinen Lesern von jedem Geheimrat, der ihn in seiner Wohnung aufgesucht hat, um ihn vermittels vertraulicher Mitteilungen an sich zu locken. Er nennt das: von der Schreibstube aus Macht gewinnen.»

Könnte mir vielleicht jemand der verehrlichen Leser sagen, wer hier Modell gesessen hat?

K. Tu., Pan 12. 9. 1912

68

Burschen heraus!

Die Ministerialverfügungen haben es nicht geschafft, die Kriegsübungen haben es nicht geschafft, «jetzt mögen die Vereine deutscher Studenten zeigen» … Nämlich, die proletarische Jugend zu fangen. Der Chemnitzer Korrespondent der ‹Täglichen Rundschau› hat anläßlich einer von Liebknecht geleiteten Jugendversammlung seiner Zeitung einen großen Brief mit vielen !!! geschrieben, von «nationaler Gegenrevolution» steht etwas darin, von «hinaus in Wald und Flur», von «verstaubten Altären der Sozialdemokratie» ... «Entscheidungsschlacht» ... «Zukunft» ... «jeder fünfte von euch Studenten besorgt das besser» ...

Die Studenten ... ihr neues Semester beginnt jetzt, und wer gerade einmal vorüber kommt, sehe sich die neuen Jugenderzieher an. Hier in Berlin z.B. eine Majorität von akademischem Proletariat (Philologen, Theologen), das zu einem Preis Privatstunden verzapft, den ein Maurer seinem Bauherrn vor die Füße werfen würde. Oder Leute, die das «Volk» als etwas Unbekanntes, Unangenehmes verabscheuen. Bleiben: Ausnahmen und nationale Schreier.

Und wenn die Jungens, Korrespondent, zwanzigjährigen Arbeitern etwas erzählen wollen, wenn sie Gleichaltrige «erziehen» wollen –:

Burschen *heraus!* –

tu., Vorwärts 22.9.1912

69

Die Schlächter

Wer wird bei uns noch über Fleischnot klagen? –
Der Bürger winkt bequem und faul:
schon wirft man ihm den fetten Schweinemagen
direkt ins Maul.

Hat Gott gewollt, daß man als Wurfgeschosse
benütze jenes Ochsen Hinterteil,
das brave Kalbshirn, Wurst vom Rosse,
und was da sonst noch feil? –

Das spielt und wettet und ist ganz versessen
auf «Toto» und Karlshorst und Weißensee …
«Daweilen kennt ihr Bande Rieben fressen!
Wir ham den Speck – int Purtmonai!»

«Fangt euch doch eene dicke Katze!» –
Und wenn ihr Ärmsten noch so kläfft:
Am Balkan und am Alexanderplatze –
die Schlächter machen det Geschäft! –

Kurt, Vorwärts 25.10.1912

70

Amerika heute und morgen

Arthur Holitscher, den Thomas Mann in einem wundervollen Prosastück zu einem sich selbst genügenden Ästheten namens Spinell verarbeitet hat, hat eine amerikanische Reise gemacht und darüber berichtet. (S. Fischer, Verlag.) Und wie hat er berichtet! – Spinell ist tot, es lebe Arthur Holitscher! –

Was ist es mit diesem Amerika? – Lies hundert Bücher über der Deutschen Verwaltung, Sitten, Gebräuche, Wirtschaftsformen, höre Kollegs, sieh dir Photographien an, und du wirst doch nicht, hast du deinen Wohnsitz anderswo, die Luft riechen, das spezifisch Deutsche erfassen.

Was wußte Holitscher, als er, der Fremde, das ungeheure Land Amerika aufsuchte? Und es kommt auch gar nicht darauf an, ob er in der subtilsten Frage, die es drüben gibt, der Rassenfrage, recht hat oder nicht, ob Ellis-Eiland, die Burg gegen die Einwandererströme, wirklich eine Notwendigkeit ist, ob die Kinderrepublik in Freeville eine Farce ist oder eine Wohltat, – darüber mag man in Spezialwerken nachlesen.

Aber daß endlich mal einer uns diesen *Begriff* «Amerika» auflöst in hundert kleine menschliche Einzelzüge – das ist es. Wie wir nun nach zwanzig, dreißig Bildern, Impressionen merken, wie drüben auch mit Wasser gekocht wird, wie sie dort arbeiten und fröhlich sind und zerwalkt werden und in ihrem rasenden Tempo nicht einhalten, bis – zu Ende. Wie alles so anders ist als bei uns. Und das ist das Gute an diesem Buch: daß Holitscher nicht mit unserem Maßstabe mißt, weil er weiß, daß Psychologie und Wirtschaftsform sich gegenseitig bedingen, weil er mit etwas völlig Neuem das völlig Neue, Andersgeartete mißt.

Der Absatz «Chicago» war ja hier abgedruckt und zeigte schon die ganze Kunst, ohne ermüdende Einzelheiten den Kern zu geben, aber nicht mit der unverschämten Sicherheit des Zugereisten, sondern zweifelnd, vorsichtig, voll Skepsis.

Wie lebt alles, was er schrieb! Die Schulen, die großen Volksbildungsanstalten, die Sporthallen (die übrigens nie von Holitscher beweihräuchert werden, sondern immer als das betrachtet werden, was sie sind: als Tropfen auf den heißen Stein Kapitalismus).

Dieses Buch ist anders als alle anderen: J. V. Jensen war drüben und hat mit scharfen Augen gesehen und – nicht gesehen und hat mit seiner Stahlhand ein Amerika geformt, das es nicht gibt, – auch er hat begriffen, aber hinzugefügt, – (Die neue Welt. Essays. S. Fischer, Verlag). Wolzogen war drüben und hat geschwätzig über Äußerlichkeiten berichtet – niemand, niemand fand diesen Ton.

New York, die Wolkenkratzer, und das Essen da und die Schutzleute und Wahltage in kleinen Nestern, Kanada, dies ungeheure Landreservoir, die Landstreicher ...

Und all das untermischt mit fabelhaft geschickten Photographien, Gegenüberstellungen, wie sie bei uns viel zu wenig gemacht werden; z.B. «Arbeitswillig» und «Verbraucht», und Gruppenaufnahmen: «Solche Leute braucht der Westen», Männer voll unheimlicher Kraft und Energie, die noch in den Überschüssen, in der maßlosen Korruption erkennen lassen, wie wertvoll die richtiggeleiteten Kräfte sein würden.

Lest dies Buch: so sieht es drüben aus. Lest dies Buch: so sieht einer die Welt.

tu., Vorwärts 8. 11. 1912

71

Duo / Eine Selbstanzeige

Ich habe da ein Buch geschrieben, das heißt ‹Rheinsberg›, und ist soeben erschienen. ‹Rheinsberg. Ein Bilderbuch für Verliebte.› Geschmackvoll, begabt, wie man das von meinen Sachen gewöhnt ist, voll des Liebreizes, den Herr Professor Magendantz als das erste Postulat der Kunst aufgestellt zu haben durchaus im Recht ist. Wie ist doch die Sprache flüssig! – Wie ist alles erfaßt, hingelegt, angepackt! – Wie ist diese blühende Mädchenknospe, in der warmes Blut pulsiert, fein empfunden! Wie nach dem Leben! – Und so würde es ein ungestörter Erfolg werden, wenn nicht die Zeichnungen wären. Die Zeichnungen ruinieren alles. Zu diesem feinen, gleichsam gleitenden Text hat der Kunstmaler Szafranski Bilder angefertigt, deren Dekadenz aufs neue beweist, wohin wir steuern. Wie denn? – Ist nicht Meister Thumann leuchtendes Vorbild genug? – Gibt es in der Natur Unebenheiten? Nein: alles ist gleichmäßig, glatt, glibberig, glänzend, die Blümchen blühen an des Baches Rand, muh – muh sagt die gute Kuh, bäh – bäh das Schäfchen, und diese modernen Zeichnungen (ich habe keinen andern Ausdruck) werden mir noch mein entzückendes Büchelchen verderben. Der Kunstmaler Szafranski – pereat! ... Darf ich einen Rat geben? – Trennen Sie die Bilder heraus – nur so gelangen Sie zu einem vollen, ungestörten Genusse.

Kurt Tucholsky.

Ich habe die Bilder für ‹Rheinsberg. Ein Bilderbuch für Verliebte› gemalt.

Hat nicht auch Albrecht Dürer, um des Leibes Notdurft zu fristen, Streichholzpackungen entworfen? – Hat nicht auch Lucian Bernhard Madonnenbilder gemalt? –

Ich habe die Bilder für ‹Rheinsberg› gemalt.

Diese Bilder sind Oasen, Perlen, Lichtpunkte in der Wüste. Zwischen toten unleserlichen Druckseiten glitzern sie wie freundliche Sterne. Der Text! – Du grundgütiger Gott! – Was sind das für erotische Sächelchen, für Rea-, Fata- und Naturalismen! Geschmack? Zurückhaltung? Scham – (wie man sie bei mir stets vorrätig findet)? Nichts von alledem. Prickelnd aber gehaltlos werden in diesem Buche Liebesfreuden verschwatzt. Es wird dem Absatz der Bilder nicht förderlich sein ... meiner süßen kleinen Bilder, Vignetten und Zierstücke, die das Entzücken jedes Kunstfreundes erregen werden, wenn er nur die Güte besitzen wird, über den wahrhaft ungetümen Text hinwegzulesen. (Am besten, er nimmt die Bilder heraus und legt sie in ein besonderes Mäppchen.)

Die Kunst im Dienste des Handwerks! Pegasus in die Sielen gespannt!

Ich habe die Bilder für ‹Rheinsberg› gemalt ...

Kurt Szafranski.

Kurt Tucholsky, Kurt Szafranski, Orplid Dezember 1912

72

Rheinsberg
Ein Bilderbuch für Verliebte

Unsern lieben
Frauen
M.W.
K. F.
C. P.

... das beginnt nach der Liebeserfüllung; nicht vorher. Da entfalten die Seelen ihre volle Stärke, nicht vorher. Da geht der Kampf in voller Rüstung, nicht vorher. Da stehen die Charaktere auf gleichem Feld, nicht vorher. Da sind die Schranken zwischen zwei Menschen dahin, da erst, nicht vorher.

Kerr

Müde und bekränzt streckte sich der Sommer ins Gras.

Heinrich Mann

Seinen eigentlichen Anfang nahm das Abenteuer erst, als sie in Löwenberg ausstiegen. Der D-Zug ruhte lang und dunkel in der Halle unter dem Holzdach – sie durchschritten einen Tunnel, oben, in hellem Sonnenlicht, stand die Kleinbahn, wie aus Holz gefügt, steif und verspielt.

Sie stiegen ein.

«Claire?»

«Wolfgang?»

«Diese Bahn scheint noch lange hier zu stehen ... machen wir einen kleinen Spaziergang?»

«Setz dich hin und falte die Hände! Sie geht gleich ab.»

Der Zug ruckte und ruckelte sich gemächlich durch Salatgärten, Hofmauern. Der Horizont flimmerte blendend weiß ... War es eine Schönheit, diese Landschaft? – Nein: da standen Baumgruppen, durch nichts ausgezeichnet, das Land wurde wellig in der Ferne, versteckte ein Wäldchen und zeigte ein anderes – man freute sich im Grunde, daß alles da war ... Das Maschinchen schnob und klingelte zornig, durch den staubigen Rauch hindurch klingelte es melodisch, wie eine läutende Kirchturmsglocke bei Sturm.

«Wolf, den Reiseführer!»

Sie hatten ihn im D-Zug liegen lassen – er hatte ihn im D-Zug liegen lassen.

Sie hielten, mitten im Walde, auf der Strecke. Die Köpfe heraus; die Beamten waren zurückgelaufen, hatten Schaufeln mitgenommen: die Lokomotive mußte Funken ausgeworfen haben, ein kleiner Brand war entstanden ...

«Ich will mitlöschen!»

Er kugelte den sandigen Abhang herunter; die Reisenden lachten. Oben stand Claire und verdrehte die Augen.

«Du mußt ja ...!»

Er kam zurück, ganz bestaubt, lächelnd, glücklich. Er hatte sich wieder einmal betätigt. Die Beamten kamen, stiegen auf, der Zug ruckte an ...

«Eigentlich ...»

«Na?»

«Ich finde es heiter. Denk mal, mein Papa und mein' Mama sitzen jetzt im Kontor, fahren in der Stadt herum und glauben ihr

Töchterchen wohlgeborgen im Schoße der treusorgenden Freundin. Hingegen ...»

«Hingegen ...?»

«Na, ja, treusorgen sorgst du ja für mich ...»

Der Jäger nebenan hatte schon lange in sich hineingelacht. Er saß da, grün, bepackt, schwer und braungebrannt. Man hatte, wenn man ihn sah, die Empfindung von ganz frühen, feuchten Morgen, ein Mann tappt durch den halbdunklen Wald, es riecht kräftig und gut ... Das kleine, runde Loch der Büchse guckte unheilverkündend, schwarz und dunkel in die Luft: kleine Kugeln werden herausfliegen, das Reh, auf das es morgen gerichtet wird, lief vielleicht jetzt gerade mit seinen Gefährten zur Quelle, trank und war zierlich im Walde verschwunden ... Der Jäger stand auf, stopfte sich eine Pfeife und sagte beim Herausgehen: «Schonzeit, junger Mann, Schonzeit!» – und trampfte lachend davon.

Das Coupé war erfüllt von ihrem Schreien, das die rumpelnden und klirrenden Geräusche übertönen sollte.

Man verständigte sich nur schwer:

«... Sonne weit über das Land ...»

«... wie? Sonne reit' über das Land? ...»

«... nein ... Sonne weeiit ... Land ... Seh mal: 'ne Akazie! 'ne blühende Akazie, lauter blühende Akazien!»

«Is gar keine, is 'ne Magnolie!»

«Hach! Also wer weiß denn von uns beiden in der Botanik Bescheid? Ich oder ich?»

«'ne Magnolie is es.»

«Meine Liebe, ich müßte bedauern, es mit einem kräftig geführten Schlag gegen Sie nicht bewenden lassen zu können. Alle Wesensmerkmale der Akazie deuten auch bei diesen Bäumen auf eine solche hin.»

«Is aber 'ne Magnolie.»

«Herr Gott, Claire! Siehst du denn nicht diese typisch ovalen Blätter, die weißen, kleinen, traubenförmigen Blütenstiele! – Mädchen!»

«Aber ... Wölfchen ... wo es doch 'ne Magnolie is ...»

Sie erstickte in Küssen.

Dann galt es noch eine Bauersfrau nachzuahmen, die auf der

letzten Station hochgeschürzt und breitbeinig stehengeblieben war, um sich vermittels ihres zweiten Unterrocks zu schneuzen. Claire erwies sich hierbei als geschickt und brauchbar.

Endlich kamen sie aber doch an.

Es zeigte sich, daß das Hotel, das sich schon durch einen Anschlag im Zuge als altbekannt und mit einer gepflegten Küche versehen angepriesen hatte, durch einen Wagen, zwei Pferde und einen Bediensteten vertreten war. Dieser Mann mußte die Gepäckstücke holen, die man in Berlin sorgfältig aufgegeben hatte: zwei winzig kleine Köfferchen. Sie wurden verladen; die Reisenden stiegen ein. Sie rutschten auf den schwarzen, hier und da ein wenig aufgeplatzten Wachstuchkissen der Sitze herum; die Fenster klirrten, die beiden machten sich durch weitausladende Handbewegungen verständlich. Der Wagen war leer, die Chaussee staubig und öde. Einige hundert Meter saßen sie manierlich, aber schon an der Ecke, die das Anwesen des Gütlers Johannes Lauterbach und das der Post bilden, lagen sie in lautem Hader, wessen Koffer durch seine Kleinheit am meisten Verdacht erregen werde. Sie nannten diese Reisegegenstände «Segelschweine», und die Claire rang die Hände, Wolf sei ein Schandfleck. Sie, ihrerseits, wahre das Dekorum. Sie schwatzten fortwährend, die Claire am heftigsten. Ihr Deutsch war ein wenig aus der Art geschlagen. Sie hatte sich da eine Sprache zurechtgemacht, die im Prinzip an das Idiom erinnerte, in dem kleine Kinder ihre ersten lautlichen Verbindungen mit der Außenwelt herzustellen suchen; sie wirbelte die Worte so lange herum, bis sie halb unkenntlich geworden waren, ließ hier ein «T» aus, fügte da ein «S» ein, vertauschte alle Artikel, und man wußte nie, ob es ihr beliebte, sich über die Unzulänglichkeit einer Phrase oder über die andern lustig zu machen. Daß sie Medizinerin war, wie sie zu sein vorgab, war kaum glaubhaft, jedoch mit der Wahrheit übereinstimmend. Sie spielte immer, gab stets irgendeiner lebenden oder erdachten Gestalt für einige Augenblicke Wirklichkeit …

Der Wagen hielt. Während sie ausstiegen:

«Paß auf, Frauchen, wo ist der Koffer mit dem falschen Geld? – Ah da …»

Der Hausknecht ließ den Mund weit offen stehen, sperrte die Augen auf …

Freundlich geleitete sie der alte Wirt in ein Zimmer des ersten Stockwerks. Es war kahl, einfach, blumig tapeziert. Holzbetten standen darin, ein großer Waschtisch, eine Vase mit einem künstlichen Blumenstrauß – an der Wand hingen zwei Pendants: «Eroberung Englands durch die Normannen», und in gleichartigem Rahmen und symmetrisch aufgehängt «Großpapachens 70. Geburtstag». Die Tür schloß sich, sie waren allein.

«Claire?»

«Wolfgang?»

«Jetzt weiß ich nicht, sollte ich den Kofferschlüssel zu Hause vergessen haben …?»

«My honey-suckle», und sie drückte ihm einen heftigen Kuß auf den Mund, während ihr Gesicht rachsüchtig und boshaft erglänzte, und stieß ihn von sich:

«Och, der kleine Jungchen muß ja alles vergess' – psch, psch, psch …» Und man wußte nicht, ob diese Töne eine wiegende Mutter nachahmten oder ganz etwas anderes.

«Pack' aus, mein Hulle-Pulle!» –

Schwer seufzend packten sie aus, räumten ein.

«Ja, ich bin nu so weit. Jetzt frisiere ich mich, un denn gehe ich spaziers. Un du?»

«Das überlasse du nur mir; es wird dir dann seinerzeit das Nötige mitgeteilt werden.»

Der Stil war im großen und ganzen einheitlich verzerrt. Sie sagten sich häufig Dinge, die nicht recht zueinander paßten, nur um diese oder jene Redewendung anbringen zu können, den andern zu irritieren, sein Gleichgewicht zu erschüttern … Sie gingen herunter …

Da war der Marktplatz, der mit alten, sehr niedrigen Bäumen bepflanzt war, schattig und still lag er da. Sie schritten durch ein schmiedeeisernes Tor in den Park. Hier war es ruhig. In dem einfachen weißen Bau des Schlosses klopfte ein Handwerker. Sie gingen durch den Hof wieder in den Park, wieder in die Stille …

Noch brausten und dröhnten in ihnen die Geräusche der großen Stadt, der Straßenbahnen, Gespräche waren noch nicht verhallt, der Lärm der Herfahrt … der Lärm ihres täglichen Lebens, den sie nicht mehr hörten, den die Nerven aber doch zu überwinden hatten, der eine bestimmte Menge Lebensenergie wegnahm, ohne daß man es merkte ... Aber hier war es nun still, die Ruhe wirkte lähmend, wie wenn ein regelmäßiges, langgewohntes Geräusch plötzlich abgestellt wird. Lange sprachen sie nicht, ließen sich beruhigen von den schattigen Wegen, der stillen Fläche des Sees, den Bäumen ... Wie alle Großstädter bewunderten sie maßlos einen einfachen Strauch, überschätzten seine Schönheit und ohne das Praktische aller sie umgebenden ländlichen Verhältnisse zu ahnen, sahen sie die Dinge vielleicht ebenso einseitig an, wie der Bauer – nur von der andern Seite. Nun, hier in Rheinsberg erforderten die Gegenstände nicht allzuviel praktische Kenntnis, man war ja nicht auf einem Gut, das bewirtschaftet werden sollte. – Sie kamen an den Rand eines zweiten Sees, an eine Bank. Stille ...

«Wolfgang?»

«Claire?»

«Glaubssu, daß es hier Bärens gibs? Eine alte Tante von mir is beinah mal von einem ...»

«... von einem Bären zerrissen worden?»

«Nein.» Sie war ganz empört. «Habe ich das gesagt? – Ich meinte nur ... Aber, du – beschützs mich doch, ja?»

«Ich schwöre dir ...»

«Hm.»

Wieder war es sehr still. Die Claire saß da und sah sehr bestimmt in das schmutzig-grüne Wasser.

«Also paß mal auf. Warum ist hier nicht überall der zweite Friedrich? So wie er in Sanssouci überall ist. Auf jedem geharkten Weg, an jedem Boskett, hinter jeder Statue? – Hier hat er gelebt. Gut. Wüßtest du es nicht, würdest du es merken?»

«Nein. Vielleicht muß man älter, machtvoller sein, um die Welt um sich zu formen nach seinem Ebenbilde ... Wer ist heute so wie der Alte war? Sehen unsere Wohnungen aus, wie wenn sie nur und ausschließlich dem Besitzer gehören könnten? ... – Ein Specht, siehst du ein Specht!»

«Wölfchen, es ist kein Specht. Es ist eine Schleiereule.»

Er stand auf. Mit Betonung:

«Ich habe ein außerordentlich feines Empfinden dafür, ich vermute, du bist gewillt, dich über mich lustig zu machen. Wird diese Vermutung zur Gewißheit, so schlage ich dich nieder.»

Ihr Gelächter klang weit durch die Fichten.

Das Schloß! – Das Schloß mußte besichtigt werden. Man schritt hallend in den Hof und zog an einer Messingstange mit weißem Porzellangriff. Eine kleine Glocke schepperte. Ein Fenster klappte: «Gleich!» – Eine Tür oberhalb der kleinen Stiege öffnete sich, und es kam nichts, und dann tappte es, und dann schob sich der massige Kastellan in den Hof. Als er der Herrschaften ansichtig wurde, tat er etwas Überraschendes. Er stellte sich vor. «Mein Name ist Herr Adler. Ich bin hier der Kastellan.» Man dankte geehrt und präsentierte sich als Ehepaar Gambetta aus Lindenau. Historische Erinnerungen schienen den dicken Mann zu bewegen, seine Lippen zuckten, aber er schwieg. Dann:

«Nu kommen Sie man hier hinten rum, – da ist es am nächsten.» –

Und schloß eine bohlene Tür auf, die in einen dunklen Steinaufgang hineinführte. Sie kletterten eine steile Treppe mühsam herauf. Oben, in einem ehemaligen Vorzimmer, lagen braune Filzschuhe auf dem Boden, verstreut, in allen Größen für Groß und Klein, zwanzig, dreißig – man mochte an irgendein Märchen denken, vielleicht hatte sie eine Fee hierher verschüttet, oder ein Wunschtopf hatte wieder einmal versagt und war übergelaufen ...

Die Claire behauptete: *So* kleine gäbe es gar nicht. –

«Ih», sagte Herr Adler, «immer da rein; wenn sie auch ein bißchen kippeln, des tut nichts.»

Er aber war nicht genötigt, solche Schuhe anzuziehen, weil er von Natur Filzpantoffeln trug.

Die Zimmer, durch die er sie führte, waren karg und enthaltsam eingerichtet. Steif und ausgerichtet standen Stühle an den Wänden aufgebaut. Es fehlte jene leise Unregelmäßigkeit, die einen Raum erst wohnlich erscheinen läßt, hier stand alles in rechtem Winkel zueinander ... Herr Adler erklärte:

«... und düs hier sei das sogenannte Prinzenzimmer, und in diesem Korbe habe das Windspiel geschlafen. Das Windspiel – man wisse doch hoffentlich ...?»

«Zu denken, Claire, daß auch durch deine Räume einst Liebende der Führer mit beredtem Munde leitet» …

«Gott sei Dank! Konnt er ja! Bei uns war es pikfein.»

Und dann sagte Herr Adler, dies seien chinesische Vasen, und dieselben hätte der junge Graf Schleuben von seiner Asienreise mitgebracht.

Aber hier – man trat in ein anderes höheres Zimmer – hier sei der Gemäldesaal. Die Bilder habe der berühmte Kunstmaler Pesne gemalen, und die Bilder seien so vorzüglich gemalen, daß sie den geehrten Besuchern überall hin mit den Augen folgten. Man solle nur einmal die Probe machen! Herr Adler gab diese Fakten stückweis, wie ein Geheimnis, preis. Es war, als wundere er sich immer, daß seine Worte auf die Besucher keine größere Wirkung machten. – Herrgott, die Claire! – Sie begann den Kastellan zu fragen. Wolfgang wollte sie hindern, aber es war schon zu spät. –

«Sagen Sie mal, Herr Adler, woher wissen Sie denn das alles, das mit dem Schloß und so?»

Herr Adler leitete sein Wissen von seinem Vorgänger, dem Herrn Breitriese, her, der es seinerseits wieder von dem damaligen Archivar Brackrock habe. –

«Und dann, was ich noch fragen wollte, Herr Adler, hat es hier wohl früher ein Badezimmer gegeben?»

«Nein, aber *wir* haben eins unten, wenn es Sie interessiert …»

Sie dankten. Herr Adler, der noch zum Schluß auf eine Miniatur, ein Geschenk der Großfürstin Sofie von Rußland, hingewiesen hatte, verfiel plötzlich in abruptes Schweigen. Und erst nachdem das Trinkgeld in seiner Hand klingelte, blickte er zum Fenster hinaus und sagte, ein wenig geistesabwesend: «Dies ist ein ehrwürdiges Schloß. Sie werden die Erinnerung daran Ihr ganzes Leben bewahren. Im Garten ist auch noch die Sonnenuhr sehenswert.»

Claire unterließ es nicht, Wolf ein wenig zu kneifen, und an der blumenkohlduftenden Kastellanswohnung vorbei schritten sie hinaus, ins Freie.

Am Nachmittag fuhren sie auf dem See herum. Er ruderte, und sie saß am Steuer, während sie dann und wann drohte, sie werde ihre graue, alte Familie unglücklich machen, sie habe es nunmehr satt und stürze sich ins Wasser. Er werde sowieso bald umwerfen. Nein – sie landeten an einer kleinen Insel. Ein paar Bäume standen darauf. Sie lagerten sich ins Gras ... Ein kühler Wind strich vom See herüber. Die Uferlinien waren unendlich fein geschwungen, die hellblaue Fläche glänzte matt ...

«Sehssu, mein Affgen, das is nu deine Heimat. Sag mal: würdest du für dieselbe in den Tod gehen?»

«Du hast es schriftlich, liebes Weib, daß ich nur für dich in den Tod gehe. Verwirre die Begriffe nicht. Amor patriae ist nicht gleichzusetzen mit der «amor» als solcher. Die Gefühle sind andere.»

«Nun, ich bescheide mich.»

Und, nach einem langen Träumen in den hellen Himmel, – er war so hell, so hell, daß die blitzenden Funken vor den Augen tanzten, sah man lange hinein –:

«Wölfchen, du hast doch niemalen eine andere geliebt, vor mir?»

«Nie!»

Es prickelte, so über die Sehnsucht der Bürger zu spotten, über das, was sie Liebe nannten, über ihre Gier, stets der erste zu sein ... Sie waren beide nicht unerfahren.

Stimmen kamen, Ruderboote, Familien, die hier zu einem Picknick landen wollten. Riesige, blecherne Vorratskörbe bedrohten wie Geschütze das Lager der Friedlichen ... Auf und davon! –

Mitten im See: «Söh mal, du muß mir auch ma rudern gelaß gehabt haben –! Mich möcht diß auch mal – buh!»

«Bitte, rudere!»

Sie wechselten, das Boot schwankte.

Die Claire ruderte. Es war eine Freude. Einmal verlor sie beide Ruder. Er mußte mit dem Stock rudern. Endlich fingen sie die Hölzer wieder, die weitab auf dem Wasser getrieben hatten.

«Ich kann es sehr schön. Ich konnt ja auch mal ohne Ruder – ja, konnt ich! Lach nich, du Limmel! Hab ich fürleichs nicht recht, na!»

Und ruderte, daß sie prusten und keuchen mußte, wie eine kleine asthmatische Dampfmaschine. Die Sonne ging schon unter, als sie anlegten.

Er bezahlte. Die Claire schwätzte mit der Bootsverleiherin. Er hörte gerade:

«So – also ein kräftiger Menschenschlag ist hier, wie?»

«Tje Fröln, *wir* vertobaken uns Jungen ja nich schlecht!»

Sie lachten noch, als sie am Hotel waren.

Wie friedlich dieser Abend war; sie saßen unter den niedrigen dunklen Bäumen und warteten auf das Essen.

«Claire?»

«Wolfgang?»

«Mir ist so ...»

«Gut so, mein Junge.»

«Nein! Spaß beiseite, mir ist mit dem Magen nicht recht.»

«Das ist Cholera. Wart, bis du was zu essen bekommst.»

«Nein, hör doch, ich hab so ein Gefühl, so leer, so ...»

«Typisch. Das ist geradezu – bezeichnend ist das. Du stirbs, Wölfchen.»

«Die richtige Liebe deinerseits ist das auch nicht! Erst lasse ich dich auf Medizin studieren, und jetzt willst du nich mal durch dein Hörrohr kucken.»

«Ach Gott, nicht wahr, was heißt denn hier überhaupt! – Nicht wahr? – Wer denn schließlich ...»

Aber sie ging doch mit zur Apotheke, die hellbraun und ganz modern sachlich eingerichtet war; weiße Büchsen und Töpfe aus Porzellan reihten sich auf Borden, ein leichter Baldriangeruch durchzog die Räumlichkeiten. Hier händigte man dem Kranken nach eingehender Rücksprache und leutseligem Reden an den Provisor eine kleine Flasche mit einer dunkelbraunen Flüssigkeit ein. Sie half. Gott sei Dank.

Dann aßen sie, und nach Tisch rauchte die Claire. Drüben am Haus saßen die Herren, die jeder Zugereiste als Honoratioren zu bezeichnen pflegt. Juristen, Beamte, der Apotheker, der durch Bruch des Berufsgeheimnisses mit Hinweis auf die beiden der kleinen Runde fettes Gelächter entlockte.

«Prost, Wolf, auf die Alten!»

«Auf die Alten!»

Die Gläser klangen, und drüben die Gäste, die in langer Tischreihe am beleuchteten Haus speisten, blickten herüber. Die Claire blies Ringe.

«Es ist eine maßlose Frechheit», entschied sie.

«Hm?»

«Hierher zu fahren. Wenn das niemand merkt! Aber es merks niemands – paß mal auf, es merks niemand.»

«Ne quis animadvertat! Prost.»

«Weißt du, lieber reise ich mit einem Flohzirkus wie mit dir.»

«Als, Claire, als mit dir.»

«Ach Gott, konnste auch besser mir nicht zu bekorrigieren zu gebrauchs gehabs habs! Ich spreche dir das schiere Hochdeutsch!»

«Hm. – Eingeweihte wissen davon Kantaten zu singen. Trinkst du noch was?»

«Ob ich noch wen trinke? – Nö.»

«Ich finde, wir gehen noch ein bißchen, hä?»

Sie schlenderten durch den dunklen Ort. Nach langen, schwarzen Häuserstrecken kam eine Bogenlampe, umschwirrt von surrenden braunen Flecken, Insekten, die durchaus in das Licht gelangen wollten.

«Claire?»

«Wölfchen?»

«Die Tiere da oben, siehst du?»

«Ja.»

«So auch der Mensch.»

Sie blieb stehen.

«Wieso ... bitte?»

«Wie jene Lebewes ...»

«Bitte – was hier zu symbolisieren is, symbolisier ich mir alleine. Überhaupt mußt du schlafen gehen. Du sprichst ja schon ganz ... anders. Soll ich dir aufs Aam nehmen?»

«Buhle!»

An dunklen Fensterläden kamen sie vorbei und an langen Mauern; hinter rötlich beleuchteten Gardinen saßen Familien und spielten Karten ... Einmal traten sie in einen Hof, stolperten über Pflastersteine und blickten durch ein Fenster in einen Saal.

Drinnen spielten sie Theater.

Von der Bühne sah man nur einen kleinen, gelben, hellen Winkel; aber man hörte alles. «Hoho», sagte eine überlaute Frauenstimme im Alt, «da werden wir meinen Schwager fragen müssen. Ah, da kommt er ja ...»

Das Publikum schnaufte und zuckte wie eine vielköpfige Bestie im Dunkel. Man sah Schultern sich bewegen, Köpfe sich hin- und herwenden ...

«Himmel, der Fritz», kreischte jemand auf der Bühne, und die Menge der Theaterbesucher lachte, ihre Körper tauchten auf und nieder, man murmelte ...

«Wie merkwürdig», sagte Wolfgang, «draußen ist es totenstill, der Mond scheint, und hier drinnen spielen sie ein Scheinleben. Und wir kommen hinzu, wissen nichts von den Voraussetzungen des ersten Akts und bleiben ernst.»

Es war still, der hell erleuchtete Winkel der Bühne blieb leer; einer mußte wohl eine zum Lachen reizende Geste gemacht haben, denn jetzt lachten die Frauen hell kreischend, während die Männer beifällig grunzten. Sie beugten sich weiter vor, man konnte undeutlich und durch das Fensterglas verschoben den übrigen Teil der Bühne erkennen, der eine Zimmereinrichtung mit gelber Tapete und gemalten Einrichtungsgegenständen darstellte; ein Mann in grüner Schürze hielt dort oben Zwiesprache mit einer robusten Weibsperson in den Vierzigern. Als Souffleurkasten diente ein alter Strandkorb. Sie hörten die beiden sagen:

«So, Er soll hier reinemachen (in der Tat hielt der Mann einen Besen in der Hand), und statt dessen scharwenzt Er mit den Mädels! Paß Er nur auf, Er Liederjahn.» – Hier kicherte das Publikum. – «Ich werde Ihm die Suppe schon versalzen. Hier und hier und da und da!»

Das Publikum lachte: «Hoho!» und oben bekam der Mann, der bis dahin mit gutgespielter Teppenhaftigkeit den Kopf beflissenhorchend geneigt hielt, einige patschende Schläge ins Gesicht ... In diesem Augenblick trat ein junges Mädchen auf die Bühne, und hier nahm die Heiterkeit des Publikums einen so beängstigenden Grad an, daß die beiden unwillkürlich vom Fenster zurückfuhren.

«Der erste Akt!» seufzte er. «Uns fehlt der erste Akt!»

«So ein kleiner Junge, will sich das Theater besehens! Marsch zu Bett!»

Und sie gingen.

Als sie die Treppe hinaufkletterten, hörten sie noch das lachende Lärmen der angeregten Honoratioren.

«Claire, belustigen sich die ackerbautreibenden Bürger über uns? – Ich bin fürchterlich in meiner Wut.»

«Ja, mein Jungchen. Nu geh man zu Bett.»

Ihre großen, breitschultrigen Schatten tanzten an der Wand, weil die Kerzenflamme tanzte ... Die Claire stand vor dem Spiegel und löste ihre Haare auf.

«Wölfchen, paß ma auf; da war ich noch 'n kleiner Mädchen, un da bin ich bei meine Freundin, die Alice, gegangen – heb mir doch mal die Nadel auf! – und da war ein Herr, wie er hieß, weiß ich nicht mehr, und der hat gesagt, mein Haar ist wie aus Seide gesponnen. Ja.»

«Na – und –?»

«Nüchs.»

Die Claire liebte es, Geschichten zu erzählen, die, ohne Pointe, kleine, anspruchslose Begebenheiten ihrer Kindheit enthielten. Sie verlangte, daß man sie sich oft anhöre und wurde zornig erregt bei dem Einwand, man kenne dies.

«Du bist gar nicht freundlich zu mir. Du liebst mich nicht mehr.»

Einem seelischen Chamäleon gleich, bot sie nun den Anblick einer Liebeskranken. Der Mund war schmerzlich verschoben, der Oberkörper leicht geneigt, die Hände krampften sich.

«Ich meinerseits liege im Bett», sagte er. Die Kerzenflamme verlosch ...

Unten schwatzte das Wirtshauspublikum. Man hörte, wie der Wirt seinen Rundgang bei den Tischen veranstaltete:

«Nun, auch die Frau Schwester wieder gesund? – Ja, ja, so geht's ... Hat es den Herrschaften geschmeckt? Ja ...»

Oben aber sagte die Claire gedankenvoll, langsam:

«Ich möcht dir nu nehmen und einem in sein Gulasch werfen. Seh mal, er wundert sich bestimmt. Wie –?»

Aber dann schwieg sie.

In der Nacht wachte er auf. Vorsichtig bauschte er den Vorhang, der weiß und faltig am Fenster leise vom Nachtwind bewegt war. Der Mond gespensterte in den Bäumen, ein Obelisk stand seitwärts drohend da und warf einen scharfen Schatten. Das Laub rauschte auf. Warum reagieren wir darauf wie auf etwas Schönes, fühlte er. Es ist doch nur ein durch Schallwellen fortgepflanztes Geräusch ... Und überließ sich gleich darauf willenlos diesem ruhigen Rauschen, das ein wenig traurig war, aber Hohes ahnen ließ und die Brust weiter machte ... Er fuhr herum. Eine ganz verschlafene Kinderstimme sagte unter einem Wasserfall von Haaren:

«Is niemand in mein klein Bettchen, und soll aber jemand da sein, und Klein-Clärchen is ganz allein ...»

Er trug sie zurück.

Als er früh am Morgen vom Friseur zurückkam, war die Claire am Aufstehen. Es war das so eine Sache: die erste Viertelstunde pflegte sie mit feiner Stimme ein entzückend klingendes Gemurmel zu stammeln, unzusammenhängende Silben hervorzubringen und in den verschiedensten Nachahmungen von Tierstimmen zu paradieren. Kaum hatte er die Tür hinter sich zugezogen, so begrüßte ihn das Winseln und Mauen einer neugeborenen Katze.

«Aufstehen! Claire! Aufstehen! Alle Leute sind schon nach Tisch.»

Man mußte ein wenig übertreiben – es half sonst nichts.

«Buh!»

«Ja, ich weiß. Komm!»

Und zog ihr die Bettdecke fort.

Später:

«Wölfchen, zieh ich nu das Grüne oder das Weiße an?»

«Hm, welches möchtest du denn gerne anziehen?»

«Das ... das weiß ich nicht. C'est pourquoi ich dich frage.»

«So zieh denn das Weiße an.»

«Schön. Was *dieser* Junge mich tyrannisiert, das ist nicht zu sagen. Haach!»

Pause.

«Wolfgang?»

«Claire?»

«Meinst du würklich, daß ich das Weiße anziehen soll? Seh mal ... ich meine, mit den Fleckens un so ...»

«Also: das Grüne.»

«Schön.»

Nach einer kleinen Weile:

«Ja, haber – ich möcht doch aber gern ...»

«Was möchst du gern?»

«Das Grüne –»

«Aber ich sage dir ja, zieh's an!»

«Ja ... aber ... wenn du's mir sagst, macht's mir gar keinen Spaß. Du mußt sagen: Zieh's nich an, mußt du sagen, oder: zieh das Weiße an, tja.»

Und bevor er sich noch erholt hatte, fing sie an, ein wundervolles Gezänk von sich zu geben, nach Art gewisser Frauen, die sich beleidigt glauben und [aus] ihren Gefühlen auch dem Dienstmädchen gegenüber keinen Hehl zu machen pflegen. Das Ganze paßte nicht recht her, aber sie war im Zuge, da war nichts zu machen.

«So? – Also in *meinem* Hause lasse ich mir das nicht sagen, ich nicht! Sie stauben meine kostbaren Seidenmöbel nicht ab, Sie ... Geschöpf! – Aber mein Mann, der Bergassessor ...»

Er floh. Noch auf dem Korridor hörte er sie wie einen Schusterjungen pfeifen.

Auf den Kaffeetisch schien die Sonne; hier roch es stark und ländlich nach Milch, Butter und einer frischgewaschenen Decke. Bienen und dicke Fliegen schwammen in einem alten Honigglas, das der vorsorgliche Wirt mit Zuckerwasser gefüllt hatte.

Sie kam herunter, eine Weile sprachen sie nichts. Sie aß ... mein Gott, sie aß und hatte Hunger, den richtigen Morgenhunger des Langschläfers.

«Claire?»

«Wolf?»

«Ich denke, wir fahren heute morgen ein wenig spazieren.»

«So, und ich? – Mich nimmt er gar nicht mit! – Ich will auch mit!»

«Ich sagte: wir.»

«Buh, buh!»

«Ja, du kannst auch mit. Nu weine man nich und eß.»

«Wolfgang, ein so wunderschönes Deutsch sprichst du ja auch nicht, nein, das kann man nicht sagen. Aber keine Sorge: Meine Bemühungen werden mich das Ziel schon erreichen lassen.»

Sie konnte ganz gewählt sprechen, wie es wohl alte Erzieherinnen manchmal tun, mit übermäßig stark betonten Endsilben und weit nach hinten gerutschten Gaumen-«R»s.

«Mein Papa sagt immer, Wölfschen, ich spräche keinen guten Deutsch. Wie? – Ja, er ist ein erfahrener Greis, aber wie steht es ihm an zu sprechen: ‹Stoße nicht in das Horn des Leichtsinns, mein Kind, und witzele nicht über so schwerwiegende Dinge!› Ich frage dich: Hat er unrecht oder hat er unrecht? Zwei Möglichkeiten kommen nur in Betracht.»

«Er hat recht. Da kommt der Wagen.»

Es war sein Glück. Denn schon hatte sie sich hochaufgerichtet und stand da, die Hände fest auf den Tisch gedrückt und schielte …

Leicht und schnell rollte der Wagen durch die grüne Allee.

«Wolfgang?»

«Claire?»

«Merks du nichs?»

«Wie bitte?»

«Obs du nichs merks?»

«Nein.»

«Na, aber süh mir mal an!»

«Bei Gott, nichts. Zuckt die Achseln.»

«Du mußt das nicht mitsprechen, was in Klammern steht. Zuckt die Achseln, das steht in Klammern, weißt du? – Aber merkst du nichts?»

«Du hast dich gewaschen.»

«P! – Aber … ein blaues Band hatt' ich gestern durch mein Hemd gezogs, un nu nich mehr. Du erlaubs mirs ja nich. Du ja nich.»

Bot sie nicht das Aussehen einer sichtlich Gekränkten, die schmollend die bessern Gefühle des Geliebten anrief?

«Du hast ja 'n Freund, der wo sagt, bunte Bänders in der Wäsche tragen nur Kellnerinnen! Konnst deinem Freund gesagt haben, er konnt bei mir gegangen gewesen sein, ob ich vielleicht 'ne Kellnerin war.»

Ja, er wolle das bestellen.

Aber nun mußten sie in das Grüne sehen, das sich an ihnen vorüberbewegte. Nicht, als ob dieser Wald jene gerühmte Schönheit besessen hätte, wie wir sie auf Bildern und Postkarten zu sehen Gelegenheit haben. Er wies keine «Partien» auf, keine Durchblicke. Aber er machte sie froh. Es war wohl mehr ihre allgemeine Freude, am Leben zu sein. Zwischen den Vergangenen und denen, die noch kommen würden – jetzt waren *sie* an der Reihe – hurra! –

An einer Biegung der Chaussee machte der Kutscher halt, murmelte und verschwand im Gebüsch. Die Claire begleitete seinen Weggang mit frommen Reden ... Und dann fuhren sie weiter, und an einem Wirtshaus am See wurde Rast gemacht, und dort gab es zu essen.

Und dann fuhren sie wieder auf langen Umwegen nach Hause, nach Rheinsberg. Fußgänger begegneten ihnen, schwitzende Familienväter, die ihre Spazierstöcke mit den baumelnden Jacken am Ende Gewehr über trugen und schweigend der nächsten Bierquelle zustrebten, Verliebte, die mit verkrampften Händen selig daherstolperten, einmal hörten sie das Bruchstück eines Gespräches zweier spitzmäuliger Damen.

«Ja», sagte die eine, «und denken Sie, sie ist eine Berlinerin, aber wissen Sie, im guten Sinne des Wortes ...»

Der Wagen juckelte und knarrte, bald gehen die Pferde im Trab, bald trotten sie langsam mit gesenkten, nickenden Köpfen ... Und immer konnte man, wenn es einem beliebte, den Kopf nach hinten legen, «auf den Verdeck», wie Claire das nannte, und dann sah man in die Wolken, immer in die Wolken, während der Körper im Rhythmus des Fahrens angenehm bewegt wurde ...

Am Spätnachmittag kamen sie an; es war heiß, vielleicht würde es abends ein Gewitter geben, sagte der Wirt. Sie gingen in den Park. An einem kleinen Rondell schimmerten weiße Figuren aus dem Blätterwerk. Ein Satyr lehnte an einem Baumstumpf, mit gesenkter Flöte, ein Faun stach eine fliehende Nymphe ... Das Schloß leuchtete weiß, violett funkelten die Fensterscheiben in hellen Rahmen, von staubigen Lichtern rosig betupft, alles spiegelte sich im glatten Wasser. Baumgruppen standen da, rötlichgelb beschienen mit schwärzlichen Schatten, sie warfen lange, dunkle Flächen auf den Rasen. Träge schob sich der See in kleinen Wellchen an die schilfigen Ufer …

«Brühheiß. Kann man eigentlich so den Hitzschlag bekommen, Claire?»

Sie lag am Boden und kaute einen Halm, der schwankend ihrem Munde entwuchs.

«Das kommt ganz auf die Innentemperatur an, mein Junge. Du – bei deiner Hitze – ja, du kannst wohl einen kriegen! Zeig' mal die Zunge – hm …»

«Du tätest auch besser daran, mehr in den Kollegs aufzupassen, anstatt Herzen mit meinen Initialen in die Bänke zu schneiden. Überhaupt das Frauenstudium …»

«Bitte, nehmen Sie Platz.» Sie war ganz Würde, und obgleich sie im Gras saß, konnte man glauben, was den Ausdruck ihres Gesichts anbetraf, einen vielbeschäftigten, an seinen Patienten interessierten Arzt vor sich zu sehen.

«Einen Weg zur Heilung werden wir schon finden … schon finden …»

Sie kraute sich einen imaginären Bart. «Wissen Sie, ob Ihr Herr Großpapa jemals an einem icterus katarrhalis litt? Oder an einer angina vincentis? Nun, wir werden das Übel schon beheben. Darf ich bitten, den Mund zu öffnen, weiter, weiter – so …» Und sie warf den Aufhorchenden mit einem starken Stoß nach hinten, ins Gras …

Die Luft lag unbeweglich, drückend, sie schritten über eine Brücke, darunter das Wasser grün und schleimig abfloß. Sie blickten hinunter. Blätter schwammen vorbei, kleine Zweige, Hölzchen …

«Wolfgang?»

«Claire?»

«Erlaubsus mir? Ja? Nur einmal! Bitte! Bitte!»

Sie drängte sich an ihn, umkoste ihn, ging ihm um den Bart, sozusagen …

«Was denn, was denn, Kind?» Er machte sich frei.

«Erlaubs mir doch! Nie nich erlaubsu mir wen! Ich möcht' doch soo gern …»

«Aber was denn?»

Sie schwieg. Sie sahen wieder von der Brücke in das dahinschleichende Wasser.

«Wolfgang», sagte die Claire träumerisch, «ich möcht' *einmal* in das Wasser spucken ...» Und in den höchsten Tönen: «Erlaubs du mir?» Und piepsend: «Ja?»

Er erlaubte es ihr.

Sie gingen durch die Straßen der Stadt. Schaufenster boten lokkend ihre Einlagen an, kunstreich geordnet. Oh, man war hier durchaus auf der Höhe, wie man mit Stolz sagen durfte, und hatte sich die Errungenschaften der neuen Zeit zunutze gemacht: ein moderner Wind wehte auch hier. Nach künstlerischen Prinzipien hatte z.B. Herr Krummhaar, der Kolonialwarenhändler an der Ecke des Marktes, sein Schaufenster arrangiert. Blickte man durch die blankpolierten Scheiben, so tat sich dem Beschauer eine schlaraffenhafte Landschaft auf: auf einem Hügel von Paniermehl stand ein Zuckerhut mit einem roten Gelatinekreuz, und sah man näher hin, war es eine Windmühle, Pflaumenwege führten an mit Preisen versehenen Korinthenbeeten vorbei, und auf einem Spiegelglas schwamm eine Brigg, die Herrn Krummhaar aus dem fernen Indien bauchige Flaschen Danziger Goldwassers und Salzbrezeln heranschleppte ... Vor der Ladentür waren Fässer aufgebaut, die bis oben hin mit köstlichen Erbsen und allerhand getrocknetem, nun aber längst verstaubtem Obst gefüllt zu sein schienen; nur der Kundige konnte ahnen, daß es sich um eine geschickte Täuschung handle. Lange stand die Claire vor der bunten Pracht, dann zitierte sie mit Ausdruck:

«Und einen Ochsen, ganz bepackt,
Mit Fleischextrakt ...»

Überall blieb sie stehen, alles wollte sie kaufen, und sie wirbelte herum, schwatzte, lachte, und war nacheinander: ein Frauchen, das ihren Mann zu Einkäufen bewegen will, ein unfolgsames Kind, das sich meckernd von der Hand der Bonne durch die Straßen schleppen läßt, ein kleiner Hund, – und zehn Schritte lang bot sie sogar die Kopie eines durchaus nicht einwandfreien Geschöpfes ...

Vor der Tür eines kleinen Lädchens, dessen Schaufenster dem Käufer Posamentier- und Weißwaren versprachen, standen die Fräulein Luft, zwei gutmütige ältliche Wesen, die ein wenig muffig rochen …

Sie schöpften die Abendluft, einen Käufer gab es jetzt nicht. Die beiden drängten sie in ihren Laden.

«Ich möchte, bitte, Wäscheknöpfe.» Die Claire war geschäftig, ganz bei der Sache.

«Tje …»

«Aber bitte, geben Sie mir doch, bitte, weiße Wäscheknöpfe … zum Annähen …»

«Tje … Gewiß.»

Aber die Fräulein Luft rührten sich nicht, sondern sahen sich und die beiden Besucher, die ihren Laden nahezu ausfüllten, ratlos, verlegen an. Eine von ihnen holte tief Atem …

«Mochte der schunge Härr nich so lang rausgehen …»

«Welch treue Seele», dachte er. Und ging heraus.

«Ein Kinematograph? Hier in Rheinsberg? Wölfchen, nach dem Souper? Ja?»

Wirklich, es gab einen, und sie gingen hin.

Auf dem Wege schon murrte es in den Wolken, die langsam aufzogen. Wind schüttelte Laub von den rauschenden Bäumen, Staub wirbelte auf …

Aber noch trocken kamen sie in dem Saal des Wirtshauses an. Richtig, ein kleines Orchester war da, es verdunkelte sich der Saal …

NATUR! MALERISCHE FLUSSFAHRT
DURCH DIE BRETAGNE.
KOLORIERT.

Der Apparat schnatterte und warf einen rauchigen Lichtkegel durch den Saal. Eine bunte Landschaft erschien, bunt, farbenprächtig, heiter. Die Kolorierung war der Natur getreulich nachgebildet: Die Bäume waren spinatgrün, der Himmel, wie in einem ewigen Sonnenuntergang, in Rosa und Blau schwimmend …

Während die Flußlandschaft hell vorbeizog, schwankte dauernd ein schwarzer Schatten, in Form einer Stange, durch das Bild, was vermuten ließ, daß die Aufnahme von einem Dampfboot aus gemacht worden war. Dies bestätigte sich; denn nach einer kleinen Weile drehte sich der hellbraun gebohlte Teil eines Schiffes in das Bild, das nun das Nahe und das Ferne zugleich erkennen ließ: eine rosagekleidete Dame, mit weißem Spitzenschirm, anscheinend zu diesem Zwecke hinbeordert, erzeugte vermittels freundlichen Lächelns, Winkens und eifrigen Auf- und Abspazierens geschickt den Eindruck sommerlichen Glückes; hinten glitten die kolorierten Bestandteile der Bretagne vorbei, Trauerweiden, die Zweige in das Wasser hängen ließen, kleine ockergelbe Häuschen, die anscheinend auf ihre Umgebung abgefärbt hatten, ein vorüberziehender Fischdampfer ...

Die Claire saß erschüttert.

«Wolfgang, es ist zu traurig! Glaubsu, daß der sterbende Krieger seine Heimat erreicht?»

Er glaubte es nicht. Um so weniger, als jetzt der eben eingetretene Klavierspieler geräuschvoll drei kräftige Akkorde erschallen ließ, sein Bierglas herunterwarf, aber hierdurch unbeirrt sich anschickte, den nunmehr folgenden Film: «MORITZ LERNT KOCHEN» in angemessener Weise zu begleiten. Die Musik tobte: der Nachbar steckt den Kopf zur Tür herein, Moritz steht am Kochherd, packt den andern, wirft ihn in den Topf, daß die Beine heraussehen. Schwanken, Fallen, Töpfe kippen, Sintflut, man schwimmt gemeinschaftlich die Treppe herunter, schüttelt sich unten die Hände, nimmt das triefende Mobiliar unter den Arm und verschwindet ...

Die Claire konnte sich nicht beruhigen: sie fragte, wollte alles wissen. Ob er denn nun kochen könne, ob der Nachbar gut durchgekocht sei, sie könne übrigens kochen, perfekt, möchte sie nur sagen ...

Und schwieg erst, als helle Buchstaben auf dunklem Grund ankündigten:

DAS RETTENDE LICHTSIGNAL.
In der Titelrolle Herr Violo.
Von der Greizer Hofoper.

Auf Grund einer freundlichen, stillen Übereinkunft zwischen Filmfabrik und Publikum bedeutet die blaue Farbe Nacht, während die rote die Katastrophe einer Feuersbrunst anzeigt, so daß es allen klar wurde, wie man in solch gefährlichen Stunden eines rettenden Lichtsignales des Bräutigams bedurfte. Mochte die Handlung durchsichtig sein, hier war das Leben, aber konzentriert. Wenn das Meer, wenn die Brandung an Felsen schlug, wenn der Vorplatz eines Hauses einen Augenblick frei blieb und man an den Zweigen sehen konnte, wie der Wind geweht hatte, *der* Augenblick war dahin, unwiederbringlich dahin … Wie beängstigend schön war es, wenn Eisenbahnzüge, lautlos, wie große Schatten erschienen, immer näher, größer – ein Kopf sah aus dem Fenster …

Aber als die leuchtenden Lichtgestalten zu weinen begannen und ein Harmonium in Aktion gesetzt wurde, schnupfte die Claire tief auf und äußerte schluchzend den Wunsch, nach Hause zu gehen …

Sie kämpften sich durch Wind und Regen ins Hotel.

Am Morgen gingen sie in die Felder. Das Gewitter von gestern hatte abgekühlt, die ersten herbstlichen Tage kamen. Der Wind wehte stark. Als sie gegen ihn angingen, sang er wie klagend … An den Wegen schäumten die Laubmassen. Milchig-weißes Licht beglänzte gleichmäßig die Felder. Die Sonne steckte hinter den stürmenden Wolken; manchmal kam sie hervor, dann war sie rot und fror in der rauhen, kräftigen Herbstluft. Ein leerer Pfad lag vor ihnen, reingefegt vom Wind, – und es war Seligkeit, darüber hinwegzuschreiten; junge Linden reihten sich endlos, und es war Glück, immer wieder den ächzenden Stamm zur Seite zu haben. Tief ging der Atem, und die Schultern hoben sich. Sie gingen im Gleichschritt.

Sehnsucht – Sehnsucht nach der Erfüllung! Hier war alles (fühlte er), Herbst, der klärende, klare Herbst, Claire, alles, – und doch zog es weiter, der Fuß strebte vorwärts, irgendwo lag ein Ziel, nie zu erreichen!

Viel, fast alles auf der Welt war zu befriedigen, beinahe jede Sehnsucht war zu erfüllen – nur diese nicht. Was war, von oben betrachtet, ein Liebender? – Ein Narr. Wenn sich ihm das geliebte

Herz eröffnete, schwieg er, satt und zufrieden. Ganze Literaturen wären nicht, riegelten die Mädchen ihre Türen auf ... Ein Amoroso war zu befriedigen, gebt ihm das Weib, das er begehrt, und der tönende Mund schweigt. Was gibt es, *uns* zum Schweigen zu bringen? Wir haben nichts mehr zu verschleiern, wir wissen um alle Heimlichkeiten der Körper ... Auch um alle der Seele? – Es gibt Worte, die nie gesagt werden dürfen, sonst sterben sie ... Aber wir wollen nicht in diese Tiefen der Schatzkammern, wir haben einander ganz und doch sehnen wir uns. Was ist das, das uns forttreibt, weiter, höher, vorwärts? – Der Frühling ist es nicht; denn es ist da zu allen Jahreszeiten, die Jugendzeit ist es nicht; denn wir spüren es in allen Altern, die Claire ist es nicht, wir fühlen es ohnehin.

Jetzt kamen sie durch einen windstillen Hain junger Birken.

Glücklich sein, aber nie zufrieden. Das Feuer nicht auslöschen lassen, nie, nie! In einem runden Loch kreiste träge schwarzes, fauliges Wasser. Alles andere ist ein Vorspiel: die Werbung, die Gewährung, das Genießen. Dann fängt es an und höret nimmer auf. Was kann vorher sein? Beschäftigt mit der simplen Frage: Ja? – Nein? – sehen sie nicht das Wesentliche, nicht das Eigentliche. Entkleide die deinige von deinen Begierden, sie zu besitzen, setze sie in dein Zimmer, wunschlos, allein, denk, du habest alles, was du wolltest ... Bliebe sie? Kann sie mehr als locken, versprechen? – Kann sie *geben*? Nicht jede hält die Belastungsprobe aus. Man behütet nicht umsonst ängstlich das Letzte, wenn man nicht weiß, daß es das Kostbarste ist, was man zu geben hat. Eroberungen, bei denen der Reiz nur im Erobern besteht. Wir aber wollen besitzen.

Und es gibt keine tiefere Sehnsucht als diese: die Sehnsucht nach der Erfüllung. Sie kann nicht befriedigt werden ...

«Wölfchen! Hallo!» Sie war weit voraufgelaufen und pflückte im Gebüsch weiße Eisbeeren, legte sie im Kreis auf den Boden und knackte sie mit dem Fuß entzwei.

«Warum tust du es?»

«Hast du keinen Sinn für Schönheit? *Fühlst* du nicht, daß das befriedigt, erlöst, wie von einem Druck befreit, wenn die Beere – endlich – aufknackt? – Banause!»

Die Gräser glänzten im Licht, ein dicker Käfer zog über die Chaussee, flog auf, ein Wind strich über den Weg, führte ihn mit sich fort, wollte er dorthin? – Nun, er würde auch da glücklich sein …

Eine Schafherde trappelte durch die gestoppelten Felder; sie wollten ausweichen, aber es war zu spät, der Schäferhund hatte eine lange Reihe zurechtgebellt, sie waren mitten unter ihnen, die Schafe umwogten sie, die Claire schwankte lachend in dem Meer her und hin.

«Wölfchen, wenn mir die Tieren nu fressens?»

«Ihnen nicht, Fräulein, es dürfte sich nicht lohnen.»

Endlich krochen sie heraus, staubbedeckt, lachend.

«Daß du dir da rausgefunden hast, Wölfchen!»

Sie waren auf freiem Feld, glänzend wehten grüne Gräser im Wind, die Luft war in starker Bewegung, aber das Land lag ruhig, mochte es wehen und darüber hinfahren, die Erde blieb fest.

Sie standen auf einem kleinen Hügel, das Land wellte sich weit fort, spielend riß die starke Luft an den Haaren. Dies alles umarmen können, nicht, weil es gut oder schön ist, sondern weil es da ist, weil sich die Wolkenbänke weiß und wattig lagern, weil wir leben! Kraft! Kraft der Jugend! …

«Claire?»

«Na?»

Und wurde gepackt und wie ein Wickelkind davongetragen, den Abhang herunter bis tief in die blumige Mulde.

Und wieder kamen sie nach Rheinsberg, und weil es der letzte Tag war, verschwand Wolf und kam kurz vor dem Mittagessen mit einem großen weißen Paket wieder. Oben angelangt, legte er es auf den Tisch. Die Claire zupfte vor dem Spiegel an ihrem Haar. Wandte sich um.

«Wolfgang?»

«Claire?»

«Was is'n diss?»

«Nüchs, wie du dich auszudrücken beliebst.»

«Na, haber …»

«Um allen so gearteten Debatten aus dem Wege zu gehen, mein liebes Weib, erkläre ich hiermit, daß in dem Paket mit erhobener Stimme zwar etwas darin ist, aber du dasselbe mit Bedeutung nicht vor dem Abend öffnen darfst. Um Zehn geht der Zug, um dreiviertel Zehn darfst du, Punkt.»

«Hm.»

Pause.

«Wolfgang?»

«Claire?»

«Sagssu mir, was da drün is? Seh mal ...»

«Schweig. Ich habe gesprochen.»

«Aba, Wölfchen, ich fand, du konnst mir doch den Anfangsbuchstaben sagen und den hintern auch, ich meine den Endbuchstaben, ja?»

«Ich zertrümmere dich. Nein.»

«Nur den Anfang, tje? – Bitte, Bitte! ...»

«Schluß. Wir essen!»

Es gab «schöne Sachens» – «Suppens gibs», erörterte Claire, die alles wußte, «un Hühnegens mit Gemüsen und Hops («Hops?» – «Obst, Wölfchen, Obst») un denn gübs ... Willstu das gern wissen, Wölfchen?»

«Ja.»

«Hm, ich sag dir's auch. Aber du mußt mir sagen, was in dem Paket ...»

«Ich will's nicht wissen.»

«Buh!»

Sie «muckschte» wie ein kleines Kind und ließ eine habsburgische Unterlippe hängen, bis das Essen kam.

«Wölfchen, eß man Suppens mitm Messer?»

«Wa –?»

«Na, ich hab mal einen gesehen, der hat mitm Messer geessen.»

«Suppe?»

«Neieinn ...»

Aber da kam eine alte Dame an ihrem Tisch vorübergeschlurcht, schielte krumm und murmelte etwas von «unerhört» und «Person» und so.

«Wölfchen, die meint mir. Konnste ihr nich gefordert gehabt habs? – Söh mal, ich bin doch 'ne Feine, nich wahr? oder glaubssu, ich bin eine Prostitierte? Nei-n. Ich ja nich. Ich nich. Hä?»

«Laß das Alter gewähren, mein Kind. Vielleicht hat sie nicht so hübsche Jugenderinnerungen … Wie schrieb der große Friedrich an den Rand seiner Akten? – ‹Mein lieber Geheimrat›, schrieb er, ‹wir sind alt und können nicht mehr, wir wollen uns über die freuen, die noch können›.»

Und dann aßen sie, und als es zu Ende war:

«Wölfchen, die Sonne scheint gerade so schön, wir wollen photographieren!»

Sie holte den Apparat, den sie umständlich herrichtete. Eine Zeitaufnahme war beabsichtigt, unter dem Blätterdach der alten Bäume, die gesprenkeltes Licht zum Boden durchließen.

«Stell dir man hin, Wölfchen. Nun paß auf: wir machens einen langen Aufnahmen. Du mußt nu ümmessu ruhig stehen, weißtu, ganz stille, ich geh solange fort, auf daß es dir nicht lächere …»

Er stand regungslos, nur gegen die Sonnenstreifen anblinzelnd, fühlte sein Herz klopfen, der Atem ging taktmäßig ein und aus. Wie lange es dauerte? Die Claire wandelte unter den Linden, weiter hinten. Es sah aus, als hätte sie vergessen …

Ohne die Lippen weit zu öffnen:

«Claire!»

Immer noch erging sie sich unter den schattigen Bäumen, aber sie antwortete: «Ja?»

«Noch lange?»

«Nein.»

Wieder Schweigen. Wieder summten die Insekten. Teller klapperten im Haus.

«… lange?»

«Wolfgang?»

«Hm?»

Und von ganz fern: «Du kannst kommen! – Ich habe gar nicht eingestellt!» Und helles Lachen.

«So ein –»

«Aber schön still hast du gehalts!»

Hoho! Wie aus einem Schallbecken platzte Lachen aus ihrem Mund, heftig, lärmend.

Aber er fing sie.

Nach dem Essen mußte die Claire schlafen gelegt werden. Sie waren im Sonnenglast hingestreckt, auf einer Wiese, über der die Luft in der Mittagswärme zittrig schwebte. Schweigen …

«Wölfchen?»

«Claire?»

«Sagssus mirs?»

«Was denn?»

«Was in den Paket …?»

«Schlaf!»

Sie schnarchte, daß die Grillen vor Schreck verstummten.

«Pst!»

«Du sagst ja, ich soll. Nie nich is es richtig. Buh!»

Wieder Schweigen.

Wie im Selbstgespräch: «Ich fand, wenn du's mir sagtest, gefiel's mir hier besser. Wie? Ich bin neugierig, alle Frauen sind …? Ich will dir mal was sagen, ich will's gar nicht wissen, überhaupt ist es mir egal, es läßt mich kalt.»

«Das kannst du brauchen.»

«Wie?»

«Ich meinte nur.»

«Wölfchen?»

«Claire?»

«Is'n zu essens drin oder …?»

Aber er antwortete nun nicht mehr. Sie schliefen. Und als sie aufwachten – sie hatte ihn wachgekitzelt –, stand die Claire auf, strich sich den Rock glatt, und ihre ersten Worte waren: «Neugierig bün ich ga-nich. Aber wissen möcht ich *bloß*, was da in is,» und dachte heftig nach, ohne es herauszubekommen. (Sie hat es nie erfahren, das Paket wurde im Hotel vergessen.)

Nachmittags lagen sie im Boot. Der Himmel war klar, noch einmal gab der Sommer seine Wärme.

Dies ist der letzte der drei Tage! Aber ich bin so froh wie am ersten. Jung sein, voller Kraft sein, eine Reihe leuchtender Tage –

das kommt nie wieder! Heiter Glück verbreiten! – Wir wollen uns Erinnerungen machen, die Funken sprühen! Wir haben alles voraus – heute! Mögen die in den Gräbern die Fäuste schütteln, mögen die Ungeborenen lächeln – wir *sind*! Alle sollen freudig sein! Kämpfen – aber mit Freuden! – Dreinhauen – aber mit Lachen! Mädchen, was zieht ihr mit Ketten schwer beladen einher? – Schüttelt sie ab. Sie sind leicht! – Sie sind hohl! – Tanzt, tanzt! –

Vom Ufer her rief sie jemand an, ein Mädchen mit einer Schneckenfrisur und ernsten, schwarzen Augen. Sie trug sich irgendwie in Blau und Grau. Sie ruderten heran. Wo es hier nach dem Forsthaus ginge? Ob es noch weit sei? – Sie beabsichtigten, dorthin zu fahren, wenn sie wolle …? Sie dankte, nahm an.

Es ergab sich, daß sie gleichfalls die Heilwissenschaft studiere und sich auch sonst geistig fleißig rege. Sie lud arme Kinder zu sich zu Tisch, um an abgemessenen Gewichtsportionen die Wirkungen gewisser Hydrate festzustellen, auch in andern Beziehungen nahm sie sich dieser Opfer der kapitalistischen Wirtschaftsordnung an und förderte sie durch gute Ratschläge. Das brachte sie ruhig und selbstverständlich vor, bescheiden, aber fest. Das Gespräch glitt weiter. Nein – heiraten wollte sie vorläufig nicht; sie habe noch keinen gefunden, der Mann gewesen wäre, ohne ein Sexualtier zu sein. Sie hatte einen schlechten Teint, und es sah aus, als bade sie selten. – Ob sie denn nie verliebt gewesen sei? – Oh, sie besäße, wie sie, ohne unbescheiden zu sein, mitteilen könne, Temperaments genug. So habe sie neulich auf einem Vereinsfest sogar etwas getrunken, was dem Geschmacke nach schwedischer Punsch gewesen sein mochte. Aber das seien doch Nebendinge. Für sie – hier schaukelte das Boot ein wenig – für sie gäbe es nur die Pflicht. Die Pflicht, ihrem Berufe als Wissenschaftlerin und soziales Glied voll und ganz Genüge zu tun.

Dies, was sie anginge. Und die Herrschaften? Mit wem habe sie das Vergnügen? Sie sei stud. med. Aachner, Lissy Aachner. Und die Freundlichen, die sie hier mitnähmen? – Claire ergriff das Wort (Wolfgang graute): – Nun, sie hätten hier ein kleines Besitztum in der Nähe, nicht sehr bedeutend, 300 Morgen etwa, ja, und das sei ihr Bruder, sie seien noch nie in einer großen Stadt gewesen, die Eltern erlaubten es nicht, nein – wie es denn so in Berlin aussähe? – Sie hätten so bunte Vorstellungen davon, aber, nicht wahr? – aus den Büchern könne man das nicht so ...

Die Studentin Aachner bestätigte dies. Nein, aus den Büchern könne man dies nicht so. – Man müsse wirklich einmal ... Sie könne das den Herrschaften nur empfehlen! – Diese verschiedenartigen Kreise, diese Anregungen, man müsse ordentlich auf dem Posten sein, um all den Anforderungen Genüge zu tun! Nun, – sie, Lissy Aachner, sei auf dem Posten, das könne sie wohl sagen. Und es erwies sich, daß dieses begabte Mädchen über alles, so die Liebe und das Leben, ihre klaren festen Begriffe hatte, an denen nicht zu rütteln war. Sie sei Monistin. Was das sei? Gesellschaftliche Artigkeit trug über ein leichtes Lächeln den Sieg davon. Sie sei erfüllt von dem Glauben, daß alles sich auf natürlicher Grundlage nach Maßgabe der betreffenden Umstände aufbaue. Auf die Umstände lege sie besonderes Gewicht, auf die käme es an ... Aus ihnen ließe sich *alles* herleiten. Sie, Lissy Aachner, wäre nimmermehr das geworden, was sie sei, wenn nicht die Umstände und das, was man wohl Milieu nenne, sie zu einem Produkt der neuen Zeit gemacht hätten. Und diese Umstände zu erkennen, das sei es, fuhr stud. med. Aachner fort, worauf es ankäme ... *Erkenntnis*, das sei das Wort! – Wohin sollte es führen, wenn wir auf der Stufe alter Barbarenvölker ständen und den Regen z. B. noch als etwas Göttliches empfänden? Der Regen sei einfach ein Niederschlag atmosphärischen Wassers in Form von Tropfen oder Wasserstrahlen. Dagegen war nichts zu sagen. Der Regen war in der Tat ein Niederschlag atmosphärischen Wassers in Form von Tropfen oder Wasserstrahlen. Und habe es nicht mit den geistigen Dingen eine ebensolche Bewandtnis? – Sei nicht auch hier Erkenntnis das Element alles Lebens? – Wie wolle man sich denn vor Liebesschmerz hüten, ohne die Elemente dieses Affekts, die Liebe und den Schmerz, analysieren zu können? – Sie gäbe ja Ausnahmen zu, bemerkte die Sprecherin, aber wenn wir auch heute noch nicht so weit wären, alles zu erkennen, so läge dies eben an einer Mangelhaftigkeit unserer Apparate, bzw. Organe. Es würde schon noch werden. Seien nicht auch die Religion, die Kunst Dinge, die restlos in ihre Bestandteile aufzulösen nur einem Orthodoxen als kühn erscheinen könne? – Ja, das gesamte Leben als solches ...

Aber hier lief der Kahn auf den Sand, daß es knirschte. Man war angelangt. Die stud. med. Aachner bedankte sich und schritt durch das Grün auf das Forsthaus zu, männlichen Schrittes, geradeaus, und irgendwie in Blau und Grau gekleidet ...

Die beiden trieben ab, das Boot schwankte, bewegt durch das Schaukeln der Lachenden. Und wieder trug sie die Strömung dahin, der fächelnde Wind kräuselte das Wasser, brachte frischere Lüfte ... Einmal legte die Claire die Hand auf den Bootrand: diese ein wenig knochige und männliche Hand, auf deren Rücken blaßblaue Adern sich strafften; sah man aber die holzgeschnitzten, langen Finger, so ahnte man, es war eine erfahrene Hand. Diese Fingerspitzen wußten um die Wirkung ihrer Zärtlichkeiten, kräftig und sicher spielten die Gelenke ... Die Hand hing im Wasser und zog einen quirlenden Streif. Dunkelgrün und klar lagen die Ufer weit zurück.

Leuchtender, leuchtender Tag! – Da-sein, voraussetzungsloses Da-sein und immerfort wissen, daß eine ist, die gleich fühlt, gleich denkt ... (Denkt, fühlt sie wirklich? Aber ist das nicht einerlei, wenn wir nur glauben?) Nun, wir *glauben* eben einmal, daß wir uns nur deshalb nicht begegnen, weil wir nebeneinander demselben Ziele zulaufen, gleich strebend, parallel – ... Dies zu wissen – das ist Glück. Ein Seitenblick genügt: all deine Empfindungen sind hier noch einmal, aber umkleidet mit dem Reiz des Fremden. Wozu noch sprechen? – Wir wissen ohnehin. Wozu versichern, betonen? – Wir wissen, wir wissen. Und das Erlebnis und ich und sie – das gibt einen Klang, einen guten Dreiklang.

Aber nun waren nur noch zwei Stunden bis zur Abfahrt.

«Wolfgang?»

«Claire?»

«Gehen wir noch ein bißchen spazieren? Komm, in die böhmischen Wälder!»

Und sie gingen durch den dämmerigen Park, in dem die Baumgruppen erdunkelten, sich schwärzlich auseinanderschoben ... Der Himmel war am Nachmittag schimmernd klar gewesen, – noch spannte er sich wie ein ungeheurer Bogen von Osten nach Westen, aber nun hatte er eine dunkle Färbung angenommen, er war fast schwarz, und weiße Wolkenflecken zogen rasch unter ihm dahin.

Gewiß blies hier der Wind immer so in die Baumwipfel, daß sie aufrauschten, strich durch die Stämme, raschelte schleifend im Laub ... *Sie* empfanden: Abschied. *Sie* mußten fort. Leises Trauern ... noch einmal zogen sie die reine Luft ein. Abschied. Eine neue Etappe. Aber diese haben wir gelebt.

Der Weg führte auf einen Hügel, durch Wiesen und an schwärzlichen Sträuchern vorbei. Sie sprachen nichts. In der Höhe glänzten helle Fenster einer Villa. Töne? ... Da oben gab es Musik. Sie schritten aufwärts. Blieben im Dunkel stehen. Das gelbe Licht traf sie nicht: es bestrahlte einige Zweige der Linden, die am Haus gepflanzt waren. War es ein Ball? –

Ein Walzer kam. – Die Geigen – es mußte eine starkbesetzte Kapelle sein – zogen süß dahin, sie sangen das Thema, ein einfaches, liebliches, in langen Bogenstrichen. Verstummten. Aber nun nahmen es alle Instrumente auf, forte, und es war, wie wenn zarte Heimlichkeiten ans Licht gezogen würden. Mit Wehmut dachte man an die Pianopassagen. Aber auch so machte es einen schweben, und der Rhythmus, dieser wiegende, schleifende Rhythmus zuckte und warb. Sie standen unruhig, hatten sich bei den Händen gefaßt, reckten sich ... Und da brach die Lustigkeit prasselnd durch: in tausend kleinen Achteln, die klirrten, wie wenn glitzernde Glasstückchen auf Metall fielen, brach sie durch, die Geigen jubelten und kicherten, die Bässe rummelten fett und amüsiert in der Tiefe, und auch der Zinkenist machte kein Hehl daraus, daß ihn das Ganze aufs höchste erfreute. Der Teil wiederholte sich, wieder kletterten die Geigen in die schwindelnde Höhe, guckten von ihrem hohen Sopran in die Welt, und schließlich lösten sich die Töne auf zierliche, spielerische Weise in nichts auf. Dröhnten nicht drei Paukenschläge? – Ein Dominantakkord erklang; ein Lauf, von der Flöte gepfiffen, machte neugierig, gespannt ... Und wieder ein Lauf, die Geigen folgten, die Melodie blieb auf einem neuen Dominantakkord stehen ... Pause ... Und das alte, süße Thema kehrte in den Geigen wieder, hier war Erinnerung, heimliche Freuden und alles verliebte Flüstern der Welt! – Und da packte es die zwei, und sie drehten sich langsam, schwebend, und sie tanzten auf dem struppigen Rasen, schweigend, ruhig anfangs, dann schneller und schneller ... Noch einmal bliesen Fanfaren königlich und stolz, kaum wiederzuerkennen, das Thema, dann wirbelten die beiden tanzend den Abhang herunter.

Und kehrten zurück und packten ein, fuhren in dem rumpligen Hotelwagen zur Bahn, bestiegen in Löwenberg den D-Zug und fuhren durch die Nacht, brausend, aufgewühlt, nach Berlin.

In die große Stadt, in der es wieder Mühen für sie gab, graue Tage und sehnsüchtige Telephongespräche, verschwiegene Nachmittage, Arbeit und das ganze Glück ihrer großen Liebe.

73

Die beiden Brüder H.

Was sind schließlich Nebendinge? Unsre Lehrer nannten Münzen oder fremde Bücher so oder den Kipling, den wir unter der Bank lasen, und niemand wird sagen wollen, daß diese Dinge wirklich nur nebensächlicher Natur waren. Relativ, für die Unterrichtsstunde genommen, waren sie es. «Draußen» nicht. Steht nicht im Grunde alles in einer Reihe? Sehen wir nicht vielmehr nach Graden gestaffelt? Was wir sehen, ist. Jede wahre Objektivität ist grotesk. Sieh zugleich das Nahe und das Ferne, und du lachst. (Chesterton: «Die Überreste eines klardenkenden Menschen liegen im Küchengarten.»)

Also in praxi: es geht natürlich nicht. Geburt, Leben, Tod, Liebe, Geld – immer hübsch der Reihe nach. Aber vielleicht ist das nur bei uns so. Vielleicht gibt es auch eine umgekehrte Reihenfolge.

Und es ist lehrreich, darauf hinzuweisen: auf die Gleichberechtigung der «Nebendinge». Zwei Komiker in Berlin tun dies.

Sie haben ein eigenes kleines Theaterchen, und sie spielen seit einundzwanzig Jahren, stets zusammen. Der eine spricht das Deutsch in fremder Klangfärbung, hart, holzig, stotternd. «I ... i

… i glaub», sagt er, «i glaub, i krieg an Krupf …» Der andre bewältigt seine Rollen in Tönen einer Rasse, die wie keine zweite befähigt ist, Brücken zu schlagen von Menscheneinsamkeit zu Menscheneinsamkeit. Und alles, was sie – vielleicht ungewollt, nur im Hinblick auf die Kassenrapporte und das Lachen eines vollen Hauses – geben, ist dies Sicheinbohren und das Nie-auf-den-Grund-kommen und das wundervolle Aneinanderreihen der Haupt- und Nebensachen. Alles andre ist unwesentlich: die Ausstattung ist schlecht angemalte Leinwand, die übrigen Darsteller taugen nichts. Nur die beiden lassen einen aufhorchen, wenn sie sich unterhalten. Ihre Situationen sind dumm, sie haben beide ein traditionelles Schlenkern der Füße und Hände, eine Art Veitstanz, wenn Sie, die ungetreuen Ehemänner, unvermutet die Gattinnen erblicken – aber das ist nichts. Ihre wahre Größe entfalten sie in den Konversationen.

Vorauszuschicken ist: sie stellen niemand dar. Sie geben keinen «Typ», keinen dicken Rentner und keinen Geizhals, keinen Schulmeister. Sie spielen etwas, was es überhaupt nicht gibt. So bewegt sich niemand, so spricht kein Mensch, so etwas existiert nicht. Der mit dem fremdartigen Deutsch: wie vom Mars heruntergefallen ist er. Ein Phänom, ein unmögliches Lebewesen, ein Widerspruch zu allem, was atmet. Ist das eine Art, die Beine zu setzen? Den Oberkörper so einzuziehen? So dazustehen, als seien Rumpf und Gestell etwas durchaus Verschiedenes. Was ist das mit diesem rosigen Gesicht? Die Nasenflügel sind angeklemmt, der halboffene Mund ist schief verzogen, die Zähne sind ein wenig schadhaft, und oben durch den Nasenansatz sind wahrhaftig drei tiefe wagerechte Falten gezogen. Wie mißvergnügt dieses Wesen aussehen kann! Das ist der Dominantakkord, der sich auflösen kann in ein seliges, listiges Lächeln: der Mund kaut die harten Worte und über den prekärsten Lagen dieses Menschen strahlen die kleinen schwarzen Augen wie zwei freundliche Sterne. Nein, es gibt ihn gar nicht, aber sofort, wenn er die Bühne betritt und gleichgültig, fast formelhaft äußert: «Kumm här! schlagg di glei tott!», fühlen wir uns heimisch. Schon nehmen wir keinen Anstoß mehr daran, daß einer erst noch zu ihm kommen soll, um sich darauf ermorden zu lassen. Angenehm läßt man sich treiben: der eine kommt nicht, und der andre schlägt nicht tot, und das Ganze ist nur ein Spaß.

So etwas gibt es nicht, aber es könnte es doch geben, jeden Tag, jede Minute. Stets ist es denkbar, daß einer bei einer kritischen Geschäftsbesprechung wenigstens fühlt: «Wenn ich bloß wüßte, wo er sich frisieren läßt! – aber er sagt mer's nischt!» Hier und da empfindet man wohl so etwas, schämt sich und steckt es weg. Diese sprechen es aus. Es handelt sich etwa um die eine schwierige Aufgabe, die Gattin, die teure, nichts merken zu lassen. Alles Wohl und Wehe hängt von der Viertelstunde ab. «Was tun mer schon?» fragt der eine den andern. Und der: «Laß der'n Zylinder färben!» So. Er hat ja Recht, denkt man, aber doch nicht jetzt! Man brüllt. Über deplacierte Wahrheiten.

Und wieviel ist in dem allen! Einer hat Unrecht, und er schreit unmotiviert und siehe – er hat Recht. «Das habe ich Ihnen doch gleich gesagt!» Crescendo. Er denkt garnicht daran – aber wer kann gegen diese Stimmkraft! (Politische Analogien tauchen auf: unsre Agrarier.) Innen aber sitzt die Furcht und weint. Eine defensive Offensive ...

Oder das breite Gesicht strahlt in Höflichkeit: «Bitte, nehmen Sie Platz, mein Lieber!» – und dahinter, geknirscht, gepreßt: «der Schlack (scilicet: soll ihn treffen)!» Gefühltes gesagt. Man krümmt sich.

Tausend Züge müßte man erzählen. Wie sich Dobrovice Wischek Poposchek vorstellt, weil er mit den Herren Karten spielen möchte. «Reden Se nischt und setze Se sich scho hin. Zewos stelln Se sich vor?» Antwort (belehrend): «Oho! das ise Anstand!» Wo ist eine prachtvollere Hohlheit?

Oder die sophistische Geschichte, wie sie beide in einem Boudoir zusammentreffen: «Du hier?» «Nein Du hier! Ich seh dich doch.»

So hundert Mal.

Früher, in den neunziger Jahren, war es wie eine Synagoge. Zum Abendgottesdienst, gewissermaßen als Fortsetzung des Geschäfts, kamen die Lehrlinge der umliegenden Weißwarengeschäfte mit ihren Brautens hierher und hörten: «Eine Partie Klabrias», die sie tagsüber im Kontor auswendig spielten. Es war eine gewichtige

Sache, und wie man sagte: Ein guter Beckmesser, so durfte man sagen: Ein feiner Dovidl.

Sie sind mit der Zeit mitgegangen.

Und wie sie damals, in ihrem berühmten Stück, vor einer Schale Haut, Tiefstes, Menschlichstes erkennen ließen, so haben sie heute noch ein Wort gefunden, das unsre Stadt besser zeichnet, als viele andre. «I bin», sagt der eine Bruder, «i bin ein Schintelemenn.» «Was bist du?» «I bin ein Schintelemenn.» «Ein Gentleman? Wo hast du das Wort her? Weißt du denn, was das ist?» «Jawull! Steht drin in mein Kragn!»

Und reibt sich scheuernd mit den Fingern den Hals entlang und steht da auf zwei abwesenden Beinen, mit lächelndem Mund und schadhaften Zähnen, und in dem rosigen Gesicht strahlen die kleinen, schwarzen, zusammengekniffenen Augen listig, selig, vergnügt, blank – wie zwei freundliche Sterne ...

Kurt Tucholsky, SB 9. 1. 1913

74

Ouvertüre

Das Haus hatte sich verdunkelt. Lautlose Stille; bis in die entferntesten Winkel hörte man das Anschlagen des Kapellmeisterstabes. Nun setzten die Geigen ein – vierstimmig schleuderten sie übermütig die lustige Anfangsfanfare in den Saal. Lang hielten sie sie aus; dann kam das Fagott und streifte schelmisch undeutlich, als wüßte es nicht, wie man ihn tanzen könnte, den Walzer. Ein Kranz von Tönen löste ihn ab: alle aber hatten die süße Heiterkeit und die große Kraft. Die Hörer saßen unruhig auf ihren Sitzen; freudig dachten sie an die berühmten Anfangsworte:

«Ein Mädchen, sagst du, Pietro? Ei! Ein Mädchen.»

Alle wußten, was kommen würde, kannten dieses süße Spiel der bologneser Liebesgeschichte, die die beiden Paare kreuzweis einander zuführt, umspielt von lustigen Tölpeleien der Zwillinge. Jetzt brachten die Trompeten, übertrieben schmetternd, den Trauermarsch des lebenden Toten – die Hörer schmunzelten, die Kanäle und die engen Brücken, die der Zug mit der schwankenden Bahre passieren mußte, tauchten auf – Pietro, die Signora Eliza Miquaela – alle, alle – und die Melodie sang, während drunten die Celli im Baß wie ein bewegtes Meer den Grundton des Taktes hielten …

Und dann geschah das, was bei der Ouvertüre dieses göttlichen Lustspiels immer geschieht: ich meine jene berühmte Stelle, die mit dem zweigestrichenen C in den Violinen beginnt und erst endigt, wenn die ersten Takte der einzigen Walzermelodie ertönen. Diese Passage hat von jeher eine eigentümliche Wirkung gehabt: die Hörer, schon ein wenig angespannt durch soviel Lustigkeit, sind erstaunt durch den plötzlichen Umschwung, die klagenden Läufe stimmen sie ernst, versetzen sie in unangenehme Lethargie, und ihre Gedanken springen ein wenig ab, weilen fern von dem Spiel … Es ist nicht anders zu erklären, als daß der Komponist hier sozusagen spintisiert hat und diese Neigung die Hörer eben dazu verleitet.

Der junge Mann saß oben im zweiten Rang und starrte benommen auf den matt erleuchteten Vorhang: die Stelle kam, augenblicks ließ er seine Gedanken spazieren gehen, der Komponist hatte befohlen. Wirre Einfälle und Bilder kamen: die Bar von neulich Nacht … Zwei hatten getanzt: sie in rotem Kleid, eine Französin mit habgieriger Männernase – sie hatten getanzt, wie es sonst eigentlich nur in den verbotenen Büchern geschieht – geil, rasend, wollustgeschwängert das Weib; ruhig, ernst, der Mann. Das Monocle im Auge, tanzte sie, indem sie sich an ihn heranwarf – mit dem Ausdrucke der letzten Lust im Gesicht: sie fühlte, fühlte – ihr ganzes Sein war Tastsinn. Einmal blieben sie stehen: sie bewegte sich ein wenig, fast unmerklich, und hatte doch damit instinktiv-genial die Marionette der Lust dargestellt – und dieses einzige Mal hatte er mit einer Kopfbewegung ein merkwürdiges Laster angedeutet: er hatte sich ein wenig über ihre Schulter in ihre Achsel hineingebeugt … Mit geschlossenen Augen … ihre spitze Zunge berührte seine Lider …

Das Bild kam blitzschnell, mit unerhörter Intensität – zugleich auch jenes, das sie zu Dritt tanzen ließ: die Dritte war eine rundliche Person – sie schwamm zwischen den beiden – man mußte glauben, von zwei Seiten kam ihr der Kitzel …

Und wieder – noch dauerte jene Stelle an – kam ihm die schmerzliche Sucht, all diese Lust in sich zu fassen … alle, alle –

Aber der Besitz befriedigte ja nicht: was nützte ihm die rundliche Cocotte, was nützte, was konnten die jungen Dinger helfen, die er beneidete? Nicht die Männer beneidete er, nicht Körper wollte er besitzen: jenes Letzte, Dritte wollte er in sich schlürfen, das, was auf obszönen japanischen Bildern die ineinandergekrampften Paare sanft die Augen schließen ließ – über ihnen schwebte … An den Sommerabenden war es am schlimmsten: heiße junge Mädchen mit ihren Liebsten, sie begatteten sich mit den Blicken, alle waren erhitzt, aufgeregt: und er kam sich keineswegs zurückgesetzt, verlassen vor – aber er beneidete sie um ihre Zusammengehörigkeit, um ihre Vertrautheit … Wie sie im Gleichtakt lebten! Mit welch ungeheurer Selbstverständlichkeit die Mädchen Lust verursachten, Lust genossen. Nach außen hin verschlossen, öffneten sie sich ohne Scham dem Geliebten, gaben sich ganz, elementar wie eine Naturkraft … Beneidete er sie um dies? Um was? Um … um …

Schwingend, in hohen Akkorden, kam der Walzer.

Um nichts! Er besaß mehr als sie, mehr als alle, die ihre jungen Puten durch einen lauen Sommerabend und einige heiß geflüsterte Dummheiten ganz ausschöpfen konnten. Diese war nicht auszuschöpfen. Bis zu der Grenze besaß er sie: dann kam das Unergründliche, das Letzte.

Der Walzer tönte jetzt voll, laut und sieghaft wirbelnd.

Sie war ein Mann, beinah ein Mann.

Dies wundervolle «Beinah» nahm ihm den Atem – Glück! Glück!

Die Ouvertüre verhallte. Piano brummelte noch ein Baß das Anfangsthema.

Alle saßen gespannt. Der Vorhang bewegte sich leise.

Er aber fühlte, daß sie eine Einzige war.

Kurt Tucholsky, SB 23.1.1913

75

Drei neue Bücher
Max Brod, Franz Kafka, Ernst Blaß

Verbunden durch den Gleichklang der Melodien erklingen diese drei Bücher in sanftem Trio. Wenn das Wort nicht kompromittiert wäre, so laßt sie uns Weihnachtsbücher nennen: leise tönt das, was das Jahr über schwieg, betäubt wurde ...

Am stärksten bei Max Brod, in seinem Buch: ‹Die Höhe des Gefühls› (1913, Ernst Rowohlt Verlag, Leipzig). Und hierin am stärksten, am reinsten in der Szene, die für Franz Werfel geschrieben ist: die Szene im Dorf. Unvergeßlich, wenn wie eine feine Flötenstimme die nachtwandelnde Bauerstochter anhebt:

Bin ich eine Fee
Oder eine Seele,
Daß ich aus den Kissen
In den Mond gerissen
Über Schindeln geh,
Keinen Schritt verfehle?
...
Daß die Gans nichts wittert,
Daß der Hund nicht belle,
Hab ich sie gefüttert.

Und wie dazu [die] rauhe Stimme des trunkenen Bauernsohnes hörbar wird und die milden Reflexionen des Städters, eines Weltfreundes, – das ist herrlich. Volksliedmäßiges taucht auf:

Wird mich jetzt der Kaiser wollen,
Muß ich zu den Landesschützen,
Wird mir hinter sieben Bergen
In Trient kein Seufzer nützen.

(Nur noch einmal so schön in Brods «Lied des Stubenmädchens im Hotel»:

Ich muß früh um fünf Uhr aufstehen,
Da ist es noch kalt.
Meinen Schatz hab ich in Przemysl stehen
Bei der Festungsartillerie.
Inzwischen macht mich das Arbeiten müd und alt
Und er vergißt mich bald.)

Die Szene im Dorf also ist vollendet schön und es wäre zu wünschen, daß sie uns recht oft gesprochen und vielleicht einmal vorgeführt wird: ganz naiv klingend, piano, verhallend ... mit einer feinen, wechselnden Musik.

Gleichfalls ein Prager: Franz Kafka. Sein Erstlingswerk ‹Betrachtung› (1913, Ernst Rowohlt, Leipzig) zeigt noch Einflüsse, – aber da ist schon sehr viel Neues. Es gibt nur noch einen, der diese singende Prosa schreiben kann: Robert Walser. Wie ist das hier: Kafkas «Ausflug ins Gebirge». Ein Ausflug mit einer Gesellschaft von lauter Niemand. «Wie sich diese Niemand aneinander drängen, diese vielen gestreckten und eingehängten Arme, diese vielen Füße, durch winzige Schritte getrennt! Versteht sich, daß alle im Frack sind. Wir gehen so la la, der Wind fährt durch die Lücken, die wir und unsere Gliedmaßen offen lassen. Die Hälse werden im Gebirge frei! Es ist ein Wunder, daß wir nicht singen.» Eine Fülle guter Einzelbeobachtungen enthält das Buch. Es ist ein bißchen Laforgue und der Franzose hätte es überschrieben: Beklagung des Junggesellen, und Kafka sagt: «... sich im Aussehen und Benehmen nach ein oder zwei Junggesellen der Jugenderinnerungen auszubilden.» Es ist Melodie in dem, was er sagt, und wenn sich über die Berechtigung solcher Literaten streiten läßt, so bestimmt das nicht über das große Können Kafkas. Am schönsten der Shakespearesche Schluß von «Kinder auf der Landstraße»: «Ich strebte zu der Stadt im Norden hin, von der es in unserem Dorfe hieß:

‹Dort sind Leute! Denkt Euch, die schlafen nicht!›
‹Und warum denn nicht?›
‹Weil sie nicht müde werden.›
‹Und warum denn nicht?›

‹Weil sie Narren sind.›
‹Werden denn Narren nicht müde?›
‹Wie könnten Narren müde werden!›»

Hier scheint mir der Weg zu liegen, der zum Parnaß führt: so etwas ist tief und mit den feinfühligsten Fingern gemacht.

Ein junger Berliner Literat, Ernst Blaß, hat seine längst bekannten, aber zerstreuten Gedichte zu einem Band vereinigt. ‹Die Straße komme ich entlang geweht› (Heidelberg 1912, Verlag von Richard von Weißbach). Die Literaten werden wissen aus den Zeitschriften, aus den Gedichten, aus den Aufsätzen von ihm und über ihn, was er ist. Aber ich denke mir so oft, man müsse einmal keinen vom Fach, sondern einen Unbefangenen vor dieses Buch setzen. Vielleicht würde er es lieben. Gewiß, er würde viele dieser Gedichte lesen und manche sogar auswendig können. Wie schön ist das: «Dezembermarsch». Er erinnert sich eines verstorbenen Kameraden.

Ein Fahrrad führte oft die Hände dein.
Mein Leben kann noch viele Stunden währen.

Ich halte das für den ehrlichsten Ausdruck von Trauer, den ich kenne. Trauer hat so leicht etwas Verlogenes, weil die Zurückbleibenden nie aussprechen, daß sie sich kräftig als Zurückbleibende empfinden. Aber hier ist das: Mein Leben kann noch viele Stunden währen. Darin ist noch leise Trauer, aber zugleich ein (wie es im Vorwort heißt) träumerisches Reagieren «auf das Ganze dieses Daseins, weil dieses Chaos so voll von Hinreißendem ist, und, aus einiger Ferne gesehn, als etwas in seiner Art Einziges blüht» … Und an einer anderen Stelle: «… das ganze Sternschnuppenhafte einer Menschenexistenz, diese Einmaligkeit, das Umwogtsein und das Stürzen und die Lust und die Melodie –.» Es ist umgekehrt proportioniert wie in den anderen Lyrikbüchern: hier ist ein klein wenig Kopf und zu wenig das andere. (Das andere, das ist nicht Gemüt, Kitsch … Man könnte es vielleicht mit Kurt Hiller Magie nennen.) Das sind die Höhepunkte: Abendstimmung, Sonntagnachmittag, Vormittag.

Und in allem ist Rhythmus, ein leiser Unterton, nicht Faßbares; und eine Inkarnation des Ernst Blaß sind diese Zeilen:

Im Schatten setzt du dich auf eine Bank;
Die ist schon morsch; – auch du bist etwas krank –
Du tastest heiter, daß dir nicht ein Bein birst.

Und fühlst auf deinem Herzen deine Uhr,
Und träumst von einer schimmernden Figur
Und dieses auch: daß du einst nicht mehr sein wirst.

Und wenn dieser feine, zarte Mund einmal nicht mehr nötig haben wird, eine Kampffanfare zu sein, – noch schmettert das Vorwort ein Trompetensignal – dann! dann! –

Kurt Tucholsky, Prager Tagblatt 27. 1. 1913

76

Der Nachwuchs

In Dresden hat es an der technischen Hochschule zwischen den studentischen Korporationen und den Nichtinkorporierten einen Krach gegeben. Ein buntbemützter Junge hatte einen Norweger beleidigt und statt einer Duellforderung ein paar hinter die Ohren bekommen. Der Norweger wurde relegiert. Das Duell ist strafbar. «Ein Student dürfe einem anderen keinen Schlag mit der Hand zufügen.» Er hätte die Faust nehmen sollen. Ein junger korporierter Herr hatte die «Freistudenten» denunziert, weil sie ein sozialdemokratisch aufreizendes Plakat ausgehängt hätten. Richtig, das Fähnchen wurde konfisziert. Derart.

Dieser Zwiespalt klafft überall. Und es ist überall dasselbe: die Freistudenten unterliegen überall mit Recht. *Sie sind feige*. Sie sind in der Überzahl: aber diese wahrhaft Deutschen ziehen es vor, mannhaft zu versichern, daß ihnen nichts, aber auch nichts die freudige Mitarbeit am Bismarckkommers oder am Geburtstag des Kaisers verderben werde. Niemals haben sie den Burschen den Kram vor die Füße geworfen! Politik? Aber nein! Tendenz? Gott bewahre, Herr Universitätsrichter! Und der, ein alter Korpsstudent, tut das Seine.

Daß auf den Photographien in der Berliner Aula, bei Empfängen des Kaisers, die breiten Banner der Minorität paradieren – Gott segne sie! – Aber daß dahinter die ängstlichen Köpfe zukünftiger Richter, Oberlehrer, Beamter hervorgucken dürfen – das ist die deutsche Freistudentenschaft.

Von jedem Arbeiter könnten sie lernen.

tu., Vorwärts 30.1.1913

77

Stephan Krotowski

«– Er war so gut angezogen, daß sich alle nach ihm herumdrehten.»
Brummel: «Dann war er eben nicht gut angezogen.»

Die Modezeichnung, speziell die der Herrenmoden, ist, wie schon der zweite Aufsatz dieses Heftes darlegte, ein böses Kapitel der angewandten Graphik. Das Ausland hat den *Leyendecker, Boutet de Monvel, Fabiano, Driand*, (der sich in letzter Zeit mehr dem Portrait zugewandt hat) *Gosé* – wir in Deutschland haben ein Manko an solchen Männern und eine Fülle übler Dinge. Zweidimensional sind die schwarzen flachen Fahnen eines Smokings auf Papier gedruckt, daneben steht eine Blätterpalme, daneben ein galonierter Diener und darunter steht *Nouveauté*. Für das Gros bedeutet es eine Höhe, den Grafen Zeppelin als Modebild herzurichten, und was sich die teuern Geschäfte in den letzten Jahren als Mode- und Reklamezeichner zugelegt haben, ist nicht viel besser. Man unterschätzte die Wichtigkeit dieser öffentlichen Ankündigungen der Moden nicht: Rezniczek und Gosé und ein großes Modenhaus, sie wollen alle drei dasselbe, nämlich, Ideale vorzeigen. Modezeichnungen sind Wegweiser: so sollt Ihr aussehen, Euch kleiden, Euch halten. Modezeichnungen sind Ideale, unerreichbare: *so* gebügelt und faltenlos dürft Ihr zwar nicht aussehen, aber hier ist der Weg, hier ist eine Richtung. Das fällt nun an allen schlechten Modezeichnern der Neuzeit auf: sie geben ein Friseurideal. Ihre Elegants sehen aus wie die Handlungsgehilfen im Palais de danse, wie geist- und hirnlose Puppen, die man sich ohne ihren angeklebten Frack nicht vorstellen kann. Zu denken, daß diese Vorbilder etwa ein Buch lesen möchten ...! Und es ist auch nicht jene spritzige, gallische Heiterkeit in ihnen, die den Cancanrhythmus bis in das wippende Spazierstöckchen überträgt ...

Unvereinbar wären bei diesen Modezeichnungen Intelligenz und ein gut sitzender Frack. Ja, sie wären sogar Gegensätze.

Dies eine notwendige Einleitung, um auf eine Ausnahme zu kommen, die wir Gott sei Dank besitzen, *Stephan Krotowski.*

Krotowski hat für die Hermann Hoffmann'sche Zeitschrift für Herrenkleidung ‹Fashion› viele Modezeichnungen geliefert, (von denen hier einige reproduziert sind). Diese Arbeiten scheinen mir die Forderungen zu erfüllen, die man an eine gute Modezeitung stellt. Hier ist keine groteske Karikatur, (die ja ihr Gutes haben mag, aber in eine Modenzeitschrift nicht hinein passen würde, in der gezeigt wird, wie man sich anziehen soll und nicht, wie man es nicht soll). Hier sind keine übertrieben schlappernden Beinkleider, keine Tütenärmel, keine Rockkrägen, die gerade noch die Schultern bedecken und den Hals gänzlich frei lassen, keine Ä-bäh-!falten in ledernen Gesichtern, keine Lässigkeit, die aus der Impotenz herrührt, sich anständig zu halten – – diese Modezeichnungen zeigen schon, was Eleganz bedeutet: «Eleganz ist», wie Walter Rathenau sagt, «die unerhörte Aufwendung von Mitteln und Kräften, um einen verhältnismäßig einfachen, auf anderem Wege nicht erreichbaren ästhetischen Effekt zu schaffen». Die Art des Anzuges von Krotowski kommt dem Brummel'schen Ideal schon näher: nicht aufzufallen, sondern zu verschwinden. (Und es ist hübsch, daß Krotowski persönlich auch diese Mode bevorzugt.)

Immer wieder fällt seine Sachlichkeit in den Modezeichnungen erfreulich auf. Er ist fundiert auf der Basis äußerster modischer Korrektheit, der er nicht den kleinsten Bruchteil schuldig bleibt; denn er will dem Schneider, seinem Besteller, nicht eine *ungewünschte* Kunst aufdrängen und verwirft deshalb auch die Mittel, die dem Geschmack eines outrierten, sich nur an der in die Wirklichkeit nicht umzusetzenden Linie berauschenden Snobismus huldigen. Er zeigt, wie gut gemachte Anzüge auf einem Menschen, nicht auf einem Kleiderbügel aussehen. Er setzt sie nicht ganz in den Alltag, das wäre Aufgabe des Photographen. Er gibt immer das Ideal der Richtung, und weil er ein guter Kostümzeichner ist, der versteht, was auch zeichnerisch ein richtig sitzender Anzug bedeutet, haften diese Bilder ein wenig im Gedächtnis. Er demonstriert geschickt den Satz: Gott sieht ins Herz, aber deswegen kannst du doch gebügelte Hosen tragen! –

Und wenn man, was das Malerische anbelangt, sagt: Karikieren ist Weglassen unter Hervorhebung des Wesentlichen, so sind die modischen Arbeiten Stephan Krotowskis (im besten Sinne) karikiert.

Übrigens sollte Krotowski mit der geschmackvollen Durchbildung der Mode nicht zu weit gehen: es kommt meines Erachtens nicht darauf an, ob in einem Herrenhut als Geschäftsmarke zwei gute alte traditionelle goldene Löwen sich anspeien, oder ob den Beschauer ein dunkles augenumschattetes Frauenzimmer namens Frisia anblickt. Das sind Mätzchen.

Daneben gibt es aber viele wertvolle kleinere Arbeiten von ihm, Annoncenentwürfe, alles sehr hübsch und geschickt gemacht.

Bei Drucklegung dieses Aufsatzes habe ich noch nicht die Generalabrechnung gesehen, die sich weiter hinten in diesem Heft im ‹Berliner Brief› finden wird. In der Redaktion munkelte es: sie wird fürchterlich aussehen. Nun, so schlimm wird es schon nicht werden. Auf die Gefahr hin, daß sich hier auch ein Widerspruch mit unseren Berliner Referenten herausstellt: *wir dürfen uns über unseren künstlerischen Nachwuchs der Plakatisten freuen!* Ein ander Mal von *Gipkens*, von *Kurt Szafranski* (dessen jetzt zersplitterte Arbeitskraft einmal *eine* Firma sammeln müßte, um ihn zu einem Schlager zu machen). Fehlen im Reigen noch *Deutsch, Erdt,* vielleicht auch noch vereinzelte frühere Arbeiten von *Jacoby-Boy* –; das sind die Sterne, die um die Sonnen *Bernhard, Klinger, Scheurich* sich drehen. Und es ist wunderschön, daß der Bernhardstil kein Phänomen eines Einzelnen geblieben ist, sondern daß er mit einigen Modifizierungen und Wandlungen eine gute feststehende Tradition zu werden scheint. Wenn auch Arbeitsteilung das Rezept ist, nach dem jede Branche heute arbeitet, wenn auch jeder eine eigene Handschrift besitzt, so muß doch etwas Gemeinsames sie alle verbinden, etwas, das sie alle als selbstverständlich zu Grunde legen, über das sie sich stillschweigend einig sind. Das ist die Tradition.

Wer seinen eigenen Stil ausschlachtet, ohne sich um die anderen zu kümmern, wer fabrikmäßig arbeitet, wer zu einem Schema erstarrt, der wird vielleicht eine Weile lang Geld verdienen. Plakatkunst ist das nicht. Wir wollen keine Namen nennen, aber es ist schon so. Und unter die gute Tradition hat sich Krotowski von je untergeordnet. Er, der von der politischen Karikatur herkam, beherrscht fast alle Gebiete der angewandten Graphik, nicht zuletzt das streng Ornamentale und Typographische, und in allem sehen wir, wie ein geschickter Modenzeichner und geschmackvoller Mensch sich bewußt an die vorhandene Tradition anhält, ohne ein Narr auf eigene Hand zu sein.

Seine beiden besten Plakatarbeiten sind im Jahrgang 1911 unserer Zeitschrift (S. 123) publiziert worden: Roda Roda und Alwin Neuss. Der markante Kopf des Schauspielers mit dem Schlagschatten und die sehr gute Groteskkarikatur des Humoristen sind zwei Inseln in dem Kitschtümpel des Varietéplakats. (Roda Roda ist allerdings ein dankbares Thema, Gulbransson, Weissgerber und Trier haben sich mit Erfolg an ihm versucht). Und hier wäre ein großes Wirkungsfeld Krotowskis, auf dem Gebiet des Varietéplakats. Die Zirkusdirektoren und Leiter der großen deutschen Varietés sind fast die einzigen Mitglieder einer Unternehmergruppe, die es unbedingt nötig hat, mit dem Publikum durch Plakate in direkter Fühlung zu bleiben, und die es versäumen, ihre Anpreisungen aus dem barbarischen Ungeschmack zu erheben. Unsere Zeitschrift wird dies in einer der nächsten Nummern zu erweisen haben! Der Kitsch, durch den diese Vergnügungsanstalten für sich

Propaganda machen wollen, ist unerträglich. Dumm, grell und geistlos, posaunen diese Illustrationen aus den Indianerbüchern unserer Jugend mit gesetzter Schrift den Ruhm einer Handvoll Leute in die Welt hinaus, die nicht gelernt haben, daß man heute bereits mit geschmackvollen Dingen Geschäfte machen kann. Die Genies des Körpers sollten sich bessere Manager halten. Hier liegt die Hauptkraft Krotowskis, aber seine Hauptkraft liegt brach.

Kurt Tucholsky, Das Plakat Januar 1913

78

Kino

Die Musik spielt: «Komm in meine Lie–bäs–lau–bee», und auf dem Film erscheint die Charlottenburger Chaussee vom Großen Stern aus gesehen. Ganz hinten am Brandenburger Tor bewegt sich ein kleiner Punkt, er wird größer, deutlicher, er ist ein laufender Mensch, und als dieser so groß geworden ist, daß er die ganze Leinwand einnimmt und man schon seine Rockknöpfe begutachten kann, durchbricht prasselnd ein lebender Schauspieler, etwa Oskar Sabo, von hinten den aufgespannten Rahmen. Der Film erlischt, im Zuschauerraum wird es hell. Tusch.

Wat sagste nu, o Publikum?
Ick schreite ins Reale!
Dahinten lief die Spule rum
Minütlich tausend Male.
Für Geld bekommen Sie nicht nur
Amüsement – nein, auch Kultur …
Und alle kommen her –
Auch die,
Auch die,
Auch die Dramatikeer …
O – ho!

Ick bin dea Kintopp-Willem!
Und komm grad aus dem Fillem!
Denn schließlich ist es keine Schand,
Zu tanzen auf der Leinewand!
Der Kintopp zieht uns alle an –
Selbst Bassermann, selbst Bassermann.
Der Kintopp zieht uns an –
Selbst den Bas – ser – mann.

Tanz-Ballet (sprich: Ballé) solo allein.

Für Geld ist manchem manches feil,
So auch im Idealen.
Wir sind besonders hurtig, weil
Wir alles bar bezahlen.
Bald haben wir sie alle ganz
Von Bloem rauf bis zu Frida Schanz …
Der Intelljente kläfft –
Wir ma –
Wir ma –
Wir machen det Geschäft.

Ja – ha!
Ick bin dea Kintopp-Willem!
Und komm grad aus dem Fillem!
Denn schließlich ist es keine Schand,
Zu tanzen auf der Leinewand!
Der Kintopp zieht uns alle an –
Selbst Bassermann, selbst Bassermann.
Der Kintopp zieht uns an –
Selbst den Bas – ser – mann.

Tanz-Ballé solo allein.

«Das graue Hemd des Generals.»
«Max färbt sich seine Locken.»
«Der Zeugungsakt des Zitteraals.»
«Rosaura badet trocken.»
Das ist so garnicht rätselhaft:
Da weiß man doch und gafft und gafft …

Es gibt sich ganz umsunst
Die Mu –
Die Mu –
Die Muse unsrer Kunst! –
I – hi!
Ick bin dea Kintopp-Willem!
Und komm grad aus dem Fillem!
Denn schließlich ist es keine Schand,
Zu tanzen auf der Leinewand!
Der Kintopp zieht uns alle an –
Selbst Bassermann, selbst Bassermann.
Der Kintopp zieht uns an –
Selbst den Bas – ser – mann.

Nach exekutiertem Tanz ab durch die Mitte.

Ignaz, SB 6.2.1913

79

Pallenberg

In der Bahnhofshalle, nicht für es gebaut
geht ein Huhn
hin und her ...

Christian Morgenstern

Da ist ein unterirdischer länglicher Raum, rötlich-gelb erhellt durch japanische Lacklampions, rot und gelb schreien die Farben, und dunkel schließt eine kleine Bühne die Schmalseite ab. Erhitzte Gesichter schwimmen auf dem Meer bewegter Schultern, Arme heben sich, Getöse, Lärm ... Und dazwischen quäkt und zimpert eine kleine Kapelle immer dasselbe Thema: Pum, pum, pum – pum, pum, pum ... und dann mit Beckenschlägen einen quietschenden Lauf, der den Magen erzittern macht.

Wenn sich aber nun der Vorhang hebt, so wird da ein rothaariges, zwergenhaftes Scheusal stehen und das so hübsch ausgedachte Festspiel zerstören. Es hüpft und quäkt mit der Musik, gegen sie – es ist unausstehlich, es wird aufmerksam ein schönes rührendes Lied der gefangenen Mutter anhören, aber statt ihr beizustehen, sie anfahren: «Mehr vornä mußt du das singän!» – und als Schlußapotheose wird es butterig lächelnd sich um eine alte zerborstene Säule winden, die Inkarnation der Häßlichkeit, und auf der Säule wird in zittrigen Buchstaben stehen:

PALLENBERG

In einer pompösen Villa zu Essen (im Hause Krawehl) gibt es diesen «Raum für improvisierte Feste» – auch Pallenberg gibt es – man hat sie nur noch nicht zusammengebracht.

*

Wahrlich, diesen hat die Hölle ausgespien, aber Gott Vater gab ihm den kindlichen Sinn und die fröhliche Unachtsamkeit des Blödrians.

Dieser Einzige ist imstande, wahrhaft grotesk zu sein: bis zu der Grenze, an der die Komik in Grauen umkippt. Er ist nacheinander rührend und grausam und beschränkt und giftig und von einer fast schmerzlichen Lustigkeit.

Dreimal sah ich ihn, und dreimal begriff ich, welche Schande dies ist: ein Mensch zu sein, da dieser ein Mensch ist.

Das erste Mal geschah es in einer kleinen dummen Posse, deren Titel und Verfasser ich längst vergessen habe. Damals kannte ihn noch keiner in Berlin, er war zu einem Sommergastspiel herübergekommen. Welch ein Mensch! Wie kroch er nicht feuerhaarig und widerborstig über die Bühne, ein kleiner Haustyrann, ein wahrhaftig Abbild eines Großen. Seine Stimme klang wie eine Kindertrompete. Er befahl, widerrief, quälte – drei Grade zurückgeschraubt, und man hatte einen, hunderte kleiner Familienkönige. (Ich weiß nicht, ob es das Wort «Boosnigel» gibt – so war er.) Aber rührend war doch, wenn er allein gelassen wurde, wenn weichere Gefühle ihn überkamen, wenn er seine Härten, seine Kanten vor sich selbst wie mit göttlicher Mission entschuldigte, wenn die böhmisch holprige Stimme brüchig, heiser durch eine Tür rief: «Ssagen Ssie ühr, ssie kann mich …» und dann mild, engelsgleich, in einem verstockten piano: «Haben Sie keine Angst, ich sags nicht.» Man ging damals schon aus dem Theater, im Innersten angerührt, ein leichtes Grausen wehte von ihm her – schon damals zeigte er, daß sich letzten Endes Tragik und Humor berühren, eins werden.

Das zweite und dritte Mal war er Jupiter und Menelaus. Eigentlich beide Mal derselbe (als Zeus gewaltiger): ein gekränkter, schwacher, jämmerlicher, zerrupfter Hahn. Aber was war aus diesem Menschen geworden!

Welcher Teufel soufflierte ihm, was tat er mit der Sprache! Rasend schnell hatte er begriffen, daß es garnicht darauf ankam, mit welchen Lauten man «Eifersucht» oder «Hunger» ausdrückte. Er wirbelte die Buchstaben herum, die Gedanken schlugen, noch unausgesprochen, Kobolz, und es hagelte Worte wie: «Bittä, Amt Steinpilz», oder: «Sie waren splitterallein». Fremdworte wurden unbewältigt angefressen, liegen gelassen und verfaulten, irgend welche Silben schlängelten sich in die wohlgefaßten Sätze und erdrosselten sie ... So ausgestattet zog die arme Kreatur aus, um die Götter zu beherrschen, um Sparta zu regieren.

Den Humor haben viele, keiner – das andre. Man möchte sich einen alten Affen denken, den noch eine dünne Schicht vom Urmenschen trennt, eine schmale Kluft, aber er wird es nie erreichen; und es gibt fürchterliche Momente, wo er kurz vor der Erkenntnis steht. Und es ist ein Beweis für die Größe dieses Künstlers, daß er die stockenden Sekunden wegwischt mit einem selbstgenügsamen blöden Lächeln: Weiter, ich bin Objekt – was ist da zu tun? Ach, und wie abhängig ist dieser Armselige! Ein Gewitter geht vor sich, und er kriecht eine Wand herauf, in der ungewissen Angst des hin- und hergeschleuderten Menschen; alle hüpfen, auch er hüpft, aber seine Beine sind die hilflosesten, die traurigsten; auch sie hüpfen, nun, man hüpft, warum nicht? Und noch lange, als schon alles verstummt ist, bewegt er sich in angelerntem Rhythmus, glückselig, einen Konnex mit der Außenwelt gefunden zu haben. Er wechselt, er irritiert, er flimmert: er tritt auf, an einem Apfel kauend, sich stets entschuldigend, daß er da ist, seine runden Tieraugen blicken gänzlich verständnislos in eine lachende Welt, und man versteht das, man begreift die Schwere seines Daseins und gönnt ihm sein bißchen Futter. Die erste Sängerin hat etwas zu tremolieren, und auch er kugelt gluckernd, verachtungsvoll ein paar hohe Triller heraus, wie ein Kastrat, so nebenbei ... Er muß im allerhöchsten quäkenden Falsett fragen: «Was sind denn das für Nymphen?» und gleich darauf, plappernd, glücklich, reden zu können: «Kennen Sie schon den neusten Witz? Zwei Juden sitzen in der Eisenbahn, da sagt der eine ...». Er wird das nie zu Ende erzählen, er weiß es auch garnicht fertig zu bringen, aber er hat es so gehört, so macht er es nach. Er ist plastisch bis zur Unkenntlichkeit. Er sagt nicht: Ich bin ein Trottel. Er sagt: «Also, wenn mich ein Spartaner da gehen sehen mecht, so wird er sagen, wenn er mich da wird gehen sehen, da, da! Also, was siehst du dorthin, wenn ich da zeige?! – aber, ich kann es ja auch dort zeigen. Also, wenn mich dort ein Spartaner ...». In infinitum. Er kraucht auf seinen Königsthron wie ein alt Weiblein auf eine Hutsche, flimmernd wackelt die Glorie um sein Haupt wie ein verwelkter Hahnenkamm, und Gnade Gott, wenn er gereizt wird! Dann spricht er exakt, mit langausgedehnten Endsilben und fein und deutlich wie ein Grammophon oder eine Kokotte vor Gericht.

Wenn es eine menschliche Würde gibt – Pallenberg tritt sie mit Füßen. Es macht ihm Behagen, leere Gesten bloßzulegen, Inhalte als luftig abzustreifen, Hohlheiten aufzuzeigen: So seid Ihr – seht! so sind wir!

Einmal packte ihn – außerhalb des Rollentextes – das Lachen, er kugelte sich auf seinem Thron, konnte seine Rede nicht beenden, kreischte und spuckte, und eine Wolke von Mißbehagen blies das vergnügte Scheusal um sich herum ... Aber wenn er litt, lachten die andern. Und dies war nur eine kleine Vergeltung für die Tücke und Bosheit, mit der er gegen sie wütete, wann er nur konnte. Aber er kann nicht! Er kann nicht! Und so verbirgt er Haß, Neid, Wut, Impotenz hinter seiner holden Blödheit, die ihn grinsend selbst die Krone zum Gruß lüften läßt. Hier und da spuckt er und bricht heraus, und man ist erstaunt über so viel Gift und so viel Galle!

Er ist ein Teufel, ein entgleister Gott, ein großer Künstler.

Kurt Tucholsky, SB 13.2.1913

80

Die Theaterkritik, wie sie sein soll

Wenn man so sieht, wie die geängstigten Theaterdirektoren furchtsam die Straßen der Stadt durcheilen müssen, um nicht von den bissigen Kritikerhunden in die Hosen geschnappt zu werden – so überkömmt einen das Mitleid. Doch gibt es auch noch wohlwollende Mitmenschen, denen die Nächstenliebe nur so zum Maule heraustrieft.

Wissen Sie, was ein Theaterverein ist? Diesen hat man sich so zu denken: eine Anzahl Gewerbetreibender, Subalternbeamter, junger Kaufleute – auch junge Damen gibt es da, mit leis dahinblühenden Seelen – tun sich zusammen, um Theater zu spielen.

Man trifft sich alle vierzehn Tage etwa in einem Restaurationszimmer mittlerer Größe, hüllt sich in gemietete bunte Gewänder und stellt erschütternde oder auch belustigende Begebenheiten der Gegenwart und der Vergangenheit dar ... Sie lächeln.

Tun Sie das nicht! Wissen Sie denn, wieviele solcher Vereine es gibt, wieviele Verbände, Genossenschaften – Thaliien, Hilaritasse, Erholung, Olympias?

Ihr eigentlicher Geburtsort ist bestimmt Sachsen. Jedenfalls gibt es da die meisten. Dort blühen sie, dort gedeihen sie, nur dort gibt es die «Echten Oberbayerischen Gebirgstrachten in zwei Garnituren von jeder Größe auf Lager. Erste Garnitur mit echten Hirschhornkronen-Knöpfen, fünf Zentimeter im Durchmesser, letztere einzig und allein in Chemnitz». Glaubs wohl.

Wo aber ein Theater ist, da ist auch Kritik. Und sie haben ihre Kritiker, ihre Zeitschriften – wie die Erwachsenen.

Da gibt es Bühnenwettstreite wie den großen «Reform-Humoristen-Wettstreit zu Neuß am dritten November 1912»; oder den «Couplet- und Duettwettstreit des Theater-Vereins Germania, Nachrodt-Einsal i. W. (neunten und zehnten Oktober)». Und einer, der in einem Dorf bei Lethmathe wohnt, empfiehlt sich zur «Übernahme des Preisrichteramtes für Bühnenwettstreite. Stellung ganzer Preisrichterkollegien auch ohne persönliche Mitwirkung unter strengster Diskretion. Bewertung nach allen Systemen.» Nach allen …! Aber der Mann hätte ja in Berlin sein gutes Auskommen – gerade das fehlt uns so!

Wie klappt das aber auch! Hier ein paar Proben:

«Zur Aufführung gelangte zuerst der humoristische Einakter ‹Es spukt›, der die Anwesenden in andauerndes Gelächter versetzte. Hieran schloß sich das herrliche Schauspiel ‹Am Grabe der Mutter›. Hierbei zeigten die Spieler so recht ihr ganzes Können. Die Aufführung bot recht schöne und ergreifende Momente.» Dies, was den Theaterverein «Fidelia» in Wattenscheid angeht. Und «Fidelio» in Cöln-Raderberg? Nicht minder. Und es ist gar nicht so leicht! Man höre:

«Bühnen-Wettstreit des Theater-Vereins Unitas. Couplet-Klasse. Erster Preis Erholung-Steele: ‹Das Leben›, 64 Punkte. Zweiter Preis Unter uns-Styrum: ‹Urgroßväterchens Geburtstag›, 62 Punkte …» und so fort bis zum «Achten Preis Unser Fritz M.-Styrum: ‹Die letzten Momente›, 51 Punkte». Nicht, als ob ich dies alles verstanden hätte – wer wüßte auch in solchen Fachausdrükken Bescheid! Die Kritik weiß Bescheid.

SIE ist gerecht, sie erkennt an, sie belobt – Ave, Ave! Ein bißchen Kaufmannsstil, aber immerhin. «Die Regie und Szenerie – ich erinnere an das prächtige Bauernhaus – ließ nichts zu wünschen übrig und gehört derselben ungeteiltes Lob.» Das war in Lugau. Aber in Thum ist es auch nicht so ohne, Theater zu spielen. «Sudermanns Meisterstück ‹Die Heimat› gelangte im Dramatischen Verein Montag, am sechsten Oktober, im Saale des Hotel Thierfelder zur Aufführung. Es wurden hohe Anforderungen an unsre Dilettanten gestellt.» Das kann man wohl sagen! Aber: «Aber sie haben den Anforderungen vollständig entsprochen.» Und es ist noch gar nicht so ausgeschlossen, daß diese Inhaltsangabe auch einem Sudermannschen Stück entstammt: «… Der Landeshauptmann nimmt dieses sein Todesurteil gefaßt entgegen. Assessor von Salberg kommt mit der Vorladung vor das Vormundsgericht in der Unterschlagungsanzeige schon zu spät, aber zur rechten Zeit, um Juliane, welche die Mörder ihres Vaters verflucht und sich für immer von ihnen lossagt, ein treuer Gefährte zu sein auf dem weiten Wege, welcher einem neuen Leben, einem süßen Glück im Winkel entgegenführen wird.» Na? Ist das gehässig? Geht es nicht auch so? Es geht. Gewiß, man ist auch einmal streng – aber nur gegen das Publikum. «Daß der neue Hut eines Herrn aus dem Saal verschwand, und sich gar nicht wiederfinden ließ, ferner, daß während der Aufführung der ‹Söhne› sich ein Herr in der Bauchredekunst übte und ein Mitglied des festgebenden Vereins sich weigerte, denselben aus dem Saal zu weisen, sei nur nebenbei bemerkt.» Benebst einer Erwiderung: «Armer Theater-Verein Orpheus, Bonn-Endenich! Du wirst auch überall betrogen, wo du nicht an erster Stelle stehst! Es ist ja kein Wunder, wenn das Publikum versucht, Bauchrednerübungen zu veranstalten, wenn dasselbe verurteilt ist, eine halbe Stunde solch ein Gegrunze in den tiefsten Gutturallauten eines Indianers anzuhören ... Was zum Schluß den gestohlenen Hut anbetrifft, so war besagter Hut sicher betrunken, da er seinen Herrn nicht erkannte, denn noch heute träumt er in unserm Stammlokal von einem fröhlichen Wiedersehen mit seinem Herrn.» So die milde Kritik.

Und wer dächte nicht an berühmte Muster, dies lesend: «... Das konnte sich Lorenz sowie unser Verband auf keinen Fall bieten lassen, und strengte Lorenz im Auftrage des Verbandes Klage an gegen den Theaterdirektor G. Daß nun diese frivole Behauptung bloß Flunkerei war, ersehen wir aus diesem Vergleich, dem wir wohlwollend zugestimmt haben, um Herrn G., welcher doch auch Familienvater ist, keine weiteren Kosten zu machen.»

Hier wird positive Arbeit geleistet, hier wird nicht nur bekrittelt, was fleißige Künstler geschaffen haben – nein, der Kritiker selbst zeigt, weist an, unterrichtet:

Zu Dionys, dem Tyrannen, schlich
Damon, den Dolch im Gewande;
    (Wie eine wichtige Mitteilung)
Ihn schlugen die Häscher in Bande.
    (Laut, mit tiefer, herausfordernder Stimme)
«Was wolltest du mit dem Dolche, sprich!»
    (Ruhig)
Entgegnet ihm finster der Wüterich.
    (Kalt und fest)

«Die Stadt vom Tyrannen befreien!»
(Pause. Erregt auffahrend)
«Das sollst du am Kreuze bereuen.»

Das ist es.

Und wenn Sie im gespannten Parkett sitzen und die Waldeslandschaft wackelt, weil durch die Seitenkulisse der Metzgerseppl gelaufen kommt, in dem echten Oberbayrischen Gebirgskostüm, und ruft: «Ich chotle eejalwech juhuu!» – dann rufen Sie mit uns:

«... 's ist das blanke Schwert des Geistes,
Längst in Thalias Kampf bewährt.»

Thaaljas – Paroxytonon – mit dem Ton auf der ersten Silbe.

Ignaz Wrobel, SB 20.2.1913

81

Illustrierte Klassiker des Deutschen Theaters

Wir alle kennen die großen Bände, die in dem Nußbaum-Bücherschrank der Eltern standen, und die wir nur bei feierlichen Anlässen ansehen durften ... So etwas haftet, und für viele wird Caesar immer jener fette Mime mit dem gekränkten Doppelkinn sein, als welcher er sich damals in dem Prachtband präsentierte ... Späterhin mochten wir die Illustrierten Klassiker nicht mehr, sie zwangen die Vorstellungskraft in fremde Bahnen.

Aber diese Ausgaben, die im berliner Verlag Wilhelm Borngräber erschienen sind, tun das gar nicht – sie erinnern nur an die unendlich schönen Abende: an das Deutsche Theater und an die große Bühnenöffnung. Wie man sich «Romeo und Julia» eigentlich vorzustellen hat, sagt das Buch nicht. Darauf kommt es auch gar nicht an.

Aber abgesehen von aller Lyrik – welch ein Theaterstück ist das! Auf den klaren Bildern ist alles noch einmal: Die zänkischen

Diener («Bohrt Ihr uns einen Esel, mein Herr?»), und Pagay, der wundervolle alte Lorenzo, und die großen Auftritte mit viel Volk und Gewühl, und das einzig schöne Bild: Romeo unter ihrem Balkon, und alle Sehnsucht, alles Verlangen fließt durch ein Tuch, das lang heruntergleitet ... Peter Waßmann mit dem ewig verschlafenen Gesicht, alle, alle ... (Nur das Bild, das die Liebenden in der Umarmung zeigt, hätte ich gern vermißt: photographierte Liebe – das geht nicht ...)

«Hamlet» ist schon erschienen, und der «Sommernachtstraum» und «König Heinrich der Vierte» – und das scheint mir das Gute an diesen Büchern zu sein: daß sie uns nichts aufzwingen, sondern nur an solche Theaterabende erinnern.

Horatio von Massarena, SB 20.2.1913

82

Wir

Auf den famosen Brief Hans Kysers an die Filmfabrikanten, der hier zitiert wurde, hat Hanns Heinz Ewers geantwortet. Der Feuilletondämoniker, der durch Arbeiten für den Zirkus und den Kino schon viel Geld verdient hat und sein Geschäft gefährdet sieht, ist dafür, daß der Kino doch «Kunst» ist. – «Als die Photographie aufkam, schrien manche Porträtmaler: dies sei der Tod der Kunst! Und: nie könne die Photographie etwas mit Kunst gemein haben! – Zweifelt aber jetzt noch einer daran, daß sie das sehr wohl haben kann?» – Ja.

Geschickte Handwerker, geschmackvolle, technisch durchgebildete Arrangeure haben nie etwas mit Kunst zu tun. Nie ist durch eine Erfindung die Kunst beeinträchtigt worden. Und der Typ, der neuerdings Gesinnungslosigkeit und Geschäft und Geldmacherei für Kultur hält, spricht hieraus: «Sie werden über ihren Windmühlenkampf genau so lächeln, wie wir es heute schon tun.»

Wir. Wir – das ist der Haufen Leute, die den Kino für Zivilisation und eine hübsche Krawatte für Kultur halten. Wir, das sind die, die alles belächeln, wenn nicht eine Firma mit Kapital dahintersteht. Wir – das sind die ganz Überlegenen, die von hinten in den Bürger hineinkriechen und ihn von vorn bespeien – aber sie meinen es nicht so bös.

Ewers und Kyser; wir und ihr – ich denke, es wird gut sein, diese Grenze recht scharf zu ziehen.

tu., Vorwärts 26.2.1913

83

Der Theaterzettel

Es ist, wie wenn der Baumeister Solneß an die Rampe treten wollte ... kleines Vorspiel und dann los: «Ich bin ein Archi-Archi-Architekt ...!» Und der Chor leiser: «Er ist ein Archi-Archi-Architekt!»

Denn die Theaterzettel des Lessing- und des Walhalla-Theaters unterscheiden sich äußerlich gar nicht. Mag es sich um Hebbel oder um Tolstoi handeln – immer wird da eine Muse sein, die aus unerklärlichen Gründen, mit Recht umhüllt von grauen Bettlaken, in der Luft umherfliegt, umspielt von Conditorsamoretten, die ihrerseits gewundene Kränze zierlich halten.

Muß das sein? Keine Spur. Ich glaube, es war in den ‹Mitteilungen des Vereins der Plakatfreunde› (drittes Heft des Jahrgangs 1912) – da stand ein kleiner Aufsatz mit Beispielen und Gegenbeispielen: beschämend. Auf der einen Seite: Deutsches Theater, Lessingtheater, Kleines Theater ... Wie gesagt: übel. Papier, Druck, Anordnung der Inserate ... Obersitzko.

Es muß nicht sein. Denn auf der andern Seite gab es Programme, von Lucian Bernhard zum Beispiel, die für das frankfurter Schauspielhaus auch schon ausgeführt sind, entzückende Dinge, gepflegt in der Anordnung, mit einer kleinen, kapriziösen Zeichnung versehen – fein.

Gut, es wird nicht so bald wieder einen Kerl wie Toulouse-Lautrec geben, der solch aufreizende Programme zeichnet, und vielleicht würden sie auch nicht so recht für Berlin passen … aber es gibt Zeichner und Drucker, die ein schönes Programm herstellen können.

Sie haben Geschmack. Bleiben die Theaterdirektoren.

Horatio von Massarena, SB 27.2.1913

84

Berliner Cabarets

Am Klavier: Rudolf Nelson. Die wippenden, gleitenden, koketten Refrains dieser Lieder «perlen» über die Tasten, kaum bewegen sich seine Finger, aber da, wo der Kehrreim einzusetzen hat (Ritardando … im Druck steht eine Fermate), fühlt man seine Freude an dem Schlager, an seinem gefälligen leichten Rhythmus. Er sitzt am Klavier, und man begreift die Bedeutung und die Wichtigkeit eines Chanson-Refrains. Oben auf dem Podium: die Erlholz. Sie ist eine der vier Leute in den berliner Cabarets, die, losgelöst aus dem üblen Rahmen ihrer Tätigkeit, schon etwas wert sind. Die «Feunheit» einer Portierstochter, die in Berlin die Aufgabe hat, mondaines Leben zu markieren, die kalte Gelassenheit eben derselben einem nicht zahlenden Freier gegenüber und das ganze schnoddrige Hin und Her einer Nachtunterhaltung – das wird leise und gut angedeutet (nicht durchgeführt, nicht gesteigert, nicht zur monierenden Karikatur gestaltet).

Oder oben auf dem Podium: ein kleiner schwarzer Kerl mit kirschrot geschminkten Lippen, behend wie eine Tänzerin und kokett wie ein Stieglitz. Aber dieses gleich-geschlechtliche Konfektionslaster ist auf deutsch unerträglich: was Vadasz einmal in einer Nummer der ‹Assiette au beurre› (‹Les petit' jeunes hommes›) gab, biegsame romanische Kerlchen, bei denen Begriffe wie Sünde, Perversität und Abkehr vom Philistertum nicht existieren, weil sie abstrakt kokottenhafte Schweinchen sind – das ginge noch allenfalls. Aber dieser hier … Gewiß, er macht seine Sache recht gut, er legt so einen Refrain punktiert, zierlich piccicato hin, trällert einen Tanz, und es gibt auch Momente, in denen er ein Aufstöhnen witzig parodiert (wenn er das Wort «Parfüm» von sich gibt, so feiert er Orgien) – aber ist er von der Bühne herunter, so bleibt eine leicht schmalzige Empfindung zurück, irgend etwas Übles, etwas Steckengebliebenes, nicht ganz Vollendetes. Franz Blei bei Gelegenheit Aubrey Beardsleys: «Da wird die Sünde schön und eine Tugend, weil sie groß und herrschend ist, da wird die kleine Sünde, die sich mit der kleinen Tugend um den Vorrang in einem Individuum streitet, zur widerlichen Häßlichkeit.»

Das sind so Einige. Der Rest schiebt sich halb begabt, lärmend, zum Teil humoristisch, aber jeder Idee und Persönlichkeit bar, über die Bretter. Keiner, der nicht vor dem Publikum kriecht, keine Direktion, die es nicht als ihre Aufgabe erachtet, die Bauschieber und die beurlaubten Unteroffiziere durch Zoten zu einer Steigerung des Sektkonsums zu reizen. Zoten … das ist so eine Sache bei uns: wir hören da auf, wo der Franzose anfängt. Analysiert man diese Cabaretlieder, so ergibt sich als Fazit die Konstatierung der Existenz des außerehelichen Geschlechtsverkehrs. Ein Eingehen auf diese witzigen Probleme da, auf die Feinde Mann und Frau und Weib und Weib, das gibt es nicht – «und was dann weiter geschah …». Der Vortragende zwinkert, das Publikum versteht und brüllt und bereitet sich würdig vor … mehr nicht.

*

Die Waldoff. Wenn sie nicht dick wird, die Vollendung des berliner Gamins, des Schusterjungen, der über blasierte Ladenjünglingslebemänner sich jetzt in die jungen Damen zu flüchten pflegt. Der Typ wird häufiger … Jene steht da, mit hängenden Armen (das hat sie gelernt), mit stillvergnügtem Gesicht (das hat sie auch gelernt), und singt (das hat sie nicht gelernt). Ihre Technik ist unmöglich und unübertragbar, es ist ähnlich wie beim Girardi: Hunderte machen das nach, und man kann vielleicht sagen, daß so ein neuer Stil entstanden ist. Aber erreicht wird es von niemand. Wer steht so wie sie, den Kopf leicht und schief nach hinten über, die eine Augenbraue hochgerutscht, der linke Mundwinkel nach unten verzogen: «'ne duufte Stadt is mein Berlin!» Sprichts, angetan mit glattem schwarzen Kleid und weißem Klappkragen, und macht eine ungezogene Verbeugung wie ein Junge. Vielleicht ist es das Höchste an Humor, der so gelassen und unberührt an allen Dingen vorüberschreitet und sie alle gleich verächtlich als Inkarnationen gleichgültiger Ideen abtut. Man muß sie das Wort «Frühling» sagen hören: ein kleiner Seitenblick nach unten, und hunderte von Sentiments gehen dabei flöten. Sie bemüht sich gar nicht, sie nennt ihre Anbeter objektiv «farickt», aber man glaubt es ihr; in keinem Unterton ist eine geheime Freude, doch so viel Wirkung auf die Männer auszuüben. Wir vergessen bei dieser ein wenig spöttischen Darstellung, daß es sich um eine der beiden großen Quadern handelt, auf denen, nach Schiller, die Welt ruht ... Humor ist eine Kontrastwirkung. Sie geht gleichmütig mit den Angelegenheiten um, die andern die Köpfe und die Beine und die Portemonnaies verdrehen, sie registriert kopfschüttelnd wie der liebe Herrgott auf seinem Thron: «Wenn dea Bräutjam mit dea Braut ...». Sie ist so sehr Berlin: man weiß nicht recht, ob sie in den allerletzten Tiefen nicht doch noch schüchtern ist und sich durch Keckheit eine Überlegenheit verschafft; die Refrains rutschen ihr über die Flabberlippe und mit verachtungsvoll herabgelassenen Schultern gibt sie das Groteskbild einer flapsigen Jungfräulichkeit: «Mit meene Beene machen Sie die Zicken nich ...». Darin besteht ihre Hauptwirkung. Witze, zugespitzte Bonmots verpuffen. Wortspiele, Geistreicheleien ... alles unmöglich. Einmal handelte es sich um eine Jungfrau, die sich auf dem Potsdamer Platz vermittelst Starkstroms zu töten beabsichtigte. Es gab da eine etwas merkwürdige Situation, sie strichen ihr damals die Schlußpointe. Ich sehe noch, wie sie statt ihrer irgend einen harmlosen Unsinn sang, die Augen frech nach oben verdreht, sodaß man das Bläulich-weiße sah, schadenfroh grinste sie ins Publikum, ihre Unschuld war gedeckt, was sie anginge, so sei sie ein unbeschriebenes Blatt, und für Pointelosigkeit käme sie nicht auf. Aber es war doch so viel frecher als das erste Mal. Und es bleibt die Erinnerung an ein dunkelgefärbtes U, an einen Konsonanten, der aus den Tiefen eines zusammengezogenen Halses herausquoll, gedrückt, gequetscht, und die spottende Schadenfreude, mit der sie den kleinen Kadetten, die Braut, Herrn Lehmann und uns alle abtut:

«... und hat es doch nicht errei-icht,
Ja, llieben ist nicht so llleicht!»

*

Aber es gibt Textausgaben der Lieder Mayols: auf dem Titelblatt der frech lächelnde Chansonier mit hochgedrehter Haarlocke, eine Hand sieht man noch, die begleitend auf den Tasten liegt: Hou! les femmes!

Und das kann in Berlin keiner.

Kurt Tucholsky, SB 6.3.1913

85

Redaktionssitzung

Dramatis personae: Felix Eidamer. Arthur Kohone. Das Telephon. Ein Student. Statisten und andre engagierte Mitglieder. Das Telephon. ER

(Das Telephon klingelt)

Kohone: Sie, was is übrigens mitn Blatt? – Man wird doch mal was ganz anders bringen müssen ... Mal was ganz anders ... Wie is es mit Enver Bei?

Eidamer: Ist der bei uns engagiert?

Kohone: Ja. Aber ganz egal – er hat kein Fluidum. Sind Se still, ich weiß das. Aber ... wie wäre es mit «Puppchen»? Mit Gilbert? – Es wird zwar nicht bei uns gegeben, aber es ist keine Konkurrenz, und dann hats so was, ich weiß nicht was ... Gut – aber wer wird schreiben?

Eidamer: Pscht, ich hab schon. Da wird uns der Friedell machen: Ecce poeta! – und der Abgeordnete Korfanty kann sich äußern über «Die polnische Wirtschaft und die Ostmarkenzulage».

Kohone: «Polnische Wirtschaft» – na, und das «Autoliebchen» is vielleich Schund?

Eidamer: Kommt alles. Da wird der junge Benz uns was erzählen – so: «Meine Autoliebchen». Ich kenn den Mann, ich bin wie Kind im Haus, der tut das. Und macht ders nicht, machts der junge Fiat.

(Das Telephon klingelt)

... Dann ist da noch Oscar Bie: «Warum Augenstern?» Eine choreographische Studie ... aber der Clou wird doch sein: «Puppchen. Ein Mahnruf an das deutsche Volk».

Kohone: Von wem ...?

Eidamer: Ssstt ... Aalllerhöchste, aber aaallllerhöchste Kreise ... Und Sie? Sie schreiben uns, äh ...: «Die Juncker-Schatz und Yvette Guilbert» ...

Kohone: Nu schön ... Aber warum ist übrigens der Rieck nicht bei uns als Hamlet aufgetreten ...?

(Das Telephon klingelt. Kohone ab)

Eidamer: Also Sie schreiben das, und vergessen Sie nicht, mir fünf Karten für den gutsitzenden Leichnam ... Ich bin schon ganz ... Schreiben Sie, Fräulein. «Betrachten wir, welchen Weg wir von Wagner über Berlioz zu Gilbert zurückgelegt haben, so ist es zuerst der Letztere, der den Leuten als ein zu rabiater Christ erscheint» ...

(Das Telephon klingelt nicht. Eidamer blickt verwundert auf. Das Telephon klingelt)

... Gotttt ... Wer da?! – Ja. Wie? – Ist nicht zu sprechen! Was fällt Ihnen ein, will den Direktor persönlich sprechen! – Weer? Wassermann? Ja, sehr erfreut. Ham Sie ein Stück ge... Was? Bassermann? B! Ja, B! Wie Bauchfell. Ja, wir werden Sie engagieren. Was? Sie sind schon engagiert? Ah–ä–e–ich hatte mich nicht gleich erinnert ... Wie? nein. Ja. Waa-s??! Sie verbitten sich, daß wir Ihren Namen auf den Zettel der Kammerspiele setzen?! Sie wären nie da?! So?! Aber in den Lichtspielen darf Ihr Name stehen, und da sind Sie doch auch nie! Ach – Schluß! ... Ssssisssiss. Ham Se «erscheint»? Fräulein, ich geb Ihnen nu wie gewöhnlich die Stichwörter, Sie machen den Rest wohl zu Hause fertig. «... Ausdrucksvollen, unbehauenen Quadern ... Von den vorderen Wagen springt noch ein halb unterdrücktes Frauenlachen ...». Ein Reißer ist gut, Literatur ist gut – wie gut ...

(Mac Norton und der Deckenläufer, die soeben engagiert wurden, verlassen das Direktionsbureau)

Nein, das sollten Sie nicht mitschreiben ... (Der Student erscheint)

Eidamer: Was wünschen Sie?

Der Student: ... Iche ... Mitarbeit ... ein Manuskript ...

Eidamer: Was sind Sie?

Student.

Name?

José Maria Sachaliner.

Konfession?

Mosaisch.

Gebn Sie her! (Der Student ab)

Eidamer: Ham Se «Frauenlachen»? «Bei dieser Musik faßt man sich an den Kopf und entdeckt auf einmal, daß da etwas drin ist ...»

(ER erscheint)

ER: Mmmmm??

Eidamer (beflissen): Die neue Nummer ist in Vorbereitung – Gilbert, Kren und Schönfeld sind engagiert – die Presse ist begeistert ...

ER: Mmmmmm ...

Eidamer: Nur ein Rezensent der Bomster Nachrichten ...

ER: Mmmmm – engagieren ... (Ab)

Eidamer (sieht ihm bewundernd nach): Spaß! – Das Köppche –!

(Das Telephon klingelt)

Schigolch, SB 6.3.1913

86

Zur Psychologie des Theaterpublikums

Warum lacht das Theaterpublikum bei tragischen Stücken? Ich habe unzählige Male erlebt, daß an gewissen Stellen im Drama gelacht wird. Der Dichter hat das nicht gewollt, aber das Publikum macht sich ein kleines Extravergnügen. Und wenn das auf dem zweiten Rang häufiger geschieht als im Parkett, so ist daran nicht das Maß von Kunstverständnis schuld, sondern das von den Parkettmenschen gern befolgte Prinzip, in der Öffentlichkeit keine Gefühle laut werden zu lassen. Man kann nie wissen ... Also: warum lacht das Publikum bei tragischen Stücken? Laßt uns sondieren: zunächst, *wann* lacht es? Grundsatz: 1. es lacht bei Kontrasten, 2. es lacht bei gewissen harmlosen, ohne Gegensatz hingestellten Worten und Gedankengängen (die noch zu untersuchen sind).

Was den ersten Fall angeht: jeder humoristische Effekt im Theater (jeder Humor überhaupt) beruht auf irgend einem Gegensatz. Das Publikum, dies instinktiv fühlend, aber auch verkennend, belacht nunmehr jeden Gegensatz als Humor. Sagt einer zu seinem Bruder: «Fritz, willst du mir das Geld geben?» Und der antwortet gedehnt: «Jaa», und dann macht er eine kleine Pause und sagt, ruhig: «Ich gebe es dir nicht», dann lacht das Publikum, weil es gar nicht begreift, daß es nicht auf den Gegensatz ankommt, sondern auf die Charakterisierung des Bruders. Worauf wir zum zweiten Teil und zum Hauptpunkt kommen.

Das Publikum lacht über herausgegriffene Worte und Ideenkombinationen, weil es sie in anderem trivalen Zusammenhang gehört hat und sie nun wiedererkennt – und Wiedersehen macht Freude. Und wenn es sich um einen Mord handelt: das Wort «Schwiegermutter» ist allemal eine Quelle unbändigen Vergnügens. Die Tatsache, daß ein 90jähriger Mann zum siebentenmal heiratet, und zwar seine erste Frau, wird mit freudigem Halloh begrüßt. Und so gibt es hundert Beispiele. Sie haben aber alle einen gemeinsamen Grund: das Publikum glaubt (und wenn das Stück in bürgerlich-modernem Milieu spielt, erst recht), es habe das Recht, sich nach seinem Belieben Fetzen aus einem Drama herauszureißen. Wenn jemand einen faulen Witz macht, so lacht es über den Witz, statt zu beachten, daß auch dieser Witz nur ein Mittel zur Charakteristik ist. Der Dichter soll analysieren, das Publikum die Analyse als ein Ganzes begreifen. Einzelzüge sind eine schöne Sache, aber man muß wissen, daß es Einzelzüge sind.

Es steht noch recht schlecht um diese Dinge; und es ist kein so großer Unterschied zwischen unserem Publikum und dem englischen, das schon grinst, wenn in einem Drama ein Blinder einen Stuhl umwirft. Tragen die Schauspieler Kostüme einer vergangenen Epoche, so traut sich dieses Lachen nicht so recht hervor: ein Panzer verhüllt Hohlheiten, und für Tausende bedeuten Tiradengeschrei, Gesten und weiße Gewänder Tragik. Tragik im bürgerlichen Milieu reizt sie durch Äußerlichkeiten zum Lachen. Und sie wissen nie, wie grotesk ernst sie in ihren kleinen Zimmern die Dinge des täglichen Daseins nehmen.

tu., Dresdner Volkszeitung 15. 3. 1913

87

Brief an einen Plakatmaler

Lieber Söderström!

Sie und die Ihrigen sind ja nunmehr am Werke, dem deutschen Kino die Kräfte zu leihen, die ihm noch gefehlt haben. Sie wollen «reformieren». Das heißt: die Plakate, die bisher irgendein Vorstadtschmierer hergestellt hat, werden Sie jetzt anfertigen, aber die Titel werden dieselben bleiben, nämlich: ‹Dreimal entehrt› und ‹Die Windmühle im Freien› und ‹Emmy, das Gorillaweibchen›. Sie werden also Ihre manuellen Fertigkeiten in den Dienst einer Sache stellen, die davon lebt, Konzessionen zu machen (und was für welche).

Sie gehören einem neuen Typ an: Sie sind der amerikanisierte Spießer.

Sie argumentieren so: Unser Film ist dreizehnhundertmal verliehen worden, eurer nur achtzigmal – also sind wir besser. Unsre Zeitschrift hat siebenhunderttausend Abonnenten, eure nur zwanzigtausend – also sind wir besser. Schon sind Sie amerikanischer als die Amerikaner, denen es nie einfallen würde, ideellen Wert und Erfolg ineinander zu verweben. Geht drüben eine Sache nicht, so ist sie abgetan – aber nur wegen des mangelnden geschäftlichen Erfolges! der Wert oder Unwert kommt nicht in Frage.

Sie sind weit gefährlicher. Zu feige, ein Ding nur um des Erfolges willen zu preisen, kleben Sie ihm Werte an, die es nicht hat – und so ergibt sich ein verdammter Mischmasch von Geldmacher und Heuchler.

Früher hätte niemand gewagt, sein Geldverdienen mit der Berufung auf eine Kulturmission zu verkleiden, und tat er es doch, so wandte man sich angewidert ab. Heute gehört es zum guten Ton, vor dem Großkapital auf dem Bauch zu liegen, aber nicht etwa, weil man müßte, sondern weil Sie und Tausende masochistisch die bloße Macht überschätzen.

Erfolg ist nur Argument in wirtschaftlichen Erscheinungen. Bewundern Sie ruhig Ullstein oder Pathé oder Scherl. In wirtschaftlicher Beziehung. Aber lassen Sie die Werte aus dem Spiel!

Sagen Sie nicht: Weil die ‹Illustrierte Zeitung› besser geht als die ‹Neue Rundschau›, darum ... Folgern Sie nichts, was den Wert angeht. Der Erfolg spricht dafür nicht (die Erfolglosigkeit freilich ebensowenig). Auch die Hure genügt der Nachfrage von hunderten. Aber sie rühmt sich dessen nicht. Es ist keine Schande, aber auch kein Ruhm.

Und jetzt bewundern Sie den Kino und entdecken «Möglichkeiten» und setzen als Schiedsrichter das Sonntagsnachmittagsausgehmädchen ein, dem Sie zu dienen bestrebt sind. Versteht sich, nur in der Öffentlichkeit. Zu Hause lesen Sie weinselig und schlapp den Hermann Hesse (den nur ein elender Zufall auf die ihm gebührende Stelle gerückt hat) und den Willy Speyer ...

Draußen handelt es sich um das, was die Leute «brauchen». Also um das, was sie ohne Anstrengung und Mühen herunterschlucken können.

Unterschätzen Sie den Einfluß dieser kleinen Dinge nicht! Der Film von heute ist verdammenswert, weil er – wie die schlechten Schwänke – «allmählich das Ethos verdirbt». Was heißt denn das: Die Tugend siegt? Doch wohl dies: nachdem wir uns einen Abend lang gar nicht schlecht über das Laster amüsiert haben und manchen um manches beneidet haben, scheiden wir in dem frohen Bewußtsein, daß es mit dem Laster nichts ist, sondern daß man noch am weitesten kommt, wenn man geruhig lebt, Kinder zeugt und sich auch sonst eines tätigen und strebsamen Lebens befleißigt ...

Das trifft zu, ob Sie einen Film mit Moral oder nur zum Gaffen herstellen.

Kunst, Niveau, Anständigkeit, Gesinnung – es ist nicht leicht!

Daß es aber mit Geld allein nicht zu machen ist, darauf können Sie sich verlassen.

Herzlichst Ihr

Ignaz Wrobel

Ignaz Wrobel, SB 20. 3. 1913

88

Extrazug nach Nizza

Der Schtick ... Warum eine Idee? Warum Konsequenz? Sorgsam wird ein Paravent herbeigeholt, um einen kleinen Scherz anzubringen, sorgsam wird er wieder weggestellt – warum, warum? Weil die berliner Theater nicht nur kein Geld haben, sondern auch nicht verstehen, es auszugeben. Massen, Toiletten, Bewegung, Ausstattung, Farben – keine Ahnung. Statt dessen Lippschitz und Schönau.

Übrigens war es in diesem Falle gleichgültig. Wie die Massary wieder an die Rampe trat, um mit Getrippel und falschen Tönen eine Varietésängerin mindern Stils vorzuführen, wie wieder die Refrains «kommen», wie sie sagt: «Am Champagner hat sich noch keiner die Schnauze verbrannt»! Und er! Oh, du mein Max! Noch immer glänzen hell die Goldplomben seines Mundes, über den der unglückliche Text kullern muß, alles stellt er auf den Kopf, er spielt auf dem Fortepiano dazwischen, wenn andre singen sollen ... «auf daß er ewick grünlich bliebä!»

Peter Panter, SB 20. 3. 1913

89

Leo Bakst

Daß er schöne Bühnenbilder entwerfen kann, haben wir vom Russischen Ballett erfahren. Auch im Salon Cassirer waren sie noch einmal ausgestellt, sauber, erfindungsreich, bunte Zeichnungen – nicht die schönsten. Die waren in ‹Kunst und Dekoration› veröffentlicht, wild, hingewühlt, wundervoll.

Drei seiner ausgestellten Bilder aber überragten das Niveau.

Auf dem ersten lag sie ausgestreckt auf einem Ruhebett, fast nackt, nur mit ein paar Ketten behangen. Und alles an ihr war gefärbt: die Lider, und die Nägel, und aus dem Gesicht sahen die Augen gelb und lauernd heraus; sie wartete ... Ihre Brüste waren schwer, in dem Gemach war es drückend heiß, und wenn du sie sahst, so verstandest du schon, warum Diese Generationen und Dynastien zu Grunde richten konnte, warum Diese, und nicht die Kellnerin Mally Mauroschat.

Die Zweite lag gleichfalls seitlich und gekrümmt da, und man konnte nicht entscheiden, ob es vorher oder nachher war; aber daß hiernach die Zeit rechnete, das war gewiß.

Bei dem dritten Bild, das flammend blau und grün ist, gegen einen trüben Hintergrund, weiß ich nicht zu sagen, ob da ein Mädchen oder ein Mann mit gesenkten Augen steht; aber er oder sie und Bakst wissen sicher, welche Wollust es sein würde, diese Augen sich öffnen und glänzen zu machen.

Die Ausstellung ist schon geschlossen, und es ist schade, wenn ihr sie nicht gesehen habt.

Peter Panter, SB 20.3.1913

90

Wintergarten

Es gibt keine deutsche Varietékritik. Aber es verlohnte sich. Denn eine gute Varieténummer erfordert mehr Fleiß und Gewissenhaftigkeit als ein alberner Schwank, und Kadelburg und Presber wären dort noch nicht einmal als Logenschließer zu verwenden. Aber trotzdem schickt man Zeilenreporter in diese Vorstellungen, und weil ein unverständiges und unerzogenes Publikum entscheidet, gibt es drei üble Faktoren: den Geist, den Kitsch (Unterabteilung: den Hurrakitsch) und die Tierquälerei.

Der Jeist ist im März-Programm des Wintergartens nicht vertreten; der Kitsch durch Doktor Angelos Porzellangruppen (die möbliertesten Wirtinnen wagen so etwas nicht zu erträumen); Nummer Vier quälte seine Wunderhunde – man sollte solche Kerle jedesmal gebührend auspfeifen.

Aber da gibt es einen Schattenspieler! Der Mann heißt Garcia und tritt vor einen Scheinwerfer, und auf der Leinewand erscheinen Tiere, eine Bulldogge, ein Pintscher, nicht wahr, noch eine Dogge. Aber auf einmal ist da ein Pfaffe auf einer Kanzel, und man hört ihn sabbeln und salbadern. Und die Kanzel – heiliger Callot! – ist ein Affe, der alles mitsabbelt, salbadert und den Pfaffen von oben anstößt. Der blickt auf, zu seiner Kanzel, denn der Affe ist weg; aber nun wagt er nicht mehr so ruhig zu sprechen, wozu er auch allen Grund hat ... Oder auf einem gemalten Balkon erscheint die Julia, und unten im Garten küssen sich zwei. Wobei Er schnuppernd einen nicht vorhandenen Busen sucht. Oder der Gatte kehrt zurück und begegnet einem unheimlichen Tier ... Die Figuren wackeln ein bißchen, und dann waren es doch nur ein paar große, schwarze Hände.

Die Mandschu-Truppe hat wahrhaftige Gaukler. Stäbe wirbeln in der Luft herum, klirrend um einen Mann, der sie kaum bändigen kann ...

Das liebe Mädel aber, das immer noch, sich zur Freude, die schönen Wiener Walzer tanzt – der Himmel sei mit ihr!

Peter Panter, SB 20.3.1913

91

Herrn von Hülsen

Nachträglich, aber nicht minder herzlich

Nachdem sich alle nun verlaufen haben,
nah ich mich Seiner Jubelexzellenz –
und gern erweise ich dem alten Knaben
auf meine Art die Glückwunschreverenz.

Er ist ein Vorbild aller Thespisjünger:
Er lächelt auf zu seinem hohen Herrn,
und lächelnd streut er den Theaterdünger –
er lächelt, und ein jeder hat ihn gern.

Da ist es nicht getan mit bloßen
Glückwünschen, Lobeshymnen – ach, i wo!
Wir machen es wie er und stoßen
ein wenig auf:
er mit dem Stab – wir so.

Horatio von Massarena, SB 20. 3. 1913

92

Exls Tirolerbühne

Schauplatz: Die Redaktion. Personae: Der Herausgeber. Ignaz, der Berichterstatter (in Tirolerkleidung, mit nackten, aber gewaschenen Knieen, tritt ein)

Der Herausgeber: Na, wie wars?

Der Nazi (klopft ihm geräuschvoll auf die Schulter): Na, da gfreust Di drauf, gelt, olter Stadtfrack, gselchter, was i Dir da zu b'richten hob ...! Dees glaabst!

Der Herausgeber: Gewiß. Aber wie wars denn nun?

Der Nazi: Was sull i da vüll erzölln! Also da lus amal zue. Da is also a gewaltigge Not unter die Evangelischen, indem daß der Kaiser will, daß katholisch wern umanand – heerst a guet zu, Du? Schlaf mer net ein! Aber sie wollns net leiden, sie bleiben trei ihräm Glaum, indem daß das Einzige ist, wo sie auf der Wölt noch ham, suns sins ganz allein, allein wie der alte Großvatter, der eh nix zu beißen und zu brechen hat … (schluchzt)

Der Herausgeber (einigermaßen verwirrt): Ja, aber …

Der Nazi: Tu mi jetzend net unterbrechen! Da kummt nu der großmächtige Reitersmann, verstehst? und wird nu die gesamte Famülli hinschlachten. Das Weib, die keernfeste Bäuerin, liegt in ihren Bluat, un das ganze Theater schwimmt.

Der Herausgeber: In Blut?

Der Nazi: Aba goor! In Tränen … Und nacha, da wird der christkatholische Reitersmann vor dem Marienbild …

Der Herausgeber: Aber das ist doch von Schönherr!

Der Nazi: Na jo, das ergreift mi heint noch, wann i dran denk!

Der Herausgeber: Aber Exls Tirolerbühne! Was ist damit?

Der Nazi: Nix is geween. I bin am Samstag hinkumma zu Kroll, und da san nur noch drei Peersohnen mit Freibülljetter herumgestandn, na, und da hams lieber garnet erst angfangen zu spülln …

Anonym, SB 27.3.1913

93

Der Eine

Der Film ist kurz
Die Reu ist lang.

Erster Akt

Gesellschaft beim Regierungsassessor von Geldern. (Derselbe wird auf Wunsch auch in einen Gerichtsassessor umgewandelt.) In einem überfüllten bürgerlichen Salon flutet das aristokratische Leben … Im Hintergrunde liebt die knospige Baronin Elsa heiß, aber erfolglos den Assessor, der – in einem Klubsessel angebracht – lächelnd die eben aufgestellte Theorie des durch einen Sturz auf den Kopf sich bildenden Doppel-Ichs (im Vordergrunde) zurückweist. Man sieht das. Ein aufgeschlagenes Buch erscheint auf der Leinwand – er glaubt es nicht. Nicht genug damit: er schimpft auch noch auf das Theater und die Juden überhaupt. Liest in einem Exemplar der Staatsbürgerzeitung ...

Zweiter Akt

Szene an der Börse. Panik infolge Handschreibens des Herrn von Jagow an die Gebrüder Herrnfeld. Kolossaler Kassensturz. Dieser Sturz affiziert von Geldermann laut obiger Theorie. Irres Mienenspiel ...

Dritter Akt

Der unglückliche Spekulant und Staatsbeamte verwandelt sich nun stellenweise in einen kleinen Jiden, namens Kohn-Kurski, abonniert auf das B. T. und will partout ein Theater gründen ...

Vierter Akt

Zu diesem Zweck begibt er sich in seine eigene Wohnung, um den dort stationierten Assessor, dessen Existenz er in Erinnerung hat, um Geld für ein Theater anzugehen. Große Unterredung mit seinem Spiegelbild. Nach entschiedener Weigerung des christlichen Teils, GOTT so zu versuchen, erschießt der jüdische Part sein Spiegelbild. Dieser Schuß beseitigt – na, also was? – Hemmungen. Die beiden kommen zu sich und werden eins. Dieser neue oder alte von Geldermann bestellt das B. T. ab und abonniert wieder die Staatsbürgerin. Hier findet er folgendes Inserat:

> «Junge Aristokratin mit gebrochenem Herzen sucht eben solchen Lebensgefährten. Elsa. Postamt Kietz 456.»

Fünfter Akt

Er schon hingeschrieben, und mit dem gelispelten Rufe: «Du Einer!» sinkt ihm jene Elsa an sein nunmehr gereinigtes Herz.

*

Nu? Noch keine Kunst? – Also.

Schigolch, SB 27.3.1913

94

Bayreuth

heißt ein Büchelchen, das Hermann und Anna Bahr geschrieben haben. Drei Aufsätze von ihr, sechs von ihm. Ihnen gemeinsam: die völlige Verkennung des Zusammenhangs zwischen Kultur und Musik, gemeinsam eine maßlose Überschätzung der Musik (nicht nur Wagners); über ihnen gemeinsam schwebt segnend der Feuilletonstrich, der sie vom realen Leben trennt.

Die Aufsätze der Frau sind zu entschuldigen. Wer wollte es ihr verübeln, daß sie in Bayreuth eine Welt, ihre Welt sieht und diesen Empfindungen auf des Gatten Weise Ausdruck gibt!

Seine Verlogenheit sitzt tief. Er hat so eine Art, über die Ausgabe der Karten zu den Festspielen, über den Gang eines Kapellmeisters oder über eine Handbewegung der Frau Cosima zu plaudern – eine Art, der man anmerkt, daß er sich bemüht, außer dem Stolz, dies alles selbst miterlebt zu haben, auch noch das Element des Übersinnlichen diskret durchblicken zu lassen. Aber es ist ja alles gar nicht wahr. Muck hat gar kein teuflisch gescheites Gesicht, dieser keinen trotzigen Knabenkopf und jener keine bedächtige Verträumtheit. Aber «alle werden gern bestaunt». Worauf es ankommt.

Eigentlich, Emil Ludwig, dürfen Sie ihm dankbar sein. Was Sie noch übrig lassen – ER wird es schon machen. Von ihm ist das Wort vom «Nebel der Verzückung», er weist in Bayreuth nach, daß «dies den Deutschen ausmacht, daß er in seinem Kopf für alles Platz hat ... und daß er sich nicht verschließen kann ... Ihr aber, die ihr glaubt, daß einer nur in der kleinen Provinz seiner eigenen Meinung selig werden kann ...»

Sein Negativ: ein unbegründetes Anrempeln aller, die nicht in Bayreuth den Veitstanz bekommen; sein Positiv: eine wolkige Allerweltshimmelei, die zu nichts verpflichtet. Ullstein photographiert, Cook verkauft Billetts, jeder Tragbalken des Gerüsts eine Firma – oben steht jener, den Kopf in den Wolken.

Da haben Sie Bahr, da haben Sie Wagner: es verpflichtet zu nichts.

Peter Panter, SB 27.3.1913

95

Metropoltheater

Kinder, auch das ist ja alles nicht wahr. Das assyrisch eingerichtete Hotel nicht, und nicht die ganze Millionärskiste mit Dienern und Fräcken und der so feinen Benehme. Wahr ist nur, daß das Publikum in richtigem Instinkt von Herzensgrund mit dem einen sympathisiert, der sich mit einer schnoddrigen berliner Redensart über all die Fatzkes lustig macht: mit Thielscher. Auch, weil er ulkig ist, weil er sich in seine Hühnerbrust wirft – aber hauptsächlich, weil bei ihm noch die gute alte berliner Posse durchschimmert, der alte Typ des Bürgers, der mit festgefügten Anschauungen Andersgeartetes abweist. Hier spiegelt sich unsre Stadt: man ginge am liebsten in Hemdsärmeln, aber man muß doch nun mal; und so macht man seufzend mit – wie der Berliner in Weinlokäler geht, in denen er sich nicht wohl fühlt, aber die er für fein hält; wie die ganze Stadt zu weite Kleider anhat und noch nicht nachgewachsen ist.

Das Stück hat ein Libretto und eine Musik (die nur an einer Stelle aufhorchen macht, da, wo ein Lauf die Harfe heraufprudelt); und um Giampietro ist es nach wie vor schade, weil er lieber Wedekind spielen sollte.

Peter Panter, SB 27.3.1913

96

Toto

heißt er, und ist man einen gewöhnlichen Clown. Aber er kann schackern-schackern wie eine Elster. Akk-akk-akk … in allen Tonarten, überrascht oder prätentiös wie ein geziertes Frauenzimmer. Er kommt herein in die runde Manege, in der es so schwer ist, von allen vier Seiten komisch zu sein, und auf seinem Kopf schwankt eine unendliche Pleureuse. Rot. Mit dem Hals macht er schluckende Bewegungen wie eine eitle Gans, der ganze kleine Kerl ist Eitelkeit, Stolz, strahlende Sonne ob seiner roten Pleureuse. Schackert und nimmt sie freundlich lächelnd ab, fegt mit ihr den braunen Sand. So ein –!

Toto kann aber auch sehr viel. Er kann sich zusammenziehen, daß der Kleine aussieht wie ein Flaschenkorken, er kann, einem verkrüppelten Bettler gleich, winselnd durch den Sand hüpfen, und Gott mag wissen, wo er nun seine Beine hat. Und kann – ruft ihn der Applaus des Publikums heraus – in sich bescheiden zusammensinken. Das Licht erlosch. Aaahhh! Mesdames! messieurs! Akk-akk-akk!

Es steckt im Menschen drin. Man hat es, oder hat es nicht.

Auf einer Probe (des Zirkus Schumann) sah ich ihn etwas markieren: er unterhielt sich ruhig, nur in den Pausen der Konversation plärrte er wie ein kleines Kind, indem er langsam umherging. Was das zu bedeuten hatte, verstand ich nicht.

Aber am Abend darauf, in der Aufführung! Sie begruben einen, so eine Zirkusleiche, die im schallenden, knallenden Kampf um eine Briefmarke dahingegangen war. Sie begruben ihn und trugen die bleichverhüllte Bahre durch das Lokal. Toto vorneweg. Und dann stimmte er ein Klagegeheul an, wie man es erschütternder sich nicht zu denken vermag. Herrgott, was schrie er! Er blökte wie ein Kalb, man sah die elenden Bemühungen dieses kleinen Mannes, sein Malheur ja jedem recht zu Gemüte zu führen. Reue – ich glaube, er war auch zugleich der Mörder – Heuchelei, die Sucht, sich selbst hierbei wichtig zu machen: es war ein gut parodierter Bürgerschmerz. Buäääh! quakte er … nun, da der Freund tot war.

Und für so ein Akk-akk-akk, das alle ernsten Angelegenheiten des Etablissements zu Schanden machte, für sein geliebtes Akk-akk-akk möchte man ihm alles und noch Diverses dazu schenken: Schlenthern und alle schlechten Schwänke und die Schwindeltheatergründungen und den Schandarmenmarkt.

Akk-akk-akk!

Kurt Tucholsky, SB 3.4.1913

97

Der Vogelladen

Mit den modernen Dichtern ist es so eine Sache: weil nicht jeder einzeln die Welt umspannen kann, so haben sie sich das geteilt; der eine bearbeitet die soziale Not, der andere das verschüttete Venedig, und der dritte protestiert feige und gekränkt Zeit seines Lebens gegen die Schlüsselromane. Jeder seins.

Aber ich wollte ja eigentlich gar nicht von den Dichtern erzählen, sondern vom Vogelladen.

Da gibt es hier in einer belebten Straße der Stadt einen Vogelladen, und das Schaufenster steht vollgepackt mit vielen kleinen Käfigen mit Vögeln, und auch ein Ringelschwanzaffe ist da und ein Kaninchen. In der einen Reihe stehen nur Dompfaffen, dicke braune Kerle, und ihre Käfige sind alle etikettiert, damit man es weiß, was sie alles pfeifen können. Und sie können alle so schöne altmodische Lieder, die kein Mensch mehr pfeifen kann, sondern nur noch diese braunen Vögel und vielleicht die alten Förster, die sie ihnen beigebracht haben. Da gibt es:

«Ach Mädchen, erhör' mich
Und sei mir gut» usw.

und:

«Wie die Blümlein draußen zittern» usw.

und viele andere schöne Gesänge.

Und jeder kann zwei, und er ist mächtig eingebildet auf seine Künste, die da vorn am Käfig stehen, und er blinzelt dich dick und faul an, daß du es gar nicht glauben kannst, daß *er* das pfeifen kann:

«Ich hab' mir nur eines erwählet,
Schön Schätzchen, das mir gefällt» usw.

Und einer ist ein Skeptiker und pfeift:

«Ein Mädchen, das nicht tanzen kann» usw.

und sein Nachbar, der Humorist:

«Meine Mutter schickt mich her,
Ob der Kaffee fertig wär ...»

Und es ist ganz ausgeschlossen, daß einmal der mit dem erwählten Schätzchen das Lied von dem erzitternden Blümelein pfeifen wird und umgekehrt. Da herrscht strenge Arbeitszeit. Sie fressen, saufen, blinzeln faul und träge, und manchmal pfeifen sie, aber jeder seins, jeder seins.

Kurt Tucholsky, Simplicissimus 7. 4. 1913

98

Intimer Dialog

Der eine Spieler: Hast Du die Karten gezinkt?

Der andere Spieler: Ja.

Der eine Spieler: Hast Du das Coeur As im Ärmel?

Der andere Spieler: Ja.

Der eine: Ist der Sekt gut gekühlt? Der Zigarettenkasten voll? Jedes Kartenspiel noch einmal durchgesehen?

Der andere: Ja.

Der eine: So können wir beginnen. Wer kommt?

Der andere: Garde.

Der eine: Aufpassen. Hat Geld. Läßt sich nicht lumpen; der Alte bezahlt's. Die Wechselformulare darfst Du nicht vergessen! Hast Du?

Der andere: Ja. Aber wie, wenn sie sie nicht einlösen? Wenn sie kneifen? Wir haben's Papier, sonst nichts ...!

Der eine: Bist Du ein Kind? Toll? Der bunte Rock, den wollen sie nicht ablegen – er verträgt viel: Mißhandlungen der Untergebenen, Schlägerei, Duell, Weibergeschichten – – aber keine Wechselklage. Fliegt. Nun – und das will keiner. Zahlen schon.

Der andere: Wo ist der dritte Mann?

Der eine: Stocklossa? Wird heute nachmittag um drei aus dem Gefängnis entlassen und eilt sofort hierher. Der kanns.

Der andere: Aber ... werden sie nichts merken? Ein Sträfling? ...

Der eine: Pah! – Er spricht ein rollendes Französisch, kennt die gebräuchlichsten Kokotten beim Vornamen, und wenn ich ihm noch schnell sage, wer gestern beim Rennen gewonnen hat – er kanns noch nicht wissen, der arme Kerl – so wird nichts passieren.

Der andere: Wieviel hat er bekommen? Warum ist er schon heraus?

Der eine: Weil er vor der deutschen Justiz gestanden hat. Weil sich diese Menschen, Gottseidank! unsere Lebensart nicht vorstellen, weil sie nach ihren Gehaltssätzen urteilen, aus ihrer Welt nicht heraussehen können ... Pst! Sie kommen! Guten Abend, meine Herren! ...

Ignaz, Vorwärts 9.4.1913

99

Der weiße Rappe

oder: das gute Feuilleton. Das gibt es. Es gibt sogar einen nicht mehr jungen Feuilletonisten, der schreiben kann, nicht schwätzt und seine Informationen nicht unter mehr Clichés verbirgt, als absolut nötig ist.

Siegmund Feldmann: ‹Paris gestern und heut›. (Concordia Deutsche Verlagsanstalt Berlin).

Das ist ein sauber und klug geschriebenes Buch von einem Mann, der Paris kennt und die Pariser, und der sogar noch einen Schimmer des wundervollen zweiten Empires gibt – er hat noch viele Helden dieser Zeit gekannt. Und wie anspruchslos ist das gemacht: doch! es gibt und muß ein Mittelding zwischen Kunst und Briefboten geben – das Feuilleton. Und wenn es so gemacht wird, so anständig, so hübsch, dann wohl uns. Denn ich höre lieber einen klugen Herren plaudern, der viel gesehen und gehört hat, als einen eigenwilligen Schnösel mit Impressionen und wenig Weltkenntnis. Ganz ohne Clichés geht es nicht ab. Aber immer noch lieber so: ... Front machen ... Noch nie Dagewesenes ... Scharte auswetzen ... – als: ... Der Boulevard lag da wie eine blühende Rose aus Jericho ... – oder so.

Und Feldmann erzählte interessante Dinge mit entzückenden Worten. Längst verschollener Gesellschaftsklatsch blüht fröhlich auf, und auch ohne daß auf jeder Seite etwas von der Süße des Daseins steht, merkt man schon, daß es weder dem Erzähler noch uns überhaupt auf das Verhältnis Richepins mit Sarah Bernhardt ankommt als vielmehr auf die Luft und den Lärm und die Environs aller Ereignisse.

Gesellschaft, Politik, Literatur, Varieté – immer diese leichte, geschmackvolle Hand, die alles gefällig ordnet.

Und ich denke, der Verfasser braucht nicht «die Hand verlegen am Hutrand zu wetzen», um die Herausgabe dieses reizenden Buches zu entschuldigen.

Peter Panter, SB 10.4.1913

100

Mit Roda

Roda waren wir dreiundsiebzig im Saal. Aber er erkannte gleich, daß die Singakademie zu groß für ihn sei, und ließ alle zusammenrücken, was besonders die erfreute, die so für billiges Geld einen teueren Platz bekamen. Was er auch in lichtvoller Darstellung betonte.

Und dann legte er los. Mir scheint die positive Seite dieses Satirikers genau so wertvoll zu sein wie eben die satirischen. Er sprach ganz ernst über den Balkan und sagte etwas, was man vielleicht einmal in den ‹Süddeutschen Monatsheften› (Eduard Behrens: Die Jungtürken) zu lesen bekommt, aber nie in der klischierenden Tagespresse; er sagte nämlich, daß uns von diesem ganzen Balkanwirrwarr Klüfte trennen, daß wir diese Menschen überhaupt nicht verstehen können, daß unsre Worte sich mit ihren Begriffen nicht decken, und daß ein Minister da unten kein Minister, und daß ein Generalsturm kein Generalsturm sei, und daß man an keines der rätselhaften Geschehnisse unsern Maßstab legen dürfe.

Folgerichtig belegte er dieses mit wundervoll treffenden Geschichtchen: einige waren wahr, den andern hatte er ein bißchen nachgeholfen, aber in allen zeigte sich sein Sinn für Nuancen.

Dieser Mensch kann alle Sprachen: französisch, englisch, türkisch, serbisch und jüdisch, Kaufmannsdeutsch und Beamtendeutsch und wiener Hochdeutsch und Hopf und Paulsiecks Lesebuchdeutsch. Sein Humor ist böse und erschütternd. Stets hat er eine unmotivierte zitternde Wut auf leblose Gegenstände und Dinge, die nichts dafür können. Er gefällt sich darin, sie mit abgestandenen oder seltenen Floskeln zu benennen, er wird bei unpassender Gelegenheit feierlich und tritt das Erhabene in den Staub. Grimmig erzählt er die Geschichte von seinem Affen, der auf der Gardinenstange saß, und den der treue Hund am Schwanz riß und so zu dehnen begann, zwei Meter, drei Meter, vier Meter, bei vier Meter fünfzig gab der Affe gewöhnlich nach, und dann kam der Briefträger und brachte dem Affen einen Schreibebrief – «und der Affe, anstatt zu unterschreiben, reichte dem Beamten stumm eine Aphrodite aus Marmor ...»

Der da oben raste in seinen wahnwitzigen Einfällen, er redete in Zungen, er kokettierte damit, daß seine Menschen nie so hießen, um etwas andres sein zu können als eben Kriminalwachtmeister oder Universitätsprofessor ...

Als er, was seine anständigen Geschichten betraf, ganz ausgepumpt schien, gab er einen Scherz unterirdischer Art zu. Alle lachten, nur die jungen Mädchen bekamen rätselhafte Augen: sie waren in ihrem Verständnis über einen Fachausdruck gestolpert.

Peter Panter, SB 10.4.1913

101

Der Bürgergeneral

Der Redner (Haeusler, General): Unsere Dienstzeit ist zu lang. Wenn auch Frankreich die seine hinaufsetzt, wir können die unsere geruhig beibehalten, ja, wir können sie sogar *heruntersetzen*!! –

Das Zentrum (murmelnd): Wat denn?! Wat denn??! –

Der Redner: Wozu sollen die Leute so lange gedrillt werden? Da wird so viel überflüssige Arbeit getan … Da ist die Kavallerie: Drei Jahre machen sie da Dienst, das kann man auch in zweien leisten …

Das Zentrum (murmelnd): Wat'n? Wat'n??!! –

Der Redner: Und Urlaub müssen die Leute haben! Viel mehr Urlaub! Und da ist die Ersatzreserve: auch hier genügt eine dreimonatige Ausbildung!! Es ist in kei…

(Oben auf der Journalistentribüne hat sich

Der Korrespondent der ‹Täglichen Rundschau› erhoben und brüllt in den Saal): Was fällt Ihnen denn ein? Das gibt es hier nicht!! Was hier an vernünftigen Kritiken gesagt werden muß, was hier überhaupt an Kritiken vorgebracht wird, das haben die Sozialdemokraten zu tun. Da findet sich ja kein Mensch mehr heraus. … Ich finde mich nicht heraus. Meine Leser finden sich nicht mehr heraus. Sie als Zentrumsmann haben in militärischen Dingen zuzustimmen. Das ist immer so gewesen, Himmelherrgottdonnerwettermohrenundmarkgrafenstraßeecke!!

Der bayerische Bevollmächtigte: Reecht hat er! Dees wern mir ihm schon zeign, dem Heerrn Abgeordneten! Wer klatscht ihm denn nacha zue??! Nadirlich die Roten. Aber dees gibts fei net. Was ein Militär is, läßt sich von der Bagasch net beapplaudieren …

Der Redner (vertattert): Ich war General, bin es noch …

Der Bevollmächtigte: In Arrest fliagn's, mein Liaber, bals net stad sind …!

Der Journalist: So, nun fahren Sie fort. Aber immer hübsch dem Schema nach. Sie für, die Roten gegen – so war das hier immer, und so wird es auch weiterhin sein, so Gott will, denn sonst müßte ich umlernen – und ich bin aus der Übung …

Ignaz, Vorwärts 13. 4. 1913

102

Coletti

Nein, man braucht nicht hinzugehen. Es genügt, wenn Sie meinen Bericht lesen. Langweilig, obgleich einer von den bessern Films. Weil stellenweise der Regisseur nicht untüchtig dominiert, weil das Technische immer Spaß macht: man sieht immer wieder gern so ein riesiges Luftschiff abfahren, ankommen, Automobile, die Verfolgung eines Autobusses, von oben aufgenommen, alle rennen, fallen, flüchten. Das ist schon ganz lustig, es prätendiert nichts, es will wirklich nur unterhalten.

Die zweite Hälfte des Schwankes ist in Wahrheit von Schönthan. Ungeschickt, phantasiearm und stumpfsinnig. Nur einige geschickte Reklamen für Ullstein unterbrachen reizvoll das Einerlei.

Die Darsteller ulkig. Ein paar gute Tricks sind da. Alles freut sich, daß es gelungen ist, eine Schreibmaschine im Betrieb aufzunehmen. Was da geschrieben wird, ist Nebensache; wie denn überhaupt der Kino die Dinge am besten herausbringt, auf die es nicht ankommt – so die riesigen Röllchen des Dichters. Und sonst muß ich nur noch berichten, daß Hans Junkermann (nicht Fritz, Fritz ist der andre) und Mätsch Lessing besser waren als mancher viel berühmtere Filmschauspieler.

Ein paar Nummern vorher ereignete sich etwas Eigentümliches.

Eine bunte Herbstlandschaft zog an den Augen der entzückten Zuhörer vorüber, als eine junge Dame französisch durch eine ganz unsichtbare Nase zu singen anhub. Wenn auch der Maler Söderström flüsterte, nichts rühre mehr in aller Welt, als einer, der nicht singen kann, es aber doch tut – das Publikum zischte. Und da sei ihm an dieser Stelle noch einmal der herzlichste Dank ausgesprochen.

Peter Panter, SB 17.4.1913

103

Hochherrschaftliche Wohnungen

Interessant zu sehen, wie heute, 1913, die harmlosen Possen sich nach den Vorbildern von 1870 richten, richten müssen, weil ja kein andrer Stoff inzwischen dazugekommen ist: den Rentier Paffke kann man behäbig lächelnd registrieren, aber dem Schieberkönig Direktor Goldstein könnte man nur satirisch beikommen.

Also: 1870 mit modernem Einschlag. Der Zauber von damals, der Film von heute. Damals wäre das Wort: «Ick jeh ran wie Hektor an de Bouletten!» geflügelt geworden. Und ganz Berlin hätte den Richard Leopold nachgeahmt, wie er mit servil krummem Rücken und klarer Stimme als Seele des Hauses das Erforderliche befummelte.

Heute haftet andres. Die Söneland, das pure Gold. Diese gespaltene Hundeneese sollte man à jour fassen. Wenn andre singen, mimt sie für den Sänger mit und noch für drei Erwachsene und ein Kind. Sie wird immer ulkiger; wenn sich dieses Pferdegebiß verschiebt, heult man, bevor man noch die Stimme gehört hat, die Trompetenstimme einer Athene des häuslichen Kriegs. Und wenn sie im letzten Akt wirklich dagewesen wäre, hätte sie gewiß – an Stelle einer Verlegenheitsvertreterin – noch manche eindrucksvolle Fratze geschnitten. Aber Söneland mußte ja abschieben, weil sie im Cabaret die erste Nummer ist.

Johanna Makulatzik, Portierfrau: Martha Altenberg. Das Haus wurde ganz still, als sie das bißchen Rolle sprach. Sie war garnicht komisch: sie war ein richtiger Mensch – noch einen Millimeter, und sie hätte mit derselben ruhigen Stimme von brustkranken Kindern und von Wohnungselend gesprochen, und von einem Mann, den sie längst nicht mehr liebte, aber den sie bitter lächelnd tolerierte. Kollwitz und die Weber fielen einem ein. Diese Frau sollte Hauptmann spielen, weil sie resolut ist und wahrhaft und ein Mensch aus Fleisch und Blut und Leiden. Alles in dieser dummen kleinen Posse. Heraus mit Dir!

Peter Panter, SB 17.4.1913

104

Die Sorma

Im ersten Akt der «Liebelei»: «Sie ist wirklich ein Schatz.» Ja, sie ist es. Heute noch, selbst am Nollendorfplatz, in dieser führerlosen Aufführung, die überlaute Episodenspieler nicht zu bändigen vermag, die nicht einmal ein Zimmer zu Stande bringt, in dem man mit den Mädels sitzt, umhüllt von Rauchwolken, einer spielt leise Klavier, und alles Gesprochene wird nachdenklich und bekommt Melodie. Statt dessen: ein bürgerlich hohes, ungemütliches Gemach. Also selbst da noch.

Diese Stimme! Wie sie leise sagt: «Fritz» oder irgend ein andres liebes Wort, eine Belanglosigkeit. Es ist eben da, nicht nur im Können, sondern innen. Liebe, die in ihrer Innerlichkeit alles sexualpsychologische Grübeln ad absurdum führt, Liebe, der das leise Wort fast schon zu viel ist – das kann SIE gestalten. Wie? Mit nichts. Eine rührende Bewegung der gefalteten Hände, ein Wiegen des Kopfes – mit nichts.

Sie nahmen ihr viel von ihrer Wirkung. Der nette Gassenjunge Massary übertönte sie, statt sie erst recht zur Geltung zu bringen, die Männer waren sie nicht wert – und doch! Und doch! Man hörte den ganzen Abend immer nur sie, immer nur den leisen Ton, den Zauber, die Einzige. Ihr Vater Pallenberg: weise und prächtig. (Nur das Schwimmen sollte so ein alter Mann lassen.)

Peter Panter, SB 17.4.1913

105

An Arno Holz

Ferdinand Avenarius schreibt in seinem Blatt: «Ich bitte diejenigen unsrer Leser, die Arno Holz nützen, und die Arno Holz für uns nutzbar halten wollen, an den Kunstwart-Verlag (München, Georg D. W. Callwey, Finkenstraße 2) eine freundlich bemessene Spende mit der Beifügung: ‹Für Arno Holz› zu senden.» Dorthin seien auch die Leser der ‹Schaubühne› gewiesen.

Wie die Dinge nun liegen, werden an diesem Tage, da Sie, lieber Herr Holz, fünfzig Jahr alt werden, alle die alten Kampfgenossen antreten, mit und ohne Torte, und ihr Sprüchlein aufsagen. Vom Erinnern und schöner Zeit und heißer Bataille und so. Und Sie werden ein bißchen lächeln, aber doch stolz sein, daß man Sie noch nicht vergessen hat, und daß die, die damals um Sie waren, auch heute noch wissen, was sie an Ihnen haben. So die Alten.

Wir Jungen gratulieren doch ein bißchen anders. Wir haben die Resultate Ihrer Kämpfe fertig vorgefunden, wir wissen nicht mehr aus eigener Erfahrung, sondern haben es nur nachträglich gelernt, wieviel Mühe, wieviel Arbeit, ein wie breiter Rücken dazu gehört hat, die selbstverständliche Freiheit zu schaffen, mit der wir Nachkommen heute ohne Scheu eine Dirne eine Dirne nennen dürfen. Wir haben das nur gelesen. «Familie Selicke», «Papa Hamlet» – und in Poseidons Fichtenhain tritt man mit frommem Schauder ein.

Wieviel wir Ihnen verdanken – gut. Aber Kanonen sehen im Frieden immer ein bißchen plump aus, und ein alter Musketier, wenn er klug ist, beklagt sich nicht im Frieden, daß ihn die Leute nicht immerfort anstarren. «Diese Saaten, diese friedlich rauchenden Hütten, wo wären sie ohne mich?» Gewiß, gewiß.

Aber der Frieden ist undankbar, und weiß nie, daß er seinen Bestand nur dem Krieg dankt. Das ist nun einmal so, da darf man nicht murren.

Und so hätten Sie nie für den Frieden gearbeitet? Hätten immer nur Waffen geschmiedet, Kugeln gegossen, dem lieben Nächsten den ... Schlaf geraubt?

Einmal nicht. Einmal haben auch Sie im Gras gelegen und in den Himmel gesehen und vergessen, daß man zu kämpfen hat und das Leben doch eigentlich viel zu kurz für all den Spektakel ist. Einmal.

Und obgleich doch schon im «Phantasus» solche Ansätze waren, und auch späterhin, kleine Städtchen der Mark, traumverloren (der feine, alte Fontane mußte sich im Innersten angerührt finden) – diesmal kleideten Sie Ihre sanftern Regungen, als schämten Sie sich, in eine alte verspielte Sprache, verlegten das in ein utopisches Zeitalter und nannten es: «Des Dafnis Freß-, Sauff- und Venuslieder».

Ich weiß alles. Daß Sie Ihrer Ansicht nach da auf ein Buch festgenagelt werden, das für Sie am wenigsten charakteristisch ist, daß es ein Publikumserfolg war, daß Sie heute darauf pfeifen, und was man so sagt, wenn man, wie Sie, in zwei Abteilungen zerfällt: in eine, die kann und nicht viel von sich hält, und in die andre, die gern möchte und nicht kann.

Ich schenke Ihnen alles dafür: die Richtlinien für die Kunst, die Sie aufstellten, obgleich man doch bestenfalls nur zu erkennen vermag, welchen Weg sie, die Göttin, einschlagen wird; die Gesetze; den von Ihnen erfundenen Naturalismus; alles, alles – für dieses eine Buch.

Nicht, weil es eine der witzigsten Stilspielereien ist. Nicht, weil Sie ulkige Worte gebildet haben. (Wenn Franz Blei tadelnd bemerkt, daß es diese Sprache nie gegeben habe – tant mieux!) Aber weil das wahrhafte Lyrik ist, weil ein großes, starkes Lebensgefühl mit Ihnen durchgegangen ist, weil das singt, weil das auch in dieser fingierten Welt nur die eine Freude am Leben gibt. Sie durften das. Sie, der Sie sich mit Gott und der Welt herumgeschlagen hatten, Sie durften auch einmal ausruhen und – «Kleine Blumen wie aus Glahs seh ich gar zu gerne / durch das tunckel-grüne Gras kukken sie wie Sterne ...»

Und immer wieder, auf jeder Seite, inmitten den Dorillgens, Grittgens und Elhs-Mareien: das Gedenken an den schwarzen Fleggetohn und an das Ende.

Lassen Sie mich noch von der Sprache schwärmen: nein, so hat nie ein Mensch gesprochen – aber welche Laute, welche Töne! Wie von einem Wirtshaustisch heruntergefallen, welch versoffne, blankpolierte Courtoisie! Wieviel Witz, wieviel Melodie, welch Rhythmus! Arbeit, aber keine Mathematik; Bewegung, aber kein Prusten des arbeitenden Motors; Kunst, aber keine Berechnung.

Wie gesagt: ich weiß schon. Gerade umgekehrt. Kultur, Kampf, -ismus, Polemik, die Kunst und ihre Gesetze … und dann?

Derweil so summbt den Feldrain lang
der Bihngens leiser Sommer-Sang!

Und nun lassen Sie sich auch von uns, den Jungen, herzlichst gratulieren: von den Mädeln, denen ihre Liebsten den Dafnis schenkten, von der kleinen Mucki, die von Kunst einen Deubel verstand, und die alle Seligkeiten in diesen Liedern fand.

Sie werden protestieren. Dann lesen Sie sich den Schlußgesang: «ER spricht noch auhs dem Grabe» laut vor – bis zu den unvergeßlichen Schlußworten:

Horch drümb / wahs mein Staub dir spricht:
So vihl Gold hat Ophir nicht /
alhs in ihrem Munde
die flüchtige Secunde.
O Adame / o Eve /
Vita somnium breve!

Kurt Tucholsky, SB 24. 4. 1913

106

Aus einem frankfurter Brief

Tje, mein lieber Junge, und denn war ich auf ’n Sonntag zu «Frauen» von Beyerlein. Die pure Literatur (de la litérature!). Mit Problemen – ich sage Dir!

Also, wo doch die anschtengen Frauen immer so anschteng sind.

Er: «Nie, auch wenn wir uns ganz nahe waren, hast Du Dich mir ganz hingegeben!» Worauf sie die Lampe herunterschraubt (voll Scham): «Ich glaubte, daß man sich dadurch vom Tier unterscheidet!»

Er, der Mann, nu hin und bei die berühmte «Andere». Diese hat «schon vielen Bräuten und Frauen den Mann geraubt», behauptet aber mit nachlässiger Gebärde: «Nun, man kann sie – eventuell – noch zählen!» Tje. Sie ist aber «ein Mensch». Wohingegen sie sich, als Clou des Dramas, im Bademantel produziert. Mit nischt drunter. Denk mah! Und denn läßt sie sich pedikürn, tje, aufs Bühne! Reine wie ins Leben! Hierbei gibt sie der Pedikeuse Gelegenheit zu der scherzhaften Wendung: «Als ich noch Jungfer war!» Tje, Humor und Ernst, lieblich gepaart.

Und der Problem? Ja, der wird gelöst! Die Lösung, nich wa, die liegt meist in den Aktschlüssen. Wie das nu so is.

Erster Akt: Der (tröstende) Arzt zur Frau: «Sie haben doch das Kind!» Die Frau: «Was weiß ein Mann von einer Frau?» Vorhang.

Zweiter Akt: Der (vermittelnde) Hofmarschall (zu sich): «Gott schütze mich vor der Liebe!» Vorhang.

Dritter Akt: Das Kind zur betrogenen Mutter: «Mutti, bleib bei mir, ich fürchte mich vor dem Leben!» Vorhang.

Vierter Akt: Die betrogene Frau will die Sirene erschießen. Jene aber: «Ich fürchte mich nicht vor dieser Waffe! Frauen (mit Beziehung) sind gefährlicher als solche Mordwerkzeuge!»

Was meinste, was passiert? Du denx ja woll, diese schlechte Person wird erschossen, nich? Nee, gahnich. Schon geht die Tür auf, herein stürzt das geliebte Kind der Mutter in die mordgierigen Arme. Beide ab. Bleiben der Revolver und die «Person». Letztere senkt den Kopf, nimmt ersteren zur Hand und spricht: «Einmal werde ich dich brauchen!» Punkt. Vorhang.

Was saxte? Ich war ganz traurig. Du auch, nich? Schon bei's Erzählen, nich? Un erst aufs Bühne! Bei's Besehn!! Na!

Man hat hier eben Büldung und sucht sie ständig zu vergrößern. Unsereins muß sich die Augen aus dem betreffenden Kopf schämen.

Die Claire, SB 24.4.1913

107

Der Dreischichtedichter

In dem entzückenden Buch von Robert Walser: ‹Fritz Kochers Aufsätze› ist ein Bild vom Bruder Karl drin: «Der Dichter». Da sitzt ein elegisch angezogener Jüngling auf einem dünnen Stuhl am Fenster und sieht in den Regen, der aus vierzehn Strichen besteht. Draußen ist ein bißchen Garten, die Gardine ist artig gemustert, und an der Wand hängt die Hälfte eines ovalen Bildes. Das ist alles.

Und ich glaube, das ist ein Sinnbild von Robert Walser. Der Dichter, in das Wetter starrend, den Kopf schwer aufgestützt: das ist ein Cliché. Darunter die Ironie: etsch! so ist es ja garnicht. Darunter: sondern ich werde euch einmal zeigen, wie es ist. «Ein Mann mit drei Schichten.» So definiert ihn am glücklichsten Max Brod, der ihn am tiefsten begriffen hat.

Nun ist von Robert Walser eine Sammlung der ‹Aufsätze› erschienen – bei Kurt Wolff in Leipzig – jener Aufsätze, die fast alle in der ‹Schaubühne› gestanden haben. Und wenn man sie jetzt noch einmal so alle zusammen sieht, die «Birch-Pfeiffer» und «Kotzebue» und «Kino» und «Büchners Flucht» und «Lenz» – dann freut man sich, daß in dem Buch auch andre stehen, die man noch nicht kennt.

Er ist ein Clichébeleber bis ins dritte und vierte Glied. Wer erinnerte sich nicht an den alten Goethe bei diesen Worten: «Auch Schauspieler Kayßler will wegmachen ...»? Wie sind alle Floskeln, die wir längst tot geglaubt hatten, noch einmal blühend da, schlagen die Augen auf und lächeln uns an! Walser würde hier sagen: Dieses Bild darf man eigentlich nicht gebrauchen, aber ich schreibe einen erbärmlichen Stil, in Stil habe ich immer mangelhaft gehabt. Nein, das ist keine romantische Ironie. Es ist vielmehr Liebe, eine unendlich feine Liebe – dieselbe, die auf jeder Seite seiner Romane übersehene Dinge verklärt.

Karl Walser hat in das Buch viel Kompott hineingezeichnet; aber das schadet nichts. Schaubühnenleser! Dies Buch ist Euer!

Peter Panter, SB 24. 4. 1913

108

Wintergarten

Und wenn man den ganzen Winter keine Vorstellung versäumt hat, es ist immer wieder aufs neue neu und wunderbar: ein Mädchen bläst die Trompete, und über ihren geblähten Backen glitzern die umwimperten Augensterne; eine heitere Gesellschaft gibt vor, sich bei Maxim animiert amüsieren zu wollen, und plötzlich steigt das Lokal in die Höhe, alles ist drei Meter über dem Erdboden in wirbelnder Bewegung, Teller gleiten, Lampen hüpfen, und dann war es doch nur die «Perezoff-Truppe»; ein Fanfarenstoß des Gelingens ertönt, wenn der Kunstschütze ins Schwarze und Weiße getroffen hat; Herr Binns oder Herr Bert singt ein schönes Lied und begleitet sich in den Pausen mit einer kleinen Klingel, die er sich um den Hals gebunden hat – stolz steigt der Adamsapfel auf und nieder. Und meine geliebten englischen Mädchen, Sunshine Girls! Wie sie die Köpfchen wiegen, wie sie alle das Gleiche machen, keine mehr, keine weniger, wie sie mit den dünnen Blechstimmchen singen – ich verstehe kein Wort, es klingt alles wie: bei ... bei ... bei ... Sie sind hold und gut, und man braucht nicht zu denken, meine Verehrung fliegt ihnen zu, allen und keiner. Bis zum Schluß unser Freund Max Linder auf das Reizendste eine defekte Gasleitung zu reparieren genötigt ist, der Friseur-Romeo, der meist verunglückte Mensch der Erde!

Peter Panter, SB 24. 4. 1913

109

Schieber!

Die Presse bringt Detalchnachrichten,
wie sie mit Sturm Skutari krichten.
Derweil schiebt Nikki im Café
drei Mark in Essads Portemonnai. –

Für einen Café und die Krone
Albaniens ist das gar nicht ohne – –
Wer vorne brüllt und hinten schiebt,
den nimmt man ernst, der ist beliebt.

Muß man bei uns die Schieber suchen? –
Die Witwe wird dem Dinge fluchen,
für das ihr Mann ins Sterben zog:
dem Panzerplattenkatalog …

Ignaz, Vorwärts 1. 5. 1913

110

Kinomüdigkeit

Gott sei Dank! Es ist so weit. Es war ja von je unbegreiflich, wie verständige Menschen sich einen ganzen Abend lang so langweilen ließen. Daß sie sich anöden ließen: Lieschen hat ihre Unschuld und ihr Taschentuch verloren … Die Grundsteinlegung Kaiser Franz Josephs … Der rauchende Bernhardiener … Wenn die Not am größten, ist Asta Nielsen am nächsten … und so. Es gibt sich. Wie zu erwarten stand. *Mal* mußte es ja aufhören. Nun, es scheint, die Zeit ist gekommen. Schon ziehen diese Riesendramen nicht mehr, die das Tempo des Kinos so mißverstanden, daß sie stundenlang brauchten, um auseinanderzusetzen, daß Elfriede nunmehr aber wirklich keine Mutter mehr habe. Die Zuschauer beginnen sich zu langweilen. Jeder einigermaßen Intelligente fühlt, daß das nichts ist, kann es ebenso und besser. Der Hinweis der Fabrikanten, «das Publikum will es» ist falsch.

Das Publikum will unterhalten werden. Jetzt langweilt man es. Immer wieder: Der ungetreue Ehegatte, und der Ehezwist, der schließlich gut abläuft. Das ach! so moralische Kind. Der Eisenbahnunfall. Die große Liebe mit dem gebrochenen Herzen (grün gefärbt). Die andere große Liebe. Die Wochenübersicht: ein Brand in Pankow. Ein Wettlauf in Ohio. Die Erbprinzessin von Kambodscha in ihrem entzückenden Kleidchen, was sie sich selbst spitzengeklöppelt hat. Zum Einschlafen.

Es wird schon leerer. Daß es eine «Kunst» ist, glaubt schon längst keiner mehr. Und alle wissen schon, was mit dem Kino los ist. Wir alle. Nur die Fabrikanten noch nicht. Die lassen immer noch in ihren Ateliers aufnehmen: Das Gewitter im Anzug. Der Veitstanz und seine Folgen. Emma, der Sanatoriumsflirt ...

Anonym, Vorwärts 5.5.1913

111

Er auch!

Nachdem sich nun der PAPA im Lauf der Jahre etwas beruhigt
hätten, –
beginnt jetzt – Gott behüte! – auch der Junge die Feder zu
glätten.

*

So das ganze Jahr Rennen, Kasernenhof, Dienst, die Ställe,
Galopp
und Trab –
da wird man schon ein bißchen weltfremd und rückt von dem
Leben
ab ...

*

Zugegeben: Das Schreiben ist nicht so einfach, wie im Pennal, da
gab es eben immer eine Drei;
aber Zivilisten sind keine Oberlehrer und kritisieren so allerlei.

*

Also nun soll alles noch einmal kommen: Krach, laute Reden,
Trompetengeschmetter ...
Wut, Ärger, Schaden, wie damals – bis in die entferntesten
Zeitungsblätter?

Dazu der Kampf, Proteste, Freude über die endlich errungene
Ruhe ...?
Und nun alles noch mal: polternde Jugend und alles
zertrampelnde
Kinderschuhe ...?

Liegt es im Blut? Wir hoffen nicht. Aber wenn er so will ...
gibt es wieder ein sehr unmilitärisches Gezisch!
Er mit dem Säbel, – und wir mit der Faust auf den Tisch!

Ignaz, Vorwärts 6. 5. 1913

112*

Paul Schlenther

Wenn man ihn heute im Theater sitzen sieht: schwer, müde, alt, glatzköpfig und trotz der großen Hornbrille silenhaft – und wenn man dann aufgefordert wird, aus dem bloßen Anblick auf die Grundeigenschaft seines schriftstellerischen Wesens zu schließen, so wird, so muß man danebenraten. Denn diese Grundeigenschaft ist: Anmut. Die Zivilperson stammt aus Insterburg in Ostpreußen, der Autor aus jener Enklave des geistigen Deutschland, wo wir in unsrer Vorstellung die feinsten Stilisten untergebracht haben. Paul Schlenthers Ahnen heißen: Gottfried Keller, Fontane, Speidel. Wer nach dreißig Jahren das Heft liest, mit dem der neunundzwanzigjährige Schüler Wilhelm Scherers anno 1883 in die Literatur eingetreten ist, das Pamphlet gegen ‹Botho von Hülsen und seine Leute›, der liest es gleich zum zweiten und nach kurzer Zeit zum dritten Mal, und jedes Mal mit höherem Genuß. Kein Wort zu viel und keins zu wenig. Was dasteht, malt zum Greifen. Gegen Schlendrian und Konvention, für Fortschritt und Natur wird mit einer Entschiedenheit gekämpft, die in der Blüteperiode der Lindau, Blumenthal und Frenzel Aufsehen erregen mußte. Es beschleunigt den Sieg der guten Sache, daß der geschmackvollere, unterscheidungsfähigere, tiefer spürende Kritiker auch die Gabe hat, der breiten Lesermenge angenehm zu werden. Der Herold Ibsens ist zugleich der amüsanteste Feuilletonist. Witz, Grazie, Klarheit: gegen diese Drei kann auch die zahme ‹Tante Voß› nicht an, die ihren Schauspielreferenten bei wichtigen Gelegenheiten durch Vorbehalte aller Art zu schwächen sucht. Es ist Schlenther damals verdacht worden, daß er nicht voller Männerstolz vor Fürstenthronen auf sein Amt verzichtet hat. Wir heute würden das schwer von Verrat zu unterscheiden wissen. Er hielt – für Ibsen, Hauptmann, kurz: für das Programm der Freien Bühne – noch beinah zehn Jahre aus und ging erst dann nach Wien, ans Burgtheater.

Seit zweieinhalb Jahren ist Schlenther wieder in Berlin, wieder Kritiker und doch kaum wiederzuerkennen. Die Theaterpraxis, und gar die Theaterpraxis in Wien, hat ihn mürbe, mutlos, menschenfeindlich gemacht. Er hat in den zwölf Jahren seiner Abwesenheit die Entwicklung des berliner Theaterwesens zu Reinhardt, die Entwicklung der deutschen Dramatik zu Wedekind versäumt und tastet umher. Viel zu bequem, um ein Verständnis zu heucheln, das er nicht hat, wittert er gleichwohl meistens, was der Zeitungsleser unserer Läufte hören will. Da kann die Wahrheit nicht gedeihn. In den zwölf Jahren seiner Abwesenheit hat er ungefähr alles gespielt, was er als Kritiker verhöhnt und verfehmt, hat er selten gespielt, was er als Kritiker gepriesen hat. Dies und jenes muß er jetzt von neuem kritisieren! So laviert und balanziert er denn. Das tat er vormals auch. Aber was einst um einer Kunstrichtung willen, aus sachlicher Politik geschah, das geschieht jetzt um der Versorgung willen, aus persönlicher Politik. Die Berliner spüren den Unterschied. Der junge Schlenther war eine Macht, um derentwillen die ‹Nation›, eine kleine Wochenschrift, genau so andächtig gelesen wurde wie die große ‹Vossische Zeitung›. Der alte Schlenther braucht das mächtige ‹Berliner Tageblatt›, um noch zu wirken. Autorität ist er, für sich genommen, keinem mehr, seitdem er seinem Blatt zuliebe dem sechzigjährigen Blumenthal, dem Erbfeind früherer, besserer Zeiten, als Dichter wie als Denker Ehrensäulen aufgerichtet hat. Sogar der Herr in Krotoschin merkt, daß der Blumenthal-Apostel Schlenther aus seinem Herzen eine Mördergrube macht, und fühlt sich nicht geschmeichelt, daß man ihm die Stumpfheit zutraut, diesen Schwindel nicht zu merken. Die Kenner freilich schätzen, wie vor dreißig Jahren, Schlenthers Stil um jener unverwelkten Anmut willen. Was ihm auch heut gelingt wie keinem, sind die Bilder von Erscheinungen, durch die sein geistiges und künstlerisches Dasein ehedem bereichert worden ist. Zu den Theaterkünsten und zum Drama unsrer Tage hat er kein Verhältnis mehr. Aber er sollte sich nicht zur Ruhe setzen, ohne seine Erinnerungen geschrieben zu haben.

Horatio von Massarena, Zeit im Bild 7. 5. 1913

113

Dem siebzigjährigen Mosse

Am achten Mai wird Herr Rudolf Mosse siebzig Jahre alt. Seine Angestellten, seine Autoren, alle, die mit seiner Firma einmal in Berührung gekommen sind, haben sich zusammengetan, um ihm ein Album zu stiften, in dem jeder mit Bild und Unterschrift vertreten ist. Auch wir glauben, den Ehrentag eines großen deutschen Zeitungsverlegers nicht sanglos vorübergehen lassen zu dürfen, und widmen ihm dieses

Albumblatt

Wenn wir, geehrter oder sehr geehrter Herr Mosse, auf ein Portrait unsrer Physiognomie verzichten und nur einen Text beisteuern, so hat das seinen guten Grund. Unser sind zu viele. Im Ernst: zu viele. Sie lächeln schon jetzt. Noch bevor wir uns Ihnen vorgestellt haben, wittern Sie, Exponent und Beherrscher der kompakten Majorität, daß wir in der Minorität sind, und finden es spaßig, daß wir nicht einmal heute vom Gefühl unsres Nichts durchbohrt werden, sondern uns anschicken, eine erheblich andre Gesinnung zu äußern, als die übrigen Gratulanten. Diese nämlich werden sich mit einem bequemen und einträglichen Pauschaldank begnügen. Die Politiker werden sich bedanken, daß Sie ihnen zur Öffentlichkeit, also zur schweren Wichtigkeit verholfen haben. Die Börsianer werden sich bedanken, daß Sie ihnen ein reichhaltiges und übersichtliches Handelsblatt geschaffen haben, werden sich besonders bedanken, daß dieses Handelsblatt dazu angetan ist, selbst uns Laien allmählich ein Interesse an der ziemlich verwirrenden Welt der Zahlen und Münzen aufzunötigen. Fachleute manches Faches schließlich werden sich bedanken, daß Sie ihnen, soweit es Ihr Geschäft nicht bedrohte, großmütig immer erlaubt haben, ihre Nöte, ihre Sorgen und ihre kleinen Beschwerden vor die rechte Schmiede, vor die Machthaber und vor das Publikum, zu bringen. Kurz: Sie werden mit Danksagungen und Gratulationen überschüttet – aber auch übersättigt werden. Das ist unsre Hoffnung. Sie werden im Lauf der Jahrzehnte ein Menschenverächter geworden sein, werden also Phrasen als Phrasen nehmen, werden wissen, daß man Ihnen gibt, weil Sie gegeben haben, und damit Sie wieder und wieder geben, und werden deshalb vielleicht gerade heute in der Stimmung sein, die Wahrheit anzuhören. Einmal die Probe vom Gegenteil. So werden wir grenzenlos offen mit Ihnen reden.

Sie haben ein Geschäft machen wollen, und das ist Ihnen gelungen. Es wird Sie nicht kränken, wird Ihre Genugtuung eher vermehren, wenn man daran erinnert, wie unendlich klein Sie begonnen haben. Aus dem posenschen Städtchen Grätz sind Sie, ein blutarmer Junge von siebzehn Jahren, im Herbst 1860 nach Berlin gewandert, um hier Gehilfe des Sortimentsbuchhandels zu werden. Ein ehrenvolles Stück Brot, aber kein belegtes. Ihr Gaumen spürte das schnell genug. Aus dem Sortiment gings in den Verlag, aus dem Verlag in die Presse, aus der Redaktion in die Administration. Bereits 1867 waren Sie in der Lage, eine eigene Annoncenexpedition zu begründen. Ihr erster wertvoller Abschluß: daß die ‹Fliegenden Blätter› Ihnen eine Inseratenseite, eine einzige, für dreißig Mark verpachteten. Aus der einen Seite wurden alle, aus dem einen Blatt mehrere, und so hätten Sie es durch Zähigkeit allmählich zu einem Wohlstand bringen können, der Ihnen in der sozialen Rangordnung einen Platz neben dem höchstbesteuerten Engrosschlächtermeister Berlins gesichert hätte. Ihr Ehrgeiz schwindelte ein bißchen höher. Man schrieb jetzt 1871. Der Sieg über Frankreich hatte das Bild des Gemeinwesens Berlin bis zur Unkenntlichkeit verwandelt. Deutschland war einig, mächtig und um ein politisches Zentrum reicher geworden. In dieses Zentrum wälzten sich von allen Seiten der bewohnten Erde Kapital und Arbeit, Mammon und Menschenmassen. Stadt und Bevölkerung wuchsen im Sturm, und über die Bevölkerung kam ein Taumel. Es war, als ob fast jedes Mitglied der siegreichen Nation stillschweigend den Anspruch erhöbe, an den Milliarden der Kriegsentschädigung teilzuhaben. Sie, Rudolf Mosse, durften diesen Anspruch erheben. Denn Sie entdeckten ein Bedürfnis der jungen Reichshauptstadt und hatten den Mut und die Kraft, es zu befriedigen. Sie sahen, daß die berliner Zeitungen, die den tüchtigen und klugen, aber armen und nüchternen Menschenschlag der alten königlich preußischen Residenz gewissenhaft belehrt und bescheiden unterhalten hatten, keinerlei Anstalten trafen, einem neuen Geschlecht von Emporkömmlingen mit reizbaren, abwechslungssüchtigen Großstadtnerven Genüge zu tun. Sie simpler Annoncenpächter verstanden die Zeit und nutzten den Augenblick. Es gab eine ‹Nationalzeitung›, es gab eine ‹Königlich Priviligierte Zeitung von Staats- und gelehrten Sachen›, es gab Zeitungen jeder Art und jeder Partei, aber es gab keine spezifisch neuberlinische Zeitung. Da ließen Sie, im Dezember 1871, die erste Nummer des ‹Berliner Tageblatts› erscheinen. Es mußte ein Erfolg werden, und was für einer ist es geworden!

Wer die Anfänge Ihrer Zeitung kennen lernen will, der mache sich nicht die Mühe, die verstaubten Bände zu wälzen, sondern das Vergnügen, Fritz Mauthners ‹Fanfare› zu lesen. Der Held dieses satirischen Romans, Gottlieb Mettmann, ist keine Photographie von Ihnen, Rudolf Mosse. Er ist eine Karikatur, selbstverständlich. Ihre Handlungsweise war nirgends, ihr Wesen überall getroffen. Wilhelm der Zweite sieht auch nicht so aus wie bei Thomas Theodor Heine; er ist bloß so. Es war eine von Ihren Klugheiten, Herr Mosse, den Pamphletisten, der Sie jahrelang in der Nähe beobachtet hatte, nach verübter Tat zum zweiten Mal zu engagieren, als ob Sie garnicht gemeint sein könnten. «Die Große Fanfare, die Internationale Inseratenagentur auf Aktien, spielte die Herrin gegenüber der Zeitung, der Kleinen Fanfare. Das Blatt war nur der Inserate wegen da. Jeder der Redakteure wehrte sich mehr oder weniger gegen die Zumutung, hier eine Bank anzugreifen, dort eine andre zu loben, hier sich mit einem Theater, einem Gasthof, einer Eisenbahn, einer Buchhandlung, ja selbst mit einem Wohltätigkeitsunternehmen freundlich oder feindlich zu beschäftigen, je nachdem das kleine Morgenblatt mit Inseraten bedacht wurde oder nicht. Fast jedes Mal ging das Inserat als Sieger aus dem Kampf hervor.» Daran war lustige Karikatur: der Kampf um das Inserat, bittere Wahrheit: der Sieg des Inserats. Mettmanns Sohn fragte sich, warum es ihm unmöglich sei, mit seinem Vater gemeinsam zu arbeiten, und antwortete darauf: «Doch nur, weil er sich und seine Zeitung und die Federn seiner Redakteure in den Dienst aller zahlungsfähigen Leute stellt.» War das und andres Korruption? «Es kam sogar vor, daß Herr Mettmann in gleichgültigen Fällen ganz ohne Nebenabsicht dem Anstand Gehör gab und wissenschaftliche Werke, die nicht inseriert waren, in spaltenlangen Aufsätzen loben ließ. Vielleicht schickten die Verleger später aus Dankbarkeit dann doch ihre Inseratenaufträge.» Mettmann war überhaupt nicht kurzsichtig. «Gott, Sie haben ein großes Herz!» rief ihm einer zu. «Tausende lassen Sie springen, wenn Sie wissen, daß sie wieder zurückspringen.» Und zum mindesten war der politische Teil einwandfrei. «Von der hohen Diplomatie verlangte selbst Herr Mettmann keine Inserate; sie durfte darum ganz unabhängig nach der Überzeugung des Chefredakteurs behandelt werden. Weltfragen interessierten die Inseratenagentur nicht.» Die Inseratenagentur interessierten Geldfragen. Sie mußte reich werden um des Blattes willen, und das Blatt mußte angesehen werden um der Inseratenagentur willen. Mettmanns zwei

Wahlsprüche lauteten: «Je besser der Ruf, desto teurer die Inserate!» und, vor allem: «Über Leichen!» Das ging auf die Konkurrenz. Denn auf dem «Fest der zehnten Inseratenseite» hielt der Verleger folgende Ansprache an seinen Stab: «Lassen Sie schreiben, meine Herren, von wem Sie wollen, von Professoren und von Generalen, von Lebendigen und Toten, nur machen Sie mir ein gutes Blatt. Ich will soviel Abonnenten haben, daß ich mehr verdrucke, als meine ganze Papierfabrik zu liefern im Stande ist. Ich will, daß meine Konkurrenten alle ihre Dichter und ihre Redakteure, ihre Abonnenten und ihre Inserate an mich abgeben. Ich will das Zeitungsmonopol für mich.» Poeta propheta. Der Roman ist vor fünfundzwanzig Jahren erschienen, und dieser Tage war in der dänischen Zeitung ‹Politiken› zu lesen, daß Sie, sehr geehrter Herr Mosse, drauf und dran sind, sich den Verlag August Scherl auf den Geburtstagstisch zu legen.

Ob Sie auch das zu Stande bringen oder nicht – gleichviel: wir gratulieren. Ihr Todfeind wird Ihnen das Zeugnis kaum versagen, daß ohne ein Unmaß von Geduld, Fleiß, Sorgfalt, Energie, Umsicht, besonderer Begabung und besonnenem Wagemut nicht an Ihr Ziel, nicht zu einem Vermögen von siebzig Millionen zu gelangen war. Wie sich Verdienst und Glück verketten, das sehn die Toren niemals ein. Sie mußten alles wissen, alle im Auge behalten: Sie wußten alles, behielten alle im Auge. Sie lebten nur für Ihre Arbeit. Sie pfiffen auf äußere Ehren. Sie hätten sich Orden, Titel, Adel kaufen können, und haben nie daran gedacht. Sie sind nichts als ein deutscher Kaufmann jüdischer Abstammung und widerlegen durch Ihr Leben aufs Bündigste das Grundaxiom Ihrer Politiker, daß in Deutschland der Bürger, und gar der jüdische Bürger, entrechtet ist, daß er ein Pariadasein führt, daß man ihn mit den ruchlosesten Mitteln verhindert, vorwärtszukommen. Man verhindert keinen, dem der Himmel Zähne, Klauen und Gehirn gegeben hat. Was für Ihr Geschäft zu tun war, haben Sie getan. Sie haben den guten Einfall gehabt, nach Arthur Levysohns Tode Theodor Wolff aus Paris zurückzuberufen; und während Ihr Blatt in fünfunddreißig Jahren, bis Ende 1906, auf 95000 Abonnenten gekommen war, ist es seit Anfang 1907, also in lumpigen sechseinhalb Jahren, auf 224000 gestiegen. Das ist ein Zeichen, daß man auch in der Politik den Leuten nicht nachzulaufen braucht. Seit Wolff die Leitung hat, fühlen sich doch manche manchmal vor den Kopf gestoßen. Seine Politik wird rechts schändlich und ganz links verderblich genannt, wird von jedem getadelt, der die Ereignisse durch eine andre Brille sieht: aber es ist neu für Ihr Blatt und hat sich als nützlich erwiesen, daß es selber endlich mit Entschiedenheit und Konsequenz eine bestimmte Politik verfolgt.

Dahingegen unsre Domäne! Ein Sumpf zieht am Gebirge hin, verpestet alles schon Errungene. Sie erschweren uns morgens und abends unsre Aufgabe, in der Kunst die Spreu vom Weizen zu sondern. Wir tun unser Bestes, um das Publikum aus den unreinen in die reinen Stücke, aus den Geschäftstheatern in die künstlerischen Theater zu locken: Sie tun Ihr Schlechtestes, um das zu verhüten. Wir bemühen uns – an dieser Stelle nun im neunten Jahr – ein kleines, gewiß umgrenztes Gebiet des öffentlichen Lebens, das Theater, sauber zu erhalten, im Theater eine moralische Anstalt, und nicht eine Anstalt mit Moral zu sehen: Sie feiern Schmöcke und Pfuscher, die nicht allein deswegen zu bekämpfen sind, weil sie nichts können, sondern hauptsächlich, weil sie mit ihren Stücken und Romanen das Ethos verderben. Auf Ihr Haupt kommt das Elend der Künstler, deren Sie sich nur an Jubeltagen zu erinnern pflegen. Als Ihr Blatt ein Vierteljahrhundert hinter sich hatte, schrieb Moritz Heimann: «In der Jubiläumsnummer waren es vier Namen, die oft und gar sehr respektiert wiederkehrten: Wagner, Nietzsche, Böcklin, Hauptmann. Nun, bei der heiligen Mutter des Sokrates, die eine redliche Hebamme war: jene Zeitung hat zur Förderung und Propagierung der vier genannten geistigen Werte nichts getan, als sie benörgelt, bespieen, begeifert, totgeschwiegen. Aber das Papier der Jubiläumsnummer war nicht errötet.» Das Papier errötet nie. Es trägt mit der gleichen Geduld, daß Hebbel «ein dichtendes Tölpelchen» geschimpft und Blumenthal als «Denker» geehrt wird. Sie werden erwidern, daß Sie ja zur Entschädigung sogar Else Lasker-Schüler dem Volke haben erklären lassen. Die Schande ist, daß Sie das erst taten, als für die Dichterin gesammelt werden mußte. Hätten Sie jedes ihrer Bücher sofort mit demselben Feuereifer, an derselben sichtbaren Stelle und mit derselben Ausführlichkeit besprochen, wie jede Feuilletonsammlung von Felix Philippi, so wäre der Dichterin die Not und uns der beschämende Anblick dieser Not und Ihres Linderungsversuches erspart geblieben. Aber ob so oder so, ob früher oder später: es ist völlig wertlos, die Lasker-Schüler und ihresgleichen überhaupt zu erwähnen, solange sich für die Philippis noch eine Feder rühren darf. Denn ein Publikum, dem abwechselnd dies und das zum Kauf angepriesen wird, hat allerdings recht, daß es zu Philippi greift, weil es sich bei ihm fürs erste besser unterhält.

Also sind wir in schönster Einigkeit? Sie seien für den Geschmack Ihrer Leser nicht verantwortlich zu machen? Sie hätten ihn nur zu bedienen? Sie seien ein Kaufmann, der einfach schmählich untüchtig wäre, wenn die Kunden in seinem Laden nicht die gesuchte Ware fänden? Und eben hätten wir gerade Ihre Tüchtigkeit gelobt? Gemach, gemach. Wir glauben allerdings, daß es für den profitwütigsten Kaufmann großen Stils ein Stadium gibt, wo er empfinden müßte, daß er nunmehr kulturelle Verpflichtungen hat. Er mag mit allen Mitteln nach der Macht streben; aber sobald er sie hat, müßte er sie zum Guten gebrauchen. Sie haben bereits für sich errungen, was Ihr Zerrbild bei Mauthner dem Sohne verspricht: «Du sollst mein Erbe sein, Du sollst an die Spitze der ‹Fanfare› treten und sollst der Herr werden über die Reklame aller Länder. In Deiner Hand soll die Entscheidung liegen, ob einer unsterblich wird und ein Denkmal gesetzt kriegt oder nicht. Wen Du gern hast, oder wer Dir in barem Gelde den Zehenten seiner Unsterblichkeit vorausbezahlt, dessen Namen sollst Du groß machen können bei seinen Lebzeiten; und wenn er Lehmann hieße, der Name soll täglich in allen Schriften und allen Farben überallhin gedruckt und gemalt werden, wo eine Fläche vorhanden ist.» Ihre Berühmtheiten haben bisher meistens Lehmann geheißen. Bei Mauthner sagt Ihnen ein tapferer Redakteur: «Die Entwicklung der Menschheit wird nicht viel nach unsrer Zeitung fragen.» Wahrhaftig nicht. Aber ists nötig, daß Entwicklung und Zeitung so auseinanderklaffen? Als es vor dreißig Jahren darauf ankam, Ibsen Herolddienste zu leisten, ließen Sie ihn von Blumenthal besudeln. Der junge Schlenther, für den nichts anzuführen war, als daß seine Kritiken verdienten, auswendig gelernt zu werden, hätte bei Ihnen nicht einmal umsonst für Ibsen eintreten dürfen. Der alte Schlenther, der inzwischen freilich Hofrat geworden ist, erhält ein Ministergehalt, um den Ibsentöter Blumenthal mit Lorbeer zu umkränzen. Sind Sie, Geburtstagskind, wirklich der Meinung, daß Sie einen Abonnenten weniger hätten, wenn es damals umgekehrt gehandhabt worden wäre? Wie Blumenthals Leser überredet wurden, sich vor Ibsen zu bekreuzigen, so wären Schlenthers Leser bezwungen worden, vor Ibsen niederzuknien. Einen materiellen Schaden hätten Sie nicht gehabt. Heute gar ist Ihren Abonnenten das Blatt so unentbehrlich geworden – schon faute de mieux – daß Sie sie nicht einmal durch künstlerische Zumutungen verscheuchen würden. Ist denn dergleichen überhaupt möglich? Das zu befürchten, ist immer ein Irrtum. Die Menge liest nämlich die Zeitung nicht, um an ihr Kritik zu üben, sondern um ihr blind zu vertrauen. Die ‹Frankfurter Zeitung› ist gewiß kein Winkelblatt und bietet ihren Lesern doch auf allen Gebieten der Künste und Wissenschaften Beiträge, und das täglich, die in den ernstesten Fachblättern stehen könnten. Da sie ein Geschäftsunternehmen und in ihrem Erzieherdrang seit vielen Jahren nicht erlahmt ist, so hat sie vermutlich eher Nutzen als Nachteil davon gehabt. Exemplum docet et doceat. Genau so wenig, wie Sie eine falsche Nachricht aus Peking bringen und über eine neue Eisenkonstruktion statt eines Fachmanns einen Allerweltsschwätzer reden lassen, genau so wenig dürften Sie den Eindruck erwecken, daß die meisten deutschen Schriftsteller flache Witzbolde sind, und daß Hebbel tot und Blumenthal lebendig ist. Versuchen Sie es. Die Qualität Ihrer Leser würde sich verbessern, und nicht einmal der Zuwachs würde leiden, weil unter den kleinen Leuten viel mehr Bildungstrieb und Wissensehrgeiz ist, als man Ihnen jemals verraten hat. Ihr nennt euch Demokraten. Aber daß der (pekuniär) Erfolglose heute mehr als je verachtet ist, daß Helfershelfer des kulturellen Fortschritts überall schreibenden Konfektionären hintangesetzt werden, daß ringsum die Talente wie die Menschlichkeiten verkümmern – das ist Ihre Schuld, das ist die Schuld Ihres Blattes, das unter dem Strich ein opportunistisches Bourgeoisblatt geblieben ist.

Werden Sie das im achten Jahrzehnt Ihres Lebens ändern? Sie werden sich hüten. Wer sind wir denn? Was sind wir denn gegen

Sie? Du lieber Himmel: die Macht des Geistes gegen die Macht des Geldes – also in Ihren Augen fast nichts. Bei Mauthner blikken Sie mit Ingrimm auf uns: «Noch war nicht alles erreicht. Noch gab es in dem hohen und niedern Klerus der Journalistik törichte Gläubige, welche dem Volk die geistige Nahrung reichten, ohne den Zehenten zu verlangen. Aber er wird schon Ordnung schaffen! Alle Störenfriede, die unanständigen Kläffer und die uneigennützigen Prediger, wird er unter dem Zeichen seiner ‹Fanfare› versammeln. Er wird nicht knausern bei dem großen Menschenkauf und nicht ruhen, bis ...» Damals waren Sie jünger. Heute werden Sie ruhen. Heute sind wir jung und werden nicht ruhen. Ihr Ziel ist nicht unser Ziel. Aber das können auch wir von Ihnen lernen: wie man mit eiserner Willenskraft auf sein Ziel hält. In diesem Sinne gratulieren wir Ihnen und hoffen und wünschen für Sie ein langes Leben und eine gute Gesundheit!

Anonym, SB 8.5.1913

114

Säcksche Festspiele

In jeder Stadt streicht ein Nabolium sich die schwarze Locke
aus seiner Stirn –
jedweder Bürger prangt in prallem Waffenrocke
und einem blanken Pappmaché-Theaterhirn.

Zweihundert Pferde machen Staub und andre Sachen –
ein Böller kracht ...
Handlungsgehilfen, Handwerksmeister wachen
lang hingestreckt, auf Posten, in der Sommernacht.

Ein Orden winkt; laut klopfen aller Herzen –
bengalisch Feuer flammt ...
Ein Sängerchor greift tief erregt in falsche Terzen,
Nabolium schwitzt, und Yorckn rutscht die Hose – au verdammt!

Die Brücke fliegt! Gehulter und Gepulter ...
Ein lebend Bild – wer hätte das gedacht!
Und nachher kloppt der Zar dem Friedrich Wilhelm auf die Schulter:
«Das hammer ganz fermos gemacht!»

Ignaz, SB 8.5.1913

115

Impressionistische Kritik

Der Kritiker wohnte möbliert, aber er fühlte sich wohlig und zufrieden dabei. Abgesehen von dem Nippes: er besaß eine treusorgende Schaffnerin, die ihn ausfegte, klopfte, bürstete – alles. Wenn Not am Mann war, schickte er sie in die Premieren. Es ist zuviel manchmal, für einen einzelnen Herrn. Und schließlich hatte sie die Stimme des Volkes, mithin Gottes.

Er hieß die Schaffnerin sich ankleiden. Die weiße Waschbluse, die – gewaschen – einen stattlichen Eindruck hinterließ. Marmorlichtspiele: Das goldene Bett der Olga Wohlbrück. Einst ein Roman, jetzt ein Film. Er sprach sie am nächsten Morgen. Nun?

Oh! Das war eine feine Sache. Sie brachte Belege mit. Ein knallrotes Programm mit ornamentalen Bandwürmern und einen Traktat von Westheim, der es einem aber ordentlich erklärte. Zwölf Seiten. Der Kino in der Architektur. «Der Zuschauerraum ist in die Breite orientiert.» Er ließ es sich von der Wirtin übersetzen. Na ...!

«... Wissen Sie, es is direkt vornehm, eben, es is so mehr für die jebildetren Stände un so ... Es waren auch direkt Toiletten da ... ich meine, die Damens, was die anhatten – au!» Über das goldene Bett war aus der Frau Knautschke nicht viel herauszubekommen. Aber ahnte sie denn die Zusammenhänge? Wußte denn diese einfache Person, daß die Gestalten alle existierten? Nicht wußte sie es! Das spielt eben in der Ootfinanx – man hätte doch selber hingehen sollen!

Aber während Mathilde, Prinzessin Arnulf, ihre Leidenschaften auf die Leinwand legte, war der Kritiker mit der gemütlichen Zigarre unter den hellen, junggrünen Bäumen geschlendert, die Gaslaternen brannten, der Himmel war ausgestirnt, und er dachte lächelnd der Knautschken, die es über sich ergehen lassen mußte.

Peter Panter, SB 8.5.1913

116

Der selige Alexander

Richard Alexander lebt. Aber ein Schauspieler, der nicht spielt, der so selten spielt, ist wie ein schweigender Erzberger, wie ein Stück, das gut ist und gut geht, wie ein Fischessen ohne Familienskandal – so etwas gibt es eben nicht.

Er lebt. Vor allem: er lebte. Er spielte. Er war der einzige, der in Berlin so etwas wie eine Tradition begründet hat. Er hatte in hundertundeiner Ehebruchsposse gespielt: in der hundertzweiten, in der hundertdritten wurde er immer besser – er hatte die Sache 'raus. Aber wie machte er so etwas auch!

Folgerichtig spielte er diese unmöglichen Figuren unmöglich. Menschen waren das nicht, sondern Puppen der Schwankfabrikanten. Aber er brachte ihnen tausend Züge bei, die, einzeln betrachtet, erschütterten.

Er war immer in Verlegenheit, aber immer auf schleichende Auswege bedacht, immer in Furcht vor den Frauen, denen er alles Schöne und Schlimme in seinem Leben verdankte. Und so spielte er diese Fuge der Verlegenheit bis zu den gloriosen Höhepunkten im zweiten Akt, da er, mit merkwürdigen Kehllauten, jenes Wort von sich gab, das neben seiner Unterwäsche und dem nie fehlenden Bett den Erfolg jener Possen machte: «Himmel, meine Frau ...! ch ... ch ... ch!»

Das Publikum brüllte. Rot- und weißköpfige Junggesellen, meckernde Ehemänner, Kokotten und verheiratete Frauen, die scheu – und häufig jeder Erklärung bar – eben so mitlachten.

Abgesehen vom «Stoff», der ja immer allgemein interessierte: es war eine Freude. Wie fein, wie unendlich geschmackvoll er diese mitunter reichlich schweißigen Späße herausbrachte, wie er so einem Ding, sagen wir: einem Schlafzimmer, immer etwas Neues abgewann – das war eine Freude. Er durfte alles sagen: er hatte dann schon das einzig mögliche Piano, in dem das noch zu ertragen war.

Ich habe ihn in seinen alten Glanzrollen nie gesehen. Ich weiß nur, daß er ein paar Wochen bei Gerson studiert hat, wie man einer Dame bei der Anprobe den Stoff zurechtzupft – und er hat es gelernt. Mit ein wenig outrierten Handbewegungen machte er das, kollernd und jenes: «Ch ... ch» fortwährend im Halse.

Nun ist er dahin gegangen. Er hat uns hienieden manche schöne Stunde geschenkt, manchen Abend versüßt. Friede seiner Seele! AMEN.

Peter Panter, SB 15.5.1913

117

Ein Brief

Alaum Se, Herr Jacoppsohn, det ick Ihnen det ausenanderfadefendiere. Die Sache war nehmlich so. Ick un Sabojetzky, wat der annere Opehratör is in'n Ssineß, unsern neisten Kintopp – wir beede hatten uns so seit Dage vierzehn 'n biscken dicke. Newah, ick hatte Sabojetzkyn schonst immer uf'n Kieker von wejen det Pussirn mit meene Olle – weiß der Deibel, wat er an die findt, ick findt nischt – also wir redten nich ßusammen. Jestern, det wa nu so um Uhre siem – denn wa ja ooch der Kwowadisfillem schonst injeschraubt, un wir wachteten bloß noch uff det Klingelzeichen, det wir losfangen konnten. Indem sacht der Sabojetzky ßu mir, Willy, sacht er, deine Olle, die hat ja 'n Schönheitsfleck, sacht er, un lacht so recht dreckig. Nu is det ja wahr, aber wo se'n hat, kann ick hier nich so fassehlen – also mir natürlich ahnte det jleich, det se ihn det nich bloß so erßehlt hat, sondern er weiß jenaueres. Ick kriege also in meine Wut Kwowadis ßweiten Teil ßu fassen un schon schmeiß ick ihm de Rolle an Kopp. Er fracht janz deemlich, is Ihn wat, Herr Schottke? un ick jiftete mir schonst mächtich, denn ick hatte ihm nich jetroffen. Aber als fornehmer Mann beherrscht ick mir, un denn fungs ja nu ooch an, ßu klingelßeichen. Also jut, los, un et rollt sich allens ab, wat Ihn als jebillter Mann jewiß bekannt ist. Indem kuckt mir der Sabojetzky immer so an, un ick denke mir, wat hat er bloß, denk ick – un richtig, jrade, wie der Kaiser Nero rauskommt un hebt de Zither hoch, oder wat er da hat, un wie allens janz ergriffen is, weil nu gleich der Jesanck einsetzen tut, indem hoolt der Sabojetzky, det Luder, aus, un will mir so iber'n Apparat eene kleben. Ick hatte aber schonst 'ne Deckung – nanu, Sportklub «Weißensee» – un nu lagen wa uns janich schlecht in de Haare. Immer iber den Apparat, un der jing ja ooch vorläufich ruhig weiter. Aber uf eenmal langt mein Kolleje vor den Apparat vorbei, un will mir hauen. Der ganze Saal hat jebrüllt, denn vor Nero'n sein Jesicht wan zwei Riesenhände, janz schwarz un siem drei viertel Handschuhnummer. Det wan Sabojetzky'n seine. Un von den Jesanck hat ma ooch nischt jeheert, weil er immerzu jebrüllt hat, du Sauerkohl, du vadamter, un sonne Sachens. Auf Jrund dieser Darstellung frage ick Ihnen, Herr Jacoppsohn, is et recht, det se uns entlassen ham?

Erjebenst
W. Schottke, Kinotechniker.

Anonym, SB 15.5.1913

118

Landtagswahl

Nun tritt der Bürger offen vor die Listen
und offen spricht er frei: «Ich wähle blau!»
Denn wählt er etwa einen Sozialisten –
au, Bürger, au! au! au!

Und überhaupt: man hat nichts zu verstecken –
frei spricht man aus, wem man die Stimme gibt;
gewiß, wählt einer rot, läßt man ihn gern verrecken –
denn das ist unbeliebt.

Man nimmt ihm Brot und Bett, ihm und den Kindern,
mit Stellung und Gehalt ist das vorbei …
Erlauben Sie! er konnt' es ja verhindern! –
Die Wahl ist frei.

So preßt das Pack denn heute diese armen
Urwähler aus, – die sind vor Furcht ganz stumm
und dumm …
Die Schlotbarone und die Landgendarmen, –
blast sie doch um!! –

Ignaz, Vorwärts 16. 5. 1913

119

Wintergarten

Die Saison ist aus. Aber das eine Varieté, das wir in Berlin haben, wird durchspielen, weil jetzt die Amerikanersaison ist und das Kaiserjubiläum und viele Fremde in Berlin sind. Wenngleich nun der gewissenhafte Rezensent selbst im heißen Sommer hingehen wird – es erscheint mir doch an der Zeit, einen Dankeschoral zu blasen, aber auch die Trompete abzusetzen und eine kleine Rede zu reden.

Choral: Dank! Vielen Dank! Selten, daß man einem Geschäftsbetrieb am Schluß des Winters dankt. Aber der Laden hat nie ein Hehl daraus gemacht, daß es sich hier ums Geldverdienen dreht. Er hat immer gesagt: Amüsiert euch, kommt alle herein, zahlt gehörig, und ich werde dafür sorgen, daß es so unterhaltsam wie möglich wird. Und das war es. Wir alle verdanken dem Varieté ja soviel, Literaten, die jungen Maler, alle, alle. Ist es nicht eine eigene Atmosphäre? Ist es nicht prickelnd, aufreizend, seltsam? Es ist.

Nehmt etwa das Maiprogramm. Nicht einmal besonders gut; alte Nummern aus dem vorigen Monat, was für die Stammgäste immer ein bißchen langweilig ist. Aber, aber: war da nicht ein Wunderpapagei, der traurigen Soprans zur Orchesterbegleitung Liedchen sang? So etwas, wie die kleinen Kinder singen, wenn Mama sie dem Besuch vorführt, leise, ein bißchen mißgestimmt, und die wesentlichen Bestandteile des Gesanges in eine Silbe zusammengezogen? Und saß nicht ein Kakadu dabei, der seinerseits das Entrée übernommen hatte? Er konnte nur ein Wort: Papagei. Und er sah aus wie Julius Sachs, so kleine Äugelchen hatte er und eine mächtige Nase, über die er verschmitzt und blinkernd herübergucken mußte. Ein wackerer Vogel. Er kaute Nägel, wenn die klügere Konkurrenz Loohrra sich leer redete, und er mauschelte und bebberte und plusterte sich auf. Und ein Elefant war auch da, der eine Komik entfaltete, wenn er abschob, um die ihn jeder Komiker von Beruf beneiden konnte. Schlurchend und wiegend zog er den heimatlichen Ställen entgegen, obgleich er es gar nicht mehr nötig gehabt hätte – denn das Erforderliche hatte er schon auf der Bühne besorgt. Gott, Sie kennen ja alle diese Programms: Rena Parker, die amerikanische Sängerin, die ihr Lied so hübsch sang, wie es sich für sie gehörte, und der Kunstpfeifer und der Springer …

Noch nie haben wir uns dort gelangweilt. Immer war es bunt und lustig und manches Mal unheimlich, aber fast immer gut. Gestern zum Beispiel: denken Sie, die Bühne war ganz leer, und aus einem unterirdischen Loch spritzten viele Papierschnitzel, als ob ein Vulkan sie herauspustete, blau waren sie beleuchtet, und lila und rot. Und erst viel später kam «De Dio» und tanzte und flog, bis ein bunter Bänderregen über sie herabfiel …

Und ich hebe meine Fanfare an den Mund und blase ein schmetterndes Dankgebet dem lieben Gott und der Direktion des Wintergartens.

Aber nun kommt doch die versprochene Rede. Id est: der Schrei nach der Varietékritik. Diese Beschäftigung ist bei uns etwas heruntergekommen. Zeilenreporter verüben sie, und auch ich werde sicherlich, ebenso wie sie, in den Verdacht kommen, dies nur um der Freibillets willen geschrieben zu haben. Aber hier handelt sichs um etwas andres. Nämlich: wir wollen unsrer Stadt das einzige Varieté bewahren, das Kino und Phantasielosigkeit der Bürger ihr übrig ließen. Wenn es so weiter geht, ist in ein paar Jahren der Wintergarten nicht mehr. Nicht, als ob er schlechte Geschäfte machte. Aber das Interesse läßt allmählich nach, die Leute haben nicht mehr die Augen für einen genialen Körper, für die Schauer der Komik, für die Lustigkeit der Farben. Wer hat es ihnen je gezeigt? Wenn einer ein neues Drama nicht kapiert, darf er sich nicht beschweren – denn er fände hier und da Erklärungen. Dem Varieté «zollen» die Tageszeitungen unbedingte Anerkennung und schaden ihm damit mehr, als es der größte Nörgler vermöchte. Die Leute geben natürlich nichts mehr auf diese Waschzettel, und wenn einmal wirklich etwas Hervorragendes da ist, verpufft jede Ankündigung, weil sie als unwahr empfunden wird. Wer sagt dem Wintergarten, daß das letzte Programm neben vielem Schönen Kitsch in Masse enthält? Nicht den Kitsch, der zum Varieté gehört, wie die Pleite zu einem berliner Theater – wer sagt, daß dies und das in jeder Nummer besser gemacht werden könnte, daß die «De Dio» schlechte Clichés im Scheinwerfer hat, daß die lebenden Bilder «Porcellaine» unerlaubt dumm sind? Wer sagt es? Der Reporter wird sich hüten, denn er verliert Freibillet und Zeilenhonorar und seine Zeitung das Inserat. Aber es wäre doch nötig. Der Bürger würde zum Sehen erzogen, und die Direktion würde lernen.

Und wir hätten – Fanfare! – unsern alten guten Wintergarten in neuem Glanz. Denn hier ist heute schon Kultur, saubere Arbeit, kein Schwindel, kein Dilettantismus, kein ganz Unberufener – hier ist all das, was wir in den meisten Theatern entbehren müssen. Hosiannah!

Kurt Tucholsky, SB 22.5.1913

120

Saisonbeschluß

Nun reibt der Heldenvater sich mit Margarine
die Schminke aus dem fetten Doppelkinn,
und auch im Silberhaar die Heroine
legt alles ab und hin.

Verstaubt und leer steht nun der Kassenschalter,
sie schieben alle nach einander ab:
das Personal und der Konkursverwalter
und Herr von Glasenapp.

Und es erheben sich so manche Fragen:
Da Hollaender nicht immer schweigen kann –
der Speichel rinnt auch in den warmen Tagen –
wo läßt es dieser Mann?

Wovon soll der Gerichtsvollzieher leben?
Es bleibt nicht immer, wie es einstens war ...
und wohin soll er nun den Kuckuck kleben?
Oh einziger Lothar!

Und kurz und gut: Nicht immer gings dem süßen Kinde
Thaliens gut, und meistens nur so so ...
Nun aber kommen Wiesen und die Sommerwinde –
Rideau!
Rideau!

Ignaz, SB 22. 5. 1913

121

Kinomüdigkeit

Die ‹Erste Internationale Filmzeitung› widmet einer kleinen Glosse, die hier stand, zwei Seiten. Es ist das übliche: die Fabrikanten, die in unserem strikten Standpunkt der Ablehnung Gefahr witterten, ließen schreiben, das Publikum langweile sich gar nicht; dort in den Kientöppen sei Kunst, Unterhaltung …

Es ist weder das eine noch das andere.

Der uns zugesandte Ausschnitt enthält etwas weit Interessanteres als die bestellte Arbeit gegen uns. Nämlich ein paar Ankündigungen neuer Films. «Hilda. Drama aus dem Leben einer kleinen Straßensängerin.» Dazu zwei Bilder; oben jene, wie sie umdüsterten Auges von IHM geumarmt wird, unten eine betende Gruppe, die in ihrer Schmalzigkeit Fettflecken in das geduldige Papier macht …

Glaubt ein Mensch im Ernst, daß dieser Kram das geringste mit Kunst zu tun hat? Warum sind die Fabrikanten so ehrgeizig? Warum sagen sie nicht einfach, daß sie Geschäfte machen wollen, mit welchen Mitteln, ob anständig, ob mit der widerlichsten Sensation, – das sei ganz gleich. Es *ist* ihnen gleich.

Der Ausschnitt enthält das Ende eines Aufsatzes, der sich bitter über die Berliner Filmzensur beschwert. Sie sei so streng, so hart, – sie lasse nicht einmal strafbare Handlungen durch. Wer einmal gesehen hat, wie auf den Films derartige strafbare Handlungen gezeigt werden, der muß – ob er will oder nicht – eine preußische Verwaltungsbehörde loben. Ohne sie würden wir Scheußlichkeiten zu sehen bekommen, wie sie nur die gemeinste Spekulation auf die Sensation erfinden kann. Ich habe im Berliner Polizeipräsidium mitangesehen, was geschnitten wurde: eine Augenoperation, ein Fliegerabsturz, ekelhafte Raufereien, Leichenhaufen nach einer Explosion, das waren so die Bestandteile einer Kunst, die das Maul voll nimmt, wenn es ihr an das Portemonnaie geht.

Hier zeigen sie sich in ihrer ganzen Größe. Hier und in den albernen Aufsätzen über ihre Berühmtheiten. «In einem kurzen

Jahr hat sich die Grandais einen Namen geschaffen, der wohl kaum übertroffen werden kann.» Wissen Sie, wer die Grandais ist? – Ich auch nicht.

Es hilft alles nichts. Wir haben jetzt 1913 – der Niedergang kommt. Wenn nicht heute, dann morgen – aber er kommt. Darüber sind sich die Einsichtigen schon längst klar. Nicht etwa, weil das Publikum diesen ganzen verlogenen Schwindel, der gestellte und minderwertige Szenen «aus dem Leben der Gesellschaft» betitelt, empfindet, – sondern weil es sich langweilt. Noch ein Jahr, noch eins, noch eins, dann hat man es satt, dann haben es alle satt, wie es heute schon die Geschmackvollen satt haben, sich von ungebildeten und spekulativen Köpfen mit Inhalten langweilen zu lassen, die, wären sie gedruckt, kein Mensch mehr lesen würde.

Der aufgeklärte Arbeiter liest ein gutes Buch, hört einen guten Vortrag und verzichtet auf «Einzug des Zaren in Berlin» – «Im Wirbel des Schicksals» – «Leo will dünner werden». Das ist schon so, da ist nichts zu ändern.

Anonym, Vorwärts 27.5.1913

122

K.-K.

> Wenn hier die Fanfare geblasen und so ein respektvolles Schweigen unterbrochen wird, so geschieht das, um die Begriffe «Kunst» und «Geschäft» scharf zu trennen, nicht aber handelt es sich um die Einzelnen. Die Redaktion war für Andante, ich für Presto, – so entstand ein munteres Allegro. Dem Schriftleiter habe ich zu danken, weil er es für zweckmäßig hielt, ein Tempo nicht zu zügeln, das ihm noch immer zu geschwind erschien; so wie er gewiß auch Angegriffene zu Worte kommen lassen wird.

Nicht etwa: Karikaturisten-Klub. Sondern: Konfektions-Kommis. –

Denn was hier in Berlin jetzt vorgeht, ist dies: das Niveau ist erfreulich gleichmäßig. Bernhard und Klinger haben eine Tradition geschaffen, auf deren breiten Bahnen jeder einigermaßen intelligente Kunstschüler behaglich einherwandelt, das Interesse für Plakate ist noch immer nicht erloschen, der Bedarf wächst, und so finden alle, was sie brauchen. Man müßte also denken, die Plakatmaler dieser großen Geschäftsstadt wären eine geruhige Gilde, die längst weiß, daß ihr Gewerbe mit Kunst nichts zu schaffen hat, da sie ja dem Kapital dienen, allwelche Faktoren nur den Anfangsbuchstaben gemein haben. Aber ... Aber statt dessen sehen wir einen lärmenden Hühnerhof mißgünstiger Krakehler, voll Konkurrenzgekakels.

Obersatz: hier wird geschwindelt. Es wird vorgetäuscht, man mache «Kunst», man verschönere das äußere Leben auf angenehme und geschmackvolle Art. Schwindel – man will Geld verdienen. Es wird vorgetäuscht, man habe eine Hebung der Berliner Kultur im Auge, wolle Geschmacklosigkeiten ausrotten, die armen Blinden an der sicheren Künstlerhand geleiten. Schwindel – man will Geld verdienen. Warum sagt man das nicht? – Ist es eine Schande? – Die Herren fühlen: *daß* sie Geld verdienen, gewiß nicht – wie sie es tun, – allerdings.

Fakten: Die Karikaturisten veranstalteten einen Ball. Aber nicht so einen, wie es Künstler wohl zu tun pflegen: voller Laune, die auf nichts Rücksicht nimmt, als auf den guten Geschmack, wirbelnd, tobend ... nein, so nicht. Sondern fein – was der Berliner so fein nennt, mit «Stimmung – Humor – Betrieb», teuren Weinen und viel Kokotten. Und überall, im Festzug, in den dort verteilten Drucksachen, – überall schimmerte die zarte Rücksichtnahme durch, die man auf die Herren Auftraggeber zu nehmen hatte, von Geschäfts wegen, das uns reich und angesehen macht, daß wir unseren Nächsten auf die Stiefel spucken können, Amen! –

Sie veranstalten ein Cirkusfest. Es geht schief, sie werden ausgepfiffen – Gut. Das passiert auch sonst. Aber warum es geschah, ist interessant, zu untersuchen. Keiner ordnete sich dem andern unter, jeder wollte die günstige Gelegenheit benutzen, für sich und seine «Marke» soviel Reklame wie möglich herauszuschlagen.

Und unvorbereitet und sich selbst überschätzend stellten sie ihre wirklich nicht gut gewachsenen Persönlichkeiten heraus und fielen herein. Sela. Nun haben wir hier in Berlin, wie sich das auch für einen ordentlichen Stand gehört, zwei Gruppen: die eine und die andere. – Waren die einen hereingeplumpst, so ließen jetzt die anderen eine Annonce los und erklärten sich für nicht identisch. Und motivierten das mit wirtschaftlicher Notwendigkeit. «Uns ist es ja gleich, aber die Kaufleute ...»

Und hier sitzt der Kern: Die Berliner Plakatmaler haben sich völlig den Kaufleuten untergeordnet. Die Folgen sind ersichtlich: die Kaufleute werden größenwahnsinnig, die Künstler werden ruiniert. Noch keinen sah ich fröhlich enden ... Der Kaufmann, dem man so lange einen guten Maler als etwas Erhebliches hingestellt hatte, klopft auf die Tasche und kauft sich einen. Nun, er hat ihn, und das kriecherische Benehmen des Malers bestärkt ihn in der Annahme, daß er die deutsche Kunst gerettet habe und überhaupt. – Jedenfalls übernimmt nun der Kaufmann die gesamte Regie des Künstlers: er bestimmt, was herausgeht, und was nicht; das heißt: *der, der ihn beraten sollte, in Dingen, von denen er nichts verstand, unterliegt nunmehr wiederum der Kontrolle des Laien.* Sie alle können ein Lied davon singen, was an guten Plakaten abgelehnt wird, was an Schätzen in den Papierkorb geht – verfertigt hat sie der Fachmann, abgelehnt der Laie. Nein, es soll ihm kein fremder Geschmack aufoktroyiert werden, aber der soll bestimmen, der es gelernt hat, nicht der Laie. Daß es so ist, ist die Schuld der Maler: hielten sie zusammen, schmeichelten sie nicht ihren Auftraggebern, schlügen sie auch einmal einen Auftrag aus, weil sie ihn mit ruhigem künstlerischen Gewissen nicht ausführen können, – es würde besser werden. Aber so ... Sie protzten mit der Person des Gekauften, und manche haben nichts dagegen: eine der widerlichsten Reklamen machte die Direktion des Berliner Eispalastes, in einer ekelhaft süßlichen Textannonce wurde ein Maler wie ein Frauenzimmer herausgestellt, was seine körperlichen Fähigkeiten anging: diesmal handelte es sich noch ums Tanzen ... Nun, es traf keinen Verkehrten, denn dieser Herr ertanzt sich seine Aufträge, läßt sich und fähige Zeichnungen kinematographieren und lächelt von der Leinewand gewinnend ins Parkett. So sind sie alle, fast alle, und so groß ist ihr Eifer, daß sie vor nichts zurückschrecken, wenn es nur einen Auftrag bringt. Sie machen alles, was die Leute wollen. Sie lassen sich von den übelsten Schmocks die Texte ihrer Programms machen, sie werfen sich an alles, was Geld hat, heran – und unterstützen so Kunstfeinde und Gegner des Geistes. – Sie machen alles.

Sie veranstalten ein Ding, das sie Modenschau nennen, – in einem Berliner Haus, das mit Kunst handelt, und sie machen dabei alle Konzessionen, die zu machen sind, und noch ein paar mehr. Sie tun sich mit den Elementen zusammen, die in zwanzig Jahren Geld *und* Kultur um jeden Preis machen wollen. Resultat: Berlin. Sie sind in guter Gesellschaft. Als das Cirkusfest ins Wasser gefallen war, schrieb Edmund Edel wimmernd, er erkenne wieder einmal seine guten Berliner, dieselben, die er so oft schmeichelnd in all ihrer Knotenhaftigkeit bestärkt hatte, wenn es galt, gegen etwas Neues, Unverstandenes zu pöbeln ... Der Montmartre, Steinlen und der einzige Toulouse-Lautrec haben kein Geld verdient, aber sie hatten ein Gefühl für sauber gewaschene Hände.

Das gibt es in Berlin kaum noch. Nimmt man Lucian Bernhard aus, der zu klug, und Scheurich, der zu fein für die anderen ist, – so bleibt – einer wie der andere eine Gruppe von Herren, die als Inkarnation Berlins alle Wesensmerkmale dieser Stadt in sich vereinigen: Klamauk, Überzeugungslosigkeit und bedingungsloses Kriechen vor einer Hootfollé, die, aus Posen zugezogen, mit Geld alles kaufen zu können glaubt. Aber es geht nicht. Gottseidank geht es nicht.

Und wenn das Konfektionshaus in der Leipzigerstraße «seinen» Maler als *Einkäufer* nach Paris schickte, anstatt ihn Inserate zeichnen zu lassen, und so einem Plakatmaler die Stellung verschaffte, die er schon lange verdient hat, – es geht nicht.

Und wir können es uns nicht mehr schweigend ansehen. Was nur für Geld gemacht, von irgend einem mit Bekleidungsgegenständen handelnden Menschen aus irgend welchen Gründen gebilligt, als Plakat gedruckt wird, können wir hier nicht mehr ernsthaft und ästhetisch besprechen. Wir müssen uns einmal klar werden: was momentan aus Berlin kommt, ist – mit geringen Ausnahmen – Handwerk.

Und Handwerk hat goldnen Boden. Aber mit Kunst hat das nichts zu tun.

Kurt Tucholsky, Das Plakat Mai 1913

123

Das herrliche Tiefdruckverfahren

Seit einiger Zeit wird der ‹Weltspiegel›, eine Beilage des ‹Berliner Tageblatts›, in Kupfer-Tiefdruck hergestellt. «Die Schönheit», sagt der Verlag, «und die künstlerische Wiedergabe dieser Bilder erfüllen den Beschauer mit Entzücken.»

Es ist hier nicht meine Aufgabe, festzustellen, *welche* Bilder den Kunstfreund mit Entzücken erfüllen, wie dieses Blatt systematisch dem Beschauer die Wahl zwischen Kitsch und Klitsch läßt ... es handelt sich hier um das gepriesene Verfahren.

Als vor etwa einem Jahr Organe der Tagespresse (das ‹Hamburger Fremdenblatt› z.B.) begannen, mit Mertens-Tiefdruck zu arbeiten, war man überrascht. Abgesehen von üblen Zeichnungen hatten Tagesblätter in Deutschland bis jetzt nur schüchtern versucht, Photographieen zu bringen, und diese Schüchternheit hatte ihren guten Grund. Der weiße Untergrund kam durch, immer war die Struktur durch das Bild erkennbar, – es war nichts.

Anders bei dem neuen Verfahren. Klar und fein nuanciert kamen die Illustrationen, manche muteten an wie die besten Ausführungen eines Photographen. Auf Zeitungspapier. Auf diesem faserigen dünnen Papier, das kaum auf Strichätzungen, auf Reproduktionen von Zeichnungen angewiesen war, sondern auf aktuelle Photographieen. Nochmals: auf Zeitungspapier. Es lag kein Grund vor, dieses Verfahren bei dem Druck eines Blattes anzuwenden, das nicht nur Photographieen brachte, sondern auch Strichätzungen, Zeichnungen, dergleichen ... Ein Blatt, das auf seinem kunstdruckartigen Papier bis jetzt sehr gut mit der Reproduktion von Photographieen ausgekommen war.

Aber das neue Verfahren hatte ja nicht nur einen minimalen

Fortschritt in der Schärfe, sondern vor allem: *den braunen Ton!* Diesen verfluchten braunen Ton, der so schön in die Augen sticht, und bei dem der «kunstfreundliche Beschauer» garnicht mehr anders kann als an das denken, was er so unter «Kunst» versteht ... Der braune Ton, der die Dinge so schön unnatürlich, ach Gott so künstlerisch erscheinen läßt, der einzige braune Ton! –

Die Photographieen kommen also nunmehr ein wenig schärfer als früher, aber sie haben alle etwas Unangenehmes, sie prätendieren alle, «Kunstaufnahmen» zu sein, sie sehen – aufgenommen von gleichgültigen Angestellten großer Illustrationsbüros – liebevoll aus, von einer gewissen falschen Intimität, wie ein individuelles Hotelzimmer, das doch jedem zu dienen hat ...

Strichätzungen kommen garnicht heraus. Die Striche verlieren an Feinheit, daß es ein Graus ist, es sind lange Flächen geworden, keiner fügt sich mehr zum andern, und klotzig scheinen sie hingeschmiert ... Ein Vergleich lehrte das: der ‹Weltspiegel› druckte eine Zeichnung des wundervoll grotesken Robinson nach, die in dem ‹Sketsch› gestanden hatte: dort fein, lustig, gestrichelt, fleißig, – hier dick, unförmlich, wirkungslos. (Übrigens zeigt auch die Tiefdruckbeilage des ‹Sketsch›, daß auf diesem Papier das Verfahren unnötig und kitschig ist.)

Aber eins kommt doch, für eines ist das Verfahren wie geschaffen:

Das ist das Odolmädchen mit dem tiefschwarzen Hintergrund und den blendend weißen Zähnen. Das ist die Biomalzjungfrau mit dem dunklen Gewande und den weißen Händchen, das sind alle holden Frauengestalten, die die minderwertige Reklame von sich gibt – sie leben erst wahrhaft auf im Tiefdruck auf dem glatten Papier, sie, die man schon gestorben wähnte, steigen aus den Gräbern, lächeln hold und verführerisch und zeigen uns die Prächte des Tiefdrucks und seines Verlages. Das ist so etwas für den Tiefdruck. Der Kitsch. Der flächige, nuancenlose, nur in den Kontrasten schwarz-weiß schwelgende Kitsch. Hier ist sein ureigenstes Gebiet.

So eine süße Sonne, die durch ein Wolkenmeer leuchtet, was sage ich: strahlt! – das ist es. Die Sonne ist übrigens auf der Rückseite einer neuen Zeitschrift, die sich mit viel Tam-Tam in Scene setzt: ‹Seidels Reklame›. Auch sie gibt einen Beweis, daß das Tiefdruckverfahren maßlos überschätzt wird. Auch hier kommt wieder in technischem Sinne am besten der Kitsch. Dunkle, bräunliche Flächen, Fleckwirkungen, irgend welche belanglosen Einzelheiten scharf, der Rest verschwommen, – es ist nichts. (Außerdem ist hier das Verfahren nicht so gut durchgearbeitet, wie beim ‹Weltspiegel›. Eine Nummer erschien infolgedessen zu spät, und der Rand des Umschlags wurde ein Fiasko.) Die Zeitschrift ist mehr als mäßig: oft gebrachtes und längst bekanntes Material, schlechter Text, darunter eine Polemik gegen ein noch nicht erschienenes Buch von Ruben ‹Die Reklame›. Wenn ein Kaufmann wie Seidel die Feder eintaucht, macht er sich die Finger schmutzig; wer aus irgendwelchen konkurrenzlichen Gründen neidisch ist, darf keine unsachlichen Kritiken über eine Sache schreiben, die noch nicht einmal vollständig vorliegt. Was den Tiefdruck angeht: hier hat er versagt, bei Mosse hat er versagt. Und wenn sich der Verlag noch so viel Gutachten zusammenholt, und es sind Leute darunter wie Behrens und Klinger ... es geht nicht. Gott weiß, warum jene das von sich gegeben haben, vielleicht glauben sie es sich ... es geht nicht.

Der Tiefdruck ist eine schöne Sache, um auf Zeitungspapier Photographien zu reproduzieren, was man bisher nicht konnte – mehr nicht.

Kurt Tucholsky, Das Plakat Mai 1913

124

Der Papagei

Ein rechtsstehendes Blatt bringt eine schlechte Satire auf die Beschlüsse der Budgetkommission, die über die Wehrvorlage beraten hat. Das «Zukunftsbild», das da entrollt wird, enthält einen Punkt 2, der mit erfreulicher Offenheit zeigt, daß es sich beim Militär weniger um Nützlichkeitsstandpunkte handelt, als um Propaganda eines Systems, das sich nicht mehr anders zu helfen weiß. Also Punkt 2: «Die Armee muß dem Volke gründlich verleidet werden. Aus Ersparniskeitsrücksichten ist daher eine einheitliche, graue, unansehnliche Uniform ohne jeden Schmuck, ohne jedes Abzeichen einzuführen. Dem gemeinen Mann muß der Stolz auf des Königs Rock gründlich ausgetrieben werden.»

Hier ist es klar gesagt. Unsere Soldaten laufen wie die Papageien herum, ein alter General hat alle Farben des Regenbogens auf dem Leib, und er würde im Gelände, wie längst die Praktiker wissen, sofort niedergeknallt werden, weil man ihn in Hamburg sieht, wenn er in Lübeck angewackelt kommt. Aber dafür glotzen ihn die biedern Deutschen auf der Straße an, und worüber sie bei einem Negerhäuptling grinsen, darüber strahlen sie bei dem General: die Ausstattung ist es, die den Mann macht. Den Leuten wird eine Eitelkeit künstlich anerzogen, die Augen werden daran gewöhnt, daß diese häßliche Uniform «schön» sei – und in den Augen eines Kuhknechtes, der beim Stallausmisten nicht gerade in einer feinen Litewka arbeitet, mag sie das ja auch sein. Für einen Menschen, dessen Augen wirklich gebildet sind, ist sie scheußlich. Aber darauf kommt es ja gar nicht an: man will die Leute beduseln. Der bunte Rock!

Wie sagt jener? «Des Königs Rock.» Haben Sie schon einmal eine Einkleidung der neuen Rekruten mitgemacht? Nun, da kommen die Röcke der alten Mannschaften, deren Schweiß und Schmutz ausgekocht, aber nicht vergessen worden ist, aus der staubigen Kammer und sind gar kein Symbol von des Königs Herrlichkeit, sondern nur widerlich. Des Königs Rock!

Der Stolz auf des Königs Rock! Gewiß: auf den Rock. Oder werden etwa *die Röcke* angespuckt, getreten, geschlagen? Der gemeine Mann, der Kerl wird es.

Wie gesagt: Stolz. Und Bewunderung. Denn er umhüllt gleichmäßig Gerechte und Unteroffiziere.

tu., Vorwärts 1.6.1913

125

Kritik

Da oben spielen sie ein schweres Drama
mit Weltanschauung, Kampf von Herz und Pflicht:
Susannen attackiert ein ganz infama
Patron und läßt sie nicht.

Ich sitze im Parkett und zück' den Faber
und schreibe auf, ob alles richtig sei:
Exposition, geschürzter Knoten – aber
ich denk mir nichts dabei.

Mein Herz weilt fromm bei jenem lieben Kinde,
das lächelnd eine Kindermagd agiert:
ich streichle ihr im Geiste sehr gelinde,
was sie so lieblich ziert.

Nu sieh mal einer diese süßen Pfoten,
das Seidenhaar mit einem Häubchen drauf –
es gibt da sicher manch geschürzten Knoten:
ich löst' ihn gerne auf.

Wer sagte da, daß ich nicht sachlich bliebe?
(Nu sieh mal einer dieses schlanke Bein!)
Begeist'rung, Freude am Beruf und «Liebe» –:
So soll es sein!

Ignaz, SB 5.6.1913

126

Unterhaltungsliteratur

ist in diesen bewegten Zeiten fast ein Schimpfwort geworden. Und dabei wäre es sehr heilsam, wenn recht oft bei uns jene Mittellinie gezogen würde zwischen den «Nur-Literatur»-Leuten und der englischen Bücherindustrie, die von Sherlock Doyle bis zu den Tauchnitz-Verlobungen doch immer ein gutes Milieu ohne Prätention wiedergibt und (aber das mag an der Sprache liegen) so schön knapp sein kann.

Wir haben das nicht. Wir haben nur Dreck und das ganz schwere Geschütz. Und ich glaube nicht, daß es eine Schande ist, wenn ein müder Mann abends bei der Lampe einfach nicht mehr fähig ist, Conrad Ferdinand Meyer in sich aufzunehmen. Was aber muß der Arme dann tun? Es gibt ja heute noch Leute, die, wie meine alte Tante, bei der Marlitt den süßen Schlaf finden können – wir andern sind auf die ‹Woche› angewiesen und auf die schlechten Romane, deren Autoren ihre eigenen langweiligen Probleme nur aus Zeitungsartikeln kennen.

Hans Olden hat soeben zwei Novellen bei Georg Müller in München erscheinen lassen, die so recht das Ideal dieser gewünschten Literatur sind. ‹Das Frühstück auf Blue Island› und ‹Ein ekelhafter Kerl›. Dort ist besonders in dem famos gelungenen Anfang das, was Kellermann mit seinem ‹Tunnel› versucht und nicht gekonnt hat: die Romantik der großen Betriebe. Es handelt sich um ein großes Restaurant, und es ist hübsch, wie Olden ohne jeden Überschwang so eine Organisation zeigt, mit der Freude am Tempo, am Allegro, am Klappen. Die Geschichte wird nachher ein bißchen weinerlich, aber man empfindet es kaum, denn alles ist gut, was über Deutsche in Amerika drinsteht, diskret, kurzweilig. Die zweite Novelle ist eine Schulangelegenheit. Bis auf die stilistische Gewandtheit könnte sie ein Junge geschrieben haben – so natürlich frisch ist sie, so ohne Psychologie, die ja nie da war in einer Zeit, wo wir alles clichéhaft empfanden, gottgewollt, felsenfest.

Seltener Fall: man liest, freut sich und schämt sich hinterher nicht, bei der Sache gewesen zu sein. Spannung ohne Katzenjammer.

Peter Panter, SB 5.6.1913

127

Der Mann mit der grünen Maske

Und es fing doch – im Theater am Nollendorfplatz – so hübsch an: ein liegengebliebener Telephonhörer sang sich eins; und jede Bewegung beim Coupletsingen hatte der Regisseur nett und sorgfältig einstudiert. Aber als dann die ganze Gesellschaft ins «Orpheum» ging, und man sich anschickte, dieses Varieté ins Theater zu verlegen, da gab es doch nur zwei Möglichkeiten: entweder prima oder Kitsch. Statt dessen gab es eine Stunde lang Mittelmäßigkeiten (der Direktor des Wintergartens – du sollst seinen Namen nicht mißbrauchen – wird schön grinsen, wenn er das sieht), und wir schnarchten im Chor: «O Seligkeit, im Schlaf zu liegen! ach, würd' er niemals uns gestört!» Zäh, wie ein langgewalzter Maccaroniteig, kamen die Scherze, und diesmal mußte man sich seine Freibillets verdienen: der Mann mit der grünen Maske ging durchs Parkett und sagte jedem Freischärler auf den Kopf zu, was er bei sich trage. Und dann tanzte wieder auf der Varietébühne meine Großmutter als junges Mädchen (so sah sie aus), und während sie lieblich lächelte, flüsterte ihr Mund zu dem Kapellmeister: «Langsamer!» Nun, er parierte.

Und der Kopf, der im Dunkeln schwebte, und (leider) einen Schmarren sang, konnte nicht für den Dreistundenarrest entschädigen und nicht der witzige Film, der nur aus Text bestand, und nicht die geräuschvollen Verwandlungen, die Gregor ohne und Reinhardt mit Drehbühne entbehrlich gemacht hatten.

Schade: denn Matzner gab sich große Mühe, und Else Bötticher hatte in gequetschter Kehle dicke Konsonanten und einen ulkigen berliner Ton.

Peter Panter, SB 5.6.1913

128

Gips

Wenn der Landesvater Jubiläum feiert,
streicht der Bürger sein Berlin mit Bronze an –
die Fassaden werden liebevoll verschleiert,
daß man sie nicht sehen kann.

Prächtig gipsern steht die griech'sche Säule,
rot und gold erglänzt das simple Holz. –
Staunend sehen's alle Droschkengäule
und der Weise fragt sich: Nun, was solls? –

Unten grau und oben schwach vergoldet
gleichen wir der Säule, die da ragt;
und der Stadtrat, der dafür besoldet,
hats bewilligt und hat Ja gesagt. …

Ja die weiß-rot-goldne Stadtverkleistrung
paßt für diesen Jubeltag:
Hurrarufe, Freudentaumel und Begeistrung – –
Leinwand! Pappe! Lack!

Ignaz, Vorwärts 14.6.1913

129

Bitte an Hülsen

«Graf Hülsen will auf ein Jahr Urlaub nehmen. Es heißt, daß er in seine Stellung nicht zurückkehren wird.»

Zeitungsnotiz

Er will nicht wieder mit dem Stabe stoßen?
Wer schliddert denn wie er auf dem Parkett!
Er (Hülsen) präparierte doch so nett
legierte Eiersaucen …

Unmöglich dürfen wir ihn gehen lassen.
Das lief so alles seinen Zuckeltrab –
und nun auf einmal schiebt das Gräflein ab?
Das könnte ihm so passen!

Wie ging das früher ohne langes Schreiben!
Der Kritiker ergänzte sein Cliché –
nichts von Premieren, keine Nuwohtee …..
Und nun will er nicht bleiben?!

Wer weiß, was kommt – vielleicht ein Revoluzzer?
Im ruh'gen Karpfenteich ein neuer Hecht?
Der engagiert – die Welt ist schlecht, ist schlecht –
'nen neuen Lampenputzer.

Ihm (Hülsen) gab die Muse manches Küßchen …
Er nahm das Schlechte, wo ers fand:
er war kein Fachmann – er war Intendant.
Ach, bleim Se noch 'n bißchen!

Ignaz, SB 19.6.1913

130

Bassermann der Operette

– wirklich, so könnte man Julius Spielmann nennen. Im «Lachenden Ehemann» hebt sich der liebenswürdige Kopf von einem Hintergrund kitschiger Dekorationen und einer Statistenmenagerie, in der berliner Meechens mit die Flabberlippe und der Mann mit dem Pfannkuchengesicht wirkungsvoll Ehepaare der Gesellschaft vorzutäuschen verpflichtet sind. Er kommt, und eine Wärme, eine Heiterkeit ist auf der Bühne. Er weiß noch in kleinsten Nuancen wiener Operettenweinerlichkeit in entzückende Abendunterhaltsamkeit umzudeuten. Ein reizender Kerl: das ist der Eindruck. Dabei ist es garnicht so einfach. Kutzner will es auch, aber er spricht das Wort Lektion mit einem x in der Mitte und, wenn es ginge, würde er am liebsten zwei Monokels tragen. Dagegen Spielmann. Er kann so herzlich sein, und er hat wirklich ein bißchen von Bassermann. Er ist männlich, und es gelingt ihm, in diesem hohen, öden Zimmer etwas von der wundervollen Stimmung wiederzugeben, die nur Männer nachts beim Wein befällt. Wie er so dasteht und ganz erfüllt ist von dem dämlichen Rhythmus – «Siiie» (und das läßt er immer mehr anschwellen) «ist aber auch eine süße Peerßon» – das zuckt und wirbt, und dann ist er der lebendige Walzer. Und er hat da am Schluß seines Weinlieds ein Abbrechen, ein Umschlagen der Stimme, für das man ihn schlechtweg umarmen möchte. Und während sich die andern in ihre Rollen hineinknieen, zeigt bei ihm ein verfliegendes Lächeln, daß er sich wohl bewußt ist, dem Parkett nur eine Zerstreuung zu bieten, die es anderswo nicht so leicht, so geschmackvoll findet wie bei diesem außerordentlichen Operettenspieler.

Peter Panter, SB 19.6.1913

131*

Kunst und Kaufmann

Seit ein paar Jahren fehlt es nicht an Bestrebungen, die darauf ausgehen, den unüberbrückbaren Zwischenraum zwischen Kapital und Kunst, zwischen Geld und Geist zu verwischen. Früher verdiente der Kaufmann sein Geld, und damit war es gut. Heute genügt das nicht mehr. Da hören sie so viel von Intellektuellen, und von Kunst und von Geist … und allen solchen schönen Dingen … Das müssen sie auch haben. Man läßt sich doch nicht lumpen. Nun aber ergibt sich, daß man das nicht so einfach kaufen kann wie einen Packen Baumwolle. Man bekommt ja viel fürs Geld heutzutage, auch Schmöcke, Kunsthändler, Zeitungen, die dem Kaufmann bestätigen, daß er viel mehr tut, als nur sein Geld verdienen. Er erfüllt eine Kulturarbeit!! Jawohl!! Wenn man vielleicht denkt, es ist ihm um die Bilanz zu tun, so irrt man. Er ist kein Krämer, er ist ein Pionier!

Man verstehe nicht falsch. Die unbeabsichtigten kulturellen Wirkungen eines großen Handels wird niemand leugnen, aber es ist nicht wahr, daß der Kaufmann auch nur im Traum daran denkt, Kultur oder auch nur Zivilisation zu verbreiten. Verdienen will er – und widerlich ist nur, daß er's nicht sagt.

Dieser Wahnsinn, der den Prinzipal als Lichtbringer darstellt, hat zur Folge gehabt, daß die Formen, die äußerlichen Formen, unter denen Geld gemacht wird, sauberer geworden sind. Man richtet sich anständiger ein, man hat hübsche Briefbogen, weil man es sich leisten kann, weil die Konkurrenz es auch hat, und weil das Publikum so etwas liebt. Aber ist man deswegen kultureller geworden? Mit nichten.

Das Kapital beginnt heute das Schlimmste zu tun, was es gibt: es kauft sich – nicht die Köpfe, die kann man nicht kaufen, – aber die Mäuler. Der Deutsche hat nicht den Mut des Amerikaners, Geld und nur Geld zu machen, – er muß das bemänteln. Er muß sagen, warum er es tut. Und engagiert sich allerlei Leute, die das Kapital und die Industrie als Kulturveranstaltungen preisen. Aber das Kapital hat mit Kunst und Kultur nichts zu schaffen.

Anonym, Vorwärts 29.6.1913

132

Kindertheater
Eine Kindheitserinnerung von Kurt Tucholsky

Geschrieben für Franz Werfel

Wie war das doch? –

Schon der Nachmittag war unruhig und bewegt – Theater! Und wir gingen von zu Hause fort, durch die noch hellen Straßen, blind für alles Licht, vorwärtsstrebend, stumm. Das große Gebäude, die Kasse, die vielen Menschen, – drängte sich nicht ein Mädchen mit blauschimmernden Flügeln am Rücken durch sie alle? – die Garderobe – das wurde ungeduldig und schnell, hastig erledigt.

Wir traten in den riesigen Raum voll Lichtern, heißer Luft und summenden Gesprächen. Wir kamen stets spät; der Saal verdunkelte sich, und unten im Orchester klopfte ein Stäbchen aus Holz. Und Töne, die bis dahin gebrummt und quinkiliert hatten, verstummten, und der Strich von zwanzig Geigen setzte ein. O süßer Moment, wenn die Ouvertüre beginnt, im Halbdunkel der wenigen Lämpchen schwimmen Gesichter, helle Schöße der Frauen, oben bauscht sich der Vorhang ein wenig ... Musik! Die Musik spielte – und die Backen wurden heiß und die Hände, Musik, immer noch Musik, und jetzt erhob sich der Vorhang.

Das Stück begann.

Und für uns war es immer dasselbe: mochte es der Wallenstein sein, oder die gute Fee Roswitha, oder Zwerg-Nase, oder Tell – immer war da eine junge Schauspielerin, – vielleicht immer eine andere, – die, in die schlanken Hosenbeine eines Jungenanzugs gesteckt, ihr Geschlecht auf ebenso reizende wie unvollkommene Art verleugnete ...

Wie tat sie das! – Gleich in der zweiten Szene lief sie durch die Mitteltür, die Bühne durchkreuzend, zum Vordergrund, verbeugte sich schelmisch und sagte in einem hohen Alt zur Heldin des Stückes eine zwitschernde Ungezogenheit – und Frohsinn und Übermut – hieß sie nicht auch so? Prinz Übermut? – war auf der Bühne. Sie tollte herum, teilte Klapse aus, puffte, schnitt Gesichter, drehte sie nicht der ehrwürdigen Königin Mama hinter ihrem Rücken eine lange Nase? Und als die kleine Häußler, ein begabtes Kind von acht Jahren, mit der Stimme einer Fünfjährigen ein Gedicht aufzusagen begann, und ein Rauschen der Bewunderung durch das entzückte dunkle Haus ging, da vermochte sie es, als die einzige, dieser kleinen, uns affig erscheinenden Person keine Beachtung zu schenken, sondern sie heftete während der ganzen Zeit – selige fünf Minuten! – ihre dunkelbraunen Augen nachdenklich auf den zitternden Kopfputz der Königin. Und wir vermißten sie schmerzlich, als die Bühne sich mit den Figuren des Balletts füllte, mit jungen, nicht allzu hübschen Mädchen, die an diesem Abend die Aufgabe hatten, die Geräte einer Küche etwa, vielerlei Arten von Gemüsen oder die weißbemützten Lehrlinge eines Koches darzustellen ... Und wenn wir auch lachen mußten, als der berühmte kleine Franzose, Herr Petit Petit, sich über die Bühne kugelte und sich dem begeisterten Publikum als ein nettes, hübsch gewachsenes Kerlchen präsentierte, so vermißten wir doch sie, und immer nur sie, und Helle und Heiterkeit und freudige Erregung war erst wieder um uns, als ein Jemand durch die Seitenkulisse in die dunkle, blaugrüne Waldszene marschierte und mit halblauter Stimme vor sich hinsagte:

«Hat da jemand geweint? Hat da jemand gelacht?
Ist es am Tag, oder ist es Nacht?
Bin ich im Wald oder bin ich an der See?
Bin ich ein Waldvögelein oder bin ich eine Fee?»

So ging sie und war ein Prinz und doch bettelarm, trug sich in Lumpen und hatte kein Bettchen, darin sie schlafen konnte, weil ein mächtiger Zauberer es so wollte.

Aber das eigentümlichste und reizvollste war doch, daß hinter diesem verkleideten Prinzen oder dem drolligen Straßenjungen die bürgerliche Existenz der jungen Schauspielerin nie völlig verschwand. Was war es doch für ein Wesen, das da oben in Glanz und Licht und fröhlichem Lärm uns beglückte? – Es war im Grunde doch das Fräulein Macdonald, eine junge Dame, die einen schlanken Körper und gepuderte Hände besaß, einige matt blitzende Ringe, ein ausgelassenes Knabenlachen und unsere ganze Sehnsucht. Wenn ihre braunen Augen fröhlich glänzten, wurden wir unten, im halbdunklen Parkett, fröhlich und traurig zugleich. Würden wir sie jemals anders wiedersehen, als hier im Theater, in einem albernen, aber ach! so reizenden Kostüm? – Besaß nicht vielmehr sie, Ly Macdonald, in der Stadt irgendwo in einer blumigen, schnurgeraden Straße eine kleine, dreizimmerige Wohnung, die zu betreten unser ganzes Glück ausgemacht hätte? – Einmal bei ihr zu sitzen und zu sagen: Ly! und leise diese kleine, gepuderte Knabenhand zu streicheln ... War sie nicht die allererste? – Mochten die andern da oben sich noch so blähen, mochte die Königin des Stückes noch so verführerisch gleißen, Blicke wie Pfeile versenden, mochten sich alle um sie scharen, nur um ihr zu dienen, – die da in einer Ecke gleichmütig mit einem Statisten plaudert – Ly! Ly! Macdonald! – Der Jungenanzug saß auf ihr, als sei sie darin aufgewachsen. Wir mochten sie uns nicht in Kleidern vorstellen, und wie tollte sie herum! – Sie antwortete der gütigen Fee so keck, daß diese machtvolle Dame alles aufbieten mußte, um ihre Autorität zu wahren, sie zupfte ältere Herren, wie beispielsweise den Weihnachtsmann, auf das übermütigste am Bart – und sie war die einzige, die unverheiratet aus dem Stück hervorging! –

Wie liebten wir sie! – Wie war sie anders als alle die Mädchen, die wir kannten und nicht verstanden, schon um ihrer Kleidung willen nicht verstanden. Was war das für eine Manier, Kleider zu tragen, die auf rätselhafte Weise geöffnet und geschlossen wurden? – Nicht zu sprechen von den geheimnisvollen Mechanismen, die diese Wesen an sich hatten, und deren Unkenntnis von unserer Seite stets ein beschämendes Gelächter bei ihnen weckte! – Diese hier liebten wir, den kleinen Kameraden, – trug sie nicht dieselben Dinge wie wir am Körper –? Aber sie tat es wohl nicht immer, jedenfalls nur hier, nur abends. Wie süß, wie unheimlich das war! –

Jetzt, in der Pause, stand sie bestimmt in ihrer Garderobe und dachte an ganz andere Dinge, Ereignisse, die wir nicht einmal zu ahnen vermochten, und die mit der Fee Anastasia nicht das geringste zu tun hatten! – Bestimmt war einer da, der zu ihr du sagen durfte und den sie küßte. Aber hier machten unsere Gedanken halt ... Von ihrem Körper wußten wir nicht zuviel und wollten wir nichts wissen – und nur zagend tauchte im Wirbel der bunten Ereignisse wohl einmal der Gedanke auf: wenn diese Kleider sich öffneten! ... Immer wieder mußten wir an den verwirrenden Zwiespalt denken, einer ist ein Junge und ein Mädchen, gehört zu uns und nicht zu uns! –

Nie, nie würden wir dieses Zauberding voll erfassen können! –

Und wenn dann zum Schluß sich die Bühne mit allen füllte, die in dem Stück vorgekommen waren, – in der Mitte stand der brennende Weihnachtsbaum, und der Weihnachtsmann war da, und der liebe Gott, und die Fee, und der König, und die Königin und alle, alle, dann sahen wir in dem beunruhigenden Lichtermeer und den schwankenden Farben und dem Leuchten der Glaskugeln nur dieses rosige, leicht gepuderte Gesicht, das auch im Lächeln etwas Trauriges hatte ... Bis der Vorhang fiel ...

Und noch drei volle Tage nach der Vorstellung begaben wir uns häufig, voll von Abneigung gegen die sparende Mutter und gegen den ruhigen, ordentlichen Vater und gegen diese ganze gräßliche Regelmäßigkeit des Hauses, ohne innere Veranlassung in einen abgeschlossenen Raum, um daselbst ein wenig zu weinen ...

Kurt Tucholsky, Arkadia 1913

133

Gussy Holl

Hier lasse ich als Rezensent die geforderte Objektivität völlig vermissen. Ich bin verliebt (darf es, weil ich ein Pseudonym bin), der zitternde Kohinoor entgleitet der Hand, ich liebe alles an ihr: ihr Kleid, ihre dünnen Arme, das Fräulein Holl und die Gussy.

Sie tritt blinzelnd in den kitschigen Scheinwerfer, der sie zitronengelb überschüttet. Wundervoll sieht sie aus, momentan also gelb. Sie singt ein Niggerlied, so einen recht dämlichen song – dabei steht ihr ein höchst mäßiges Englisch zur Verfügung; aber sie hat weg, wie man das macht. Sie betont maßlos, sie ruht endlos im tiefsten Alt aus – und dann im jauchzenden Sopran los! Sie zeigt eine diebische Freude, wenn das Lied so recht kitschig wird, sie freut sich verständig über diese ihr fremde und doch vertraut gewordene Art. Das ist Eine! Chansons singt sie, geschickt, intelligent, klug, geschmackvoll – aber das können schließlich andre auch. Da muß ich nun also rühmen, daß sie (vergleichsweise gesprochen) wie ein Zerrspiegel ist im benachbarten Panoptikum: gewiß sehen die karikierten Opfer nicht so aus, aber etwas ist immer schon daran, und entgehen kann keiner. Sie ist der Spiegel. Sie kann Fritze Grünbaum nachmachen und Schneider-Dunker und die Waldoff'n. Und die Hanako. Dann kneift sie die Augen zusammen und sagt solange: «... Give me money ...», bis man denkt, sie spräche wirklich japanisch. Und die Bernhardt. Endlose, weithinhallende Tiraden entströmen dem prachtvollen Munde. Aber die Höhe ist doch: die Imitation eines Damenimitators. Die Frau fühlt, wie unendlich weit es immer noch ist von jedem Mann, und sei er der weibischste, bis zu ihr. Wie diese Kluft doch nicht zu überspringen ist. Und so macht sie sich über die vergeblichen Anstrengungen eines Gegners lustig, den sie ja allerdings nicht mehr als Mann anerkennt, aber der doch nur ein amüsantes Zwischending ist, beileibe keine Frau. Und stellt sich in Positur, drückt die Arme mit den spitzen Ellenbogen nach vorn und flüstert wie ein Stieglitz: «Hopst du mich liepst ... Hap ich ten Wint gefrakt ... ta ta ta ta ... Und hat mirs nicht gesagt ...» Mit ganz ßppitzen S-Lauten und einer Fraulichkeit, wie sie sich eben in den Augen eines Dummkopfs darstellt. Sie zeigt erst, daß wir sie beim Imitator vergeblich suchen. Dazwischen ein dunkler Alt, der zeigt, daß man doch auch schließlich Mann und Künstler ist. Aber dann erinnert wieder das getrillerte Wort: «Silberquell» daran, daß zwei Seelen, ach, in seinen Brüsten wohnen. Am Schluß ein herrlicher Zug: sie reißt sich anstatt der Perücke triumphierend den «Schinjong» aus und hält jubelnd die Trophäe ihrer Mannheit hoch.

Abgesehen von meiner Verliebtheit: sie ist wirklich so. Und ihr werdet mir doch die Freude nicht verübeln, mich, wie in meinen Kindertagen, in die «Schauspielerin» zu verlieben: nicht in eine Frau – denn ist es auszudenken, daß sie einen je küßte? – sondern in ein Zauberwesen, das nicht ißt, nicht schläft, nicht lebt, sondern das nur singt, Kußhände wirft und vom lieben Gott eigens dazu geschaffen ist, uns armen jungen Leuten Trost einzuflößen, den wir durch unsre Familie wohl verdient haben.

Peter Panter, SB 3.7.1913

134

Der Hofmeister

Ein Roman von Richard A. Bermann. Eine feine Sache. Also denken Sie sich einen Erzieher, der mit einem Trottel durch Italien fahren muß. Trottel links, also auch Geld links, die Notwendigkeit, der dreckige Beruf. Rechts: Italien, das Leben, der blaue Himmel. Links siegt. Der Mann geht an dem Bengel kaputt. Nein, er geht an sich kaputt, weil er zu feig ist, dem Ding ein Ende zu machen, zu kündigen, davonzulaufen. Er bleibt, und als er erst ihm anvertrautes Geld verspielt hat, da ist es aus. Aus diesen Fängen kommt er nicht mehr heraus. Er bleibt, der Vater des Trottels verzeiht ihm, er bleibt und geht kaputt.

Wie das gemacht ist! Das Buch ist dreihundertneunzehn Seiten stark, und die sind durchweg in deutscher Sprache geschrieben, was man nicht von allen Büchern behaupten kann, die in Deutschland, also bei Georg Müller, erscheinen. Dieses ist wirklich ein Labsal. Im Stil, in der Technik, in der Landschaft. Aber wer liest das? Dabei ist es garnicht einmal schwer, sondern leicht und unterhaltend. Trotzdem: ich bin überzeugt, Herr Bermann, «der» Käufer war Ihr ergebener

Peter Panter

Peter Panter, SB 3.7.1913

135

Kabarett-Rückblick

Nun, da die Saison endgültig zu Ende ist, fragt man sich: Was blieb haften? Und antwortet: Wenig.

Was war es denn groß? Spaßmacher, die sich von den anderen nur dadurch unterschieden, daß sie nicht alle Themata in den Bereich ihrer Späße zogen, sondern nur eines, aber das um so gründlicher. Wenn der Zuhörer feist schmunzelte und seine weibliche Begleitung zärtlich abklopfte, war die Wirkung da und der Zweck erreicht: man hatte die staunende Mitwelt wieder einmal auf die fundamentalen Unterschiede zwischen Mann und Frau aufmerksam gemacht.

Das Thema war also festgelegt. Fragte sich also, *wie* man es darbrachte. Im ganzen: ziemlich reizlos. Der Berliner ging schon längst nicht mehr hin und überließ es den Provinzlern, sich über ausgesungene Soubretten und humorlose Humoristen zu amüsieren. Doch, manchmal ging er hin. Wenn wirklich ein Kerl oder ein ganz richtiges Berliner Mädel auf das Podium trat, wenn er wirklich sah und hörte, daß da oben ein neuer, ein eigener und doch ein Berliner Ton auftauchte.

Aber wer konnte das? Wer hatte die Kraft, uns über den blöden Text, über alles hinwegzutäuschen und zu sagen: Hollah! hier bin ich! – Sehen wir von einigen ab, denen es beinahe gelang, so kamen in dieser Saison wiederum vier in Betracht.

Die Erlholz: sie kann so etwas. Sie weiß schon, warum die Halbweltlerinnen, die sie kopiert, komisch sind. Sie hat den Mischmasch von Feunheit und Portierloge heraus, und wenn sie den Mund verzieht und falsche Fremdworte nur so fliegen, dann wirft einen das vom Stuhl. (Ihr Mann, Rudolf Nelson, man sollte ihn oft spielen hören, er ist zu schade für das Berliner Kabarett.)

Eine ziemlich neue Nummer: Senta Söneland. Sie ist als komische Alte an das Königliche Schauspielhaus engagiert, aber als komische Junge hat sie viele entzückt. Sie hat so eine Art, det Pferdejebiß raufzuschieben und mit einladender Handbewegung zu brüllen: «Moi – je – icke», daß man Berlin noch einmal so lieb hat. Sie tanzt wie ein Klown und ist ein ganzer Kerl.

Die Waldoff – nach wie vor. Unsere Stadt weiß, was sie an der hat. Das ist eine Inkarnation Berlins. Aber ihr habt sie gewiß schon alle einmal diese dummen Lieder kreischen gehört – sie ist das, was «der Steffel» für Wien ist.

Lauter Frauen. Und als letzte und größte, eine Künstlerin, ein Diamant, eine Perle: Gussy Holl.

Sie als einzige eine Dame. Sie als einzige ganz überlegen, intelligent, bewußt. Sie ist ein Phänomen.

Zuletzt mimte sie neben ihren eigenen ausgezeichneten Sachen Parodien. Diese seltene Frau hat die unheimliche Gabe, alle und alles imitieren zu können: alle Kollegen und Kolleginnen vom Kabarett und – als Bestes, was den ganzen Winter über in Berlin in dieser Art gezeigt wurde – einen Damenimitator.

Dieser Hohn: eine Frau macht sich über einen Mann lustig, der sich vermißt, sie nachahmen zu wollen. Und nun zeigt sie, die Frau, wie weit entfernt selbst dieser Kerl, dieser weibische Mann, von ihr ist. Wie alles an ihm, auf das er gewiß stolz ist, lächerlich ist. Pose, Dummheit. Und die herrliche Person stellt sich hin und legt los: «Opst du mich liepst ...» Und alles ist grotesk, unheimlich: diese zwei gespreizten Finger, die wundervoll schlanken, die, beringt, andeuten: «Zweier Schtärne Licht ...» und die wackelnde Hand des abgewandten Oberkörpers bei: «Huuch nain» – man liegt besiegt da und kann nicht mehr schnappen. Das ist das Höchste. Wie alle großen Kabarettistinnen verzichtet sie, mit etwas anderem zu wirken, als mit dem Kehlkopf – aber es hilft nichts, sie ist Fleisch und Blut, und bei aller Diskretion kann sie nicht verhindern, daß *sie* und nur *sie* sich uns einhämmert, Fleisch und Blut, ein herrliches Geschöpf!

Das ist der Ertrag einer Berliner Kabarettsaison: vier Frauen. Eine nette, eine ulkige, ein Ausnahmefall, der nichts kann und alles ist – und madame la princesse Gussy Holl.

Kurt Tucholsky, Das Organ der Varietéwelt 5.7.1913

136

Die Kartoffeln

Ich las eines dieser patriotischen Bücher, die das deutsche Heer – und wollte man ihnen glauben, so bedeute das schon Deutschland – einer genaueren Betrachtung unterziehen. Da stand auch eine historische Erinnerung, die es wert ist, daß wir sie uns genauer besehen.

Bei der Belagerung von Paris 1870, erzählt der Autor, haben sich die feindlichen Vorposten ganz gut gestanden. Man schoß durchaus nicht immer aufeinander, o nein! Es kam zum Beispiel vor, daß man sich – mit Kartoffeln aushalf. Meistens werden es ja die Deutschen gewesen sein, die den Retter in der Not gemacht haben, aber einmal näherte sich ein französischer Trupp von ein paar Mann, die Deutschen nahmen die Gewehre hoch, da sagte jemand auf Deutsch: «Nicht schießen! Wir schießen auch nicht!» und man begann sich wegen auszutauschender Getränke zu verständigen.

Was liegt hier vor? Ich meine nicht die juristische Seite: man könnte da von Hochverrat sprechen, und tatsächlich untersagte nachher ein Armeebefehl diese Annäherungen aufs Schärfste. Aber was ging hier Wichtigeres vor sich?

Doch offenbar eine Diskreditierung des Krieges. Denn es ist nicht anzunehmen, daß Pflichtvergessene beider Parteien hier böse Dinge inszenierten.

Es waren sicher Familienväter, Arbeiter, Landleute, die man in einen farbigen Rock gesteckt hatte, mit der Weisung, auf andersfarbige zu schießen.

Warum schossen sie nicht? Offenbar war doch der Nationalhaß, der Zorn, der angeblich das ganze deutsche Volk auf die Beine rief, nicht mehr so groß, wie damals Unter den Linden, als es noch nicht galt, auf seine Mitmenschen zu schießen. Damals hatte mancher mitgebrüllt, weil alle brüllten, und das verpflichtete auch zu nichts. Aber hier waren Leute, die einen Sommer und einen Winter lang an den eigenen Leibern erfahren hatten, was das heißt:

Töten, und was das heißt: Hungern. Und da verschwand der «tief eingewurzelte Haß», und man aß gemeinsam Kartoffeln ... Dieselben Kartoffeln. Dieselben Kapitalisten. Aber andere Röcke. Das ist der Krieg!

Anonym, Vorwärts 9.7.1913

137

Leonce und Lena

Unsereins hat so seine kleinen Vergnügungen. Wenn ich den großen gelben Band vor mir sehe – der Text, liebe Leserin, die du aber auch garnichts weißt, ist von Georg Büchner, und die himmlischen Bilder sind von Karl Walser – jedesmal also, wenn ich diesen gelben Band vor mir habe, genieße ich das heitere Lustspiel in einer Inszenierung von Reinhardt. Wir Berliner beten ja immer, so oft wir nicht ein noch aus wissen, zu diesem lieben Gott – und wenn es auch nicht immer hilft, man versucht es doch.

Besetzt habe ich es schon. Leonce ist natürlich Moissi. Ich sehe, wie sich der Vorhang hebt, wie Leonce, der süße Prinz, sich auf einer Bank lümmelt und zu dem aufhorchenden Arnold sagt: «Mein Herr, was wollen Sie von mir? Mich auf meinen Beruf vorbereiten? Ich habe alle Hände voll zu tun. Ich weiß mir vor Arbeit nicht zu helfen. Sehen Sie, erst habe ich auf den Stein hier dreihundertundfünfundsechzigmal zu spucken. Haben Sie das noch nicht probiert? Tun Sie es, es gewährt eine ganz eigene Unterhaltung ...» Und dann torkelt Valerio Waßmann auf die Bühne, und man sieht König Peter, und obgleich für mein Gefühl Lena eigentlich brünett ist, weiß ich mir doch keine andre für die Rolle als die Höflich, und wenn ich denke, daß ihre Stimme spricht:

> O meine müden Füße, ihr müßt tanzen
> in bunten Schuhen,
> und möchtet lieber tief
> im Boden ruhen

– dann ist mirs doch am Weinen. Und das andre ist ja alles in diesen herrlichen Bildern vorgezeichnet, und nur ER, Karl Walser, darf die Ausstattung zeichnen, weil er sie eben schon gezeichnet hat: hellgrün, hellgelb und als Schönstes die Mondnacht. Da sagt Leonce: «Steh auf in deinem weißen Kleid und wandle hinter der Leiche durch die Nacht und singe ihr das Sterbelied.» Und Lena, die ihn nicht sieht, weil er hinter einem Busch steht, antwortet: «Wer spricht da?» «Ein Traum», sagt Leonce. Und dann respondieren sie sich wie in einer Arie: «Träume sind selig.» «So träume dich selig und laß mich dein seliger Traum sein. Der Tod ist der seligste Traum.»

Und mit nassen Augen blättere ich das Buch zu Ende bis zum großen Finale, wo alles sich enthüllt, alle vor dem Thron des Königs stehen, maskiert vor der Demaskierung, die Ketten des Kronleuchters klirren gewiß leise, ein Baldachin rauscht nieder, und der Hintergrund ist voller Ehrenjungfrauen, mit langen Gänsehälsen und Blumen im Haar, Blumen im Kleid.

Peter Panter, SB 17.7.1913

138

Die Romantik des Geschmacklosen

Das Essaibuch von Max Brod ‹Die Schönheit der häßlichen Bilder› (das von Kurt Wolff in Leipzig verlegt ist) erscheint mir als das beste seiner letzten Bücher. Da sind alle die Arbeiten gesammelt, die zerstreut herauskamen und unser Entzücken erregten. (Viele haben in der ‹Schaubühne› gestanden.)

Den Titel hat das Buch, weil die meisten Aufsätze sich liebevoll damit befassen, die untergehende Geschmacklosigkeit als romantisch, als abwegig, als etwas nicht Alltägliches hinzustellen. Es gibt von Max Brod ein wundervolles Gedicht in dem schönen Bande ‹Der Weg des Verliebten›. Da steht drin, daß in einem Lande, wo Wunder, Helden und Fehden, Satansmessen und Vampyre an der

Tagesordnung sind, die Romantiker einsam im Gebirge wohnen und ihrerseits ein Land erfunden haben, «von dem sie schwärmen. Dort gibts saure Weine, Hausbälle, Ehen, sogar Singvereine.» Das ist es. Wie hat er das rührende sterbende Kaiserpanorama besungen! Es muß wohl mit allen Einzelheiten auf der ganzen Welt gleich sein – denn so, wie es in Prag ist, so ist es in Berlin, und so wird es wohl auch in Paris sein und sonstwo. Sorgfältig hat er die Kleinigkeiten, die Environs, unter denen eine Sache vor sich geht, gesammelt, untersucht, analysiert. Er hat eine wundervolle Art, den Kitsch ernst zu nehmen, ihn für alles verantwortlich zu machen. Da heißt es in «Vorstadtbühne»: «Dann brach eine Dämmerung ein, die ruckweise fortschritt, so, als vergäße der liebe Gott immer eine Weile, es dunkeln zu lassen, besänne sich jedesmal und hole es dann plötzlich mit Energie ein ...» In der Art. Es reizt ihn, die zusammengeballten Clichés unsrer Umgebung wieder aufzulösen, zu zeigen, woher sie kommen. Verstaubt, aber unversehrt, entsteigen herrliche Gebilde dem Orkus. Hier scheint mir der Reiz zu liegen. Varieté, Kunst, Literatur – das schöne Buch verdient, daß viele sich daran erfreuen.

Peter Panter, SB 17. 7. 1913

139

Kino

Wird Gustav, der Commis, entlassen?
Seit einer halben Stunde weiß ichs nicht ...
Die greise Mutter löffelt, was sie kricht,
aus dicken Untertassen.

Nun kommt der Chef! Mit schüttern Bartkoteletten
und einem Mimenmund und uhrgeschmücktem Bauch ...
Dumpf buchstabiert das Publikum: «Nee–ü-ber–Ihnen–
a-ber–auch ...»
Da gibt es nichts zu retten!

Da stehen Mutter, Tochter, Hund und Chef um seine Leiche!
Nun aber steigt auf einer Geige jählings himmelan
ein Lauf, der seinerseits im Baß begann …
Die nächste Nummer: «Jacob auf der Eiche».

Humor! Man lacht! Wes Auge blieb da trocken?!
Die Hose – denken Sie! – zer–hi–zerriß!!
Vergessen ist die Tränenkümmernis
und jene Totenglocken …

Doch jetzt erblick ich einen Fürsten oben,
der weiht mit seinem Helmbusch etwas ein –
ja, sollt' dies wirklich Herzog Albrecht sein?
Und kurz und gut: Hier fühl ich mich erhoben!

Ignaz, SB 31.7.1913

140

Die Réjane in der Reichenbergerstraße

Da gaben sie neulich im Luisentheater zu Berlin «Zaza». Das Theater liegt in der Reichenbergerstraße, und die Aufführung war entsprechend: die Tsatsa (denn so sprachen sie es aus) hatte eine knallrote Perücke aufgestülpt bekommen, aber von Paris war trotzdem nicht viel zu bemerken. Sie grinste ständig, weil ihr die Tragik lächerlich vorkam, die zu mimen sie engagiert war; sie lärmte und war laut und noch absichtlich gewöhnlich – man kann sich also einen Begriff machen. Der Übersetzer hatte es an nichts fehlen lassen: «Nu schteh ick da wie Maxe vor't Flaumenmus!» sagte sie einmal, und es ist nicht anzunehmen, daß das so im französischen Original zu finden ist. Gleichviel: ich kam hin, um mich ironisch zu amüsieren – aber ich habe den ganzen Abend nicht lachen können. Ich habe auf die Bühne gestarrt, denn dort spielte garnicht Fräulein Otty Severa, dort spielte etwas andres.

Ich wußte: das ist eine Rolle der Réjane. Und ich sah den ganzen Abend nur sie. Nur sie, die ich nie gesehen habe, und nach der ich mich so sehnte, weil sie aus Paris ist. Ich wußte nicht allzu viel von ihr. Ich kannte ihr Bild von Beardsley; auf dem ist sie strubbelköpfig abgebildet, ganz in ein stumpfes, aufreizendes Rot getaucht. An jenem Abend aber begriff ich mehr von ihr als je zuvor. Und nun habe ich die herrlichen Sätze des verstorbenen Hermann Bang über sie gelesen, und nun weiß ich, daß ich damals nicht falsch gesehen habe.

Mir erschienen alle gesprochenen Worte des Stücks wie ein Vorwand für irgend etwas andres, nicht Gesprochenes. Wenn Zaza lachte, so hatte das nichts Freudiges zu bedeuten, und wenn sie schwieg, so schrie sie.

Und das sagt Bang auch – er hat mit ihr zusammengearbeitet – und die andern (denn nun las ich alles, was ich über sie bekommen konnte), die andern sagen es auch, alle.

Zaza flog dem Geliebten zum ersten Mal in die Arme: und wir erschauern. Denn da SIE es darstellte, muß es wie ein Alb auf dem Hause gelegen haben – das war nicht Glück, das war die Introduktion zu einem Schicksal, und keinem erfreulichen. Und wenn sie jubelnd auf die Bühne stürzte, auf die imaginäre Bühne, die man sich hinter der richtigen zu denken hatte, und an der sie als Sängerin fungierte; wie sie da davon läuft, gleich wird sie wieder da sein, die Probe währt ja nicht lange, und ihr Geliebter wartet; und wie sie ihr Stichwort schreit, übermütig, jauchzend: «Wer zeigt mir den Weeeg?!» – da habe ich nicht geatmet, denn selbst diese Person gab noch immer einen Abglanz davon, wie das ungeheuer raffinierte Stück gewirkt haben muß, da SIE ihm ihre Menschlichkeit lieh.

Bei tausend Kleinigkeiten dachte man an sie. Aber waren das Kleinigkeiten? War nicht vielmehr jeder Hut, jeder Türgriff erfüllt von ihrem Leben? Alles spielte mit, vor allem diese bürgerlichen Zimmer (hier falsch ausgestattet) – diese nüchternen Zimmer, in denen sich jede Romantik noch romantischer ausnimmt, weil sie nicht hineinpaßt.

Und der Schluß, dieser fabelhafte Schluß, der durch seine Unsentimentalität das Äußerste an Sentimentalität darstellt: wir atmen auf, denn schon hatten wir gefürchtet, es würde knallen, oder sonst eine peinliche Szene würde sich abspielen. Nichts davon. Sie gehen eben aus einander …

Das spielt vor einem Varieté, in dem die berühmt gewordene Zaza gesungen hat, unter schattigen Bäumen, und eine trübe Laterne brennt. Und es gibt eine kurze Aussprache zwischen den beiden, die natürlich zu nichts führt – es ist eben vorbei. Und wie da Zaza zu ihrem Wagen geht, und es hallt so trostlos durch die Kulissen: «Nach Haus!» – das war doch mehr als die Environs, was da packte. Später habe ich bei Bang gefunden, was das war. «Die Fortsetzung, die Fortsetzung des Lebens, die Unendlichkeit der Tage, die hinter dieser Tür harrt, sobald sie sich öffnet», schreibt er.

Wie pariserisch ist dieses Stück! Maskenhaft. Spiegelnd.

Und die Aufführung wirkte wie das Textbuch einer Oper: die Worte waren wohl da, aber die Musik fehlte. Die Musik. Die Réjane.

Peter Panter, SB 31.7.1913

141

Schreie auf dem Boulevard

Man sollte doch aufwachen. Man sollte doch nicht dasitzen und sich übertölpeln lassen: nicht von den Jüngern, die, in hagern Armen die heilige Schale, das große Nichts umtanzen und uns einreden, sie ließen uns nur deshalb nicht heran, weil es tabu sei – so die um George; nicht von Gruppen und Grüppchen, die vermeinen, die Entwicklung aufhalten zu können, wenn sie sie ignorieren – so andre …

Wachet auf! ruft eine Stimme. Die des Herrn Schickele, der sein Paris, soweit es nicht in der «Freundin Lo» enthalten war, in diesen «Schreien auf dem Boulevard» niedergelegt hat. Ich möchte hier nicht das große Können loben, nicht das Artistische, das vielleicht auch noch andre treffen. Aber daß er dergleichen überhaupt sieht, ist Grund zur Freude. Streiks, Wahlen, Ein Mord, Jaurès –

alles Dinge, die die Journalisten nur sehen, wenn sie gerade aktuell sind. Aber sie sind immer aktuell – weil wir unter ihnen leben. Weil sie auf uns wirken, auch, wenn wir sie nicht sehen. Aber er sieht sie.

Und wie –! So ohne Verallgemeinerungen. Da ist, zum Beispiel, eine Skandalaffaire, über die die Blätter berichten. Wie fein ist da als Motiv aller Nachrichten nicht das Streben nach – sagen wir: Wahrheit erkannt, sondern die Sucht, die Konkurrenz zu schlagen. Eigentlich ohne Ironie. So en passant wird das konstatiert, durchaus in der Ordnung befunden ... weiter!

‹Die Hochzeitsglocken der Liane de Pougy› standen damals in der ‹Schaubühne›, wie manche dieser Aufsätze. In allen ist das Gefühl für die große Stadt, für den Asphalt, der von Arbeitern getreten wird und von Bürgern und von uns.

Das Buch gehört in die neue Linie, die langsam wächst: Jensen, Holitscher, nun Schickele. Es wird. Es wird.

Peter Panter, SB 31. 7. 1913

142

Coda

Hier wurde behauptet: eine Gruppe Berliner Plakatmaler macht keine saubere Kunst, sondern nicht saubere Geschäfte. Es wurde darauf hingewiesen, daß «die Bourgeoisie Berlins ohne Traditionen und darum auf Moden und Kulturphrasen angewiesen sei.» (Karl Scheffler.) Es wurde gesagt, Kultur könne man nicht kaufen. Das wird aufrechterhalten. –

Es handelte sich nicht um die Plakatisten. Es handelte sich um Berlin.

Eine sachliche Erwiderung blieb aus. Karten kamen, Briefe, Telegramme, für die man jeden einzelnen bestrafen lassen könnte.

Sie fragten nicht: Hat er recht? Sie fragten sofort: Warum schreibt er das? Denn sie konnten sich nicht denken, daß einer um der Sache willen etwas täte.

Hier geht es nicht um die Person. Klinger hat mir in liebenswürdigster Weise Zeit und Erfahrung für einen Vortrag zur Verfügung gestellt, die andern kenne ich wenig oder garnicht.

Gegen eine wirtschaftliche Amerikanisierung können wir uns nicht wehren. Wohl aber gegen eine geistige. Und es ist dem deutschen Kaufmann, der wegen seiner Sauberkeit, seiner Ruhe, seines Anstands in der Welt geschätzt wird, nicht adäquat, in einen Taumel gerissen zu werden, der Geld und nur Geld machen will.

Denn es gibt besseres. Es gibt Solidität, Würde, Stetigkeit. Und die wollen wir uns bewahren.

Tucholsky, Das Plakat Juli 1913

143

Das Recht in Goethes Faust

Dem Freirechtler Emil Fuchs

‹Das Recht in Goethes Faust. Juristische Streifzüge durch das Land der Dichtung.› Der Verfasser ist Oberlandesgerichtsrat in Naumburg, heißt Müller und ist auch so. 372 Seiten, 657 Anmerkungen. Kapitelüberschriften: «Rechtliche Höhepunkte und Wendepunkte des Dramas», «Der Teufelspakt», «Das Recht in Geisterreich und Menschheit». In dieser Art. Wie ist das mit dem Mephisto? «Der Hauptinhalt des Abkommens bildet demnach auf des Teufels Seite alsbaldiger Dienst für bestimmte Zeit, auf des Menschen Seite eine betagte Gegengabe: Übereignung seiner selbst nach Ablauf jener Zeit.» Nun weiß mans. Und die Tötung Valentins? Kein Zweikampf, sondern ein Tötungsverbrechen, und zwar ein vorsätzliches, vergleiche hierzu Bindings Lehrbuch des gemeinen Strafrechts, Besonderer Teil I 71 § 18, IV 2; von Liszts Strafrecht § 93 II.

Mephistopheles (erscheint draußen):

Auf! oder ihr seid verloren.
Unnützes Zagen! Zaudern und Plaudern!
Meine Pferde schaudern, der Morgen dämmert auf.

«Betrachten wir den Tatbestand: Gretchen befindet sich, zum Tode verurteilt, in Untersuchungshaft, damit sie sich nicht der Vollstreckung der Strafe durch Flucht entziehe. Nach dem Rechte, wie es unter Herrschaft und Einfluß der Heimlichen Gerichtsordnung Heinrichs V. (1532) gestaltet war, setzte sich Faust durch diesen Versuch der Gefangenenbefreiung in Widerspruch zum Gesetze.»

Ja, gute Frau, durch zweier Zeugen Mund
Wird allewegs die Wahrheit kund ...

«Dem Juristen kann hier die Frage nicht verwehrt werden, welch ein Verfahren dem Dichter vorschwebte.»

Keinen Blumenflor beneid ich,
Allen Widerstreit vermeid ich;
Mir ists gegen die Natur:
Bin ich doch das Mark vom Lande
Und zum sicheren Unterpfande
Friedenszeichen jeder Flur.

Den Juristen erinnert das an die Vorschriften des Römischen Rechts über Grenzstreitigkeiten, über Prozesse de fine (bei Streifen von höchstens fünf Fußbreiten) und de loco (bei Streitflächen größeren Umfangs) – ein in vielen Fragen unaufgeklärtes Gebiet ...

*

Scherz beiseite. Die mißlungene Arbeit eines trockenen Schleichers könnte uns in keinem andern Falle die Zunft verekeln. Hier tut sie es. Hier offenbart sich die kurzstirnige und begrenzte Arbeitsweise dieses schwerfälligen Apparats, der zwischen Tritt und Schritt mit staubigen Wälzern operiert, um zu beweisen, daß er überhaupt geht, hier ist in Reinkultur der Typus einer Sorte, die, belastet durch einen Wust von Einzelheiten und historischem Wissen, nichts als gegeben hinnimmt, nicht heilt, wenn man sie zu Hilfe ruft, nie aktiv ist, sondern – in der Nase bohrend – geruhig meditiert, einhertrottelt. Jurisprudenz.

Der juristische Philologe entschuldigt sein Buch mit den Beziehungen zwischen Recht und Dichtung im «Biberpelz», in der «Nora», in den «Räubern», in «Soll und Haben», im «Zerbrochenen Krug». Moser hat er nicht zitiert.

Daß es Schwärmer (und auch leider einen vernünftigen Staatsanwalt, Herrn Wulffen) gibt, die diesen Unfug mitmachen, beweist nichts für Herrn Müller, aber alles gegen die erdrückende Kraft eines Schemas, das erst unsre besten Köpfe mit einer Staubkruste überzogen und sich dann nach innen geschlagen hat. Da sitzen sie und klatschen sich dicke Bücher um die Ohren, ob die alten Römer bei der Klageerhebung ihren Prozeß in ein privates Rechtsverhältnis umwandelten oder sonst etwas. Oder ob man vor zweitausenddreihundert Jahren den Besitz einer bloßen detentio gleichstellte, und inwieso man sie gleichstellte. Und während noch alle diese kahlen Schädel aneinanderstoßen, und sich ein unendliches Gesumm erhebt, und die Papiere rascheln, werden draußen im Reich Tausende und Tausende zu hart bestraft, zu milde bestraft, die Verwaltung greift in die Justiz über, und ein Schöffengerichtssaal ist wie eine Gute Stube: hier drinnen geht es ja noch einigermaßen anständig zu, aber vorher und nachher, da draußen, ist es doch mehr der Gendarm, der die Waage der Gerechtigkeit in der Hand hält. Und daß der die Augen nicht schließt, darauf kann man sich verlassen.

Diese deutschen Männer der Wissenschaft werden es nie lernen. Es ist ja nicht, weil hier einer einen Einbruch – siehe: Strafgesetzbuch § 243 – in ein Gebiet riskiert hat, von dem er nichts begriff; der juristische Verstand stand Schmiere, und so wurde er leicht erwischt: es dreht sich um die Männer der Wissenschaft, die den Praktikern ihren ohnehin nicht graden Kopf verdrehen. Hier liegt die Kinderei offensichtlich: alle lachen, wenn einer untersucht, ob der Amtsvorsteher Wehrhahn der Wulffen gegenüber nach Maßgabe des § 839 BGB. schadensersatzpflichtig ist oder nicht. Wie aber, wenn ihr, Schauspieler, Direktoren, Konkursverwalter –

kurz, was so am Theater beschäftigt ist – wenn ihr hinlauft, weil ihr nicht ein noch aus wißt in wirtschaftlichen Nöten, und eine Perücke wackelt euch einen Bescheid zu, an dem ihr jahrelang zu knabbern habt, sie aber wendet sich wieder – zu wem? Genau zu denselben Dummheiten, über die wir eben gelächelt haben – aber sie heißen anders. Was der Laie mit Hilfe seines gesunden Menschenverstandes, der erfahrene Kaufmann mit den Lehren der Praxis schnell und sauber entscheidet, das wird hier aus Enzyklopädien mühsam herausgegraben – und siehe: es ist ein Schmarrn. Das «Wesen des Dienstvertrages» ist keine wissenschaftliche Vorstellung: entweder sie gleicht dem, was der Laie darunter versteht, dann ist sie überflüssig, oder sie weicht ab, dann ist sie falsch.

Diebstahl ist das, was Wir darunter verstehen. Juristerei ist keine Wissenschaft. Sie ist bestenfalls ein Handwerk. Aber Richten und Entscheiden ist oft mehr: das ist eine Kunst.

Die ganze Unzulänglichkeit, die jämmerliche Kleinheit dieser Pseudowissenschaft könnte nicht klarer zum Ausdruck kommen, wenn sie sich nicht schon im Leben täglich blamierte. Wenn ein Mediziner (ausgenommen ein Psychiater) eine klinische Untersuchung über die Tötung Valentins von sich gäbe, so würde man mit Recht sagen, daß man seine Verbandsstoffe hier nicht benötige – aber er würde doch sachlich immer einwandsfrei bleiben. Der Jurist – du lieber Himmel! Das greift täppisch daneben, weil es nicht weiß, was ein Degen und ein Mädel und eine Mutter ist. Vielmehr sehen sie nur die bewegliche Sache und die Frauensperson und eine Ascendentin im ersten Grad.

Ich empfehle allen, sich die fleißige Arbeit des Juristen Müller näher anzusehen. Sie ist in Berlin bei Carl Heymann erschienen.

Ignaz Wrobel, SB 14.8.1913

144

Moritz Napoleon

Als ich in den dunklen Raum trat, steckte sich gerade unter Harmoniumbegleitung ein junger hoffnungsvoller Arzt an einem Diphtheritiskind an, die Hauskapelle wimmerte, alte Mimen standen mit hängenden Trauerbacken um das Bett des Sterbenden, und hinter mir faßte ein Kind die Quintessenz des Dramas in die Worte zusammen: «Au weh, Mutta! Ick mecht aba keene Fteritis nich ham ...»

Worauf das Pathé-Journal anhub: «Hier in Turkestan machte gestern der bolivische Gesandte eine Ausfahrt»; «Maurenbrecher tritt aus der sozialdemokratischen Partei aus» – und man sah ihn treten; «Wilson interessiert sich für die Pfadfinder» – und man sah ihn sich interessieren; und so ad nauseam usque.

Aber dann: Prince als Bonaparte. Lieber Sabo, es tut mir leid, aber Sie sind nichts dagegen. Hier war Groteske, gute Filmtechnik – kurz: ein Wunder. Moritz kommt, er lächelt hold, daß man seine kariösen Zähne bewundern darf, und die junge Witwe, seine Angebetete, zeigt ihm die hundertundeine Napoleonbüsten, die diese Patriotin sich in ihrem Zimmer aufgestellt hat. Er lächelt. Man muß sehen, mit welcher Miene er diesem Kult seine Billigung erteilt. Dann zerbricht er eine Büste – der Teufel und die Witwe sind los, Moritz ab.

Ein Brief: der Notar schreibt, er hätte ihm die Erbschaft seines Onkels zu übergeben: eine Napoleonbüste und seinen Gehrock. Seinen – der Notar meint, dem Onkel seinen. Seinen – Prince meint, Napoleon seinen. Reliquie! Triumph!! Geht ins Bett.

Dann ein echter, guter Filmtrick. Zwei Moritze: einer im Bett, der träumt; der andre steht auf, zieht sich den historischen Gehrock an, verwandelt seinen Diener in einen Mamelucken und wird und ist Napoleon.

Was dann kommt: det muß man jesehn ham. Wie er – immer mit diesem süffisanten, jungenshaften Lächeln – seinen Generalen Schnupptabak in die Nasen schmiert, wie er den Regenschirm handhabt, Auto fährt, zahlt und dem Chauffeur einen Orden als Draufgabe auf die Brust heftet! Und dabei ein Stolz, eine Grandezza, eine Unterlippe, eine Locke – wenn das Possart sieht, zerplatzt er auf der Stelle.

Das wimmelt von witzigen Regieeinfällen: der Stern, den der Kaiser alten Gardisten von seiner eigenen Uniform weg schenkte, erneuert sich ständig, hingezaubert, und jedesmal bedanken sich die Soldaten mit einem Knicks. Einer, eine bärtige Gestalt, weint – und der petit caporal wischt ihm mit dem ingeniösen Gehrock die Äugelein.

Und sie machen unter der Leitung des großen Feldherrn Freiübungen, und schließlich erstürmen sie die Pyramiden. Und (Marseillaise!) oben steht er, wie eine Ansichtskartenfigur, und hält den Säbel unentwegt hoch – und fällt

aus dem Bett.

Und so weiter.

Ich habe das nur erzählt, um zu zeigen, daß es doch auch schließlich möglich ist, einmal einen guten, witzigen Film zu bringen: das Ganze dauerte fünfzehn Minuten, prätendierte nichts und unterhielt auf eine so anständige, saubere und glückliche Art, daß man sich nur wünschen kann, dergleichen oft und immer zu sehen.

Anonym, SB 14. 8. 1913

145

Bürger-Solidarität

Das Unglück von Swinemünde ist fast vergessen. Ab und zu noch bringen die Blätter einen kleinen Bericht von einem, der dabei gewesen ist. Sonst: aus.

Überlegen wir, was geschehen ist. Ein Unglücksfall hat sich ereignet, der anscheinend nicht zu vermeiden gewesen ist. Vielleicht hätten sich die geängstigten Fahrgäste ruhiger benehmen sollen … das weiß man nicht. Sicher ist:

Die Rettungsvorrichtungen waren gänzlich unzureichend. Ich stelle das hier nicht fest, weil den Arbeiter das unmittelbar etwas anginge, – er wird sich eine vierwöchige Badereise kaum gestatten können. Aber es ist doch symptomatisch, wie alle vergessen haben, was da vorging. Die Sache liegt doch so, daß alle – ohne Ausnahme – alle Seebäder, die der deutsche Mittelstand besucht, kein Geld für die einfachsten Rettungsvorrichtungen aufwenden. Kein Strand, an dem nicht alles fehlte.

Und sie lassen es sich gefallen! Niemand rührt sich. Niemand meidet ein solches Bad, in dem er seines Lebens nicht sicher ist.

Man stelle sich den Fall vor, daß so etwas unter organisierten Arbeitern geschieht. Das Bad wäre in einem Jahre ruiniert oder auf der Höhe einer Zeit, die immerhin Rettungseinrichtungen kennt. Warum? Weil wir eine Lokalliste haben. Weil wir ein Zusammengehörigkeitsgefühl haben. Weil wir auch noch als Konsumenten empfinden, daß es nicht damit getan ist, eine Sache zu kaufen, zu mieten ..., sondern daß man auch hierin an die Allgemeinheit zu denken hat. Die da denken nicht daran. Ein paar Leute mögen abgereist sein, – heute spielen die Kinder wieder am Strande, die «Protestversammlung» hat ihr Kaisertelegramm abgesandt, – und so wird auch dies vorübergegangen sein, ohne daß etwas besser wird.

Uns kann es recht sein. Aber es zeigt doch immer wieder, wie indolent diese Leute sind. Hier handelt es sich um das Leben, – nichts geschieht. Und da verlangt man, sie sollen um irgendeiner idealen Sache willen etwas tun oder unterlassen? –

Und wenn sie versaufen, – sie werden den alten Zuckeltrab nicht ändern.

tu., Vorwärts 16.8.1913

146

Berliner Konzertsaison

Die Blätter färben sich, es wird trübe, und man nennt das schlechte Wetter nun Herbst. Und noch um ein weniges ... «Dulde, gedulde dich fein! Über ein Stündlein» – ist deine Kammer voll Sonne, – heißt es im Gedicht weiter. Aber wir sind nicht im Gedicht: noch um ein weniges, ach: ist Berlin voll Musik. Was geht vor?

Die Konzertagenturen arbeiten fieberhaft, die Künstler sind außer Rand und Ordensband, sie lassen sich photographieren ... rastlos. Es gilt, wohlan! Denn es steigen in Berlin im Winter ungefähr 1800 Konzerte, und davon sind nur 150 gewinnbringend. Alle anderen kosten Geld. Aber warum werden sie dann veranstaltet?

Zunächst aus wirtschaftlichen Gründen. Mit den paar armseligen Zeilen Berliner Kritik laufen die Sänger usw. in die Provinz, um dort zu unterrichten, um dort wiederum zu konzertieren. Und da man in der Provinz – speziell im Osten, der arm an Großstädten ist – abenteuerliche Vorstellungen von Berlin hat, so bildet man sich wirklich ein, diese große Stadt habe sich tatsächlich auch nur mit einem kleinsten, wichtigen Teile um diesen Rummel gekümmert. Wer einmal gesehen hat, wie geängstigte Klavierlehrerinnen sich das «Schwarzseidene» angezogen haben, um halb im Taumel ein Lied von Schubert zu grölen, während die Freundinnen den Berichterstatter des «Täglichen Donnerwetter» an den Rockschößen in den Saal zogen – der weiß genug.

Der Grund der Musikseuche sitzt tiefer. Das Künstlerproletariat verdankt seine Existenz der maßlosen Überschätzung der Musik. Der Bürger redet sich und anderen ein, es sei bereits etwas, wenn jemand ein Klavierstück schön daherspiele, ein Lied zu singen verstände – mit Seele vulgo Schmalz. Es ist aber nichts.

Einer der wenigen, die einmal gut und treffend nachwiesen, daß man sehr wohl ein Philister sein und gleichzeitig Bach und Beethoven schätzen könne, war O. H. Schmitz. Er wurde nicht gehört. Nach wie vor läuft der deutsche Bürgerstand jedem langhaarigen Klavierhauer nach, pflegen die alternden Töchter zum Entsetzen der Nachbarn den Gesang, heulend wie eine Lokomotive im Tunnel ... aber dieselben Leute, die mit ergriffenen Gesichtern im Konzert sitzen, sind stumpf und dumpf allen anderen Fragen gegenüber, bei denen es gilt nachzudenken.

Nichts gegen die Musik. Aber es liegt in ihrem Wesen, daß sie zu nichts verpflichtet. Man kann versinken in das Meer der Töne, – und wenn man herauskommt, ist man wieder Exzellenz, Schulmeister, alte Jungfer ... je nachdem.

Der Politiker, der Literat, der Philosoph, – sie alle müssen Farbe bekennen. Der Musiker wird gefeiert und denkt sich nichts dabei. Der Musiker denkt nicht, sondern macht Musik.

Und diese maßlose Überschätzung einer Kunst, die soviel Dilettanten verträgt, hat ein Haufen Leute emporgewirbelt, die, zu allem andern unfähig, nur von ihrer Eitelkeit und den falschen Vorstellungen ihrer Mitmenschen leben.

Die bürgerliche Presse hält sich für verpflichtet, die liebe Eitelkeit zu unterstützen ... und um ein weniges wird Berlin wieder voll Musik sein.

Aber nicht voll Kultur. Denn das ist zweierlei.

Anonym, Vorwärts 19. 8. 1913

147

Wenn Ibsen wiederkäme ...

Er kommt ja natürlich nicht wieder. Und käme einer mit seinen Kräften, seiner Blutmischung, seinen Gehirnzellen – er würde heute anders schreiben. Andre Kämpfe würde er gestalten, andre Menschen, andre Zwiespalte ...

Aber nehmen wir einmal an, so einer käme wieder. Meinethalben auch wieder aus dem Norden. Käme wieder und versuchte, auch in Deutschland durchzusetzen, was im Norden geboren wurde.

Was würde geschehen?

Ich glaube: nichts. Ich glaube, daß Ibsen der Zweite ein lebender Leichnam sein würde – nur würde man ihn nicht bei Reinhardt aufführen. Zu denken, so einer käme wieder: in diese Zeit des Raffens, des übereilten Tempos, des Spektakels käme einer und verlangte stilles Zuhören und Meditationen, die sich nicht darauf bezögen, wie einer Baisse in Canada abzuhelfen sei. (Zwischenbemerkung des Lesers: «Übrigens, Scherz bei Seite – das ist wirklich eine Sache mit Canada!»)

Letzten Endes mögen es ja immer die Fuggers gewesen sein, die die Welt regierten. Man müßte ein Goethe-Philologe sein, um anzunehmen, daß in der Zeit der «Zweiten Blüteperiode der deutschen Dichtkunst» das Städtchen Weimar in einem Glanz gestrahlt hätte. Natürlich nicht. «Im eigentlichen Volke blieb alles still.» Natürlich. Aber:

Nie hat Industrie und Kapital so frech behauptet, Kultur zu spenden, wie heute; nie ist ihnen das so geglaubt worden, wie heute. Der Kino ist nur eine Figur auf diesem Schacherbrett, wo jeder matt gesetzt wird, der nicht den König dem Bauer vorzieht.

Nehmen wir an, so ein Stück wie die «Nora» käme herunter zu uns. Wie schon gesagt: anders. Zeitgemäßer. Mit irgend einer Frage, die uns bewegt, die über Rücksichten, Kontobücher, Prinzipien hinweggeht, wie man über totes Laub geht. Denken wir an den Zusammenstoß des Einzelnen mit dem Portemonnaie der Gesamtheit. Oder an die böse Geschichte mit der Kindesliebe, die zu fordern niemand berechtigt ist ... Was würde geschehen? (Ich sehe hier ganz von den kunstkritischen Fragen ab.) Was würden die «Leute» sagen?

Pfeifen würden sie. Wir sind zurückgegangen. Früher wehte ein kräftiger Wind, und wenn einer kämpfen wollte, so wurde ihm das nur vom Gegner übel genommen. Heute? «Ach, gehen Sie mir damit ...» Sie wissen alles. Sie haben alles gelesen. Sie sind über alles orientiert und lieben die Stille, unangenehm berührt, wenn einer vor Hunger ächzt. Man ächzt nicht. Und wir fragen uns vergebens, für wen dieser Riese gearbeitet hat, für wen alle die von 1880 gearbeitet haben, gelitten und gekämpft. Dafür?

Daß heute der kleinste Commis wohl unterrichtet die Achseln zuckt, wenn man ihm zumutet, zu kämpfen? Er hat die Phrase von der «positiven Mitarbeit» erfunden und nimmt es Vorwärtsstrebenden persönlich übel, wenn sie nicht auf Schutt bauen wollen, sondern niederreißen und aufräumen.

Gewiß: sie haben Interessen. Sie scharen sich um die Theosophen und beschäftigen sich in guter alter deutscher Weise mit Definitionen der letzten Seelenprobleme. Und ihre großen Füße stehen nicht mehr auf dieser Erde. Oder sie erkennen durch Vereinsbeschluß dem Menschen die Seele ab und teilen dem lieben Gott mit, daß sie vom ersten dieses Monats bedauern, seine Dienste weiterhin nicht in Anspruch nehmen zu können.

Und zu diesen Menschen sollte Ibsen sprechen? Zu den einen, die überhaupt kein Kunstwerk mehr hören und sehen wollen, und zu den andern, die es nicht voraussetzungslos tun können?

Und es bliebe nicht beim Pfeifen. Sie würden ihn heruntertrampeln, sie würden nicht ruhen, bis sie ihn tot gemacht hätten, bis er sich nicht mehr rührte. Oder sollten sie nicht einmal dazu die Kraft haben? Würde auch hier dieses faule und flaue Schauspiel einsetzen, daß man eine Begabung nicht anerkennt, nicht bekämpft, sondern mit einem müden Kopfnicken gewähren läßt, bis sie in Gleichgültigkeit erstickt ist? Wenn der Bürger auch sonst stets der Meinung ist, ein ihm vorgehaltenes Spiegelbild sei ein fremdes Portrait – bei einem Ibsen von 1913 würde er sich wiedererkennen. Oder doch fühlen, daß hier sein Heiligstes auf den richtigen Stand gebracht, also heruntergesetzt wird. Er wird das nie zugeben. Er wird sich rächen und sagen, die Situationen seien unmöglich und die Charaktere entsprächen nicht der Wirklichkeit – denn das hat er gelernt, sein realistisches oder neuromantisches Sprüchlein aufzusagen.

Berlin ist kein Maßstab, ich weiß. Denn was diese Stadt an eigener Geistigkeit produziert, geht auf die Haut einer Kuh des Paläh de danx.

Aber auch das Reich ist matt. Der Osten ist versulzt, und nur im Westen sind sie freier. Merkwürdig: dort ist die Industrie stärker, aber sie erdrückt nicht die Geistigkeit. Auch scheint mir drüben am Rhein und am Main das Gefühl für die herrschenden Faktoren des Wirtschaftslebens subtiler zu sein; man weiß immer, daß es letzten Endes die Großbanken sind (als eine Institution, bei der Konsumenten und Produzenten zusammenlaufen und so deutlich den Stand der Dinge angeben), die die Voraussetzungen eines Familienlebens, einer Stellung, eines kleinen Glücks schaffen. Sie beherrschen all die Dinge, die ja artistisch nicht kompliziert sein mögen, die aber, wie wir immer mehr erkennen, nötig sind. Denn die Kunst setzt eine gewisse Sicherheit der pekuniären Existenz voraus. Ausnahmen bestätigen die Regel.

Der Osten und seine Zentrale, Berlin, ist anders. Hier würde man nie dulden, daß jemand das Geschäft nicht in den Mittelpunkt setzt. Wir sind keine Amerikaner: drüben schätzt man den Dollar um seiner selbst willen und hat ihm niemals einen Geist beigelegt. Unser Kapital aber hat sich die Köpfe gekauft, und der gilt als rückständig, der nicht in einem Bankenkonzern eine Idee sieht. Die Schriftsteller beginnen, von der Romantik des Geschäftslebens zu erzählen; und was die Geste betrifft, so haben sie recht. Wir sind schlimmer als Amerika: sie beten den Dollar an – wir den Mann, der ihn hat.

Nun stelle man sich vor, der alte Ibsen kümmerte sich auch um diese Dinge. Über die tiefen Rätsel unsres Lebens haben sie ihn schreiben lassen, denn das störte keinen, und das hinderte auch nicht – wenigstens nicht unmittelbar – das Geschäft. Aber es sollte einmal gewagt werden, direkt die Beherrschung (oder wenigstens den Versuch dazu) der Börse über den Geist in den Mittelpunkt einer Handlung zu setzen!

Es ist doch kein Zufall, daß der Ibsen von damals mit offenen Armen empfangen wurde. Die es mitgemacht haben, schreiben heute noch immer und immer wieder: es sei eine kampfesfrohe Gesellschaft gewesen; sie genierten sich nicht, und wohin sie hieben, da wuchs nichts mehr – am allerwenigsten dieses grüne, dichte, feine Gras, das heute bei uns über alle nicht unbedingt lieblich anzusehenden Dinge wächst. Nur Ruhe! Nur nicht immer mäkeln! Nur endlich einmal Ruhe! Man könnte das Streben jener alten Jahre in die Worte fassen: «Laß nicht!» und das der unsern: «Laß schon»!

Mau. Flau. Wenn Ibsen wiederkäme ... Wenn doch einer käme! Aber gleich darauf möcht' man den Wunsch im Busen gern bewahren. Was nützte es uns? Was nützte es, wenn ein Gigant allein gegen alle stünde? Wenn keiner, keiner ihm beispränge? Die Alten sind müde. Die Jungen haben wichtigere Sorgen: sie müssen sich bespeien wegen eines falsch gesetzten Adjektivs und einer nicht korrekt adhibierten Weltanschauung; oder sie haben Vereine gegründet, Lobesversicherungsgesellschaften A. G. (auf Gegenseitigkeit), die darüber wachen, daß einer den andern und der andre den einen fördert, druckt und belobt.

Ibsen aber ist am dreiundzwanzigsten Mai 1906 in Christiania gestorben und wird nie mehr auferstehen.

Kurt Tucholsky, SB 28. 8. 1913

148

Auftakt

Thalia stürzt sich in die Winterrobe
und macht sich bis zum Rückenwirbel bloß ...
Ab wirft sie ihren Schmoddergown – ick jloobe,
jetzt geht es los!

Das Winterfieber packt die kleinsten Schmieren,
der Mime schwärzt den alten Schappohklapp,
der Direktöhr läßt das Theater renovieren
und staubt die Hypotheken ab.

Was dieses Sommers heißer Glut entquollen,
das schnürt die Garderobiere wieder ein –
doch manchmal ist da garnichts mehr zu wollen:
Es hat nicht sollen sein.

Der Spielplan steigt: man wird Modernes geben,
Bongs Klassiker, Band Eins bis Hundertzehn,
und Ibsen, Shakespeare und Herrn Schönherrleben –
ihr werdets sehn!

Man ist erregt bis in die tiefsten Tiefen –
selbst nachts brennt Licht im Direktionsbureau.
Schon hört man unsern Holzbock interwiefen ...
Rideau!
          Rideau!

Ignaz, SB 28. 8. 1913

149

Sommerliches Berlin

Die Jalousien sind herabgelassen, Peter Panter sitzt allein in der Stube. Draußen ist heller Sommer, mit weißen Stäubchen, die die leere Straße herunterfliegen, einem hellblauen Pastellhimmel und Sonne, Sonne ...

Das ist eine Stadt! Jetzt, da alle fort sind, fühlt man erst, welche Unruhe sie mitgenommen haben, wieviel Hast und wieviel Randal. Alles scheint ein ruhigeres Tempo eingeschlagen zu haben, die Elektrischen und die Zeitungen und die Zurückgebliebenen.

Ja, ein Theater gibt es auch. Man sollte es nicht für möglich halten, aber es ist so. Da liegt der Wannsee, und viele andre Seen gibt es in der Mark, die jetzt in der Sonne glitzern, während der Wind ein bißchen in den langen Ufergewächsen rauscht. Eins schließt das andre nicht aus, Gott hat das so gewollt – in der Stadt spielen sie Theater. Manche noch, manche schon wieder, und einige haben überhaupt nicht aufgehört.

An den Säulen, die schlafend Lanolin und «Gent Ia – Die neue Dreipfennigzigarette» anzeigen, brüllt es: Sylvester Schäffer!!! Das größte Kunstgenie aller Zeiten!!! Wer spricht da? Der Impresario – nicht doch: der «Impresa» S. Rachmann. Und prompt denkt man – Namen verpflichten – an Rachenmandeln, dicke Gaumenlaute, Prusten beim Essen und ein langgezogenes Püüühh!! Dabei kann der Junge nicht allzuviel, nur vieles.

Wir hier in der Großstadt aber haben viel mehr verloren als die Luft und die Weite und die Wolken – man sieht sie nur stückweis, dann ist es nichts – und all das. Die Beschaulichkeit haben wir verloren.

So, wie ihr jetzt lebt, Abonnenten, so solltet ihr das ganze Jahr leben: ruhig, sachte, bedächtig. Die Dinge bekommen einen andern Aspekt, das Meer lehrt einen lächeln, während man sich hier gebost hat, die Berge lassen erkennen, wie klein vieles war, was uns groß dünkte, und wenn erst der Wind weht: dann gibt es kein Problem, das uns noch beunruhigen könnte.

Nicht wahr – ihr möchtet schon? Ihr könnt auch.

Wir sind fast alle gezwungen, in dieser großen Stadt zu arbeiten, weil wir leben müssen. Aber wir sollten das zackige Tempo, das die Besseren zerrüttet und die Besten abstößt, auf ein menschenwürdiges Maß reduzieren. Es ist ja nicht einmal amerikanisch, dazu haben sie bei uns nicht die Kraft und nicht die Rücksichtslosigkeit – das Ganze gebärdet sich nur wie ein wahnwitzig gewordenes Dorf. Es ist eine kleine Stadt geblieben, die erst in das Kleid nachwachsen muß, das ihr Bauschieber angemessen haben. Und das hat noch gute Weile.

Vorläufig bauen sie einen Kino neben dem andern auf und stehen ängstlich an der Kasse, wie es gehen wird. Wird es ...? So nicht.

Da zappelten die Herrnfelds auf dem Film an uns vorüber, die Leute lachten ein bißchen – im Theater der beiden selbst brüllen sie. Aber da gibt es auch hinterher kein Cowboy-Drama, bei dem einem die Tränen in die Augen kommen, so muß man gähnen.

Man läuft hinaus. Draußen am Potsdamer Platz spielen sie im «Grand-Luxus-Gala-Palast-Café» oder wie das Ding heißt, ein Lied, das alle Dienstmädchen beim Tellerspülen heulen, eine volksliedmordende Weise. Und doch ist überall Sommer, laue Luft, und ein wenig von der freudigen Beschaulichkeit, die dieser Stadt sonst so sehr fehlt.

Peter Panter, SB 28.8.1913

150

Die ägyptische Königstochter

Mechtild Lichnowsky war in Ägypten. Lassen wir einmal die Dame beiseite, und sehen wir, was sie schrieb. Sich. Allemal sich.

Denn das ist bei allen Reisebüchern so, die jetzt in Massen geschrieben werden: der Schreiber sieht nicht das Land, nicht die Leute – er sieht nur sich. Nicht so, wie der Schmock, der Indien mit seinen uninteressanten Augen bereist – sondern instinktiv sieht wohl jeder von uns doch immer nur mit seinen Augen; und wenn man das nicht übermäßig betont, sondern nur ab und zu die Subjektivität aller Beobachtung zugesteht, dann kommt schon das Richtige heraus. So war es ja auch bei den Büchern, die Fischer schreiben ließ.

Die Lichnowsky sieht – ein Ägypten, zwei Ägypten, viele Ägypten. Erstens das Cook-Ägypten, zweitens das erlernte Ägypten, drittens ... und so fort, und so jeden Tag ein neues Land, für das sie ihrem Schöpfer immer wieder aufs neue dankt.

Außerdem aber kann sie schreiben. Und denken. Und sehen. Kurz: keine Frau. Sie erinnert sich an ihre Jugendzeit – vermutlich in Arco-Zinneberg, Tirol, am Inn. «Mein persönlicher Mond, der sich im Inn gespiegelt hat ...» Es ist die rührendste Stelle des Buches, für mich – und ihr werdet gewiß jeder eure rührendste Stelle herausfinden.

Sie hat ein eigenes Verhältnis zu all den Dingen, sie überläßt die andre Welt den Kellnern und schließt doch einmal im Tempel die Augen und sagt: Liebe, liebe Menschen ...! Und liebt das Leben und ihre alten Geschichtszahlen und die Käfer und ist doch keinen Augenblick sentimental. Sondern sehr klug und liebenswürdig, und läßt immer soviel ungesagt, wie nötig ist, um einen Kulturmenschen noch interessiert zu erhalten.

Und ob es nun Assuan ist oder die Antiquare in Kairo oder der Abschied: wir sehen doch, daß einer nur Kultur hat, wenn er irgendwo wurzelt, nicht klebt; wenn er jederzeit fühlt, nicht gefühlvoll ist; wenn er immer bewundert, nicht sich wundert; wenn er ein Mensch ist mit einer Krone, ohne sich als die Krone der Schöpfung zu fühlen.

Lichnowsky – Frauennamen ohne Artikel klingen so schön männlich – würde nun sagen: Also ein Grund, mein Buch, das bei Rowohlt in Leipzig erschienen ist, zu kaufen. Und damit hätte sie recht.

Peter Panter, SB 28. 8. 1913

151

Parkett

Das Stück hat Weltanschauung. Neben mir Ottilchen
hat weit die grauen Augen aufgemacht:
Der, nach dem Schauspiel, hofft ein Kartenspielchen,
Der eine Nacht ...

Der Diener meldet die Kommerzienräte,
die Gnädige empfängt, ein Sektglas klirrt.
Ich streichle ihre Hand, die sonst die Hüte nähte ...
Ob das was wird?

Da oben gibt es Liebe und Entsetzen,
doch so gemäßigt, wie sichs eben schickt.
«Ottilie», flüstre ich, «vermagst du mich zu schätzen?!»
Sieh da: sie nickt!

Nun läßt mich alles kalt: die ganze Tragik
ist jetzt für mich verhältnismäßig gleich.
Und nimmt Madameken ihr Gift, dann sag ick:
«Ich bin soo reich ...»

Was kümmern mich die blöden Bühnenränke!
Nu sieh mal, wie sie um die Leiche stehn!
Genug ... «Ottilie», spreche ich, «ich denke –
wir wollen gehn ...»

Ignaz, SB 4. 9. 1913

152

Der Bühnenmaler

Walser hat über Bizet gemalt, Bie hat über Walser geschrieben, jetzt soll Peter Panter noch einmal über Bie ... das ist zuviel.

Wenn ich mir so diesen schönen großen Band: ‹Das Theater› (bei Bruno Cassirer in Berlin) ansehe, dann vergesse ich ganz, daß ich eigentlich garnichts von Musik verstehe. Mir kommt auf einmal alles so vertraut vor. Dabei muß ich bei jedem Bild nachsehen, wen es vorstellt. Aber wie entzückend bunt ist alles! Wie farbig, fein und zart! Das hat aber auch eine große Mühe gemacht, die Bilder so sorgfältig zu kolorieren! Nun, jetzt ist es reizend geworden, die pretiösen Gesichter sehen aus den Vermummungen lustig heraus – denn da sitzt es: Walser zeichnet immer Figurinen für ein Theater auf dem Theater. Er empfindet die Bühne als etwas, was sie heute leider nicht mehr ist, aber einmal war: als eine kulturelle Institution mit starker und ausgeprägter Überlieferung. Da darf man nicht fragen: warum ist dieses so und jenes so – das ist eben immer so gewesen, das genügt. Und so sehen denn – gerade bei den Dekorationsskizzen fällt das auf – alle Häuser ein bißchen ironisch aus, die Bäume sind keine Bäume, sondern Kulissen, die Berge keine Berge, die Fenster keine Fenster. Daher kein Wedekind, keine strengen Romeo und Julia.

Aber das steht alles in der Vorrede, die Oscar Bie dazu geschrieben hat und die eine feine Fabel erzählt: die Geschichte, wie der Auteur der Vorrede der Susanne seines Mozart eben diese Vorrede diktiert. Und daß er der reizenden kleinen Person nur Kluges und Treffendes in der hübschesten Form zu sagen wagt – das kann man sich ja denken.

Peter Panter, SB 4.9.1913

153

Herbert der Cinese

Das Cines-Theater hat sich in ein gemischtes Varieté verwandelt. Leider nicht gemischt schlechthin, sondern gemischt mit langweiligen Films. Das Übliche. Dazwischen Varieté. Gott schütze den Wintergarten! Denn er ist die aristokratische Ausnahme unter den Bürgervarietés.

Der Deutsche scheint es nicht zu lernen. Der Berliner will es gar nicht lernen: daß das Varieté ein Ort zum Ausruhen ist, nicht zum Aufpassen. Daß wir dort für eine Stunde von allem befreit sein wollen, lachen, gaffen – nicht hinsehen, hören – aber nicht aufpassen. Nicht aufpassen müssen.

Die aber saßen da, gierig auf die Bühne stierend – das Rauchen ist dort nicht gestattet, während das wahre Varieté in Wolken eingehüllt zu sein hat – sie krittelten, und, statt die Augen, die den Tag über hatten Zahlen lesen müssen, gedankenlos auf die Tänzer zu richten, blies sich einer etwas vor, auf einer kleinen Kindertrompete, als ob es sich um Hauptmann handelte – da läßt man sich so etwas noch gefallen, nicht wahr?

Das Programm war schlecht. Ausnahme: Herbert Lloyd. Hingehen, diese eine Nummer ansehen, wieder weggehen!

Er tritt auf, gleißend, gülden und silbern angetan, kein Fleck, auf dem nicht Perlen und diamantenbesäte Schmuckstücke sinnig angebracht wären. Auf den weißbaumwollenen Handschuhen Ringe über Ringe. Auf seinem Bauch eine kleine, goldene Schale, worin ein bescheidenes Feuerwerk abbrennt. Er führt seinerseits ein ganzes Varietéprogramm vor – und kann nichts. Es ist erstaunlich: erst entkleidet er sich, hinter einer winzigen spanischen Wand, und enthüllt fabelhafte Unterröcke, Westen – und beginnt sich plötzlich die Chemisettchen aus der Brust zu reißen, vierundsechzig, fünfundsechzig. Oh, er ist vorzüglich installiert: innen in seinem Paletot hat er einen Spiegel zu hängen und eine Bürste, um sich die (abnehmbare) Glatze zu pflegen. Er wird also nun einen Zauberer markieren, einen dieser rätselhaften Leute, die er so oft gesehen hat und so sehr bewundert. Er zaubert: ach, Du grundgütiger Gott, was zaubert er! Kein Ding in seiner Nähe, das nicht schon vorher da war, und das er nicht triumphierend aus der großen Decke zöge, denn so hat er es von den Japanern gesehen. Und ein Glockenspiel führt er vor, alte Kuhglocken, deren er bald überdrüssig wird, und nachdem er ein bißchen geklingelt hat, schmeißt er den Tisch zusammen, worauf sie standen.

Nur noch schwache Lebenszeichen aber gibt der Zuschauer von sich, wenn jener einen Mimiker vorzustellen in der Lage ist.

Tritt vor: «Bismarck!» und hat einen Helm auf mit einem Visier. Aus. «Neppoljong»: ein kleiner Dreimaster und in der linken Hand – oh, manchmal auch in der rechten! man ist gewandt, immerhin – ein ganz winziges französisches Fähnchen. «Eine Suffragette»: alter Damenhut, kleines Beil, womit eine kleine aufgestellte Fensterscheibe zerschlagen wird. Dann der große Moment: es kommen die Zweifel, ob das auch gefallen hat. Und zögernd, zum ersten der dreitausend Male: «Rh-nh-nh-nisch gutt?? Neppoljong!» Und kreischend setzt er die Kopfbedeckung, mit der er gerade ausgerüstet ist, quer auf, und zieht das winzige französische Fähnchen, das ihm vorhin Beifall und Ruhm brachte. Es ist rührend. Nach jeder Nummer: «Nisch gutt?» – und dann ein jämmerliches Zurückgreifen auf das alte Erfolgreiche, auf den Beifall, auf Gunst, auf «Neppoljong»!

Ein Symbol, wert, daß man sich sowohl es als auch besonders ihn, der uns die Tragik des Mannes, der ein Mal in seinem Leben einen Treffer gemacht hat, und nun nie wieder, verdolmetscht, ansieht. (Zwei Relativsätze in einander, zwei Verben hinter einander – nisch gutt?? Neppol...).

Peter Panter, SB 4. 9. 1913

154

Das Theaterkind

Es ist weiblichen Geschlechts, hat goldblonde Locken, ein «kl.» vor dem Namen, der Häußler oder Berg oder anders lautet, und ist das Entzücken des Hauses.

Ist es nicht aber auch goldig, wenn es aus den Kulissen hervortollt, in Spitzenhöschen und hellblauem Kleidchen, nichts ahnend von der erschütternden Tragik, was hier vorgeht? Eben hat Madame zum Gemahl gesagt: «Nimmermehr!! Hörst du, Gaston, nimmermehr!» Und Monsieur war gerade damit befaßt, eine seiner schon aus dem ersten Akt bekannten Roheiten zu verüben – da kam «es». Das Kind ...

«Unser Kind ...» sagt Madame. Und weint. Das Goldchen ahnt nichts.

«Mutti», spricht es mit herziger Stimme, «Mutti – Fräulein erlaubt mir nicht, das Weiße anzuziehen –! Nicht wahr, ich darf es aber doch anziehen ...?»

Da beugt sich Madame zu «ihm» herunter und sagt: «Ja, Du darfst ... Heute darfst Du noch ... Wer weiß» – und hier fügt sie einen bezeichnenden Blick ein – «wer weiß, ob Du einmal später wirst dürfen, mein Herzchen ...»

Und während das heitere Lachen des Kindes in den Kulissen verhallt, weint Madame von neuem und mit ihr der größte Teil der Zuschauer.

Oder «es» tritt – wiederum von einer geradezu erschreckenden Nichtahnung erfüllt – zu irgend einem gefesselten Riesen, der sonst alle in dem Stück vorkommenden Personen aufzuessen pflegt. «Du, Onkel!» sagt es dann, «du – was hast Du denn für garstige Stiefel ... Sieh mal, ich hab viel feinere – ich hab auch einen Hund zu Hause und einen Papa ...» Und schwätzt arglos.

Dann fallen dem Riesen wohl die Tage der Kindheit ein, er sehnt sich zurücke, seine Tränen schmelzen das harte Herz. Und segnend legt er die schwere Tatze dem Theaterkind auf den goldblonden Scheitel.

Das aber kokettiert bereits in der Gefühlspause mit den Logen, senkt die Stiefelspitze zur Souffleuse und streift das gerutschte Armband nach oben.

Schauspielerin, Mädel, Weibchen – kurz: Theaterkind.

Peter Panter, SB 4.9.1913

155

Sieben tolle Tage

Ich hielt nur zweie aus, dann floh ich.

Es ist hier immer wieder der Versuch gemacht worden – nicht, derartige Stücke auszurotten, denn das geht nicht, sondern sie an die richtige Stelle zu setzen. Mit allen Mitteln: mit Spott, mit Ernst, würdig und höhnisch. Es half nichts. Ob es etwas helfen wird, weiß man nicht – aber immer wieder wird es geschehen.

Der Einzelfall, das Deutsche Schauspielhaus, kommt für sich nicht in Betracht. Daß da nichts geleistet worden ist, wissen wir. Auch, daß nie etwas geleistet werden wird. Aber daß das Publikum mitmacht, daß – wichtiger – die Presse mitmacht, das sollte man nicht glauben. Wenn nicht hinter der Szene eine Burleske spielte – vorne war nichts. Kein Tempo, sondern schmalziges Fett, keine Lustigkeit, sondern eine durch dreimalige Wiederholung (für jeden Rang eine) höchst gründlich verstärkte Explizierung von Wort- und Buchstabenwitzen, die heulend begrüßt wurden. Was an einem Kochbuch komisch ist, mögen die Lacher wissen. Und wer lachte?

Dieselben Leute, die bei einer Strindberg-Aufführung von einer unheimlichen Strenge sind, die mit gerunzelter Stirn das Dargebotene mit ihren Wohnungen vergleichen und konstatieren, daß es so etwas nicht gebe. Dieselben Kritiker, die sich nicht zu lassen wissen, wenn Sternheim einen Kunstfehler gemacht haben soll. Hier «unterhielt sich das Publikum aufs beste» – «Laune und Stimmung» – «frohes Durcheinander».

In den Logen steckten die Gattinnen der Zigarettenschieber den neu akquierierten Modebauch heraus, angeklebte österreichische Schnurrbärte zierten die Claköhre – vielleicht ist es seit Kotzebue immer so und ähnlich gewesen.

Und es ist wirklich weder im- noch ex-, sondern depressionistisch, wenn ich nicht aufpaßte, sondern die ganze Zeit über dachte: Von der Reise zurück Frau

Peter Panter, SB 4. 9. 1913

156

Wie sie starben ...

Das dicke kleine *Buch*, um das es sich hier handelt, ist 1753 bei Gottlieb Friderich Jenisch in Stuttgart, Franckfurt und Leipzig erschienen und hat einen Titel, der sich, wie es in jener Zeit üblich war, über die ganze Seite erstreckt. Man erfährt aus ihm, daß in den folgenden 900 Seiten die ‹Seeligen letzten Stunden von 31 Personen› geschildert sind, ‹so unter des Scharfrichters Hand gestorben: Vor der Welt, als Kindes- und andere Mörder, Duellanten, Jauner, Diebe, Mordbrener, Viehisch-Unzüchtige, und Militar-Verbrechere; vor GOtt aber, als in dem Blute JEsu gerechtfertigt und abgewaschene, oder doch gnadenhungrige Seelen.›

Geschrieben haben es die jeweiligen Seelsorger, die um die Verurteilten zuletzt bemüht waren. Wenn Ludwig Thoma einmal gefragt hat, wie solch ein Mann es fertig bringe, die Mordtat des Staates mit den Lehren seiner Religion in Einklang zu bringen – hier würde er, wenn auch keine Antwort, so doch eine grauenerregende Demonstration finden.

Das Schema, nach dem verfahren wird, ist folgendes: der Geistliche kommt zu der verurteilten Person und befragt sie zunächst um ihre Sünden (in irdischer Beziehung), dann setzt er ihr auseinander, daß sie mit diesen ihren Taten auch gegen die göttlichen Verbote verstoßen habe und beginnt zu beten. Zwanzig Druckseiten, dreißig Druckseiten werden in den Berichten mit Sätzen gefüllt, die man nicht lesen mag, weil sie in langweiliger Wiederholung göttliche Namen, Bibelfloskeln und Psalmenbruchstücke enthalten. Manchmal sind die herzigkindlichen Antworten und Fragen des Opfers mit angegeben.

Aber das ist ja alles nicht wahr: denn die armen Dienstmädchen, die ihre Kinder in die Mülleimer steckten, und die Mörder, die nach unsern Rechtsbegriffen wohl meist Totschläger waren, werden in den letzten zehn Tagen kaum noch gewußt haben, was sie vor Angst brabbelten. Oder sie mögen zynisch und kalt geblieben sein bis zuletzt. Aber das ist in dem Buch nicht vermerkt. Alle sind als arme, aber von Jesu begnadigte Sünder in die selige Ewigkeit übergegangen. Amen.

Was uns fesselt, ist also nicht der endlose Monolog des Geistlichen mit einem, der schon nicht mehr zuhörte, weil er längst etwas Schlimmeres war, als nur tot. Uns interessiert: was haben sie getan? Wie sind sie gestorben?

Folgen wir den Berichten, so müssen die Verbrechen sehr uninteressant gewesen sein. Mörder, Kindermörderinnen, Deserteure. Die Darstellung beschränkt sich darauf, kurz und aktenmäßig anzugeben, was die Leute verbrochen hatten.

Aber wie starben sie? Je nachdem man sie hinrichtete. Einer, «welcher sich in Potsdam vor dem berlinischen Thore wider GOtt auf eine mehr als Sodomitische Art versündiget hatte, und deßwegen gefänglich eingezogen war, auch nach Urteil und Recht lebendig verbrannt werden sollte», bewies bis zuletzt eine Ruhe, die man nur begreift, wenn man die Verlogenheit derartiger Berichte kennt. Dieser «herzlich und rechtschaffen bekehrte Andreas Lepsch, so um viehischer Unzucht willen das Leben lassen» mußte, hat angeblich überhaupt kein Zeichen der Furcht von sich gegeben. «Als wir nun zuletzt mit ihm an der Gerichts-Stätte gebetet hatten, und der Scharffrichter ihn mit gebundenen Händen zum Scheiter-Hauffen führen wollte, fragte ich ihn: Wie ist Euch? Antw. Recht wohl! Fr. Wo werdet Ihr nun hingehen? zum Leben oder zum Tode? Antw. *Ich gehe zum Leben, denn Jesus Christus ist in mir.* Als er nun an den Pfahl angebunden war, fragte ich ihn zu allerletzt: Andreas, wie ist Euch? Ant. *Recht sehr wohl!* Fr. Wer hat Euer Herz? *Mein Herz ist bey dem HErrn JEsu.* Darauf war der Scheiterhauffen angezündet, und dise begnadigte Seele ging zu Christo ihrem Erlöser.» Das war der Pastor Schubert und der Sodomit Lepsch, und man soll sie niemals auf eine Stufe stellen.

Und es war am 18. September 1738, da der Soldat Christian Friedrich Ritter nach seiner Bekehrung ein herrliches Ende nahm, maßen man ihn von unten auf räderte. «Seine Arme und Füße streckte er selbst aus. Die Augen aber tat er zu, ohne Zweiffel darum, damit er sein nach der Seligkeit recht brennendes Herz desto besser für allen Zerstreuungen bewahren möchte. Der Scharffrichter meynete er thäte solches aus Furcht, und sagte daher zu ihm, er solle sich nicht fürchten, und seine Augen nur aufthun, der sel. Ritter schlug dann seine Augen ganz frölich auf, und sprach zum Scharffrichter: *O ja! ich darf meine Augen wohl aufthun: Denn ich sterbe in JEsus Nahmen.* Dises waren seine letzten Worte. Darauf gieng sofort die Exekution an, mit welcher man zugleich zu singen anfieng: *Wenn ich einmal soll scheiden, so scheide nicht* usw. Er empfieng etwan 17. biß 18. Stöße mit dem Rade und gab hiermit seinen Geist auf.» Man denkt an Goya und alle Schrecken der Welt. Es ist sicher nicht Hohn, das mit den geschlossenen Augen. Der Pfaffe mag immerhin geglaubt haben, daß der Mensch nicht ohnmächtig war, sondern der Bekehrung bedurfte. Aber daß sie ein schönes Lied sangen, das war Berechnung: denn das gräßliche Brüllen mochte wohl im Gegensatz zu den öligen Worten der Priester gestanden haben.

Rührend ist der Soldat Blühdorn gewesen. Dem zerstießen sie auf dem Rad erst Arme und Beine, was er «gedultig» über sich ergehen ließ und «ohne ungedultiges Schreyen». Dann wurde er, noch lebend, aufs Rad gelegt. Dann ein unglaubliches Bild: «Die Herren Prediger traten wechselweise zu ihm hinauf auf eine Leiter mit ihm zu beten usw. und das Rad mußte ihnen da gleichsam zur Canzel dienen, indem sie auch das Volck zu einer gründlichen Buße und rechtschaffenen Bekehrung ernstlich ermahneten. Der arme Sünder betete noch immer mit lauter Stimme und sang darzwischen, da ihm bißweilen von dem Prediger das Gesangbuch vorgehalten wurde, und man sahe, wie er sich dazu bequemte, indem er den Kopf in der Höhe zu halten mit dem zerbrochenen Arm bemühet war.» Dann marschierten seine Kameraden ab, und am Abend gab noch einmal der Garnisonprediger eine Freivorstellung am Rad. Er betete ständig. Einmal brüllte Blühdorn um Wasser. Der Pfaffe verwies ihn auf den dürstenden Heiland. Schließlich setzte man durch – ein Läufer wurde an den König geschickt – daß er erwürgt wurde. Er hat 17 Stunden auf dem Rad gelegen. Der Prediger Grothausen, «so bey des Malificanten Ende gewesen», hat es uns selbst berichtet.

Der Rührendste von allen aber ist der Obrist Wartmann gewesen, der im Schwäbischen anno 1721 hingerichtet wurde, weil er seinen Wirt, den Herrn Zillhaardt von Beylstein, mit der Pistole erschossen hatte. Der Mörder ging nach der Tat, so schnell als es seine Gichtbeine erlaubten, in das nächste Dorf, er wollte über die Grenze, nach Württemberg, – aber schon waren sie ihm auf dem Hals, fingen ihn und steckten ihn in Arrest. Er wurde zum Tode verurteilt. Der Ortspfarrer beschreibt auf den 76 Seiten genau die Wirkungen des langwierigen Verfahrens auf den Delinquenten, das Todesurteil, die responsa der Juristenfakultät, und all das. Sie führten fromme Gespräche – tagelang, wochenlang.

Und dann kam der letzte Nachmittag. «... fiengen wir wieder an zu discourieren; der Obriste nahm mich endlich auf eine Seite und fragte mich: Ob der Scharffrichter schon hier wäre? Ich sagte: Nein! Aber er wird bald kommen. Der Obriste sprach: Ich möchte gern selber mit ihm reden, wann ich anderst Erlaubnuß hätte.» Dem Pfarrer schien dies mißlich, – was er denn von ihm wolle? Er wolle sitzend hingerichtet werden, und auf ein Zeichen, «dieß solle geschehen durch Ausruffung des Nahmen JEsu.» Aber sie brachten ihn davon ab, und schließlich conzidierte er: «Nun dann, so mag er zuhauen, wann ich den Hals über sich recke.» Und dann kam die Nacht und viele Gebete, und es steht nicht in dem Bericht, daß der Oberst Wartmann weich geworden sei. Und der Himmel wurde grau und hell und «endlich so wurde es sowohl vor unserer Stuben, als auf der Gassen, zimlich laut und die Leut fiengen an, sich zu versammlen, man ließe mir auch andeuten, wir sollten uns zu dem Ausgang parat machen». Und was nun begann, ist das Merkwürdigste und Ergreifendste des ganzen Buches.

Der Mörder fing an, auf eine naive und täppische Art sich noch ein paar Lebensminuten zu verschaffen. Er trödelte herum, er suchte nach allerhand Vorwänden, um noch 60 Sekunden weiter leben zu können. «Mein GOtt! es ist noch finster und nichts zu tun, wie leicht könnte von dem Scharffrichter ein Miß-Streich geschehen! es hat geheißen, um vier Uhr soll es erst angehen, man wird mich ja nicht übereilen!» Er wußte schon, daß die «Gutsche» vor dem Tor stand und wollte noch nicht einsteigen. Da war noch sit venia verbo etwas zu erledigen und bei dieser Gelegenheit gelang es ihm, mit dem Scharfrichter zu sprechen. Sitzend und auf das verabredete Zeichen wolle er hingerichtet werden. Dann kam er zurück und fiel zum ersten Mal um. Sie trösteten ihn. Darauf suchte er seine Schlafmütze zusammen, schob sie in seine Tasche und brach auf. «Behüte Euch GOtt alle miteinander!» sagte er zu den Zuschauern, die an der gegenüberliegenden Kirchhofsmauer standen. Er wolle zu Fuß gehen, aber sie schlugen ihm diesen Wunsch ab, bei dem er sicherlich seine zwölf Minuten profitiert hätte. Und als er im Wagen saß, «ruffte er dem Knecht selber zu, er solle ganz gemach fahren». Seine Hand war eiskalt, aber er fragte doch noch, wem der Wagen, die Pferde und die Knechte gehörten und wo man ihn beerdigen würde.

Und Menschen setzten einen Menschen auf das Stühlchen und der Name JEsu wurde öfters als in einer Kirche ausgesprochen und bevor sie ihn töteten, versprachen sie ihm die ewige Seligkeit. Den letzten Juni 1721, früh zwischen drei und vier Uhr.

«Laß Dich endlich, Du Gottloser dünken, der seel. Obriste ruffe Dir noch aus dem Grab zu: In me intuens, pius esto! GOtt aber, dem ewigen König, dem Unvergänglichen und Unsichtbaren und allein Weisen, sey Ehre und Preiß in Ewigkeit. Amen!»

Kurt Tucholsky (Berlin), Frankfurter Zeitung 7.9.1913

157

Erotische Films

Keiner sprach laut, denn sie waren doch alle ein bißchen gespannt: sie brummelten nur.

Die Wand wurde weiß. Ein an vielen Stellen brüchiges, fahriges Silberweiß leuchtete zittrig auf. Es begann.

Aber alle lachten. Auch ich lachte. Hatten wir etwas Unerhörtes, Maßloses erhofft, so balgten sich jetzt auf der Leinewand spielend ein Miau-Kätzchen und ein Wauwau-Hundchen. Vielleicht hatte der Exporteur das vorgeklebt, um die Polizei zu täuschen – wer weiß. Der Film lief eintönig klappernd, ohne Musik; das war unheimlich und nicht sehr angenehm.

Aber ganz unvermittelt erschien ein Satyr auf der Bildfläche und erschreckte in einem Waldgewässer kreischende und plantschende Mädchen. Nun, ich war enttäuscht, immerhin ... Ich war hierher gekommen, um etwas recht Unanständiges zu sehen, ein dicker Freund hatte mich mitgenommen; Gott mochte wissen, woher er es hatte. Sah ich ihn, so senkte sich bewundernder Neid auf mich herab: er hatte die Fähigkeit, auch diese Dinge – neben verschiedenen andern – bis auf den Grund auszukosten.

Hoh, aber jetzt gab es: Szene im Harem. Man hatte sich den Schauplatz der Handlung etwa am Schlesischen Tor vorzustellen, denn das Tapetenmuster des ausgeräumten kleinen Zimmers war ganz so, und auch die Gardinen und der Teppich. Fatinga tanzt. Das lasterhafte Mädchen entkleidete sich aus pompöser Wäsche und tanzte; das heißt: sie drehte sich bequem um sich selbst, und jeder konnte sie bewundern – und sie tanzte vor ihrem Sultan, der sich faul und lässig in den Schößen der andern Haremsmitglieder lümmelte. Er war ein Genießer. Sie bewedelten ihn mit großen japanischen Papierschirmen, und vorn auf einem Tisch stand ein Weißbierglas. Die Szene fand nicht den Beifall des Auditoriums. Ermunternde Zurufe wurden laut. Man hätte sich den Herrscher wohl etwas agiler gewünscht, aber er blieb ruhig liegen – wozu war er auch Sultan!

Und dann kam «Klostergeheimnisse» und «Annas Nebenberuf», und zwei «perverse Schönheiten» wälzten sich auf einem Läufer herum. Die eine von ihnen war, wie ich feststellen konnte, eine gewisse Emmy Raschke, die fortwährend lachte, weil es ihr wohl selbst ein bißchen komisch vorkam. Nun, sie waren alle engagiert, um eiskalt, mit einem Unmaß von Geschäftlichkeit, unter den scheltenden Zurufen des Photographen, Dinge darzustellen, die, wenn man den Beschauern glauben wollte, doch wohl an das Himmlischste grenzten. Sie glaubten alle, daß Emmy Raschke für sie und ganz speziell für sie erschaffen war – vorgebildet allerdings durch eine Reihe von nunmehr vergangenen Handlungen ähnlicher Art. Es war nicht ganz klar, was sie eigentlich von den Frauen wollten, wenn diese mit ihnen geschlafen hatten – sicher war, daß sie allesamt nicht zögerten, sich als die Gnadenspender des weiblichen Geschlechts anzusehen.

Es folgten nunmehr zwei längere Stücke, und es war nicht zu

sagen, wie lasterhaft sie waren. Eine schwüle Sinnlichkeit wehte von den verdorbenen, also üppigen Gestalten herüber, sie gaben sich den unerhörtesten Genüssen hin – aber während wir Gelegenheit hatten, diese Raffinements zu bewundern, bot eine Kellnerstimme gefällig Bier an. Worauf mit Recht aus dem Dunkel ein tiefer Raucherbaß ertönte: «Ach, wer braucht denn hier jetzt Bier!» Das wurde lebhaft applaudiert, und von nun an beteiligte sich das Publikum intensiver an den Darbietungen: Rufe, ratende Stimmen, Grunzen, Beifall und anfeuernde Aufschreie wurden laut, einer gab vergleichende Privatfreuden zum Besten, viele lärmten und schrieen.

Oben spielten sie: «Die Frau des Hauptmanns». Es war die lebendig gewordene Pornographie. Während der würdige Militär seine Gemahlin mit der Leutnantsfrau betrog, nutzte jene – seine Frau – die Zeit nicht schlecht aus, denn der Hauptmann hatte einen Burschen. Sie wurden überrascht, und es setzte Ohrfeigen. Mochte man übrigens sagen, was man wollte: ehrlich war der Film. Ein bißchen merkwürdig schien es allerdings im französischen Soldatenleben zuzugehen: es gab da Situationen, die sich so unheimlich rasch abwickelten, daß man nur wünschen konnte, ein piou-piou zu sein. Immerhin waren es doch zwei oder drei Momente, in denen sich die Spielenden ihrer Rollen mit hingebendem Eifer annahmen. Und selbst der war gespielt.

Im Parkett blieb es gemütlich. Man faßte da die Dinge nicht so gefährlich auf, sah nicht, daß auch Tristan und Isolde hier einen lächerlichen Aspekt darbieten würden, und daß Romeo und Julia, von einem andern Stern, objektiv und nüchtern, also unabhängig betrachtet, eine ulkige und verkrampfte Angelegenheit darstellten.

Nein, davon war im Parkett keine Rede. Wenn sie nicht Skat spielten, so lag es nur daran, daß es zu dunkel war, und im übrigen herrschte eine recht feiste und massive Freude. Das mußte man selbst sagen: immer diese verlogenen Sachen – hier wüßte man doch …

Als es dann aus war – so ein trüber Schluß, wo jeder denkt, es kommt noch was – da zeigte es sich, daß es mit der Sexualität so eine Sache ist. Die Männer standen herum und genierten sich voreinander, indem sie den Mangel an Höherem betonten, und überhaupt. Und dann schoben wir uns durch schmale Gänge in das benachbarte Lokal, und die Musik spielte laut und grell, und da waren alle so merkwürdig still und erregt. Ich hörte später, der Wirt habe zwanzig Mädchen dorthin bestellt.

Ich weiß es nicht, denn ich bin gleich fortgegangen und habe mir so gedacht, wie doch die Worte «Laster» und «Unzucht» hohle Bezeichnungen für Dinge sind, die jeder mit sich selbst abzumachen hat.

«Der Lasterpfuhl» – du lieber Gott! Auch dort wird man zu Neujahr Pfannkuchen essen und die Gebräuche halten, wie es der kleine Bürger liebt. Denn das Laster ist kein Gewerbe – und ein Augenzwinkern und ein tiefes Frauenlachen kann einmal lasterhafter sein als das ganze Hafenviertel Port Saids.

Kurt Tucholsky, SB 11.9.1913

158

Palmström der Vermehrte

Daß Morgensterns ‹Galgenlieder› in achter und sein ‹Palmström› nun in sechster Auflage vorliegen, freut einen doch. Denn das heißt immerhin, daß es in Deutschland zwanzigtausend Leute gibt – Käufer und Leser – die an derlei Dingen Vergnügen empfinden. Woran?

Sicher nicht nur an der unheimlichen Kunst, so Kompliziertes in fabelhafte Verse zu fassen. Denn das gehört ja doch dazu: es genügt nicht, solche Ideen einmal in einer närrischen Stunde zu haben – dazu gehört nun noch die andre ruhige, seriöse Stunde, den Rauch in Klumpen zu ballen. Krischan kanns.

Und ist es denn nun wirklich nur Rauch? Nebel? Wolken?

Es ist viel, viel mehr. Mir scheint, abgesehen von den sprachlichen Witzen, von der großen technischen Fähigkeit, Sinnloses in Goetheschem Ton vorzutragen, eine Art Aufhebung der Kausalität das Beste an den Bändchen zu sein. Das ist ein schmerzliches Ding: wir wissen doch alle, daß wir darunter stehen, daß nun mal leider ein Federhalter nicht in der Luft hängen bleibt, sondern zu Boden fällt, fallen muß, mag ihn Napoleon oder Bethmann Hollweg loslassen. Vor der Kausalität sind wir alle gleich. Wir wollen aber nicht gleich sein. Nichts ist uns verhaßter, als eingereiht zu werden, nichts widerlicher als der Zustand, das äußere Gebahren, woran der Bürger sehen kann, was wir vorhaben. (Daher unsre Scheu vorm Reisegepäck auf der Straße. «Aha, der verreist auch!») Aber wir können nicht los.

Und deswegen lassen wir uns von den ganz großen Excentrics vortäuschen, wir könnten los. Sie heben scheinbar die Kausalität auf: sie zeigen, daß es einen Kausalzusammenhang nicht gebe. Und wir glauben ja so gern.

So ist Morgenstern. Die schöne Sinnlosigkeit! Da ist eine Geschichte in der neuen vermehrten Auflage, die heißt «Die Mausefalle» und fängt so an: «Palmström hat nicht Speck im Haus, Dahingegen eine Maus.»

Abgesehen von dem herrlichen «Dahingegen» – diese Geschichte scheint mir das darzutun, was ich eben auseinandersetzte. «Korf, bewegt von seinem Jammer Baut ihm eine Gitterkammer.» Aber nicht etwa eine Mausefalle im realen Sinn. In Korfs Gebäude muß sich Palmström hineinsetzen – des Nachts – und muß geigen. Und als er so konzertiert – richtig: fällt die Maus auf ihn herein. Da sitzen nun beide in der geschlossenen Falle. Wenn das Gedicht hier aufhörte: dieses Schweigen von Mensch und Tier in der Nacht hat etwas so Erschütterndes, daß man kaum noch lachen kann. Aber nein: römisch II. Korf lädt sie alle drei – die Falle, Palmström und die Maus – auf einen Möbelwagen und fährt sie in den Wald. Hier wird ausgeladen: «Erst spaziert die Maus heraus. Und dann Palmström, nach der Maus.» Die Maus? Nun, sie genießt die Freiheit. Palmström aber fährt glücklich heim.

Dieser Aufwand, der hier vertan wird, sei gesegnet. Denn wer ihn zu vertun hat, ist besser daran als der Arme.

Dies und «Die Zeit» scheinen mir die besten der hinzugekommenen Gedichte. Die Zeit, die, beobachtet man sie, langsam daherschleicht, kaum aber fühlt sie sich unbelauscht, so tobt sie davon, geht durch. Ein Menschenblick und – «Unschuldig lächelnd macht sie wieder Die zierlichsten Sekundenpas.»

Aber da sehe ich noch die «Lämmerwolke» und den «Folianten» und «Unverbürgtes Gerücht» und muß doch sagen, daß jedes das beste ist.

Peter Panter, SB 11. 9. 1913

159

Die tausend Blumentöpfe

Und zwar Isidor Blumentöpfe, die in den tausend Aufführungen des Einakters «Endlich allein» von Donat Herrnfeld gespielt wurden. Tausend Mal! In langer Zeit; aber wir sind diese Aufführungsziffern sonst nur von weinenden Millionärstöchtern in Operetten gewohnt. Tausend Mal ...

Davon war ich, wenn auch nicht neunhundert Mal, so doch recht oft dabei – und immer wieder. Ja, sie sinds die dunkeln Brüder, dort, in ihres Alters Kraft. Immer wieder.

Es fehlt nicht an Leuten, die die Herrnfelds für ekelhaft ästimieren. Ich glaube, hier liegt eine Abstoßung wahlverwandter Elemente vor. Wenigstens habe ich schon oft gefunden, daß die Verächter dieser Typen sich häufig genug im Ernst so benahmen, wie jene im Spaß. Derselbe gequetschte Ton in der Wut, dasselbe Röcheln, dieselben Ekstasen – nur im Ernst.

Der Witz dieser Posse hat sich in Jahrzehnten kristallisiert: jedes Wort ein Schlager. Wie schön, wenn die Brüder einmal eine Aufführung veranstalten wollten, wo dann statt dieser kitschigen Sezessionskulissen eine Hoteleinrichtung im Stil der neunziger Jahre fungierte und die Damen in Puffärmeln und braunen abstehenden Gewändern erschienen. Das wäre ein Hauptspaß.

Aber auch jetzt noch verläßt man mit wehem Leib seinen Platz. Der Hausknecht – er heißt Franz und nährt sich von Vokalen – malt auf die Stiefelsohlen die Zimmernummern, die er nicht schreiben kann, sondern sorgsam abzeichnet. Das könnte einem Possenfabrikanten schließlich auch einfallen. Aber wie der Schriftgelehrte vor dem Zimmer 11 steht und mit einer Sicherheit, Freude und hochnäsigen Gleichgültigkeit zwei grade Striche auf dem Stiefel anbringt: das ist doch schon mehr ein Symbol. Ach, und es fallen wieder Worte! Am schönsten da, wo auf jeden Sinn zu Gunsten eines Rhythmusses verzichtet wird – des Rhythmusses einer Fuge, in der Thema auf Thema gesetzmäßig wiederkehrt.

«Was sagn Sie zu den Hittchen?! Meinen Bruder is er ze klein – mir is er auch ze klein ...» Das kommt wieder – man fühlt schon, wenn das Thema: «Blumentopf mit o – man kann es auch mit e schreiben, aber dann ist es falsch ...» erklingen muß.

Und der süße Frnz –! Erinnert er sich nicht zu den ungelegensten Zeiten an Dinge, die jeder andre schon längst vergessen hätte? Einer verspricht ihm einen Strohhut zu Weihnachten. Er nimmt es hin – kein Wort. Aber später, ganz am Schluß, wenn beinahe alles vorbei ist: «Strohhutt zu Weihnachtten ... Du Lummpp, do!» Und beklagt sich bitter, einer wolle ihm den linken Fuß ausreißen, wenn es um das Leben Blumentopfs geht, also um wichtigere Dinge ...

Ich glaube, das ist eine richtige Groteske. Und man soll sie nicht versäumen – denn daran sind wir doch arm: an schönen Sinnlosigkeiten, die die auf uns lastende Kausalität wenigstens für eine halbe Stunde aufheben.

Peter Panter, SB 11.9.1913

160

Der Varieté-Staatsmann

Der amerikanische Staatssekretär des Auswärtigen, Herr Bryan, tritt augenblicklich in einem Varieté auf. Er hält dort einen Vortrag, in Wirklichkeit läßt er sich begaffen, so wie er es tat, als er Films von sich herstellen ließ: «Der Staatssekretär verhandelt mit den Großmächten» (in seinem Arbeitszimmer aufgenommen). «Der Staatssekretär unterschreibt einen Vertrag» und so. Seine Nummer im Varieté liegt zwischen einem Jongleur und einem

Jodlerquartett, und er macht sich sehr gut da, findet er, zumal da er sein Einkommen nicht unbeträchtlich vergrößert.

Dafür fehlt uns der Maßstab, und schließlich kann es uns auch gleich sein, ob ein amerikanischer Staatsmann sich für eine Schaustellung hergibt oder nicht. Leise kommen Ähnlichkeiten, Gleichheiten, Anklänge ...

Bethmann Hollweg im Wintergarten ... Eine feine Nummer. Aber langweilig. Denn der Lange wird auftreten, mit einem Kaiserwort ein bißchen jonglieren, über Strohhalme stolpern, den Dummen markieren, – aber eigentlich neues wird er nicht bringen ... Und das Publikum wird pfeifen, und in so einem Varieté muß der gehen, der ausgepfiffen wird.

Oder der Kriegsminister ... Die Musik spielt einen kräftigen Marsch, jener stürmt auf die Bühne, zieht den Sabul und donnert unter stürmischem Gelächter des Parketts eine Rede über «zersetzende Elemente» ... Tusch. Paukenschlag. Vorhang.

Zu denken sind sie alle. Gäben aber nicht sehr lustige Programm-Nummern ab: im Wintergarten. Denn viel komischer sind sie bei sich zu Hause, in der Natur, im Amt. Man sehe sie sich an, in ihrer grotesken Wichtigkeit, die vermeint, eine preußische Ausführungsbestimmung habe irgend etwas mit Vernunft oder Kultur zu tun, gehe noch jemand an außer dem beteiligten Assessor ... Man sehe den Landrat, wie er arbeitet, den Polizeipräsidenten mit dem Schutzmannsfaktotum. Typen, Kinder, Typen! Die ihres Beifalls gewiß sein können. Nicht aber ein ernster Amerikaner, der im Vergleich zu diesen ein Geschäftsmann ist und ein Mann und ein ganzer Kerl.

tu., Vorwärts 13.9.1913

161

Wintergarten

Das einzige Varieté, das uns der Kino noch übrig ließ, hat ein famoses Eröffnungsprogramm für den September. Sehr gute Tanznummern: eine (Vera Maxwell) in wundervoller Aufmachung,

Leistungen gut, – aber am besten ein hervorragender Auftritt, – die andere erstklassig (Duque) und die dritte am besten: parodistisch. Wie da ein Kerl (Watts) die Desmond nachäfft, – man kann die modernen Tänze, die aus dem Kopf kommen, statt aus den Beinen, nicht besser verhöhnen. Mit weißen, zu großen Handschuhen und einem Gezappel ...! Dann die Pawlowa: Ballerröckchen, falsche Grazie, eine Süßlichkeit – man mag von ihr entzückt sein, böse wird man Mr. Watts nicht werden.

Dann gibt es eine Tiernummer, die seit langem das beste auf diesem oft mißhandelten Gebiete ist. Endlich einmal ein Seelöwe, der nicht Pferdebahnbilletts knipsen kann, sondern der das tut, was ein Seehund eben zu tun hat: zu tauchen. Und zwar taucht das graziöse Tier (es ist nur im Wasser, seinem Element) graziös in ein gläsernes Becken, zusammen mit den schlanken Körpern dreier Jungens, und sie vergnügen sich alle vier trefflich da unten ... (Rekord: 4 Minuten 37 Sekunden!)

Und wenn man sich noch die vorzügliche Boganny-Truppe angesehen hat, hinter deren Arbeit mehr Kopf steckt als man zu ahnen vermag und gleich nach den Flying Martins fortgeht (die mit einem fabelhaften Trick, der das Publikum aufschreien macht, ihre Leistungen am Reck beschließen) –, so vermeidet man das «Meißner Porzellan» – eine Scheußlichkeit, die sich ein so erstklassiges Varieté, wie es der Wintergarten ist, abgewöhnen sollte ...

tu., Vorwärts 14. 9. 1913

162

Marionetten der Mode

Vom Deutschen hat Nietzsche schon 1873 gesagt, er häufe Formen, Farben, Produkte und Kuriositäten aller Zeiten und aller Zonen um sich auf – er selbst aber bleibe ruhig in diesem Tumult in aller Stille sitzen. Wenn das damals von dem Deutschen schlechthin galt, um wieviel mehr gilt es heute vom Berliner! Der wird nicht müde, sich den Geschmack aller Länder zusammenzukaufen, ihn nutzbringend zu verwerten, ja, manchmal auch so etwas wie einen eigenen Rhythmus zu schaffen – aber er bleibt ruhig in diesem Tumult in aller Stille sitzen. Und das ist die einzige Stille, die der Berliner aufzuweisen hat.

Eine Modeausstellung, wie sie jetzt am Zoologischen Garten zu Berlin eröffnet wurde, ist zuerst eine Ausstellung und dann ein Ding, das sich mit der Darbietung der Moden befaßt. Die Stadt und ihr Wesen ragen auch hier hinein: mag der Aussteller an Moden, an sein Geschäft, vielleicht auch an den guten Geschmack gedacht haben – der Berliner will sehen, gaffen und interessiert sich immer nur für «das Nächste». Das, was gerade dran ist, langweilt ihn. Er ist der Mann, der den Vorhang des nächsten Bildes abheben muß, weil ihn die Gier nach Neuem plagt. Vor den Kulissen dieser wie jeder Ausstellung wogt die Menge, die betrachten, die quantitativ den Schautrieb stillen will. Diesmal sind es Moden: gut, Moden. Hinter den Kulissen ein Wust von Arbeit, ein Musterbeispiel von Organisationslosigkeit. Keiner gehorcht, aber alle befehlen, keiner kümmert sich um etwas, aber alle um alles – und vielleicht muß das sein, daß bei einer Ausstellung so viel Arbeitskraft verzettelt und unnötig vertan wird. Unfertig, überhastet: so werden bei uns und wohl überall Ausstellungen eröffnet. Hämmer klopfen, die Musik spielt, ein dicker Unternehmer besieht sich schmatzend das Geschaffene, ein kleines Kind, das nachher mitwirken wird, spielt ein bißchen Ball.

Diesmal also handelt es sich um Moden. Was hier eigentlich im Urgrund vor sich geht, weiß ich nicht. Niemand weiß es. Am nächsten scheint mir noch Franz Blei der Sache gekommen zu sein, der sagt, es sei ein Wettkampf der Frauen unter einander und: «oft wird der Kampf nur um seiner selbst willen geführt». Ein andrer Grund für die Aufregungen, die Mühen, die Ausgaben ist wirklich nicht zu finden. Um seiner selbst willen. Daß Mode nicht Eleganz ist, wissen wenige, – das Element der Zweckmäßigkeit fehlt. Mode ist ein Ding an sich.

Was aber die Fassade angeht, die man dem Ausstellungsgebäude gegeben hat, so wachsen wiederum an der Außenseite des romanischen Hundestalls bonbonrosa Blumen und ähnlicher Unfug. Es ist immer von neuem erstaunlich, daß derartige Unternehmen nicht auch in den äußerlichen Dingen den Geschmack betätigen, den sie doch offenbar bei ihrer Kundschaft voraussetzen. Einen Führer durch die Ausstellung bekommt man, den man nicht ansehen mag – Drucktechnik von 1880. Aber dies mag gleichfalls ein Mangel in der Organisation sein. Denn es ist Besseres zu machen, und man hat die Leute dazu: Julius Klinger hat für Scherl gearbeitet – warum hat man ihm nicht die Ausstattung des Katalogs übertragen? Scherl zeigt übrigens eine langweilig allegorische Darstellung seiner Verlagswerke; der Holzbock ist nicht darunter. Für Baruch hat der Maler Ernst Stern eine reizende Idee ausgeheckt: Moden des neunzehnten Jahrhunderts, vom Anfang bis zu Offenbach, mit lustiger Begleitmusik und einer langen Rampe, auf der nachher alle die Kostüme mit Menschen drin entlanglaufen. Ob das gefallen wird? Bunt genug war es, aber das andre, das Tieferliegende, die Freude am alten Cliché, an den Äußerlichkeiten verflossener Lebensführung ging keinem ein. Dabei hat Stern ein scharfes Gefühl für die Schönheit einer alten lieben Kutsche mit bemaltem Schlag, für die Fensterchen beim alten Kranzler – und da gehen die Leute nicht recht mit. Wie klug, daß er beim zweiten Kaiserreich aufgehört hat! Denn merkwürdigerweise haben die Moden, die unsre Eltern noch trugen, einen Hauch von Lächerlichkeit, der ein ästhetisches Vergnügen nicht aufkommen läßt; und die Mode von gestern ist vollends abscheulich. Der Genuß beginnt erst beim Großvater, als er die Großmutter nahm …

Was sahen wir noch? Ein knallbuntes Theater, das Ullstein sich aufgebaut hat: ein Marionettentheaterchen, das uns wieder mit Bedauern erkennen läßt, wieviel aus so einem kleinen Bühnenraum mit dem roten Vorhang und der leisen Musik hinter der Szene zu machen wäre. Hier gab es einige Reklamestücke mit guten Figuren von Puhonny. Draußen leuchtete ein ulkiger Fries mit hübschen Figuren Szafranskis.

In der langen Halle tänzelten dann die Mannequins. Daß es in Deutschland besser geworden ist in den Kleidungsäußerlichkeiten, mag stimmen. Daß sich aber gewisse Dinge nicht erlernen lassen, ist sicher. Denn das Podium, auf dem sich die Deutschen betätigten, interessierte mit Recht nicht so wie die Szene, die das französische Atelier Doeillet stellte. Die Mädchen waren nicht einmal schöner; aber sie bewegten sich in den Gelenken feiner, leichter, sie fühlten sich sicherer, und kein fataler Erinnerungsgeruch an Weinrestaurants und falsche Damenhaftigkeit drängte sich wie bei den Deutschen auf. Die deutsche Regierung hat das Wort «Ertüchtigung» erfunden, womit sie eine bessere sportliche Ausbildung unsrer Jungens meint – das wird ihr gelingen. Die Grazie aber, die körperliche Anmut – das wird wohl noch jenseits des Rheins bleiben.

Der Modebauch dominierte, und die Berlinerin strahlte. Was drüben Monsieur Chauvin erfunden hatte, kam ihren breiten Hüften zu Gute; und ihr Schneider plagte sie nun nicht mehr, sie müsse unbedingt dünner werden. Im Gegenteil: «man» trüge sich jetzt so ... sprachs und führte die neuen Modebilder vor, die alle an graviditas fictiva litten. Nachdem die Berlinerin dies vernommen und die Ausstellung absolviert hat, ging sie hin zu Frau Löwenbaum, die früher bei der X. in Paris gearbeitet hatte, und ließ sich das Nötige in Billig kopieren.

Ignaz Wrobel, SB 18.9.1913

163

Der lange Clown

Im Varieté tritt auf als Nummer Sechs: Herr Byran.
Hier muß der Dichter diesbezüglich etwas leiern.

Er steht dort zwischen einem Clown und siem tiroler Madeln ...
Muß man es billjen oder heftig tadeln?

Bei uns ist solches gänzlich ausgeschlossen –
wir haben unsern Dienst und brauchen nicht noch Possen.

Man denke sich nur unsern langen zarten
beliebten Kanzler auf dem Wintergarten!

Oho! Man ist versiert, geübt und kennt Trics
so gut wie die Kollegen, die Excentrics.

So wird er denn jonglieren und sich beugen
und schelmisch seine Unterwäsche zeugen.

Als Tänzerin, als Kanzler, Akrobat
vertritt er würdevoll den preuß'schen Staat.

Jedoch das Publikum langt frech nach faulen Eiern
und mag den nicht und lobt sich Mister Byran,

der immerhin ein Kerl ist und ein Mann –
und auf den Brettern nichts, jedoch im Amt was kann.

Theobald Tiger, SB 18.9.1913

164

Die Stimme der Höflich

Wenn einem das Einteilen Vergnügen macht, kann man die Schauspieler in zwei Gruppen teilen: die einen sind immer gut, wenn sie siegen, die Oberhand haben (in der Rolle nämlich) – die andern, wenn sie unterliegen. Jene sind die Komiker, dieses ist die Höflich.

Selbst wenn sie einmal fröhlich ist, ein stilles Glück hat, wenn sie strahlt – immer ist ein unterdrücktes Weinen in ihrer Stimme. Ist es die Vorstellung ihres Haares, daß ich ihre Stimme gelb empfinde? Ich weiß nicht. Aber die Stimme kann klagen, kann weinen, so weinen, daß man versteht, was das heißt: «Weinen ist mehr als Sterben.»

Und sie scheint mir am rührendsten zu sein, wenn sie vor der Katastrophe steht, wenn sie noch das Glück in Händen hält – aber schon naht irgend etwas. Dann ist die Stimme sanft und furchtsam und verklingt.

Da war im «Bürger Schippel» eine Stelle, da hatte sie zu sagen, zum Fürsten, der sie aus dem Dunkel eines Liebeswinkels hervorholen wollte: «Ich scheue Gegend, Licht und Atmosphäre. Daß diese Nacht nie endigte!» In diesem Augenblick war der Satz von Shakespeare. Da sie ihn sprach.

Die Stimme rührt auf. Sie besänftigt nicht, uns nicht, zu denen sie nicht spricht. Vielleicht den, an den sie sich wendet. Als Junge sah ich sie in einer der ersten Vorstellungen der «Minna von Barnhelm», einem Lustspiel, in der Soubrettenrolle der Franziska. Ich heulte, wie ein Kind, das seine Milch nicht bekommen hat, die ganze Nacht.

Peter Panter, SB 18.9.1913

165

Wintergarten

Wieder, nach den Ferien, ist der große Raum voller Menschen, feiner Zigarrenrauch steigt an der hellen Rampe empor, und oben tanzen die English Roses, in Lila, wenn sie nicht gerade vermittels ihrer Unterwäsche die Bühne in hellgrün und gelb verwandeln. Sie sehen aus wie ein Plakat, und das ist das höchste Lob, das man ihnen spenden kann.

Getanzt wurde fortwährend. Früher betrachtete man das Tanzen als eine Extravaganz, die einem für Geld vorgeführt wurde – heute begutachtet das Publikum ernsthaft die Leistungen der Künstler, die hohe Schule tanzen. Das Mädchen neben mir trat ihrem Partner fortwährend auf den Fuß, als Duque und Gaby sehr ruhig ihre Pas exekutierten. Die Aufregung stieg ins Ungemessene, als der Maxixe vorgeführt wurde, ein neuer Tanz, der infolge seiner komplizierten Touren geeignet ist, Mädchenherzen in Flammen aufgehen zu lassen. Und nach der Arbeit das Vergnügen: A. Watts sprang als Desmond und Pawlowa umher, daß man nicht mehr jappen konnte. Er war stellenweise nur Profil, er zappelte mit weißen Glacéhandschuhen und stürzte sich rhythmisch und prätentiös als Meisterin einer neuen Kultur vor schwarzen

Samtvorhängen auf die Erde. Als Pawlowa (mit einem guten Nijinski II.) erschütternder: sterbender Schwan, O-Beine, rutschende Waden und ein unerhörter Abgang; man fiel nämlich beim Dankknicks um und nahm sich darob beleidigt seine paar Balletröckchen vorn zusammen, zog einen Flunsch und schob ab.

Ferner hat diesen Monat das Programm den Vorzug, die erste gute Tiernummer aufzuweisen, die hier war. Sonst sind wir gewöhnt, daß Hunde, Pferde und Katzen Fußball spielen, sich eine Schürze vorbinden und sich menschlich gerieren. Aber der Seelöwe Winks hatte nichts zu tun als zu tauchen, in ein gläsernes Bassin zu tauchen, wohin ihm seine Herren, schlanke Jungens, nachfolgten. Sie blieben länger unter Wasser als er – vier Minuten – und das Ganze bot einen so hübschen Anblick: ein Tier in seinem Element, in seiner Funktion.

Hier mag auch der Norddeutsche mitgehen. Aber was immer wieder an diesem Varieté zauberhaft ist, das sind die plötzlichen Übergänge vom Klaren zum Krausen. Plötzlich drehen sich die Flügel der Bühne aus einander, und herein tanzen zwei, er im Frack, aber sie, mit rostroten Haaren, in weißem Pelz, singen und tanzen, und alles ist auf einmal untergründig, unanständig und unausgesprochen. Oder kleine Männer laufen herum (in der Boganny-Truppe), die nur aus Beinen und Kopf bestehen, boxen mit einander, werden schlapp, kippen um, und eine dicke Stimme eines dickern Mannes feuert alle an, noch mehr durcheinanderzutorkeln, zu kollern, zu fallen.

Am Schluß wurden Hochzeitsgeschenke lebendig, und da ging ich. Diese Porzellangruppen ärgern uns schon einen Winter lang, aber niemand wirft sie in Stücke. Will das Publikum das? Dann sollte der Wintergarten, der so viel Gutes leistet, dem Kitsch keinen Vorschub leisten, dem bürgerlich ruhigen Kitsch nicht, demselben, der bis heute dieses Institut verhindert hat, sich anständige Drucksachen und gute Plakate zuzulegen.

Peter Panter, SB 18. 9. 1913

166

Der Kontrollierte

Da ist die Berliner Straßenbahn ... Aber es wird ja auf den anderen Bahnen nicht viel anders sein ... Also da sitzen nun die Leute da und träumen und glotzen und unterhalten sich und manche lesen – –. Auf einmal betritt ein uniformierter Mann den Wagen und sagt: «Die Fahrscheine bitte!» – Das ist ein Beamter, der hauptsächlich zur Kontrolle der Schaffner angestellt ist.

Pflichtschuldig wühlt alles in den Taschen. Alle reichen das Stückchen Papier dem Beamten hin. Nur einer hat seinen Fahrschein verloren.

Es ist doch ein Bedientenvolk, das deutsche. Denn nun sehen alle den Mann an, als ob er ein Verbrechen begangen habe. Denn sie bilden sich ein, der Beamte kontrolliere *sie*. Dabei ist der Beamte höflich und tut eigentlich nichts, was diesen Aberglauben bestärken könnte. Aber sie denken sich das so und sind voller Ehrfurcht und verabscheuen alle den Mann, der seinen Fahrschein verloren hat. Einen Augenblick hat er den ganzen Wagen gegen sich. Manche mögen ja ein bißchen teilnahmsvoll zusehen, wie er sich abmüht, und sie denken sich schaudernd in seine entsetzliche Lage ...

Sie ducken sich. Sie bekommen einen roten Kopf. Der Verlierer einen dunkelroten. Er entschuldigt sich. Er sagt nicht: «Ich hab ihn verlegt, ich werde meinethalben nachbezahlen ...» Er fühlt sich ertappt. Man sollte nicht denken, einen Erwachsenen vor sich zu haben, der vielleicht eine Frau hat, Kinder, die er erziehen soll, Angestellte, die er anschnauzt ... Hier ist er ganz klein. Denn hier ist das Heiligste an einen Deutschen herangetreten: die Uniform. Und da hört der Spaß auf.

Eine Kleinigkeit, eine Belanglosigkeit, gewiß. Aber doch wieder eine einfache Beobachtung des täglichen Lebens, die zeigt, wie hier der einzelne gar nicht erst wagt, zu sagen: «Halloh! Hier bin ich!» – Sondern er bekommt einen roten Kopf, duckt sich und sucht den Fahrschein.

Und das ist eine Misere des deutschen Lebens.

Anonym, Vorwärts 18. 9. 1913

167

Mynheer Felix

Mynheer schüttelt die Pfeife von Ton:
Genug Berlin – ich kenne dich schon!
Immer dieselben Premieren und Cliquen –
da muß ja mein freier Geist ersticken.
Immer dieselben Cliquen, Premieren –
ich mag nichts mehr sehen, mag nichts mehr hören.
Lebt wohl! Ich pack meinen Kragen ein.
Lebt wohl! Ich gehe nach Frankfurt am Main.

Mynheer schüttelt die Pfeife von Ton:
Frankfurt – genug! ich kenne dich schon!
Immer dieselben Handelsleute,
die Prosa des Alltags, morgen und heute.
Immer dieselben Budgetaufsteller,
das Tempo zu langsam – schneller! schneller!
Lebt wohl! Ich greife zu Kragen und Hut.
Über'n großen Teich – und damit gut!

Mynheer schüttelt – ich schüttle den Kopf:
Wenn dieser nervöse Jammertropf
die Absicht hegt, etwas zu projektieren,
dann setzt es ein Kom- und ein Dementieren,
und sie staunen ihn an, der noch alle Jahr
immer etwas anderes war:
Journalist, Romanschreiber, Regisseur –
war aber niemals so weit her.

Mynheer patzt – und die Presse bucht.
Mynheer verschwindet – die Presse sucht.
Sind aber hundert Bessere im Land,
die machen höhere Ehre dem Stand.
Laßt doch den sich endlich trollen.
Mag er immerhin sonst was wollen –
wir haben den Klatsch und den Mynheer satt:
Habeat sibi! Habeat!

Theobald Tiger, SB 25. 9. 1913

168

Hans Junkermann

Es war einmal ein Stück im Trianontheater, das fing nicht damit an, daß das Kammerkätzchen mit dem Wischtuch und der Diener mit dem Wedel einen kleinen verliebten Schwatz über ihre Herrschaft riskierten. Aber das ist ein Märchen. Dies ist nun einmal der Auftakt, der auf Junkermann vorbereitet. Er kommt, und schon hat man den Geschmack saurer Zitronen. Sein ewig schmeckender Mund verarbeitet alle bittern Eindrücke durch diese Lippenbewegungen. Er kann seine Bäckchen ganz nach oben verschieben, daß die Äugelchen nur noch glitzern, er ist dann bescheiden wie das Zahnbürstenbärtchen, und man ist versucht, über ihn nur noch in Diminutiven abzuhandeln. Heil und Preis ihm, wenn er gebrochen (im dritten Akt) dasitzt, und schmerzlich erklärt, was ihn angehe, ihm sei nunmehr alles gleich. Einmal sah ich ihn in einer feinen, kleinen Sache, die ausging, wie das Hornberger Schießen: eine leichtsinnige Person versuchte nämlich, ihn, den Stubengelehrten ... eben zu versuchen. Er bereitete sich auf diesen Besuch und Versuch vor, indem er sich den guten Rock antat, sich eine Zigarette in das erstaunte Gesicht steckte und vor dem Spiegel murmelte: «So, jetzt wären wir einmal leichtsinnig!» Ach Gottchen! Von hinten gesehen kommt zuerst ein Rock, dann ein riesiger Kragen, dann ein riesiger Nacken, dann nichts, dann eine Perücke, und ganz oben das Köpfchen. Und wenn er so bescheiden und von aller Welt gehänselt und besiegt unter den französischen Kommissaren des Trianontheaters, die unter dem Gehrock eine blau-weiß-rote Leibbinde tragen, vorbei an dem Kintopgrafen Laurence einherspaziert, vorbei an den schönen Frauen, dick wie die Generalkonsulin und verführerisch wie diese: dann ist es doch ein bißchen schade, denken wir, daß er nicht hin und wieder etwas Literatur spielt.

Peter Panter, SB 25. 9. 1913

169

Der Teller-Philosoph

Er tritt augenblicklich jeden Abend im «Apollo-Theater» auf. Zwischen Films, die langweilig und Varieténummern, die ganz hübsch sind.

Der Vorhang geht auf und eine dralle Hausfrau in weißer Schürze stellt sich vor einen Serviertisch und jongliert ein wenig mit Tellern und Apfelsinen. Man kennt das. Dann kommt Er. Er rutscht aus einer Seitenkulisse herein und hat einen Lohndienerfrack an mit viel zu weiten Hosen und viel zu großen weißen Handschuhen und einer riesigen weißen Halsbinde. Und er steht da und sieht mit seinen rotgeränderten Augen traurig und verwundert dem Treiben dieser, seiner Frau, zu. Noch hat ihn das Getriebe nicht ergriffen, noch bückt er sich, wenn ein Teller auf ihn zufliegt, noch beteiligt er sich nicht. Aber in seinen Mienen ist die Ahnung des kommenden Unheils.

Ein Teller fliegt durch die Luft. Baggesen fängt ihn auf. Aber das Auffangen ist durchaus keine so einfache Sache. Der Schwung des bösartigen Tellers reißt den hilflosen Mann noch ein Stückchen fort. Dann verliert er die Gewalt über das Porzellantier, der Teller fällt und zerbricht. Das weckt seinen Ehrgeiz und er versucht sich im Jonglieren. Wir haben schon viel groteske Jongleure gesehen, die vorspiegelten, sie verständen von ihrem Fache nichts.

Aber noch nie einen so traurigen Philosophen, der uns zeigt, wie groß die Tücke des Objekts und wie klein die Macht des Menschen ist. Die Teller fallen und zerbrechen; da ist nichts zu machen.

Und was macht er nicht alles? – Als ein riesiger Stoß Teller rebellisch wird, weil ein Kollege nebenan zerbricht, legt er sich mit der ganzen Porzellangesellschaft auf den Boden, weil es da am sichersten ist. Und erhebt sich todestraurig und versucht, den Stoß auf den Tisch zu stellen. Wie Baggesen da oben klebt, traurig, verständnislos, über das rohe Lachen seiner Umgebung – das muß man sehen, um die ganze Tiefe einer philosophischen Auffassung verstehen zu können, die uns die menschliche Ohnmacht erst ganz begreifen läßt.

Dazwischen hackt und backt ein Stück Fliegenpapier an den weißen Handschuhfingern, an der Weste, am Ärmel, auf der Kehrseite ... und bewahrt dem Meister eine traurige Anhänglichkeit, die er mit lächelnder Großmut und Tränen in den rotgeränderten Augen hinnimmt. Auch das noch, auch das noch!

Seht Euch diesen großen Komiker, diesen großen Jongleur und diesen kleinen Menschen an! Es lohnt sich!

tu., Vorwärts 28. 9. 1913

170

Kleine Vorrede [Der Zeitsparer]

Mein lieber Ignaz Wrobel,

ich widme Dir dieses Büchlein, weil Du es brauchen kannst. Du bist ein ernster Mann, nicht wahr, und stehst unter Deinen Mitmenschen geachtet da, als ... sagen wir ... Pädagoge, Photograph oder als Redakteur oder Buchhändler ... Du bist ernst. Denn daß das Leben eine ernste Sache sei, haben sie Dir schon auf der Schule bei Gelegenheit des kleinen deutschen *i* beigebracht. Du hast es geglaubt.

Dem ist aber nicht so. Glaub's nicht, mein Ignaz, glaub's nicht! Daß jede Wirkung auch eine Ursache haben muß, daß in allem eine Kausalität versteckt liegt, glaub's nicht! – Kausalität, mein Junge, ist, wenn man dran glaubt.

Lerne von den englischen Excentrics, daß man sich vom Schwergewicht, vom Satz vom Grunde und wie all die dummen Sachen heißen, sehr wohl befreien kann, wenn man nur den Mut hat. Denn das, was danach kommt, ist das Himmelreich. Wer sagt, daß Weinen der Ausdruck einer Gemütsempfindung sei? Oder ein physiologischer Vorgang? – Glaub's nicht! Weinen ist eine Tätigkeit, die nicht motiviert werden kann.

Bleib äußerlich der ernste reputierliche Mann mit dem Bart, als den sie Dich kennen und schätzen. Innerlich aber, mein Junge, innerlich: Lache! – Stets der Deine Ignaz Wrobel

Der Zeitsparer. Grotesken von Ignaz Wrobel. Berlin 1914

171

Der Zeitsparer

Am 27. Februar 1926 war es so weit. –

Die Herren in weißen Laboratoriumsmänteln erfüllten den großen Raum, bewegten sich unruhig, lachten, gestikulierten und sprachen aufgeregt durcheinander. Denn sie hatten zwei Stunden regungslos gehorcht, abwechselnd auf den ungefügen Apparat gestiert, der in der Mitte des Hörsaales stand, und auf den kleinen Mann, der leichenblaß auf einem Stühlchen saß und mit leiser Stimme Erläuterungen gab …

Der deutsche Professor Gottlieb Friedrich Waltzemüller hatte den Zeitsparer erfunden.

Der Apparat hob die Zeit auf. Er war garnicht so kompliziert, und wenn Sie Ihrerseits aufs Patentamt gehen, werden Sie sehen, daß ich recht habe: denn da bekommen Sie die Erklärung zu dem Ding, das aussah, – damals, heute sind sie ja anders, – wie ein zugedecktes Bett aus Stahl. Man legte sich hinein, und was man da an Zeit ersparte, – denn drinnen liefen ja die Uhren nicht, nicht die elektrischen und nicht die Sanduhren, – das konnte man beliebig irgendwo in seinem Leben wieder ankleben und einfügen, – wo man es gerade brauchte …

Das gab einen Hallo! Mit dem Herumtrödeln auf der Erde war es auf einmal vorbei. Niemand hatte mehr Zeit zu verlieren. Die Redensart: «Ich habe keine Zeit» wurde Formel für den Offenbarungseid, – und es war ganz erstaunlich, wie sich die Menschen beeilten, um mit den nötigsten Obliegenheiten fertig zu werden. Sie sparten! Keiner tat noch etwas anderes, als im Eiltempo die wenige Nahrung zu sich zu nehmen und sich dann befriedigt in den Apparat zu packen. Da drinnen sparte er nun Zeit und legte sie auf die hohe Kante. Wer ging noch spazieren? Wer hatte noch Augen zu sehen, was auf der Welt vor sich ging? Sie lasen nicht, sie liebten nicht, sie freuten sich nicht mehr – sie sparten.

Carnegie hatte zu allem Zeit. Er aaste geradezu mit der Zeit, als ob er sie später nicht noch einmal brauchen könnte. Aber dafür war vorgesorgt: er kaufte Zeit auf. Und tausend arme Teufel legten sich krumm, damit der kleine weißhaarige Herr sich so recht gemütlich eine Birne schälen oder gar ein Stückchen zu Fuß gehen konnte.

Es gab eine Zeitbörse. Da wurde die Zeit gehandelt, – und weil sie sehr gut bezahlt wurde, so legten sich ganze Dörfer industriemäßig in den Kasten aus Stahl, sparten und verkauften meistbietend. Darauf fielen die Preise – aber durch einen Trust gelang es, eine kräftige Hausse zu erzielen.

– … Einmal gab es einen Corner: Mister Woolf aus New York, der infolge eines tödlich verlaufenen Unterhaltungsromans einen schrecklichen Tod gefunden hatte, lebte wieder auf, weil er fühlte, daß hier ein Geschäft zu machen sei, kaufte auf, – ich glaube, er hat damals im ganzen zirka 70000 Jahre gehabt – wurde eingekreist und mußte losschlagen. Man konnte darauf den Tag schon für 5 Cents haben, und die Leute bummelten, daß es eine Schande war. Die Theater machten weit auf, ganz reiche Herrschaften begannen Fußball zu spielen, und man sah bereits wieder Angehörige des mittleren Bürgerstandes, die im Schein der untergehenden

Sonne lässig vor der Schwelle ihres Häuschens stehend träumerisch in der Nase bohrten …

Aber das ging vorüber: der Monat Zeit kostete wieder seine achtzig Dollar, und alles war wie früher.

So lagen die Dinge, als sich eine seltsame Nachricht auf der Erde verbreitete. Bei München, hieß es, lebe ein Mann, der spare überhaupt keine Zeit! Hat man je so etwas gehört? Er sei Menschendoktor und heiße Bruck. Dr. Bruck …

Einige reiche Leute – denn die andern hatten ja keine Zeit – machten sich auf, diesen Unmenschen zu sehen. Wahrhaftig: als sie sich dem kleinen Anwesen näherten, rauchte da ein Mann mit einem Spitzbart eine Pfeife, eine lange Pfeife, und auf dem Porzellankopf – das sah man deutlich – war ein buntes Blumengewinde gemalt, mit Engeln, die die Girlandenenden angepackt hielten … Der Mann paffte behaglich und stieß die Rauchwölkchen in die warme Sommerluft, in der sie, hellblauen Gazeschleiern vergleichbar, langsam nach oben entschwebten … Und dieser Mensch verfolgte ihren Aufstieg zufrieden, und wenn eins verflogen war, schickte er ein anderes nach und mochte sich so an diesem Wolkenspiel schon eine ganze Weile erfreut haben. Und nicht genug damit: er zündete sich die Pfeife, als sie ausging und nicht gleich brennen wollte, dreimal hintereinander an. Da brannte sie. Ja war er denn toll …? Es schien so.

Denn als der reiche Münchener Engrosschlächter Mauermeier sich dem Manne eilig prustend, um nicht zu viel Zeit zu verlieren, in das Gesichtsfeld schob, da sagte der: «Grüß Gott!» sagte er und dann mummelte er so recht behaglich an seiner glimmenden Pfeife. Und ehe der Mauermeier sich noch recht erholt hatte, fuhr der Doktor fort: «Ja, wollen wir nicht ein kleines Spaziergängchen machen? – Da seht doch nur, wie hübsch grün schon das wellige Gras ist, über das der Wind läuft, und da drüben die Höhen, auf die ich jetzt zuschreiten will, sind schon durchsichtig bläulich, und das ist ein gutes Zeichen fürs Wetter.»

Da nahm sich der Mauermeier die Zeit, – denn er hatte es dazu und konnte es sich leisten, Gott sei Dank! – da nahm er sich die Zeit, ganz schnell einmal zu sagen: «Einsperren sollt man Eahna, Heer Nachbar, z'wegen Verschwendung!» –

Und schob eilig laufend, in der Richtung zum Bahnhof, ab, um den Zug nach München nicht zu verpassen, damit er gleich wieder weiter sparen könne …

Der Doktor aber stand fröhlich lächelnd auf, ergriff das Stöckchen, das ihn auf allen Wegen begleitete, und durchschritt den sauberen, stillen Ort, darinnen er wohnte, besah sich voll guten Mutes die breiten Straßen und die niedrigen Häuser und das achteckige Türmchen auf dem Wirtshaus. Da oben, in dem achteckigen Zimmerchen, mit der Aussicht auf das Dorf und die Berge, habe eine verrückte Gräfin gewohnt, raunten die Leute, und wenn die Nebelschwaden dicht durch die regenschwere Luft zogen, dann schoben sie sich wohl an den acht Fensterchen vorbei, der Ofen knasterte, und eine weißhaarige Dame kroch murmelnd die gewundene Treppe herauf, um hier ein verlorenes Leben zu beschließen … Das überdachte der Doktor, und dann guckte er, ob das Krankenhaus noch an seinem Platz sei, und sah nach der Post, vor der eine alte Rumpelchaise ohne die Gäule aufgestellt war, und nach dem Rathaus, – und stand schließlich nicht ab, unterwegens im besten Schmauchen ein kleines Poem zu verfertigen, indem alles darinnen stand: Wie schön doch das bischen Leben sei, und wie man nur einmal auf die Welt gesetzt werde, und wie er für seine Person auf alle Mauermeiers und Zeitsparer pfeife …

Der Zeitsparer. Grotesken von Ignaz Wrobel. Berlin 1914

172

Das Paradigma

Walter Jarotschiner, die illegitime Amme der Rechtsbeflissenen, die an den Brüsten der alma mater vorschriftsmäßig zu saugen hatten, der juristische Repetitor Walter Jarotschiner rutschte mit einem matten Seufzer ins Bett; seine pinselblonden Haare, die im Kranze die ehrfurchtgebietende Tonsur umstanden, bauschten sich. Der Dienstag war ein böser Tag: neun Stunden saß Rabbi

Ben Jarotschiner im Kreise seiner Schüler und lehrte: von den Verhältnissen der Germanen und den Schuldverhältnissen insbesondere und von den Geschäftsbüchern der römischen Familienväter und von den Käufen nach, auf und zur Probe ... Und sein Mund troff von Weisheiten, und seine irrenden Äuglein sahen alles andere als die aufhorchenden Jünglinge: die waren seit Generationen an ihm vorbeigezogen, und er glaubte nicht mehr daran, daß jeder von ihnen einen eigenen Namen besäße, – er hatte ein eigenes topographisches System erfunden, um sie zu bezeichnen: da gab es einen «Tür-Präsidenten» und einen «Umgedrehten» und einen «Nebenmann» und einen «Blätterer» – das paßte auf alle und ließ außerdem eine objektive Distanz des Lehrenden zu den Hörern erkennen ...

Jarotschiner kuschelte zusammengesunken im Bett. Der zu schwere, birnenförmige Kopf war wie immer nach vorn gekippt, und nur der Bauch lag ruhig und ein bischen gebläht da, still bewegt von dem taktmäßigen Atmen des Einschlafenden ...

Öffnete sich die Tür? – Sie öffnete sich. Und herein trat – mein Gott! – welch ein Wesen! – Es war grau, unscheinbar, ein Mann offenbar, wie? und statt der Hände und Arme wie wir, die «normalen Durchschnittsmenschen»[1] sie haben, trug es längliche Klumpen, Keulen, schien es, und auch sie grau, glibberig, durchscheinend wie eine Kinovision ... Jarotschiner unterschied deutlich dahinter die Wand, ein Stückchen gemusterte Tapete und das Bild des Rechtsgelehrten Kohler, der aufgerichtet und würdig in einem Rahmen stand, Professor, Dichter und Musiker, der er war ...

Der Jugendbildner rührte sich nicht. Das Phantom, denn was anders konnte es sein? – das Phantom klappte ein paar Mal die gewaltigen Kiefer probeweise auf, zu, auf ... und begann zu sprechen; flüsternd, heiser, aber man konnte jedes verdammte Wort hören:

– «Oh, Walter Jarotschiner! – Du überhäufst mich mit Schande! – oder besser: Du behaftest mich in solchem Maße damit, daß ich nicht umhin kann, mich an Dir zu rächen.»

[1] Siehe auch Juristische Wochenschrift XXXIII. Seite 384; Z. 6.

Hatte die trockene Stimme aufgehört zu knarren? Der im Bett wurde völlig wach. Sein Denken glitschte aus. Wer war das? War es eine Inkarnation seiner verpfuschten Latein-Extemporalia der Schulzeit? – Es sprach so. Himmlischer ...

«Gibt es denn noch ein Verbrechen», redete das Ding weiter, «das Du mir nicht schon angedichtet hast? – Du hast mich geschaffen, hast mich aus dem Nichts geholt – aahaach! hättest Du mich doch darinnen belassen!» –

Setzte sich auf des Bettes Rand und weinte bittere Tränen. Jarotschiner staunte: gefährlich war es anscheinend nicht, das leuchtete ein. Aber wer war das, und was in aller Welt mochte es wollen? – Es schluchzte noch immer, seine Nase war voll, es rutschte mit dem Ärmel darüber hin ...

«Ich – e-ä-iche ... Mit wem habe ich das Vergnügen?» fragte Herr Jarotschiner.

Das Ding fuhr auf. Donnernd: «Ich bin das Paradigma, an dem Du Deine scheußliche Wissenschaft übst, ich bin das wehrlose Opfer all Deiner bubenhaften Schüler, schülerhaften Buben ... Buben ... Schüler ... ich bin geschändet! denn es gibt nichts, aber auch nichts, was ich noch nicht begangen hätte: vom einfachen Rechtsgeschäft mit obligater Schieberei bis zur Majestätsbeleidigung! Du hast mich auf Deinem sonst so blondem Gewissen!! Erkenne mich: ich heiße und bin PETER PANTER!» –

In der Tat. Daran hatte er nicht gedacht. Er, Jarotschiner, hatte diesem Unding das Leben gegeben – er hatte es wirklich erschaffen, aus dem Nichts, wie es sich richtig ausgedrückt hatte, er hatte es abgerichtet, alle nur denkbaren Verbrechen zu begehen, damit seine Schüler daran lernten, es war gewissermaßen sein kriminalistisches Versuchskaninchen gewesen ... und nun stand es da und hielt Abrechnung ...

«Du schufest mich als einen armen Wandersmann, der ehrsam mit Waren, – mit welchen, sagtest Du nie, – handeln ging, und so ließ es sich eine Weile auch ganz schön an. Aber wie durftest Du es Dir in den Sinn kommen lassen, mich zu den fürchterlichsten Verbrechen anzustacheln, die Du ersinnen konntest?! – Ich raubte, ich mußte mich auf Dein Geheiß an fremden beweglichen Sachen bereichern in der Absicht, mir dieselben rechtswidrig zuzueignen, ich mußte in das befriedete Besitztum eines Andern widerrechtlich eindringen, ich mußte durch Drohungen mit gegenwärtiger Gefahr für Leib und Leben Frauenspersonen zur Duldung des außerehelichen Beischlafs nötigen; übel nachreden mußte ich und Münzen verringern und viele Totschläge mit der Sorgfalt eines ordentlichen Hausvaters und unter mildernden Umständen begehen ...»

Da war nichts zu machen. Jedes Wort eine Anklage, jedes Wort eine Wahrheit, jedes Wort eine Verurteilung. Aber wie sollte man es den jungen Herren beibringen, die die ganze Schönheit der Vorschriften über den Rücktritt vom Versuch theoretisch zu begreifen nicht imstande waren? Ein Hülfsmittel, nicht wahr, eine harmlose Eselsbrücke, sozusagen ... Kinder werden nicht immer um ihrerselbst willen gezeugt ... Wenn der jetzt böse wurde – Jarotschiner versuchte, mit seinem ledernen Herzen ein bischen schneller zu klopfen ...

Aber siehe: Peter Panter weinte ... Er weinte, unter vielem Blasen und Ziehen, so wie die gewöhnlichen Leute ihrem inneren Schmerze Ausdruck zu verleihen pflegen. Ein Taschentuch hatte er auch nicht ...

«Ich bin erledigt, ich, Peter Panter; nirgends kann ich mich mehr blicken lassen! Niemand achtet mich mehr. Nicht der Hochstapler Othmar Gubatta, dem ich die goldene Uhr seines verstorbenen Vaters unter Vorspiegelung falscher Tatsachen – aber auf Dein Geheiß, Jarotschiner! – aus der Tasche holen mußte, nicht die Prostituierte Berta Stocklossa, der ich ihren bewegten Lebenswandel vorhielt, tückisch darauf bauend, nachher einen Wahrheitsbeweis erbringen zu können; nicht der Feldwebel Senf und die Oberin Trinius und Herr Puschnus und Frau Tumuscheit und nicht Direktor Sporckhorst und nicht der Kriminalschutzmann August Seegebarth ... Sie alle speien nunmehr auf Peter Pantern ... chp! ... chp! ...»

Und nun weinte er so schaudervoll, daß es dem Jarotschiner das Herz zerschnitt. Er wollte ihn aufrichten, trösten – zu spät!

Herr Panter war auf das Fenster zugewankt, hatte es geöffnet und kullerte sich sanft heraus, ein müdes Lebewohl seinem Schöpfer und Mörder zuhauchend ...

Jarotschiner auf – und an das Fenster. Er beugte sich weit hinaus. Die kühle Nachtluft strich ihm traditionell um die heißen Schläfen. Nichts. Der Hof war leer. Oben auf dem Dach maute ein Kater, er stand im Vollmond, sein emporgereckter Schwanz verdeckte das Mare procellarum, eine wenig gebirgige Stelle des Erdtrabanten …

Sein schönstes Paradigma! Sein eines, einziges, allereinzigstes Paradigma! Sein Herz hämmerte: Wie sollte er morgen die atmende Gemeine lehren, wenn jener fehlte? Wie den jungen Herren beibringen, daß das Standesamtsregister und das Grundbuch nicht ganz dasselbe sei?

Diese Nacht schlief Walter Jarotschiner nicht.

Aber am Morgen, – es mochte auf ein viertel sieben gehen, und draußen begann es schon zu grauen und zu blauen, – erschuf er:

THEOBALD TIGER.

Der Zeitsparer. Grotesken von Ignaz Wrobel. Berlin 1914

173

Von dem Manne, der keine Zeitungen mehr las

Andreas Grillruhm, ein reputierlicher junger Mann von behaglichem Äußeren, war lesender Abonnent dieser Blätter:

Das tägliche Morgengebet. – Der Händehoch. – Allgemeiner Hinkender Politischer Bote für die Umgegend. – Die Türklinke. Organ für die Interessenvertretung der Türklinkenfabrikanten. –

Morgens, mit der Rechten die Lasche des linken Zugstiefels emporzerrend, mit der Linken auf dem Tisch das Tägliche Morgengebet ausbreitend, ließ er gierig alle Nachrichten in sich hinunterlaufen, die eine betriebsame Zeitung ihren Abonnenten zu vermelden hat: er las von den Auseinandersetzungen über die Schul- und Kirchenfrage in Budapest – er war nie in Budapest gewesen, kannte keinen Ungarn, auch ging ihn dieses Land nicht im geringsten an, – er las von der Weigerung des amerikanischen

Leutnants Murphay, den Union-Jack an der Küste von Guatemala niederholen zu lassen, und er las vom dritten Friedensvertragsentwurf auf dem Balkan. Die Rechte ließ die Lasche los, der Stiefel saß. Auf den rechten Stiefel folgte ein fesselnder Aufsatz des nationalliberalen Abgeordneten Mümmelmann über die Zukunft dieser Partei und eine kleine Plauderei über das Teppichklopfen. Die Krawatte machte die Sache schon schwieriger: aber bei einiger Übung konnte man ihre Bindung ganz gut im Spiegel mit dem einen Auge kontrollieren, während das andere wachsam den siegreichen Jüanschikai verfolgte und zugleich einen Streik in Spanien, den Einsturz eines Irrenhauses in Timbuktu und das fünfundzwanzigste Auftreten der Hofopernsängerin Metzger-Heink-Lattermann-Schumann-Ungibauer mit Befriedigung konstatierte.

Es folgte eine hellbraune schülprige Flüssigkeit, die man als Kaffee anzusehen hatte, und ein Chor aufgeregter Stimmen umbrauste den Jüngling: war es nicht wissenswert, die näheren Einzelheiten der präsumptiven Geburt des Thronfolgers zu erfahren? Und wie das noch werden sollte, wenn der Unmut der russischen Diplomatie über die französische, gemischt mit einer gewissen Entfremdung der Portugiesen und Dänen weiterhin anhielt – das mochte der Teufel wissen. Ganz zu schweigen von den drei Raubmorden, dem Massenunglücksfall, den einzelnen Unglücksfällen, dem Sport-Teil und der Plauderei über das Teppichklopfen, die man schon einmal gelesen hatte. Die Familiennachrichten kamen in der Fahrt zur Fabrik – einer Türklinkenfabrik, wie man bemerkt haben wird – an die Reihe und wollten gleichfalls bewältigt sein.

Kurz: ein aufgeregter Morgen.

Aber was geschieht? Dem Grillruhm brennt seine Türklinkenfabrik herunter. Ihm – ist eigentlich nicht richtig gesagt, seiner Versicherungsgesellschaft herunter.

Das Tägliche Morgengebet brachte eine detaillierte Schilderung des Brandes mit vierzehn Zeilen Impression. Der Allgemeine Hinkende Politische Bote für die Umgegend beschuldigte bei dieser Gelegenheit die herrschende politische Partei im Lande (war es die Linke? ich glaube, es war die Linke), daß nur unter ihrer Führung die Feuerwehren ... und so weiter. Der Händehoch hatte gleich angeklingelt: er möchte bei dieser Gelegenheit nicht versäumen, seine Teilnahme auszusprechen, Teilnahme auszusprechen ... eh – und anzufragen, ob es vielleicht Herrn Andreas Grillruhm sehr erwünscht wäre, wenn bei Gelegenheit der Aktualität seiner Person eine etwas genauere Darstellung seiner kaufmännischen Laufbahn ... Grillruhm inserierte. Das Blatt druckte daraufhin die morgengebetliche Schilderung ab, und die Sache war beigelegt. Was Die Türklinke anbetraf, so wußte dieses Organ, was es seinen beiden Abonnenten schuldete, umsomehr, als der eine tot war. ... Schön.

Aber gab es da nicht noch ein Blatt, ein – pfui! ein Blatt, dessen man sich zu schämen hatte? Allerdings. Es war dies Die Arbeiterfahne, ein durchaus oppositionelles Papier, das bei keiner Gelegenheit außer acht ließ, die Autorität der herrschenden Kaste insofern als etwas Verdammenswertes hinzustellen, als blutiger Arbeiterschweiß doch nicht der geeignete Boden sei, auf dem die edle Blume der höheren Menschlichkeit erblühen könne... Diese Zeitung unterschlug ihren Lesern den Grillruhmschen Fabrikbrand.

Grillruhm meditierte: Da die Angehörigen der arbeitenden Klassen nur ein einziges Blatt zu lesen pflegten, ihnen dieses Blatt aber den Feuerbrand nicht mitgeteilt hatte, so wußten die Angehörigen der arbeitenden Klassen nichts davon. Anzunehmen war aber, daß viele Angehörige der arbeitenden Klassen die Grillruhmsche Türklinkenfabrik dem Renommee oder dem Ansehen nach kannten. Sie wußten also von ihrer Existenz. Da ihnen nun niemand das plötzliche Aufhören dieser Existenz vermeldet hatte, so bestand doch die Fabrik – in der Vorstellung der Angehörigen der arbeitenden Klassen – ruhig weiter. Die Fabrik war mithin nicht abgebrannt.

Sie war aber doch abgebrannt.

Grillruhm (Andreas) hatte keine ruhige Stunde mehr. Was war das mit den Zeitungen?

Er begann sich mit dieser Institution näher zu befassen. Er betrachtete liebevoll Einzelheiten. Er guckte schärfer hin und sah, was er früher nie bemerkt hatte.

Er stellte fest, daß sich die Zeitungen geheimnisvoller Einrichtungen bedienen müßten, wiederum Zeitungen, die nur von Zeitungen gelesen wurden, also Oberzeitungen, – denn wenn ein findiger Kopf herausgefunden hatte, daß unser Publikum eine gewisse Kinomüdigkeit befallen habe, und hinzugefügt hatte, daß trotzdem die Hydra des Kino überall ihr Haupt erhebe, so konnte man darauf wetten, daß man gleichmäßig im Morgengebet, im Hinkenden Politischen Boten und beim Aufrollen der Arbeiterfahne der von Bildung zeugenden Bemerkung mit der Hydra begegnen würde. Und so war es oft: glaubte man, daß dem Reporter an dieser Stelle sein Beruf solche Freude gemacht habe, daß er in überströmendem Gefühl seiner Schreibkunst das Großherzogliche Hofopernhaus einen Thespiskarren nannte, so mußte man mit Betrübnis wahrnehmen, daß alle Zeitungen in der Runde den Karren aufwiesen, und daß es mit dem Impromptu wieder einmal nichts gewesen war …

Grillruhm meditierte weiter. Er begann allmählich die Nachrichten, mit denen man ihn täglich zweimal überschüttete, auf sich zu beziehen. Er fing an sich gelassen zu fragen, was ihm ein Stückchen abgehackte Notiz über die politischen Verhältnisse in Liberia nützen könne. Eine Notiz, die vermutlich wegen der hohen Kabelpreise da aufhörte, wo man seinen Wissensdurst erregt hatte. «Der Präsident ist nach der Hauptstadt abgefahren.» Nun – und was weiter? Ist er angekommen? Wird es ihm gelingen, die Rebellen zur Vernunft zu bringen? Kein Wort. Am nächsten Tag, am übernächsten Tag – kein Wort. Und so ging es so häufig … Eine aufsehenerregende Erfindung wurde bekannt gegeben: In Le Havre habe der italienische Ingenieur Ulivi an Bord der Jacht Henriette Versuche mit radioballistischen Apparaten angestellt, mit denen er imstande sein wolle, auf dem Lande und unter Wasser auf große Entfernungen Metalladern zu entdecken, die er sogar nach Mächtigkeit und Art bestimmen könne …

Paulus Grillruhm hätte früher offenen Mundes gläubig gehorcht: Saulus Grillruhm lächelte schmerzlich und voller Erfahrung; denn er wußte, daß er nie wieder etwas davon zu hören bekommen würde.

Die Zeitungen beunruhigten ihn. Er hatte schreckliche Träume. Einmal sah er sich oben an der Decke seines Zimmers hocken, das angefüllt war mit Zeitungen, er saß auf einem riesigen Stoß Täglicher Morgengebete, ließ die Beine baumeln und war verurteilt, eine Sonntagsnummer dieses Blattes auswendig zu lernen … oder es kam ihm in schlaflosen Nächten der Gedanke, ob nicht eigentlich die Ereignisse ihrerseits verpflichtet wären, sich nach der Zeitung zu richten. Denn jede baute schließlich ihre eigene Welt. Und das wäre ja noch angegangen, wenn diese Welt der Anschauung der Leser entsprochen hätte. Aber keineswegs: sie war feierlicher, abstrakter, und während die einen das Theater und andere zionistische Fragen in den Vordergrund ihres Weltbildes stellten, sorgten sich wieder andere um die Konstellationen am politischen Horizont (wie sie den nationallieberalen Stammtisch in Jägers Lokal zu nennen pflegten).

Grillruhm fühlte, daß das nicht mehr so weiter ginge. Er mußte jeden Tag ein Buch von zirka 200 Seiten und mehr durchfliegen – Himmelherrgott! man war doch schließlich kein Literat! –

Grillruhm bestellte seine Zeitungen ab.

Von da an wurde es stille und ruhig um A. G. Er hörte wohl noch ab und zu, daß jetzt wieder ein schreckliches Eisenbahnunglück in Jütland sich zugetragen habe, und daß in Cincinnati die reiche Frau des Mister E. H. Crocker sich scheiden lassen wolle, weil man ihr nicht die dreihundert Hüte jährlich bewilligte, die sie nötig zu haben meinte, um überhaupt atmen zu können. Auch erzählte ihm vielleicht einer seiner Bekannten, der noch ein Zeitungsabonnement und einen weiteren Gesichtskreis hatte, etwas von den Kongressen, auf denen alljährlich mit zwei Drittel Majorität beschlossen wird, daß der Mensch von nun ab keine unsterbliche Seele mehr aufzuweisen habe … In diesen Beziehungen war Grillruhm auf seine fleißig lesenden Bekannten angewiesen.

Aber dafür hatte der Grillruhm einen riesigen Vorteil.

Morgens, wenn die Sonne so recht butterweich ins Fenster schien, war es nun still um ihn. Sehr ruhig, ganz ruhig. Früher hatte es gebrüllt: 400 Verletzte! Neu-Einstudierung von Wielands Oberon!! Zu der Frage über die elektrischen Bahnen unserer Stadt wird uns noch geschrieben …

Jetzt nichts mehr von alledem. Grillruhm sah zum Fenster heraus, betrachtete die Vögel auf der stillen Straße, beobachtete, wie die Morgensonne in hellgrünen Baumblättchen glitzerte, und ließ sich den frischen Morgenwind um die Nase wehen. Die Stadt erwachte, der Himmel war zart pastellblau, die Luft frisch. Der Grillruhm freute sich dessen, und viele gute Gedanken kamen ihm nun, da er erlöst war.

Kurz: ein ruhiger Morgen.

– – – –

Einmal hat er aber doch noch Zeitungen gelesen. Das war damals, als er tot war.

Man hatte den verstorbenen Grillruhm aufgebahrt, wie es sich ziemte, und da lag er nun ... Aber er hatte keine Ruhe. Denn noch wußte er nicht, ob er auch wahrhaftig tot sei. Dazu gehörte als Hauptmerkmal, daß die Presse seinen Tod anerkannte, ihn erst zu einem legitimen Tod machte ... Hatte sie ...?

Der Selige erhob sich. Leise, um niemanden zu erschrecken. Es war immerhin zwölf Uhr nachts, nicht wahr? – Schlich an den sonst verwaisten Zeitungsständer. Da lagen die Blätter, neu angeschafft, denn dieser Grillruhm, der Sonderling, hatte ja keine Zeitungen gelesen ... Hastig raschelte er in den Papieren ... Tägliches Morgengebet ... Händehoch ... Die Arbeiterfahne ... Hinkender Bote ...

Gottseidank! – Alle vier! –

Und die erschreckten Verwandten fanden den Seligen am nächsten Morgen daliegend, die schlummernden Augen auf ein zerknittertes Papier gerichtet, das die friedlich gefalteten Hände hielten. Auf dem stand:

†

Als Toter empfiehlt sich
A. GRILLRUHM
Nickelkulk 13

Unsere ff. vernickelten Türbeschläge sind nach wie vor erhältlich.

R. J. P.

Der Zeitsparer. Grotesken von Ignaz Wrobel. Berlin 1914

174

Der Papagei

Da hatten wir einen Kerl im Sanatorium, das war eine putzige Kruke! – Er war ja soweit ganz vernünftig und er hatte sich auch freiwillig zu uns begeben, weil er selbst eingesehen hatte, daß es da draußen nicht so weiter ging. Ja, er hatte Geld. Er kam zu uns wegen Jonathans. Wegen seines Papageis Jonathan.

Dieser Papagei war grün an Farbe und sah ein bischen jüdisch aus, wie alle diese Tiere. Und wenn er so schief über seinen krummen Schnabel guckte, mußten wir alle lachen, was uns Peter Stör – ja, so hieß er, Peter Stör – sehr übel nahm.

Also um dieses Papageis willen hatte Peter Stör schon die unmöglichsten Scherereien gehabt. Bis zum Totschlag war es noch nicht gekommen, aber einmal beinahe so weit: Herr Stör hatte der Dienstmagd das Konservationslexikon – wenn er uns das vortrug, so vergaß er nie, den Band anzugeben: es war die Nummer 9: Lesbisch bis Offenbarungseid, – an den Kopf geworfen; das kostete ihn eine schwere Menge Geld, und dann kam er zu uns.

Nun, er bewohnte seine zwei Zimmer – wie gesagt, er konnte es – und lebte nur für Jonathan. Gott, wissen Sie, *wir* haben ja schon viele unter den Händen gehabt, die sich über den Zweck ihres Erdendaseins nicht so recht klar waren, – aber so einer war uns doch noch nicht vorgekommen. Der Mensch saß stundenlang da und unterhielt sich mit dem ungebildeten Tier. Jonathan konnte so allerhand reden – ich weiß nicht, wer ihm das beigebracht hatte –, aber sein Herr war sehr stolz darauf. Dabei paßte es nie so recht, und es konnte geschehen, daß, wenn man ihn fragte: «Nun, Jonathan, wie macht denn das Miesekätzchen?» dieser leichtsinnige Vogel mir nichts dir nichts antwortete: «Wau wau!» Mit dem Satz vom Grunde stand er nicht so recht …

Bis um 9 Uhr morgens war sich Jonathan im Käfig selbst überlassen. Dann pfiff er. Das ist ja schon immer ein bischen merkwürdig, wenn sich so ein Tier die Zeit vertreibt und pfeift, so recht stumpfsinnig und kreuzvergnügt. Und da gab es eine Passage, die konnte kein Mensch anhören, ohne sich zu schütteln. Pu-hu-hu! ich bin nicht musikalisch und kann es nicht getreu wiedergeben. Aber es war schön, das kann man wohl sagen.

Um 9 Uhr kam Herr Stör und begann, den Kaffee einzunehmen, wobei er den Judenvogel angelegentlich begrüßte. Der ihn auch. Wenigstens schien es, daß er sein Blinzeln und die gestukkerten Worte: «Was wissen Sie von der Liebe, – mein Herr!» so aufgefaßt wissen wollte. Aber so war es immer. Das Tier schwätzte so allerhand, Sie wissen ja, was so ein Vogel eben aufschnappt ... ach, gehen Sie mir mit der Psychologie! ... und Peter Stör fragte und antwortete. Nun gebe ich ja zu, Jonathan hatte ein riesiges Repertoir. Er mußte weit herumgekommen sein, denn er redete in allen Dialekten und vielen Sprachen.

«Jonathan», sagte Herr Stör, «das deutsche Volk sollte sich gegen seine Erbfeinde besser rüsten!» – «Smitt di man kin Ool upp!» antwortete Jonathan. Ich habe keine Ahnung, was das heißt, und Herr Stör wußte es wahrscheinlich auch nicht; aber es beruhigte doch, so etwas angenehm Indifferentes in seiner Nähe zu haben, dessen Aussprüche man auslegen konnte, wie es einem beliebte ... Oder Peter Stör las ihm aus dem Journal etwas vor, sagen wir den lokalen Teil. «Mesdames! Messieurs!» warf Jonathan ein, «fichez-moi ...» Aber wenn er das sagte, brüllte ihn Herr Stör an: «Das sollst Du doch nie, hörst Du, nie sagen!» – Und dann guckte ihn das Biest so recht verschmitzt an und äußerte selbstgefällig: «Da bin ick een annern Kirl, wat Luisng?» – War denn dieser Vogel einmal mit Portugiesen zusammengewesen? Jedenfalls; denn wenn es recht laut im Zimmer wurde, begann er zu kreischen, und man konnte aus einem Wust unverständlicher Brocken das Wort «Pedro» heraushören. – Wenn Herr Stör aber sehr guter Laune war, und man ihn lange genug darum gebeten hatte, dann nahm er einen Federhalter oder einen Spazierstock und strich damit am Rohrgeflecht der Stühle entlang. Die Wirkung war frappant: der Vogel, der eben noch dagesessen und aus seiner Klaue zäh und eifrig an einem Stück Holz geknabbert hatte, erhob sich unruhig, warf das Holz von sich, schob die Schulterknochen hoch und fing an, einen besoffenen Tanz zu exekutieren. Er wiegte sich, er wackelte mit dem Kopf, er mauschelte mit dem Körper, duckte sich und kroch aufgeregt im Käfig hin und her ... Hörte das Kratzen am Rohr auf, so dankte der Vogel bewegt, indem er vielleicht sagte: «Das gute Ribeck-Bier» und an seinem Holz weiter kaute ...

So ging das monatelang. Kam man an den Störschen Gemächern vorbei, so konnte man schon auf dem Gang hören: «Jonathan, Jonathan! Weißt Du um die ungeheuern Wunder der Gleichzeitigkeit? Nichts weißt Du! ... Oder ...?» – Und darauf Jonathan: «In rauhes Erz will ich die Glieder schnüren!» – «Siehst Du», sagte Herr Stör, «siehst Du!» – Und dann: «Papagei Jonathan! Auf Ehre und Gewissen! Erinnerst Du Dich noch an die blonde Liane ...?» – Und der Vogel, im versoffensten Diskant: «Karoline Lembke! Böhr mal upp din Hemke!» – Worauf Peter Stör indigniert abbrach.

Wer mochte diesem Tier seine seltsamen Ideenassociationen suggeriert haben? Ließ man die Wasserleitung laufen, so sang er Koloratur, und räusperte man sich, so gebärdete er sich, als habe er eine volle Nase und kein Taschentuch ...

Wie lange war der Mensch denn bei uns? Zwei Jahre, glaube ich, ja, zwei Jahre. Dann wurde die Sache tragisch. Der Vogel Jonathan machte nicht mehr mit. Er hatte in letzter Zeit immer so melancholische Lieder gesungen: «Den einz'gen Platz, den ich auf Erden hab, das ist die Rasenbank am Elterngrab ...» sang er, und in Moll: «Wenn andere Mädchen tanzen gehn, – muß ich bei der Wiege stehn!» – und so. Das fiel uns schon auf. Und dann begann Jonathan, das Fressen aufzugeben. Vier Tage nahm das Tier nichts zu sich, und am fünften starb er. Das heißt, er starb nachts, denn als Herr Stör am Morgen herauskam und dem Vogel einen guten Morgen bot, antwortete der nicht, sondern war tot. Wir hatten eine Höllenangst, und ich stellte einen Wärter im Gang auf, wenn etwas passieren sollte. Aber wider Erwarten blieb Herr Stör ganz ruhig. Er schnupfte nur einmal tief auf und sagte: «Und es war doch so ein herzliches Verhältnis!» – Wir verscharrten das Tier im Park – Sie waren ja mal bei uns, und kennen doch unsern schönen Park! – und Peter Stör tat so, als sei Jonathan nie dagewesen. Nur der große Käfig erinnerte noch daran, den wollte er nicht aus dem Zimmer haben. Ja.

Es verging eine Woche. Kurz und gut: es war nicht sehr schön, was dann kam. Ich sitze so morgens vor den Besuchen am Kaffeetisch und sehe die Post durch, da höre ich ein gräßliches Kreischen von Stimmen, und das Personal – ich glaube, es hat keiner gefehlt – stürmt zu mir auf die Veranda. Ich frage. Keiner antwortet, aber alle hatten solche Augen, so schreckhaft weit aufgerissen, daß mir die schlimmsten Ahnungen kamen. «Die Fürstin Trotzky?» fragte ich. Denn die war damals unsere größte Sorge, der Gatte hatte sie uns überantwortet; es war eine Hysterika, und wenn mit der etwas passierte, dann war unser Ruf dahin. Sie schüttelten die Köpfe. «Was ist es denn?» Sie zogen mich fort, durch den Garten, zum Haus IV, da liegen die Leichteren. Auf den Gang drängten sie mich und dann ließen sie mich allein. Keiner ging mit. Ich machte alle Türen auf, wieder zu … die Zimmer waren leer. Die Kranken mußten sämtlich geflüchtet sein. Nr. 24 … Stör …?

Sie wissen doch: Die alten Griechen verlegten den Sitz der Gefühle ins Zwerchfell – nicht zu unrecht, sage ich Ihnen, – das habe ich damals gefühlt. Mir ging die Luft aus, weil etwas meinen Magen nach oben drückte … Dieser Stör hatte des Nachts seinen Kopf in den großen Käfig gezwängt und sich dann den Hals abgeschnitten. Der Körper war heruntergeglitten, und im Käfig lag der Kopf, die Zähne hatten sich in die Stange geklemmt, auf der Jonathan gesessen hatte, und die Augen schienen noch zu blinzeln, als wollten sie den Ersatz wenigstens in dieser Beziehung glaubhaft machen …

Der Zeitsparer. Grotesken von Ignaz Wrobel. Berlin 1914

175

Das beklebte Plakat

Der Stillerschuh ist ein gutes Plakat, denkt sich der Kaufmann. Ein kleiner, gelber Zettel: Sommerhalbschuhe ist gleichfalls nicht übel. Wie gut, kombiniert er nun weiter, müssen erst beide zusammen sein! Denkt's und pappt eins auf das andere. Aber das ist falsch. Der Zettel hebt das Plakat auf. Nun sieht man gar nichts mehr, denn der Künstler hat schon gewußt, warum er so wenig Schrift auf dem Plakat angebracht hat. Er wußte, daß wenig viel ist, daß der Passant keine Zeit hat, und sich die Gedankenverbindung: «Übrigens brauche ich doch auch ein Paar Sommerhalbschuhe» schon einstellen wird. Der Plakatist sollte sich, gütlich oder vertraglich, dagegen wehren, daß man ihm auf seine schönsten Plakate üble Zettel mit schlechter Schrift heraufklebt. Plakat auf dem Plakat. «Neu eröffnet» «Letzte Tage» Nicht doch: dann soll man entweder ein neues Plakat an die Säulen heften, oder, wenn das zu teuer ist, zum mindesten den Künstler vorher fragen, wie er sich den Zusatz angebracht denkt. Dann werden wir nicht mehr Farbenkombinationen sehen, die zum Himmel schreien.

Eine Reichsgerichtsentscheidung hat es jüngst für unzulässig erklärt, Bilder ohne Genehmigung des Künstlers zu verändern. Bei Plakaten wird sich diese Judikatur nicht so bald durchsetzen, auch ist ein Rechtstreit langwierig, eine einstweilige Verfügung entweder undurchführbar oder nicht lohnend.

Das beste wäre, der Kaufmann lernt einsehen, daß rote und grüne Zettel nur schaden, das Bild beeinträchtigen, also das Gegenteil von dem erreichen, was der Kleber gewollt hat: Reklame machen.

Tucholsky, Das Plakat September 1913

176

Siegfried Jacobsohn

Wenn man den Tageszeitungen glauben wollte: ein kleines, aber wildes Tier. Ein reißendes, schleichendes Ungeheuer, das suchet, wen es verschlänge. Von dem man vierteljährlich «seinen» Skandal zu lesen gewohnt war. Was hatte er nicht alles auf sich geladen: abgeschrieben hatte er und beleidigt, und von einer Schauspielerin war er verprügelt worden – na?

Ich werde nie den Schreck vergessen, den ich bekam, als ich zu ihm ins Arbeitszimmer kam: ein kleiner schwarzer Mann, der freundlich lächelte, über alles ruhig und klug redete, immer mit dem wundervollen Motto: Medias in res. Ein Revolver war in dem ganzen Zimmer nicht zu sehen.

Sie haben es wirklich fertig gebracht, vor den kleinen Mann, der die Ruhe und die Arbeit liebt, eine Vogelscheuche zu stellen – («Warte nur,» sagt die Schauspielermama zu ihrem Kindchen, «wenn Du nicht gleich artig bist, holt Dich der Jacobsohn!»). Aber wenn man Mut hat und näher hingeht, so sieht man, daß die Scheuche eine Scheuche ist, und daß weit dahinter einer sitzt, der nichts mit ihr zu tun hat.

Ein Arbeiter. Ein Fanatiker. Einer, der sich einbildet, das Theater sei ein gewaltiger Kulturfaktor, der nicht nur spiegelt, sondern auch zurückwirft. Vielleicht muß man das, um so gierig Eindrükke in sich aufzuspeichern, um so leidenschaftlich das Schlechte vom Guten zu sondern. Vielleicht muß man eine Première für ein événement halten, um aber dann jeden falschen Ton in den Fingerspitzen zu haben, zu fühlen, – was sage ich? – getroffen zu werden, im Innersten angerührt zu werden, wenn einer lügt, anstatt zu spielen.

Klein, aber oho! Die Loblieder, die Preisgesänge, die er seit neun Jahren in seinem Blatt ‹Die Schaubühne› auf alles singt, was er für europäisch hält, sind nicht so bekannt, wie sie es verdienen. Sie sind in dem saubersten Deutsch geschrieben, das heute in der Publizistik geboten wird: in einer ganz ausgeglichenen Mischung von Lessing und einem Schuß Judentum, das einen Schatz glücklicher Formulierungen der Klassiker, sowie aller guten Musikanten beherrscht, um auf diesem Untergrund seine Sätze zu bauen. Da wird ein Jambus in die Sprache hereingewebt, man merkt es kaum, wie hier ein schönes Wort Shakespeares, ein Vers Goethes verwandt ist, wie dort witzig ein Zitat abgewandelt ist, mit einem andern vermischt ist, – man sieht: der hat gelesen, behalten und verdaut.

Darf aber in einer Glosse über S. J. das Wort «Gedächtnis» fehlen? Nein. Es ist seine Sache, ob er damals … oder ob er nicht. Er wird und muß es uns einmal erzählen. Aber ich halte es für nicht sauber, einem scharfen und klugen Kopf eine Geschichte zehn

Jahre lang nachzutragen, die weder feststeht – nur die Übereinstimmung ist da, vom Abschreiben weiß niemand etwas – noch so staatsgefährlich ist. Schlimmstenfalls eine Jugendtorheit – – also woher das ebenfalls gute Gedächtnis der Mitwelt? Wem gilt der Haß? Seinem Kopf?

Seinem «Köppchen». Ein Ausdruck, unter dem man eine Mischung von Schlauheit, Klugheit und Gerissenheit versteht. S. J. hat nie aufgehört, zu attackieren. Früher, in seines Mundes Blütenjahren, maßlos und mitunter frech ... heute witzig, lebendig und – sauber.

Wenn sich nicht gerade jemand ein Butterbrot in die ‹Schaubühne› wickelt, so hat das Blatt keine Flecken. Sucht euch das: eine Unabhängigkeit, die nicht wie bei Kraus in Wien ein affektierter Protest gegen die herrschende Unsauberkeit ist, sondern ehrlich aus einer anständigen Gesinnung erwächst und dem tiefen Bedürfnis, ästhetische Eindrücke in Worte zu fassen, in *die* Worte, in die einzigen Worte, die es für sie gibt. Und wenn man so arbeitet, dann kann man nicht zu Gunsten einer Clique lügen ...

Ein Geprügelter ist kaum in der Lage, über den Mann mit dem Rohrstock das maßgebende Kriterium abzugeben. S. J. aber hat einen Fehler: er überschätzt das Theater und unterschätzt sich. Denn wenn *der* einmal (wie Harden) vom Theater los und zur Politik und Kultur kommt, – dann gnade euch Gott!

Ignaz Wrobel, Zeit im Bild 1. 10. 1913

177

Verbotene Films

Herrn Professor Karl Brunner

O du gesegnetes Allgemeines Landrecht für die Preußischen Staaten! O du sein gesegneter § 10 II 17: «Die nötigen Anstalten zur Erhaltung der öffentlichen Ruhe, Sicherheit und Ordnung und zur Abwendung der dem Publiko oder einzelnen Mitgliedern desselben bevorstehenden Gefahr zu treffen, ist das Amt der Polizei.» Das ist ein Sätzchen! Jeden Bürger, der mit dem Kasernenton kollidiert, jeden verprügelten Streiker, jedes Opfer stiller Polizeiwachtstuben – sie alle weist ein dicker Zeigefinger auf jene Vorschrift. Die ist aus Gummi und umfaßt wie eine Zelle die Gehirne unterer und oberer Subalterner. Versammlungsverbote, Polizeischikanen gegen alte Zeitungsfrauen, Theaterzensur –: § 10 II 17.

Aber einmal müssen wir ihn segnen und lobpreisen, den Kautschukparagraphen, auf daß er lange lebe auf Erden. Denn siehe, ER zeugete die Filmzensur.

*

Wenn eine Filmfabrik einen Film fertig gestellt hat, oder eine Vertriebsstelle einen englischen oder französischen Film einführen will, dann schickt sie einen Vertreter mit der Celluloidrolle ins Berliner Polizeipräsidium, und dort wird zensiert. (Das beruht auf einem Abkommen zwischen Filmindustrie und Verwaltung, die sich eigentlich nur an die Theater halten darf, aber allen Beteiligten den langweiligen Regreßweg: Kinotheater – Verleiher – Fabrikant erspart.) Die Kompetenz dieser Zensurbehörde erstreckt sich nur über Preußen; die einzelne Ortspolizeibehörde darf aber entgegengesetzte Entscheidungen fällen.

Hier also – in den beiden Vorführungsräumen, die bald nicht mehr ausreichen – wird werktäglich von zehn bis drei Uhr von einer preußischen Verwaltungsbehörde eine Tätigkeit ausgeübt, die man ihr sonst nicht nachsagen kann: Kulturarbeit. Fehlte diese Zensur – nicht auszudenken wäre es.

Also von Zehn bis Drei sitzen die armen Polizeiräte da, und lassen ununterbrochen an sich vorüberziehen: Aus Liebe zum Mordbrenner, In den Tagen Napoleons (aktuell), Das letzte Blockhaus, Nat Pinkerton oder Die schwarze Kaste – Kiste vermutlich, diese Aufschriften sind stets verdruckt. Von Zehn bis Drei. Der Raum ist mittelgroß, nur erhellt von der kleinen grünbeschirmten Lampe am Aktentisch. Die Beamten, deren Augen nicht besser werden, halten sich mühsam wach und fluchen ihrem Geschick, der Apparat surrt – zehntausend Meter täglich – und hier wird klarer als je, wie dies ganze Gezappel auf der Leinwand mit Kunst nichts zu tun hat. Wie mit altem Plunder und minderwertigem Menschenmaterial etwas vorgetäuscht wird, das selbst bei guter Darstellung kalt läßt. Wie dreißig Filmmeter lang eine Kiste zugenagelt wird, Leute ein Mittagsmahl einnehmen. Wie man geht. Wie man läuft. Aber das wäre nur zu ertragen, wenn die Gesten dieser Tätigkeit parodiert würden (was eigentlich nur Prince und Linder können), wenn gezeigt würde: Seht, so ulkig seid ihr, wenn ihr euerm Tagwerk nachgeht! Nichts davon. Statt dessen: Dramas. Ein säckscher Erklärer, den eine Firma hierhersandte, liest die Texte vor, die der Beamte mit den eingereichten Akten vergleicht. Das zerschtörte Lähmsglick; Lort Därbi fordert die Duellisten auf, nachzugähm; Ein Fest in den Tulljérjen – «Tülriin», verbessert der Polizeirat, und wie sie sich so gegenseitig das Zeug vorlesen, denkt man an ein lateinisches Pensum, das mühselig und stöhnend zu Ende gebracht werden muß. Bei dem großen Hindianermassacka wird der Sachse gesprächig. Er taut auf. Er mag sich nicht gern aus dem Film etwas herausschneiden lassen und erzählt allerlei. Schon, damit der Herr Rat nicht so aufpassen. «Nämlich, diese Hintianer, die gehen nu ein. Ja. Sie können die moderne Modernisierung nich so vertragen. Sie ...» «Nanu, nanu», sagt der Rat, «was ist denn das?» Auf der Leinwand ist gerade die «schleichende Hand» dabei, ihre Streitaxt wirbelnd im Schädel eines Weißen zu begraben. «Ja», begütigt der Sachse, «'s is äm en unguldiwiertes Volk.» Aber es hilft ihm nichts; auf der gelben Kontrollkarte, die jedem Film beiliegen muß, wird diese Stelle beanstandet. Schneidet sie die Firma nicht freiwillig heraus, wird der ganze Film verboten. (Dagegen gibt es Klage im Verwaltungsstreitverfahren oder die Beschwerde, die beide im Oberverwaltungsgericht als der letzten Instanz münden.) Garnicht beleidigt schiebt der Mann ab; denn was er hier ausschneidet, wird er (mit Gott!) zu Hause wieder zusammenfügen. Deswegen sitzen hier zwei dicke, kurzstirnige Herren, Kriminalbeamte, die zur Anzeige bringen, was sie an Verbotenem sehen. Und so jagt ein Film den andern. In der Ecke steht ein bescheidener Mann, ein Schauspieler, der sich hier noch einmal bespiegeln will, und es ist auch alles so langweilig, daß sie ihm nichts streichen. Ein kleiner Herr kommt herein: er wünscht eine Titeländerung. «Hujo, der Bandit» ist ihm nicht genug – «Im Sinnestaumel» will er dafür haben. Genehmigt. Ach, wenn es doch wenigstens ein Sinnestaumel wäre! Aber es ist keiner.

Der Polizeirat mit der (symbolischen) Schere sitzt am Tisch und muß aufpassen. Er macht wundervolle Bemerkungen. Er ist klug und vernünftig (wie denn überhaupt bei uns die Geheimräte ebenso liberal und tolerant sind, wie die Subalternen grob und unfähig). Breit und gemütlich ruft er so allerhand dazwischen, Glossen, die noch beim übelsten Theaterpathos zu verwerfen wären – hier sind sie richtig. Vor diesen Kindern, die pausbäckig und langwimperig aussehen wie eine Reklame von Sunlight-Seife; vor diesen Automobilschiebern, die vorgeben, Detektivs zu sein; vor diesen Siouxs – id est: der Naturmensch Voigt und Käsewillem mit die Locken ... hier muß man kapitulieren, sich übergeben. Diese Beamten kennen die Struktur jedes Films – ihnen kann man nichts mehr vormachen.

Und hier, aber nur hier, sind die Maximen am Platz, wonach zensiert wird. Wollte man in der Literatur keine strafbare Handlung, keine offene Gewalttätigkeit durchlassen, so müßte man mit Ausnahme der Heimburg alles verbieten.

Hier ist klare Berechnung auf Sensation. Diese Menschen haben Films herstellen lassen, von denen wir dank der Zensur nichts ahnen. Alle in den landläufigen Films angedeuteten Grausamkeiten existieren ausgeführt. Sie werden gestrichen – aber hier wird jeder Mord, jeder Überfall langwierig und exakt vorgeführt. Es gibt einen (gestellten) Fliegerabsturz, dessen Ekelhaftigkeit seinesgleichen sucht. In brennenden Sparren wälzt sich ein blutender Klumpen – das Ding ist vorzüglich gemacht – eine Frau wirft sich verzweifelt über den Sterbenden, schreit, sie kommen mit der Tragbahre. Und das mit einer pedantischen Genauigkeit, die durch nichts gerechtfertigt ist als durch die Sucht, Geld zu machen, auf Kosten gequälter oder angeregter Nerven, je nachdem es sich um den Westen oder Osten einer Stadt handelt. (Als wieder einmal die Leichen dutzendweise herumlagen, und der Beamte murrte, sagte einer der anwesenden Filmisten: «Geschäft ist Geschäft.» Gewiß, und Schweinerei ist Schweinerei.) Nervenkitzel, auf Hintertreppenart – es ist ihnen alles gleich. Ein Mann liegt auf einer Säge, festgebunden auf Baumstämme, immer näher rutscht er an die Zähne, immer näher; das dauert wenigstens zwei Minuten. Da sind die Krankenhausfilms mit Vivisektion, Serumseinspritzungen und Elendsgestalten im Bett. Da gibt es eine Augenoperation: der Kranke wird in ein weißes Tuch gehüllt, das nur ein Auge frei läßt; dann erscheint das Auge, riesengroß, die Lider von zwei Klammern auseinandergezerrt, und eine Spritze pikt langsam in das Weiße. So.

Hier ist der bürgerlich abwägende Normalbeamte am Platz. Hier kann kunstwidrig und trocken die Handlung des Intriganten gestrichen werden, «weil er ein gemeiner Kerl ist». Hier ja. Weil das Pack vor nichts zurückschreckt. Weil sie bei dem Sturz des Fliegers von der Siegessäule behaglich kurbelten und nicht ruhten, als bis sie auch die widerliche Bergung der Leiche hatten. (Der Film liegt noch auf dem Präsidium.) Weil ihnen alles gleich ist, wenn es ums Geld geht; weil sie im Dreck wühlen, damit das zittrig-neugierige Publikum Einblick in wohlverhüllte Dinge bekomme. Sie haben «an Ort und Stelle» das Leben Jesu gefilmt, und sie würden auch heute noch eine Hinrichtung aufnehmen.

Daß da manches zum Opfer fällt, was ganz lustig ist – macht nichts. Ein reizender amerikanischer Damendarsteller, der noch im Corset Zigarren rauchte, fiel – weil er «auf perverser Grundlage» beruhe. Nun, diese Art Films haben selten den Chic, den dieser Jüngling entwickelte, als er seine Röcke hochnahm, und trippelnd zu laufen begann, wie ein Weib. Meist haben wir nicht viel verloren. Und die andern, beschlagnahmten, die ich sah, waren wie üblich. Zum Abgewöhnen. Gewiß: Mißgriffe kommen vor. Ein Boxerfilm ging durch, auf dem die Kämpfer sportswidrig mit bloßen Fäusten, ohne Handschuhe auf einander losprügelten – von derselben Verwaltung werden dem berliner Boxmeister Edwards die größten Schwierigkeiten in den Weg gelegt. Immerhin: im großen Ganzen ist es gut, daß in Zweifelsfällen gestrichen wird.

*

Aber ein andres ist eine Gefahr. Im selben Gebäude, ein paar Stockwerke höher, wohnt die Theaterzensur. Hier werden, immer noch, aus politischen, verwaltungstechnischen, unkünstlerischen

Gründen, Kunstwerke umgebracht. Die Filmisten rennen gegen ihre Zensur mit unsern Gründen Sturm. Dieser Kampf schadet uns. Das will freie Hand haben, um Geld zu scheffeln, das kreischt aufgeregt von der Freiheit der Kunst und rempelt alle paar Nummern seiner Fachpresse Beamte an, die mehr Geschmack, Verstand und Anstandsgefühl haben, als die ganze Gesellschaft.

Die Filmzensur ist nötig. Weil Kinder eine starke Hand nötig haben. Und weil für eine Schulklasse von Rüpeln der Stock gerade gut genug ist.

Die Erwachsenen aber täten gut, die Kinder immer mehr von sich abzuschütteln und jede Zusammengehörigkeit auch im Schein zu vermeiden. Hier gibt es keinen Kompromiß. Hie Kunst! Hie Kino!

Kurt Tucholsky, SB 2.10.1913

178

Sehnsucht nach der Bakerstreet

Der Kriminalroman ist dahin. Wir haben jetzt Kriminalfilms, und Kriminalschauspiele waren schon immer da. Aber der gute alte Holmes zieht nicht mehr. Und er fehlt uns, ach, so sehr.

Brüder in Apoll! Sagt doch ehrlich: saßet ihr nicht gleich mir vor Gemütlichkeit zusammenschaudernd in der Bakerstreet beim Holmes, wo alsbald durch das Unwetter das Rollen einer Droschke hörbar wurde oder der Klingelzug eines Hülfsbedürftigen? «Watson», sagte Holmes dann jedesmal, «wenn mich nicht alles täuscht, so kommt dort ein junger lungenkranker Matrose vom dritten Regiment in Davonshire und hat uns etwas zu sagen.» Und richtig – er kam.

Ihr wißt alle, wie es weiter ging. Der «Fall», die Vorgeschichte, die langsam heraussickerte, die ersten Anzeichen der Entdeckung – war es nicht schön, wenn Holmes morgens zum Frühstück nicht erschien, sondern uns erst gegen elf Uhr in einem Matrosenanzug erschreckte, aber dafür auch einen kleinen Pfeifenstummel gefunden hatte, der seinesgleichen suchte?

Es war schön.

Auch das hat nun der Film gemordet. Da sehen die Wohnungen der Detektivs immer anders aus; wir kommen nicht dazu, uns auch nur in einer wohl zu fühlen. Bei Holms kannten wir jedes Eckchen, wußten, daß er es liebte, ein wenig unordentlich zu sein, und kannten seine gefährliche Kokainleidenschaft.

Dahin, dahin. Und statt abends bei der Bettlampe den anspruchslosen Sherlock zu lesen, der bereits anfing, Tradition anzunehmen, muß ich mich mit prätentiösem Kitsch abplagen, der mir noch einreden will, er sei etwas – mit ... Aber ich zeige auf keinen.

Peter Panter, SB 2.10.1913

179

Die Jahrmarktszeitung

Das hat uns gerade noch gefehlt! wir haben noch nicht genug Schmöcke und Sensationsmacher und Straßenbrüller. Nun hat auch noch der amerikanische Zeitungskönig – aber sein Thron steht auf den Köpfen der Yankees – der New Yorker Hearst, eine Filiale seines Nachrichtenbetriebes in Berlin aufgemacht und ließ ein und ein halbes Pfund bedrucktes Papier für zehn Pfennige vertreiben. Was wollte er? – Propaganda machen für eine Beteiligung der Deutschen an der Weltausstellung in San Franzisko. Aber darüber ließ sich reden. Wie aber haben sie es gemacht? –

In einer Art, die zeigt, wohin wir kommen, wenn wir nicht bei uns zu Hause die Zeitungsläden sorgfältig überwachen. Gegen diese Burschen ist ja Scherl ein wissenschaftliches Fachblatt und der österreichische Journalist ein stiller Stubenhocker!

Da sind über einer Arbeit erst einmal 38 Überschriften, und die Artikel laufen in sechs verschiedenen Spalten nebeneinander her. Und was für Artikel! Wahl- und lieblos hat man Musiker, Schriftsteller, Schmöcke, dekorative Nullen aufgefordert, über ein Thema zu schreiben, das sie allesamt nicht verstehen. Und die geschmeichelten und photographierten Deutschen krochen auf den Leim, ließen sich drucken und abbilden und merkten nicht, wie mäßig geschickte Unternehmer ihnen den Gratisbesuch einer Jahrmarktsbude versprechen, um die Besucher dann selbst auszustellen. Nur ganz wenige haben in eigener Sache gesprochen. Die anderen sind nach dem bewährten Prinzip gefangen worden, das da besagt, die Eitelkeit sei immer noch größer als die Fachkenntnis.

Aber die Aufmachung ist richtig so. Sie zeigt uns den Weg. Denn das Ganze mit seinen Bum-Bum-Annoncen und seinen dummen Schlagworten und fett gedrucktem Schwatz ist nur eine Steigerung dessen, was immerhin die noch einigermaßen gewissenhaften deutschen Zeitungsleute nicht gewagt haben. Ob unser Publikum heute schon mitgeht, ob der Boden so eine Sumpfblüte schon verträgt, wird sich zeigen.

Aber man sollte so ein Papier, das voll ist von Entstellungen, Prahlereien und oberflächlichem Geschrei in Deutschland nur so herstellen, wie es das verdient: perforiert.

tu., Vorwärts 4. 10. 1913

180

«Dienstlich»

In Diedenhofen hat ein Leutnant einen Fähnrich erschossen. Bei einer nächtlichen Sauferei: der Leutnant erklärte schlucksend, er wolle sich nunmehr das Leben nehmen. Nun, das sagt man schon so des Nachts um halber zwölf. Aber dem da schien es ernst zu sein, denn er zog einen Revolver und fuchtelte damit herum. Der Fähnrich, der das Unheil kommen sah, nahm seinem betrunkenen Vorgesetzten das Schießgewehr weg. Darauf wurde der nüchtern und «befahl wiederholt dem Fähnrich dienstlich», ihm den Revolver zurückzugeben. Was dieser auch tat, – der Leutnant holte sich von seinem Burschen Patronen und schoß den Fähnrich tot.

Es wird Sache der Gerichte sein, sich mit diesem Tatbestand näher zu befassen. Wir haben uns bloß mit dem Wort «dienstlich» zu beschäftigen. Es steht immer in diesen Berichten, die wir zur Genüge kennen. Wenn ein Offizier eine Weibergeschichte hat, einen Zusammenstoß mit Vorgesetzten aus privaten Gründen, – immer wird die Sache irgendwo dienstlich. Bis dahin stand man sich als Mitmensch und Gegner gegenüber, – wenn man aber nicht mehr weiter kann, befiehlt man «dienstlich». Praktisch: die Kommandogewalt gilt immer. Das ist eine gefährliche Waffe in Händen von Leuten, die noch nicht weit genug sind, um zwischen Privatverhältnissen und dem Dienst zu unterscheiden. Im Gegenteil: nachts um zwei, wenn man nicht mehr gerade stehen kann, hört die Gemütlichkeit, aber auch der Dienst auf.

Das Wort imponiert. Niemand nimmt mehr Anstoß daran, wenn so ein junger Leutnant nachher im Gerichtssaal erklärt: «Ich befahl dem Angeklagten dienstlich ...» Und wenn man näher hinhört, saßen sie alle zusammen beim Jeu und waren alle zusammen heillos betrunken. Das ist eine Farce, die abgetan werden muß. Sie bilden einen Staat im Staate – denn wenn jemand bei einer Rauferei sich auf den Postassistenten ausspielt, wird er ausgelacht. Hier fliegt der andere in den Kasten, wenn er nicht noch im Rinnstein mit den Händen an der Hosennaht salutiert: «Zu Befehl, Herr Leutnant!» – Der Dienst gehört in die Kaserne. Beim Sekt hat er nichts zu suchen.

Anonym, Vorwärts 8.10.1913

181

Herrnfeldtheater: «Eine feine Familie»

Im Herrnfeldt-Theater haben sie jetzt eine neue Posse einstudiert. Aber nicht wieder so eine, wie sie hier schon Tradition geworden war, mit dem obligaten Ehebruch und der Angst der schlotternden Ehemänner und so. Diesmal ist es den beiden ausgezeichneten

Brüdern gelungen, ein Symbol darzustellen, ein Symbol der bürgerlichen (speziell jüdischen) Familie.

Sie zeigen, was selten gezeigt wurde: wie diesen Leuten das Zusammengehörigkeitsgefühl in Fleisch und Blut sitzt, wie sie beieinanderhocken und sich hassen, aber sie lassen sich nicht, sie lassen sich nicht. Sie wollen alle zusammen verhindern, daß Onkel Leibusch, von dem sie erben werden, wenn er Gottlob! tot sein wird, heiratet. Er soll nicht heiraten! Wozu soll er heiraten? – Und sie grübeln und denken und spintisieren, wie sie ihn daran hindern können.

Nun, es gelang ihnen nicht. Aber anläßlich dieser Intrigen, dieser kleinlichen Kabalen enthüllt sich uns die ganze Gesellschaft in ihres Lebens Maienblüte. Zieht man die schwankmäßigen Situationen, die Witze, den Geist der Übertreibung ab, dann ist die Bühne ein Spiegel des Parketts.

Aber das wollen wohl die Leute nicht so sehen. Sie meinen, der Spiegel sei ein Bild. Und belachen die Übertreibungen, die Witze, den Schwank.

Ohne daß die Herrnfelds Partei genommen hätten – hier ist mehr. Der das Stück gemacht hat, der muß sehr viel und gut beobachtet haben. Der muß gesehen und verstanden haben. Begriffen, wie nach all dem Zank, dem Ärger, den häuslichen Schlachten doch wieder alle an der festlich geschmückten Hochzeitstafel zusammenhocken, toasten, Gedichte aufsagen und der Welt – in diesem Falle den Kellnern – ein trauliches Bild deutschen Familienlebens vor Augen führen.

Die ersten zwei Akte haben die Kellner nicht gesehen. Aber wir.

Und wenn wir nun wieder von dem traulichen Familienleben lesen, dann wollen wir uns an diese zwei und an den letzten Akt gern erinnern.

tu., Vorwärts 8. 10. 1913

182

Die Familie

Die Herrnfelds haben ein neues Stück herausgebracht. Eine Posse, aber eine aus Fleisch und Blut. Kein Wort mehr über die Darstellung. Wir haben sie hier schon so oft abgeschildert – die gekrauste Nase des einen Bruders, die kugligen Augen des andern –, daß uns zu tun nichts mehr übrig bleibt.

Aber diesmal ist es das Stück, das uns aufhorchen macht, und damit ist es ein ander Ding. Ein erschreckender Naturalismus kriecht auf der Bühne umher, lümmelt sich in Fohtöchs, grunzt, bewegt aufgeregt die Gliedmaßen der Acteurs und läßt uns schmerzlich lächeln. Was ist das? Wir erinnern uns. Woran? Warum? Hört:

Leibusch, der alte Erbonkel, will heiraten. Er darf aber und soll und müßte es nicht; denn dann fällt das schöne Geld an die Frau (und an das Kind und – «ein Kind wird kummen ...!» schreit immer einer, und das ist Anton Herrnfeld). Und die Familie brütet nun, grübelt, tobt und ächzt, wie sie den Onkel von seiner Heirat abbringen könnte. Es gelingt nicht. Aber – Schlußpointe: der alte Leibusch hat ein riesiges Vermögen, noch größer, als man es sich gedacht, ist großherzig, und reich beschenkt verlassen die heiratsfähigen Töchter das Lokal.

Das Stück gibt es schon so ähnlich einmal auf christlich, und da heißt es «Kettenglieder» und ist von Heijermans. Aber dieser Dichter nahm Stellung. Er deckte die Widerlichkeiten der Personen auf, wies mit dem Zeigefinger auf sie hin und sagte: «Da!» Die hier weisen garnicht. Es ist eben so. Und nur, weil es sich um eine Posse – so scheint es – handelt, läßt sich das berliner Publikum eine Darstellung seines Gottes, seines Tabu gefallen: eine Darstellung der Familie.

Bei Gelegenheit dieses Spiels vom alten Mann, der heiraten will, es aber nicht soll, wird aufgedeckt, was hier vorgeht. Was?

Wir sehen ein Knäuel Krebse. Eine Masse, die nie in Ruhe ist, die sich beißt, prügelt, zerfleischen möchte, aber nicht einmal dazu die Kraft hat. Eine zähe Masse, die alles, was in ihrem Bereich liegt, herunterzieht, und tobt, wenn ihr einer entwischt. Ist es so? Es ist so.

Wie sie da am Schluß zusammensitzen – alle, der Onkel Baldrian und die Tante Speranza und alle, alle – an der Hochzeitstafel: da haben wir ein Symbol. Sie möchten sich am liebsten auffressen, gegenseitig, und alle zusammen den alten Leibusch. Aber sie sitzen doch zusammen, und statt einer reinlichen Trennung haben wir den trüben Mischmasch, den Skandal, den Spektakel. So geht es zu. Muß es das?

Vielleicht. Jedenfalls behaupten sie es. Es sei [nicht] gut, daß der Mensch allein sei. Aber es ist auch nicht gut, daß er immer zu vielen ist. Denn als einmal Donat Herrnfeld brüllt: «Ist es denn garnicht möglich, daß me einmal allein ist ...!!» – da möchte man antworten: Nein! Bei dir nicht. Schaff dir erst die ganze Wirtschaft vom Hals, dann vielleicht. Aber sie hocken weiterhin zusammen. Die Geschichte von den feindlichen Schwägern ist einfach von der Straße geholt –: sie sind so verfeindet, daß sie nicht zusammen angemeldet zu werden wünschen. Aber Ihr kennt das.

«Wenn ich das haben will, geh ich zu mir nach Hause», lautet das berühmte Wort des Friedensfest-Besuchers. Aber ist es denn nötig, daß er das bei sich zu Hause vorfindet? Nein.

Denn was dieser Wust schon an Energien verschlungen, was diese Hölle schon an Frauen und vor allem an Mädchen, die nicht herauskönnen, verdorben und zerfleischt hat: das ist nicht zu sagen. In der Brutwärme der Familie ersticken nicht nur die Genies. Auch der Mensch geht drauf. Ehemänner, die jede einsame Insel dem trauten Heim vorziehen, Mädchen, deren Entwicklung nicht gehindert wird, weil sie erst garnicht dazu kommen, sich zu entwickeln, sondern gleich verheiratet werden: sie alle sind das Opfer der Familie. Wirklich wehrlose Opfer?

Aber sie müssen ja nicht. Kein Mensch kann sie zwingen. Denn deutlich zeigt es sich in dieser kleinen dummen Posse, daß das Zusammengehörigkeitsgefühl viel tiefer sitzt als im Portemonnaie, daß sie auch zusammenhocken würden, wenn sie alle Geld hätten. Sie solltens aber nicht. Die paar Guten, die immer darunter sind, sollten sichs gesagt sein lassen: man muß nicht. Lauft fort, seid rücksichtslos, pufft, wenn man euch pufft, und begebt euch in frische saubere Luft.

Und spart eure Gefühle für die Frauen auf, die euch einmal begegnen, und wenn ihr Glück habt, für einen Freund, und wenn ihr einen Haupttreffer macht: überhaupt nicht für einen Menschen, sondern für eine große und schöne Sache.

Ignaz Wrobel, SB 9.10.1913

183

Die Musik kommt

Nun zwängt, die sonst Musik die Töchter lehrte,
sich ins Schwarzseidne mit dem Krachkorsett;
und daß man Haydn, Bach und Koschat ehrte,
beweist man durch Gesang und am Spinett.

Nun schlagen wieder löwenmähn'ge Meister
mit ihren Pranken auf die Flügel ein,
und fiedelt jemand Violin, dann heißt er
Mischka und soll erst sieben Jahre sein.

Du siehst mich lächelnd an, Eleonore –
auch du, Geliebte, seist ein Singtalent?
Doch jach entfleucht mir durch dem rechten Ohre,
was Dein Sopran mir in das linke flennt.

Ach ja, der Herbst! Die Blätter werden gelber,
und jedes Mädchen kriegt ein hohes C,
und auch der Muhsikpädagoge selber
stund auf und tremolieretee …

Du Stadt der Lieder, bist du nicht verwundert?
So jedes Jahr hast Du um den Advent

Musikkonzerte Stücker achtzehnhundert –
doch mit Gewinn nur: sechseinhalb Prozent.

Theobald Tiger, SB 9.10.1913

184

Notschrei

Lieber Gott! Beschere uns doch nur einmal in Berlin ein «Soupertheaterchen»! Eine kleine oder große Bühne, die mich unterhält, ohne mein Gehirn in Anspruch zu nehmen. Ist das nicht aufzutreiben? Es scheint, daß es nicht möglich ist.

Was gibt es denn jetzt? Ein einziges Varieté. Aber, wenn ich nun nicht ins Varieté gehen möchte, wenn ich nun einmal etwas andres zu sehen gewillt bin?

Dann muß ich mir «Lustspiele» betrachten, deren erster Akt ... Er enthält eine sorgfältige Disposition, endlose Erzählungen alter Jugendfreunde werden durchgenommen, langsam macht man uns mit den Eigentümlichkeiten der in Betracht kommenden Schwiegerväter und -mütter vertraut, und schließlich spitzt sich nach mühevoller Arbeit die Situation so weit zu, daß sie für die große Verwechslungskomödie im zweiten Akt reif ist. Heiliger Vater! Und was die weibliche Hauptrolle betrifft, so hat dieses Mädchen schon auf der Schule immer ihre Gedichte so schön aufgesagt.

Oder ich muß in die Theater gehen, in die die jungen Mädchen sooo gern einmal gehen möchten, aber doch nicht dürfen – und was sehe ich dort? Eine lächelnde Kokotte mit großen Vorderzähnen und viel Busen, ein Bett und viele Umschreibungen für medizinisch interessante Vorgänge.

Wir wollen aber gern ganz etwas andres sehen. Wir wollen uns angenehm unterhalten an kleinen anspruchslosen, witzigen Dingen, die gegen kein Ethos verstoßen, die voraussetzen, daß man ein anständiger Mensch zu sein hat, und uns auf dieser Basis zum Lachen bringen. Denn es ist ein großer Unterschied, ob man auf Provinzschlächtermeister und Schieber wirken will oder auf Herrschaften, die über alles zu lächeln bereit sind und auch selbst nicht geschont werden wollen. Wo sind die kleinen Einakter, die mir mein Abendbrot verdauen helfen? Die Kunst im Leben des Bürgers. Gewiß. Aber Unterhaltung ist keine Schande, und ich mag lieber einem Kasperletheater zusehen als einem schwerfälligen Schwank. Wo ist der Pierrot, der mit irrsinnig weit geöffneten Augen in das schwarze Zimmer Colombinens tritt? Seine Hände sind schief und beschwörend nach vorne gestreckt, weil ihn der Flügel irritiert. Der große schwarze Flügel, auf dem die Obertasten weiß und die andern schwarz sind. Oben aber, auf der polierten Ebenholzfläche, liegt eine weiße Puderquaste, ein großes flaumiges Ding – und beginnt zu tanzen. Und ist Colombine.

Solche grausigen und lächerlichen Sachen will ich sehen. Nicht immer auf Viertelstunden selig entschlummern. Öffne ich aber die Äuglein, siehe, dann ist noch immer der Briefträger auf der Bühne und hat zum Gaudium aller seine Schuhe nicht an, weil er dieselben nicht finden kann.

Ist es denn gar nicht möglich? Sollten sich denn wirklich nicht soviel Leute finden, die sich abends auf geschmackvolle Weise unterhalten wollen? Unterdrücken denn die Kaffern auch hier, indem sie uns zwingen, uns bei ihren Belustigungen zu langweilen?

Eine neue Bühnengründung? Um Gotteswillen. Wir wissen doch, wie so etwas in Berlin endet. Von der Reklamenotiz bis zum Konkurs ist nur ein Schritt.

Aber eins könnt ihr tun: wenigstens dies eine. Versagt diesem unangenehmen Abendamüsement euern Beifall. Verreißt sie, wo ihr könnt. Sie sollen unter sich bleiben. Sie sollen sich nicht einbilden, das sei Witz oder Grazie. Sie sollen erkennen, daß es eine Art Abendtotschlag à la bourgeoise ist.

Wir aber wollen warten, bis unsre Zeit gekommen ist. Und da können wir lange warten.

Peter Panter, SB 9. 10. 1913

185

Die Girls

Sie sind auf der ganzen Welt gleich: in Sydney, in Singapore, in London – sogar in Berlin haben sie ihre Eigenart bewahrt. Wie sind sie? – So:

Die Bühne bleibt noch einen Augenblick leer, die Musik hat ein Stück unter mit Gegenrhythmus und süßlichen Geigentönen. Dann, von rechts und links, sie. Gewöhnlich in Babykostümen, oder in Wadenstrümpfchen, jedenfalls alle gleich, unwahrscheinlich geschminkt und kindlich aufgemacht. Alle vierzehn tänzeln nun an die Rampe und singen ihr Lied. Kann mir nicht jemand sagen, was diese Mädchen eigentlich singen? Ich weiß es nicht. Niemand weiß es. Jedenfalls singen sie, und es ist lieblich anzuhören. Ihre Stimmchen sind aus zartestem Blech, ihr Piano heiser, aber sie singen rein. Ihre Köpfchen liegen schelmisch schief – und stets bieten sie den Anblick einer Photochrom-Ansichtskarte.

Man darf sie nicht individualisieren. Der deutsche Zuschauer pflegt davor zu sagen: «Sieh mal, die dritte von links, die ist niedlich!» und sieht nun die ganze Nummer über bloß die dritte von links. Falsch. Die dritte ist überhaupt nicht vorhanden, sie ist nur da, wenn die andern da sind. So, wie es nicht eine Parallele allein gibt, so gibt es auch kein Sunshine-Girl allein, ohne die andern. Nicht vergleichen müßt ihr, nicht abwägen, welche besonders nett ist. Alle miteinander, alle miteinander, so, wie sie da sind.

Und wer möchte sich nicht von den kleinen Vogelleibern umdrängt wissen, einmal, im Traum meinetwegen, ihre Stimmchen allzumal hören, ihre Händchen fühlen, alle achtundzwanzig? Und im zierlichsten Sopran umtrippelten sie den gewaltigen Mann, den Riesen, den Gott.

Am Tage sehen sie dick aufgequollen aus. Mögen sie – was gehen mich ihre Privatschicksale an? Nichts. Sie drehen ihre Schirmchen, sie springen durch ein Schnürchen, sie wiegen die Lockenperückchen – Sonnenscheinmädchen, Sunshinegirls.

Peter Panter, SB 9. 10. 1913

186

Fauste! Fauste!

Die Marionetten sind wieder in Berlin. «Paul Branns Marionetten aus München sind hierselbst eingetroffen und werden einem hohen Publiko, Adel pp. im großen Saal von Keller & Reiner etwas vorzuagieren die Ehre haben» ... Ach, niemand rufts aus. Aber eigentlich dürfte der Gemeindediener mit der Schelle und der versoffenen Amtsstimme nicht fehlen – und eine Stadt, in die er nicht hineinpaßt, kann auch diesen Versuch, das alte Faust-Spiel wieder aufzuführen, nur eben als einen kulturhistorisch interessanten Versuch auffassen. Ein sauber geleckter Ausstellungsraum, ein sauberes Theaterchen, elektrisches Licht: das alles will nicht zu dem Puppenspiel passen, das man sich nur im Tanzsaal einer Dorfwirtschaft vorstellen mag, bei blakenden Öllampen und untermischt mit derben Späßen des Wurschtl. Der war direkt stubenrein geworden und nicht wiederzuerkennen.

Das mag man auf einem modernen Marionettentheater nicht sehen. Viel lieber möchte man eine richtige kleine Liebesgeschichte haben, so ein zierliches Ding mit Trennung und kleiner, feiner Musik; und wenn es schon etwas Historisches sein soll – dann Mozart und ein glöckleinklingendes Rokoko. Nur der Feuilletonist vermöchte hier die Drähte symbolisch aufzufassen: wir andern fanden alles zu lang und zu schwer. Zu schwer für die Puppen und – für den Regisseur. Denn auch hier ist Rhodus; und was bei den erwachsenen Schauspielern nicht richtig ist, wirkt hier doppelt verkehrt. Zudem wurden die Puppen nicht sehr gut bewegt; neulich bei Puhonny, im Theater der Moden, wackelte jedes viel differenzierter mit den Holzgliederchen und schlenkerte amüsant mit den Beinchen und gab ausdrucksvoller wieder, was es sagte. Hier aber sagte die Puppe nichts – sondern man fühlte, wie einer sprach und einer bewegte.

Nein, nein. Wir wollen Sinnfälligeres, bessere Musik, einen tapfern Cassian und eine verliebte Serva padrona.

Peter Panter, SB 9. 10. 1913

187

Kritik des Parketts

Wenn fromme Reden das Geschäft begleiten, dann fließt die Arbeit munter fort; und weil man sich nicht gern die Einflußlosigkeit der Kritik in diesen Dingen zugesteht, cachiert der Pressemensch unter Witzen, daß er gezwungen ist, achselzuckend zuzugeben, die neue Posse im Berliner Theater sei zwar ... aber –. Und das macht ja der Freundschaft kein Loch, deswegen gehen geht sie doch.

Und so wollen wir weniger die Bühne als das Parkett rezensieren. Denn was aus diesem Possenstoff hätte herausgeholt werden können, ist sorgfältig vermieden: der Werdegang Berlins. Man hatte knapp das äußerlichste Kolorit getroffen und ... Pfui, Panter, ich glaub' gar, Du duckst Dich zum Sprung!? Schnurre, leck Dich und spinne träumerisch die Geschichte des Publikums von 1913.

Siehe, die Zahl der zuschauenden Mitarbeiter war größer als die der einfachen Zuschauer. Die Lieferanten saßen in der Loge und die Konfektionäre im Parkett und die Hausdiener im zweiten Rang. Man klatschte. Es gab aber kaum etwas zu beklatschen. Denn weinerliche Sentimentalität und Radaumusik läßt man sich gefallen, wenn beides aus dem Herzen kommt; aber es kam aus dem Direktionsbureau und der Routine, und so etwas ist lieblos. Irgendwie ist dies verlogen: so wie man sich gegenseitig suggerierte, man sei ein gesellschaftliches Bild, weil man im Smoking und mit nackten Schultern dastand, so suggeriert man sich den Schlager und den Tango und die Modenschau. Etwas stimmt nicht. Man hörte die Scharniere knacken. «Wenn Bismarck mal zur Regierung käme, das wäre ein schönes Unglück», sagt einer. Aha! denkt der aufgeklärte Zuschauer und fühlt sich überlegen. «Diese neumodische Eisenbahn» ... und wieder wirft sich jener in die gestärkte Brust, weil er morgens mit einer Untergrundbahn zu fahren gewohnt ist. Das goldene Herz wird in den Laden gestellt, die Demokratie der achtziger Jahre – so wie überhaupt die Possenbühne bestrebt ist, dem Berliner einzureden, seine Stadt habe sich seit dreißig Jahren nicht verändert. Alles ist hier nicht 1913, sondern eine trübe Vortäuschung einer nun doch vergangenen Epoche. «Wenn ick man auch 'n einfacher Schlosserlehrling bin ...», sagt Sabo. Das läßt tief blicken. Niemand empfindet mehr so. Man ist nicht mehr Schlosserlehrling, sondern Monteur bei der A.E.G., und legt Wert darauf, durchaus nicht einfach zu sein. Aber liegt schließlich für die Großindustriellen der Possenfabrikation ein Grund vor, sauberer zu arbeiten, solange der Markt aufnahmefähig für die alten Modelle ist? Und so werden wir noch eine Weile die Surrogate einer berliner Posse erleben – das Original aber ist tot, und es scheint heute keinen Standpunkt mehr zu geben, von dem aus man diese scheinbar unzusammenhängende Vielheit von Berlins fassen könnte.

Die Darsteller schnitten gut ab, lösten ihre Aufgaben zur Zufriedenheit, waren ansprechend oder entsprechend, zeichneten sich aus und sind überhaupt zu nennen. Wirklich komisch aber: Fräulein Sabo in der Krinoline und Sennor Josef Dora in unglaublichen spanischen Hosen. Aber als sie, die Dora, einmal – die Einzige am ganzen Abend – richtig spielte, als sie, eine hundertzweiundachtzigjährige Greisin, fauchend und kratzend im Modesalon ihren Mann anzischte, ohnmächtig, zahnlos und eitel-wunderlich: da schwieg das Haus. Nicht vor Ergriffenheit, sondern weil es sich den Namen der Modefirma, die da ausstellete, zuzuflüstern hatte.

Peter Panter, SB 9. 10. 1913

188

Max Ulysses Pallenberg

Der heimgekehrte König Odysseus im Theater am Nollendorfplatz ist Pallenberg, und er verdunkelt alles und alle. Er stelzt wie ein Hahn auf dem Mist umher, er singt meckernd ein Antrittslied, bei dem er aufgeregt, aber symmetrisch von links nach rechts läuft und sich selbst sehr wohl klar ist, daß diese Pflicht des Tenors, jeder Seite des Hauses etwas Stimmgold zu geben, widersinnig ist – aber er machts mit. Er macht überhaupt immer alles nur mit. Er rast in Assoziationen, die zwar mit der Sache nichts mehr zu tun haben – aber hübsch sind sie doch. Alte liebe Volkslieder fallen ihm ein: wenn zufällig im Text das Wort «Kamerad» vorkommt – gleich singt er heiser, aber ausdrucksvoll: «Ich hatt' einen Kameraden, einen bessern findst Du …» – lange Pause, und dann, verachtungsvoll: «nit!» Er schmeckt dieses seltsame Wort erst auf der Zunge, bevor er es herausgehen läßt, er zerbeißt es und spuckt den Rest aus.

Er ist häßlich wie eine Schildkröte. Gelobt sei der Zahnarzt, der ihm diese Menge Goldplomben einsetzte – das macht erst den König. Hei, wie die in der Sonne glitzern! Und aus diesem Mund fallen (bei Seite) laut und deutlich Unfreundlichkeiten gegen die Mitspieler heraus, diese Hände greifen ununterbrochen nach dem roten Läufer, den er mit sich herumträgt, und wickeln ihn zusammen, und heben den Tuchballen wie eine etrurische Vase auf die Königsschultern und –: zierlich steht er da.

Über diesen Großen, der mit seinem Ziegentenor noch einen mauschelnden Tonfall ins Pathetische zu ziehen vermochte, der einmal, am Schluß, bloß mit der linken Augenbraue bewirkte, daß beinah alles ins Tragische umkippte – über dieses Genie vergaß man auch die Massary, die doch kein Blut, sondern Irroy in den Adern hat. Und wenn noch hier und da Ansätze sich zeigten, Walzerchen aufhüpften, Flöten und Fagotte Unfug trieben, und ein ganzer Chor jubelnd rief: «Länder – Länder – Länder – Länder –»: dann wippten wir auf den Sitzen mit und bedauerten nur, daß Offenbach diese besten Spieler seiner Marionettenbühne nicht mehr erlebt hat.

Peter Panter, SB 9.10.1913

Büchner

Der Tonfall von «Wozzek», die Melodie von «Leonce und Lena» ist mir im Fleisch und Blut. Diese starke Wirkung beruht, glaube ich, nicht so sehr auf einer Technik, die zum Teil die Shakespearesche ist, wie auf einer Betrachtungsweise. Der Welt und des Theaters. Das Theater ist bei Büchner, der ein Dramatiker war von Geburt, ein buntes erleuchtetes Loch, vor dem die Zuschauer mit weit aufgerissenen Augen sitzen, die lieben Leute, denen man es doch ein bißchen deutlich machen muß, wie es so im Leben zugeht. Im Leben? Nun, jedenfalls in dem, das Büchner sich zurechtgelegt hatte. Der Rahmen war immer der gleiche: mochten das zarte Pastellprinzessinnen sein oder besoffene Hofmeister, arme Soldaten oder gelehrte Ärzte mit Knopfstock und lateinischen Floskeln – immer wurde das Typische gegeben. Und mehr als das: ein bißchen Ironie. Ein bißchen – eben ein bißchen Theater. Die Rede allein macht es nicht, wenn nicht die Gegenrede dazu kommt. Der Erste weiß schon immer, was der Andere sagen wird: sie reichen sich gegenseitig das Stichwort zu, werfen es hin und her und spielen mehr mit der Sprache, als daß sie sie sprechen. Von den Wortspielen wissen alle Beteiligten, daß sie eigentlich nur zum Spaß angebracht sind – so, damit sich die Spieler und das Publikum unterhalten.

Aber manchmal, da geht dann doch das Blut und das Tempo mit ihm durch. Im «Wozzek» sind so ein paar Stellen, etwa: wie sie dem Kind mitteilen, daß sein Vater ermordet worden, und «Leonce und Lena» besteht zur Hälfte aus diesen Passagen, die singen und tönen und nie mehr loslassen. Und so ist auch der Anfang der einzigen Novelle, die wir von ihm besitzen: «Lenz». «Den zwanzigsten ging Lenz durchs Gebirg.» Maëstoso. Wie Paukenschläge am Anfang einer großen Symphonie.

Ist dies das Forte, so gibt es zwei Pianostellen: die zwei Gedichte. Die – denn außer unerheblichen Jugendgedichten sind sie die einzigen. Eins im «Wozzek», eins in «Leonce und Lena». Das zweite pianissimo, das erste von einer so zerrissenen, fürchterlichen Verzweiflung, daß es sich lohnt, nur dieses schrecklichen Wiegenliedes wegen das Stück zu lesen. Wie das aufhört:

> Lauter kühle Wein muß es sein, juchhe!
> Lauter kühle Wein muß es sein!

Mit dem Ton auf «lauter» – und wem sich bei dem «Juchhe» das Herz nicht zusammenkrampft, der ist kein Mensch.

Hundert Jahre – man sollte meinen, er würde nun auf den Schulen gelesen. Als Klassiker. Ach nein! Die Familie, der er angehört, hat nie großes Glück gehabt bis auf den heutigen Tag: der junge Schiller wird auf eben den Schulen nur wegen seiner körperlichen Identität mit dem alten geduldet, Panizza ist unbekannt im Irrenhaus gestorben – wir werden ihm nächstens einen Kranz aufs Grab legen, nicht wahr? – und Wedekind ... Nun, man weiß ja, warum der «zieht».

Lieber S. J., sagen Sie doch den Theaterdirektoren, sie möchten Georg Büchner aufführen. Hundert Jahre sind eine lange Zeit, und wenn einer so lange gewartet hat, dann will er sich im Grab auch einmal auf die andre Seite drehen. Gewiß: «Ein guter Mensch, der sein gutes Gewissen hat, tut alles langsam», sagt der Hauptmann zu Wozzek. Ein gutes Gewissen haben doch die Theaterleute, und nun ists Zeit.

Kurt Tucholsky, SB 16.10.1913

190

Zarathustra und Appelschnut

> «Otto Ernst wird im Choralionsaal zu Berlin drei Vorträge unter dem Gesamttitel: ‹Nietzsche, der falsche Prophet› halten.»
>
> Zeitungsnotiz

Nicht immer sind die Philosophen wohlgelitten,
Es gärt schon lang bei Otto Ernest Schmidten.

Die Volksschullehrerkneifergläser beben:
Dem toten Nietschke wern wer det mal jeben!

Und selbst der Bart bleibt nicht ganz unbeteiligt –
man streicht ihn sich, wenn einem was entheiligt.

Bei Nietzsche sind die Werke seine Kinder –
bei Schmidten sind sie's umgekehrt nicht minder.

Lenore, Wolf und Inge, Senta, Gerda
vermeiden Nietzsche, diesen Seelenmerder.

Und überhaupt: das Leben ist so sonnig
und voll Familienliebe und voll Honnich.

Ach Tiger, laß den Dichtervater laufen!
Frißt du ihn auf, dann mußt du Cognac saufen.

Der eine peitscht die Schwäche als ein Laster,
der andre duftet mehr nach altem Knaster.

Was nütze es, wenn der Mensch nach Höherm strebt:
Das Große stirbt –
und sowas lebt …

Theobald Tiger, SB 16. 10. 1913

191

Wintergarten

Da blühen diesmal ein paar seltene Pflanzen. Erstens: Aldrich. Sie wissen nicht …? Pfui. Universalkünstler, sagt er. Und sieht aus wie Egon Friedell und macht mit einer entzückenden Liebenswürdigkeit Verwandlungstrics vor unsern erstaunten Augen und angenehme kleine Scherze. Er will speisen, aber der Schinken auf dem Tisch bellt, der Hummer richtet sich auf und schlägt patschend in die Händlein, die Flasche gießt sich ins Glas, und der Weltgeist trinkt aus. Er zieht an, zieht aus – und alles so reizend und freundlich, daß man ihm immer zusehen mag. Einmal begräbt er sein Taschentuch, weil es keine Ruh geben will bei Tag und Nacht, in einem Sandhaufen, und pietätvoll, wie er sich hat, setzt er ihm einen Leichenstein, einen Tellerscherben, und pflanzt ein Blümelein aufs Grab. Und der Strahl aus seiner Begießkanne macht Bäume und Menschen wachsen. Ach ja.

Und Vasco versteht es, aus der Baßtrompete die Seele herauszuspielen und dudelt auf vielerlei Flöten in sich versunkene Lieder im Laub. Und Wegener haben sie ins Niggerische übersetzt, und sein langer Doppelgänger tanzt und singt und ist aus tiefstem Herzen gemein: seine Lingnerzähne blitzen, die platte Nase glänzt, «phalleri, plallera!» Und plötzlich spielt traditionswidrig mitten im Programm der Kinematograph: Maxe Linder; der sieht sich nervös um, weil ihn soviel Leute angucken, und hat so eine witzige Beziehung zwischen seinem toten Spiegelbild und den lebendigen Zuschauern hergestellt.

Der Rest des Gartens, bis auf Herrn Adler und Edward La Vine, ist Unkraut. Jäte das endlich aus, Direktor!

Peter Panter, SB 16.10.1913

192

Der Gerichtsdiener

Die Verhandlungen vor den Strafgerichten sind in Deutschland öffentlich. So? – Da gehen Sie einmal nach Moabit und versuchen Sie die Probe aufs Exempel. Da sitzt vor jeder Tür ein bissiger Höllenhund und belfert. Und im Gerichtssaale wirft er Sie zwar nicht heraus, aber er gibt doch deutlich zu erkennen, daß eigentlich ER hier Recht spricht ...

Natürlich sind es kleine Unteroffiziere mit einem dreckigen Gehalt. Aber statt etwas dafür zu tun, daß es besser wird, schlagen sie sich auf die Seite ihrer Brotgeber – die übrigens so viel Kulanz gar nicht verlangen – und behandeln die Zuhörer, wie sich nur Deutsche behandeln lassen.

Einer steht im Zuschauerraum auf, weil ihm vermutlich die Beine eingeschlafen sind – schon ist jener da und befiehlt: «Setzen!» Was sind das alles für Dummheiten! Er soll lieber aufpassen, daß nicht so oft das Schild: «Zuschauerraum ist überfüllt!» an den Türen klebt, auch wenn's leer ist, statt sich Übergriffe zu erlauben, die man nicht nur wörtlich beantworten sollte.

Eine Kleinigkeit – gewiß. Aber die ganze Indolenz, der ganze Stumpfsinn des Publikums zeigt sich hier, wo ein paar gehörige Zurückweisungen gegen einen genügen würden, um die ganze Gattung in Raison zu bekommen.

Jedes Volk hat die Subalternen, die es verdient. Diese hier verdienten – sagen wir ... ein anderes Volk. –

Anonym, Vorwärts 18.10.1913

193

Die Schildkröte Kamilla oder was soll das alles

> «Es gibt aber Wesen ... höchste Inkarnationen der Rätselhaftigkeit, undurchsichtig und abnorm in jeder Lage.»
>
> *Max Brod*

Von den beiden Arten der Naturbetrachtung, der naturwissenschaftlich beschreibenden und der anthropocentrischen, liebe ich nur diese. (Aber niemand vermag mehr mit «diese» und «jene» umzugehen – alle sagen «erstere» und «letztere» ... also die anthropocentrische.) Denn die ist wenigstens absolut falsch, das ist einmal sicher. Der Naturforscher aber setzt sich die Brille auf, räuspert sich und sagt unfehlbar: «Diese Öffnung dient der Nahrungsaufnahme» – während eine Öffnung überhaupt nicht dient, sondern da ist, schlechthin …

Legen wir aber unsern allgemein menschlichen Maßstab an das Tun und Treiben dieser unbegreiflichen Masse, die außer uns die Fauna der Erde bildet, dann wird uns wohl merkwürdig zu Mute. Sehen Sie ins *Aquarium*, ich bitte – Sie werden sehen.

Was werden Sie zu sehen bekommen? – Die Sinnlosigkeit, den Höhepunkt der Sinnlosigkeit. Wenn mich jetzt jemand unterbricht und sagt: «Tja, mein junger Freund, was Ihnen Sinnlosigkeit bedünkt, ist in Wahrheit …» dann bin ich ernstlich böse. Also, wie gesagt, Sinnlosigkeit. Oder was ist es anderes, wenn ein *Frosch*, ein dicker Frosch in der hinteren Hälfte seines Glaskäfigs hockt … bewegungslos. Nur mittels seiner Kehlmuskeln schluckst er ab und zu ein bißchen … Plötzlich, – man erschrickt! – hupft er. Hupf. Ein kleines Stückchen nur, aber dann sitzt er wieder still. Und schluckst. Nach einer langen Weile, – hupf! Wieder still. Und so fortwährend. Was soll das? Sie können es nicht sagen. Wie Sie auch nicht wissen, warum der Einsiedlerkrebs ohne jeden erkenntlichen Grund sich anschickt, die Mauern des Lokals zu bekriechen; langsam, stetig und beharrlich muß er eine Wand herauf. Warum? – Du mein Gott, warum? Niemand weiß es. Aber weiter:

Auf einem Baumast sitzt ein grüner *Gecko*. Gleich wird er ein Lied singen, denkt man, wie eine Nachtigall. Aber er schweigt und schläft. Vielleicht träumt er. Seine Augen sind geschlossen so, wie ein Laden Sonntags geschlossen ist. Eine grüne Rolljalousie ist davor. Es muß sich gar nicht bequem auf dem Ast liegen, aber er ist ein Haftzeher (Ascalabota) und klammert sich mit gefalteten Händen wie ein Büßer an das Holz … Was soll das alles?

Da ist das *Chamäleon* … Beispielsweise hängt eines ebenso wie der Herr Haftzeher auf einem Ast und schlummert … Auf dem selben Baum wachsen noch viele Chamäleons (vertrackter Plural!), sie verhalten sich still, als gehörten sie zu dem Baum … Auf einmal wacht unseres auf und schlägt – bei Gott! – dreimal mit dem harten Knorpelhals auf seine hölzerne Schlafunterlage. – Bitte! Farbe bekennen!! – Warum tut es das? – Minutenlang klopft es auf und giert mit dem Hals wie eine Gans. Klapp klapp – durch das dicke Glas ist zwar nichts zu vernehmen, aber so würde es sich ja wohl anhören ...

Was ist es mit dem Aquarium? – Ebensogut könnte man fragen: was ist es mit der Welt? – Die Quallen schwimmen herum und zeigen überraschende Frou-Frous, die man nie bei ihnen für möglich gehalten hätte, viele Tiere sind offenbar orientalischer Abstammung, ohne es auch nur zu ahnen, manche können sich am Unterleib aufblättern wie ein Buch und nachschlagen ...

Das will ich hinnehmen. Aber nie werde ich es begreifen, warum der *Paradehummer* sich plötzlich auf die Scheren macht und langsam wankend herumstelzt, elegant getragen vom Wasser, hochbeinig und ohne innere Veranlassung ...!

Schildkröten sind da, die liegen stundenlang, tagelang wie Steine auf einem Fleck, – aber am 11. September 1913, nachmittags um fünfeinhalb Uhr, machen sie sich auf und fack, fack, fack los! Und auf einmal haben sie zu tun und rennen und wissen sich vor Tätigkeit nicht zu lassen ...

Der graue Frosch von riesenhaften Dimensionen glotzt im Gras unbeweglich auf einen andern, der nicht weit von ihm entfernt sitzt. Was will der Glotzer? Nichts. Was starrt er? – Ich finde mich nicht mehr heraus ...

Über das Aquarium Witze zu reißen liegt keine Veranlassung vor. (Wenn sie auch eine lebendige Wiese eingesperrt haben, – da liegt sie nun, und auf einmal sehen sie alle Leute ganz anders an wie draußen, in der Freiheit: man betrachtet sie nämlich nur auf die Insekten hin. Aber die werden sich hüten und haben sich verkrochen ...) Das Aquarium ist es nicht. Vielleicht ist es nur die Erwägung, daß alles, aber auch alles, was diese Tiere tun, und was nicht unmittelbar der Nahrungsaufnahme dient, blödsinnig ist. Daß die kleine Schlange ihre Milch aufschlappt, ist verständlich, eindeutig klar. Alles andere ist rätselhaft.

Das Aquarium ist es nicht. Der Lauf der Welt ist es – das «Warum?» ist es.

Friedell, der Wiener Schalk, hat einmal gesagt, es sei doch eine nette Kabarettnummer, wenn er sich so neben eine Glasvase mit

Tiefseefischen aufstellte und sich über die Tiere lustig machte … «Sehen Sie,» sagte er mir damals, «da würd' ich dann so sagen: Da schwimmt er nun und hat eine Taschenlaterne am Kopf …»

Aber er hat ja ganz recht. Was sind denn das für unheimliche und lächerliche Dinge! Nichts hat Sinn und Verstand, – und da wollen sie uns weismachen, es gebe so etwas wie eine Kausalität? – Nicht glauben, einfach nicht glauben!

Solange sich die *Schildkröte Kamilla* vom Kleiderschrank sechzehn Mal – immer wieder heraufgesetzt – immer wieder herunterfallen läßt, solange halte ich für meine Person nichts von einer göttlichen Weltordnung …

Kurt Tucholsky, Frankfurter Zeitung 19.10.1913

194

Menschen

Das Privatleben wird dann interessant, wenn es im Gegensatz zu einem andern, einem öffentlichen, steht. Der *große Mann* zu *Hause* in Pantoffeln ist eine fesselnde Erscheinung, und es ist immer wieder merkwürdig zu denken, daß Nietzsche eine Wohnungsklingel gehabt hat, an der die Bäckerjungens zerrten, und daß vor einer Korridortür einmal ein kleines Schild gehangen hat und darauf stand: Zola.

Wir lieben es, kleine Einzelheiten aus diesem andern, uns verborgenen Leben derer kennen zu lernen, von denen wir sonst nur aus Zeitungsberichten, Büchern, Photographien wissen. Je größer das Format, desto größer unser Interesse: wie sie geworden sind, und wie ihre Eltern waren – es gibt einen rührenden Bericht von der Mutter Bierbaums über ihren Sohn – wie sie leben und was sie treiben, und man braucht nicht aus Wien zu sein, um so eine Teilnahme zu begreifen.

Wie aber, wenn gewöhnliche Lebensläufte in ihrer Wichtigkeit hinaufgeschraubt werden, wenn eine kleine Existenz in einen großen Rahmen gestreckt wird und uns ihr Privatleben preisgibt, ohne daß wir sie gebeten haben? «Ich bin auch ein Zeitgenosse», schreit es, «und es interessiert doch, auch einmal mein privates Leben kennen zu lernen ... denn vom öffentlichen seid ihr doch unterrichtet! Oho – man kennt mich!»

Die unangenehme Tendenz eines spekulativen Unternehmers, kleine Klavierlehrerinnen, Photographen mit bewegtem Haar, Schauspieler und ehrsame Beamte, die nach des Tages Müh und Arbeit das große Epos verfassen, namentlich zu sammeln, hat ein *Buch* auf die Welt gebracht, das seinesgleichen sucht.

Ich kann es nicht nennen, so wie ich die Namen der einzelnen nicht nennen darf, die dieses illustrierte Lexikon enthält. Man könnte es den ‹Kürschner› der andern Seite nennen. Denn es gibt einen wundervollen Einblick in diese Lebensläufte, von denen wir sonst bloß hören, wenn ein Selbstkostenverlag vor Gericht steht, in die Existenz dieser bürgerlichen Eitelkeiten, die im Zeichen der Samtjacke reimen, malen, musikalischen Lärm vollführen und die keine Poesie des Alltags, sondern nur eine des Ausgehsonntags kennen.

Hier sind sie also alphabetisch geordnet, Gelehrte, Künstler und Schriftsteller in Wort und Bild, und eine gewinnbringende Kalkulation des Unternehmens ist sicher nur möglich gewesen, wenn sich jeder Aufgenommene verpflichtete, ein oder mehrere Exemplare abzunehmen. Das Prachtwerk muß einmal fünfzehn Mark gekostet haben, ich habe es für eine Mark und neunzig Pfennige erworben in einem Ausverkauf, wo viele seiner Art aufgestapelt lagen; und seitdem lese ich mit Behagen den Werdegang, das Leben und die Hoffnungen von Menschen, die wir nur noch als Typen, als Schablonen anzusehen gewohnt sind. Sie lösen sich aus dem Haufen los, prätendieren eine Einzelexistenz und sind vielleicht eine. Aber was für eine ...

Die beigegebenen Photographien werfen einen um.

Sie geben rein das Klischee, nie die Person. Und der Mann mit dem deutschen Zylinder und mit der geschwollenen Brust, die kleine Klavierlehrerin mit dem Dutt, sie alle geben nie die Individualität, sondern die ganze Gattung.

Und es sind jedesmal Perlen, Kronen, Könige der Gattung. Es ist kaum ein Künstler dabei, es sind Gattungsmenschen mit einer

«Puschel», jener Eigenart, die uns eine Possenfigur lieb und teuer macht; so wie diese immer nur lispeln oder stottern oder Porzellankaninchen sammeln, so dichten und malen und forschen jene.

Das ist der Mann, dessen Gedichtbeiträge in «verschiedenen österreichischen Blättern» veröffentlicht wurden, und der sie nachher unter dem Titel ‹Wanderschaft und Liebe› und ‹Porträts› herausgegeben hat. Und wie hübsch, wenn ein Sechsundzwanzigjähriger von sich schreibt «durch alle Wechselfälle des Lebens hielt er das Ideal seines früh erkannten Berufes aufrecht». Und wenn es schon immer merkwürdig war, sich die Gedichte, die in den Kaffeepausen der Vereinskränzchen vorgetragen werden, überhaupt handschriftlich vorzustellen – so haben wir hier den Lebenslauf und das Porträt der Dichter. Ihre Gedichte werden einzeln gebucht und eingeteilt in a) lyrische: «Der Frühling ruft», «Das einsame Veilchen», «Liebesschwärmerei»; b) didaktische: «Das Reh», «Der Hase und das Fröschlein» ...

Die *Musikdamen* erkennt man daran, daß sie alle den Kopf ein bißchen schief halten und reizlos aussehen. Sie sind alle vor 1880 geboren, verlebten eine freudlose Jugend in soundso und «wirken» jetzt da und da. Eine, die immerhin Marie Luise heißt, und 1850 geboren ist, schämte sich ihrer 61 Jahre und sandte zur Reproduktion eine Daguerreotypie so aus den sechziger Jahren. Über ihr ist Anton angebracht (ich muß mich auf die Vornamen beschränken), ein *Kanzleibeamter*, der sich durch schönes Geigenspiel, schöne Notenhandschrift und Übersetzungen für Streichorchester einen geachteten Namen erworben hat. Dann gibt es Leute, die sind Ausschußmitglied, Komiteepräsident, Mitarbeiter, Generalsekretär, Delegat, und man weiß nicht, wie sie es schaffen. Einen hat Caruso berühmt gemacht: «Seit dem zweiten Gastspiel Carusos zu Wien führt er eine anerkannt scharfe Feder.» Und was ist mit Lucie? «Für das naiv sentimentale Fach besitzt sie eine mädchenhafte Anmut des Wesens, für das heroinenhaft königliche Gebiet die stattliche Hoheit und Schönheit der Erscheinung». Da kann man nichts machen.

Eine Frau Doktor ist da, die bis auf ihr Geburtsjahr alles angibt, was uns interessiert. Und gleich nebenan ein Herr, der «auch gewandter Lyriker ist, und seine Schöpfungen dieser Art sind vielfach in erstklassigen Zeitschriften zum Abdruck gelangt». Aber nichts hienieden ist vollkommen: «Mit weniger Glück versuchte er sich auf novellistischem Gebiete.» Siehst Du!

Einer ist von Beruf Dramatiker und während Professor Dr. X. ein noch nicht gedrucktes Drama öffentlich für die Aufführung empfahl, schrieb der Universitätslehrer Dr. K., daß es an «Bühnenwirksamkeit und Dichterkraft über den Vorgänger hinausgehe». Auch eine Première erlebte der Mann, und das betreffende ‹Tageblatt› konstatierte, daß die «Beifallssalven die dort üblichen Theaterappläuschen weit hinter sich gelassen haben». Und auf der Photographie sehen Dich zwei deutsche Augen treuherzig an ... Der Oberlehrer mit dem langen Hals und den preußischen Schultern ist abgebildet, «und die Hochzeitsfahrt führte ihn in das Land s. Sehnsucht, nach Griechenland und Kreta». Und alle buchen alles: die Erfolge, die kleinen Bewegungen, mit denen die Mitwelt auf sie reagiert hat, die goldene Uhr mit emailliertem Reichsadler (allerhöchste Auszeichnung), und ganz oben aber steht der alte August, der, wenn er heute noch lebt, 94 Jahre alt ist, und der heute noch weiß, was sich in den 40er Jahren ereignete: «Nach der öffentlichen Schulprüfung, welcher unerhörter Weise seitens des Düsseldorfer Regierungsschulrats Altgelt eine Einladung Augustens zum Mittagessen folgte ...» Das war eine schöne Zeit.

Sie fallen über mich her, sie überschwemmen mich. Schon höre ich nicht mehr genau. Brillengläser, Flatterschlipse, Ausgehfrisuren ... und der ganze Geist der Kleinstadt spricht aus dem Satz: «Er verlebte die ersten Jugendjahre in Gesellschaft toller Burschen, ohne sich ihnen assimilieren zu können ...»

Sie können sich alle nicht assimilieren. Alle sind *Bürger*, keiner will es sein. Ihre Sehnsucht aus dem Trivialen ist zaghaft und feige, und auch im Land ihrer Wünsche fühlen sie sich nicht wohl. Sie sind nicht Dichter und sie sind nicht Lehramtskandidaten: sie sind beides zusammen, und der Lehramtskandidat träumt zum Schulfenster hinaus und der Dichter erinnert sich noch immer an seine vorgesetzte Behörde ...

Kurt Tucholsky (Berlin), Frankfurter Zeitung 19. 10. 1913

195

Filmschau

Kinodämmerung? – Fast scheints so, obgleich die Leute noch in hellen Haufen abends zur Leinewand strömen, die die Welt bedeutet. Aber eine gewisse Müdigkeit ist schon da, niemand begeistert sich mehr so wie früher, niemand verläßt das Kino anders als mit einem ziemlich gelangweilten Gesicht ... Was sah er? –

Wenn er in das *Admiralstheater* gegangen war, eine Scheußlichkeit: «In diesem Zeichen wirst du siegen!» – (In diesem nicht, Kino, in diesem nicht.) Es handelte sich angeblich um ein «gewaltiges Stück Weltgeschichte», – und was den Begleittext anging, so mochte das seine Richtigkeit haben. Man denke aber ja nicht, daß man seine Sach auf Statisten stellen dürfe, denen die Worterklärung eine weltgeschichtliche Bedeutung anklebte. Kaiser Konstantin sollte zu einer Bühne gehen und dort melden, daß die Pferde gesattelt seien, Herr Graf! – und die andern waren nicht besser. Was erstaunlich bleibt, ist die Fähigkeit des Regisseurs, auch nach so langer Zeit noch nichts gelernt zu haben ... Noch kaum einer weiß, wie man mit dreißig Statisten ein Heerlager darstellen kann. Es geht schon, nur darf man's nicht so ungeschickt anfangen und fortwährend zeigen, daß man nur dreißig Leute sein eigen nennt.

Beim *«Shylock von Krakau»* (Union-Theater) hatte man sich in der Premiere richtig ereifert. Aber es lohnt sich gar nicht, über diese Beiläufigkeit eines Wiener Journalisten viel Worte zu verlieren. Den Film trifft der schlimmste Vorwurf, den man dieser Gattung machen kann: er war langweilig. Nur ganz wenige Szenen waren aus Krakau, die meisten wiederum aus Pappe und Leinwand. Auch wenn man einen so großen Schauspieler wie *Schildkraut* bezahlen kann, muß man noch nicht die Geschmacklosigkeit haben und einen jüdischen Gottesdienst auf die Leinwand bringen. Schildkraut siegt, trotz, nicht wegen des Kinos. Ein paarmal – so als er seiner Tochter nachblickt («Wie sie sich wiegt, das hübsche Kind!» spricht sein Körper) – so, wenn er mit den Mädels scherzt ... das springt heraus. Der Rest: Kientopp. Vorher gaben sie einen Film mit Prince, der betrunken in einen Park kommt, eine Venus auf einem Sockel sieht und einschläft ... Dem Betrunkenen wird sie lebendig, er läßt sie neu einkleiden, aber sie gehen in ein Museum, ohne daran zu denken, daß Mars, der grimme Gatte, dort ausgehauen steht. Die eifersüchtige Statue wird lebendig, es gibt ein Duell zwischen Moritz und Mars. Neuzeit gegen Altertum. Schild gegen Regenschirm. Es endet ganz toll; das Ganze dauert ein paar Minuten und man kommt aus dem Lachen über so viel Esprit, Witz und Körpergrimassen nicht heraus. Das soll der Kino: mich unterhalten.

Der *Cines* versucht's mit Kino und Varieté. Nicht mit allzuviel Glück. An den Wintergarten kommen sie nicht heran, und wenn sie nicht eine große Nummer haben (neulich Lloyd, jetzt Baggesen), dann ist's nicht allzuviel mit dem Varietéprogramm. Es ist nicht schlecht, es ist ungleichmäßig. Hinter einer so guten Nummer, wie die wundervoll blöden Sänger The Gotham Four sind, stehen: «Illustrierte Lieder». Ein Mädchen singt ein Schmalzlied, und oben wirft eine Laterna magica ganz bunte kitschige Bilder an die Wand. Die Films sind meistens italienischer Herkunft, also schlecht. Diese zerbrechenden Teller, fallenden Hunde, rasenden Fahrräder mögen im Süden bleiben, – wir sind versorgt und mögen das nicht mehr sehen.

Das beste, was ich von Films sah, war *«Germinal»* in den Lichtspielen im Mozartsaal. Von dem Roman Zolas war nicht mehr allzu viel übrig geblieben, aber immerhin: der Film war nicht schlecht. Ästhetisch ist er unbedingt zu loben: Pathé hat gezeigt, daß er noch allen Rivalen die Stange hält. Hier sind die Bildausschnitte gut, im Dunkel leuchtet wohl ein Metallteil auf, die Romantik eines gefährlichen Betriebes ist gut herausgeholt. Aber: der soziale Gegensatz ist lange noch nicht scharf genug betont. Wenn man sich schon nicht so eng an den Zolatext hielt – was ja auch nicht nötig ist –, dann hätte man keinen Pappsalon des Großindustriellen aufbauen, sondern wirklich zeigen sollen, wie es bei den Arbeitern aussieht ... Hier war schärfste Realistik am Platze! – Aber im Ganzen und Großen ist dieser Film, der im wesentlichen eine Grubenkatastrophe zeigt, interessant und empfehlenswert.

Das sind so die Films der letzten Woche. Was geht vor? Was wird? – Das Reinigungsbad muß kommen. Es kann nicht so weiter gehen. Daß hier keine Kunst vorliegt – wenn man von den paar seltenen Ausnahmen, meistens französischer Herkunft, absieht – ist längst klar. Ebenso, daß dieses minderwertige Material nicht das Element ist, Kunst zu geben. Es ist ja nicht bloß die Unintelligenz der Filmisten, die einem die Branche verleidet, sondern ihre Skrupellosigkeit, ihr Mangel an jeder andern Überzeugung als der, möglichst viel Geld zu scheffeln ... Das sind die Leute nicht, die berufen sind, dem Volk Kunst zu geben.

Das Volk braucht ganz andere Films. Und die kann man nicht fabrizieren. Dazu gehört Gesinnung. Oder man unterhalte uns: dann aber anständig, ohne Kitsch, ohne die Anmaßung, Kunst zu geben. Unterhalten ist schon schwer genug ...! Im «Germinal» ist ein Weg. Der Film der Zukunft wird entweder belehren oder aufwühlen oder unterhalten – nur langweilen soll er nicht. –

Ignaz Wrobel, Vorwärts 22. 10. 1913

196

Sexuelle Aufklärung

Tritt ein, mein Sohn, in dieses Varieté!
Die heiligen Hallen füllt ein lieblich Odium
von Rauchtabak, Parfums und Eßbüffé.
Die blonde Emmy tänzelt auf das Podium,
der erste und der einzige Geiger schmiert «Kollodium»
auf seine Fiedel für das hohe C ...
So blieb es und so ists seit dreißig Jahren –
drum ist dein alter Vater mit dir hergefahren.

Sieh jenes Mädchen! Erster Jugendblüte
leichtrosa Schimmer ziert das reizende Gesicht.
So war sie schon, als ich mich noch um sie bemühte,
und wahrlich: ich blamiert' mich nicht!

Siehst du sie jetzt, wie sie voll Scham erglühte?
Was flüstert sie? «Det die de Motten kricht ...!»
Wie klingt mir dieser Wahlspruch doch vertraut
aus jener Zeit, da ich den Referendar gebaut!

Sei mir gegrüßt, du meine Tugendlilie,
du altes Flitterkleid, du Tamburin!
Nimm du sie hin, mein Sohn – es bleibt in der Familie –
und lern bei ihr: Es gibt nur ein Berlin!
Nun aber spitz die Ohren, denn gleich singt Ottilie
ihr Lieblingslied vom kleinen Zeppeliihn ...
Kriegst du sie nicht, soll dich der Teufel holen!
Verhalt dich brav – und damit Gott befohlen!

Theobald Tiger, SB 23.10.1913

197

Das Barreau

Im Verlag von Erich Baron ist eine Mappe mit vierzig Steindrukken erschienen: Recht und Gericht. Es sind Reproduktionen von vierzig Zeichnungen des großen Daumier, aus Philipons Charivari.

So einen gibt es heute nicht mehr. Thomas Theodor Heines Zeichnungen werden in fünfzig Jahren nicht mehr diese Frische haben, weil er zu stark aufbläst. Dieser hier gibt viel mehr als das karikierte Gericht: stets geht er über den Einzelfall hinaus. Er gibt, was es schon zu des Aristides Zeiten gegeben hat: die menschlichen Grimassen, die Geste, das Gehaben bei feierlichen Anlässen – alles.

Am besten die rhetorischen Gebärden der forensischen Redner, die bei einem romanischen Volk noch kurioser anmuten mögen als bei uns, wo schon das Gesprudel eines berliner Rechtsanwalts in ernsten Strafsachen häufig genug außer der Langenweile auch ein kleines Lächeln am Richtertisch bewirkt.

Daumier hat den sinnlosen Selbstzweck erkannt, zu dem eine nützliche Institution wie die Verteidigung vor Gericht geworden ist. Wie die Redner zu weiten, viel versprechenden Gesten ausholen, die dann plötzlich in der Luft stehen bleiben – ein Talar flattert noch im Schwunge, eine Hand dreht sich nach außen, und mit hochgezogenen Nasen siehts die Konkurrenz der Anwälte. Diese Gesten sind wohl das Beste in der Mappe: weitgeöffnete Münder von Angeklagten, entrüstet hochgezogene Schultern derer, die sich für unschuldig halten, eindringlich gespreizte Finger, und hinter allem ein gewisses Augurenlächeln – Kinder! es ist ja alles nicht so schlimm!

Ein Staatsanwalt ist da, der sieht so scheinheilig auf zum lieben Gott, daß der Himmel erröten müßte, weil es solch einen Schwindler gibt. Einer brüllt einem Kollegium etwas vor, aber das schläft, nuckelt und schnarcht. Einer läßt sich nach dem zweiten Frühstück einen Schwerverbrecher vorführen, und der steht nun grinsend und frech vor dem Richter, der gemütlich die gedrehten Daumen auf den verdauenden Bauch gelegt hat – und zwischen beiden ist weit mehr als der Aktentisch.

Ein Blatt aber verläßt uns nicht mehr. Der Advokat umarmt das angeklagte Täubchen, auf daß die staunenden Geschworenen sehen sollen, welch ein reiner Prachtmensch das sei. Und während er ihn küßt, daß die Brille gerührt von der bewegten Nase rutscht, zieht der andre ganz leise, ganz vorsichtig dem Verteidiger der Unschuld die Börse aus der Tasche – und die grauen Habichtsaugen sind in träumende Weiten gerichtet.

Die Reproduktionen sind gut – und weil unsere Zeit arm ist an greifbaren Symbolen, sollten sich die Rechtsgelehrten einen Wechselrahmen anschaffen, diese Mappe kaufen und Daumier aushängen. Die Äußerlichkeiten haben sich geändert – der Urgrund ist geblieben.

Peter Panter, SB 23. 10. 1913

Erich Walter

Der junge Herr ist sehr schlank und lang; sein Gesicht ist ziemlich ausdruckslos; seine Bewegungen sind sparsam. Aber: vox humana. Das ist es – seine Stimme, die, etwas knarrig und geziert, umwirft. Er muß nur die richtigen Rollen unterhaben.

Das war damals, als zweimal zwei noch fünf machte – da spielte er ich weiß nicht wen in diesem Stück. Alles andre habe ich vergessen, nur dies nicht: wie er hereinkam, sich mit ganz spitzigen Fingern viel Aufschnitt auflegte und weich hallend, süß und mit einer engelhaft gleichgültigen und milden Stimme sagte: «Meine Mutter, das Biest ...» Dabei waren alle Konsonanten dreifach vertreten, die T scharf und fest, die S säuselnd und summend. Er war immer erschrocken, und er konnte seine Augen faktisch unter den Tisch werfen, daß man ganz ängstlich war, ob er sie je wiederbekäme. Das ist so etwas für ihn, den dummen Jungen machen zu können. Dann ist er mit einem zu kurzen Anzug bekleidet, daß die langen Arme noch länger, noch armiger werden, ein langer Hals pickt in die Luft – nein, da sitzt ja noch ein Kopf oben, und dieser Kopf produziert die Stimme. Ölig, wurstig, langsam – so ist sie. Und die Wirkung ist immer wieder seltsam. Die Stimme kitzelt auf, sie prickelt, weil sie von dem Phlegma ist, das andre zur Aktivität aufstachelt. Die Stimme kann so recht schlacksen, sich lümmeln, sich räkeln – und unterlegen lispeln.

Öffnet man aber die geschlossenen Augen, so entdeckt man, daß an der Stimme noch ein netter und erträglicher Schauspieler haftet, stelzt, agiert – je nach dem.

Peter Panter, SB 23.10.1913

199

Cabaret

Im Linden-Cabaret ist der Aufenthalt nach wie vor ungemütlich. Wenn nicht gerade eine Nummer auf dem Podium steht, geht ein stilles Neppen durch den Raum. Die Provinz verdirbt Berlin. Dabei sind einzelne Leute nicht übel. Nur möchte man sie nicht in dieser Umgebung hören. Nicht den netten Lautenspieler Bulmans, der so hübsch seine Sachen bringt, so harmlos angenehm; nicht Käte Hyan, von der der Maler Söderström behauptet, sie schnurre wie ein Backpfläumlein; nicht den geschickten Musiker Scherber, dessen feine kleine Sachen viel zu schade sind für das konsumierende Publikum.

Zweimal aber horcht man richtig auf. Erstens ist da mal die Söneland, die mit der Fassade frecher Zähne und dem famosen Lied: «Moi-je-icke!» Sie hat wahrhaft berliner Blut und ein kicherndes Lachen voller Schadenfreude, wenn sie wieder was jedreht hat.

Aber dann: Klea Waldoff. Was Deutschland an der besitzt, wußten wir. Aber diesmal hat ihr Ludwig Mendelssohn ein Lied gedichtet und unter Musik gesetzt – das scheint das Letzte zu sein. Buttrig, quäkend und tugendsam singt sie erst eine Menge Dinge von ihrem Liebsten, ob und wie und wo – und auf einmal, über die bewegten Köpfe der lachenden Zuschauer und durch den Zigarrenrauch und den Lärm brüllt ihre Stimme andante: «Hermann heeest a ...» Und noch einmal, leiser: «Hermann – heeest – a ...» Und verhallend: «Hermann – heest – a ...» Und gleich wieder weiter, wie er tanzt und schnarcht und: «... selbst noch im Traume nach mir quäst er ... Hermann heeest a ...!» Und dieses Piano ist so ulkig angelernt, so wenig adäquat der Brüllstimme, daß man fassungslos ist. Wie ringt sie sich dieses Piano, jenen Sopran ab? Einen Sopran, der so hoch ist, daß sie gleich kippeln wird, g, gis, a, b ... Gottseidank, gerettet! Sie singet, wie der berliner Spatz singt, unbekümmert, frech – und dann (Stimme, von innen, verhallend): «Hermann heeest a ...»

Peter Panter, SB 23.10.1913

Die zärtlichen Verwandten

Am zweiundzwanzigsten Oktober
(seit langer Zeit, jahraus, jahrein)
übt seiner Künstlerschar der Ober-
theaterintendant ein Stücklein ein,
weil man der Kaiserin Auguste
Viktoria gratulieren mußte.
Der Imperator billigt solches,
es freut sich das Geburtstagskind,
auch bei den Herren des Gefolches,
sind welche, die begeistert sind,
charmiert ist die Prinzeß Caecilie,
und auch der Kronprinz lächelt froh –:
ein Strahlen geht durch die Familie.
Man macht das alle Jahre so.

Man kann nicht immer äußerst weit sehn.
So plant man denn hinwiederum
im Jahre Neunzehnhundertdreizehn
ein Lustspiel, klein und nett und dumm:
es ist verfaßt von dem geschickten
Komödiendichter Benedikten.
Der Herrscher hörts geneigten Ohres,
es freut sich das Geburtstagskind,
die Mädchen seines Damenflores
sind heiter, wie so Mädchen sind,
charmiert ist die Prinzeß Caecilie,
und auch der Kronprinz lächelt froh –:
ein Strahlen geht durch die Familie.
Man macht das alle Jahre so.

Nun hat man – sinds die Titelworte? –
die ganze Arbeit euch zerfetzt:

ein Federstrich, zwei Kaiserworte,
und euer Stück ist abgesetzt.
Es waren jene wohlbekannten,
geschätzten «Zärtlichen Verwandten».
Der Imperator billigts wenig,
es hüstelt das Geburtstagskind,
man denkt an einen alten Keenig,
der keineswegs so gänzlich blind,
pikiert ist die Prinzeß Caecilie,
und auch ihr Mann zieht ein Gesicht –
nicht häufig ists in der Familie:
doch diesmal leistet man Verzicht.

Theobald Tiger, SB 30.10.1913

201

Operettenmusik

Wie muß sie sein, damit man sie gebrauchen kann – nicht: damit sie gefalle? Operettenmusik ist ein Gebrauchsgegenstand, wie Schränke, Kleider und eventuell die Zahnbürste. Wie muß sie sein? Muß sie musikalische Qualitäten haben? Muß sie leicht faßlich sein? Hübsch? Gemein? Dudelnd?

Ich weiß nicht. Das Publikum weiß auch nicht. Aber – brauchen muß man sie können. Im täglichen Leben anwenden, sozusagen …

Der Radfahrbote muß sich den Schlager vorführen können, wenn er, stumpfsinnigen Auges, durch die Straßen pedalt, nicht achtend, wen er anrempele – aber sein gespitzter Mund muß leise und falsch pfeifen: «Das ist der Herr da drüü-ben – von Numro süü-ben …» Die Komponierung muß geeignet sein für alle Lagen des Lebens: der Student, der frohbeschwingten Schrittes auf das Bücherregal zuschreitet, um seine Alimentationsverpflichtungsmängel festzustellen, muß es lieblich singen; das fegende und waschende Dienstmädchen muß die Bodenkammern erfüllen mit der

Kraft ihres Mezzosoprans; die Kaffeetischrunde muß im Stande sein, bei den großen Gesprächen über Kunst sie taktmäßig in die Debatte zu werfen, die Melodie nämlich, wenn anders es eine ist; und auf unsern häuslichen Gängen mag sie uns begleiten für und für.

Gott schütze die Operettenmusik! Wie denn, wenn diese alle, Erholung suchend von den Trivialitäten des Tages, die zweite Cherubim-Arie grölten? Wohin, wenn der moderne Schusterjunge, der Messingbeu, sich einen aus der «Aida» pfiffe? Wenn Florestan aus der Wanne tönte, worin der saubere Hausherr sich spült ...!

Man muß etwas haben, das man im Munde trägt, wie in der Hand den Spazierstock. Die Amerikaner haben den Kaugummi. Wir haben die Operettenmusik.

Peter Panter, SB 30.10.1913

202

Wo waren Sie Samstag Nachmittag?

Nun?! – Einen Moment bitte: bei Meyers. Nein, doch nicht, ich war erst im Büro, dann habe ich einen Brief auf die Post getragen ... oder war ich doch bei Meyers ...? – Wiie? Sie überlegen? Sie vermögen nicht sofort zu antworten? Sie versprechen sich? Hüten Sie sich! –

Aber wovor soll er sich denn hüten? Er weiß es eben nicht mehr, mein Gott, er hat es vergessen – das kann vorkommen, nicht wahr? – Gewiß kann es vorkommen, lieber Leser. Aber hast Du schon einmal einen *Staatsanwalt* im Gerichtssaal gesehen, der daraus nicht einen Strick gedreht hätte, daß einer nicht auf den ersten Hieb wußte, wo er Samstag Nachmittag war? – Sie drehen alle. Manchmal reißt der Strick, aber gedreht wird doch. Und frage einmal spaßeshalber deine Bekannten, lieber Leser – wer nicht gerade berufsmäßig seine Zeit genau eingeteilt hat, der wird es nicht wissen. Er wird nachdenken. Er wird zögern. Und vielleicht etwas Falsches sagen.

Was folgt daraus, Geneigtester? – Daß im *täglichen Leben* nicht alles den Anschein hat, der ihm im *Gerichtssaal* gegeben wird. Halb so schlimm ist's zumeist; eine Weibergeschichte, ein unglückseliges Zusammentreffen, – keiner reißt dir die Ohren herunter, – – so du aber auf dem Armsünderbänklein sitzest, siehe: so steht der Herre Staatsanwalt auf und spricht donnernd zu dir: «Soooh –!!? Das ist aber *seehr* merkwürdig!» – Halb so schlimm, Herr Staatsanwalt. Antworten *Sie* einmal: Wie heißt die Mietspartei, die bei Ihnen im zweiten Stock links wohnt? Wie? Das wissen Sie nicht? Aber Sie gehen doch täglich daran vorüber! – Sind Sie vorgestern vom Gericht zu Fuß nach Hause gegangen oder sind Sie gefahren? – Wiie? Das wissen Sie nicht? Aber ...

Alibi – Indizien – Wahrscheinlichkeitsrechnung – Vorsicht! Vorsicht! Wir wissen nicht alle so genau, wo wir Samstag Nachmittag gewesen sind ...

tu., Frankfurter Zeitung 31. 10. 1913

203

Der alte Pagay

Jetzt ist Hans Pagay siebzig Jahre alt. Wir Jüngeren kennen ihn nur als den «alten Pagay» und können uns nicht recht vorstellen, daß er auch einmal jung gewesen ist. Er hatte für uns kein bestimmtes Alter, sondern er war eine Institution wie eine Großmutter, die nicht altert, die aber auch nie jung war – sie war immer Großmutter.

Mimen verstehen sonst selten, zu altern. Man hat meist das unangenehme Gefühl: «damals», weil sie nicht wissen, wie alt sie sind. Dieser scheint nur auf das Alter gewartet zu haben, um sich zu entfalten. Wo wäre diese greise Güte, diese milde Rührung, dieses warme Herz sonst zu finden? Der Jüngere ist stets irgendwo aggressiv, weil er noch etwas für sich beansprucht. Der alte

Pagay wollte stets nur geben, nie nehmen, und so gab er denn diese herrlichen Gestalten, die berieten, ohne zu kritteln, segneten, ohne zu fluchen. Partei nehmen, das war nicht seine Sache – er beruhigte, besänftigte, glich aus. Manchmal konnte er auch ausbrechen, wenn er übervoll war. Ganz schwarz stand er als Kammerdiener im Hintergrund von «Kabale und Liebe», und doch vergaß man seinen Ton nicht: «Wir hörten die Büchsen knallen, sahen ihr Gehirn auf das Pflaster sprützen, und die ganze Armee schrie: Juchhe! Nach Amerika!» Das war Verzweiflung, aber mit einer so blutvollen Wärme gesprochen, daß man das Elend über diesem guten Menschen vergaß. Die ein wenig brüchige Stimme konnte ihre Fittiche schützend über einen Jungen legen, der auszog in die Welt. Hans Pagay war immer am besten, wenn er seine Person in den Hintergrund drängen durfte um einer guten Sache willen.

Die modernen alten Männer der Großstadt haben einen Bauch, einen Raucherbaß und sehen stets ein wenig verbraucht aus. Von unserm lieben alten Pagay aber, von diesem wundervollen schlank gebliebenen Menschen möchten wir uns noch manches erhoffen. Ihm und uns. Wir sind seine Kinder, und er ist unsre Mutter. «... Gutmütig legt der alte Herr die Hand auf meine Augen, die sich öffnen wollen, und sagt ein Wiegenlied, die Worte langsam, sehr langsam sprechend: So, so so ... Nicht bange sein ... So, so ... so ...»

Peter Panter, SB 6. 11. 1913

204

Peccavi

In Nummer 43 hatte ich bei der Besprechung des Lindencabarets eine Wendung gebraucht, durch die sich die Inhaberin des Lokals beleidigt fühlt. Aber, aber: wer wird denn gleich so böse sein! Ich hatte einen subjektiven Eindruck wiedergegeben, und wenns nicht stimmt, so solls mich doppelt freuen. Von «verleumderischer Beleidigung» kann natürlich keine Rede sein. «Wider bessres Wissen

… denselben verächtlich zu machen oder in der öffentlichen Meinung herabzuwürdigen geeignet ist …» – keine Spur.

Mir zwa wern doch kan Richter net brauchen – denn Impressionen sind prozessual meist unerheblich, und ich bestehe keineswegs darauf, die inkrimierte Wendung auf Seite 1044 des neunten Jahrgangs der ‹Schaubühne› aufrechtzuerhalten. Peccavi, mater, et mea culpa, mea maxima culpa! Es geht bei Euch kein stilles Neppen durch den Raum. Zufrieden?

Peter Panter, SB 6. 11. 1913

205

Der Berliner Busch

Herr Tobias Knopp, der unsterbliche Junggeselle Buschs, ist nach Berlin gezogen, wohnt in der Bel-Etasch eines vornehm stuckatierten Mietshauses, ißt seine Schinkenbrötchen nur noch in großen Sälen mit falschem Marmor und angemalten Onyxplatten und ist durchaus nicht mehr Junggeselle und einfacher Bürger, sondern stark verheiratet und «Gent». Auch dieser hat seinen Busch gefunden: der Verlag Ullstein, der bis jetzt den deutschen Buchmarkt mit schlechten, billigen Büchern überschwemmte und die Quantität auf Kosten der Qualität hob, hat ein Fritz Koch-Gotha-Album herausgegeben.

Der Koch ist eine ulkige Nummer: er kann zeichnen wie Anton von Werner, glatt, richtig, photographisch richtig. Aber er bleibt nicht dabei wie der Stiefelmaler: er hat den Berliner Mittelstand ganz richtig gesehen und lacht. Eigentlich mehr mit ihm als über ihn, er hat kein hartes Herz, er freut sich nur, weil das alles so ulkig ist: der Chef, der die Tür aufreißt und schräg vorgebeugt über den Korridor: «Müllerrrr» brüllt, der Photograph, der der Braut das liebe Köpferl zierlich richtet, der Mann, der in der Elektrischen die Beine lang von sich ausstreckt, weil er der Nagelpflege obliegen muß … Aber manchmal ist schon mehr: manchmal hat die photographische Linse seines Auges gewackelt, weil er heftig lachen mußte, und dann hat er schon gesehen und gezeigt, wo diese Berliner von 1912 stehen, die ja so gerne noch von 1875 sein möchten. Er hat das Klischee scharf gesehen. Das Leben seiner Menschen setzt sich aus einer Reihe von Gummistempeln zusammen, die sie sich auf den Bauch drücken: es stimmt immer. Hier ist der Berliner in Reinkultur, der Berliner Bürger, der nichts tut, sondern sich treiben läßt, der nicht denkt, sondern andere für sich denken läßt, und der nur unter einem Zwang steht: unter dem Zwang seiner Mitmenschen. Und vielleicht ist es erlaubt, als Symbol dieses Typs den Mann zu nehmen, der am Margueritentag nicht nein sagen kann, und der nun dasteht, lächelnd, fett, hilflos, aus seinem Hut wachsen ihm die Margueriten heraus, in seinen Knopflöchern sprossen sie, sie blühen aus dem Ärmel, im Mund schwankt eine: er ist ein wehrloses Opfer, die Umwelt hat es so gewollt. Amen.

Allzu tief geht es nicht bei Koch. Durfte es vielleicht nicht gehen, weil eine vorsichtige Redaktion den gutmütigen Mann noch mehr dämpfte. Der Leser darf nicht verletzt werden! Und so werden wir in der großen bürgerlichen Tagespresse die letzte Wahrheit über den Berliner nicht erfahren, weil es ja das Unglück ist, daß alle diese Blätter nicht im Haus, sondern von den verehrlichen Abonnenten gemacht werden.

tu., Vorwärts 11. 11. 1913

206

Schöner Herbst

Das ist ein sündhaft blauer Tag!
Die Luft ist klar und kalt und windig,
weiß Gott: ein Vormittag, so find' ich,
wie man ihn oft erleben mag.

Das ist ein sündhaft blauer Tag!
Jetzt schlägt das Meer mit voller Welle
gewiß an eben diese Stelle,
wo dunnemals der Kurgast lag.

Ich hocke in der großen Stadt:
und siehe, durchs Mansardenfenster
bedräuen mich die Luftgespenster …
Und ich bin müde, satt und matt.

Dumpf stöhnend lieg' ich auf dem Bett.
Am Strand wär' es im Herbst viel schöner …
Ein Stimmungsbild, zwei Fölljetöner
und eine alte Operett!

Wenn ich nun aber nicht mehr mag!
Schon kratzt die Feder auf dem Bogen –
das Geld hat manches schon verbogen …
Das ist ein sündhaft blauer Tag!

Theobald Tiger, SB 13. 11. 1913

207

Massary

«Hohoh! P! Du mir? Nich wahr …?!»
C. P.

Die Bachstelze – Motacilla alba, auch Wippsterz genannt – tänzelt auf dem keimenden Acker herum. Sie läßt sich nieder, setzt sich, fliegt auf. Oh! sie weiß ganz genau, daß das Männchen jede ihrer Bewegungen verfolgt, weiß ganz genau, was jetzt kommen wird: aber sie merkt nichts. Sie piepst, wippt kokett mit dem Federschwänzchen und ist schrecklich beschäftigt, den Kragen, der sich aufgeplustert hat, zu putzen. Das Männchen wartet. Ein doppelter Vogelschrei …

*

Die Massary ist die einzige Darstellerin der grande cocotte, die unser Theater zur Zeit besitzt. Das ist eine Schmeichelei in Deutschland, wo die Schauspielerinnen jedesmal eine Art Krampf bekommen, wenn sie bürgerliche Unzuverlässigkeit zu markieren haben, und wo die frivolités meist im Ausschnitt der Kleider, manchmal im Kopf, aber nie im Blut sitzen. Das gackert, stelzt und hopst über die Bühnen – keine, die nicht merken ließe: Ich verstelle mich nur, ich bin eine anständige Frau! – alle, die merken lassen: Ich verstelle mich garnicht, ich bin übrigens auch im Privatleben so! Sie geben weder den Typ in der Vollendung, noch einen ulkigen Einzelfall – sie kriechen mit schwerem Huch! unter die rosa Bettdecke, halten sich unten die Röcke zu, sehen durch die gespreizten Finger und gleichen im ganzen der Kuhmagd Alwine, die sich vor dem Viehtreiber im dunklen Wald fürchtet, obgleich er mit seinem Bullen beschäftigt ist, und die spricht: «Du kannst em ja anbinnen!»

Die Massary macht das so anders.

Sie tritt ein, ihr Anbeter sitzt auf einem Stuhl, den geängstigten Cylinder auf dem Boden, die Hände Gott weiß wo … «Gnädige Frau, Sie glauben nicht, wie ich mich freue!» «Ah! Sie freuen sich.» (Das spricht sie ganz durch die Nase, mit Kopfstimme.) «Sie sollten sich nicht freuen, mein Freund! Man soll sich nie freuen. Ich hatte zwei Freunde, jeder freute sich, wenn ich zu ihm kam. Nun, ich machte, daß sie sich beide freuten. Doch merkwürdigerweise freute sich dann keiner mehr. Die Männer wissen nicht, was sie wollen. Sie wissen nur, was wir wollen. Aber das wissen wir wieder nicht genau. Freuen Sie sich nicht, mein Freund, solange an Ihrem linken Stiefel ein Knopf abgeplatzt ist. Es ist ziemlich ungalant, grade den linken Stiefel offen zu lassen, wenn man eine Dame besucht, die einen erfreuen soll.»

Diesen Dialog gibt es nicht, weil die Massary fast stets in konfektioniertem Kitsch auftritt. Aber gäbe es ihn: der Anbeter und das Parkett wären sprachlos. Sie erhofften sich die Unanständigkeit einer Kokotte – und was erhielten sie? Eine allgemein gültige

Abhandlung über das Wesen irgendeines abstrakten Gegenstandes, vorgetragen in demselben leichten Ton wie: «Ewald, werfen Sie diesen Herrn hinaus!» oder: «Ich werde dir ewig treu sein!» Und nun schimpfen sie die Massary kalt. Witze soll sie sagen, Zweideutigkeiten, Eindeutigkeiten, Einhalbdeutigkeiten! Aber sie läßt leger fallen, was andre Huckepack nehmen, und ist von einer unergründlichen Obszönität. Die zeigt sie nie, läßt sie erraten, wie ein Spitzenhemd nur erraten läßt, und schwebt auf den fulminantesten Pointen einer Diwansituation mit virtuoser Leichtigkeit. Nur manchmal – dieser berühmte Augenblick ist in allen ihren Rollen – sickert etwas durch, sie gebraucht ein Wort, eine Geste, die zeigen: Ah! ich weiß wohl ...! Aber das geht so schnell vorüber, daß man sich erstaunt die Augen reibt und fragen möchte: «Wie bitte?» Sie ist schon längst wieder in Sangershausen, während wir sie noch in Paris wähnen, adhibiert hochherrschaftliche Bewegungen und ist vom Kopf bis zu den Füßen Adel. Einmal: «Am Champagner hat sich noch keiner die Schnauze verbrannt.» Und das Wort «Schnauze» mit einer Genugtuung, einer Freude am Unterirdischen, daß man prompt neugierig wurde: Woher weiß sie das? Sie ist doch eine feine Frau? Ist sie auch, aber after, nie before. Wenn ich nicht irre, ist es Prévost, der einmal gesagt hat, der Reiz, einen unanständigen Ausdruck im Mund einer anständigen Frau zu hören, beruhe darauf, daß man unwillkürlich meditiere, wo und wie sie ihn erlernt habe. Die Massary spielt nie heute abend. Sie spielt heute abend, aber ihr ganzes Vorleben zieht sie nach sich.

Denn diese Leichtigkeit ihrer Damen ist einmal mühsam erworben. Cascaden von Gelächter, niederträchtige Augenaufschläge im Zigarettenrauch, naschende Lüsternheit beim Sekt: im Untergrund wimmeln amüsante Bettabenteuer, kleine Schreie und ein Kitzel nach mehr. Wehe aber, wenn sich der Deutsche da täuschen läßt! Täppisch greifen seine Hände zu. «Oho! Mein Herr!» (Der Ton wechselt: für diesen Moment steht ihr ein wundervoller ethischer Baß zur Verfügung.) «Was denken Sie von mir? Ich bin eine anst...». Und ist das heraus, ein spöttisches Gelächter. Sie sieht den Kavalier, der an geschäftsmäßige Konsequenz gewöhnt ist («Aber Sie sagten doch eben ...?») erstaunt an: «Das Erste verpflichtet nicht zum Zweiten, nicht zum Dritten ... das Erste verpflichtet zu nichts! Ich verpflichte mich überhaupt zu nichts! Ich bin leicht, bin eine Flaumfeder – blast nur, là-bas, ich fliege so, wie es mir gefällt.» An die strenge Kette des Bürgers, in der auf drei Voraussetzungen eine Pointe folgt, ist sie nicht gebunden.

Sie hat die leichte Hand. Sie darf dies und alles: sie darf kippen, noch einen Zentimeter, noch einen; aber wir ängstigen uns nicht. Eine unfehlbare Sicherheit des Geschmacks, eine lächelnde, gleitende Überlegenheit machen uns vibrieren; aber wir fürchten uns nicht. Sie hat alles schon einmal gesehen, gehört, geschmeckt, erfahren. Was auf dieser Linie nur noch die Holl kann: psychisch als Frau interessieren, ohne unterleiblich zu wirken – hier ist es in der höchsten Vollendung. «Ich will ja garnichts von Ihnen, gnädige Frau!» – «Umso besser, mein Herr! Man muß auch nicht immer etwas wollen. Also nehmen Sie, bitte, Platz!» Aber bevor er an sein «eigentlich» gekommen ist, lächelt sie schon. Sie weiß, daß er weiß, daß sie weiß. Sie wissen beide – nur sie immer ein Lot mehr als er, und auch dies Mehrwissen weiß sie, also zwei. Und mit diesen zwei Lot operiert sie. Sie peitscht ihn auf, schon rutscht er den schrägen Abhang hinunter – da bremst sie, kühl, gelassen, uninteressiert. Sagte er: «Das ist aber ein hübscher Bilderrahmen, gnädige Frau!» – sie lachte. Wenn es ihr beliebte, könnte sie ihm jetzt antworten: «Alter Kamerad, ich weiß ganz genau, was Dich bedrückt. Geh ein Haus weiter ... Ich ... Kurz: es sagt mir nicht zu!» Und uns plagt die infame Neugier, sie einmal schrankenlos zu sehen. Aber sie wird sich hüten: sie weiß sehr gut, daß die Grenzen das Schönste an der Heimat sind.

Das ist die Massary, die wir lieben.

Dann gibt es noch die singende, ganz vorn an der Rampe. Da machts die Rasse allein nicht. Das ist Technik, aber von der feinsten. Jeder Gestus wird als Gestus produziert, weil Madame parodieren wollen und keinen heilen Faden an der Rolle lassen. Oder sie nimmt sich wirklich eines Couplets an, trippelt am Souffleurkasten vorbei, und dann ziehen die Geiger noch einmal so straff ihre Bogen über die Saiten, der Cellist schlägt gradezu Takt, und das Ganze hat einen Schmiß, einen Elan, daß sich der Komponist gratulieren kann. Er hats, heißt er nicht Offenbach, selten bewirkt. Ihr Blut singt mit, wenn man diese Mischung noch Blut nennen kann. Ich bin nach wie vor der Meinung, daß es irgendetwas mit goût américain ist.

*

So geht sie über unsre Bühnen, als Toilettenträgerin angestaunt, als Soubrette belacht, als Künstlerin lange nicht genug bewundert. Denn bei aller «Rasse» – worunter wir in Norddeutschland immer etwas Romanisches verstehen – gehört sie irgendwie zu uns.

Ein schnoddriges Berlinertum, Bachstelze, Erotik hinter tausend Vorhängen, Seidenkissen mit einem hitzigen Parfüm, einen Eiskübel über den Kopf, ein helles Frauenlachen: Massary.

Kurt Tucholsky, SB 20. 11. 1913

208

Schall und Rauch

Der Name ists, der Menschen zieret,
weil er das Erdenpack sortieret –
bist du auch dämlich, schief und krumm:
Du bist ein Individuum.

Hier sieht man nun den Dichter walten.
Er schafft nicht nur die Dichtgestalten,
nein, er benamset auch sein Kind –
und nennt es Borkman oder Gynt.

Wie aber, wenn er in den Dramen
gediegne bürgerliche Namen
benutzt und jener Bürger klagt,
damits der Richter untersagt?

«Du wirst dich von dem Namen trennen!
Mußt du ihn grade Barnhelm nennen?»

Der Richter schüttelt das Barett:
«Der Name macht den Kohl nicht fett!»

Und kurz: Wir werden was ertragen!
Schon sieht man Doktor Tassow klagen,
mit ihm in trautestem Verein
den Grünkramhändler Wallenstein.

Dem Dichter fällt in seine Leier
auch der Ap'theker Florian Geyer –
dem Dichter grausts mit einem Mal:
Er numeriert sein Personal.

Wie nennt man nun die Rechtsgelehrten,
die uns mit diesem Spruch beehrten?
Wie nennt man also dies Gericht?
Hier weiß ich keinen Namen nicht.

Theobald Tiger, SB 20. 11. 1913

209

Wintergarten

Merkwürdig: der Kino langweilt, weil es da immer das Gleiche ist; aber nie langweilt das englische, ein wenig fette Mädchen, das scharfen Profils «das» Lied singt, das sie alle singen, einen Ragtime, eine scharf rhythmisierte Melodie, mit den berühmten drei Schlußtönen und einem kleinen Hopser vor dem letzten. Es ist egal, wie die Nummer diesmal hieß: sie war da, das genügte. Dieselbe bewundernswürdige Dame tanzte nachher, ganz in schwarz, mit einem kleinen gedrehten Zopfschwänzchen und einer Sonnenblume auf der Kehrseite einen verdrehten Tanz. Aber Gott behüte uns vor berliner Operettendivas, wenn sie als fesche Fredis an der Rampe entlang schliddern und abrupte Bewegungen vollführen: Ah! oder, rötlich beleuchtet, kitschige Lieder verabreichen: Nicht doch, Schatz! Und ein schrecklicher Affenzirkus war da. Ein irrsinniges Affenorchester (denn diese Tiere sind sicher verrückt) – man wird aber das beklemmende Gefühl nicht los, sie könnten einen Funken, ein wenig nur von dem Stumpfsinn begreifen, den sie da vollführen. Bum-bum-bum! paukt der kleine braune Pauker auf seiner Pauke, wenn man ihn grade an der Leine gezupft hat; er ist nämlich am Sitz angebunden, und das Ganze macht ihm wenig Spaß. Einen haben sie als Chinesen angezogen, er sieht traurig aus, einer schaukelt sich, einer schlägt sinnlos auf eine Kinderbratsche ein, der Kapellmeister wird auf seinem Sitz herumgewirbelt. Und hinter den Kulissen steht er: der Mensch. Pfui! Das ist gräßlich.

Aber jedenfalls ist Willard da, der Mann, der wächst. Nun gut.

Danach kommt Paul Beckers, und das ist wirklich reizend. Wie er in seinem rheinischen Sächsisch Abenteuer berichtet: meisterhaft. Er hat so absolut den Tonfall erzählender einfacher Leute heraus: «Also, weil wir grade von Jagd reden, mir is da neilich ein Ding passiert, das Ding wa auch gut ...». Er ist so echt, wenn er an der Pointe stoppt und erst einmal demonstriert: «Also, nähm wer mal an, diß is hier ne Flinte ...». Wie unser aller Papa, wenn er den platzenden Kindern etwas erzählt. Die Pia aber hat sich noch immer keine hübschern Ausstattungen zugelegt, noch immer wird sie von dummen Laternen beleuchtet.

Keine Girls, kein guter Excentric, zu viel Gesang – und weil dieses gottbegnadete Institut nun einmal von einer negativen Kritik absolut unabhängig ist, darf mans ja sagen: es gab schon stärkere Programme.

Peter Panter, SB 20. 11. 1913

210

Das Schaubühnchen

Die münchner Schauspielerpuppen agierten auf ihrer berliner Marionettenbühne letzthin den «Tod des Tintagiles» und ein Operchen: «Die Nürnberger Puppe». Es war schon bedeutend hübscher als das vorige Mal: der Maeterlinck en miniature war ein interessantes künstlerisches Experiment, das nicht völlig gelang. Die Suggestion dieser niederträchtig raffinierten Mache ist ja auch noch bei sechzig Zentimeter Lebensgröße überwältigend, und wieder waren die Figuren und die Dekorationen entzückend, der Mond stand groß und unheimlich hinter dem schwarzen Turm, und durch sein weißes Licht liefen die feinen Drähte. Aber die königlichen Prinzessinnen sprachen wie pikierte Krankenschwestern, die an Zahnschmerzen leiden, in der Szene der Dienerinnen wurde das Tempo viel zu langsam genommen, und was die Stimmen anging, so mochte man jederzeit denken, gut bürgerliche Wesen vor sich zu haben, die sich nur ein bißchen ungewöhnlich benehmen mußten. Das geht doch nicht: wenn die Puppe vor diesem prachtvollen Eisentor sich abhaspelte, dann mußte uns auch die Stimme das Entsetzen den Rücken herunterjagen. Das tat sie auch ... Diese Stimmen müssen neblig sein, weich und einschläfernd wie Opium, kurz: sie müssen sein wie die Musik Debussys, die man dazu spielte. Die Musik holte alles ein: sie summte und harpeggierte, und, wenn man den Ausdruck Wagner-Veronal anwenden zu dürfen glaubt, dann war dies ein Medizinaltrank für einen Totenschlaf. Und es war so süß, sich in diese Töne versinken zu lassen!

Nachher gaben sie eine andre Musik, die die Puppen mitsangen. Ich kann mir nicht helfen: Ihr bewegt eure Marionetten nicht richtig, sie schweben viel mehr, als sie gehen, und war es denn wirklich nicht möglich, ein paar gute Sänger für diese Kleinigkeit zu engagieren? Herr Augustin knarrte seine Rolle sehr lustig, den andern Marionetten sollte man die Bronchien herausnehmen. Ich liebe diese reizende Bühne, die entzückenden Figuren Wackerles, die witzigen Dekorationen Sterns viel zu sehr, als daß ich nicht gleiche künstlerische Vollkommenheit auch hinter den Kulissen verlangte.

Nach acht Tagen: «König Violon». Wieder dasselbe: brüchige, heisere, ungepflegte Stimmen und entzückende Figuren. Ein König war da, so rosig-blöd, mit einem Birnenkopf, daß man nur wünschen konnte, einmal ein politisches Puppenspiel zu sehen. Diesmal bliebs beim Spaß: wie Majestät einen Augenblick hinter die Kulisse gehängt wurden, um ein Murdmesser für das blutige Finale in die Hand gesteckt zu bekommen – das war erschütternd. Das Stück taugte nichts.

Peter Panter, SB 27. 11. 1913

211

Alte Verse

Es gibt von Hermann Hesse, dessen Prosabücher in über hundert Auflagen verbreitet sind, ein Gedichtbuch, das sehr unbekannt ist. Es ist bei Grote erschienen, und von den hundertneunzig Seiten Gedichte sind vielleicht nur zwei oder drei wirklich schön. Eins davon ist auch in der «Herbstwanderung» (des Bandes ‹Diesseits›). Es heißt: «Im Nebel». Aber sonst …

Die Gedichte sind rührend schlecht. Sie stammen aus der Zeit, da Hesse noch Hermann Lauscher hieß und sehr jung war. Heute hat man leicht lächeln. Aber was hätte man damals gesagt, wenn einem das Manuskript vorgelegen hätte? Es ist viel schwerer (Goethe zu Eckermann), aus einer mittelmäßigen und nicht ganz gelungenen Sache sich das Richtige herauszuschälen, als einen Diamanten zu agnoszieren. Dies ist so eine halbe Angelegenheit: vieles ist nicht gekonnt, manches schief, und doch bricht hier und da eine Flut Licht durch die unbeholfenen Verse …

Kein Wort gegen Hesse. Die alten Verse mußten so sein, und es liegt kein Grund vor, heute großmütig dem Dichter auf die Schulter zu klopfen. Der Brunnen, der Mondschein auf glitzernden Giebeln der Kleinstadt, der Wind – vor allem der Wind, nachts, und der leise Hauch am Mittag und alle Winde der Jahreszeiten … Man kennt das. Und glaubt ihm nun, da er mehr und Besseres gegeben hat, die Echtheit und Tiefe der alten Verse. Aber damals! Man soll vorsichtig sein, wenn einer kommt und einem solche Verse zeigt. Daß zu viele geschrieben werden, ist sicher. Daß nicht so leicht einer auf die Dauer verkannt wird, auch. Aber manchem jungen Menschen mag der Weg erleichtert werden, wenn sich die

Rezensenten der Mühe unterziehen wollten, diese Verse sorgfältiger zu lesen, Cliché von Inhalt, Phrase vom Wort zu trennen. Denn immer wieder bricht «es» durch: das Ingenium.

Peter Panter, SB 27. 11. 1913

212

Moritz und Max

Nämlich Prince und Linder. Von anno dato bis heute die einzigen (einzigen? einzigsten!) Patenkinder des heiligen Gaumont, die das Wesen, die Gesetze, den Rhythmus, das Tempo des Kinos begriffen haben.

Moritz ist ein lebendiges Andante. Sein birnenförmiger, viel zu schwerer Kopf hängt trübselig nach vorn. Haben Sie ihn an seiner eigenen Urne beten sehen? Das sollten Sie nicht versäumen. Immer hat er ein bißchen von dem, was alle großen Excentrics haben: Gefühlsausdrücke des Unterlegenen. Die Welt ist so schlecht. Sich wehren? Du lieber Himmel: er läßt vertattert alles mit sich geschehen. Seine Schlauheit ist rührend, seine Listen sind klar und übersichtlich; mögen ihn auch die andern durchschauen, wenn er nur die Balance nicht verliert! Und selbst wenn er seine Schläge weg hat, noch ein liebes, alles verstehendes Lächeln.

Max: presto, presto. Kaum sieht er eine Dame auf der Straße, so muß er nach, er kann nicht anders. Seine Augen weiten sich vor Entzücken, so daß man nur noch das Weiße sieht, der korsettierte Körper biegt sich in den Scharnieren – los! Was sich dann alles mit ihm begibt, geht so schnell, daß ich es nicht mehr weiß, Sie wissen es nicht, und er wird es wahrscheinlich auch nicht so genau wissen. Kein Material, das nicht schon auf ihn heruntergerieselt wäre, keine Figur, die er nicht schon geworfen hätte, kein Fuhrwerk, über das er nicht schon gefallen, gestolpert, geholpert wäre. Presto. Presto!

Und das scheint die einzige Form zu sein, in der das Kino zu ertragen ist: drei Minuten, Parodie, Groteske, übermenschliche

Handbewegungen, ein lächelnder Mund, aber kein gesprochenes Wort, Freude, Versuch, Hoffnung, Glück, Fall, Bums, Niederlage, Hühneraugen. Drei Minuten.

Peter Panter, SB 27.11.1913

213

Altes Theaterglas

Da liegst du nun, und durch dein linkes kugeliges Eulenauge geht ein scharfer Sprung. Ruiniert. Jemand hat dich fallen lassen, oder vielleicht habe ich selbst dich zerbrochen – ich weiß es nicht. Liebevoll streichle ich deine schwarze, blankgescheuerte Lederumkleidung. Weißt du noch?

Weißt du noch, wen ich alles durch dich gesehen habe? Das waren schöne Abende, als wir beide Giampietro sahen als Riccaut und Reinhardt selbst als Just – weißt du noch? Ach ja, ich wenigstens erinnere mich sehr gut. Walden sah ich, Harry Walden, den verfluchten Kerl, als Struwwelpeter, aber er war ein eleganter Struwwelpeter, ein verteufelt feiner Struwwelpeter. Und jetzt kommt mir die Erinnerung an viele Theaterabende.

Das Glas lag auf meinem Schoß, eilends hatte ich danach zu greifen, wenn Arnold wieder einmal eine besonders traurige Grimasse schnitt. Rasch, das Glas! An die Augen und eingestellt! Erst verschwomm alles in bunten, matten Farben, dann klärte sich das Bühnenbild, dann erschien das Bein eines Statisten – und wenn ich Arnolds Kopf erwischt hatte, war er längst wieder totenernst, bewegungslos und andächtig blöd. Mit dem Glas konnte man durch den Schauspieler hindurchsehen. Es sah ihm die Seele aus dem Leib: wann er log, wann er sich einen falschen Ton lieh, wann er ein kleines privates Lächeln nicht zu unterdrücken vermochte – alles zeigte dieses Zauberglas an. Es brachte die Luft näher, es machte einen auf der Bühne stehen, und ich fing an, jedes Gesichtsfältchen meiner Lieblinge zu begrüßen: ich kannte die Schnurrbarthaare, die Gebisse der Männer, die gemalten und auch vorhandenen Augenbrauen der Damen – alles ließ dieses Glas erkennen. Manchmal benutzte ich es auch, wenn ich ganz vorn saß: dann durfte ich die mehlige Puderschicht auf den Gesichtern der Girls sehen, durfte mich in einen Fingernagel des Fräulein Holl vertiefen – liebes Glas!

Hin. Ich werde mir ein neues kaufen. Aber diese Seligkeiten, diese Verzückungen, diese Adorationen vor den Altären meiner Götter und Göttinnen – die kommen nie wieder.

Peter Panter, SB 27. 11. 1913

214

Der Parademarsch im Kino

Man war sich eigentlich nie so ganz klar, was es zu bedeuten hatte, wenn preußische Grenadiere die Beine starr in die Luft warfen, daß es den Anschein hatte, als würden sie sie nie wieder herunterbekommen ... Man wußte nicht so recht – und dachte an Massenwahn und dergleichen. Jetzt ists heraus. Für den Film war das, für den Kino und für Zentralasien. Die Sache verhält sich nach der ‹Köln. Zeitung› so:

In einer Stadt Zentralasiens hatten die Europäer die Freude, den «Parademarsch des 81. Infanterieregiments» auf dem Film eines Kinos, den's da auch gibt, zu sehen. «Schon fliegen die Beine, daß ein echtes Soldatenherz vor Freude hüpfen müßte, die weißen Hosen flattern wie Fahnentücher, ein General mit wallendem Federbusch hebt *wie ein Automat* die Hand unausgesetzt zum Gruße auf und ab.» Worauf die Muselmänner wie verrückt: «Nochmal!! Nochmal!!» brüllen – und richtig: die Paradebeine fliegen dreimal hintereinander hoch und wieder zurück. Und nun der Berichterstatter: «Der preußische Parademarsch war der Glanzpunkt des Abends, das mögen sich seine Feinde in Deutschland gefälligst merken.»

Aber gewiß merken wir's uns. Das haben wir allerdings nicht geahnt. «Der Glanzpunkt des Abends» ... da kann man nichts machen. Wir dachten nun immer, der Parademarsch sei ein Symbol der preußischen Militärerziehung: dumm, zwecklos und unpraktisch – aber immerhin ein Symbol. Jetzt kommt heraus, daß er der Glanzpunkt von Abenden zu sein hat, daß deswegen deutsche junge Leute aus Mangel an anderer Beschäftigung auf den Boden stampfen müssen, damit sich die Muselmänner in den Kintöppen amüsieren. Haben sie sich vielleicht über (über!) den Parademarsch amüsiert? Mag sein – aber vielleicht schießt der Berichterstatter einmal vor den fremden Völkern Kobolz –, dann wird nämlich das der Glanzpunkt des Abends und zugleich ein Abbild deutscher Kultur.

wr., Vorwärts 30. 11. 1913

215

Der Held von Zabern

Ein «Mann» mit einem langen Messer,
und zwanzig Jahr –
ein Held, ein Heros und Schokladenesser,
und noch kein einzig Schnurrbarthaar.

Das stelzt in Zaberns langen Gassen
und kräht Sopran –
Wird man das Kind noch lange ohne Aufsicht lassen? –
Es ist die allerhöchste Eisenbahn! –

Das ist so einer, wie wir viele brauchen! –
Er führt das Korps!
Und tief bewegt sieht man die Seinen tauchen
nach Feinden tief in jedes Abtrittsrohr.

Denn schließlich macht man dabei seine Beute –
wer wagt, gewinnt!

Ein lahmer Schuster ist es heute,
und morgen ist's ein Waisenkind.

Kurz: er hat Mut, Kuhrasche oder besser:
ein ganzer Mann! –
Denn wehrt sich jemand, sticht er gleich mit's Messer,
schon, weil der andere sich nicht wehren kann.

Theobald, Vorwärts 3.12.1913

216

Salut au monde!

Frei nach Walt Whitman

O nimm meine Hand, Walt Wrobel!
All das Gleiten solcher Wunder! All solche Gesichte und Töne!
All solche Verknüpfung unendlicher Glieder, ein jedes an das nächste gekettet;
Jedes allen andern entsprechend; jedes die Erde mit allen andern teilend!

Was hörst du, Walt Wrobel?
Ich höre den Mimen vor seinem Auftritt leise flöten, während er sich in die historischen Beinkleider stopft.
Ich höre die Hypothekenzinsen des Theaterdirektors auf den Tisch rollen und dazu den Gläubiger seufzen und sagen: «Sechzig Prozent – da sind Sie wieder billig weggekommen!»
Ich höre, wie in den Kammerspielen alle durcheinanderschreien und behaupten, es sei eine Generalprobe.
Ich höre, wie der gute alte Pariser vor Gericht vorwurfsvoll kreischt: «Herr Staatsanwalt, was fallt Ihnen ein? Bin ich vielleicht ein Wucherer?»
Ich höre, wie der Geisteskranke in seiner Zelle tobt, er wolle partout ins Deutsche Schauspielhaus gehen.

Ich höre, wie die alten Meistersinger-Dekorationen im Opernhaus knistern, und das ist ihr gutes Recht.
Ich höre in der «Jungfrau von Orleans», wie die Dürjöh mit den Füßchen aufstampft, weil sie nicht alle Rollen zugleich spielen kann.

Was siehst du, Walt Wrobel? Wer sind die, die du grüßt?
Ich sehe, wie die Leute in den Kinos sehen, daß sie nichts sehen, was sie nicht schon anderswo gesehen hätten.
Ich sehe, wie die Telefondamen auf dem Amt Norden zittern und flüstern: «Der Hollaender kommt wieder!»
Ich sehe, daß er wiederkommt.
Wo sehe ich schon, daß er wiederkommt?
Wenn ich schon sehe, daß er wiederkommt!
Ich sehe noch immer viele auf den Zetteln des Deutschen Theaters, die garnicht spielen.
Ich sehe, wie Reicher die Rolle von den Lippen der Souffleuse abliest, und das ist nicht so einfach.
Ich sehe, wie Holzbock'n drei Haare aus dem Kopfe herauswachsen.
Ich sehe die Reporter, die Philologen, die Nigger in den Goldminen und alle Sklaven der Erde.
Ich sehe, wie ein Theaterkassierer das Geld des Besuchers in der Hand hin- und herwendet und fragt: «Ist das Ihr Ernst?»
Ich sehe, wie aus dem Verlag Georg Müller die Biichers herausgespieen werden – den Verleger selbst gibt es garnicht mehr, aber noch ist da kein Ende.

Salut au monde!
Ein jeder von uns unvermeidlich!
Ein jeder von uns, seis Mann oder sonst ein Weib, mit seinem Recht an die Erde!
Ein jeder von uns mit seinem Teil hier ebenso göttlich wie irgend einer!
Salut au monde!

Anonym, SB 4.12.1913

Holzapfel und Schlehwein

«Einfältige Gerichtsdiener» nennt sie der Zettel von «Viel Lärm um Nichts». Nun, das sind sie immerhin. Den Holzapfel macht Waßmann. Er sieht so dumm aus wie ein Huhn; die blauen Knopfaugen glotzen in die Welt; in dieses Hirn geht nichts mehr hinein – das ist gewiß. Er steht auf zwei entzückend krummen, ausgestopften Damenbeinen, filzbeschuht, garnicht elegant. Aber er hat nicht nur zwei Schuhe: er hat auch eine Stimme. Eine Stimme! Die brüllt Heyses Fremdwörterbuch, für Gerichtsdiener bearbeitet, in die Lüfte, knarrt, säuselt und verhaucht. Er schnappt die entferntesten Komplimente auf, die gemacht werden – denn wer anders kann gemeint sein als er, Seiner Hoheit prostituiertester Gerichtsdiener? Oder war es ein andres dieser vermaledeiten Fremdwörter? Sie hören sich aber reizend an. «Du Autodidakt!» – wenn das kein Schimpfwort ist! Bei aller Gelehrsamkeit ist er bescheiden. Flatterien verbittet er sich mit einem entzückten Aufblick zum lieben Gott, dem er diese Gaben schließlich verdankt, und vor lauter Humilität ist er sich nie bewußt, daß die blumigen Floskeln seine Reden stets in das Gegenteil verkehren. Das System des Lebens ist nicht schwer: die Klingel ist zum Klingeln da, die Wache muß rechtlich belehrt werden, die Malefikanten brüllt man an, und im Protokoll wird nachher schon alles stehen. Dafür sorgt der Schreiber. Herr Holzapfel geben sich mit dergleichen nicht ab. Er ist rein repräsentativ. Und nur ab und zu, in Momenten der Rührung, streicht er seinem Trabanten, dem guten alten Schlehwein, über das schüttere weiße Haar. «Der gute alte Schlehwein» sagt er aufschnupfend und in einer Silbe, und freut sich triumphabilim, daß er noch nicht so alt ist wie der, sondern ein respektabler Bursch mit eiergelben Borsten, weltgewandt, forsch und überhaupt ein Kerl.

Der gute alte Schlehwein ... Arnold ist von jeher rührend, wenn er komisch ist – so komisch, so rührend war er noch nie. (Das sagt man immer, wenn man ihn gesehen hat.) Diesmal hat er eine große, schwarze Hornbrille auf, zwei mächtige Greisenschuhe an, und er ist wirklich der gute alte Schlehwein. Aber was bedeutet er ohne ihn, den maulgewandten Holzapfel? Ein Stückchen Malheur. Er spielt die zweite Stimme, die sonst stets verschwindet – und diesmal eine rührend weiche Cellostimme ist. Der Mund arbeitet unaufhörlich, die Hände zittern, und wir atmen auf, wenn das ganze brüchige Schifflein im Hafen, in den sorgsamen Armen des Holzapfel verstaut ist. Aber wenn der nun im Drang der Geschäfte abhanden gekommen ist? Ach Gottchen! Die Welt ist ein Henkeltopf. Hak dich ein, alter Schlehwein, hak dich ein! Und er hakt sich ein, bei Grafen und Prinzen, bei Kellermeistern, Dienern und allem, was herumsteht. Gebe der Himmel, daß Holzapfel darunter ist! Aber der hat zu tun, muß Leute anbrüllen und sich an der Sonne wärmen. Und derweil wankt der Alte umher, tappt, fällt allen lästig. Ist denn keiner Holzapfel? Keiner ists, und mit suchend ausgebreiteten Armen, verloren, alleinechen, unglücklich wackelt er ab durch die leeren Gassen Messinas – der gute alte Schlehwein.

Peter Panter, SB 4.12.1913

218

Die diskreditierte Literatur

Das deutsche Lesepublikum scheint mit einem großen Wurstkessel verglichen werden zu dürfen. Oben stehen die Köche – das sind die Herren Verleger – und schütten und schütten Würste hinein. Wie lange noch, und der Kessel ist voll.

Wie soll das werden? Früher, das war eine schöne Zeit. Gewiß, die Bücher waren nicht so billig wie heute, und auch die Drucktechnik ließ noch zu wünschen übrig. Aber wie liebte man so ein schmales Bändchen, wie kannte man jeden Buchstaben auf dem Einband, wie zärtlich streichelte man das oftgelesene Buch! Heute hat sich der Druck verbessert, die Ausstattung ist fast durchweg gut – aber die Bücher sind wohlfeil geworden und die Liebe zu ihnen auch. Die billigen Bücher waren anfangs eine angenehme Zugabe zu den gewichtigen Dingen, die der Markt bot – heute sind sie ein Fliegengeschmeiß, und eines Tages werden sie nicht nur den ganzen Sortimenterverdienst, sondern auch das große Interesse für Bücher aufgefressen haben. Luxusausgaben mochten wir kaum noch sehen, seit Frieda Schanz für sechs Mark eine Leinenausgabe ihrer Balladen veranstaltet und ihren Namen vorne hineinsigniert hatte. Da saßen die Verleger, und ob sie die Auflage noch so begrenzten: niemand war da, der ihnen die Exemplare, nur für Liebhaber und Liebhaberinnen hergestellt, abkaufte. Da saßen sie und weinten. Und erfanden – das billige Buch.

«Auch die große Masse soll ... Selbst der gemeine Mann ... Das Volk ...» klingelten die Schlagworte. Gut. Aber was Mittel war, wurde Selbstzweck, und was heute ein besseres Buch sein will, darf nicht mehr als eine Mark kosten. Warum soll ich heute noch fünf oder gar sechs Mark für ein Werk ausgeben, das ich nächstens doch in der billigen Ausgabe erwischen werde? Die Herren Dichter mögen gewiß nicht gut dabei wegkommen – und der Verleger? Die Masse macht es. Bald wird sie es nicht mehr machen. Noch sind sie nicht übersättigt, die Bücherkäufer – obgleich leise Anzeichen schon vorhanden sind – noch kaufen sie, wie es ihre Pflicht ist. Aber über ein kurzes, und sie haben es satt. Der Zeitpunkt scheint nicht mehr fern. Der Insel-Verlag hat die Fünfzig-Pfennig-Wiese abgegrast, Fischer, der es auch nicht nötig hatte, folgte, und heute gibt es überall für sechzig Pfennige ein Buch oder viele Bücher, die soviel gute Literatur enthalten, daß sie nicht anregen, sondern sättigen. Ein Insel-Almanach im Jahr ist schön; aber die Buchhändler werden merken, daß tausend solche billigen Bücher das teurere Buch nicht einführen, sondern diskreditieren. Viel Glück! Heruntergehen, war nicht schwer. Jetzt heißt es: wieder heraufkommen.

Peter Panter, SB 4. 12. 1913

219

Bühnenluft

Das ist bei Leibe kein Romantitel. (Aber man sieht ordentlich die Umschlagzeichnung: ein eleganter Herr mit kleinem Bärtchen begutachtet aus der Loge die Primadonna, die sich gerade produziert ...)

Nein, ich meine wirklich die Luft, die einem entgegenweht, wenn der Vorhang eine Minute oben ist. Dann haucht das große Bühnenloch eine kühle Wolke von Staub, Leim und Holzgeruch aus, die ein empfindsames Parkett in schauerndes Entzücken versetzt. Bühnenluft ... Dann mag man sich wohl ausdenken, wie es hinter der Szene gerade zugeht, wie der Regisseur gehetzt herumläuft, der Held auf sein Stichwort wartet, alle ein bißchen erregt sind. Puh – macht man, und atmet beseligt die vertraute Luft ein, den nicht sehr gesunden Brodem aus Staub, Leim und Holzgeruch. Mag es sich um eine Waldlandschaft, um eine Straße handeln, mag der Regisseur bemüht sein, uns einen Palastkorridor vorzutäuschen: immer ist der Geruch der gleiche.

Wir rücken uns in den Sesseln zurecht, die erste Unruhe hat sich gelegt, die Akteurs sind jetzt klar verständlich –. Das Spiel beginnt.

Peter Panter, SB 4. 12. 1913

220

Abzug!

Tritt ab, mein Sohn, du hast nichts mehr zu suchen
im Kanzlerhaus, – du hast dich arg blamiert!
Wir wollen schließlich keinen Reichseunuchen –
wir wollen Männer, die man respektiert! –

Nun seht den Armen, aufgerichtet steht er,
so lang wie schwach, und spricht sein Verschen her –
Kanzler des Reichs –! doch für den Hochverräter,
mein Gott, – da langt es nun nicht mehr!

Der jüngste Leutnant hat den Degen,
der Kanzler hat den Aktenband –
Der Leutnant kann dich in den Keller legen,
der Kanzler steckt das Köpfchen in den Sand.

Schieb ab, schieb ab, du sollst dich nicht mehr quälen –.
Man sagt mir doch, du seist Major?
und kannst dem jüngsten Leutnant nichts befehlen? –
Schieb ab, schieb ab! Und laß 'nen andern vor! –

Theobald, Vorwärts 10.12.1913

221

Wie hätte Bülow ...

Wie hätte Bülow hier das Schmalz gemeistert!
Verbindlich, liebenswürdig, ein Friseur,
der auf die Glatzen noch Pomade kleistert ...
Und nun schickt man uns diesen Langen her!

Wie hätte Bülow eure Wut gemildert!
Er hätte süß und nett und amüsant
den «kleinen zaberner faux pas» geschildert –
und sieh, man hätte garnichts mehr erkannt.

«... Und ich persönlich bill'ge dies durchaus nicht ...
und von der Memel bis Schleiz-Greiz ...
doch ich verleugne meines Kaisers Haus nicht ...
und, meine Herren, ein- und andrerseits ...!»

Und kurz: das wär' nur so auf euch geprasselt,
Historie, Mots, Zitate, Eleganz.
Er hätt' ein bißchen mit dem Schwert gerasselt –
und dann: Heil, Willy, Dir im Siegerkranz!

Und hätt' geschlossen wie in alten Tagen:
fortissimo, erregt und mit Bumbum;
und wie mit Büchmann vor den Kopf geschlagen
so hättet ihr gesessen: stumm und dumm.

Und dann wär' alles seinen Gang gegangen,
zerflossen wäre der Empörungsgischt,
das Militär hätt' ruhig Kinder eingefangen,
auch Forstnern macht' es weiter nischt.

Wie hätte Bülow … ach, du meine Güte!
Nu sieh dir bloß den Bethmann Hollweg an!
Das ist so lang wie elf Zylinderhüte
und hat auch Hosen und ist doch kein Mann.

Er meldet, stolz und forsch extemporierend,
das, was ihm der Assessor aufgesetzt,
als Philosoph sich gänzlich abstrahierend
von dem Minister, welcher wacker hetzt.

Denn nun gehts los: die Bürger stehen dräuend
und finster und ein wenig ratlos da –
und wilde Phrasen furchtlos wiederkäuend
bewill'gen sie den Militär-Etat.

Und in dem lauten, streiterfüllten Tage
ergibt der Lange, ernst und voller Ruh,
sich in der Nase sinnend jener Frage:
«Wie hätte Bülow …?»
Schläuer, Mensch, als Du!

Theobald Tiger, SB 11.12.1913

222

Ellen Richter

Es ist ja nicht nur der große Mime, der uns das Theater lieben macht. Gewiß: wir kommen nach Haus und sind voll von Ihm, wissen jede Bewegung, kopieren seine Stimmlagen, mühen uns ab, ihn ganz zu erfassen. Aber da war doch noch … Da war doch noch so eine junge Dame oder ein junger Mann oder eine geringfügige Nebenrolle, die es uns antat. Und wenn wir recht hinsehen, so sinds oft genug diese Nebenrollen, diese Begleitmusik, die dem Großen einen Hintergrund schaffen, von dem er sich erst abheben konnte.

Da waren doch noch – zwei schlanke Beine, die … Nein, so nicht, mein Lieber, so nicht! Es war eine junge Dame, und sie tanzte herum und hüpfte und spielte mit ihren Beinen, aber durchaus nicht ins Junggesellenparkett, sondern so – weil es ihr Spaß machte. Ach, es machte ihr soviel Spaß.

Der dies erzählt, hat ganz recht. Es macht ihr wirklich Vergnügen, und wenn sie Jungens und Amors spielt, versteckt sie garnicht eine kokette, gepflegte Dame vom Theater unter prallen Höschen – nein: sie arbeitet so mit ihren niedlichen Gliedmaßen herum, hat eine ulkige, kleine Stimme und macht alles angenehm, wohlig und hübsch. Man ist nicht enthusiasmiert, aber man behält sie doch im Angedenken, im Kopf, der hinterher noch einmal alles repetiert: ihre runden Gesten, ihre festen Beine, ihre jungenshafte Beweglichkeit.

Peter Panter, SB 11.12.1913

223

Filmschau

In den Lichtspielen am Nollendorfplatz gibt es ein mäßiges Programm. Man sollte sich die immer schlechten italienischen Films abgewöhnen: dieses geschmacklose und aufgeblasene Zeug mag man nun nicht mehr sehen. Ansonsten ist es merkwürdig, wie alles in der Welt vorwärts geht, nur der Kino nicht. Das ist immer noch genau dasselbe wie vor zwei, drei Jahren – nichts, aber auch gar nichts hat sich geändert. Immer noch dieselben Albernheiten, dieselben Fehler technischer und artistischer Art, – und immer noch sind das Schönste die großen Eisenbahnzüge, die stumm und lautlos anrollen, daß wir uns erschrocken zurückbiegen, und wieder verschwinden …

Zum Schluß: «Amerika–Europa im Luftschiff». Die Idee ist schlechter Jules Verne. Einer verfolgt eine Frau von Amerika über den Ozean nach Europa, von da nach Petersburg und schleppt sie zurück nach Amerika. Gut. Aber wenn man kein Geld hat, vernünftige Aufnahmen zu machen, muß man's lassen. Das amerikanische Hotel war das Esplanade in der Bellevuestraße zu Berlin, der New Yorker Hafen ein Stückchen Spree an einer Fabrik, friedlich lagen die Äppelkähne im Wasser, und nur ein Neger und eine amerikanische Schutzmannsuniform repräsentierten den fremden Erdteil. Die Herren Millionäre sahen alle so aus, als ob sie dringend am Monatsersten Vorschuß benötigten, den ihnen die Filmgesellschaft hoffentlich bewilligt hat, und der Tanzsaal in Petersburg unterschied sich in nichts von einem besseren Schwoof, mit Respekt zu sagen. Nur …

Nur die Hauptrolle wurde von dem stärksten Kabarettemperament Deutschlands dargestellt, und so mochte man denn einigermaßen interessiert zusehen. Aber wie ungeschickt diese Filmleute doch sind! Sie photographierten Gussy Holl, ein geborenes Profil, häufig genug von vorn, wobei sie unvorteilhaft aussieht, und verstanden nicht einmal, ihre entzückenden Gesten (wie das typische Berliner Hochziehen der Nase bei schiefgehaltenem Kopf: «P!

Was können Sie mir denn! ...») einigermaßen zu verwerten. Die große Künstlerin, deren Wirkungen in der Einzelheit liegen, wurde vom Boot in den Ballon geschleppt, und später, in den Innenszenen war kein Regisseur, sondern nur einer da, der kurbelte. Ein paar hübsche Ballonaufnahmen konnten nicht entschädigen. Und komm ich in aberhundert Jahren – wieder desselben Weges gefahren –: sie werden es wohl auch bis dahin noch nicht gelernt haben, wie man gute Aufnahmen macht und eine Perle wie das Fräulein Holl richtig faßt.

wr., Vorwärts 12.12.1913

224

Wintergarten und Lichtspiele

Während der Ouvertüre sagte jemand im Smoking hinter mir: «Also, denn brauch ick noch drei Kapellen for Sylvester! Eine fier den jroßen Saal un eine hinten fier die Bierstube un denn eine, die immer de Treppe ruff und runter jeht. Fürleicht Italjener. Ick weeeß noch nich ...». O du mein Berlin! Ein fröhliches neues Jahr!

Dann betrat der sprechende Papagei Cockie mit Lucille das Podium und blus Trompete. Im übrigen verdolmetschte die Dame sein Geschrei. «I! – ä! ä!» sagte Cockie. «Ach, du willst ein Glas Bier haben ...», sagte die Dame. Cockie: «I! – ä! ä!» «Du meinst, wir wollen ein bißchen tanzen ...». Fennel und Tyson waren ein Prachtstück des Doktor Magnus Hirschfeld. Eine ältliche Tänzerin verwandelte sich in einen Mann, blieb dabei nicht stehen, wurde wieder zur Frau, und eine erstaunte Posaune begleitete diese Verwandlungen des Sexus. Worauf Sirene Nord, der Jagow damals solche Schwierigkeiten gemacht hat, mit ihren Mädels tauchte; die schlanken Körper waren ein erfreuliches Gegengewicht zu furchtbaren Erinnerungen an das Familienbad. Die Sacchetto? Eitel Sirup, Pommeryl und siedende Milch. Eine Leidenschaft, eine Abwehr – aber kein Mensch wollte etwas von ihr – kurz: die lebende Odol-Reklame.

Dann wurde das Programm vorzüglich. Petersen Bros, ein ausgezeichneter Bühnenluftakt, der famos arbeitete, ein paar sehr gute Springer und ein hübscher Linder-Film. Der Höhepunkt aber: Barneß und King. Ein schlanker, sehr gut aussehender Herr zauberte, Gott! was man so zaubert. Und dahinter stand die andre Seite des Lebens, der Widerpart, der Zerrspiegel – ein Zauberer wider Willen. Sehr dick, leicht nervös – er mußte immer mit der Nase zucken wie ein Kaninchen – und schwerfällig deckte er alles auf und zeigte, wie's gemacht wird. Er irritierte den andern, weil er Teller in den Hosen hatte und ganz zart damit klapperte und vor allem: er hatte das Salz des Lebens. Da lief eine Taube umher, der Dicke nach, und schon zog er das Salzfaß. Sein Salzfaß. Er wollte ihr Salz auf den Schwanz streuen, und das kann man noch allenfalls begreifen. Aber späterhin war es doch mehr der Ausdruck leidenschaftlicher Gefühle: Zorn, Enttäuschung, Gleichgültigkeit, Ärger – er zog das Faß, streute auf Kugeln, Puppen, Hände, Köpfe ein bißchen Salz und steckte es wieder ein. Als Erklärung mag der Wahlspruch aller Clowns dienen: Gott, so ...!

Und weil wir grade von diesen Dingen reden: die Holl macht in einem Film mit, der in den Mozart-Lichtspielen zu Berlin gegeben wird. «Amerika–Europa im Luftschiff». Die Ideen sind abgenutzt, die Fräcke auch. Und doch! Diese wundervoll schlanken Finger der Holl, die schnuppernde Verachtungsnase, ganz hoch getragen, das Parodistische in jeder Bewegung – und dann und wann ein reizendes, ulkiges Lachen über den ganzen Betrieb. Dabei photographierten sie dieses geborene Profil häufig en face und verstanden garnicht, daß ihre sieben magern Jahre in den Kientöpfen Ägyptens ein Treffer sind, den man ausnutzen muß. Lassen Sie mich, S. J., an das ziegelrote Haus der ‹Schaubühne› schleichen und tun, was ich in der Kindheit tat, wenn ich Eine so entsetzlich heimlich liebte, daß sie's selbst nicht merkte. Und mit einem zerkauten Bleistift male ich ungefüge Buchstaben auf einen Backstein, immer in Angst, es könne mich jemand erwischen:

Gussy Holl
Peter Panter
Ferlobte.

Peter Panter, SB 18.12.1913

225

Der Zweijährig-Unfreiwillige

In Köln haben sie wieder einmal einem jungen Mann, der die Berechtigung für den Einjährig-Freiwilligen-Dienst durch Ablegung der Prüfung in Berlin erworben hat, das Zeugnis entzogen. Grund: Agitation für die sozialdemokratische Partei. Der Mann war in der proletarischen Jugendbewegung tätig, hat auch wohl an den Parteiblättern mitgearbeitet. Er beschwerte sich und bekam als Antwort ein paar dieser unhöflich und ungeschickt stilisierten Schreiben, in denen auf die Wehrordnung und irgendwelche Erlasse der Kriegsminister und eines Ministers des Inneren verwiesen wurde.

Die Herren täuschen sich. Es steht nicht in ihrem Belieben, die «moralischen Qualitäten», die da vorgeschrieben sind, nach ihrem eigenen Parteistandpunkt abzusprechen. Hätte sich der junge Mann politisch in Kriegervereinen einen patriotischen Rausch angetrunken, hätte er für Kaiser und Reich nachts auf den Straßen randaliert, es wäre ihm nichts geschehen.

Vielleicht beschäftigen sich doch unsere Parlamente mehr mit diesem gesetzwidrigen Unfug, zwingende Vorschriften durch interne und heimliche «Verfügungen» illusorisch zu machen. Das Examen berechtigt zum Einjährigen-Dienst. Es ist selbstverständlich, daß die Berechtigung bei Bestrafung wieder entzogen wird. Alles andere ist faule Ausrede. Dieser Fall ist nicht der erste. Sie haben schon einmal in Berlin unerhebliche Ordnungsstrafen herangezogen, um den Sohn eines Sozialdemokraten zu schikanieren.

Eins nur ist hübsch: daß sie damit offen zugeben, der zweijährige Dienst sei eine Strafe. Ja, er ist eine. Nur würde es sich empfehlen, an die maßgebenden Stellen nicht solche traurigen Bürokraten hinzusetzen, die – weil sie gar keinen Ausweg mehr finden, und weil man sich überhaupt ein bißchen wichtig und bemerkbar machen muß –, den Militärdienst als eine Verurteilung für Korrigenden hinstellen.

Es ist hier dasselbe wie überall da, wo Verwaltungsbehörden in unmittelbare Berührung mit dem Publikum kommen. Jeder kleine Bezirksbeamte ist ein Fürst (unter den Hämorrhoiden), und der tapfere Mann bindet nur mit dem an, der ihn braucht.

Ignaz Wrobel, März 20.12.1913

226

Der Atlantisfilm

Ein neues, luxuriöses Filmtheater, die Kammerlichtspiele aus der Tauentzienstraße, wurde am Donnerstag mit dem *Atlantis*film (nach Hauptmanns gleichnamigem Roman) eröffnet.

Was sah man in diesem Film?

An weißgedeckten Tischen sitzen ein paar Leute: Männer und Frauen. Ein Herr geht auf eine Buchsbaumhecke zu, bekommt von einem humpelnden Briefträger ein Schreiben, Wagen fahren hin und her, der Herr bewegt sich in einer Hotelhalle, wieder werden Kutschen von Pferden gezogen, eine Tänzerin tritt auf, der Herr fährt auf einem Dampfer nach Amerika, verliebt sich, das Schiff versinkt, der Herr wird gerettet, kommt nach New York und erlebt amerikanische Landschaften.

Das ist ungefähr der Filmeindruck. Aber, wird der Herr Filmdirektor sagen, dann haben Sie eben die Psychologie nicht entdeckt. Nein, aber gelesen hab' ich sie. Auf vielen, vielen Tafeln wurde mir erklärt, worum es sich hier handelt. «Er bewohnt mit seiner Familie ein Haus ...» Diese dramatische Tätigkeit des Bewohnens vollzog sich dergestalt, daß endlos lange die gesamte Familie im Garten hockte. Aber, wird der Herr Filmdirektor sagen, wie soll man denn das Bewohnen darstellen? – Gar nicht, Herr Direktor, gar nicht. Mein Nachbar kannte den (mäßigen) Zeitungsroman nicht, er wollte ihn sich kaufen, – bevor er diesen Film gesehen hatte. Jetzt denkt er nicht mehr daran, denn er hat, wie wir alle, einen verworrenen und schwachen Eindruck an allerlei alltägliche, zusammenhanglose Geschehnisse mit nach Hause genommen. Nichts war zum Typischen gesteigert, nie hatte ein Maler die Szenen arrangiert oder ihnen Raumwirkung gegeben; sondern irgend ein Inhalt, der uns einen Teufel anging, wurde von teilnahmslosen Spekulanten und mäßigen Schauspielern gestellt. Das Ganze wirkte wie eine schlechte Reportage, bei der man auch nie weiß, was eigentlich vor sich gegangen ist.

Wodurch wurde sie hier hervorgerufen? Durch Tam-Tam mit dem Namen Hauptmanns. Herr Hauptmann hat Geld gebraucht, und sie haben es ihm gegeben. Was sie ihm gegeben haben, kann er sobald nicht wieder hereinbekommen.

Das Haus strahlte in allen Prächten des modischsten Kunstgewerbes. Einzelheiten waren ganz hübsch, aber die Beleuchtungskörper sahen aus wie moderne Broschen, und goldenes, blaues und silbernes Licht spritzte auf das verschwenderischste umher. Zur Ouverture hatte man Beethoven bemüht, dann trat ein kleiner Junge auf und sagte einen Prolog auf, die Wochenchronik schnatterte vorüber und dann eilte die Atlantismuse auf großen Füßen rasch bis zur Schiffskatastrophe und erregte allerlei ironisches Gelächter (mit Denkmalsenthüllungen und so). Aber der Clou, der Schiffsuntergang, enttäuschte. Wie da die Heizer sinnlos, noch im Wasser watend, die Kessel bedienten, die in Wirklichkeit längst explodiert wären, wie ganz kitschige Verse mittendrin auftauchten, wie beim Untergang des Dampfers das Meer spiegelglatt war ... Aber wie das Nebelhorn geheult hat, das war doch eine Sache, was? – Nein, das war eine Kindertrompete, kein Nebelhorn. Und die Leute bei dem Unglück, wie? – Alles ging so gemütlich vor sich, Herr Direktor, daß man's direkt hätte mitmachen wollen. Aber der einarmige Artist? – Das war das einzige, was wirklich interessierte. Eine Varieténummer, losgelöst von allem andern: ein Mann ohne Arme, der alles Erforderliche mit seinen Beinen besorgt, und in seinen Zehen ist wahrhaftig die Physiologie der Hand, ihre Gesten und alle ihre Bewegungen.

So blieb alles im Äußerlichen. Beim besten Willen wird man in diesem Zeugs nicht mehr sehen können als Mittelmäßigkeit. Diese Kapitalisten können einem leid tun. Nun geben sie all das viele Geld aus, und es wird doch nichts. Denn das ist ein Fluch und ein Segen zugleich: der Kapitalismus kann aus sich heraus keine geistigen Werte schaffen, er kann uns nicht einen Augenblick zur Teilnahme veranlassen, auch wenn er sich Hauptmann und noch so viel Statisten kauft.

I.W., Vorwärts 20.12.1913

227

Laster und Liebe

Als neulich die Duncan wieder einmal irgendwo auftreten wollte, machten sie ihr Schwierigkeiten. Sie: die verbündeten Männervereine zur Bekämpfung der öffentlichen Unsittlichkeit. Der Zusammenstoß ist nicht neu; seit Jahrzehnten toben (von uns betrachtet) auf der andern Seite Gymnasialdirektoren, Regierungsräte a.D., allerhand Menschen herum und schnüffeln. Was geht hier vor?

Wir sind in Norddeutschland toleranter geworden. Keine Vendetta bedroht den Verführer eines Bürgermädchens, höchstens der § 1300 des Bürgerlichen Gesetzbuches, und auch der selten genug. Bei den großen Sensationsprozessen schüttelt man in konservativen Parteiblättern bewegt die Häupter: das «Verhältnis» wird dort mit biblischen Schimpfnamen belegt und gilt als etwas Außergewöhnliches, als eine Sumpfblume, die dem Pfuhl der Großstadt entsprossen. Lacht nicht! Hierin ist der Großstädter wie der Provinzler: er kann sich kaum noch denken, daß es andre Ansichten gibt als seine, und hat es bitter nötig, über die Anschauungen der Mehrzahl seiner Volksgenossen belehrt zu werden.

Denn die Unterschiede sind fundamental. In Berlin eine leicht schmunzelnde Duldsamkeit in sexuellen Dingen, wie sie Angebot, Nachfrage, wirtschaftliche Notwendigkeit und ein für diese Dinge empfänglicheres Judentum hervorgerufen haben. (Das ist beileibe kein Vorwurf; wir wollen weder drüben noch hüben stehen, sondern uns die Sache einmal aus der ersten Etage besehen.) Draußen, auf dem Land, und in den kleinen, größern und großen Provinzstädten ist der Bürger von einer verblüffenden Intoleranz. Er ist durchaus nicht sittlich: Kenner versichern, daß man sich noch heute sein Klein-Paris loben könne und andre Provinzstädte nicht nachstünden. Mag sein: die Gegensätze prallen dort schärfer auf einander, man gibt mehr auf einander acht, man boykottiert, man verweist den nötigen Auspuff der Leidenschaften in schlecht möblierte Zimmer, die Angst vor dem Skandal ist prophylaktisch tätig. Was das Milieu angeht, so lese man Grete Beier: nicht der Mord am Schluß hat diese Atmosphäre von Dumpfheit, schlechter Luft und schmierigem Eßgeschirr geschaffen. «Während des Kaffeetrinkens fing er davon an, wie schade es sei, daß die Hochzeit noch immer nicht stattfinden könne. Er könne nicht ewig mit der Hochzeit warten. Nun begann er, zärtlich zu werden. Er bot ihr Eiercognac an, sie danke, sie trinke keinen. So solle sie ihm wenigstens ein Gläschen einschenken. Damit ging er hinaus, um das Klosett aufzusuchen.» Liebst sie, liebst sie! So wirds gemacht, und wenn nicht grade eine Gerichtsverhandlung oder ein falsch adressierter Brief ein Zipfelchen vom Vorhang hochhebt – wir wüßtens nicht. Aber die andern wissens, die andern, die der Widerpart sind. Sie nennen sich, zum Beispiel: «Verband der Männervereine zur Bekämpfung der öffentlichen Unsittlichkeit», haben auch ein Blättchen ‹Volkswart›, und wenn man das liest, möchte man glauben, die Liebe sei zum Teufel gegangen und nur noch der außereheliche Beischlaf übrig geblieben. Die «Ausübung desselben» soll unterdrückt werden, jeder Tischler, der Betten verkauft, soll unter den Kuppeleiparagraphen fallen, Nackttänzerinnen werden beschrien, sittenreine Opern gesucht, in jedem Schundplakat, in jeder Animierkneipe, in jedem scherzhaften Aschbecher für Tuchwaren-Reisende wird die Hölle gesehen, Masseusen, weibliche Homosexuelle, Unzüchtigkeit, Unzucht, unzüchtige, unsittliche Akte – der Mensch hats schwer! Von der düsseldorfer Kunstausstellung wird eine Liste der verfehmten Bilder hergestellt, die Integrität der Studentenbude ist zum Dogma geworden, und nun gehts los: auf der einen Seite Keuschheit, dann Prüderie, dann Fanatismus, auf der andern Spott, Hohn, Satire – und beide Male übertrieben.

Ich glaube, sie können nicht zu einander kommen, obgleich in den Kerntruppen beider Lager nicht solche Kerle zu sitzen brauchen, wie sie die andern sehen. Drüben sinds beispielsweise Sanitätsräte, Lehrer, Gutsbesitzer («ein für die Ehre und das Wohl des deutschen Volkes glühender Gymnasiallehrer»); hüben mags im allgemeinen besser sein – im allgemeinen! denn die natürliche Freude am Akt und die andre an den Strumpfbändern sollten nur hingehen, wenn sie offen zugestanden werden. Sie werden das nicht immer, und ein Kampf um die Freiheit der Kunst wird hier oft mit Geschäftsinteressen geschickter Verleger vermischt. Das Geschrei steigt zum Himmel. Drüben wird der Sexualakt zum Delikt, der Frauenleib ist der Anstiftung dringend verdächtig, und Polizei, Obrigkeit und Behörde werden in Bewegung gesetzt gegen Schiebetänze, gegen Wohnungsvermieterinnen, gegen Postkarten, gegen Turnkostüme. Hüben ist die Sexualität ein bißchen zu sehr Religion geworden: Frauen mit einer Reformseele sind für obligatorischen Gottesdienst, und Philosophie, Literatur und Kunst werden bemüht, das ihrige zu tun. Hüben und drüben – sie können zusammen nicht kommen. Ganz ausgeschöpft hat die Sachlage wohl Walther Rathenau in einer kleinen Glosse: ‹Das Mißverständnis der Prüderie›. Er sagt: «Zwei Gruppen ehrlicher Menschen stehen sich gegenüber und halten einander wechselseitig für Heuchler oder Wüstlinge. Man muß wissen, daß eine große Gattung Menschen von starker und zurückgedrängter Sexualität vor jeder Nacktheit oder Laszivität heimgesucht werden von Reizen und Erregungen, die sie nicht zu bändigen wissen. Sie können nicht anders denken, als daß alle übrigen ihnen gleichgeartet sind. Allein die andre Gruppe, mehr ästhetisch-sinnlich als sexual veranlagt, weiß von diesen Vorgängen nichts und kann sie nicht erraten. Sie hält den Unmut ihrer Brüder für Heuchelei und Lüge.» So ists. Man lese einmal nach, wie vernünftig der alte Hufeland über diese Dinge geschrieben hat, und unter welchen Tobsuchtsanfällen heute eine Diskussion geführt wird, deren Thema seiner ganzen Natur nach überhaupt nicht diskutiert werden kann. Ich habe blonde Haare, du schwarze – soll jeder von uns einen Verein gründen? Hier hat nur die Ökonomie und die Medizin ein Wort zu reden, nur diese. Drüben bei den Männerbünden werden sie oft übersehen: man sollte da ein wenig mehr Physiologie und Soziologie betreiben. Hüben bei den freien Kunstmenschen ist man nicht so nackt wie die perhorreszierten Akte. Man ist feierlich aufgeregt und niemals so gleichmütig wie jener Polizeimann, der mir einst sagte: «Sehen Sie, eine Zentralstelle gegen den Schmutz in Wort und Bild – Gott, das müssen wir schon haben, damit das Zeug nicht überhand nimmt!»

Wir leiden an einer Überschätzung der Sexualität. Wir verwechseln immer noch Analyse mit Darstellung und okjektive Begründungen mit Plaidoyers. Vor allem: mulier taceat in ecclesia! (Wir lassen ja auch den Angeklagten nicht schwören.) Der Schauplatz sei nicht eine grande opéra der Öffentlichkeit, wo man sich mit schwer unterdrücktem stofflichen Interesse an Arien über Abtreibung, Homosexualität und frigiden Frauen entzückt, sondern das Schlafzimmer. Aber auch hier empfiehlt es sich, ohne Textbuch zu agieren. Über den Bodensee der Sexualität kommt man nur, wenn er zugefroren ist und der Reiter nicht weiß, daß das Feld eigentlich eine Eisdecke ist. Wer sich zuviel auf sich selbst besinnt, ist schwach. Und ich glaube, dieses ganze Geschrei über Sexualität, Erotik, Unsittlichkeit entspringt einem Einzigen: dem Mangel an Kraft.

Ignaz Wrobel, SB 25.12.1913

228

Großstadt-Weihnachten

Nun senkt sich wieder auf die heim'schen Fluren
die Weihenacht! die Weihenacht!
Was die Mamas bepackt nach Hause fuhren,
wir kriegens jetzo freundlich dargebracht.

Der Asphalt glitscht. Kann Emil das gebrauchen?
Die Braut kramt schämig in dem Portemonnaie.
Sie schenkt ihm, teils zum Schmuck und teils zum Rauchen,
den Aschenbecher aus Emalch glasé.

Das Christkind kommt! Wir jungen Leute lauschen
auf einen stillen heiligen Grammophon.
Das Christkind kommt und ist bereit zu tauschen
den Schlips, die Puppe und das Lexikohn.

Und sitzt der wackre Bürger bei den Seinen,
voll Karpfen, still im Stuhl, um halber Zehn,
dann ist er mit sich selbst zufrieden und im Reinen:
«Ach ja, so'n Christfest is doch ooch janz scheen!»

Und frohgelaunt spricht er vom «Weihnachtswetter»,
mag es nun regnen oder mag es schnei'n.
Jovial und schmauchend liest er seine Morgenblätter,
die trächtig sind von süßen Plauderei'n.

So trifft denn nur auf eitel Glück hienieden
in dieser Residenz Christkindleins Flug?
Mein Gott, sie mimen eben Weihnachtsfrieden ...
«Wir spielen alle. Wer es weiß, ist klug.»

Theobald Tiger, SB 25.12.1913

229

Die schöne Schutzmannsfrau

Gott weiß, wer sich den Spaß erlaubt hatte: sie träufelten dem Schuhuh Hennessy ein, während er grade schlief, und als das verehrungswürdige und weise Tier erwachte, klapperte es mit den rostigen Augendeckeln, flog in Zickzackflügen über die Erde und bildete sich ein, ein Aeroplan zu sein. Zum Schluß stürzte er ab, besah die Unglücksstätte und sprach sich krächzend das tiefste Beileid aus.

Der Dichter Mynona hat seine entzückenden kleinen Prosa-Arbeiten, die bisher in obskuren Blättern verstreut waren, gesammelt und im Verlag der Weißen Bücher zu Leipzig unter dem Titel:

‹Rosa, die schöne Schutzmannsfrau› herausgegeben. Aaah! kann man da nur sagen. Zuerst sieht man, wofern man Mynona bereits kennt, gierig das ganze Buch durch, ob noch alles da ist. Ja, da ist: «Von der Wolke, welche so gern geregnet hätte», und «Der zarte Riese», und «Zur Tödlichkeit des Sächselns» und vor allem: «Verstellung». Es ist im großen und ganzen eine anmutige Mischung der schärfsten Logik mit der ansprechendsten Art von Verrücktheit. Entweder die Dinge sind bis zum definitiven Ende gedacht – und das vertragen sie nicht alle; oder sie sind aus der Froschperspektive betrachtet – und das ist manchmal auch ganz schön. Warum soll man nicht Weihnachten einmal in den Hundstagen feiern? Nesselgrün, der Schauspieler, steckte mit dieser Idee den ganzen kleinen Ort an: «Bald flammten Lichterbäume an allen Fenstern, man sang heilige Lieder …». Wer wird daran Anstoß nehmen? Höchstens die möblierte Zimmerwirtin des Herrn Nesselgrün. Es ist so eine Art listiger Ironie, die heftig grinsend aber auch garnichts Heiliges mehr anerkennt. Nicht nur Rosegger – nein, auch die immerhin sich gut bewährt habende Einrichtung des Todes beulkt Mynona. Die menschlichen Gesetze gelten nicht mehr, die Adjektiva sind keine, sondern kugelige Igel, die Stacheln haben und das Substantiv stechen, und noch ein bürgerliches Komma kann sich in einen spitzigen Haken verwandeln. Wenn ihr den Papagei überlebt auf Seite 105 – «Im Bett zur rechten Hand regte sich etwas mit einer Schlafhaube. Das war Papchen, der Frau Ohnemanns (selig) Schlafhaube um den Kopf gewickelt trug und ihr Hemd anhatte. Als Blaffke ihn von diesen ihm nicht anstehenden Wäschestücken befreit hatte, rief der Papagei mit einer Energie, die garnicht schlecht war: «Willi! Wach auf! 's ist Zeit!» – Silentium für den Anakoluth! Wenn ihr also, sagt' ich, hierüber hinwegkommt, dann wünsch ich euch ein fröhliches Lesen unter der grünenden Weihnachtstanne. Das walte Gott!

Peter Panter, SB 25.12.1913

230

Sie lächelt wieder!

Die Gioconda, – man sprach nie anders von ihr, wie wenn man mit ihr geschlafen hätte, – lächelt wieder. Anoch in Italien, bald wieder in Paris, wo man sie nun noch häufiger als bisher photographieren wird, weil sie früher da war, und weil sie dann nicht mehr da war, und weil sie nun wieder da ist. Man berechne, was sie im Lauf der Zeit kostete: Telegramme prasseln, Illustrationen klatschen auf die Lithographiersteine, Schmöcke schwitzen, und wieder ist ein Verbrauch in Adjektiven wie in den alten Zeiten, da sie gestohlen wurde.

Sachte, sachte! – Es ist ja alles nicht wahr. Wer von euch hat denn je dieses Bild im Original gesehen? Und wer von euch, die es je gesehen haben, sah etwas anderes in ihm als das besternte Ding aus dem Baedecker? – Ihr wißt nichts von Malerei, am allerwenigsten von dieser alten Malerei, die Gegenstände nicht einmal kubusförmig sah.

Also geht die große Presse den Menschen voraus? – Sie turnt in der Luft, während jene, behaglich unten ihren Trab zottelnd, den merkwürdigen Evolutionen zusehen, die eigens für sie arrangiert werden. Würde eine Zeitung in der Form, im Stil und im Inhalt wirklich einmal nach dem Leserniveau gemacht, man würde staunen über diese Kindlichkeiten. Denn der Abonnent klaubt sich gewandt aus dem Bombast von Fachausdrücken, von Kulturanstrich, von Bildung schon das heraus, was er davon begreift, und das ist nicht allzuviel, sondern immer nur das Konkrete und das Bewußtsein, daß es ihn zwar gar nichts, andere aber schon sehr viel angehen müsse, – denn sonst stände es doch nicht in der Zeitung. Also, da ist ein Bild gestohlen, und das ist sehr viel wert gewesen, und wir haben es auch schon mal in Reproduktionen gesehen, und nun ist es wieder da, und da haben wir ja auch ein Gutachten des Professors Wickelstroh, nun, der Mann wird's verstehen, das will ich meinen, – so, und wie ist es denn mit dem Wehrbeitrag …?

Begieße einen Pudel mit Wasser, er wird mehr Eindrücke haben als der Abonnent, der sich und sein Blatt schüttelt, weitergeht und zwischen Ein- und Beinbrüchen gnädig ad notam nimmt, daß jene wieder lächelt.

Ignaz A. Wrobel, März 27. 12. 1913

Übersetzung

231

Zwei Späße / von Henri Rochefort

Das Töchterpensionat in der Académie des Beaux-Arts

... Die einzige neue Maßnahme, die meine ganze Zustimmung hat, ist die Zulassung von Modellen weiblichen Geschlechts an den Ateliers dieser Schule.

Die Schamhaftigkeit ist gleich nach unsrer Restaurationsküche das Unbegreiflichste auf der Welt. Bei jeder kleinen Vergewaltigungs- oder Ehebruchsaffaire machen die Damen Eingaben beim Präsidenten der Cour d'assises, um einen Klappstuhl im reservierten Ring zu ergattern – und wenn es sich um die Kunst, diese geschlechtslose Gottheit, handelt, trifft man alle Nase lang auf Leute, die überall Feigenblätter anbringen.

Bis jetzt hatten die Männer allein das Privileg, ihren Torso vor den Schülern der Ecole des beaux-arts zu entblößen. Nun verlangten die Frauen die gleichen politischen Rechte.

Der Lehrkörper war dagegen – in memoria der Phryne, bei deren Erscheinen die Richter von Athen bekanntlich in einen unbeschreiblichen Zustand geraten waren.

Im selben Hause wie das Atelier befand sich nun ein Töchterpensionat – ein Zeigefinger an der Wand, der den Eintritt zum Pensionat wies, verhinderte die Verwechslungen.

Eines Abends kletterten die Schüler von Delaroche herunter, auf die Straße, und ließen mit ein paar Pinselstrichen den Pensionsfinger in ihr Atelier zeigen. Das andre warteten sie ab.

Am nächsten Tage, so gegen Mittag, erschien eine respektable Dame im Atelier, wo schon zwei Jünglinge parat saßen.

«Entschuldigen Sie», sagte die Dame, «bin ich hier recht in dem Pensionat Graffinard?»

«Gewiß, gnädige Frau!» beeilte sich einer der Maler zu antworten. «Wollen Sie nicht, bitte, Platz nehmen – Fräulein Graffinard wird im Augenblick hier sein. Sie ist übrigens unsre Cousine.»

«Ich wollte mich hier bei Ihnen erst ein bißchen umsehen», sprach die Dame weiter, «ehe ich meine Tochter – sie ist fünfzehn Jahre – ihrer sorgenden Cousine anvertraue.»

«Ihr Fräulein Tochter wird sich hier wie zu Hause fühlen: die Verpflegung ist vorzüglich und der Unterricht sorgfältig und streng. Sie wird eine Menge Dinge lernen, die man ihr vermutlich nirgendwo anders beibringen wird. Da gibt es auch noch für die Pausen einen herrlichen Garten, den Sie hier durchs Fenster bewundern können.»

Die besorgte Mutter erhob sich und ging zum Fenster. Aber als sie den Vorhang zurückzog, um freie Aussicht zu haben, stand sie vor einer jungen Dame, die, nackt wie ein Aal, sehr kaltblütig schlängelnde Bewegungen probierte.

«Was muß ich sehen?» schrie die Mutter.

«Oh, das ist weiter nichts!» sagte ruhig ein Maler, «das ist eine Pensionärin, die in der Ecke steht, weil sie ihre biblische Geschichte nicht ordentlich gelernt hat.»

Die entsetzte Frau verschwand und erzählte bei ihren sämtlichen Bekannten herum, wie Fräulein Graffinard ihre Pensionärinnen abstrafe. Was in kurzer Zeit den gänzlichen Ruin der Anstalt zur Folge hatte.

Trotz dieser Gefahr, die ja allerdings noch nicht ante portas steht, werden die Frauen von jetzt ab bei der Ecole des beaux-arts zugelassen werden (wie ins Parkett des Odéon), und die jungen Herren brauchen nun nicht mehr ihre Aktstudien an kolorierten Photographien zu machen.

Das Wunderkind

Eine honette junge Dame, von jener Epidemie ergriffen, die man beim Theater eine Indisposition von neun Monaten nennt, hat sich im Zirkus die Elephanten angesehen, und nun hat sie ein Kind männlichen Geschlechts in die Welt gesetzt, dessen Kopf nach einem dieser intelligenten Tiere modelliert zu sein scheint.

Der furchtbare Pausback bekommt seine Nahrung durch die Nase, im Gegensatz zu Herrn Samson von der Comédie Française, der sich der seinen nur zum Sprechen bedient, und seine Ohren sind derart entwickelt, daß sie die Fünfhunderttausend-francs-Ohrringe von Fräulein Juliette B … schon vertragen könnten – reißen würde nichts.

Die bedauernswerte Mutter weiß nun nicht, ob sie ihren Jüngsten zur Amme aufs Land oder in den Zoologischen Garten geben soll, und weint sich inzwischen die Seele aus dem Leibe, die Lüfte mit ihrem Wehgeschrei erfüllend …

Anonym, SB 28.8.1913

Ungesicherte Texte

232*

Der Dichter der «Weber» bei Ullstein und Mosse

Erst hieß es schüchtern, Hauptmann beschäftige sich momentan mit einer Bearbeitung der Parzivalsage für die Jugend. Nun kommt heraus, daß diese Bearbeitung bei Ullstein erscheinen wird.

Es ist nicht hübsch, daß der Hauptmann mit seiner Uniform handeln geht. Wenn auch das Dichten bei ihm kein Geschäft war, so wird es ihm doch niemand übel nehmen, wenn er seine Werke so günstig wie möglich verkauft. Aber ein Mann wie Hauptmann hat doch die Pflicht, zu sehen, an wen. Er mußte wissen, daß Ullstein ihn zu dieser Arbeit nur aufgefordert hat, um mit dem Namen zu protzen. Wie er mit anderen auch protzt.

Hauptmann, der vor 14 Jahren die «Weber» schrieb, durfte nicht einem Verlag seinen Namen vermieten, dem systematisch – in allen Dingen – die fettgedruckte Überschrift wichtiger ist, als der Inhalt, der mittäglich den Geschmack durch dumme Witze und schlechte Sensation noch mehr verdirbt, der die Leibwäsche der Finanz und die Abführmittel der Schauspieler aus dem ff studiert, der politisch soweit liberal ist, wie das Geschäft es erlaubt – Hauptmann durfte das nicht.

Ullstein ist kein Vorwurf zu machen. Er ist Kaufmann.

Ebenso wie Mosse, der einen neuen Roman Hauptmanns zum teelöffelweisen Abguß ... Abdruck wollte ich sagen, für das ‹Tageblatt› erworben hat.

Es ist ein trauriges Schauspiel, einen Dichter handeln zu sehen.

Anonym, Vorwärts 5.12.1911

233*

«Vollmenschen»

Brave Bürger mit wohltemperierter seelischer Verdauung. Nur wirken leise soziale Gefühlchen zuweilen ein wenig störend.

Hallo: eine famose Radikalkur! Umschaffen läßt man sich! Einfach umschaffen! Schließlich war man lange genug dekadent! Warum soll man nicht auch einmal Renaissancenatur werden? Renaissancenaturen haben es zu gut. An die können noch so leise soziale Gefühlchen nicht mehr heran.

Tja, für Geld muß doch so was zu haben sein? Wozu wäre sonst die Literatur da, die dem Herrgott ins Handwerk zu pfuschen gelernt hat? Ah! Da melden sich auch schon ein paar Spezialisten! Neoklassizisten heißen Sie? Also los! Aber Vorsicht auf gewisse Bestandteile der bourgeoisen Psyche, bitte! Vor allem das Monokel! Das muß unbedingt verschont bleiben!

In Strömen fließt der Schweiß der Künstlinge. Nach dem bewährten Rezept, das der Maler Jakobus dem Romandichter Heinrich Mann anvertraut hat, werden die modernen Ärmlichkeiten und Perversitäten mit so überlegener Geschicklichkeit verkleidet und geschminkt, daß sie wirklich an dem vollen Menschentume des goldenen Zeitalters teilzuhaben scheinen.

Tausende Cesare Borgias flanieren fortan auf der Tauentzienstraße. Mit kalter Verachtung strafen sie die begehrlichen Blicke des frierenden Bettlers an der Straßenecke. Mächtig dämonisch kommen sie sich vor. Mitgefühl? Menschenliebe? Gegen derlei «Atavismen» sind sie gepanzert durch – Maskerade.

Anonym, Vorwärts 7.12.1911

234*

«Geistreich»

Ein Geist, der nach keiner Richtung hin stark engagiert ist, zeigt auch bei mäßiger Veranlagung oft eine Beweglichkeit, die unter Umständen dem wirklich tiefen Geiste ähnlich scheint. Ernste Denker aber, die eine bestimmte Materie auf ihren Grundgedanken hin bearbeitet haben, können von dieser Richtschnur ihres Denkens nicht so schnell abgelenkt werden, sondern müssen unaufhörlich an dem Ausbau dieser Grundidee weiterarbeiten. Ja, sie sind so fest mit diesem Thema verknüpft, daß alle Bemühungen, sie für einen Augenblick davon zu erlösen, aussichtslos bleiben. In solchen Fällen haben wir es mit einer inneren geistigen Mission zu tun, da muß die Idee zu Ende gedacht werden, der Stoff, das Thema drängt, und der Mensch ist lediglich das ausarbeitende Organ. Solchen Menschen muß die leichte Verbindung mit den Erscheinungen der Außenwelt schwerer fallen, als den geistreichen, die ihre momentanen Einfälle kaum in einen Zusammenhang bringen können, mit irgendeinem festgefügten System, einem großen dichterischen Vorwurf oder gar einer sozialreformatorischen Idee. Der geistreiche Mensch sucht nicht nach Verknüpfungen, er kennt den Anschluß nicht, das Ankristallisieren von Gedanken um einen Punkt herum, um diesen allmählich zur Linie, dann zur Fläche und noch später zum Globus anwachsen zu lassen. Tiefe Denker waren selten geistreich. Erzählt man doch von Jean Jacques Rousseau, daß er im Verkehr mit Enzyklopädisten stets den kürzeren zog, da seine tiefe Natur in der Polemik versagte, in der es doch hauptsächlich auf das Herausschleudern von momentanen Geistesblitzen ankommt. Aber sobald er allein war oder sich mit einer gleichgestimmten Seele über die schwersten Probleme des Lebens unterhalten konnte, strömten seine Gedanken unaufhörlich, und die Gefühle brachen gleich Quellen aus der Tiefe seiner reichen Natur hervor. Der geistreiche Mensch ist ein Blendwerk, großgezogen durch eine Mißgestaltung unseres Gesellschaftslebens.

Das Wesen der geistreichen Autoren besteht in der Neigung zu

Antithesen, Witzen und in der Sucht, die Form über einen dürftigen Inhalt triumphieren zu lassen; im Sprunghaften, da die glänzende Stilistik sich mit Recht von allem Ballast befreien möchte, der in die Tiefe zerrt. Beim Geistreichen erscheint der Geist fast als Selbstzweck. Nicht Selbstbefreiung, Erlösung, kein inniges Gefühl des Zusammenhanges aller wahrhaft kulturfördernden Elemente, sondern nur das prickelnde Bewußtsein, seine Zuhörer oder Leser verblüfft zu haben. Zuweilen selbst mit tiefen Erkenntnissen spielend, hat der Geistreiche doch keine innigen Beziehungen zu ihnen, da sie keine Auferstehung in seiner Lebensführung erfahren. Da er den Zusammenhang mit dem Leben verloren, ist er stets nur ein Produkt einer künstlichen Gedankenwelt, die fern von aller lebendigen Erfahrung ein Scheinleben führt. Was aber manchmal zu seinen Gunsten sprechen könnte, ist eine beneidenswerte Eigenschaft, viele Gedanken in sehr kurzer Zeit zu produzieren. Viele Gedanken sind wahrlich kein Unglück, nur müssen wir uns die Frage vorlegen, wie sie entstehen. Meistens erzeugt bei ihm die Unterhaltung die Gedanken, ein Buch oder ein besonderes Erlebnis. Dem tiefen Denker wird selbst das Geringste zum Ereignis. Unser «Geistreicher» braucht aber stärkere Reize, das Milieu muß sehr in Aktion treten, wenn ihm die Gedanken kommen sollen. Und dann strömen sie scharenweise herbei, überschütten ihn und machen ihn groß und stark, und er fühlt sich als Etwas. Im Besitze vieler Gedanken, glaubt er schon im Bereich des Genies zu sein. Darum höre und staune, daß das Genie frei von vielen Ideen und Gedanken ist. Ja, zuweilen besitzt er nur einen einzigen, den es sein Leben lang mit sich herumträgt. Aber dieser Gedanke ist riesengroß und steckt in Glut und ist so fest gebunden an den Träger, daß dieser ohne ihn nicht zu leben vermag. Das nennt man eine innere Mission haben, ein geistiges Ziel verfolgen. Und solche Leute sind nicht «geistreich».

Anonym, Vorwärts 8.12.1911

235*

Justizirrtümer

«Abg. Borchardt wird beschuldigt, aus einem abgeschlossenen, zum öffentlichen Dienst bestimmten Raum, in dem er ohne Befugnis verweilte, ... sich nicht entfernt zu haben.»

Abg. Borchardt hielt sich bekanntlich an dem bewußten Tage auch in der Toilette des Abgeordnetenhauses auf. Er war tatsächlich befugt; seine Verdauung funktionierte.

*

Das Wort «*abgeschlossener* Raum» in der Anklageschrift hat den betreffenden Assessor die Karriere gekostet.

*

Bei einer Übung der Eisenbahner prahlte ein Hauptmann der Reserve mächtig mit seinen maschinellen Kenntnissen.

«Ja –» sagte ein Kamerad – «können Sie denn konstruieren?»

«Erlau'm Sie ma», erwiderte der Angeredete, «ich bin preußischer Staatsanwalt.»

ut., Vorwärts 29.6.1912

236*

Feste Justav, Deutschlands Eiche!

Das Profil Erich Schmidts, des Berliner Literaturprofessors, hat für dieses Semester abgesagt. Vertreter: Roethe, Gustav. Professor und Damenfresser. Da das Kolleg Schmidts den Anschein eines Mädchenpensionats hatte, so fragt sich, was tut der andere mit den Jungfrauen. Wird er sie hinauswerfen oder wird er sie nicht hinauswerfen? Dies die große Frage.

In diesem Falle ist nichts verloren. Beide Professores sind keine Leuchten, sondern Nachtlichter, und ob die jungen Damen, – die weniger Studentinnen sind als eben … junge Damen, – den Zukkerseim des einen und den Bierbaß des anderen genießen, kann uns gleich sein.

Was uns aber nicht gleich sein kann, ist, daß es im Belieben des einzelnen Universitätsprofessors steht, Damen zum Kolleg zuzulassen. Der Professor wird vom Staat bezahlt und hat seine Arbeit zu leisten. Wer da im Auditorium sitzt, hat ihn nicht zu kümmern, denn alle seine Zuhörer sind von der Universität ausdrücklich zugelassen. Niemand ist von der Straße hereingelaufen, er kann sich also nicht beschweren, vor Laien lesen zu müssen.

Frauen sind zum Studium zugelassen. Wenn man sie aber zuläßt, wenn man ihnen das Geld abnimmt, dann sorge man dafür, daß bezahlte Lehrkräfte das tun, wofür sie ihr Geld bekommen.

Die Damen und Mädchen aber sollte man nicht so lange warten lassen, bis auch Roethe, Gustav den Zug der Zeit begriffen hat. Denn das dauert bei dieser Sorte immer ein bißchen lange.

Anonym, Vorwärts 30.4.1913

237*

Das Kolonialdenkmal

Man schreibt uns: «Weil hunderte von braven Jungen die faule Kolonie verschlang, – sieht sich der Fortschrittsmann bezwungen in seinem edlen Denkmalsdrang …» Lieber Vorwärts! Es geht doch nicht in Versen. Der Pegasus wird böse und schlägt hinten aus.

Denn gibt es widerwärtigeres, als diese kleinen Bürger, die nicht einmal zu heucheln brauchen, um so einen Kulissenzauber wie ein Kolonialdenkmal zu bewilligen? Es ist ihnen ernst damit. Und das ist das Schlimmste.

Wenn sie noch Schieber wären, wenn sie noch den Bildhauer verdienen lassen wollten! Wenn sie noch lögen, um vor den Wählern zu glänzen, in den Wahlvereinen ihren Mann stehen zu können! Nichts davon, es ist ihnen bitterernst.

Sie freuen sich, daß sie etwas bewilligen dürfen. Daß sie etwas zu bestimmen haben, und sei es auch nur das, was die Regierung will, auch ohne sie tun würde ... Sie kommen sich wichtig vor. Es ist sicher kein anderer Grund, – sie kennen ihn nicht, aber das Gefühl der Wichtigkeit beherrscht sie. «Die Kolonialpolitik als solche geht uns in diesem Saal überhaupt nichts an,» sagt einer selig. Freude des Unterworfenen. Andere Nationen lächeln. Der Deutsche strahlt, wenn er nichts zu sagen hat. Er fühlt die starke Hand, und weil er in seinem kleinen Betriebe ebenso unduldsam ist, nach oben und nach unten abgegrenzt, auf peinliche Distanzen hält, erkennt er das im öffentlichen Leben freudig an. Er weiß, wenn *das* einmal aufhört, kann er sich begraben lassen. Sie brauchen das: diese Schlösser vor den Mäulern, die Faust, den Rohrstock. Daß sie dann Phrasen donnern, ist verzeihlich, da sie ja nicht sprechen können.

In diesen schönen Momenten ihrer öffentlichen Wirksamkeit vergessen sie alles: die Sauwirtschaft unten in den Kolonien, die den Krieg erst provoziert hat, ihre eigene Ausschließung von allen wichtigen Entschließungen, diese Dinge angehend, alles, alles.

Wie soll es in Deutschland besser werden, wenn diese Bediensteten jede, aber auch jede Gelegenheit verpassen, ihre Macht fühlen zu lassen?

Wie? Wie es besser werden soll? Schläft der Bürger –, der Arbeiter wacht.

tn., Vorwärts 14. 5. 1913

238*

[Einleitung zu] Kulturfaktor Film

Die Filmfabrikanten behaupten, ihre Erzeugnisse seien Kunst. Ein paar Ausschnitte aus den – allzu zahlreichen – Fachzeitschriften der Kinematographen-Industrie sollen zeigen, daß diese Behauptung falsch ist. Im Gegenteil: unfähige Köpfe produzieren eine Art Unterhaltung, die weit unter der Schundliteratur steht, weil sie langweilig ist und nicht einmal «das einfache Bedürfnis erfüllt nach einer idealen Welt irgendwelcher Art, in der erdichtete Personen ungehindert sich entfalten können». Das Niveau des Publikums wird nicht nur nicht getroffen, sondern unterboten. Dabei wäre der Film unschädlich, wenn er sich nicht als Kunstwerk geben, wenn er schlechtweg unterhalten wollte – denn zu beklagen oder abzustellen, daß er langweilig ist, wäre keines Kunstkritikers Sache. So aber entfremdet er auf die Dauer doch viele der Kunst, bei der man immerhin ein bißchen Geduld haben muß, bei der nicht alles so sprunghaft geht, sondern ruhig, motiviert, gewollt. Nicht absichtslos, zufällig, schreiend, unterstrichen.

Kein Wort gegen die Erfindung an sich. Sie bietet «dem Auge eine Reihe von Bildern dar, die von ein und demselben Objekt zeitlich aufeinanderfolgende Bewegungsphasen darstellen, und zwar derart, daß dem Auge jeweils nur ein einziges Phasenbild exponiert wird, wobei der zeitliche Abstand je zweier Phasenbilder gleich dem Zeitintervall der in Wirklichkeit aufeinanderfolgenden Bewegungsphasen gewählt wird». Das ist ein Fortschritt der Technik, der nichts dafür kann, wenn man ihn mißbraucht. Aber welch ein Wahnsinn, die Entstehung einer neuen Kunst von einem Reichspatent abhängig zu machen! In ein paar Jahren wird man sich ausgeschrien haben. Dann werden die halbwegs gebildeten Menschen von den Fabrikanten hinausgelangweilt sein – wie sind wir jetzt schon kinomüde! – und dann werden wir einen reinen und saubern Typ der Unterhaltungsbudike haben.

Nun aber lest und lacht.

Anonym, SB 17. 7. 1913

239*

[Einleitung zu] Der imaginäre Brand / von Leonid Andrejew

Eines Tages erschien im berliner Verlag Snanije: ‹Das rote Lachen›, Fragmente einer aufgefundenen Handschrift, von Leonid Andrejew; übersetzt von August Scholz. Dies Buch – gegen den

Krieg – wirkte in Rußland so stark, daß der Autor eingesperrt wurde (während Bertha von Suttner den Nobelpreis bekam). Die Reflexionen, teigig, slavisch, schwach, sind natürlich nicht gut; aber wo Andrejew darstellt, ist er unerhört kräftig und unwiderlegbar. Denn er hat den Krieg nicht wie eine mathematische Formel behandelt, die richtig oder falsch ist, sondern er hat die Konsequenzen dieses inkommensurablen Ereignisses aufgedeckt. Das Buch enthält erschütternde Momente: wie der zurückgekehrte beinlose Krüppel sein Fahrrad betrachtet, an dem noch ein bißchen Schmutz von der letzten Fahrt klebt; wie ein Feld nach der Schlacht von Verwundeten wimmelt, zuckt und ächzt. Hier folgt ein Stück, das eindringlich zeigt, wie Andrejew arbeitet.

Anonym, SB 11. 9. 1913

240*

Kasernenhygiene

Der Verein zur Erregung europäischer Zwistigkeiten, vulgo Wehrverein, gibt ein Blättchen heraus. Lehrreich immerhin …

Da berichtet zum Beispiel einer über die preußischen Kasernen. Nein, wirklich, diese Notiz ist keinem Parteiblatt entnommen, sie stand wirklich in der ‹Wehr›, so heißt das Papier. Ein schärferes Urteil über die hygienisch-miserable Einrichtung dieser unmodernen Häuser kann nicht gefällt werden. Warum, fragt der Schreiber, werden heute noch Kasernen ohne Wasserleitung gebaut? – Da empfindet selbst der freudigste Soldat das Wassertragen als eine Schinderei. Warum, fragt der Schreiber, wird noch immer soviel an alten Uniformen herumgeflickt? Das ist unnötig, spart kein Geld, weil es zuviel kostbare Zeit kostet, und erbittert die Gemüter. Warum, fragt der Schreiber, gibt es noch überall in den Kasernen Ungeziefer? – Weil man keinen Beton mit Linoleumbelag hat, weil man noch Scheuerleisten hat, die unpraktisch sind …

Ja, wer spricht denn da? – Ein Genosse? – Ein Rebell? – Das werden wir sehen. Aber hat er nicht recht? – Reißen nicht die

Helden den Mund auf und preisen das Soldatenleben, ohne die einfachsten Regeln der Sauberkeit und der gesunden Lüftung zu befolgen? – Sieben schlafen in einer Stube, – und dann sind es nicht einmal viel – und die Luft ist zum Durchschneiden und die Lazarette taugen nichts.

Aber weiß denn der Schreiber nicht, daß hier nichts um seiner selbst willen geschieht? – Daß alles nur den einen Zweck hat, den Eigenwillen zu töten? – Daß der Mann nichts, und der Vorgesetzte alles ist? – Er sollte es wissen.

Denn der, der ausnahmsweise einmal die Wahrheit über preußische Kasernenschmutzereien sagte, ist ein Stabsarzt. Aber ein anonymer! –

Und daß ein Militär nicht einmal offen die Wahrheit sagen darf, weil man ihn sonst einsteckt, das zeigt so recht diese Gesellschaft in bengalischem Licht.

Muß noch ein paar Seiten später im Blättchen stehen, daß man dem Vorwärtsschreiber, der das Sedanfest verspottete, das Blut aus den Fingern heraushauen sollte, daß es ihm in die Augen spritzt? – Wörtlich.

Aber wir wußten längst, daß diese verabschiedeten Majore an unterdrücktem Sadismus leiden. Und es muß ja auch nicht angenehm sein, erst über tausend Leute brüllend befehlen zu dürfen, die schweigend gehorchen mußten, weil sie einen bunten Rock trugen, und weil der Vorgesetzte vor ihnen und das Zuchthaus hinter ihnen stand, und nun? – Nun ist man pensioniert, niemand, nicht einmal der Bäckerjunge hört mehr, wenn man flucht, und die große Welt ist durchaus kein Kasernenhof.

Sondern ein Arbeitsfeld.

Und da machen Unter- und Oberoffiziere allerdings immer Fiasko.

Anonym, Vorwärts 28.9.1913

241*

Gottbegnadeter Kitsch

Über Herrn Limans lippische Ordenserfolge wurde schon berichtet. Es muß aber noch nachgetragen werden, wie der jahrmarktende Schreibjongleur Seine Hoheit den Fürsten durch Literatur amüsierte. Der durchlauchtige Kronanzeiger jauchzt über die Matinee, die der Deutsche Schriftstellerverband (nicht zu verwechseln mit dem sachlich und auf gewerkschaftlicher Grundlage arbeitenden Schutzverband Deutscher Schriftsteller) den begeisterten Detmoldern servierte. Es wäre ein Jammer, wenn solche sagenhafte Schleimproduktion eines tintigen Reptils spurlos verloren ginge. So öffne man also die Nase:

«Von 11 ¼ Uhr sprangen die Wasserkünste im fürstlichen Palaisgarten und um 11 ½ Uhr begann die Matinee ... Dr. Liman entpuppte sich dabei als ein ganz vorzüglicher Konferencier, der die einzelnen Dichter ganz vorzüglich auf die Bretter stellte ... Otto Ernst plauderte von seinem ‹Appelschnutt› in so herziger und drolliger Weise, daß beinahe kein Auge trocken blieb ... Klara Blüthgen, ebenso wie die beiden Herren mit lebhaftem Applaus empfangen, führte dem Publikum den unwiderstehlichen Kurt vor ... Eine Abwechselung in das rein dichterische Programm kam, als Dr. Liman die Kgl. Hofopernsängerin Frau Heintze auf die Bühne geleitete. Drei Lieder sang die gottbegnadete Sängerin ... Eine liebe Bekannte der Frauenwelt, Hermione v. Preuschen, trug einige ihrer Gedichte vor, die in ihrer Eigenart wirkten, und dann kam der Rideamus mit seiner Frühlingsballade, die zwerchfellerschütternd wirkte. Mit der ganzen Persönlichkeit des Dichters schon fiel ein Strahl goldenen Humors auf die Bretter. Zu köstlich, diese frohen Hoffnungen eines werdenden Papas ... Mit der Matinee der Schriftsteller ist etwas an dem Detmolder Publikum vorübergerauscht, das unvergessen sein wird. Habt Dank daher: alle, alle, die Ihr uns ein Stückchen gottbegnadeten Erdendaseins hören ließet.»

Paul Liman, Otto Ernst, die Blüthgens, die preuschesche Hermione: ein unerreichbares Ragout hörbaren Erdendaseins. Es muß etwas wie einen Magnetismus des Kitsches geben.

Anonym, Vorwärts 28.9.1913

242*

Der alte Fahrer

Da sagen die Leute immer, der moderne Verkehr hebe alle Poesie auf. Das ist gar nicht wahr. Ich meine nicht die Romantik der Eisenbahnen, eines Bahnhofs bei Nacht und all der Dinge, in denen Gott Maschine eine beängstigende Rolle spielt. Nein, auch die Idylle ist noch nicht ausgestorben.

Ich stand vorn auf der Plattform eines Wagens der elektrischen Straßenbahn zu Berlin. Ich war mit dem Fahrer allein, – und wir sausen so die schnurgerade Straße herauf bis zur Haltestelle. Da stieg ein Mann auf, mit einem fröhlichen, roten Gesicht, blauen Augen, in ganz anständiger Kleidung. Wir fuhren weiter ... «Na», sagte auf einmal der Mann zu dem Fahrer, «ick habe auch ma jefahren bei euch!» – Das durfte er aber gar nicht sagen, denn die Unterhaltung ist strengstens verboten. Er tats aber doch. Und der Fahrer überschritt seinerseits auch die Schweigevorschrift, drehte sich interessiert um und sprach: «So? – Wo denn?» Der andere nannte die Linie, und gleich begannen sie sich über die Einzelheiten des Dienstes zu unterhalten, über die strengen Vorgesetzten, über die Gewohnheiten, die Handgriffe des Personals, – und es hagelte Fachausdrücke und mir unverständliche Abkürzungen ... Der Wind pfiff uns um die Ohren, – alles konnte ich nicht hören. Aber einmal, da leuchteten dem Zivilisten die Augen. Sie sprachen von der Schnelligkeit der verschiedenen Wagen. – Das hatte ich nun wieder nicht gewußt, daß nicht alle Wagen gleich schnell fahren. Nein, das taten sie nicht. «Mensch», sagte er, «wie fährt denn die Nummer 6734?» – Die Nummer wußte er auch noch! – «Das war ein Renner!» – Und von 6714 wußte er noch und von 6857 und 4532 – das waren die Wagennummern, die hatte er behalten! –

Und als sie alle alten Erinnerungen ausgetauscht hatten, – da bat er den Kollegen: «Laß mich doch noch einmal fahren!» – Und weil er gar so bat, tat der's – obgleich er geflogen wäre, wenn's herausgekommen wäre. Und stolz trat der Zivilist an den Führerstand und drehte die Kurbel und bremste und ließ den Wagen laufen, wie dunnemals, als er noch Fahrer war.

Anonym, Vorwärts 10.10.1913

243*

Berlin amüsiert sich!

In der Potsdamer Straße haben sie wieder einen neuen Vergnügungspalast aufgemacht. Palast ... aber der Eintritt kostet dreißig Pfennig. Da steckts: Namen und Wirklichkeit klaffen. Was ist drin: Lärm. Aber nicht urwüchsiger Lärm, der sich an sich selbst berauscht, fröhliches Getose fröhlicher Menschen, – sondern Unternehmerlärm. Krach, den man bezahlt hat. Kapellen. Viele Kapellen. Eine Reitbahn. Ein Tanzboden. Eine Rutschbahn. Ein Kabarett. Alles ist da und doch nichts richtig.

Und der Berliner fühlt sich durchaus nicht mal wohl dabei: er geht ein bißchen gelangweilt durch all den Brimborium und sieht ihn sich an und ist ja auch schließlich nicht abgeneigt, gelegentlich sich gnädig unterhalten zu lassen. Aber es wird nicht viel draus. Denn er bringt nichts mit als das Portemonnaie, und so wie er sich den Freudenruf «Juhu!» aus Süddeutschland borgte, so muß er sich von überall her die Formen für seine Lebensfreude pumpen, aus Bayern, aus Tirol – nur nicht aus Berlin. Denn der Berliner ist längst aus der eigenen einfachen Haut gefahren, hat sich fremde Formen aufzwingen lassen, von geschickten Unternehmern, die ihn an der richtigen Seite fassen, an der Eitelkeit, und steht nun da: ein Affe der ganzen Welt. Berlin amüsiert sich ...

Ein anderes, trüberes aber tritt in Erscheinung, wenn man sich so eine Veranstaltung ansieht wie dieses Odéon. Das ist die Durchdringung des Berliner Kleinbürgertums mit der Schieberwelt. Kommis und Ladenfräuleins ziehen in den «Lokälern» herum, in denen sie mehr Geld ausgeben, als sie wöchentlich verdienen. Keine Organisation bekäme sie in ihre Reihen, – aber hierfür sind sie zu haben. Es ist ein anderer Typ als der, der die Bildungsmittel benutzt, die ihm zur Verfügung stehen, als der, der sich um eine bessere Bezahlung kümmert und bemüht, – aber es ist keine kleine Zahl, die es so treibt. Alle schrauben sich hoch, keiner will das sein, was er ist, aber jeder eine Stufe mehr, Berlin amüsiert sich ...

Anonym, Vorwärts 28. 10. 1913

244*

Pégoud ist abgestürzt!

Gott bewahre! – Er hat sein Geld weg und sitzt gemütlich bei seinen Managern und raucht sich eins. Aber gesetzt den Fall: angenommen er sei ...

Der Inhalt der bürgerlichen Nachrichtenorgane zerfällt bekanntlich in zwei schöne und liebe Teile: a) in die Nachrichten, die meist wahr sind, jedoch nicht immer; b) in das, was der Berliner treffend «beschmusicke» zu nennen pflegt. Diesmal haben sie sich bewährt: die nationalsten Papiere mußten eingestehen, daß der Franzose doch immerhin etwas gezeigt habe. Sie waren sich alle einig.

Wie aber, wenn er abgestürzt wäre? – Es hätte nur so Sprichwörter gehagelt: Hochmut kommt vor dem Fall und solche schönen Sachen. Und die ‹Tägliche Rundschau› würde schreiben, hier sehe man wieder das französische Gaukelspiel, und es sei nicht alles Gold, was glänze, und gegen die deutsche Zuverlässigkeit – der doch auch man bloß Stücker zehn Ballöner heruntergepurzelt waren, und die nun den elften baut – käme das Gelump nicht auf! Bumm. Und die ‹Germania› würde das ganze Evangelium Lukas mitsamt dem angrenzenden Matthias zitieren, um zu beweisen, daß dem Menschengeist Schranken gesetzt seien in Ewigkeit Amen. Die göttliche Vorsehung aber, meine Lieben, so wie die

Stichwahlparolen des Zentrums lassen sich nicht prophezeien, sondern sie walten blind und nur dem Zufall untertan. Ja.

Mosse, Ullstein und Scherl aber ... sie hätten Gelegenheit gehabt, sie wären gleich in der Lage gewesen, sie haben es überhaupt schon vorher gewußt, und so sehr man es bedauern muß, so ... einerseits – andererseits – hätten sie gesungen, um keinem wehe zu tun...

Nein, er ist nicht abgestürzt. Ich meinte nur ... angenommen, er sei ... gesetzt den Fall ...

Anonym, Vorwärts 28. 10. 1913

Antworten

In einem Exemplar des zweiten Halbjahresbandes der ‹Schaubühne› (SB) vom Jahr 1913 notierte Tucholsky (KT) für Mary Gerold, der er diesen Band am 4.9.1918 zuschickte: «Meine Beiträge habe ich im Autorenregister angestrichen. Dazu fast die meisten ‹Antworten›, (die Dich aber nicht interessieren) – und allerhand Einleitungen und Übersetzungen (so Rochefort.) –» (DLA). Wenn diese Angaben zutreffend sind, müßten in unserer Ausgabe «fast die meisten ‹Antworten›» aus der SB des Jahres 1913 abgedruckt werden. Doch wie soll man diese anonym erschienenen Texte, an deren Produktion mit Sicherheit auch Siegfried Jacobsohn (SJ) beteiligt war, zweifelsfrei identifizieren und zuweisen? Zudem scheint Vorsicht gegenüber Tucholskys Angaben geboten, denn «allerhand Einleitungen und Übersetzungen» finden sich im zweiten Halbjahr 1913 der SB nicht, sondern nur zwei größere Einleitungen (zum Text ‹Kulturfaktor Film›, vgl. [238*], und zu dem Beitrag von Leonid Andrejew ‹Der imaginäre Brand›, vgl. [239*]) und nur eine Übersetzung, eben die von Rochefort (vgl. [231]). Die erwähnten «Beiträge», die KT «im Autorenregister angestrichen» hatte, haben wir auf Grund der in Oldenburg und Marbach vorhandenen beiden Halbjahresbände in unsere Ausgabe integriert; auch im ersten Halbjahresband (Oldenburger Exemplar) hat KT im Textteil einige eigene Beiträge angestrichen. Mit den «Antworten» gehen wir jedoch sehr zurückhaltend um, was im folgenden näher erläutert und begründet sei.

Die Rubrik «Antworten» erschien zum ersten Mal in Heft 12 der SB vom 20. März 1913 (SB 1913/I, 341 f). Im selben Heft begann auch die Serie «Tagebuch» innerhalb der Rubrik «Rundschau» (SB 1913/I, 346–348), die KT fortan als Peter Panter ständig verfaßte. Diese Parallelität kann es zumindest naheliegend erscheinen lassen, daß KT an der redaktionellen Entscheidung zur Einrichtung der Rubrik «Antworten» beteiligt gewesen ist. Allerdings hatte SJ 1905 bereits im ersten Erscheinungsjahr der SB eine Rubrik «Antworten des Herausgebers» eingerichtet, deren Texte im Tenor und der Darstellungsanlage den späteren Leserbriefantworten gleichen (vgl. SB 1905, 321 f). Bei der Wiedereinführung der «Antworten» im Jahr 1913 ist jedoch eine Verschiebung zu beobachten. Es scheint sich nur in den wenigsten Fällen um Antworten auf eingesandte Leserbriefe zu handeln, meist haben SJ und KT und womöglich noch andere redaktionelle Mitarbeiter offenbar einen Anlaß erfunden, um zu den verschiedenartigsten Themen und Gelegenheiten kurz Stellung zu nehmen, was schon die erste Antwort an «Taro-San-ni» dem Leser signalisieren sollte. Im folgenden drucken wir hier die ersten drei «Antworten»-Serien aus Nummer 12 (SB 1913 / I, 341 f), 13 (SB 1913 / I, 367) und 14 (SB 1913 / I, 392) ab, um einen Eindruck vom Charakter dieser Texte zu vermitteln.

Antworten [SB 1913 / I, 341 f]
Taro-San-ni. Gibt es denn keinen japanischen Baedeker, der Sie auf der Herreise mit unsern Gewohnheiten bekannt machen konnte? Sie fragen, welch reißende Gefahr das Publikum in den Theatern zu fürchten habe, daß es in ängstlicher Hast am Schluß ins Freie stürmt. Nein, der Letzte wird nicht dabehalten. Es ist eine Sitte. Auch wir wissen nicht, was es damit auf sich hat. Kaum ist innen die Stimme verhallt, die da: «Heinrich! Heinrich!» ruft, so turnen die Unsrigen ihrem Nebenmann auf die Stiefel, und das Match beginnt. Manchmal beginnt es auch schon, wenn der segnende Schlußchor einsetzt. Und Sie wollen ruhig herausgehen, abwarten, langsamen Schrittes durch die Straßen schlendern, das Gesehene überdenkend? Sie werden der Einzige sein. Denn uns fehlt das, was andrer Stärke ist: die Muße.

Kitty F. Ja, das hat er gesagt. Er, Siegfried, könne bei der Stellung der deutschen Nation zur Parsifalfrage nicht in Regensburg dirigieren. Abgesehen von der pekuniehrlichen Entrüstung: Warum bedenkt keiner, der sich auf die ‹Deutsche Nation› beruft, daß sie ein Haufen von sechsundsechzig Millionen Leuten ist, die in Kunstfragen schon ganz gewiß nicht zusammenhängen. Sie schlafen, trinken, essen, besprechen sich über die Adressen ihrer Mitmenschen, und auch mir erschiene es falsch, diese nüchterne Bravheit als Abkehr von der Kunst oder überhaupt als etwas andres auszulegen.

P.S., München. Besten Dank. Im Königlichen Residenztheater gab es somit am ersten März ‹Baumeister› und am zweiten März ‹Solneß›. Gewiß: erst der Florian und dann der Geyer. Aber wie wird man es mit ‹Wieselchen› machen?

Dr. Kl., Mainz. Bei ihnen ist ‹Puppchen› ausgepfiffen worden? Puppchen nicht; sondern Berlin. Man wollte zeigen, daß man in diesen Dingen sich doch noch, Gott sei Dank, seine Selbständigkeit gewahrt habe. Und verlangte stürmisch den Mainzer Narrhalla-Marsch.

Dr. Kaboth, Breslau. Was denn? Was stellen Sie «kostenlos gegen Zusendung eines Belegs zur gefällen Verfügung»? Ja glauben Sie, daß irgend ein Blatt für den Abdruck der Angabe des Inhalts eines Artikels des ‹Deutschen Hausschatzes› Honorar zahlen wird? Sie plaudern da über ein Ding, das schon in Athen und Rom nachweisbar ist («schon Tacitus» – so fingen unsre Schulaufsätze an), das in Spanien «wegen der musketenschußähnlichen Art seines Mißfallens» gefürchtet wird, und das in Paris als Giftbaum die üppigsten Blüten ansetzte. Was mag es sein? «In Deutschland hat sie nie recht Fuß fassen können, und der Popanz, der dem Publikum Sand in die Augen streut, hat schon lange aufgehört, sich in den Kreisen echter Künstler und reifender Zuschauer wohl zu fühlen.» Herrgott, Sie werden doch nicht?! Aber schließlich kommt heraus, daß Sie garnicht die Kritik, sondern ihre noch gefälligere Schwester, die Claque, meinen.

R. B.–y, München. Die cölner Zeitschrift ‹Cabaret-Revue› ist mir bekannt. Aber es ist kein Verdienst, weil es verlogen ist, weinseligen Hochstaplern nachts Mörike vorzutragen. Für sie hat der alte Mörike nicht, hat niemand geschrieben. Ich wünsche Ihnen für München Glück. Hier in Berlin brauchen Sie nicht die Nacht, um zu sehen, wie ein Unternehmen mit Weinkonzession, aber ohne alle andern in die Brüche geht – das können Sie am Tage auch haben.

Fräulein Käte Wilczinski. Doch, es gibt ihn wirklich, und wir haben ihn nicht erfunden. Holzbock 'n nämlich. Er läuft lebend herum, und während die andern versuchen, hinter die Parsifalfrage zu kommen, schreibt er noch: «... losgelöst vom Alltag ... Nur an weihevollen Tagen darf und kann es aufgeführt werden, nur an jenen Tagen, die an sich schon eine Stimmung der Weihe erzeugen ... eine Brücke bilden würde zu den hehren Idealen des Meisters ...» Er denkt zwar, die andern denken, er denke sich etwas dabei; aber wer denkt außer ihm, daß die andern das denken?

Lilli J. Ich muß Ihnen schnell ein aktuelles, wirklich gut informiertes Blatt empfehlen? Es gibt nur eins. Den ‹Weltspiegel›. Denn herrlich in der Jugend Prangen war da am achten März das «jüngste Mitglied des neuen Sozietätstheaters» zu bewundern, höchst unabhängig davon, daß es sich leider ein paar Wochen vorher aus der Welt befördert hatte, die sich in der Beilage des Berliner Tageblatts spiegeln soll. Ave pia anima – laßt uns auch Mossen Messen lesen.

Frau Grete Lippmann. «... zu gefallen ist gelassen?» Nein, das brauchen Sie nicht. Ein gekauftes Theaterbillet ist überhaupt kein Theaterbillet, sondern ein Armutszeugnis.

Die Fiktivität der Anfrage eines Deutschlandbesuchers aus Japan namens «Taro-San-ni» ist offenkundig, wobei der japanische Vorname «Taro» soviel wie Erster oder Erstgeborener heißt, «Taro San» bedeutet also erster Mann, dem die erste Antwort gewidmet ist.. Hinter «Kitty F.» in der zweiten Antwort könnte sich natürlich Tucholskys damalige Verlobte Kitty Frankfurther verbergen, der er unter dem Kürzel «K. F.» schon ‹Rheinsberg› als einer von «Unsern lieben Frauen» gewidmet hatte (vgl. oben [72], 4). Dennoch ist nicht mit Sicherheit auszuschließen, daß SJ diese Antwort verfaßt hat. Auffällig sind in späteren Heften der SB 1913 z.B. mehrere Antworten an einen ‹T. K.›, womöglich also «Tucholsky Kurt», die gerade wegen der Anrede auch von SJ stammen können (vgl. SB 1913/I, 616 und SB 1913/II, 1206 sowie 1293 mit Kommentar zu [189], *24*), ebenso an ‹K. T.› (SB 1913/I, 556) und ‹Dr. T.› (1913/II, 751).

Mit der an ‹Frau Doris T.› gerichteten ersten «Antwort» der folgenden Serie vom 27.3.1913 kann Tucholskys Mutter Doris Tucholsky gemeint sein.

Antworten [SB 1913/I, 367]

Frau Doris T. Es gibt in Berlin keine billigen Billets. Es gibt nur billigere Billets. Und unter diesem Aspekt bekommt der berliner Wochenspielplan schon einen ganz andern Glanz. Fragen Sie aber, was denn der Vertrag, den der Besucher mit dem Theater abschließt, juristisch betrachtet sei, ob ein Werkvertrag oder ein Dienstvertrag oder gar ein Mietsvertrag, so lassen Sie sich sagen: Schenkung in Idealkonkurrenz mit Betrug und Gestattung von Glücksspielen.

Wiglud, Universitätsstudent zu Czernowitz. Du bist «ein Dichter»? «Wahrscheinlich ein echter»? Du hast Hunger? Ich soll Dir für Deine Gedichte soviel Geld schicken, daß Du eine Woche lang davon zu essen hast? Nein, so geht es nicht. Der Frühling «ein schöner Jüngling», und der «Tyrann» Winter «ein eisiger Greis», und des Jünglings «sonniges, wonniges, lustiges Lachen», und «des Frühlings Morgensonne ist meine größte Wonne» und – nein Du mußt noch viel lernen. Aber auch Deine Zeit wird kommen. Wie lange noch, und Du machst Dich auf und verläßt das Städtchen und kommst zu uns, nach Berlin. Und Du wirst kennen lernen die Gedichte des Herrn von Hofmannsthal, und Du wirst den Frühling anreden mit ganz neuen Adjektiven. Und dann wird kommen eine Zeit, da wirst Du garnicht mehr anreden den Frühling, sondern wirst besuchen den Herrn Mosse in seinem Laden und den Herrn Scherl in seinem Laden. Und dann wirst Du eine Weile für den Herrn Scherl herumlaufen und wirst berichten von den gefallenen Pferden und von den durchgefallenen Stücken (merk Dir das Wortspiel), und noch eine Weile, und Du wirst sogar schon gehen dürfen zu Hofe, um zu beschreiben den Knix und die Schleppe der Gräfin Mite zu Kremmen-Bütow. Und wenn Du dann Glück hast – und da Du aus Czernowitz bist, hast Du Glück – wirst Du steigen von Sprosse zu Sprosse, so wie vor Dir gestiegen ist ganz Czernowitz von Sprosse zu Sprosse. Und Scherl wird Dich in die Strauß-Premieren schicken und nach Bayreuth und nach Oberammergau, und Du wirst viel Geld verdienen, und so wirst Du steigen und steigen, und Du wirst die Schaubühne ein Theaterblättchen nennen, und es ist garnicht so ausgeschlossen, daß Dich die katholische Kirche wird heilig sprechen. Sei gutes Mutes! Geht es auch in Czernowitz nicht – in Berlin geht es sicher.

Frau Dr. Zu. Ihr Mann, ein Ingenieur, hat seine Zeitung abbestellt, weil ihm alles, was sein Gebiet angeht, verlogen und falsch dargestellt erschien. Und nun wollen Sie es mit der neuen Zeitung ebenso machen, weil Ihnen das Feuilleton, die Kunst, das Theater ähnlich behandelt scheint. Sie wissen offenbar noch nicht, daß eine Tageszeitung den Handelsteil möglichst sorgfältig leiten muß, um Leser zu bekommen und zu halten. Aber unter dem Strich! Wenn eine einzige Nummer des Kuxen- oder des Grundstücksmarktes so liederlich, so ahnungslos, so unanständig gemacht wäre wie alles, was mit den Künsten zusammenhängt, so cliquenhaft und so unnobel – die Börsianer würden das Blatt einmütig boykottieren. Vergessen Sie nicht: bei Vogtländischen Maschinen darf man, daß sie unter pari stehen, nur dann melden, wenn es wirklich wahr ist – bei Hebbel kommts nicht so genau drauf an.

Der Name «Wiglud» in der zweiten Antwort dieser Serie klingt wie eine Verballhornung von «Ludwig», was sich thematisch treffend zu der Satire auf Otto Ludwig fügte, die Willi Dünwald anläßlich des 100. Geburtstags vom «Erbförster»-Dichter im Februar 1913 in der SB veröffentlichte (SB 1913/I, 189–192). In Heft 16 vom 17. April 1913 fand die «Wiglud»-Antwort übrigens noch eine kurze Fortsetzung (vgl. SB 1913/I, 448).

Die dritte Serie vom 3.4.1913 beginnt mit einer «Antwort» an ‹Dr. Alfred Br.›, in der eine juristische Argumentation vorgetragen wird, die auf KT als Verfasser hindeuten könnte. Beweisen läßt sich dies jedoch nicht, denn solche Kenntnisse kann SJ ebenso gehabt haben. Für KT als Verfasser spricht sein thematisch verwandter Beitrag ‹Musiklärm› (vgl. [46]).

Antworten [SB 1913/I, 392]
Dr. Alfred Br. Doch, Sie können klagen. Die Hausmusik ist kein unüberwindliches Übel. Wenn jeder, unter und über dem Dilettanten wie die Dampfpfeifen heulen, monoton trommeln, blöken und dudeln, immer dasselbe, immer dasselbe, stundenlang, wochenlang, jahrelang – wenn jeder klagen wollte: es würde besser werden. Und jeder kann es. Ich habe mich erkundigt: Bürgerliches Gesetzbuch §§906, 907, 862 und ausdrücklich §865. Die Rechtsprechung muß dahin gebracht werden, durch Urteile, die diesen Unfug verbieten, zu helfen, allen zu helfen gegen die wenigen. Es ist «verbotene Eigenmacht», daß sechzig zum Rasen gebracht werden, weil es einem einfällt, stundenlang dem Gilbert zu opfern. Das Gesetz legt den Fabrikbesitzern auf, alles – auf ihre Kosten – zur Vermeidung des Lärms zu tun. Die Musiktiger sollen das Recht haben, sich auszutoben auf Ihren Nerven? Klagen Sie und wenden Sie sich zu dem Zweck an den Deutschen Lärmschutzverein (Doktor Hasse, Friedenau, Wilhelmshöherstraße 18).

Else Baum, Wielandstraße. Hier sind die gewünschten Auflageziffern. Heinrich Mann: Die Jagd nach Liebe 3, Das Herz 2. Otto Ernst: Asmus Sempers Jugendland 80. Meyrink: Orchideen 6. Wilhelm Schäfer: Die Mißgeschickten 2. Sudermann: Das hohe Lied 55. Thomas Mann: Der kleine Herr Friedemann 2, Die Buddenbrooks 60. Rudolf Herzog: Die Wiskottens 80. Wassermann: Alexander in Babylon 3. Schönherr: Glaube und Heimat 60. Willy Speyer: Wie wir einst so glücklich waren 1. Also bis auf die ‹Buddenbrooks› genau umgekehrt proportional.

P.S.
Oh Mitmensch, süßer Peter Scher,
du schicktest uns ‹Holzbock im Sommer›.
Dem Dicken machst du sicher Kommer –
wir schrei'n nach mehr.

Du denkst, mein Sohn, und weißt auch was.
Du bist so klug und so bedächtig,
so schlau und still und niederträchtig
wie Owlglaß.

Du schwebst so ob dem Erdenquark.
Es kosten deine Dichtereier
(mit Zeichnung) im Verlage Meyer
'ne halbe Mark.

Und immer schreibst du dies Attest:
Da ist nun eine süße Stunde …
Was tu ich mit dem rötsten Munde –
wir kleben fest!

Die dritte Antwort an ‹P. S.› ist als Gedicht an «Peter Scher» gerichtet, dessen Gedicht ‹Holzbock im Sommer› auf der Seite davor aus seiner Sammlung satirischer Gedichte ‹Holzbock im Sommer und andere aktuelle Lyrik› abgedruckt worden war (SB 1913/I, 391). Es handelt sich also um ein Stück redaktionell veranlaßter Lyrik, wobei die Überlegung, alle Gedichte dieser Art KT und nicht SJ zuordnen zu müssen, nicht standhält. Es finden sich zwei Gedichte, die von SJ stammen könnten: eines am Ende des

Beitrags ‹Die letzte Ohrfeige› (SB 1913/I, 316–318), der laut Autorenregister von «S. J.» geschrieben wurde. Ein anderes mit dem Titel ‹Die Schaubühne spricht› (SB 1913/II, 785) ist weder im Sach- noch im Autorenregister des Halbjahresbandes ausgewiesen, so daß auch SJ als Verfasser in Frage kommt. Die Erwähnung von «Owlglaß» spricht dagegen für KT, der 1913 mit ihm im Briefwechsel stand.

Die erste «Antwort» der nächstfolgenden Serie vom 10.4.1913 verdeutlicht noch einmal exemplarisch die Schwierigkeit und Komplexität der Zuschreibungen:

> Antworten [SB 1913/I, 423]
> *Paul K–n, Dortmund.* Eine Auswahl von Courtelines Stücken ist bei Georg Müller in München erschienen. Gewiß wird er zu wenig gespielt. Friedell hat neulich allerlei in seiner berliner Vorlesung vorgetragen. Und wenn Sie diese kleinen Szenen lesen, vergessen Sie Courteline und Friedell und sehen nur noch den Einzigen, den Rührendsten, den Dicken, den Boubouroche: Victor Arnold.

Wenn man die Namen liest, ist man geneigt, diese Antwort KT zuzuschreiben, denn es sind «seine Themen»: Georges Courteline hat er später die Sammlung ‹Das Lächeln der Mona Lisa› gewidmet, und über den Schauspieler Victor Arnold hat KT 1914 einen Artikel geschrieben (SB 1914/I, 304–306; D 260). Courteline und Victor Arnold sind aber beide auch schon 1912 in der SB behandelt worden (von Herbert Jhering, vgl. SB 1912/I, 363), so daß gesagt werden kann, es handele sich keineswegs nur um Tucholskys, sondern um ‹Schaubühnen›-Themen.

In einer «Antwort» an ‹Kurt M.› werden Fragen des Schutzverbandes Deutscher Schriftsteller behandelt, von denen sowohl SJ als auch KT als Mitglieder des SDS Kenntnis haben konnten, so daß wiederum beide als Verfasser in Frage kommen.

> Antworten [SB Nr. 18, 1913/I, 498]
> *Kurt M., Berlin.* Nein, Sie haben nichts versäumt. Man – Literaten, kein Publikum – kam um elf Uhr im Cines zusammen und beriet sich, wie man seine Existenzbedingungen verbessern könne. Bei Maurern pflegt sich das so zu vollziehen: man vereinigt sich, legt

> Geld in den gemeinsamen Kasten und schließt Standesgenossen, die nicht mitmachen, auch aus aller Gemeinschaft aus. Der vernünftige Robert Breuer betonte das vernehmlich. Aber wenn er und der famose Sozialdemokrat Wendel nicht gewesen wären, hätte man sich in einer Kinderstube geglaubt. Fritze Engel teilte der atemlos lauschenden Menge mit, daß ein Manuskript entweder angenommen oder aber abgelehnt werde. Das durfte Landsbergers Hänschen nicht auf sich sitzen lassen, und er deckte zahlreiche Nuancen zwischen diesen beiden Möglichkeiten auf. Zuguterletzt erfreute René Schickele die Anwesenden durch den Vortrag einer Allergorie, die zu verstehen Fritze Engeln sichtbarlich schwer fiel, die also gut gewesen sein muß. Das Resultat wollen Sie an zuständiger Stelle erfragen: hierorts wurde keins bemerkt.

Eine redaktionelle Mitarbeit Tucholskys an «fast den meisten» Antworten des Jahres 1913 kann zwar angenommen werden, doch der zweifelsfreie Nachweis seiner Verfasserschaft ist nicht zu leisten. Diese Schwierigkeit wird auch durch spätere vertragliche Vereinbarungen zwischen KT und SJ unterstrichen. Am 15.2.1924 schlossen sie einen Vertrag, mit dem KT «in die Redaktion und in den Verlag der ‹Weltbühne›» eintrat, und in dem KT unter Punkt 2 u.a. verpflichtet wurde, «das Material für die ‹Antworten›» zusammenzustellen (DLA). Überliefert ist z.B. auch ein Brief vom Sommer 1920, als SJ im Urlaub auf Sylt KT gebeten hatte, die «Antworten» zu redigieren, was Tucholsky offenbar vernachlässigt hatte, denn SJ schrieb ihm verärgert am 7.8.1920: «Da Sie unter diesen Umständen auch zu ‹Antworten› nicht mehr kommen werden, bitte ich Sie, mir vor Ihrer Abreise das ganze Material, das ich Ihnen nach und nach geschickt habe, wieder zuzustellen. Ich erinnere mich verschiedener Ausschnitte, die ich nicht umkommen lassen möchte. Dazu gehört ein Brief von Richard Ostwald [...]» (Jacobsohn 1989, 86). Der Hinweis auf die «Ausschnitte», offenbar also Zeitungsausschnitte, und den «Brief» läßt den Doppelcharakter erkennen, den die «Antworten» auch 1920 noch hatten: teils Reaktionen auf eingesandte Leserbriefe, teils erfundene Antworten, die durch anderweitige Zeitungsartikel angeregt worden waren. Nach dem Tod von SJ schloß Edith Jacobsohn mit KT einen Vertrag für die Laufzeit vom 1. Februar bis 30. September 1927 als Herausgeber der WB, in dem unter I. festgelegt wurde: «Er [KT] schreibt die Antworten [...]», und unter II. nochmals wiederholt: «[...] er schreibt auch für jede Nummer die Antworten.» (UuL 438). Für das Halbjahr 1927 der WB werden die «Antworten» also mit erhöhter Aufmerksamkeit zu beachten sein, obwohl auch dort die mögliche Verfasserschaft anderer Autoren wahrscheinlich ist (z. B. von Carl von Ossietzky).

Auf KT als leitenden Redakteur der WB folgte 1927 Carl von Ossietzky. In der Gesamtausgabe seiner Schriften wurde die Rubrik «Antworten» ebenfalls sehr vorsichtig abwägend behandelt (vgl. die Darlegungen in Ossietzky 1994, Bd. 8, 10f). Dennoch können die dort festgelegten Zuschreibungskriterien nicht ohne weiteres auf die KT-Gesamtausgabe übertragen werden, weil die «Antworten» erst unter Ossietzky mehr und mehr den Charakter einer echten Leserbriefbeantwortungs-Rubrik erhielten. Bei der Ossietzky-Edition wurde als Kriterium vorausgesetzt, daß der beantwortete Leserbrief zwingend auf einen von Ossietzky verfaßten Artikel bezogen sein mußte. Ab 1927 kann dies in der Tucholsky-Gesamtausgabe ebenfalls auf «Antworten» angewendet werden, die unstreitig auf Artikel von KT rückbezogen sind. Die voraufgegangene lange Zusammenarbeit von KT und SJ seit 1913 macht jedoch eine andere Behandlung der «Antworten» in der Zeit vor 1927 erforderlich. In der Ossietzky-Gesamtausgabe war festgelegt worden: «Auf ‹Antworten›, die lediglich mit Wahrscheinlichkeit von Ossietzky stammen, wird – in der Regel ohne Textabdruck – nur im Kommentar verwiesen, so daß sie der interessierte Leser leicht im Nachdruck der ‹Weltbühne› auffinden kann.» (Ossietzky 1994, Bd. 8, 11). Bei KT ist die Wahrscheinlichkeit, daß er an der Abfassung von «Antworten» beteiligt war, wegen seiner Selbstaussage für das Jahr 1913 und der späteren Verträge höher, zugleich aber ist das Identifizierungsproblem größer, weil durch die fortlaufende Zusammenarbeit mit SJ nicht klar entschieden werden kann, wer von beiden jeweils schrieb oder ob beide am Werk gewesen sind. Deshalb muß hier eine andere Lösung gefunden werden. Wir nennen nicht nur alle «Antworten» in der SB (und später WB), die in einem Bezug zu einem Artikel von KT stehen, im Kommentar zu diesem Artikel, sondern drucken auch ab. Wir reihen diese Texte, selbst wenn sie von KT stammen sollten, also nicht unter seine anderen Artikel ein, weil die Verfasserschaft nicht zweifelsfrei beweisbar ist. Dennoch werden sie dem Leser und Benutzer zumindest im Kommentarteil zugänglich gemacht. Daneben finden sich in den Kommentaren natürlich auch «Antworten» von anderen Verfassern, die auf Artikel von KT eingegangen sind.

Darüber hinaus gibt es im Jahr 1913 aber auch «Antworten», die keinen Bezug zu Artikeln von KT haben, aber aus verschiedenen äußeren Gründen mit großer Wahrscheinlichkeit von ihm stammen. Hier sind zunächst eine an ‹Isidor Iltis› gerichtete Antwort und eine thematisch dazugehörige an ‹F. Bl.› zu nennen. Beide stehen im Zusammenhang mit den Berichten über den Tod von Erich Schmidt, dem berühmten Berliner Germanisten (vgl. dazu den Artikel von Moritz Goldstein, SB 1913 / I, 548–551).

Antworten [SB Nr. 20, 1913 / I, 556]
Isidor Iltis, Berlin. Was wundert Sie daran? Das war doch selbstverständlich, daß auch Hollaender seinen Erich Schmidt begraben würde. Welch ein Mann! Als Hollaender an den Schläfen grau geworden war, ließ er sich von Schmidt sein Lebensgefühl versteigern – nicht doch! steigern. Kurz, Begeisterung mit Ei. Und nun fragen Sie an, ob Schmidt wirklich «herzliche Beziehungen zu Sliwinski» gepflogen habe. Zweierlei ist möglich: entweder es liegt ein Druckfehler vor oder eine Indiskretion. Es wird schon eine Indiskretion sein. Denn Lewinsky war nie bei Hollaenders engagiert.

Antworten [SB Nr. 21, 1913 / I, 581]
F. Bl. Erich Schmidt hat entschieden Glück mit den Druckfehlern, die es in den Nekrologen über ihn gibt. Voriges Mal war es Lewinsky, der sich in Sliwinski verwandelt hatte; diesmal schicken Sie uns einen Loewenthal. Ist Sonnenthal gemeint? Man weiß es nicht. Und so werden denn nach wie vor die Setzer sich mit dem Handrücken über die trauernde Nase wischen, erschüttert weiter setzen und, wie ihre Brotherren, große Menschen und Theateragenten keineswegs auseinanderhalten.

«Isidor Iltis» gehört zu den «Alliterationstieren», die Tucholskys juristischer Repetitor damals in Berlin benutzte und von dem sich KT zu Theobald Tiger und Peter Panter inspirieren ließ: «Die

Personen, an denen er das Bürgerliche Gesetzbuch und die Pfändungsbeschlüsse und die Strafprozeßordnung demonstrierte, hießen nicht A und B, nicht: Erbe und Erblasser. Sie hießen Benno Büffel und Theobald Tiger; Peter Panter und Isidor Iltis und Leopold Löwe und so durchs ganze Alphabet.» (‹Start›, WB 27.12.1927, II, 964f). Dies schrieb KT rückblickend im Jahr 1927 zur Eröffnung seines Sammelbandes ‹Mit 5 PS› (‹Start›) – und 1913, das erste Jahr seiner kontinuierlichen Mitarbeit an Jacobsohns ‹Schaubühne›, war ja das Jahr der Erprobung seiner Pseudonyme, auch solcher, die er wieder fallen ließ, so daß das Signal an ‹Isidor Iltis› doch mit großer Wahrscheinlichkeit auf KT als Verfasser hindeutet.

Aus ähnlichen Gründen dürfte eine an ‹Else W., Moabit› gerichtete Antwort mit hoher Wahrscheinlichkeit von KT stammen, «Else W.» deutet auf Else Weil, Tucholskys erste Frau. Ihr hatte er unter der doppelten Kryptisierung «C. P.» gleichfalls ‹Rheinsberg› als einer von «Unsern lieben Frauen» gewidmet (vgl. oben [72], 5). Hinter der Abkürzung «C. P.» verbirgt sich der Name «Claire Pimbusch», den KT – Heinrich Manns Roman ‹Im Schlaraffenland› entlehnt – Else Weil gegeben hatte. Und unter dem Pseudonym «Die Claire» hat KT selbst einen Beitrag in der SB 1913 veröffentlicht (vgl. [106]).

> Antworten [SB Nr. 21, 1913/I, 582]
> *Else W., Moabit.* Öffentliches Interesse? Meinetwegen. Einer unsrer deutschen Philologen verspricht Ihnen in der Unterhaltung, etwas über Literatur zu senden. «Denn», sagt er, «ich habe mich auch ein wenig mit dieser Geisteswissenschaft abgegeben.» Am nächsten Tag kommt – Goethe? Eulenberg? Wedekind? Tieck? Ein kleines Heft: Ethymologieen (1. Hunzen, verhunzen. 2. Gepritscht.) «Freundlich überreicht vom Verfasser.» Sie dürfen sich nicht wundern. Das behandelt die Literatur unehrerbietig, wird sie immer anschreien, schelten, verunehren, verunstalten, durch Beschmutzung oder durch Schlag, sodann verstümmeln – kurz: verhunzen oder hunzen.

Die bei KT – nicht aber bei SJ – zu beobachtende Unterscheidung zwischen Freud und den Freudianern findet sich in einer Antwort an ‹H. J., Wien›.

Antworten [SB Nr. 36, 1913/I, 848]

H. J., Wien. Das kann nett werden. Seit Freud aus dem ‹Zentralblatt für Psychoanalyse› ausgeschieden ist, gibt es jeden Monat kostenlose Untersuchung aller Dichter, ob und inwieso sie den Ansprüchen genügen, die ein Psychiater an sie stellen darf. Shakespeare, Goethe, Karin Michaelis, und was der Mensch so an Klassikern hat. Das dichterische Ingenium wird gesiebt; und wenn unten die Thesen der Wiener nicht herausfallen, dann ist es nicht richtig. Aber nun machen sie es so: «Ich möchte auf die beiden Dramen ‹Henning Strobart, Stadthauptmann von Halle› und ‹Cesare Monti, Feldhauptmann von Savona› des Schriftstellers M. Horand aufmerksam machen. Horand ist seit Jahren ein großer Anhänger der Freudschen Theorien und sucht diese Entdeckungen für seine dramatischen Arbeiten zu verwerten.» Kein Wunder, daß Freud von seinen Schülern gesagt hat: «Ach, daß sie doch alle zusammen eine einzige Sitzgelegenheit hätten!»

Das Zitat am Ende der letzten Antwort hat KT 1920 übrigens selbst verwendet (vgl. Bd. 4, [74], 17; ‹Ein Mädchentagebuch›, WB 15.4.1920).

Schließlich weist der Text ‹An den Löwen Samuel Tropengewächs› zahlreiche stilistische und thematische Berührungspunkte mit anderen Arbeiten von KT auf. Insbesondere ist an den Beitrag ‹Der Löw' ist los –!› zu denken, der von dem Löwen «Franz Wüstenkönig» handelt (vgl. Bd. 4, [143]; BT 7.7.1920, A; D 785).

Antworten [SB Nr. 45, 1913/I, 1095f]

An den Löwen Samuel Tropengewächs. Armer Löwe! Dazu hat dich deine treue Mutter Amalia in den Urwäldern gesäugt, gehegt, gepflegt, gewindelt und großgezogen; dazu hat dich die Expedition Hagenbeck mit Mühe und einer Falle gefangen; dazu hat dich der Domptöhr Morderini mit vielen Pistolenschüssen gebändigt – dazu, daß Emmy Destinn, noch heiß von ihrer herrlichen Valentine, den vollen Arm in deiner gepflegten Mähne begrabe. Sie haben dich mit Schabefleisch gefüllt bis an den Rand und haben dir vier Tabletten Aspirin zu essen und eine halbe Zitronenlimonade zu trinken gegeben – alles, damit Emmy Destinn, der Gegenstand meiner Anbetung, den vollen Arm in deiner gepflegten Mähne begrabe. Sie stand da, im Herzen die Angst, im Portemonnaie die dreitausend Mark Honorar, und sperrte den süßen Mund auf – und schon dachtest du, Tropengewächs, sie wollte singen. Und weil dir das auf einen vollen Magen nicht bekömmt, so knurrtest du leise. Und mit Erstaunen und mit Grauen sahens die Reporter und Edelfrauen. Aber wer hat sie denn hineingeschickt? Wer hat denn das Klein-Emmychen bei den Löwen Samuelchen gehen lassen? Das Ewerschen! Der Daimon der Filmfabriken, der Hanns Heinz Dampf in allen üblen Gassen. Das ist hübsch, Samuel, daß du der Sängerin, meinem Liebling, der prachtvollsten Frauenstimme im ganzen Umkreis der Natur, nichts angetan hast. Wenn du aber einmal ihren Manager zu packen kriegst, dann beiß ihm beide Hände ab, damit er keine Taten seines sogenannten Geistes mehr verüben kann. Den Kopf, den magst du lassen stahn.

Eine der schönsten und knappsten Antwort wird man wohl leider nicht KT zuschreiben können.

Antworten [SB Nr. 22/23, 1913/I, 617]
H. S. Nein: S. J. bedeutet in diesem Blatt nicht Societatis Jesu.

Zahlreiche «Antworten» des Jahres 1913 sind dem Thema Kino und Film gewidmet, erstmals hat SJ für diesen Jahrgang in den beiden Sachregistern das Schlagwort «Kinematographie» eingerichtet, und da auch mehrere Artikel von KT sich mit diesen Gegenständen befassen, könnte es naheliegend erscheinen, ihm die «Antworten» in Sachen Kino und Film zuzuordnen. Der quantitative Anstieg solcher Beiträge ist augenscheinlich und ist zweifellos auf das Vordringen der Lichtspieltheater in die bürgerlichen Zentren der großen Städte zurückzuführen, was zu zunehmender Konkurrenzangst bei den etablierten Schauspieltheatern führte. Wenn man aber den Beginn der Mitarbeit von KT an der SB zugleich für den Anstieg einschlägiger Artikel geltend machen möchte, scheint doch Vorsicht geboten. Von 19 Beiträgen zu diesem Thema im Jahr 1913 sind zwar 8 von KT verfaßt worden, aber SJ selbst war auch mit zwei Beiträgen beteiligt. Und als redaktionelles Thema war der Gegenstand schon 1912 in 5 Beiträgen von Max Marx, Robert Walser und W. Fred behandelt worden, wobei frühe, eher phänomenologische Arbeiten von Walter Turszinsky, René Schickele und Peter Altenberg aus den Jahren 1907 und 1908 unberücksichtigt bleiben können. Insofern auch auf diesem Feld keine klare Trennung von Redaktionellem und Eigenem möglich ist, muß darauf verzichtet werden, die einschlägigen «Antworten» KT zuzuordnen.

Zwei mögliche Einwände müssen abschließend noch erörtert werden. Ist die Unterscheidung zwischen Redaktionellem und eigenständigen literarischen Beiträgen überhaupt sinnvoll? KT hat zeitlebens überwiegend für Zeitschriften und Zeitungen gearbeitet, so daß einer Werkausgabe zugleich auch die Aufgabe zukommt, nach Wegen zu suchen, wie der Weizen des Literarischen von der Spreu des Redaktionellen unterschieden werden kann. Rein redaktionelle Dienstleistungen wurden in der SB mit der Rubrik «Aus der Praxis» erbracht, in der kurze Mitteilungen aus der Theaterwelt (z.B. über Uraufführungen, Engagements von Schauspielern, vor allem aber auch Hinweise auf Schauspiel-, Dramatiker- und Aufführungsbesprechungen in der anderweitigen Presse) standen. Vermutlich hat SJ diese Rubrik selbst zusammengestellt. Wenn KT auch an solchen redaktionellen Arbeiten der Nachrichten- und Literatursichtung beteiligt gewesen sein sollte, läßt sich diese Arbeit jedoch nicht mehr nachweisen und muß deshalb unberücksichtigt bleiben. In manchen «Antworten» aus den späteren Jahren der WB kann sich gelegentlich auch KT in Nebenbemerkungen und Halbsätzen zu Wort melden, etwa vom Typus «zu dem Text von Verfasser A schreibt uns B einen Leserbrief, auf den A folgendes zur Antwort gibt». Solche redaktionellen Kurzbemerkungen werden nicht nachgewiesen oder abgedruckt.

Andererseits, so könnte ein zweiter Einwand lauten, kann ja nicht mehr festgestellt werden, welche redaktionellen Eingriffe SJ an den Texten von KT vorgenommen hat, weil die Textvorlagen nicht erhalten sind und das Redaktionsarchiv von SB und WB verschollen ist. Muß man hier nicht prinzipiell auch die Möglichkeit einer Doppelverfasserschaft von KT mit Eingriffen von SJ annehmen? Und sollte man dann nicht umgekehrt auch alle «Antworten» in die Ausgabe aufnehmen, wenn KT ab 1924 z.B. sogar vertraglich verpflichtet war, das Material für die «Antworten» zu liefern, seine – hier wiederum redaktionelle – Mitarbeit an den Texten also anzunehmen ist? Schließlich wird ja auch der gemeinsam mit Walter Hasenclever verfaßte ‹Christoph Kolumbus› in die

Ausgabe aufgenommen; allerdings kann dabei die Frage des Verfasserschaftsanteils und -nachweises durch die erhaltenen Typoskripte/Manuskripte teilweise geklärt werden. Für die Tucholsky-Gesamtausgabe muß das Prinzip also lauten: gedruckt werden Texte, die von KT verfaßt wurden – ungeachtet möglicher redaktioneller Eingriffe von SJ oder anderen Personen, die sich bis auf wenige Ausnahmen nicht mehr nachweisen lassen. Sofern KT bloß in redaktioneller Hinsicht an der Produktion von Texten beteiligt war, seine Verfasserschaft aber nicht nachgewiesen werden kann, bleiben solche Texte unberücksichtigt.

Selbstverständlich muß auch die nachweisbare redaktionelle Arbeit als biographisches Element dem interessierten Leser zugänglich gemacht werden, doch müßte dies in einer gesonderten Sammlung von Lebensdokumenten erfolgen. Dorthin gehören in vollständigem Abdruck die Verträge, die KT mit SJ und Edith Jacobsohn geschlossen hat. Dorthin gehören auch «Antworten», die an ‹T. K.›, ‹K. T.› oder ‹Dr. T.› gerichtet sind. Und dorthin gehören z.B. auch Textbeispiele aus der Zeitschrift ‹Pieron› der Jahre 1920/21, deren Chefredakteur KT war, wobei seine eigenen Beiträge jedoch nicht zweifelsfrei zu ermitteln sind (vgl. dazu den Kommentar in Bd. 4 zu [267*]).

Für den Bd. 1 dieser Gesamtausgabe bleiben die hier vorgetragenen Entscheidungschwierigkeiten hinsichtlich der Zuordnung von «Antworten» bestehen. Deshalb haben wir keinen dieser Texte als gesicherten Beitrag von KT aufgenommen. Auch in den weiteren Bänden werden wir aus den dargelegten Gründen zurückhaltend mit den «Antworten» umgehen. So wurde z.B. in den Bd. 4 (Texte 1920) lediglich eine «Antwort» aufgenommen, die durch die einleitenden Worte: «Kurt Tucholsky. Sie schreiben mir:» klar zuzuordnen ist, wobei ein zugefügter Asterisk noch einen Rest von Unsicherheit zum Ausdruck bringt (vgl. Bd. 4, [55*], ‹Hans Landsberg›).

Dirk Grathoff

Anhang

Editorische Einleitung zur Kurt Tucholsky-Gesamtausgabe **418**
Benutzungshinweise und Danksagung **433**
Siglenverzeichnis **437**
Abkürzungsverzeichnis **438**
Kommentar **445**
Übersicht über Tucholskys Tätigkeit für Publikationsorgane 1907–1913 **635**
Zitierte Literatur **637**
Verzeichnis der rezensierten Bücher **639**
Verzeichnis der besprochenen Aufführungen und Filme **641**
Personen- und Werkregister **642**
Alphabetisches Titelverzeichnis / Verschollener Text **688**
Chronologisches Titelverzeichnis / Inhalt **695**

Editorische Einleitung zur Kurt Tucholsky-Gesamtausgabe

Erstmals werden in dieser Gesamtausgabe sämtliche überlieferten Texte und Briefe von Kurt Tucholsky präsentiert. Texte wie Briefe werden dabei jeweils in chronologischer Folge gedruckt, textkritisch überprüft und kommentiert, sowie in einem Sachkommentar vor allem in ihren historischen und literarisch-ästhetischen Dimensionen erläutert. Es handelt sich also um die erste kritische und kommentierte Gesamtausgabe; eine historisch-kritische Ausgabe kann nicht vorgelegt werden, weil von den Schriften meist nur wenige Textstufen, oft auch nur eine einzige, erhalten sind, so daß die Darstellung einer historischen Textgenese (z.B. vom Typoskript mit Korrekturen zu korrigierten Fahnen bis hin zu verschiedenen Druckfassungen) meist nicht möglich ist. Selbstverständlich werden Korrekturformen und die abweichenden Druckfassungen von Texten in Variantenverzeichnissen dargestellt (vgl. in diesem Bd. 1 z.B. die ein wenig komplizierte Lage bei «Rheinsberg», Text [72], später das «Pyrenäenbuch» und andere Texte).

Mit der Textkritik und dem Kommentar geht diese Gesamtausgabe deutlich über die bisherigen Auswahlausgaben der Werke und Briefe von Kurt Tucholsky hinaus, sie kann zugleich erheblich mehr Texte und Briefe präsentieren. Außerordentliches ist mit den früheren Sammlungen geleistet worden, nur dadurch ist ein so umfangreiches und weit verstreutes Text- und Brief-Œuvre wie das von Tucholsky überhaupt erst für die nun erscheinende Gesamtausgabe erschlossen worden. An erster Stelle ist hier die langjährige Sammeltätigkeit von Mary Gerold-Tucholsky zu nennen, die sich in einer Reihe von Editionen und dem Aufbau des Kurt Tucholsky-Archivs niedergeschlagen hat. Das Archiv befindet sich heute im Deutschen Literaturarchiv Marbach (DLA), das der Oldenburger Tucholsky-Forschungsstelle Kopien der Materialien zur Verfügung stellte. Sie sind neben anderen Archivunterlagen die Grundlage für die Erarbeitung der Gesamtausgabe geworden. An die Seite von Mary Gerold-Tucholsky trat Fritz J. Raddatz, der heutige Vorsitzende der Kurt Tucholsky-Stiftung in Hamburg, der die wichtigsten Editionen zusammen mit ihr besorgte und später fortsetzte. Genannt sei hier nur die bekannte zehnbändige Taschenbuchausgabe der «Gesammelten Werke» (Rowohlt), die zuerst 1960/61 als dreibändige Ausgabe erschienen war. Daran schlossen sich Ergänzungs- und Briefbände an, die in den folgenden beiden Abschnitten noch zu nennen sind.

Die erste Sammlung «Ausgewählte Werke» hatte Fritz J. Raddatz noch in der DDR begonnen (seit 1956 beim Verlag Volk und Welt erschienen), sie wurde 1963 mit dem 6. Band (hg. von Roland Links) abgeschlossen. Später folgte dort eine weitere von Links betreute Auswahlsammlung der Werke und Briefe. Bibliographisch erschlossen sind die Schriften (und späteren Ausgaben) Tucholskys in dem dreibändigen Verzeichnis von Antje Bonitz und Thomas Wirtz: Kurt Tucholsky. Ein Verzeichnis seiner Schriften. 3 Bde. Marbach a.N.: Deutsche Schillergesellschaft 1991 (Verzeichnisse, Berichte, Informationen. 15,1-3). Auch diese bibliographische Erfassung gehört zu den unverzichtbaren Voraussetzungen für unsere Gesamtausgabe.

Die Einrichtung der Kurt Tucholsky-Forschungsstelle in der Oldenburger Carl von Ossietzky-Universität wurde durch die finanzielle Förderung des Landes Niedersachsen ermöglicht. Das Deutsche Literaturarchiv in Marbach und die Kurt Tucholsky-Stiftung in Hamburg haben alle Arbeiten nachdrücklich und großzügig gefördert. Die Deutsche Forschungsgemeinschaft hat die finanzielle Förderung für die Erarbeitung der Gesamtausgabe der Texte gewährt, ohne diese Unterstützung könnte die Ausgabe nicht erscheinen. Die Universitätsbibliothek der Carl von Ossietzky-Universität Oldenburg hat seit Jahren hervorragende Rahmenbedingungen für die Editionsarbeit geschaffen.

In den folgenden beiden Abschnitten werden jeweils für die Text- und die Briefedition Hinweise auf die Art der Textpräsentation und die Prinzipien der Textkritik, die Erfassung des Schriftenbestandes, sowie über die Anlage des Sachkommentars und der Register gegeben.

I. Die Textedition

In den ersten fünfzehn Bänden der Gesamtausgabe werden sämtliche überlieferten Texte von Kurt Tucholsky in chronologischer Folge nach der Fassung der Erstdrucke wiedergegeben. Der erhaltene Textbestand läßt grundsätzlich nur diese Darbietungsform zu, weil nur relativ selten Manu- oder Typoskripte überliefert sind, so daß eine Edition auf der Grundlage von Handschriften nicht in Frage kommt. Einige seiner Texte hat Tucholsky später überarbeitet und in Sammelbänden nochmals präsentiert («Mit 5 PS», «Das Lächeln der Mona Lisa» u.a.), doch sind solche Überarbeitungsstufen nur bei einem begrenzten Teil seiner Texte gegeben. Als einheitliches Abdruckprinzip kommt deshalb nur die Darbietung auf der Grundlage der Erstdrucke in Betracht. Über die Qualitätsunterschiede zwischen den Erstdrucken und den Sammelbandfassungen von Tucholskys Texten könnte man leicht in geschmäcklerische Streitigkeiten geraten, die spontane Frische der ersten Setzung merkt man den Erstdrucken jedenfalls oft an, auch deshalb bilden sie die Textgrundlage dieser Gesamtausgabe.

Statt der chronologischen könnte grundsätzlich auch eine Orientierung an literarischen Gattungen in Frage kommen, die häufig für Gesamtausgaben gewählt wurde. Selbstverständlich können Tucholskys Werke in Lyrik und Prosa unterschieden und unterteilt werden, auch noch in Chansons, Glossen, Kommentare, Besprechungen und dergleichen, auch hat er sich mit dem Stück «Christoph Kolumbus» (zusammen mit Walter Hasenclever geschrieben) auf dem Feld des Dramas versucht. Bei genauerem Hinsehen stellen sich jedoch sofort Bestimmungsschwierigkeiten ein, «Rheinsberg» kann man eben nicht, wie es fälschlicherweise geschieht, als «Roman» oder «Novelle» bezeichnen, die Gattungsgrenzen erweisen sich oft als fließend, und vollends unlösbar zeigt sich die Problematik an Genremixturen wie dem Buch «Deutschland, Deutschland über alles», in dem neben Lyrik und Prosa vor allem Text-Bild-Montagen verwendet worden sind. Ebenso ist es nicht möglich, thematische Felder – wie z.B. justiz- oder militärkritische Schriften – klar voneinander zu trennen. Da also keine hinlängliche Trennschärfe für eine Genreunterteilung erreicht werden kann, folgt diese Gesamtausgabe – wie ja auch schon die früheren Auswahlsammlungen – dem chronologischen Prinzip. Durch diese Anlage der Ausgabe kann zugleich die schriftstellerische Entwicklung Tucholskys vor Augen geführt werden.

Werke Tucholskys, die nicht als Drucke zu Lebzeiten, sondern nur als Handschriften oder Typoskripte erhalten sind, werden im Band 15 dieser Ausgabe als «Texte aus dem Nachlaß» abgedruckt. In den meisten Fällen ist das genaue Erscheinungsdatum des Erstdrucks mit Tag, Monat und Jahr bekannt. Nach dieser chronologischen Folge werden die Texte hier wiedergegeben. Wenn das exakte Erscheinungsdatum – wie bei Büchern, Beiträgen zu Anthologien oder Sammelbänden und Notendrucken – nicht durch den Druckträger vorgegeben ist, haben die Herausgeber ergänzende Nachforschungen durchgeführt (z.B. über Zeitungsberichte zum Erstvortrag von Chansons, Anzeigen im ‹Börsenblatt› u. dgl.), um die Texte tagesgenau in die Abfolge einreihen zu können. Maßgeblich ist dabei jeweils das Erscheinungs-, nicht das Entstehungsdatum eines Textes. Wenn nur die Zuordnung auf einen Monat möglich war, wurden solche Texte ans Ende des Monats gesetzt, war nur eine Jahreszuordnung möglich, erscheinen die Texte am Ende des Jahres. Die Entscheidungskriterien werden im Kommentarteil in der Rubrik «Datierung» jeweils dargelegt. Tucholsky hat regelmäßig meist mehrere Texte veröffentlicht, die thematisch dem Jahresbeginn in Form von Neujahrsgedichten und dgl. gewidmet waren, diese würden sinnwidrig nach hinten verschoben, wenn man nicht genau datierbare Texte aus dem betreffenden Jahr davor abdrucken würde. Deshalb haben wir uns für die Plazierung am Ende des Monats oder des Jahres entschieden.

Grundsätzlich wird bei der Wiedergabe von Texten der Zustand des Erstdrucks in seiner Orthographie und mit seinen Stileigentümlichkeiten gewahrt. Normalisiert wird nur die Wiedergabe der Umlaute ä, ö, ü, deren ältere Abweichungen in der Regel drucktechnisch bedingt waren, sowie die Wiedergabe des ß. Sonst werden keine Normalisierungen oder Modernisierungen vorgenommen, lediglich unzweideutige Druckfehler werden stillschweigend korrigiert. Belassen werden allerdings häufig wiederkehrende Schreibeigentümlichkeiten wie «bischen» und zeitgenössische Eigentümlichkeiten der Namensschreibungen.

Allerdings ist die Entscheidung, was ein offensichtlicher Druckfehler sei, bei einem Autor wie Tucholsky keineswegs leicht zu treffen. Denn er arbeitete häufig mit dem ästhetischen Mittel des vermeintlichen Druckfehlers, der aber gezielt gesetzt ist. Rudolf Arnheim, der in späteren Jahren vielfach Tucholskys Typoskripte zum Druck brachte, berichtete, daß Tucholsky solche gezielten «Fehler» im Typoskript zu unterstreichen pflegte, um dem Setzer die Absichtlichkeit zu signalisieren. Leider sind nur wenige Typoskripte dieser Art erhalten, denn das Archiv der ‹Weltbühne› ist seit seiner Beschlagnahmung 1933 verschollen. Wer etwa die vermeintlich falsche Namensschreibung «Goebbeles» in die richtige Form «Goebbels» korrigieren wollte, beraubte den Text seines ästhetischen wie politischen Witzes. Wenn in solchen Fällen die Möglichkeit zu einer gewissen Zweideutigkeit oder anderen Lesart gegeben war, wurde in der Regel keine stillschweigende Korrektur vorgenommen, sondern entweder eine Emendation ausgewiesen oder ein entsprechender Hinweis in den Zeilenkommentar aufgenommen.

Bei Tucholsky muß allerdings so oft mit Zweideutigkeiten gerechnet werden, daß mögliche gezielte «Fehler» des öfteren auch unkommentiert im Text belassen werden, als Beispiele aus diesem Bd. 1 seien nur die Worte «Bernhardiener» (Text [110], Zeile 5) und «Konservationslexikon» (Text [174], Zeile 13) genannt. Kalauer solcher Art würden unseres Erachtens ihre Qualität verlieren, wenn man sie oberlehrerhaft auflösen und kommentieren wollte.

Grammatikalische und insbesondere Zeichensetzungsfehler werden ebenfalls nur dort stillschweigend korrigiert, wo sie offenkundig sinnwidrig und sinnentstellend sind. Sobald die Annahme geboten schien, daß der Fehler auf eine stilistische Eigentümlichkeit des Verfassers zurückgeführt werden konnte, wurde nicht in den Text eingegriffen – und in der Regel auch kein Vermerk im Zeilenkommentar notiert.[1]

1 Im einzelnen wurden folgende Arten von grammatikalischen Fehlern (aus der Sicht vor der umstrittenen Rechtschreibreform von 1996) als Autoreigentümlichkeit angesehen, und deshalb weder korrigiert noch ver-

Wenn zu einem Text eine Handschrift (H) oder ein Typoskript (T) erhalten ist, werden in der Rubrik «Überlieferung» im Kommentaranhang die Überlieferungsform mit Bogen- und Seitenangaben und die benutzten Schreibmittel vermerkt, am Ende dieser Angaben folgt in Klammern der Hinweis auf den Verwahrort (z.B. «DLA»). Unter «Lesarten» werden danach alle aussagefähigen Änderungen von Tucholskys Hand (Streichungen, Ergänzungen, Überschreibungen) notiert, lediglich geringfügige Korrekturen von offensichtlichen Schreibfehlern werden nicht festgehalten.

Sind von einem Text mehrere Drucke zu Lebzeiten überliefert, die nachweislich von Tucholsky selbst bearbeitet wurden, werden im Abschnitt «Varianten» alle aussagefähigen Änderungen der späteren Drucke (D^2, D^3 usw.) gegenüber dem Erstdruck (D^1) festgehalten. Wiederum wird lediglich auf den Vermerk der Korrektur von unzweifelhaften Druckfehlern verzichtet.

In editorischer Hinsicht sind die postumen Nachdrucke von Tucholskys Texten unerheblich, auf sie wird in den Kommentarköpfen unter der Abkürzung «Bibl.:» lediglich pauschal in der Regel nach der Bibliographie von Bonitz/Wirtz verwiesen (bzw. nach Ergänzungen, die von anderer Seite ermittelt wurden). Selbstverständlich sind die postumen Nachdrucke in rezeptionsgeschichtlicher Hinsicht von Belang, so daß dem interessierten Leser mit dem Hinweis auf die Anzahl der bei Bonitz/Wirtz vermerkten Nachdrucke ein Anhaltspunkt hinsichtlich der Relevanz gegeben wird, dem er weiter unter Heranziehung dieser Bibliographie nachgehen kann. Auch schon zu Tucholskys Lebzeiten sind vielfach Nachdrucke seiner Texte erschienen, die einfach den Status einer Übernahme der Drucke in andere Zeitungen oder Bücher ohne

einheitlicht: fehlende Kommata bei entgegensetzenden Konjunktionen (z.B. «aber», «sondern»); fehlende oder überflüssige Kommata bei vergleichenden Konjunktionen (z.B. «wie», «als»); fehlende Kommata vor «und» (schwankender Gebrauch); fehlende Kommata vor erweitertem Infinitiv (schwankender Gebrauch); Eigentümlichkeiten in der Schreibung von Fremdwörtern und bei veralteten Schreibweisen; heute unübliche Groß- oder Kleinschreibungen; heute unübliche Getrenntschreibungen (z.B. «wo anders», «schief gehen»).

redigierende Beteiligung von Tucholsky selbst haben. Solche Nachdrucke zu Lebzeiten sind also in editorischer Hinsicht ebenfalls nicht relevant, sie würden im Gegenteil die Variantenverzeichnisse verfälschen, wenn man sie darin einbezöge. In den Variantenverzeichnissen werden nur Drucke ausgewiesen, an denen Tucholsky nachweislich beteiligt war. Tucholsky hat in späteren Jahren allerdings Typoskripte an Vermittlungsagenturen gegeben, die Nachdrucke auf dieser Textgrundlage arrangiert haben können, was dementsprechend zu berücksichtigen ist. Auf die anderen Nachdrucke zu Lebzeiten, die als bloße Übernahmen anzusehen sind, wird unter der Abkürzung «NdzL» wiederum nur pauschal nach der Bibliographie von Bonitz / Wirtz (bzw. Ackermann) verwiesen; später ermittelte NdzL werden bibliographisch verzeichnet.

Der bisher in Sammelausgaben neu edierte und der bisher ermittelte Textbestand stellt sich folgendermaßen dar: mit der Ausgabe von Mary Gerold-Tucholsky und Fritz J. Raddatz «Gesammelte Werke in 10 Bänden» (GW) und dem ersten Ergänzungsband «Deutsches Tempo» (DT) sowie dem nach Mary Gerold-Tucholskys Tod von Fritz J. Raddatz allein herausgegebenen Ergänzungsband «Republik wider Willen» (Rep) sind insgesamt 2160 Texte von Tucholsky neu ediert worden. In der Bibliographie von Bonitz / Wirtz waren 2948 Titel erfaßt worden, wobei in dieses Verzeichnis nur Drucke, nicht die Manu- oder Typoskripte aus dem Nachlaß aufgenommen wurden, die bislang noch nicht nachgedruckt worden sind. Unter Berücksichtigung solcher von Bonitz / Wirtz nicht erfaßten und der weiteren in der Zwischenzeit aufgefundenen Titel gehen wir davon aus, daß in den Textbänden 1 bis 15 dieser Gesamtausgabe etwa 3200 Texte Tucholskys präsentiert werden. Nach heutigem Kenntnisstand werden also zu den von Bonitz / Wirtz erfaßten 2948 noch etwa 250 Titel hinzukommen. Ein Teil davon wird aus den anonym erschienenen Texten bestehen, die in der Rubrik «Antworten» der ‹Schaubühne› und später der ‹Weltbühne› veröffentlicht wurden. Tucholsky war nachweislich an der Abfassung solcher «Antworten» beteiligt, zeitweilig sogar vertraglich dazu verpflichtet, doch ist der zweifelsfreie Nachweis seiner Verfasserschaft oft nur außerordentlich schwer, teils auch gar nicht möglich, weil andere Personen, allen voran Siegfried Jacobsohn und in späteren Jahren Carl von Ossietzky, sich an der Abfassung der «Antworten» beteiligten. Diese Bestimmungsschwierigkeiten haben wir in einem gesonderten Abschnitt über die Rubrik «Antworten» am Ende des Textteils dieses ersten Bandes mit Beispielen der «Antworten» aus der ‹Schaubühne› des Jahres 1913 vor Augen geführt (vgl. S. 399ff). Dort ist auch dargelegt, warum in späteren ‹Weltbühnen›-Jahren anonyme «Antworten» Tucholsky mit größerer Wahrscheinlichkeit zugesprochen werden können. Da aber meist doch keine völlig gesicherte Eindeutigkeit erreichbar ist, gehen wir mit diesen, wie auch mit anderen anonym erschienenen Texten mit größter Zurückhaltung um.

Für die Zuschreibung von Texten, die nicht unter Tucholskys Namen oder einem seiner bekannten Pseudonyme (Peter Panter, Theobald Tiger, Kaspar Hauser oder Ignaz Wrobel), sondern unter Kürzeln (wie – tu, I.W. u.a. oder auch z.B. «Kurt»), unter anderen Pseudonymen oder anonym erschienen sind, haben wir uns durchweg zunächst auf historische Zeugnisse (z.B. die Erwähnung in Korrespondenzen) und Selbstauskünfte Tucholskys gestützt. Oft ist auch späteren Zuschreibungen durch Mary Gerold-Tucholsky zu folgen, wobei sich gelegentlich Zweifel an der Sicherheit der Begründung eingestellt haben. Aus dem Jahr 1913, dem ersten der kontinuierlichen Mitarbeit Tucholskys an der ‹Schaubühne› (SB), sind zwei Halbjahresbände der SB aus Tucholskys Besitz erhalten, die er seinerzeit an Mary Gerold schickte, und in deren Inhaltsverzeichnissen er die von ihm stammenden Beiträge zu ihrer Information angestrichen hatte. Der erste dieser Halbjahresbände befindet sich in der Oldenburger Forschungsstelle (KTF), der zweite in Marbach (DLA); sie konnten für diese Gesamtausgabe erstmals beide berücksichtigt werden.

1913 war das Jahr der Erprobung und Ausprägung von Tucholskys Pseudonymen, so daß hier noch andere vorkommen, die er später nicht mehr benutzt hat: «Schigolch» und «Horatio von Massarena» sind zu nennen.[2] Für die spätere Zeit ist für die Zu-

2 Zugleich hat die Durchsicht von Zeitungen wie dem ‹Prager Tagblatt› und der ‹Frankfurter Zeitung› für diese frühe Zeit noch weitere Textfunde ergeben, die bei Bonitz/Wirtz noch nicht verzeichnet worden waren.

schreibung von Texten, die nicht unter seinem Namen oder den vier bekannten Pseudonymen (bzw. entsprechenden Kürzeln) erschienen waren, vor allem der Gesichtspunkt maßgeblich, daß Tucholsky selbst den Text in die Belegmappe mit eigenen Arbeiten eingereiht hatte, die von ihm angelegt worden war. Stilistische Kriterien für die Zuweisung anonym erschienener Texte werden äußerst zurückhaltend herangezogen, berücksichtigt sind hingegen Textparallelen in gezeichneten Schriften von Tucholsky. Bei den nicht überzeugenden Zuschreibungen von Mary Gerold-Tucholsky haben wir die Texte der Rubrik «Ungesicherte Texte» zugewiesen. Zum Teil sind solche ungesicherten Texte bereits andernorts als von Tucholsky stammend gedruckt worden, so daß wir sie trotz unserer Zweifel dem Leser nicht einfach vorenthalten, sondern der weiteren Urteilsbildung zugänglich machen wollen. Bei Texten, die zwar mit hoher Wahrscheinlichkeit, aber doch nicht mit unzweifelhafter letzter Sicherheit von Tucholsky stammen, ist ein Sternchen zur Kennzeichnung an der Textnummer angefügt. Die Begründungen werden für jeden Text im Kommentaranhang unter der Überschrift «Zuweisung» gegeben.

In einigen wenigen Fällen ist z. B. durch Zeitungsberichte zwar der Titel einer Arbeit von Tucholsky bekannt, der Text selbst aber nicht erhalten. Dies betrifft vor allem Chansons, die in Kabaretts zum Vortrag gelangten. Die Titel solcher Texte werden am Ende des alphabetischen Titelverzeichnisses unter «Verschollene Texte» aufgeführt.

Tucholsky war im Laufe seines Lebens für zahlreiche Zeitungen und Zeitschriften tätig. In jedem Textband dieser Ausgabe wird eine «Übersicht über Tucholskys Tätigkeit für Publikationsorgane» des betreffenden Zeitraums zusammengestellt, in der zusammenfassend über die Zeitungen und Zeitschriften berichtet wird, in denen Tucholsky mehrfach publizierte. Bei nur einzeln auftretenden Publikationen wird eine solche Erläuterung in den Sachkommentar eingefügt.

Jedem Band ist ein Personen- und Werkregister beigegeben, in dem alle erwähnten Personen und Werke erfaßt sind, bei letzteren handelt es sich meist um Bücher, ebenso aber um Filme, Gemälde, Musik- und andere Kunstwerke. Zu den Personen wurden, soweit möglich, die Lebensdaten und Berufs- bzw. Funktionsangaben (während der Lebenszeit Tucholskys) recherchiert, ferner wurden weitere Informationen hinzugesetzt, die gegebenenfalls für das Verständnis des Zusammenhangs oder Hintergrunds erforderlich sind, in dem die betreffende Person in den Schriften Tucholskys erwähnt wird. Wenn bei der Lektüre der Texte ein Informationsbedürfnis über eine erwähnte Person entsteht, sollte zuerst das Personen- und Werkregister zu Rate gezogen werden: dort werden die wichtigsten Rudimentärinformationen zu allen Personen gegeben.[3] Ferner ist dort über kursiv gesetzte Zeilenzahlen zu erschließen, ob darüber hinaus zu der in Frage stehenden Person zusätzliche Informationen im Zeilenkommentar zu finden sind, der dann gegebenenfalls konsultiert werden kann. Gerade gestellte Zeilenzahlen verweisen auf Nennungen in den Texten, in runde Klammern gesetzte Zeilenzahlen verweisen auf indirekte Nennungen in den Texten, so daß der betreffende Name oder das Werk dort nicht wörtlich aufzufinden ist.

Die Personen- und Werkregister in den einzelnen Bänden haben also nicht nur die Aufgabe der Informationsversorgung, sondern zugleich die Funktion der Entlastung der Zeilenkommentare, indem übergreifende Daten dort zusammengeführt sind, die sonst aufwendige Einzelerläuterungen erforderlich machen würden.

Was die Werke anlangt, so setzen wir bei den wichtigsten Werken der Weltliteratur allgemeine Bekanntheit voraus.[4] Erwähnt Tucholsky z. B. den «Hamlet», so wird im Zeilenkommentar nicht erläutert «Drama von Shakespeare», es wird lediglich im Per-

3 Abweichungen in der Schreibweise von Namen (meist bei fremdsprachigen, aber auch sonst bei fehlerhaftem Gebrauch) werden durch Querverweise auffindbar, solche sind lediglich dort unterblieben, wo die korrekte Schreibweise unmittelbar vor oder nach dem sonst erforderlichen Querverweis zu finden ist. Die alphabetische Ordnung ist an den Nachnamen orientiert, Adelsprädikate (wie «von», «de», «d'») sind ausgegliedert.

4 Zu den fremdsprachigen Werken sind in der Regel im Register auch die Originaltitel vermerkt, wobei wir uns auf englische, französische und italienische Titel beschränkt haben.

sonen- und Werkregister unter «Shakespeare, – Hamlet» ein Textvermerk vorgenommen. Anders verhält es sich bei weniger bekannten Werken wie etwa dem «Fröhlichen Weinberg», dort erfolgt im Zeilenkommentar der Hinweis «Drama von Zuckmayer», um über den Verfassernamen das Auffinden im Personen- und Werkregister sicherzustellen.

Im abschließenden Band 22 dieser Gesamtausgabe werden später die Personen- und Werkregister der Einzelbände zusammengeführt, erst dann wird ein vollständiger Quervergleich durch das Gesamtwerk Tucholskys möglich werden. Als vorläufige Hilfestellungen werden in den Textkommentaren aber schon jetzt Hinweise auf Querverbindungen zu anderen Texten und auch zu solchen gegeben, die noch nicht in dieser Ausgabe gedruckt sind (nach dem Erstdruck und der Erfassungsnummer bei Bonitz/Wirtz). Dasselbe gilt für motivische, thematische, historische und andere sachliche Querverbindungen, die später zusammenfassend und abschließend durch das Sachregister im Band 22 aufgeschlüsselt werden.

Am Beginn des Kommentarteils werden in jedem Band zur Erleichterung der Handhabung «Benutzungshinweise» gegeben, in denen die Anordnung und die Erläuterungsrubriken des Kommentars erklärt sind. Danach folgen in jedem Band die Siglen- und Abkürzungsverzeichnisse, die zur Entschlüsselung der im Kommentarteil verwendeten Abkürzungen erforderlich sind. Die in den «Benutzungshinweisen» gemachten Erklärungen über die Prinzipien des Kommentaraufbaus sollen in dieser Gesamteinleitung nicht nochmals wiederholt werden, deshalb beschränken wir uns auf wenige Hinweise zur Struktur des Sachkommentars.[5]

Der Kommentar dient vor allem zur Aufhellung der zeitgeschichtlichen Zusammenhänge, in die Tucholskys Texte eingebettet waren, und die heute allgemein vielleicht nicht mehr bekannt

5 Vgl. dazu näher auch: Dirk Grathoff/Gerhard Kraiker: Die Kommentierung als interdisziplinäre Forschungsaufgabe am Beispiel der Carl von Ossietzky- und Kurt Tucholsky-Gesamtausgaben. Ein Arbeitsbericht. In: Kommentierungsverfahren und Kommentarformen. Hg. von Gunter Martens. Tübingen 1993, S. 108–116.

und verständlich sind. Insbesondere muß der Anspielungshorizont der Texte, der auf den Kenntnisstand des zeitgenössischen Publikums zielte, für heutige Leser erklärt werden. Die dafür erforderlichen Informationen können in der Regel nicht aus wissenschaftlicher Literatur oder Nachschlagewerken gewonnen werden, sondern nur durch die Lektüre von zeitgenössischen Zeitungen, in denen über Ereignisse berichtet wurde, auf die solche Anspielungen bezogen waren. Der Tucholsky-Forschungsstelle steht für solche Recherchearbeiten eine umfassende Sammlung von damaligen Zeitungen (in Form von Mikrofilmen) zur Verfügung. Der Kommentar hat also ausdrücklich *nicht* die Funktion, bloßes Nachschlagewerk- oder Lexikonwissen zu transportieren, verzichtet wird in der Regel auf Erläuterungen von Fakten, Fremdwörtern usw., die in einem gebräuchlichen Lexikon (wie dem «Brockhaus» oder dem «Duden») zu finden sind. Allerdings ist den Bandbearbeitern freigestellt, in Ausnahmefällen auch lexikalische Erläuterungen aufzunehmen, wenn es das Verständnis des Sachzusammenhangs erforderlich macht.

Tucholsky war, so darf wohl gesagt werden, ein ausgesprochener Zitierkünstler, der in außergewöhnlich hohem Maße verdeckte oder offene Zitate in seinen Texten zur Wirkung kommen ließ. Die ironischen Strukturen seiner Texte werden vielfach aus solchen Zitaten gespeist, und müssen unerkannt bleiben, wenn etwa verdeckte Zitate nicht bemerkt werden. Selbstverständlich bemühen wir uns um den Nachweis und die Verifizierung von Zitaten und Quellen, doch ist die Forschungslage zu Tucholsky auf diesem Gebiet noch so unterentwickelt, daß für die Kommentare nicht einfach schon aus dem Vollen geschöpft werden kann, sondern oft nur Anstöße für die künftig erst zu leistende Forschungsarbeit gegeben werden können.

II. Die Briefedition

Tucholskys Briefe sind in der Regel an Einzeladressaten gerichtet und haben insofern einen anderen Öffentlichkeitsstatus als seine Texte, dennoch kann man von einem Briefwerk sprechen, das in vielerlei Hinsicht selbst den Charakter eines literarischen Œuvres hat. Dies liegt nicht allein an der literarischen Form mancher Briefe, die selbst als Gedichte und Gedichtbeigaben abgefaßt sein können, oder als kleine dramatische Szene wie der Brief an Mary Gerold vom 7.2.1918, der im «Marginalien»-Band zu dieser Ausgabe abgedruckt wurde («Pierrot und Colombine. Ein Spiel, fast ohne Worte –» mit Zeichnungen von Fritz Lunkebein, S. 25–30). Zahlreiche Texte dieser Art, vor allem auch Prosaschriften, finden sich in der Briefausgabe von Fritz J. Raddatz: Kurt Tucholsky: Unser ungelebtes Leben. Briefe an Mary. Reinbek 1982. Auch abgesehen von solchen Briefen in Form literarischer Texte haben Tucholskys Briefe durchweg einen besonderen Charakter, der diese Briefedition erheblich näher an die der Werke heranrücken läßt, als dies bei anderen Schriftstellern der Fall sein mag. Man kann sogar sagen, daß hier eine Ausgabe, die nur die literarischen Texte berücksichtigte, ein Torso bleiben müßte. Denn bei nur wenigen Autoren der literarischen Moderne sind Leben und Werk so eng miteinander verwoben, seit dies z.B. in der deutschen Romantik explizit zum literarischen Programm erhoben worden ist. Die literarische Aufspaltung in fünf Pseudonyme, von denen eines Kurt Tucholsky hieß, und die ursprünglich dem Lebensalltag eines Jurastudenten entlehnt wurden, findet ihr Pendant in den Literarisierungen des brieflichen Gegenübers (von Matz, Meli bis Nuuna) und des Selbst (von Nungo bis Adof). Natürlich gibt es auch Geschäftsbriefe von Tucholsky, schließlich war er zeitweilig als Herausgeber der ‹Weltbühne› tätig, aber große Teile seines Briefwerks bilden ein wichtiges Komplementärstück zum Verständnis seiner literarischen Texte. Und am Ende ist sein Briefwechsel mit Walter Hasenclever und Hedwig Müller sogar als eine Art Subtext zu dem öffentlichen Verstummen des Autors Tucholsky zu lesen, deshalb beginnt die Briefedition auch mit diesen Briefen der Jahre 1933/34.

Die Briefausgabe wird 6 Bände umfassen; chronologisch angeordnet erscheinen die Briefe in den Bänden 16 bis 21. Die bisherigen Auswahlausgaben waren an Adressaten orientiert: zuerst die von Mary Gerold-Tucholsky und Fritz J. Raddatz betreute Sammlung «Ausgewählte Briefe» (1962) und neben der schon erwähnten Ausgabe von Fritz J. Raddatz («Unser ungelebtes Leben», 1982) die Sammlung «Ich kann nicht schreiben, ohne zu lügen» (1989). Daneben sind Briefe an Hedwig Müller und die dazugehörenden «Q-Tagebücher» (betreut von Gustav Huonker), an Marierose Fuchs und an Carl von Ossietzky (betreut von Dieter Pforte) ediert worden. Bibliographisch erfaßt und aufgeschlüsselt sind diese Auswahleditionen wiederum in dem Schriftenverzeichnis von Bonitz/Wirtz. Unsere Gesamtausgabe wird deutlich über den bisher edierten Briefbestand hinausgehen können; insbesondere z.B. bei der Korrespondenz mit Hedwig Müller, so enthält Band 20 (1933/34), mit dem der Briefteil der Ausgabe beginnt, 79 bisher unveröffentlichte Briefe.

Anders als bei den literarischen Texten, deren Edition auf Grund der Erstdrucke erfolgt, werden die Briefe nach den Typoskripten oder Handschriften abgedruckt. Soweit sie vorher bereits in einer der Auswahlsammlungen (oder andernorts) ediert worden sind, wird am Ende der Beschreibung der Textvorlagen-«Überlieferung» auf den Erstdruck (E) hingewiesen. Die Prinzipien der Wahrung von Orthographie und Stileigentümlichkeiten, die für den Abdruck der Texte oben dargelegt worden sind, werden analog genauso bei der Briefedition angewendet. Auch hier werden keine Normalisierungen oder Modernisierungen vorgenommen, lediglich offensichtliche Schreibversehen wie übereinandergetippte oder verstellte Buchstaben werden stillschweigend korrigiert. In Zweifelsfällen wird auf solche Korrekturen im Abschnitt «Lesarten» hingewiesen. Dort werden alle aussagefähigen Korrekturen von Tucholskys Hand (Streichungen, Ergänzungen, Überschreibungen) notiert, wodurch für den interessierten Leser Schreibgewohnheiten und Stileigentümlichkeiten sichtbar werden.

Wie bei den Textbänden wird auch bei den Briefen am Beginn des Kommentarteils jeweils ein Abschnitt «Benutzungshinweise» stehen, worin der Aufbau des Kommentars im Detail erläutert ist. Hier wie dort folgen die erforderlichen Siglen- und Abkürzungsverzeichnisse, dann der Sach-«Kommentar», danach ein Quellen- und Literaturverzeichnis, das Personen- und Werkregister, schließlich ein «Alphabetisches Verzeichnis der Briefempfänger» und ein «Chronologisches Verzeichnis der Briefe», das auch als Inhaltsverzeichnis benutzt werden kann. In die Kommentare werden die Antwort- und Gegenbriefe der Adressaten einbezogen, soweit sie für das Textverständnis der Briefe unerläßlich sind. Wie die Texte werden auch die Briefe in jedem Band gesondert durchgezählt, so daß jeder Brief eine eigene Nummer erhält, die mit einem vorangestellten B in eckigen Klammern ausgewiesen wird, z.B. Bd. 20, [B 193]. Die Ausführungen über die Anlage des Sachkommentars, der Register und technischer Details wie Querverweisverfahren, die zum Textteil gemacht wurden, gelten analog auch für die Briefedition.

Die Herausgeber

Benutzungshinweise und Danksagung

Übergreifende Hinweise auf die Art der Textpräsentation und die Prinzipien der Textkritik, die Erfassung des Schriftenbestandes sowie die Anlage des Sachkommentars und der Register sind in der «Editorischen Einleitung» zur Gesamtausgabe hier in Band 1 dargelegt. Zur näheren Handhabung des Kommentaranhangs sollen die folgenden Benutzungshinweise dienen, die über den Aufbau des Kommentars informieren.

Jeder Text ist mit einer Nummer versehen worden, wobei für jeden Band gesondert fortlaufend durchnumeriert wird. Ferner ist zu jedem Text ein eigener Zeilenzähler montiert worden, in dieser Gesamtausgabe sind die Zeilenzähler also nicht auf Seiten sondern auf Texte bezogen. Alle Querverweise und Registernotationen erfolgen unter Angabe der Textnummer und der Zeilenzahl; [72], 14 bedeutet also: Text Nr. 72 und dessen Zeile 14. Innerhalb eines Bandes wird nur nach diesen beiden Angaben verwiesen. Querverweise zu anderen Bänden erfolgen unter Angabe der Band- und Text- bzw. Briefnummer sowie der Zeilenzahl, z.B. Bd. 4 [185], 3 oder Bd. 20 [B 125], 32. Verweise auf noch nicht in dieser Ausgabe gedruckte Texte Tucholskys erfolgen unter Angabe des Erstdrucks und der Erfassungsnummer in der Bibliographie von Bonitz/Wirtz (z.B. D 1416).

Im Kommentarkopf wird zunächst die Verfasserangabe (V) vermerkt, unter der der Text erschienen ist, sei es unter «Kurt Tucholsky oder unter Peter Panter, Theobald Tiger, Ignaz Wrobel» usw. In der zweiten Zeile des Kommentarkopfes sind die bibliographischen Angaben des Erstdrucks (D^1) notiert, in den folgenden Zeilen gegebenenfalls die erforderlichen Daten zu weiteren, von Tucholsky betreuten Drucken zu seinen Lebzeiten (D^2, D^3 usw.). Weichen die Verfasserangaben zwischen dem Erstdruck und weiteren Drucken zu Lebzeiten voneinander ab, wird dies schon bei den Verfasserangaben (V) in der ersten Zeile des Kommentarkopfs festgehalten, z.B.: «Peter Panter (D^1), Kurt Tucholsky (D^2)». Nach dem Verzeichnis der Drucke folgt im Kommentarkopf der Hinweis auf die bibliographischen Nachweise (Bibl.) des betreffenden Textes bei Bonitz/Wirtz (mit Vermerk der dortigen Erfassungsnummer, z.B. D 652) oder der Ergänzungsbibliographie von Ackermann. Ebenso ist dort die Zahl der von Bonitz/Wirtz ermittelten Nachdrucke zu Lebzeiten (NdzL) und der postumen Nachdrucke (Nd) vermerkt, die für texteditorische Fragen nicht relevant sind, und deren vollständige bibliographische Angaben ein interessierter Benutzer bei Bonitz/Wirtz nachschlagen kann. Am Ende der bibliographischen Nachweise (Bibl.) wird jeweils auf den Abdruck des betreffenden Textes in den «Gesammelten Werken» («GW» mit Bandangabe) oder den Nachtragsbänden zu den «Gesammelten Werken» («DT» bzw. «Rep») hingewiesen. Sämtliche Siglen der Werke und Ausgaben Tucholskys sowie anderweitige allgemeine Abkürzungen, die in den Kommentarköpfen und den folgenden Teilen des Kommentars benutzt wurden, sind in den Siglen- und Abkürzungsverzeichnissen im Anhang aufgelöst. Das gleiche gilt für abgekürzt zitierte Literatur (wie «Bonitz/Wirtz» oder «Ackermann»), die im Literaturverzeichnis des Anhangs vermerkt ist.

Wenn es sich bei dem Text um eine Buch-Rezension (Rez.) oder die Aufführungs-Besprechung (Bespr.) eines Theaterstücks oder eines Films handelt, werden die erforderlichen bibliographischen, theatergeschichtlichen oder filmographischen Angaben zu dem Buch, Stück bzw. Film am Ende des Kommentarkopfs unter «Rez.» oder «Bespr.» genannt. Alphabetische Verzeichnisse der rezensierten Bücher und der besprochenen Aufführungen und Filme sind im Anhang zu finden.

Nach dem Kommentarkopf folgen jeweils die editorisch und philologisch relevanten Notationen. Sofern zu einem Text eine Handschrift (H) oder ein Typoskript (T) erhalten ist, werden in der Rubrik «Überlieferung» die Überlieferungsform mit Bogen- und Seitenangaben und die benutzten Schreibmittel vermerkt, am Ende dieser Angaben folgt in Klammern der Hinweis auf den Verwahrort (z.B. «DLA»). Unter «Lesarten» werden danach alle aussagefähigen Änderungen von Tucholskys Hand (Streichungen, Ergänzungen, Überschreibungen) notiert, lediglich geringfügige Korrekturen von offensichtlichen Schreibfehlern werden nicht festgehalten.

Wenn von einem Text mehrere Drucke zu Lebzeiten überliefert sind, die nachweislich von ihm selbst bearbeitet wurden, sind im Abschnitt «Varianten» alle aussagefähigen Änderungen der späteren Drucke (D^2, D^3 usw.) gegenüber dem Erstdruck (D^1) festgehalten. Wiederum wurde lediglich auf den Vermerk der Korrektur von unzweifelhaften Druckfehlern verzichtet.

Über die Prinzipien des Textabdrucks und die vorgenommene Textkritik informiert ausführlich die «Editorische Einleitung» in Band 1. Wenn Emendationen bei einem Text ausgewiesen werden müssen, erfolgt dies am Ende der textkritischen Notationen im Kommentar ohne Überschrift mit fettgedruckter Zeilenzahl, z. B.: **8** Hofmannsthal] *emend. aus* Hoffmannthal. Wortergänzungen sind im Text in eckige Klammern gesetzt, Streichungen oder Ersetzungen von Worten sind als Emendation vermerkt.

Vor dem Beginn des durch die Zeilenzählung ausgewiesenen Stellen-Kommentars werden ohne Überschrift allgemeine Informationen gegeben, die für das Verständnis des geschichtlichen Kontextes, auf den der Text bezogen ist, relevant sind. Ebenso sind dort Hinweise auf einschlägige Artikel und Debatten in anderen Zeitungen vermerkt – sowie allgemeine Querverweise zu anderen thematisch relevanten Texten von Tucholsky (z. B. auch Querverweise zu anderen Rezensionen von Büchern desselben Verfassers bzw. persönliche Bekanntschaften u. dgl.).

In den Zeilen-Kommentaren werden die erforderlichen Sachinformationen zu der betreffenden Textstelle gegeben. Querverweise im Kommentar dieses Bandes erfolgen unter Angabe der Text-Nummer und der Zeile. Eine kursivgestellte Zeilenzahl verweist auf einen Kommentareintrag, geradegestellte Zeilenzahlen auf Textstellen. Wenn im Personen- und Werkregister Zeilenzahlen in runde Klammern gesetzt sind, so ist damit eine indirekte Nennung der Person oder des Werks indiziert. Querverweise zu anderen Bänden erfolgen unter Angabe der Band- und Text- bzw. Briefnummer sowie der Zeilenzahl. Verweise auf noch nicht in dieser Ausgabe gedruckte Texte Tucholskys erfolgen unter Angabe des Erstdrucks und der Erfassungsnummer in der Bibliographie von Bonitz / Wirtz (z. B. D 1416). Abgekürzt zitierte Literatur ist mit vollständigen Angaben im «Literaturverzeichnis» dieses Anhangs vermerkt.

Am Ende dieses Anhangs findet sich ein alphabetisches Verzeichnis aller Titel, dem ein Hinweis auf einen «Verschollenen Text» angefügt ist. Den Abschluß bildet ein chronologisches Titelverzeichnis, das zugleich als Inhaltsverzeichnis für den Textteil benutzt werden kann.

Die Arbeit an diesem Band wurde von folgenden Personen unterstützt, denen die Herausgeber herzlich danken: Gregor Ackermann, Stefan Ahrens, Gisela Enzmann-Kraiker, Horst Grimm, Ingrid Großmann, Mara Hochartz, Volker Kühn, Verena Leistner, Roland Links, Peter Lovis, Ute Maack, Ingeborg Meyer-Voth, Corinna Minten, Viktor Otto, Melanie Pohl, Fred Ritzel und Annika Schmidt. Unser besonderer Dank gilt Hartmut Urban, der uns seine intensiven Recherche-Ergebnisse und Kommentare zu frühen Texten von Tucholsky zur Verfügung stellte.

Siglenverzeichnis

AB	Kurt Tucholsky: Ausgewählte Briefe 1913–1935. Hg. von Mary Gerold-Tucholsky und Fritz J. Raddatz. Reinbek 1962
AB 2	Kurt Tucholsky: Ich kann nicht schreiben, ohne zu lügen. Briefe 1913 bis 1935. Hg. von Fritz J. Raddatz. Reinbek 1989
BK	Kurt Tucholsky: Briefe an eine Katholikin 1929–1931. Reinbek 1970
BS	Kurt Tucholsky: Briefe aus dem Schweigen 1932–1935. Hg. von Mary Gerold-Tucholsky und Gustav Huonker. Reinbek 1977
DD	Kurt Tucholsky: Deutschland, Deutschland über alles. Montiert von John Heartfield. Berlin 1929
DT	Kurt Tucholsky: Deutsches Tempo. Ergänzungsband 1 der GW. Hg. von Mary Gerold-Tucholsky und Fritz J. Raddatz. Reinbek 1985
FG	Theobald Tiger: Fromme Gesänge. Mit einer Vorrede von Ignaz Wrobel. Berlin-Charlottenburg 1919
GW	Kurt Tucholsky: Gesammelte Werke. Bd 1–10. Hg. von Mary Gerold-Tucholsky und Fritz J. Raddatz. Reinbek 1975
LL	Kurt Tucholsky: Lerne lachen ohne zu weinen. Berlin 1931
ML	Kurt Tucholsky: Das Lächeln der Mona Lisa. Berlin 1929
5 PS	Kurt Tucholsky: Mit 5 PS. Berlin 1928
Pyr	Peter Panter: Ein Pyrenäenbuch. Berlin 1927
Rep	Kurt Tucholsky: Republik wider Willen. Ergänzungsband 2 der GW. Hg. von Fritz J. Raddatz. Reinbek 1989
Rh	Kurt Tucholsky: Rheinsberg. Ein Bilderbuch für Verliebte. Berlin-Charlottenburg 1912
SG	Kurt Tucholsky: Schloß Gripsholm. Eine Sommergeschichte. Berlin 1931
TpK	Kurt Tucholsky: Träumereien an preußischen Kaminen. Berlin-Charlottenburg 1920
UuL	Kurt Tucholsky: Unser ungelebtes Leben. Briefe an Mary. Hg. von Fritz J. Raddatz. Reinbek 1982
QT	Kurt Tucholsky: Die Q-Tagebücher 1934–1935. Hg. von Mary Gerold-Tucholsky und Gustav Huonker. Reinbek 1978

Abkürzungsverzeichnis

A	Abendausgabe
AA	Auswärtiges Amt
a.a.O.	am angegebenen Ort
Abb.	Abbildung
abgedr.	abgedruckt
a.D.	außer Dienst
ADGB	Allgemeiner Deutscher Gewerkschaftsbund
Adj.	Adjektiv
AdK	Akademie der Künste
AfA	Arbeitsgemeinschaft freier Angestelltenverbände
AfA-Bund	Allgemeiner freier Angestelltenbund
allg.	allgemein
aloR	am linken oberen Rand
alR	am linken Rand
aluR	am linken unteren Rand
aoR	am oberen Rand
arR	am rechten Rand
auR	am unteren Rand
amer.	amerikanisch
angestr.	angestrichen
Anm.	Anmerkung
Art.	Artikel
AT	Altes Testament
Aufl.	Auflage
Ausg.	Ausgabe
ausgew.	ausgewählt
Ausw.	Auswahl
B	Brief
bayr.	bayerisch
BBC	Berliner Börsen-Courier
Bd.	Band
Bde	Bände
Beibl.	Beiblatt
Beil.	Beilage
Bespr.	Besprechung
Bibl.	Bibliographie

Bl.	Blatt
BNV	Bund Neues Vaterland
brit.	britisch
bspw.	beispielsweise
BT	Berliner Tageblatt
BVP	Bayerische Volkspartei
BVZ	Berliner Volks-Zeitung
B.Z.	B.Z. am Mittag
CvO	Carl von Ossietzky
D	Druck
dän.	dänisch
DAD	Das Andere Deutschland
DAZ	Deutsche Allgemeine Zeitung
DB	Deutsche Bibliothek, Frankfurt
DDP	Deutsche Demokratische Partei
demokr.	demokratisch
ders.	derselbe
DFG	Deutsche Friedensgesellschaft
DFV	Deutscher Flottenverein
DFVp	Deutsche Fortschrittliche Volkspartei
d.h.	das heißt
d.i.	das ist
div.	diverse
DLA	Deutsches Literaturarchiv, Marbach
DLfM	Deutsche Liga für Menschenrechte
DNVP	Deutschnationale Volkspartei
d.R.	der Reserve
d.S.n.	dem Sinn nach
dt.	deutsch
DV	Demokratische Vereinigung
DVLP	Deutsche Vaterlandspartei
DVP	Deutsche Volkspartei
DVZ	Deutsche Volkszeitung
DZ	Deutsche Zeitung
E	Erstdruck
EA	Erstaufführung
ebda.	ebenda

eigentl.	eigentlich
emend.	emendiert
engl.	englisch
Erg.	Ergänzungen
ersch.	erschienen
e.U.	eigenhändige Unterschrift
ev.	evangelisch
evtl.	eventuell
Ex.	Exemplar
expl.	exemplarisch
F	(Druck)Fahne
Faks.	Faksimile
FdK	Friedensbund der Kriegsteilnehmer
frz.	französisch
FZ	Frankfurter Zeitung
GA	Gesamtausgabe
geb.	geboren
gegr.	gegründet
gen.	genannt
gest.	gestorben
gestr.	gestrichen
griech.	griechisch
GRP	Grupppe Revolutionärer Pazifisten
H	Handschrift
H.	Heft
Hbg.	Hamburg
Hbj.	Halbjahr
hg.	herausgegeben
Hg.	Herausgeber
hs.	handschriftlich
Ill.	Illustrationen
ill.	illustriert
intern.	international
i.S.v.	im Sinne von
ital.	italienisch

Jg.	Jahrgang
Jh.	Jahrhundert
K	Kommentar
Kap.	Kapitel
KAPD	Kommunistische Arbeiterpartei Deutschlands
kath.	katholisch
kgl.	königlich
Korr.	Korrektur(en)
korr.	korrigiert
KPD	Kommunistische Partei Deutschlands
KT	Kurt Tucholsky
KTA	Kurt Tucholsky - Archiv im DLA
KTF	Kurt Tucholsky Forschungsstelle, Oldenburg
lat.	lateinisch
LfM	Liga für Menschenrechte
lib.	liberal
loE	linke obere Ecke
LT	Landtag
lt.	laut
luE	linke untere Ecke
luth.	lutherisch
M	Morgenausgabe
1.M	Erstes Morgenblatt
2.M	Zweites Morgenblatt
MdL	Mitglied des Landtages
MdR	Mitglied des Reichstages
militär.	militärisch
Mitarb.	Mitarbeiter / Mitarbeiterin
Mitgl.	Mitglied
ms.	maschinenschriftlich
MSPD	Mehrheitssozialdemokratische Partei Deutschlands
MT	Mary Gerold - Tucholsky
mtl.	monatlich
nat.	national
nat.-soz.	nationalsozialistisch
Nd	Nachdruck

NdzL	Nachdruck zu Lebzeiten
niederl.	niederländisch
NL	Nachlaß
NLP	Nationalliberale Partei
Nr.	Nummer
NS	Nationalsozialismus
NSDAP	Nationalsozialistische Deutsche Arbeiterpartei
NV	Nationalversammlung
NWK	Nie wieder Krieg
NZZ	Neue Zürcher Zeitung
OA	Ossietzky-Archiv
o.D.	ohne Datum
öffentl.	öffentlich
österr.	österreichisch
OHL	Oberste Heeresleitung
o.J.	ohne Jahr
Orgesch	Organisation Escherich
o.S.	ohne Seitenangabe
pE	postumer Erstdruck
polit.	politisch
preuß.	preußisch
PPr	Prager Presse
PrLT	Preußischer Landtag
Pseud.	Pseudonym
PT	Prager Tagblatt
Red.	Redakteur / Redaktion
rep.	republikanisch
Repr.	Reprint
Rez.	Rezension
RF	Rote Fahne
RGBl	Reichsgesetzblatt
RT	Reichstag
Rub	Rubrik
ruE	rechte untere Ecke
russ.	russisch
RWM	Reichswehrministerium

s.	siehe
S.	Seite
s.a.	siehe auch
SB	Die Schaubühne
schweiz.	schweizerisch
SDS	Schutzverband Deutscher Schriftsteller
senkr.	senkrecht
SJ	Siegfried Jacobsohn
Slg.	Sammlung
s.o.	siehe oben
sog .	sogenannt
SPD	Sozialdemokratische Partei Deutschlands
stellv.	stellvertretend
stg.	seitig
StGB	Strafgesetzbuch
s.u.	siehe unten
T	Typoskript
TB	Das Tage - Buch
TBl	TucholskyBlätter
Td	Teildruck
Tsd.	Tausend
türk.	türkisch
u.a.	unter anderem, und andere
UA	Uraufführung
u.d.T.	unter dem Titel
udZ	unter der Zeile
Übertr.	Übertragung
übers.	übersetzt
üdZ	über der Zeile
Ufa	Universum Film Aktiengesellschaft
unterstr.	unterstrichen
u.ö.	und öfter
urspr.	ursprünglich
USPD	Unabhängige Sozialdemokratische Partei Deutschlands
V	Verfasserangabe
Var.	Varianten
v. Chr.	vor Christi Geburt

veränd.	verändert
Verf.	Verfasser
Verl.	Verlag
Verh.d.NV	Verhandlungen der Nationalversammlung
Verh.d.RT	Verhandlungen des Reichstages
vermutl.	vermutlich
verm.	vermehrt
vgl.	vergleiche
vielm.	vielmehr
Vol.	Volume
Vors.	Vorsitzende(r)
Vorw.	Vorwort
Voss	Vossische Zeitung
WaA	Welt am Abend
WaM	Welt am Montag
WB	Die Weltbühne
WR	Weimarer Republik
WRV	Weimarer Reichsverfassung
W.T.B.	Wolff's Telegraphisches Bureau
Z.	Zeile
ZAS	Zeitungsausschnitt-Sammlung
zit.	zitiert
Ztg.	Zeitung
zus.	zusammen
zusgest.	zusammengestellt
z.T.	zum Teil
z.Z.	zur Zeit

Kommentar

1

Märchen

V: Anonym (D^1); Kurt Tucholsky (D^2)
D^1: Ulk Jg. 36, Nr. 47, 22.11.1907, S. 5
D^2: Mit 5 PS 1928, S. 250f
Bibl.: Nd s. Bonitz / Wirtz D 1; 20 Nd; GW 1

In D^2 mit dem Vorspruch erschienen: «Dies ist meine erste gedruckte Arbeit; erschienen im ‹Ulk›, November 1907».

Varianten
Die Varianten sind nach D^2 verzeichnet.
4 ganz] *gestr.* **6** hinein sah] hineinsah **6** o!] oh! **7** : eine] : Eine **10** Armvoll] Arm voll **12** Und] *Beginn mit neuer Zeile*

Zu KTs Tätigkeit für den ‹Ulk› s. «Übersicht» im Anhang.

Kaiser] Gemeint ist Wilhelm II.
f *vier Löcher*] Eine normale Flöte hat mindestens 6 Löcher. Lediglich die sog. «Einhandflöte», die besonders bei der Militärmusik eingesetzt wurde, besitzt nur 4 Löcher. Kaiser Wilhelm war Einhänder, sein linker Arm war verkrüppelt und etwa 15 cm kürzer als der rechte.
ganze moderne Richtung] Die moderne Richtung, vertreten etwa durch die Brücke, den Blauen Reiter, Kubismus und Futurismus, ist eben nicht vertreten. Es handelt sich um Künstler verschiedener Stilrichtungen (wie Impressionismus, Jugendstil, Akademiekunst), die um die Jahrhundertwende beim Bürgertum beliebt waren.

2

Vorsätze

V: Anonym
D^1: Ulk Jg. 36, Nr. 47, 22.11.1907, S. 7
Bibl.: Nd s. Bonitz / Wirtz D 2; 7 Nd; GW 1

Zuschreibung
Der Text befindet sich in KTs Mappe mit eigenen Arbeiten (KTA).

12 *meinem Onkel schreiben*] Vermutl. Anspielung auf KTs Onkel Max Tucholski, einen Bruder der Mutter, der nach dem frühen Tod des Vaters im November 1905 KTs Vormund wurde und dessen Erbteil verwaltete.

3

Kunst und Zensur

V: K.T.
D^1: Vorwärts Jg. 28, Nr. 96, 25.4.1911, 2. Beilage, [S. 1] [Rubrik:] Kleines Feuilleton
Bibl.: Bonitz / Wirtz D 3; DT

Von KT hs. auf aufgeklebtem ZAS vermerkt: «Siehe hierzu unter ‹Entgegnungen›!» Im ‹Tag› und im ‹Vorwärts› gibt es diese Rubrik nicht. Evtl. meint KT den Artikel von Schmitz ‹Kultur-Anarchismus› (Der Tag 30.4.1911).

Zu KTs Tätigkeit für den ‹Vorwärts› s. «Übersicht» im Anhang.

1 *Im ‹Tag›*] Oskar A.H. Schmitz, Kunst und Zensur, in: Der Tag 19.4.1911, A. Schmitz repliziert in seinem Beitrag auf den fiktiven «Brief eines Vaters unserer Zeit» von Herbert Eulenberg, in: Pan Nr. 11, 1.4.1911, 358–363. Schmitz hatte schon zuvor in der SB zur Zensur Stellung genommen, am 16.3.1911 veröffentlichte sie einen offenen Brief von Schmitz an Kerr, in dem er die Beschlagnahme des ‹Pan› verteidigte, der ein Tagebuch Flauberts mit erotischen Abenteuern veröffentlicht hatte. Für Flaubert-Kenner seien die Stellen in Büchern durchaus akzeptabel, nicht aber der Abdruck in einer «auf der Straße und an Bahnhöfen verkäufliche[n] Zeitschrift ... Ein Zensor braucht weder ein großer Kunstkenner noch ein exemplarisches Beispiel der Keuschheit zu sein. Er braucht nur einigen Sinn und Verstand für das durchschnittliche moralische Fühlen des größeren, nicht des exquisiten Publikums zu besitzen.» Der Zensor möge «durch vernünftige Beschränkung» dafür sorgen, daß «Dinge nicht in die breite Öffentlichkeit gelangen, die dem reifen Kenner zugänglich sein mögen» (S. 288).

ersten Steuerklasse] Das Dreiklassenwahlrecht teilte die stimmberechtigten Bürger nach ihrem Steueraufkommen in drei Klassen. Bei den Berliner Kommunalwahlen standen z. B. den 354 546 Wählern der Klasse III gegenüber: 32 078 der Klasse II und nur 832 der I. Klasse. Diesen 832 Wählern standen genausoviel Sitze im Rathaus zu wie den 354 546 der Klasse III (s. auch [43], *1*).
Zolas Nana] Auch andere Werke Zolas wurden wegen Unzucht angegriffen. Am 7. 4. 1911 meldete der ‹Vorwärts›: ‹Der Staatsanwalt kontra Zola›. In Bochum war gegen das dortige ‹Volksblatt›, das Zolas Roman ‹Arbeit› abgedruckt hatte, Strafanzeige wegen Unzucht erstattet worden.
Corregio] Eigentlich: Correggio. Anspielung auf die Bilder «Jo» und «Leda», die immer wieder als «unzüchtig» bezeichnet wurden und derentwegen es zu mehreren Prozessen kam.
Frage des Einkommens] Vgl. dazu KTs Äußerungen in [234], 113 ff, Bd. 4 dieser Ausgabe, in denen er trotz aller Kritik an der Zensur diesen Überlegungen nahekommt.
Schulelend] In zahlreiche Landschulen kamen auf einen Lehrer 70 bis 120 Schüler. Der ‹Vorwärts› beschrieb am 11. 2. 1911 diesen ‹Lehrermangel in Preußen›.

4

Das Herz von Preußen

V: Kurt
D[1]: Vorwärts Jg. 28, Nr. 116, 19. 5. 1911, 1. Beilage, [S. 1] [Rubrik:] Kleines Feuilleton. – Humor und Satire
Bibl.: Nd s. Bonitz / Wirtz D 4; 1 Nd

frei nach Strachwitz] Moritz Graf von Strachwitz, Das Herz von Douglas. Sämtliche Lieder und Balladen. Hg. von Hanns Martin Elster. Berlin 1912, 177–180. KT übernahm nur die ersten beiden der dreißig Strophen und wandelte sie geringfügig ab.
Graf Theo] Gemeint ist Theobald von Bethmann Hollweg, 1909–1917 Reichskanzler und preuß. Ministerpräsident. 1920 nahm KT dies Gedicht nochmal als Vorlage; s. Kaspar Hauser, Wilhelm von Abfundien, WB 11. 3. 1920 (Bd. 4, [50]).
Totenwurm] KT meint den Bohrkäfer namens «Totenuhr», der in altem Holz lebt und ein klopfendes Geräusch verursacht.

8 *schwarzblaue Block*] Bezeichnung für die Arbeitsgemeinschaft von Zentrum, Deutschkonservativen und den kleineren Rechtsparteien, mit deren Hilfe Bethmann Hollweg seit 1909 regierte. Aktueller Hintergrund der Anspielung war wahrscheinlich die Verabschiedung des neuen Wahlgesetzes im Großherzogtum Hessen, das durch die Einführung des «Pluralwahlrechts» die Chancen der SPD deutlich erhöhte. Außerdem hatten sich in einigen Ländern die liberalen Parteien mit den Sozialdemokraten zum sog. «Großblock gegen das Zentrum» zusammengeschlossen. Auch innerhalb der Nationalliberalen gab es eine breite Bewegung zugunsten der SPD.

20 *entwischen*] Unter der Überschrift ‹Reichspolitik ohne Reichskanzler› schrieb beispielsweise der ‹Vorwärts› am 1.4.1911: «Die bürgerliche Mehrheit des Deutschen Reichstags hat es sich leider seit Jahren widerspruchslos gefallen lassen, daß der einzige politisch verantwortliche Reichsbeamte, der Reichskanzler, den Verhandlungen des Reichstags sich mehr und mehr entzieht.»

24 *lese Kant*] Bethmann Hollwegs Vorliebe für Kant war allgemein bekannt und wurde oft verspottet. So z.B. am 16.10.1910 im ‹Vorwärts›: «Ein Besenstil mit einer Borstenbirne / verdüstern seine Philosophenstirne / [...] / ich klebe weiter und ich predige Kant / die nächsten Wahlen macht mein kleiner Heydebrand» (s. auch [18], 1).

5

Preußische Justiz

V: Kurt
D[1]: Vorwärts Jg. 28, Nr. 136, 14.6.1911, 1. Beilage, [S. 1] [Rubrik:] Kleines Feuilleton. – Humor und Satire
Bibl.: Nd s. Bonitz / Wirtz D 5; 1 Nd

2 *es ist erreicht*] Häufig gebrauchte Redewendung Wilhelm II.

10 *Verordnungen unserer Polizei*] Anspielung auf die zahlreichen Erlasse und Verbote des Polizeipräsidenten von Berlin, Traugott von Jagow. Anläßlich der Beratung des Justizetats im Reichstag zitierte der ‹Vorwärts› den SPD-Reichstagsabgeordneten Frank: die Eingriffe Jagows machten deutlich, «daß wir nicht in einem Rechtsstaat, sondern in einem Polizeistaat leben» (‹Die Rechtspflege auf der Anklagebank›, Vorwärts 22.2.1911).

6

Blumentag

V: Kurt
D[1]: Vorwärts Jg. 28, Nr. 139, 17.6.1911, 1. Beilage, [S. 1] [Rubrik:] Kleines Feuilleton. – Humor und Satire
Bibl.: Nd s. Bonitz / Wirtz D 6; 1 Nd; GW 10

Blumentag] 1911 kamen auch in Deutschland die öffentlichen Sammlungen auf, bei denen eine – meist künstliche – Blume als Dank für eine Spende überreicht wurde.
mein Kind] Die Sammlungen wurden meist von weißgekleideten Mädchen der «besseren Gesellschaftskreise» durchgeführt.
schlägt Wellen] Vgl. die möglicherweise von KT verfaßte ‹Antwort T. F., München› (SB 13.11.1913, 1125): «Wer zeichnete uns zum Ergötzen so oft den wellenschlagenden Bauch des deutschen Bourgeois ...? Olaf Gulbransson, gnädige Frau.»
Veteranenpensionierung] Am 16.6. wurde in Preußen ein «patriotischer Kornblumentag» veranstaltet, «dessen Ertrag den vom Staat nicht hinreichend vor Not geschützten Veteranen zugute kommen» sollte (‹Die «Blumentag»-Seuche›, Vorwärts 9.6.1911). Die staatliche «Veteranenbeihilfe» (1895 eingeführt) betrug lediglich 120 Mark jährlich.
††† Roten fahnden] Anspielung auf die Suche nach den sog. «geheimen Führern und Leitern der Moabiter Revolution» vom September 1910, eine vier Tage andauernde Straßenschlacht, die sich aus einem Lohnstreik entwickelt hatte, für die bevorstehenden «Moabiter Prozesse»; s. auch [7], *10.*
christlich-sozial] Die christlichsoziale Partei des antisemitischen Hofpredigers Adolf Stöcker pries auf dem Wiesbadener Parteitag 1911 den Krieg als gewaltigen Erzieher des Menschengeschlechts, in dem sich die edelsten Triebe im Menschen entfalteten.

7

Pst!

V: Kurt
D[1]: Vorwärts Jg. 28, Nr. 142, 21.6.1911, 1. Beilage, [S. 1] [Rubrik:] Kleines Feuilleton. – Humor und Satire
Bibl.: Nd s. Bonitz / Wirtz D 7; 1 Nd

0 *Pst!*] Die erste Strophe ist eine Anlehnung an das gleichnamige Gedicht von Wilhelm Busch:
«Es gibt ja leider Sachen und Geschichten, / Die reizend und pikant, / Nur werden sie von Tanten und von Nichten / Niemals genannt.» (Busch: Sämtl. Werke in 2 Bdn, hg. von Rolf Hochhuth, München 1982, Bd. 2, 568).

5 *ein Fürst, der schwor*] Wilhelm II. hatte in seiner Thronrede als König von Preußen am 20.10.1908 feierlich eine Wahlrechtsreform für Preußen versprochen, die jedoch nicht zustande kam; s. auch [43], *1*.

10 *Herrmann erschlagen*] Am 27.9.1910 wurde der Arbeiter Robert Herrmann vor seiner Wohnung – abseits der Krawalle in Moabit (s. [6], *13*) – von zwei Schutzleuten mit drei Säbelhieben so schwer verletzt, daß er am 4.10.1910 an den Folgen starb. Die Täter wurden nie ermittelt. Am 1.6.1911 wurde vor dem Landgericht Berlin die Klage der Witwe auf eine Rente von 30 Mark wöchentlich verhandelt.

13 *Berliner Präses*] Gemeint ist Polizeipräsident von Jagow, der auf die internationale Welle des Protestes gegen das harte Vorgehen der Polizei erwiderte, daß bei notwendigem polizeilichen Einschreiten auch auf Frauen und Kinder keine Rücksicht genommen werden könne. «Wie ich mich überzeugt habe, hat die gesamte Polizeimannschaft mit höchst lobenswerter Energie und Kaltblütigkeit ihre Pflicht getan.» (Chronik 1910, 158).

17 *Klagen beim Militäre*] In den Jahren 1910/11 häuften sich die Prozesse wegen Mißhandlung von Soldaten. Die Presse berichtete ausführlich darüber unter Überschriften wie ‹Kasernen-Bestialität›, ‹Kasernenroheit› oder ‹Milde Justiz gegen Soldatenschinder› (Vorwärts 19.5., 16.6. und 27.6.1911; s. auch [49], *9*).

27 *Fürstenworte*] s.o. *5*. Graf von Mirbach forderte in der ‹Kreuzzeitung› die Regierung auf, die Thronrede des Kaisers von 1908 zu ignorieren. Preußen sei jetzt das Fundament des Reiches und «der feste Hort nationaler deutscher Kraft und Gesinnung».

31 *Du glaubst … wirst*] Sprichwörtlich (Büchmann) nach Goethe: Faust I, Walpurgisnacht, Vs. 4116f: «Der ganze Strudel strebt nach oben; / Du glaubst zu schieben, und du wirst geschoben.»

8

Stirbt die Kunst?

V: K.T.
D[1]: Vorwärts Jg. 28, Nr. 147, 27.6.1911, Unterhaltungsblatt Nr. 121, [S. 48]

Bibl.: Nd s. Bonitz / Wirtz D 8; 2 Nd; GW 1
Rez: Victor Auburtin, Die Kunst stirbt. München: Albert Langen 1911

Kontext
KT griff mit diesem Beitrag in die seit 1910 laufende Tendenzkunst-Debatte ein, die vorwiegend im ‹Vorwärts› geführt wurde. Autoren waren u. a.: Heinz Sperber (eigentl. Herman Heijermans; s. Peter Panter: Herman Heijermans, WB 2. 12. 1924, II, 849–851; D 1318), Friedrich Stampfer, Franz Mehring, Heinrich Ströbel, Kurt Eisner, Clara Zetkin und Eduard Bernstein (vgl. Tanja Bürgel: Tendenzkunst-Debatte 1910–1912, Berlin 1987).

vor Jahresfrist] Alexander Moszkowski: Die Kunst in tausend Jahren. Betrachtungen und Prognosen. Leipzig: Kröner 1910.
‹Lustigen Blätter›] Humorist. Wochenzeitung, 1886 in Hamburg gegr., 1887–1944 in Berlin, bis 1927 redigiert von A. Moszkowski.
«Der Ambassdeur»] Enthalten in: Die goldene Kette und anderes. München [1910], 65–70.
einem kleinen Hefte] Victor Auburtin, Die Kunst stirbt.
Eckermann beklagte] Gespräch vom 3. 5. 1827: «Von meinen eigenen Liedern, was lebt denn? Es wird wohl eins und das andere einmal von einem hübschen Mädchen am Klaviere gesungen, allein im eigentlichen Volke ist alles stille.» S. Goethes Gespräche mit J. P. Eckermann. Neu hg. und eingel. von Franz Peikel. Leipzig 1908. Bd. 1, 390.
Aschingerpreise] Aschingers «Bierquellen», eine Kette von Schnell- und Stehimbissen, zu dieser Zeit größtes Gastronomie-Imperium Berlins.
f *Existenz eines Proletariats*] Die Formulierung macht deutlich, daß KT an die im ‹Vorwärts› geführte Kunst-Debatte anknüpfte, wie z. B. Stampfers und Sperbers Diskussion über ‹Klasseninstinkt und Kunstverständnis› (9. 9. / 13. 6. 1911) oder Ernst Link: ‹Kunst und Klasse› (29. 6. 1911). In dieser Debatte ging es auch um die Frage, ob das bürgerliche Theater für das Proletariat eine Zukunft haben könne oder ob eine spezifische proletarische Klassenkunst notwendig sei. Franz Mehring bezeichnete diese Idee als «Ästhetik der schwieligen Faust» (s. Kurt Tucholsky: Die Rolle des Intellektuellen in der Partei, in: Die Front Nr. 9, 1929; D 2175. Dort verwendet KT den Begriff «Snobismus der schwieligen Faust»).

9

Mecklenburg

V: Kurt
D^1: Vorwärts Jg. 28, Nr. 167, 20.7.1911, 1. Beilage, [S. 1] [Rubrik:] Kleines Feuilleton. – Humor und Satire
Bibl.: Nd s. Bonitz/Wirtz D 9; 1 Nd

2 *Konstitution*] Am 4.3.1907 sagten die Großherzöge Friedrich Franz IV. von Mecklenburg-Schwerin und Adolf Friedrich V. von Mecklenburg-Strelitz eine schnelle Verfassungsreform zu, die auf einem außerordentlichen Landtag im nächsten Jahr vorgestellt werden sollte.

6 *sagten: «Nee!*] Die mecklenburgischen Regierungen legten bis 1913 dem Landtag sechs Entwürfe für eine neue Verfassung vor, die alle von der Ritterschaft abgelehnt wurden. Hauptstreitpunkt waren die Vorschläge zur Einführung von allgemeinen Wahlen. Im Ritterschaftskonvent wurde eine Woche vor Erscheinen von KTs Artikel eine Resolution zur Verfassungsreform verabschiedet, in der u.a. gefordert wurde: «Ausschluß allgemeiner Wahlen, zu welchen die breite Masse der Bevölkerung hinzugezogen wird» (‹Eine mecklenburgische «Verfassungsreform»›, Voss 14.7.1911, M).

11 *Ochsen*] Mecklenburg führte den Ochsenkopf im Wappen.

14 *wie in Berlin*] Auch in Preußen kam trotz Zusage Wilhelm II. die Wahlrechtsreform nicht zustande (s. [7], *5*; [43], *5*). Im Juli fanden in Preußen zahlreiche Wahlrechtskundgebungen statt.

18 *Reuterfestlichkeit*] Feierlichkeiten zum 37. Todestag von Fritz Reuter am 12.7.1911.

19 *wie bei Jahnen*] Im Juni und Juli 1911 fanden zahlreiche Hundertjahrfeiern statt, in denen an die Eröffnung des ersten Turnplatzes durch Jahn im Jahre 1811 in der Hasenheide bei Berlin erinnert wurde.

10

«Bei die Hitze –»

V: Kurt
D^1: Vorwärts Jg. 28, Nr. 176, 30.7.1911, 1. Beilage, [S. 1] [Rubrik:] Kleines Feuilleton. – Humor und Satire
Bibl.: Nd s. Bonitz/Wirtz D 10; 1 Nd

Hitze] Im Juni/Juli begann in Mitteleuropa eine Hitzeperiode, die in Berlin Temperaturen bis 37° im Schatten brachte. Es waren die heißesten Tage seit Beginn des Jahrhunderts. Die langanhaltende Hitzewelle führte dazu, daß am 4. 8. 1911 in den Berliner Schulen – erstmals in Deutschland überhaupt – «hitzefrei» gegeben wurde.
Oldenburg] Gemeint ist der konservative RT-Abg. Elard von Oldenburg-Januschau, der als Sprachrohr der Groß-Agrarier galt.
‹Post›] Am 12.7. hatte sich der ‹Vorwärts› über einen Artikel der freikonservativen ‹Post› lustig gemacht, der sich mit den Wahlvorbereitungen der SPD beschäftigt hatte (‹Folgen der Hitze›).
ff *kommandiert ... Raus!*] Zum Hauptgottesdienst in der Charlottenburger Luisenkirche waren am 23.7. einige Abteilungen, begleitet von drei Offizieren, abkommandiert worden. Während der Predigt kam der Pfarrer auch auf den «Fall Jatho» zu sprechen und kritisierte das Urteil des evangelischen Spruchkollegiums, das den Kölner Pfarrer Jatho wegen liberaler «Irrlehren» des Amtes enthoben hatte. Die Offiziere veranlaßten daraufhin, daß die Militärs sofort den Gottesdienst verließen. Nachdem andere Kirchenbesucher deshalb glaubten, es sei Feuer ausgebrochen, brach in der Kirche Panik aus (s. ‹Ein neues Jatho-Skandälchen›, Vorwärts 25.7.1911).
Marokko] Im April besetzten frz. Truppen die marokkanische Hauptstadt Fez. Deutschland, das an Marokko schon lange Interesse hatte, weil es als «Erzlager» für die deutsche Schwerindustrie von Bedeutung war, protestierte gegen das frz. Vorgehen und schickte im Juli das Kanonenboot «Panther» nach Agadir. Die dadurch ausgelöste «Zweite Marokkokrise» wurde schließlich im November durch ein Abkommen mit Frankreich beigelegt, wonach Deutschland auf jegliche Einflußnahme in Marokko verzichtete und als Ausgleich dafür einen Teil der frz. Kongo-Kolonien (Neu-Kamerun) erhielt. Die Marokkokrise führte auch zu einer deutlichen Verschlechterung der Beziehungen zu England, das den internationalen Handel gefährdet sah.
Waechter] Anspielung auf den Staatssekretär im Auswärtigen Amt, von Kiderlen-Wächter, der im Juni von Frankreich Kompensationen für dessen Vorgehen in Marokko forderte.

11

Spiele nicht mit Schießgewehr!

V: Kurt
D^{1}: Vorwärts Jg. 28, Nr. 183, 8.8.1911, 1. Beilage, [S. 1] [Rubrik:] Kleines Feuilleton. – Humor und Satire
Bibl.: Nd s. Bonitz / Wirtz D 11; 1 Nd

0 *Schießgewehr!*] «Spiele nicht mit Schießgewehren, denn es fühlt wie du den Schmerz.» Sprichwort (Wander 1987, Bd. 4, 166).

1 f *Was kraucht … Napolium*] Reim vom Beginn des dt.-frz. Kriegs 1870, sog. Kutschkelied (s. Hermann Grieben: Das Kutschkelied vor dem Untersuchungsrichter. Berlin 1872). KT verwandte die berliner Variante, die von Meltzer zu der Melodie von «Crambambuli» umgeschrieben worden war (s. Karl Meltzer: Frankenberger Kriegslieder 1870–1871. Frankenberg 1872). Auch in dem Gedicht «Die Krähwinkler Landwehr» kommt dieser Zweizeiler vor (Walter Hansen, Hg.: Deutsche Volkspoesie. Die schönsten Reime, Lieder und Balladen. Genf 1994, 382). Mit Napolium ist hier der Berliner Polizeipräsident von Jagow gemeint.

3 *Alexanderplatze*] Das Polizeipräsidium war am Alexanderplatz.

7 *Schießen unterläßt*] Nach der sog. «Schießverfügung» Jagows vom 23.6. sollten die Polizeibeamten bei Tätlichkeiten «in geeigneten Fällen» von der Schußwaffe Gebrauch machen. Am 5.8. verschärfte Jagow den Erlaß, nachdem ein Polizist beim Kampf mit Einbrechern schwer verletzt worden war: Künftig sollten Beamte bestraft werden, die «zu spät von der Waffe Gebrauch» machten (‹Wer nicht schießt, wird bestraft›, Vorwärts 6.8.1911).

12 *Nasenstüber*] Vier Tage später meldete der ‹Vorwärts› unter der Überschrift ‹Ein Nasenstüber für Herrn v. Jagow›, daß die Düsseldorfer Polizeiverwaltung ihre Beamten an die strengen Vorschriften zum Gebrauch der Schußwaffen erinnerte, die den Einsatz der Waffe nur in absoluten Notsituationen genehmigte.

16 *Schutzmannmörder*] Die beiden Polizisten, die den Arbeiter Herrmann erschlugen (s. [7], *10*).

12

Meyrink Englisch

V: Tu.
D[1]: Pan Jg. 2, Nr. 1, 1.10.1911, S. 35
Bibl.: Bonitz / Wirtz D 12

Zu KTs Tätigkeit für den ‹Pan› s. «Übersicht» im Anhang.

Schönherrkarl] Der Mediziner Karl Schönherr hatte mit seinen naturalistischen Bauerndramen über seine Tiroler Heimat hinaus große Erfolge.
Meyrinks Bücher] Seit 1903 waren 4 Bücher erschienen, darunter die von KT so geschätzten Bände ‹Orchideen› und ‹Wachsfigurenkabinett›.
bessere Beachtung] In einer Vorbemerkung zum Abdruck eines Kapitels aus dem Buch ‹Der Golem› heißt es dazu: «Das Buch erscheint vorläufig nicht in deutscher Sprache; sondern in England englisch. Es verdrießt mich nämlich, daß, seit Deutschland ‹liest›, Kunstwerke im Winkel sterben, während ein beliebiger Alpendreck mit Ekstase gefressen wird» (Pan 16.9.1911, 716). Rowohlt fragte sofort bei Meyrink an, ob er die deutsche Ausgabe herausgeben könne, bekam aber eine hinhaltende Antwort, erst müsse der Roman in England erscheinen. Das Buch erschien dann jedoch nicht in England, vielmehr schlossen Meyrink und der Rowohlt Verlag (aus dem Rowohlt kurz darauf ausschied, als der Verlag von Kurt Wolff übernommen wurde) Mitte März 1912 einen Vertrag. ‹Der Golem› erschien 1915 und wurde – auch dank der Werbestrategie des Verlags – ein Welterfolg. Am 2.3.1916 schrieb Werfel deshalb an Wolff: «Den Golem hat der Verlag mehr als der Autor gemacht.» Kurt Wolff: Briefwechsel eines Verlegers 1911–1963, hg. von Bernhard Zeller und Ellen Otten. Frankfurt / M. 1980, 108.

13

Caruso

V: K.T.
D[1]: Vorwärts Jg. 28, Nr. 246, 20.10.1911, 1. Beilage, [S. 1] [Rubrik:] Kleines Feuilleton
Bibl.: Bonitz / Wirtz D 13; Rep

1 *«Hei levet noch»*] Niederdt.: «Er lebt noch».

3 *Mittwoch standen die Leute*] Caruso trat nach seiner Genesung am 18.10.1911 im Königlichen Opernhaus Berlin auf. In der Presse finden sich ausführliche Artikel über den ‹Caruso-Sturm vor dem Opernhaus› (BT 19.10.1911) und das ‹Billettrennen›, das teilweise in regelrechte Raufereien ausartete. Von 1906 bis 1913 gastierte Caruso 27mal in Berlin.

12 *Landrat mit liberaler Politik*] Die Landräte entstammten meist dem Adel und vertraten in der Regel die Interessen der Großgrundbesitzer.

14

Herzliches Beileid! –

V: Kurt
D^1: Vorwärts Jg. 28, Nr. 261, 7.11.1911, 1. Beilage, [S. 1] [Rubrik:] Kleines Feuilleton. – Humor und Satire
Bibl.: Nd s. Bonitz/Wirtz D 14; 1 Nd

1 *diesen Wahlen*] Am 5.11. mußten 17 der 144 Stadtverordneten des Berliner Abgeordnetenhauses neu gewählt werden. Dabei gewannen die Sozialdemokraten 16 der 17 Wahlbezirke.

4 *Rosenow*] Auf den Landtags- und Stadtverordneten Leopold Rosenow entfielen nur 1567 Stimmen gegenüber 2309 für den Sozialdemokraten Fröhlich. Daraufhin bemühte man sich, für Rosenow einen anderen Sitz freizumachen.

6 *Roten Haus*] Das kommunale Abgeordnetenhaus, das wegen seiner Backsteinbauweise sog. Rote Rathaus.

8 *Haberland*] Der SPD-Parteisekretär setzte sich bei der Stichwahl zum Reichstag in Düsseldorf im September 1911 gegen den Bankdirektor Dr. Friedrich vom Zentrum durch. Möglich wurde das durch die Stimmenthaltung der Nationalliberalen, die mit diesem «Exempel» das Zentrum zu einem «Stichwahlabkommen» für die kommende Reichstagswahl im Januar 1912 zwingen wollten.

9 *«Die Politik … Charakter»*] Geflügeltes Wort, das erstmals 1881 in einer Anzeige für das ‹Blatt für die Gebildeten aller Stände› auftauchte (s. ausführl. BT 9.4.1916). Die ‹Kölnische Zeitung› hatte am 29.9.1911 zum Ausgang der Stichwahl geschrieben: «Wir sind nicht der Meinung, daß die Politik den Charakter verdirbt, aber wenn dies böse Wort irgendwo einen Schein von Berechtigung hat, dann ist es bei der üblen Einrichtung der Stichwahlen der Fall.»

1 *Und ob … spricht –*] Sprichtwörtlich (Büchmann) nach L.H. von Nicolays Gedicht «Der Lügner» (um 1790).

6 *neues Stück*] Am 12.1.1912 waren Reichstagswahlen. KT war Wahlkampfhelfer für die SPD (s. KT an Brod 15.1.1912: «Ich habe ein bischen mitgearbeitet, und wieder die fabelhafte Organisation unserer Socialdemokraten bewundert – Arbeiter, kleine Leute sind zu einer Disciplin (ohne Machtmittel) erzogen, die ihresgleichen sucht.») Reichskanzler Bethmann Hollweg rechnete bereits im Dezember mit deutlichen Gewinnen der SPD: «Die Reichstagswahlen werden uns nichts gutes bringen. Ich rechne auf etwa 100 Sozi, vielleicht darüber. Was sie gewinnen, werden die anderen Parteien ziemlich gleichmäßig verlieren.» (Chronik 1911, 215).

15

Zahlende Literatur

V: K.T.
D[1]: Vorwärts Jg. 28, Nr. 268, 15.11.1911, 1. Beilage, [S. 1] [Rubrik:] Kleines Feuilleton
Bibl.: Bonitz/Wirtz D 15; DT

f *unter dem Strich*] Feuilletonberichte erschienen in einigen Zeitungen seit dem 19. Jh. unterhalb einer Strichmarkierung, so daß sich dieser Ausdruck für die Feuilleton-Rubrik prägte. Vgl. [94], 5f.
S.M.] Seine Majestät.
auf dem Gewissen] Vgl. [113], 167ff.
die Aufgabe] Der SDS führte seit Anfang 1912 einen erfolgreichen Kampf gegen die «Selbstkostenverleger», der Verband prozessierte gegen einzelne dieser «Winkelverleger» und warnte bis 1914 in rund 20 Artikeln in seinem Organ ‹Der Schriftsteller› vor den Praktiken «der Selbst- oder Herstellungskostenverleger» (s. Ernst Fischer, Der «Schutzverband deutscher Schriftsteller» 1909–1933. Frankfurt/M. 1980, 86–91). KTs Artikel paßt genau in die Aufklärungsstrategie des SDS. 1913 kam KT, der inzwischen Mitglied des SDS geworden war, erneut auf das Thema zurück, s. [194].

16

Aus den Tagen von Sedan

V: Kurt Tucholsky
D^1: Prager Tagblatt, Jg. 37, Nr. 6, 7. 1. 1912, M, S. 24
Rez: Camille Lemonnier, Aus den Tagen von Sedan. Mit einem Vorwort von Bertha von Suttner. Übertragung von P. Cornelius. Berlin: Axel Juncker ^{2}1911 (Ausgewählte Werke. Bd. 4)

Die Veröffentlichung im Prager Tagblatt geht auf Kontakte zurück, die KT Ende September 1911 zusammen mit dem Maler Kurt Szafranski anläßlich eines Besuchs Max Brod in Prag (vgl. [72], *0*, Entstehung) knüpfte. Brod, seit 1907 regelmäßig Mitarbeiter an der SB und später gelegentlich der WB, der auch für das ‹Prager Tagblatt› schrieb, vermittelte erste Arbeiten KTs dorthin (vgl. auch [30], *0*).
Zum Vergleich der Texte [16] und [17] s. Nickel / Siems: Tucholskys publizistische Strategie in einer fragmentierten Öffentlichkeit, Tucholsky-Blätter Okt. 1995, 14–21.

Zu KTs Tätigkeit für das ‹Prager Tagblatt› s. «Übersicht» im Anhang.

0 *Sedan*] Stadt im frz. Depart. Ardennen, 10 km von der belg. Grenze entfernt. Am 1. 9. 1870 war sie Schauplatz der entscheidenden Schlacht im Dt.-Frz. Krieg. Die Niederlage der Franzosen führte zu deren Kapitulation und zum Zusammenbruch des frz. Kaisertums.

1 *Suttner*] Bertha v. Suttner, bekannt geworden durch ihr Buch ‹Die Waffen nieder!› (1889), hatte 1905 den Friedensnobelpreis erhalten.

4 *Bazeilles*] Ort bei Sedan. Er bildete in der Schlacht von Sedan einen von 12 000 Mann vergebens verteidigten Stützpunkt der frz. Armee und wurde am 1. 9. 1870 vollständig zerstört.

4 ff *«Bazeilles … Klang»*] Vorwort, 9.

14 ff *«Es … zerfleischten …»*] Vorwort, 10 (Zitatstücke aneinandergefügt).

35 ff *«Nein … alle.»*] Lemonnier, 70.

52 f *«Der Mann … erlebt.»*] Thomas Mann: Das Eisenbahnunglück (Gesammelte Werke in 13 Bänden, Frankfurt / M. 1974, Bd. 8, Erzählungen, 416–426, Zitat: 423). Das Zitat lautet genau: «… er hatte nicht sowohl sein Unglück, als vielmehr einen Zeitungsbericht über sein Unglück erlebt …».

55 f *Andrejew*] Andrejews Novelle ‹Das rote Lachen› (dt. 1905) behandelt in Tagebuchform den Russisch-Japanischen Krieg. Vgl. den Textauszug aus

Andrejews Buch, den die SB am 11. 9. 1913 abdruckte (870–872), und die vermutl. von KT stammende Einleitung dazu, [239].

17

Aus den Tagen von Sedan

V: K.T.
D[1]: Vorwärts Jg. 29, Nr. 6, 9. 1. 1912, Unterhaltungsblatt Nr. 5, S. 20
Bibl.: Bonitz / Wirtz D 19; Rep
Rez: Camille Lemonnier, Aus den Tagen von Sedan. Mit einem Vorwort von Bertha von Suttner. Übertragung von P. Cornelius. Berlin: Axel Juncker [2]1911 (Ausgewählte Werke, Bd. 4)

Sedan] s. [16], *0*.
gute Seele, ... Musikantin] Variation des durch E.T.A. Hoffmann und Heine zum Sprichwort gewordenen «Gute Leute und schlechte Musikanten».
ff *«Nicht das ... haben ...»*] Vorwort, 9f (KT zitiert ungenau: 7 grimme: im Original: grimmige; 8 Anordnung: im Original: Unordnung; 15f 100 000: im Original: hunderttausend; 19 darauf: im Original: drauf; 22 haben ...»: KT hat das Ende des Satzes weggelassen: das entschwindet der Vorstellung).
Bazeilles] s. [16], *4*.
«Nur»] s. Lemonnier, 37: «Der Verfasser dieser Zeilen ist streng darauf bedacht, ihnen den Charakter loser Notizen zu bewahren, und es liegt ihm fern, philosophieren, mutmaßen oder gar erfinden zu wollen.»
ff *«Die Einzelheiten ... Nation.»*] Lemonnier, 112.
Turko] Frz. Bezeichnung für einen farbigen Infantristen des frz. Heeres.
ff *«die Mutter ... Frucht.»*] Lemonnier, 26.
ff *«Über all ... Metzgergehilfen.»*] Lemonnier, 15.
ff *«Es mag ... unvermeidlich.»*] Vorwort, 8 (59 voller Greuel: im Original: voll Greuel).
Andrejew] s. [16], *55f*.
zu Eckermann] Z.B. in einem Gespräch über den Nationalhaß am 14. 3. 1830; s. Goethe, Artemis-Ausg. Zürich u. Stuttgart 1948ff, Bd. 24, 733f.
alle Großen] Eine Auswahl von Zitaten aus 2000 Jahren findet sich in Hepp / Otto (Hg.): ‹Soldaten sind Mörder›. Dokumentation einer Debatte 1931–1996. Berlin 1996.

89 *dem Krieg den Krieg zu erklären*] Schlachtruf der Friedensbewegung. Diese Parole war auch eine der Forderungen auf dem SPD-Parteitag 1912. Vgl. KTs Engagement in der DFG, im «Friedensbund der Kriegsteilnehmer», den er 1919 mitbegründete, in der DLfM und in der «Gruppe Revolutionärer Pazifisten» (1926).

18

Wer in der Wilhelmstraße singt

V: Kurt
D^1: Vorwärts Jg. 29, Nr. 10, 13.1.1912, 1. Beilage, [S. 1] [Rubrik:] Kleines Feuilleton. – Humor und Satire
Bibl.: Nd s. Bonitz / Wirtz D 20; 1 Nd

0 *Wer*] Gemeint ist Reichskanzler Bethmann Hollweg, der durch den Wahlsieg der SPD eine empfindliche Niederlage erlebte. «Die Wilhelmstraße», Sitz der Reichskanzlei und des AA, wurde oft synonym für die Regierung verwendet.
1 *meinen Kant*] s. auch [4], *24*.
3 *Wahlresultat*] Die Sozialdemokraten hatten bereits in der ersten Wahl zum Reichstag am 12.1.1912 große Erfolge erzielt. In 208 Wahlkreisen waren klare Mehrheiten erreicht worden, in 189 Kreisen mußten jedoch bis zum 25.1. Stichwahlen durchgeführt werden.
8 *langer Mann*] Bethmann Hollwegs schlanke und große Statur war Gegenstand zahlreicher Karikaturen.
15 *von zehne bis sieben*] In dieser Zeit trafen nach und nach die Ergebnisse aus den Wahlbezirken ein.
19 *gottgewollten Abhängigkeiten*] Das Wort diente zur Rechtfertigung des erst 1918 beseitigten Dreiklassenwahlrechts in Preußen. Als Urheber der Formulierung galt allgemein der Reichskanzler Bethmann Hollweg, der es in diesem Sinne am 10.2.1910 im RT benutzt hatte, es wurde aber bereits von Bismarck geprägt.

19

Das neue Drama von Gerhart Hauptmann

V: Kurt Tucholsky
D^1: Prager Tagblatt Jg. 37, Nr. 16, 17.1.1912, M, [S. 6] [Rubrik:] Literatur

Bibl.: Bonitz / Wirtz D 21; DT
Rez: Gerhart Hauptmann, Gabriel Schillings Flucht. Berlin: S. Fischer 1912. Vorabdruck: Die Neue Rundschau Heft 1, 1912, S. 1–58

Vgl. auch [227] und mehrere spätere Beiträge über Hauptmann in der WB.

Zu KTs Tätigkeit für das ‹Prager Tagblatt› s. [16], *0*.

einsame Insel] «Das Drama spielt auf Fischmeisters Oye, einer Insel der Ostsee. Zeit: um 1900.»
f *Vielleicht ist es alles gleichgültig*] KT kommt auf diesen Gedanken mehrfach zurück, z. B. in seinen ‹Nachher›-Geschichten.
«Nur das … tun.»] KT zitierte wahrscheinlich aus dem Kopf. In dem Drama von 1891 heißt die Stelle: «Er kann ja nicht mehr leben. Ich will ja alles gern tun. Nur das nicht! Nur das nicht!» (Hauptmann 1966, Bd. 1, 258).
nicht aufgeführt] «Ich habe die Aufführung mehr gescheut, als gewünscht, deshalb ist sie unterblieben.» (S. 1) Die Uraufführung fand am 14. 6. 1912 im brandenburgischen Bad Lauchstädt, in Goethes Theater, statt.

20

Nach den Wahlen

V: Kurt
D[1]: Vorwärts Jg. 29, Nr. 21, 26. 1. 1912, 1. Beilage, [S. 1] [Rubrik:] Kleines Feuilleton. – Humor und Satire
Bibl.: Nd s. Bonitz / Wirtz D 22; 1 Nd

Wahlen] Die Reichstagswahlen am 12. 1. 1912.
nun hat die liebe Seele Ruh] Aus Luk. 12, 19 abgeleitetes Sprichwort («Liebe Seele, du hast einen großen Vorrat auf viele Jahre; habe nun Ruhe.»).
blusen die Trompeten] Am Tag der Reichstagswahl erschien im ‹Vorwärts› (12. 1. 1912) ein Gedicht mit dem Titel: ‹Wahlfanfare›, in dem es hieß: «Was blasen Wahltrompeten? / Auf, Wähler heraus: / […] Attacke geritten auf Preußens Wahlrechtsschmach. / Jetzt heißt die Parole: Nur weiter Schlag auf Schlag! / Jucheirassassa und die Roten sind da, / Die Roten sind

lustig und rufen Hurra!» In der ‹Aktion› (15.1.1912, 65) hieß es im Wahlrückblick: «Nun, Trompeter, zum Sammeln geblasen!».

14 *er schläft*] Auch in anderen Zeitungen und Zeitschriften wurde über den «politischen Schlaf» nach den Wahlen gespottet: «... nun dürfen wir uns wieder beruhigt auf das Faulbett legen» (Aktion 29.1.1912, 129f).

21

Vergeßlichkeit

V: Kurt
D[1]: Vorwärts Jg. 29, Nr. 25, 31.1.1912, 1. Beilage, [S. 1] [Rubrik:] Kleines Feuilleton. – Humor und Satire
Bibl.: Nd s. Bonitz/Wirtz D 23; 1 Nd

2 *Hau*] Der dt.-amer. Rechtsanwalt Carl Hau wurde 1907 in einem spektakulären Indizienprozeß in Karlsruhe wegen Mordes zum Tode verurteilt, dann jedoch zu lebenslanger Haft begnadigt. Nach dem Urteil kam es zu Demonstrationen, die «nur durch ein beträchtliches Truppenaufgebot in Schach gehalten werden» konnten (Carl Hau: Das Todesurteil. Berlin 1925, 135). 1924 wurde der Justizirrtum erkannt und Hau entlassen; 1926 beging er Selbstmord. Er diente Wassermann als Vorbild für seinen Roman ‹Der Fall Mauritius›.

3 *Radbod*] Am 12.11.1908 kamen bei einer Schlagwetterexplosion auf der Zeche Radbod in Bockum-Hövel (Westf.) 348 Bergleute ums Leben. Die schwere Grubenkatastrophe, die wahrscheinlich durch mangelnde Wasserberieselung ausgelöst war, führte zu großer Empörung in der Bevölkerung und hatte eine Interpellation der SPD im RT zur Folge.

3 *Jatho*] s. [10], *10ff.*

10 *Schmock*] Inbegriff des gesinnungslosen Journalisten, benannt nach einer Figur aus Gustav Freytags Lustspiel ‹Die Journalisten›; s. auch ‹Der Schmock›, SB 5.2.1914, I, 172f; D 240.

11 *Ordensfeste*] Am 21.1. fand das Krönungs- und Ordensfest im Schloß statt, an dem auch die neuen Ordensträger teilnahmen.

15 *sitzen hundertzehne*] Im neuen Reichstag saßen 110 (gegenüber 43 im vorherigen RT) Abgeordnete der SPD, die erstmals die stärkste Fraktion stellte.

22

Hinrichtung

V: K.T.
D^1: Vorwärts Jg. 29, Nr. 31, 7.2.1912, 1. Beilage, [S. 1] [Rubrik:] Kleines Feuilleton
Bibl.: Nd s. Bonitz / Wirtz D 24; 3 Nd; GW 1

Vgl. auch: Kaspar Hauser: Eine leere Zelle, WB 29.1.1929, I, 195–196; D 2195.

Hinrichtung] Ernst Friedrich Göhlert war vom Schwurgericht Dresden wegen Mordes verurteilt worden, am 1.2.1912 wurde er guillotiniert.
Abschaffung] Über die Todesstrafe fand damals eine heftige Debatte in zahlreichen Zeitungen und Zeitschriften statt. (Vgl. z.B. auch Elisée Reclus: Verbrechen und Todesstrafe, Die Aktion 19.2.1912, 227ff; Otto Heuer: Schweineschlachten, Pan 1.2.1911, 253f.) Der ‹Vorwärts› fragte am 4.2.: «Wie lange noch werden sich solche widerliche, aller Kultur Hohn sprechende Barbareien abspielen?» In diesem Zusammenhang ist auch der Text [156] zu sehen.
f *«... von ... gemacht»*] «Se. Majestät haben beschlossen, vom Begnadigungsrecht keinen Gebrauch zu machen. Die übrigen, an den Landesscharfrichter gerichteten Worte werden übertönt von der lauten, kreischenden Stimme Göhlerts, der sich so heftig sträubt, daß sechs Mann ihn Schritt für Schritt auf das Gerüst förmlich hinaufschleppen müssen. Schaurig klingen seine Worte von den hohen Wänden wider und in die Stille des Morgens hinaus: ‹Meine Herren, ich möchte erst noch etwas mit Euch sprechen. Ich bin zu Unrecht verurteilt worden. Das ist Ihnen nicht mitgeteilt worden von der Justiz. Nehmen Sie sich das zu Herzen. Es ist mein letzter Gang. Ich habe ein Schriftstück an meine Frau abgegeben, da steht das drin; das ist aber nicht abgegeben worden. Ihr wißt nun, wie es zugegangen ist. Meine ...› So weit kam Göhlert, dann hörte man ein dumpfes Aufschlagen des Fallbeils ... Tieferschüttert verließen die Zeugen, der Aufforderung der Beamten entsprechend, sofort den Hof.» (‹Abgeschlachtet!›, Vorwärts 4.2.1912).
drei Söhne] KT hat offensichtlich auch die Berichte in der ‹Dresdner Volkszeitung› verfolgt, da diese Tatsache im ‹Vorwärts› nicht erwähnt wurde, hingegen bereits in einer Kurzmeldung am 2.2. in der ‹Dresdner Volkszeitung› stand.

27 *überzeugt*] In der Meldung des ‹Vorwärts› vom 4.2.1912 wird der «ihn begleitende Anstaltspfarrer» ausdrücklich erwähnt.

32 f *zierten 200 den Hof*] Grete Beier wurde am 23.7.1908 im sächsischen Freiberg «in Anwesenheit von 200 Festgästen» hingerichtet (‹März› 3.7.1908, 24). Zu ihrem Verbrechen s. [227], *32*.

23

Lieber ‹Vorwärts›!

V: Kurt
D^1: Vorwärts Jg. 29, Nr. 38, 15.2.1912, 1. Beilage, [S. 1] [Rubrik:] Kleines Feuilleton. – Humor und Satire
Bibl.: Bonitz / Wirtz D 25

1 *Präsidium*] Ursprünglich sollte bereits bei der zweiten Sitzung des Reichstags am 8.2. die Präsidentenwahl stattfinden. Da die Verhandlungen der einzelnen Fraktionen zu keinem Ergebnis geführt hatten, mußte die Wahl vertagt werden.

7 *Spahn ist gewählt*] Der Zentrumsabgeordnete Spahn gewann am 9.2. in der 2. Stichwahl gegen Bebel (SPD) mit 196 zu 175 Stimmen. Erster Vizepräsident wurde Scheidemann (SPD), zweiter Vizepräsident der Nationalliberale Paasche.

13 *dankte ab*] Mit der Begründung, nicht mit einem Sozialdemokraten im Präsidium sitzen zu können, trat Spahn einen Tag nach seiner Wahl wieder zurück. Auf Druck des rechten Flügels seiner Partei trat am 12.2. auch Paasche zurück.

18 *Kaempf auf den Schild*] In der fünften Sitzung am 14.2. wurde der Abg. Kaempf von der fortschrittlichen Volkspartei zum Reichstagspräsidenten gewählt, sein Parteifreund Dove wurde Nachfolger von Paasche.

19 *alle Arbeit*] Nachdem mehrere bürgerliche Schriftführer des Reichstags androhten, ihre Ämter niederzulegen, da auch zwei Sozialdemokraten zu Schriftführern gewählt worden waren, teilten die Sozialdemokraten mit, daß sie notfalls auch deren Arbeit übernehmen würden.

22 *Oerteln zur Ordnung ruft*] Oertel war ein extrem reaktionärer Repräsentant des Schwarz-Blauen Blocks; vgl. [4], *8*. Nach dem Rücktritt Spahns leitete Scheidemann zwei Sitzungen des Reichstags.

24 *weiter geschachert*] Das Präsidium war nur geschäftsführend im Amt, bis am 8.3. das eigentliche Präsidium (Kaempf, Paasche, Dove) gewählt wurde.

24

Rotundenzensur in Königsberg

V: Kurt (D^1); Theobald Tiger (D^2)
D^1: Vorwärts Jg. 29, Nr. 40, 17.2.1912, 1. Beilage, [S. 1] [Rubrik:] Kleines Feuilleton. – Humor und Satire
D^2: Fromme Gesänge 1919, S. 8
Bibl.: Nd s. Bonitz / Wirtz D 26; 2 Nd; GW 1

Varianten
Die Varianten sind nach D^2 verzeichnet.
2 Kultur!] Kultur **6** rot] rot, **7** sein –] sein.

Rotunde] Veraltet für öffentl. Bedürfnisanstalt.
Blatt von jener Sorte] Gemeint sind sozialistische Zeitungen wie der ‹Vorwärts›.
Reveille] Militär. Weckruf.
‹Kreuzzeitung› … ‹Post›] Die 1848 gegründete ‹Neue Preußische Zeitung›, die einen äußerst radikalen Kampf gegen Revolution und Demokratie führte, hieß wegen des Eisernen Kreuzes im Titelkopf meist nur ‹Kreuzzeitung›. Die Tageszeitung ‹Die Post› war im Besitz freikonservativer Parlamentarier (vgl. [10], *8*).

25

Polizei und Gericht

V: Anonym
D^1: Vorwärts Jg. 29, Nr. 55, 6.3.1912, 3. Beilage, [S. 1] [Rubrik:] Berliner Nachrichten
Bibl.: Bonitz / Wirtz D 27

Zuschreibung
Der Text befindet sich in KTs Mappe mit eigenen Arbeiten (KTA).

Metternich-Prozeß] Der Wiener Graf Gisbert Wolff-Metternich, der wegen Kreditbetrugs bereits eine Haftstrafe verbüßte, wurde am 28.2.1912 wegen Falschspiels angeklagt. Aus Mangel an eindeutigen Beweisen wurde er am 20.3.1912 freigesprochen.

1 *Verteidiger*] Dr. Werthauer.

3 f *Verhandlung heraufließen*] Der ‹Vorwärts› berichtete darüber am 5. 3. 1912.

23 *veröffentlicht*] Alfred Bader: Der ‹verdächtige› Staatsbürger (Die Aktion 4. 3. 1912, 296–298).

25 *Prozeß*] Am 16. 2. 1912 in Berlin.

26

Kriegshetzer

V: K.T.
D[1]: Vorwärts Jg. 29, Nr. 58, 9. 3. 1912, 2. Beilage, [S. 1] [Rubrik:] Kleines Feuilleton
Bibl.: Bonitz / Wirtz D 28; Rep

5 *Aufsätze … Vereine*] «Äußerungen wie: Herr, gib uns wieder Krieg; ein Krieg käme uns jetzt gerade recht, und: wenn es doch endlich einmal losginge – konnte man damals in vielen rechtsgerichteten Zeitungen und Broschüren lesen.» (Otto-Ernst Schüddekopf, Ein Jahr der Kraftproben. Jahr und Jahrgang 1912. Hamburg 1967, 60.) Der ‹Vorwärts› berichtete immer wieder über ‹Die bezahlte Kriegshetze› (23. 8. 1911), ‹Kriegshetzer an der Arbeit› (30. 1. 1912), ‹Kriegsbegeisterung› oder über ‹Die Gründung des deutschen Wehrvereins› (30. 1. 1912). Mit welcher Selbstverständlichkeit vom Krieg geredet wurde, zeigt eine ganzseitige Zeitungsanzeige der Firma Perolin im BT, in der es heißt: «Als Beweis der Unentbehrlichkeit und Unübertroffenheit des Perolin als Luftdesinfektionsmittel diene die Tatsache, daß die Hospitäler auf dem Kriegsschauplatze mit Perolin desinfiziert werden …», wobei das Wort «Kriegsschauplatze» groß und plakativ herausgestellt wurde (BT 16. 2. 1913, Sonntags-Ausg.).

10 *Auszug*] BT 6. 3. 1912, M, 2. Beibl., 9 (Rubrik: Deutschland). Das BT dokumentierte zwei kurze Auszüge, in denen Bernhardi eine aktive Beteiligung der Generalität an der Politik forderte, denn: «Die verhüllte oder unverhüllte Drohung mit dem Kriege ist das einzige Mittel, über das die Politik verfügt, um ihre Zwecke durchzusetzen» und der nächste Krieg sei «unvermeidlich». Das BT lehnte wie KT diese Vorstellungen vehement ab: «Vorläufig setzt uns die *Gewissenlosigkeit* in Erstaunen, mit der ein inaktiver General den – zum Glück recht ungeschickten – Versuch macht, die Kulturwelt in einen allgemeinen Krieg mit seinen unabsehbaren Konsequenzen hineinzutreiben. General v. Bernhardi gibt unfreiwillig den be-

sten Beweis dafür, daß Fürst Bismarck mit seiner Abneigung gegen die *politisierenden Generale* nur allzusehr recht hatte.»
Heftchens] Es handelte sich um das 333 Seiten umfassende Buch ‹Deutschland und der nächste Krieg›, das in einem Jahr 6 Auflagen erlebte. Das Buch wurde auch ins Englische und Schwedische übersetzt und galt im Ausland als Kriegsansage.
f *«Unverhüllte … Wille …»*] Passage aus dem Kapitel 14 des Buches (S. 318 f), auch im BT.
zum wenigsten für den äußeren Feind] Bei der Rekrutenvereidigung in Potsdam am 23. 11. 1891 erklärte Wilhelm II.: «Bei den jetzigen socialistischen Umtrieben kann es vorkommen, daß Ich euch befehle, eure eignen Verwandten, Brüder, ja Eltern niederzuschießen – was ja Gott verhüten möge –, aber auch dann müßt ihr Meine Befehle ohne Murren befolgen.» (Johann, Reden des Kaisers, 1966, 56).
‹Tag› aus, ‹Tag› ein] Anspielung auf die rechtskonservative Tageszeitung aus dem Scherl-Verlag ‹Der Tag›.

27

Bums!

V: Kurt
D[1]: Vorwärts Jg. 29, Nr. 59, 10. 3. 1912, 1. Beilage, [S. 1] [Rubrik:] Kleines Feuilleton. – Humor und Satire
Bibl.: Nd s. Bonitz / Wirtz D 29; 1 Nd

umgefallen] Der linke Flügel der nationalliberalen Partei unter Führung von Bassermann war nach Auseinandersetzungen mit den Konservativen eine «Arbeitsgemeinschaft» mit der SPD eingegangen, um bei den Wahlen den «schwarzblauen Block» (s. [4], *8*) zu verhindern. Im innerparteilichen Machtkampf siegte nach der Wahl jedoch der rechte Flügel, der eher mit dem Zentrum zusammenarbeiten wollte. Unterstützten die Nationalliberalen bei der ersten Wahl des Reichstagspräsidenten noch Bebel und Scheidemann (s. [23]), verhinderten sie nach dem Umfall einen erneuten Sieg eines sozialdemokratischen Bewerbers für das Präsidium, obwohl der SPD als stärkster Partei der Vorsitz des Präsidiums zugestanden hätte (vgl. [23], *24*).
Huppe] Gemeint ist wohl das kaiserl. Hupsignal (vgl. Bd. 4, [6], *10*).

28

Wie liest man einen Parlamentsbericht?

V: K.T.
D[1]: Vorwärts Jg. 29, Nr. 61, 13.3.1912, 2. Beilage, [S. 1] [Rubrik:] Kleines Feuilleton
Bibl.: Bonitz / Wirtz D 30

18 ff *Etat … bewilligt*] KT griff hier der erst am 22.4.1912 im Reichstag eingebrachten Wehrvorlage vor und nahm das Ergebnis fiktiv vorweg. In der Presse wurde schon Anfang Februar als eine der Hauptaufgaben des neuen Parlaments die «Verstärkung der Wehrfähigkeit» genannt. Wilhelm II. ließ den Teil der Vorlage über die Flotte als «Demonstration der Stärke» am 7.2.1912 veröffentlichen anläßlich des Besuchs des engl. Kriegsministers Lord Haldane in Berlin, der versuchte, das Wettrüsten zu beenden und mit Kaiser Wilhelm II. zu einer Einigung in der Flottenpolitik zu kommen. Nachdem dieser Versuch scheiterte, genehmigte am 12.3. das brit. Unterhaus den Etat für die Flotte.

29

Die Mark Brandenburg in Farbenphotographie

V: K.T.
D[1]: Vorwärts Jg. 29, Nr. 69, 22.3.1912, 1. Beilage, [S. 2] [Rubrik:] Kleines Feuilleton
Bibl.: Bonitz / Wirtz D 31; DT
Rez: Franz Goerke (Hg.), Die Mark Brandenburg in Farbenphotographie. In 20 Lieferungen. Berlin: Verlagsanstalt für Farbenphotographie 1912–1913

5 Ebhardt] *emend. aus* Eberhardt

6 *Voß*] Prof. Georg Voß.
9 *Widmung*] In dem Mappenwerk konnte dieser Text nicht gefunden werden. Vor dem Inhaltsverzeichnis ist jedoch als erstes Blatt die Widmung gedruckt: «Ihrer Majestät der Kaiserin und Königin Auguste Victoria in tiefster Ehrfurcht gewidmet.» Der von KT zitierte Satz stammt evtl. aus einem Begleitschreiben des Verlags zur ersten Lieferung.

f *Eingang zu Schloß Sanssouci*] Dies war kein eigenes Blatt, sondern in der Einleitung abgedruckt. Das eigentl. Bild kam erst mit der 8. Lieferung auf Tafel 16.
Rheinsberg] Es handelt sich offensichtlich um Erinnerungen an seinen Besuch in Rheinsberg zusammen mit seiner Freundin Else Weil, im Sommer 1911 (s. [72]).

30

Der ungeschriebene Roman

V: Kurt Tucholsky
D[1]: Prager Tagblatt Jg. 37, Nr. 93, 4.4.1912, M, S. 1–2 [Rubrik:] Feuilleton
Bibl.: Bonitz / Wirtz D 32; Rep

12f Modefexe] *emend. aus* Modefere **60** als ihr] *emend. aus* als ihm ihr **69** bramarbasieren] *emend. aus* bramaerbasieren

Entstehung
KT hatte am 15.1. Max Brod, den er im September 1911 in Prag kennengelernt hatte, zwei Arbeiten geschickt, wahrscheinlich ‹Der ungeschriebene Roman› und ‹Warten im Wirtshaus› (s. [31]). Am 23.1.1912 bedankte er sich bei Brod: «Daß Sie das Gedicht in das Tagblatt nehmen wollen, freut mich sehr – ich hatte es nicht gewagt vorzuschlagen, weil wir hier keine Tageszeitungen kennen und haben, die ernste Gedichte bringt, (die ernst zu nehmen sind.) An die Herren Tschuppik und Haas habe ich geschrieben.» Brod hatte KT an den Chefredakteur des PT, Karl Tschuppik, empfohlen, damit er künftig Arbeiten dort direkt einreichen könne.

zweiten Empire] Zweites frz. Kaiserreich unter Napoleon III. (1852–1870).
Grisetten] Urspr. ein graues Hauskleid, dann ein unscheinbares Mädchen (meist als Wäscherin, Näherin, Putzmacherin tätig) mit nicht ganz einwandfreiem Lebenswandel, speziell in Paris auch Geliebte der Studenten und Künstler, die ihren Liebhabern den Haushalt führte (s. auch die Komödie von Champmeslé: Les Grisettes).
göttliche Frechheit] s. auch Kaspar Hauser, An Lukianos, WB 12.12.1918, II, 563; D 401.

42 f *Polizeipräsidiums*] KT besuchte das Polizeipräsidium in Berlin während seines Jura-Studiums, s. [177], *1*.
82 *schreiben wollen*] Vgl. [2].

31

Warten im Speisehaus

V: Kurt Tucholsky
D[1]: Prager Tagblatt Jg. 37, Nr. 93, 4.4.1912, M, S. 6
Bibl.: Nd s. Bonitz/Wirtz D 33; 1 Nd

s. [30], *0*.

32

Die gute Tante

V: Kurt
D[1]: Vorwärts Jg. 29, Nr. 86, 13.4.1912, 1. Beilage, [S. 1] [Rubrik:] Kleines Feuilleton. – Humor und Satire
Bibl.: Nd s. Bonitz/Wirtz D 34; 1 Nd

Kontext
Der preuß. Innenminister Hans von Dallwitz hatte vor dem preuß. Abgeordnetenhaus eine aufsehenerregende Rede über die Wahlbindung der Beamten gehalten. Diese seien durch den Treueeid dem König von Preußen verpflichtet. Diejenigen Beamten, die bei der letzten Wahl für die SPD gestimmt hätten, seien «Eidbrecher», «Lügner», «Heuchler». Die sozialdemokratische ‹Breslauer Volkswacht› attackierte die Rede des Ministers heftig. «Der beleidigte Polizeiminister» (Vorwärts 12.4.1912) von Dallwitz ließ über seinen Kabinettskollegen, Justizminister v. Beseler, bei der zuständigen Breslauer Staatsanwaltschaft per Eilboten Strafantrag gegen den verantwortlichen Redakteur Karl Okonsky stellen. Die Strafkammer sah in dem Artikel eine grobe Beleidigung des Ministers und verurteilte Okonsky zu drei Monaten Gefängnis (Vorwärts 12. u. 13.4.1912).

33

Streikjustiz

V: Kurt (D^1); Theobald Tiger (D^2)
D^1: Dresdner Volkszeitung Jg. 23, Nr. 89, 18.4.1912, Beilage: Leben, Wissen, Kunst Nr. 89, S. 3 [Rubrik:] Umschau
D^2: Fromme Gesänge 1919, S. 6
Bibl.: Nd s. Bonitz / Wirtz D 35; 4 Nd; GW 1

Varianten
Die Varianten sind nach D^2 verzeichnet.
6 Gott!] Gott **11** Ruhe –] Ruhe **16** schnür'] schnür

Die ‹Dresdner Volkszeitung. Organ für die Interessen des werktätigen Volkes› erschien von 1908–33. KT veröffentlichte in der Zeitung vier Artikel, s. auch: [38], [45], [86].

Kontext
Im März traten rund 170 000 Bergarbeiter in den Streik, um eine 15 %ige Lohnerhöhung zu erreichen, da die Lohnentwicklung der letzten Jahre weit hinter der allg. Konjunktur zurückgeblieben war. Lediglich der Christliche Gewerkverein lehnte den Streik ab, und deren Mitglieder arbeiteten unter Polizeischutz weiter. Dabei gab es einzelne gewalttätige Auseinandersetzungen zwischen streikenden Arbeitern und der Polizei. Nachdem mit Maschinengewehren bewaffnete Militäreinheiten in das Ruhrgebiet einrückten und damit praktisch eine Weiterführung des Streiks unmöglich machten, brachen die Bergarbeiterverbände den Streik ab. Eigens eingerichtete Strafkammern für die «Streikjustiz» führten über 2000 Schnellverfahren durch, bei denen oft die grundlegenden juristischen Vorschriften verletzt wurden. Im ‹Vorwärts› wurde häufig über den Streik und die «Streikjustiz» berichtet, in den Artikeln sind zahlreiche Fälle dargestellt. Einige davon hat KT in seiner Zeitungs-Ausschnittmappe gesammelt. Der Vorstand des Verbandes der Bergarbeiter Deutschlands gab 1913 eine zusammenfassende Broschüre heraus: ‹Die Streikjustiz im Ruhrrevier oder Madame Justitia mit «verbundenen» Augen› (Bochum 1913).

34

Die Literatur im Kastanienwäldchen

V: K.T.
D^1: Vorwärts Jg. 29, Nr. 91, 19.4.1912, 1. Beilage, [S. 1] [Rubrik:] Kleines Feuilleton
Bibl.: Bonitz / Wirtz D 36; DT

0 *Kastanienwäldchen*] Kleiner botanischer Garten der Universität mit einem Wald, der sich bis zur Dorotheenstraße und zur «Neuen Wache» erstreckte.

12 *schnitt*] Zum Motiv vgl. ‹Rheinsberg› [72], 611.

16 *Politik*] Vermutlich ein Druckfehler, gemeint ist wohl die Veranstaltung «Poetik (Wesen, Gattungen, Technik der Poesie)» von Erich Schmidt (Verzeichnis der Vorlesungen an der Königl. Friedrich-Wilhelm-Universität zu Berlin im Sommer-Semester 1912, Berlin 1912).

18 *Simplicissimusfeind*] Wahrscheinlich Gustav Roethe, u.a. führendes Mitglied des alldeutsch-reaktionären «Deutschen Ostmarkenvereins», der gegen die angebliche «slawische Gefahr» und für die Hebung und Befestigung deutsch-nationalen Empfindens kämpfte.

18 *Damenprofessor*] Gemeint ist Erich Schmidt, der im Gegensatz zu Roethe auch Frauen in seinen Seminaren zuließ. «Wenn an Winterabenden Erich Schmidt sein Kolleg über neuere deutsche Dramatiker im Auditorium Maximum der Universität hielt, dann strömten die Damen Berlins in hellen Scharen herbei, und wir Studenten waren nicht empört über die Überfüllung des Hörsaals, wenn auch nicht alle Hörerinnen – oh, bei weitem nicht alle – immatrikuliert waren.» (Doktorchen: ‹Der galante Germanist›, in: Zeit im Bild 7.5.1914, 998; s. auch [236]).

22 *Die Kärrner haben zu tun*] «Wenn die Könige baun, haben die Kärrner zu tun.» s. Friedrich Schiller, Xenien, 1796 (Nr. 53, Kant und seine Ausleger).

25 *Goethe die Friederike*] Goethes Geliebte Friederike Brion in Sesenheim (1770–1771).

26 f *Gedichte … II. Bandes*] Die sog. Friederikenlieder oder «Sesenheimer Lieder».

32 *Erläuterung*] «Erläuterung von Peer Gynt (IV. Akt: Angriff auf Deutschland, nach der Übersetzung in Reclam), Lektor Neuhaus, So 9–10».

35 *technischen Aufbau*] «Der technische Aufbau in den Hauptdramen Ibsens auf Grund der Ideen, Lektor Neuhaus, Di 5–6».

36 *Briefe*] An Moritz Prozor. Henrik Ibsens sämtliche Werke in deutscher

Sprache. Bd. 10: Briefe von Henrik Ibsen. Hg. von Julius Elias und Halvdan Koht. Berlin: S. Fischer 1905, 396.
Byzantinische Übungen] Bei Dr. Maas.

35

Rührung

V: tu.
D^1: Pan Jg. 2, Nr. 23, 25.4.1912, S. 684
Bibl.: Bonitz / Wirtz D 37

Kontext
In der Nacht zum 15.4.1912 sank das als unsinkbar geltende brit. Passagierschiff «Titanic» auf der Jungfernfahrt, nachdem es einen Eisberg gerammt hatte. Von den an Bord befindlichen 1308 Passagieren und den 898 Mann Besatzung kamen 1503 Menschen ums Leben, 703 konnten gerettet werden.

f *Aussonderung*] An Bord befanden sich Rettungsboote für nur 970 Personen.
Amtsblatt von Dinkelsbühl] ‹Wörnitz-Bote›. Amts- und Anzeigenblatt für den Stadtmagistrat, das Kgl. Bezirksamt und das Kgl. Amtsgericht. Dinkelsbühl. Am 20.4.1912 erschien auf der Titelseite ein Artikel über ‹Das furchtbare Schiffsunglück im Atlantischen Ozean›, am 23.4.1912 ‹Zum Untergang der «Titanic»›.
Gravelotte] Bei Gravelotte fand am 18.8.1870 die letzte der drei großen Schlachten um Metz statt. Es war die größte Schlacht des Dt.-Frz. Krieges von 1870/71.
Vionville] Am 16.8.1870 fand hier die zweite der drei großen Schlachten um Metz statt. Neben der Schlacht bei Sedan (s. [16], *0*) war dies die entscheidende Schlacht im Krieg von 1870/71.

36

Der Hehlerstehlerkrakehler

V: Kurt
D^1: Vorwärts Jg. 29, Nr. 100, 30.4.1912, 1. Beilage, [S. 1] [Rubrik:] Kleines Feuilleton. – Humor und Satire
Bibl.: Nd s. Bonitz / Wirtz D 38; 1 Nd

0 *Hehlerstehlerkrakehler*] Am 27.4.1912 meldete der ‹Vorwärts›, daß der freikonservative Abgeordnete Freiherr von Zedlitz im preuß. Abgeordnetenhaus mit Blick auf das Wahlbündnis zwischen Liberalen und Sozialdemokraten «krakehlt» hätte: «Der Hehler ist so schlimm wie der Stehler».

5 *«Mein Preußen!»*] Nachdem der sozialdemokratische Abgeordnete Ströbel in einem Zwischenruf meinte, daß «dies reaktionäre Preußen mit Rußland durchaus in Konkurrenz treten könne», warfen die Sprecher der anderen Fraktionen den Sozialdemokraten vor, ihr eigenes Volk beleidigt zu haben.

11 *Veteranen*] Anspielung auf die äußerst schlechte Versorgung der ehem. Kriegsteilnehmer, s. [6], *9*.

37

Kleines Gespräch mit unerwartetem Ausgang

V: Kurt (D^1); Theobald Tiger (D^2, D^3)
D^1: Vorwärts Jg. 29, Nr. 106, 8.5.1912, 1. Beilage, [S. 1] [Rubrik:] Kleines Feuilleton. – Humor und Satire
D^2: SB 23.4.1914, S. 480
D^3: Fromme Gesänge 1919, S. 10
Bibl.: Nd s. Bonitz / Wirtz D 39; 5 Nd; GW 1

11 Kriege.» –] *emend. aus* Kriege?» –

Varianten
Die Varianten sind nach D^2 und D^3 verzeichnet.
3 herauf? –] herauf? *D^2, D^3* **4** Wolkenkahn] Aëroplan *D^2* Aeroplan *D^3* **5** lächelnd:] lächelnd. *D^3* **6** «Jestatten!] «Gestatten! *D^3* **6** Nr. 4!»] Nummer Vier» *D^2* Nummer Vier!» *D^3* **7** (und] – und *D^2, D^3* **7** fächelnd)] fächelnd

– D^2, D^3 **8** hier!»] hier». D^2 hier! – D^3 **9** «Was] Was D^3 **11** Wozu? –] Wozu? D^2, D^3 **11** Kriege.» –] Kriege ...» D^2, D^3 **12** Krieg? –] Krieg? D^2, D^3 **16** Belt!» –] Belt». D^2, D^3 **17** Volk? –] Volk? D^2, D^3

Kontext
Am 7.5. war der 22jährige Flugschüler Adolf Pachmayr in Berlin Johannisthal abgestürzt, als er den Höhen-Rekord eines frz. Fluglehrers überbieten wollte. Nicht nur der ‹Vorwärts› berichtete im Mai fast wöchentlich über abgestürzte Piloten und den «Fliegertod». KT verknüpfte die zahlreichen Artikel über eine «Flugspende», über Pensionen für verunglückte Flieger und die teilweise vorhandene Kriegsbegeisterung und setzte schon hier Krieg mit Mord gleich (s. ‹Der bewachte Kriegsschauplatz›, WB 4.8.1931, II, 191f; D 2623). Allerdings bezeichnete auch der ‹Vorwärts› bereits zwei Wochen vorher die Flugzeuge als «Mordmaschinen», die die Seekriegsflotte ergänzen sollten (23.4.).

zum Kriege] Die Flugzeugindustrie gelangte bald in die Abhängigkeit der Militärs, die die Möglichkeiten der Flugzeuge für die Kriegsführung sehr schnell erkannt hatten und eine «große Luftkriegsflotte» aufbauten.
wer gab Euch] Am 21.4.1912 veröffentlichten dt. Zeitungen einen Aufruf zur «Nationalflugspende». Unter dem Motto «Für das Volk – durch das Volk» sollte die Bevölkerung für den Aufbau einer Luftflotte als «geflügelter Bote vaterländischer Leistungsfähigkeit» spenden und so «der Welt die elementare Wucht des deutschen Volkswillens» zeigen (BT 21.4.1912). Am 21.6. schilderte der ‹Vorwärts›, daß selbst Kinder in Volksschulen aufgefordert wurden, sich an der Flugspende zu beteiligen.

38

Die moderne politische Satire in der Literatur

V: Kurt Tucholsky
D^1: Dresdner Volkszeitung Jg. 23, Nr. 110, 14.5.1912, S. 1–2, Beilage: Leben, Wissen, Kunst Nr. 110
Bibl.: Bonitz/Wirtz D 40; DT

Zur ‹Dresdner Volkszeitung› s. [33], *0*.

Roda Roda] Erstdruck nicht ermittelt. Unter dem Sammeltitel ‹Späne› u.a. in: Das große Roda Roda Buch. Wien, Darmstadt 1988, 516. Zu Roda

Roda vgl. auch [100] ‹Mit Roda›, sowie ‹Roda Roda› (SB 5.3.1914, I, 289ff; D 254) und Bd. 4 [213].

4 f *Genossen Eduard Fuchs*] Sinngemäß nach: E. Fuchs: Die Karikatur der europäischen Völker (2 Bde, 1901 u. 1903), Einleitung zu Bd. 1, Abschnitt I, 3ff. Zur Herkunft von Fuchs aus der Sozialdemokratie vgl. näher den Essay von Walter Benjamin: ‹Eduard Fuchs, der Sammler und der Historiker›. (In: W. Benjamin: Gesammelte Schriften. Bd. II. 2, Frankfurt/M. 1977). Die Sammlungen erotischer Literatur von Fuchs erwähnt KT in dem Beitrag ‹Erotika› (SB 11.6.1914, I, 636f; D 298). Abwertend äußert sich KT später gegenüber Rudolf Leonhardt in einem Brief vom 12.11.1925 (AB 2, 21).

19 *Ludwig Thoma*] Der Text mit dem Titel ‹Vom verflossenen Zentrum› erschien im ‹März›, H. 48, 28.11.1911, 361ff. – Die 1907 von Albert Langen gegr. und bis 1917 bestehende Zeitschrift ‹März. Halbmonatsschrift für deutsche Kultur› (seit 1911 Wochenschrift) wurde zunächst unter Mitarbeit von Hermann Hesse, Kurt Aram und Ludwig Thoma herausgegeben; 1913 wurde sie vorübergehend von Wilhelm Herzog, dann von Theodor Heuss redigiert. Die Zeitschrift veröffentlichte Aufsätze über Politik, Wirtschaft, Wissenschaft und Kulturleben sowie literarische Originalbeiträge. Herzog öffnete das Blatt dem Expressionismus, unter Heuss trat der literarische Anteil zugunsten des politischen zurück.

27 *‹Lustigen Blätter›*] s. [8], *4*.

28 *‹Kladderadatsch›*] (1848–1944). Von David Kalisch gegr. und von Ernst Dohm geleitetes Wochenblatt (Untertitel: ‹Organ für und von Bummler›, später: ‹Humoristisch-satirisches Wochenblatt›), das im Berliner Verlag Albert Hoffmann & Comp. erschien. Zielscheibe des ursprünglich liberalen Blattes waren in erster Linie Militär, Bürokratie und Pfaffentum. Es schwenkte nach und nach auf Regierungskurs ein, unterstützte Bismarck im Kulturkampf und den Sozialistengesetzen und vertrat Ende des 19. Jh. konservativ-reaktionäre Positionen.

31 f *‹Des Königs Erziehung›*] Untertitel: Eine halb spaßhafte Geschichte. Mit Zeichnungen von Arpad Schmidhammer. Stuttgart 1911.

35 *‹Genosse Tuleweit›*] Untertitel: Eine moderne Apostelgeschichte mit vielen Zeichnungen. Berlin 1904.

39 *‹Freien Arbeiter›*] 1904 gegr. Publikationsorgan der anarchistischen Föderation Deutschlands, ab 1914 der Föderation der kommunistischen Anarchisten Deutschlands. Die ‹Canaille› erschien seit 1905.

40 *‹Der Revoluzzer›*] Erschienen in: Kain 2 (1912/13), S. 24.

49 f *‹Die politischen Märchen›*] Rudolf Franz: Die schönsten Märchen für die nationale Kinderwelt. Bearbeitet im Sinne des Reichsverbandes gegen

die Sozialdemokratie. Bilderschmuck von Reinhold Pfeiffer. München 1911.

0 *‹süddeutsche Postillion›*] ‹Süddeutscher Postillon. Humoristisches Witzblatt› (seit 1887 ‹Illustriertes politisch-satirisches Arbeiterblatt›), stellte sein Erscheinen 1910 ein.

4 f *‹Gedanken eines arbeitslosen Philosophen›*] Nicht ermittelt.

3 *im ‹März›*] Gustav Meyrink: Die Erstürmung von Serajewo (Aus meinen Kriegsjahren), in: März 2 Jg. (1908), Bd. 3, H. 14, 137–147.

‹Gustav Meyrinks Wachsfigurenkabinett›] ‹Das Wachsfigurenkabinett. Sonderbare Geschichten›, München 1908. Darin die Geschichte «Schöpsoglobin».

f *‹Der Schnaps, der Rauchtabak und die verfluchte Liebe›*] Berlin und Leipzig 1908.

‹Pan›] 1910 gegr., zunächst von P. Cassirer, W. Herzog und W. Fred, ab 1912 von A. Kerr in Berlin hg. Rundschauzeitschrift. (Der erste ‹Pan›, 1895 von Otto Julius Bierbaum und Julius Meier-Graefe gegr., stellte sein Erscheinen 1900 ein.) Im ‹Pan› erschienen Aufsätze zu kulturell-literarischen und politisch-wirtschaftlichen Themen sowie literarische Texte. Das Blatt vertrat entschieden demokratisch-antiwilhelminische Positionen und förderte die künstlerische Avantgarde.

«Der deutsche Schwund»] In: Pan 1 (1910/11), 189–190.

f *‹Simplicissimus›*] Illustrierte Wochenschrift (München), 1896 gegr. von Albert Langen und Th. Th. Heine. Das berühmte Blatt veröffentlichte in Witzen, Illustrationen, Karikaturen und kleiner Prosa scharfe Satiren u.a. gegen politische und soziale Mißstände.

Die Agrarier] Unter dem Pseudonym Peter Schlemihl in: Simplicissimus 13. Jg. (1908/09), Nr. 48, 1.3.1909, 823. KT zitiert unter Auslassung der ersten Strophe.

Evoë] Jubelruf beim Fest des Dionysos.

Dr. Owlglaß] Eine persönliche Bekanntschaft zwischen KT und Dr. Owlglaß (d.i. Hans Erich Blaich), seinem zeitweiligen Vorbild und späteren Mentor, bestand zu diesem Zeitpunkt noch nicht. Zu einem ersten Kontakt kam es erst Anfang 1913 (vgl. Hepp 1993, 70f).

f *‹Der saure Apfel›*] Simplicissimus-Gedichte. München 1904.

‹Gottes Blasbalg›] Verse. München 1910.

gewissen Voraussetzungen] Die §§ 20 und 21 des Reichspreßgesetzes regelten die Verantwortlichkeit für die durch die Presse begangenen strafbaren Handlungen (des verantwortlichen Redakteurs, Verlegers, Druckers oder Vertreibers), § 23 die Beschlagnahme von Druckschriften ohne richterliche Anordnung. Die Strafbarkeit war nach folgenden §§ des StGB bestimmt:

Rädelsführerschaft verbotener Parteien oder Organisationen (§ 85), Offenbaren von Staatsgeheimnissen (§ 95), Anstiftung zu strafbaren Handlungen (§ 111), Störung des öffentlichen Friedens (§ 130) sowie Verbreitung oder Herstellung unzüchtiger Schriften (§ 184).

155 *Präventivzensur*] Zur Zensur vgl. [3] und [177].

173 *unseren Blättern*] Neben dem ‹Süddeutschen Postillon› etwa das 1879 gegr. Blatt ‹Der wahre Jacob. Illustriertes humoristisch-satirisches Wochenblatt› (Berlin).

178 ff *Doch … beißt!*] Peter Schlemihl: Liebes Publikum, in: Simplicissimus 10. Jg. (1905 / 06), Nr. 1, 4. 4. 1905, 8. KT zitiert die letzten Verse des Gedichts.

39

Ein Neuer

V: Kurt Tucholsky
D[1]: Prager Tagblatt Jg. 37, Nr. 137, 19. 5. 1912, M, S. 6–7
Bibl.: Bonitz / Wirtz D 41; Rep
Rez: Heinrich Eduard Jacob, Leichenbegängnis der Gemma Ebria. Berlin: Reiß 1912

Jacob war Autor der SB (vgl. Bergmann 1991, 102 f), ‹Das Leichenbegängnis der Gemma Sobria [sic]› war 1910 sein erster Beitrag in der SB (11. 8. 1910, II, 833 ff). Die von KT am Ende seiner Bespr. zitierten Gedichte sind jedoch nicht in der SB erschienen.

4, 8, 17 Jacob] *emend. aus* Jakob **8** Hofmannsthal] *emend. aus* Hoffmannthal

9 *«Narr auf eigener Hand»*] Schluß von Goethes Gedicht «Den Originalen»: «Ich bin ein Narr auf eigne Hand».

16–43 *Wenn sie … Schauspielerin*] Das Zitat findet sich im Original auf S. 16–18 mit folgenden Abweichungen: 22 sonnenglänzenden] *Jacob*: sonneglänzenden – 28 hatten] *Jacob*: hatten, – 31 kleinen,] *Jacob*: kleinen – 36 schlug …] *Jacob*: schlug …» *mit folgendem Absatz* – 37 sachfreudigen] *Jacob*: fachfreudigen.

45 *«das kindliche Chaos»*] Im Original S. 33–43.

45 f *«der Abschied des Schauspielers»*] Im Original S. 71–81.

46 *«der Lenzbrief»*] Im Original S. 45–53; das folgende Zitat S. 52.

Gedichte] Die im folgenden erwähnten und zitierten Gedichte konnten nicht nachgewiesen werden.

40

Film

V: tu.
D[1]: Pan Jg. 2, Nr. 28, 30.5.1912, S. 815
Bibl.: Nd s. Bonitz/Wirtz D 42; 1 Nd
Bespr.: «Der Eid des Stephan Huller» von Viggo Larsen, 1912. Nach dem Roman von Felix Hollaender

Ab 1912 veröffentlichte KT zahlreiche Filmkritiken, die im «Verzeichnis der besprochenen Aufführungen und Filme» im Anhang zusammenfassend aufgeführt sind. Grundsätzliche Stellungnahmen zum Film und Kino von KT vgl. unter [78], *0*.

Vitaskop] Gemeint ist die Vitascop GmbH.
f *meinen Roman*] Felix Hollaender: Der Eid des Stephan Huller. Berlin: Ullstein 1912.
ff *«er geht … damals»*] KT zitiert wahrscheinlich die Werbung zum Film. Im Roman heißt es auf S. 60: «Und wenn ich heute noch einmal vor der gleichen Entscheidung stünde – ich müßte genau so handeln. Es ist gegen meinen Wunsch und Willen, von Ihnen ein mildes Urteil zu erbetteln. Ich will keine Gnade.»
Dramaturg] Hollaender war 1908–1913 Dramaturg bei Reinhardt am Deutschen Theater in Berlin. Vgl. auch [167].

41

Das Opfer

V: tu
D[1]: Pan Jg. 2, Nr. 29, 6.6.1912, S. 839
Bibl.: Bonitz/Wirtz D 43

Redaktioneller Vorspruch: «Noch einige dem ‹Pan› übersandte Worte zu der musterbildlichen Schädigung des jungen Düwell.»

1 ‹*Vorwärts› wunderte sich*] ‹Wo bleibt das liberale Gewissen?›, Vorwärts 31.5.1912: «Unser Leitartikel über den skandalösen Fall des Sohnes des Genossen Düwell, der wegen Übertretung des Reichsvereinsgesetzes nicht nur zu einer Geldstrafe von 6 M., sondern auch zur Annullierung seines Einjährigen-Examens und zur Nichtzulassung zum Abiturientenexamen verurteilt worden war, hat erstaunlicherweise in der bürgerlichen Presse ebensowenig Widerhall gefunden, wie seinerzeit die aus demselben Anlaß gehaltenen Reden der Genossen Schulz und Frank im Reichstag einer Resonanz bei den bürgerlichen Parlamentariern begegneten. Und doch bildet dieses Vorgehen gegen den jungen Düwell das tollste, was uns in der Rechtlosmachung der Anhänger sozialistischer Ideen bisher in Preußen-Deutschland bekannt geworden ist.» Der ‹Vorwärts› hatte am 29.5.1912 unter der Überschrift ‹Ein Skandal› auf der Titelseite über den «Fall Düwell» berichtet. Dieser hatte 1909 einen Bildungsverein für die arbeitende Jugend gegründet, war aber wegen Krankheit bereits vor der ersten konstituierenden Versammlung wieder ausgeschieden. Der Verein wurde von der Polizei als politisch eingestuft und gegen Düwell als Gründer Anklage erhoben. Im Mai 1911 wurde er verurteilt, weil der Verein in erster Linie die Aufgabe gehabt habe, «die Arbeiterjugend der sozialdemokratischen Partei zuzuführen, die auf Umsturz der Verfassung und Änderung der Gesetzgebung gerichteten Ideen dieser Partei unter der Jugend zu verbreiten». KT hat den langen Artikel (mit falscher Datierung 20. Mai) als Zeitungsausschnitt aufgeklebt (ZAS).

4 ff «*Es kommt … macht.*»] W. Rathenau: Politische Selektion – die Auslese in der Diplomatie, in: Die Neue Freie Presse, Wien, 16.5.1912.

20 *Ich bereitete*] KT, der selbst als Externer von Studienrat Willi Kraßmöller auf das Abitur vorbereitet worden war, half diesem später in seiner «Presse» genanntem «refugium für Jungens mit Webfehlern und solchen, die nicht mitkommen. Wir treiben das privat schon eine Weile, und es bringt viel Geld.» (KT an Blaich, 25.10.1913; AB, S. 19) Er wolle auch später damit Geld verdienen: «Maßen die Trottel und Adeligen nie alle werden.» (KT an Blaich, 9.10.1913; AB, S. 18) – Es könnte sich um den Sohn des General von Werder gehandelt haben, über den er 1920 schrieb: «Ich kannte aus dem Frieden den Sohn eines Generals von Werder, der so dumm war, daß ihm auf Betreiben des Vaters das Einjährige ohne Prüfung geschenkt wurde.» (Ignaz Wrobel: Rausch, Suff und Katzenjammer, in: Die Freiheit 3.8.1920; s. Bd. 4, [166]). 1922 kam KT noch mal darauf zurück: «Ich bereitete damals als junger Student den Sohn eines adligen preußischen Generals mit sehr bekanntem Namen zum Einjährigen vor, und der junge Herr war leider so dämlich, daß es ihm Seine Majestät der

Kaiser schließlich schenkte.» (Ignaz Wrobel: Vor acht Jahren, in: Die Freiheit 28.7.1922; D 1098).
Militärexamen] Reifezeugnis für Obersekunda, das auch dazu berechtigte, die aktive Dienstzeit beim Militär auf ein Jahr zu verkürzen. Voraussetzung dafür war außerdem, daß sich der «Einjährig-Freiwillige» selbst einkleidete, ausrüstete und verpflegte und nicht Berufssoldat werden wollte (s. auch: Peter Panter: Der Mann mit den zwei Einjährigen, in: Voss 18.8.1929; D 2269).
Linkstraße] Nr. 42 war der Sitz des Kgl. Provinzialschulkollegiums.

42

Als Vagabund um die Erde

V: Kurt Tucholsky
D[1]: Prager Tagblatt Jg. 37, Nr. 157, 9.6.1912, M, S. 27, Unterhaltungsbeilage
Bibl.: Bonitz / Wirtz D 44; Rep
Rez: Harry Franck, Als Vagabund um die Erde. Mit 65 Abbildungen nach Original-Aufnahmen des Verfassers. Frankfurt / M.: Rütten & Loening 1912

110 Dollars] «Genau beziffert: 104 Dollars» (S. X).
Ausspruch Rousseaus] Nicht ermittelt.
Cook] Thomas Cook & Son, London, erstes Reisebüro (seit 1841), das Weltreisen anbot.
Stangen] 1867 gegr. Reisebüro in Berlin, Unter den Linden, das 1878 die erste dt. Reise um die Erde organisierte.
«Alles … Wanderlust] Franck: «Alles in allem genommen kam noch eine angeborene Wanderlust dazu …» (S. X).
rechte Gunst erweisen] Eichendorffs Gedicht «Der frohe Wandersmann» aus der Novelle ‹Aus dem Leben eines Taugenichts› beginnt: «Wem Gott will rechte Gunst erweisen, / den schickt er in die weite Welt».
«Bei all … hatte.»] Franck a.a.O., 30; dort statt Fußballspieles nur Fußball.
«wilden Männer»] Nicht bei Franck. Dort: «die kleinen braunen Kerle» (454; hier auch das nachfolgende Zitat).

43

Aber nein –!

V: Kurt
D[1]: Vorwärts Jg. 29, Nr. 132, 9.6.1912, 1. Beilage, [S. 2] [Rubrik:] Kleines Feuilleton. – Humor und Satire
Bibl.: Nd s. Bonitz/Wirtz D 45; 1 Nd

1 *seines Thrones*] Der Vorsitzende der Deutsch-Konservativen Partei, Ernst v. Heydebrand und der Lasa, galt wegen seines großen polit. Einflusses als «ungekrönter König von Preußen». Das BT klagte noch ein Jahr später, daß sich die Vertreter der Regierung «von dem reaktionären Klüngel ducken ließen und die Wahlreform in die Ecke stellten, weil Herr v. Heydebrand mißbilligend die Stirn runzelte» (‹Geht trotzdem zur Wahl!›, BT 15.5.1913, M). Am 20.5.1912 wurden im Preuß. Abgeordnetenhaus von den Freisinnigen und den Nationalliberalen Anträge zur Wahlreform (allgemeines, direktes und geheimes Wahlrecht) eingebracht. Sie wurden mit großer Mehrheit abgelehnt. Es galten auch weiterhin das Dreiklassenwahlrecht, öffentliche Abstimmung und indirekte Wahl.
6 *Landtagswahl*] Im Mai/Juni 1913, s. K zu [118].
13 *lang und etwas angeschmiert*] s. [18], *0, 8*.

44

Nachruf und Aufruf

V: Kurt
D[1]: Vorwärts Jg. 29, Nr. 135, 13.6.1912, 1. Beilage, [S. 2] [Rubrik:] Kleines Feuilleton. – Humor und Satire
Bibl.: Bonitz/Wirtz D 46; Rep

1 *tot*] Am 12.6. meldeten die Zeitungen aufgrund einer vom Telegraphenbüro verbreiteten Notiz, daß der als Hauptmann von Köpenick berühmt gewordene Schuster Wilhelm Voigt in London in einem Spital gestorben sei. Es handelte sich jedoch um eine Zeitungsente, wie am 14.6. in der Presse gemeldet wurde. Voigt, der zu der Zeit auch nicht in London sondern in Thüringen war, starb 10 Jahre später.
15 *Anarchisten Mordini*] Ital. Staatsmann und einstiger Mitkämpfer Garibaldis, der 1902 gestorben war.

Possart] Schauspieler, von 1895–1905 Generalintendant in München, organisierte dort u. a. die «Wagner-Musteraufführungen».
Vivat sequens! –] Es lebe der Nachfolger.

45

Wedekind in Berlin

V: tu.
D^1: Dresdner Volkszeitung Jg. 23, Nr. 138, 18.6.1912, Beilage: Leben, Wissen, Kunst Nr. 138, [S. 3–4] [Rubrik:] Umschau – Theater
Bibl.: Bonitz/Wirtz D 47; DT
Bespr.: «Erdgeist» von Frank Wedekind, Deutsches Theater Berlin, 10. u. 11.6. (im Rahmen der «Frank Wedekind Spiele» in Berlin); erwähnte Darsteller: Frank und Tilly Wedekind

Zur ‹Dresdner Volkszeitung› s. [33], *0*.

Vgl. zu Wedekind auch [53] und ‹Der Konsumvereinsteufel› (SB 19.3.1914, I, 348f; D 266).

Fragen] KT zitierte offenbar aus dem Gedächtnis, nicht nach der bei Langen 1895 u. 1903 erschienenen Fassung. Dort (1. Aufzug, 7. Auftritt) heißen die Fragen von Schwarz an Lulu: «Kannst du die Wahrheit sagen? ... Glaubst du an einen Schöpfer? ... Kannst du bei etwas schwören? ... Woran glaubst denn? ... Hast du denn keine Seele? ... Hast du schon einmal geliebt –?» Lulu antwortet auf jede Frage mit «Ich weiß es nicht.»
«Hereinspaziert!»] Beginn des Prologs: «Hereinspaziert in die Menagerie ...».
f *«Wißt ihr ... Hereinspaziert!»*] Schluß des Prologs. Im Orig. statt «Untier»: «Raubtier».
zweiten Kaiserreichs] Vgl. [30], *1*.

46

Musiklärm

V: tu.
D[1]: Vorwärts Jg. 29, Nr. 143, 22.6.1912, 1. Beilage, [S. 1] [Rubrik:] Kleines Feuilleton
Bibl.: Bonitz/Wirtz D 48; DT

Vgl. auch: Peter Panter: Was machen die Leute da oben eigentlich?, in: Uhu Juni 1930, 89–91; D 2423.

0 *Musiklärm*] Gegen den «Musiklärm» gab es damals breiteren Widerstand. Der Arzt Siegmund Auerbach etwa forderte eine «gesetzliche Bekämpfung des vermeidbaren Lärms» aus «nervenhygienischen» Gründen: «Schon vor längerer Zeit habe ich mehrere Vorschläge gemacht, wie dem schlimmsten aller Teufel, dem Musikteufel zu Leibe zu rücken wäre, oder wie man ihn wenigstens in seinen gefährlichsten Lebensäußerungen bändigen könne.» (‹Allgemeine Zeitung› 1.3.1913, 151 ff).

1 *Kraus sagt*] In: Sprüche und Widersprüche. München 1909. Zuerst in: Die Fackel 15.2.1909, 42: «In Deutschland bilden zwei einen Verein. Stirbt der eine, so erhebt sich der andere noch zum Zeichen der Trauer von seinem Platze.»

4 *«Antilärm»*] Der von Theodor Lessing 1908 gegründete «Antilärm-Verband» aus Hannover hatte etwa 30 Ortsgruppen mit über 1000 Mitgliedern. In New York, London, Rotterdam, Brüssel und Wien waren seit 1906 ähnliche Organisationen entstanden. Lessing gab für den dt. Verband auch ein Mitteilungsorgan heraus: ‹Der Anti-Rüpel. Recht auf Stille. Monatsblätter zum Kampf gegen Lärm, Roheit und Unkultur im deutschen Wirtschafts- Handels- und Verkehrsleben›. Lessing wurde als «Lärmprofessor» verspottet, seine Gesetzesvorschläge und Eingaben blieben unbeachtet. Im Juni 1911 stellte Lessing den ‹Anti-Rüpel› wieder ein.

8 *Rabitzwände*] 1878 von Karl Rabitz erfundene leichte, dünne (3–5 cm) Gipswand.

17 *Droschkenpferde*] s. dazu [48] und K.

47

Mehr Photographien!

V: tu.
D[1]: Vorwärts Jg. 29, Nr. 148, 28.6.1912, 1. Beilage, [S. 1] [Rubrik:] Kleines Feuilleton
Bibl.: Nd s. Bonitz/Wirtz D 49; 1 Nd; GW 1

Mehr Photographien!] Das Thema «Tendenzphotographie» beschäftigte KT immer wieder, ein Ergebnis war das 1929 erschienene ‹Deutschland-Buch› (s. ausführlich: Hepp 1993, 291–299).
hängen] Um die Öffentlichkeit über die Folgen der fehlenden Unfallschutzbestimmungen aufzuklären, veranstalteten Arbeiter der Holzindustrie eine Wanderausstellung, die vom 23.6. bis 21.7. im Berliner Gewerkschaftshaus zu sehen war. In dem Begleitbuch heißt es: «Die vorliegende Sammlung enthält Photographien von so gräßlichen Handverletzungen, daß uneingeweihte Beschauer in den Bildern überhaupt nicht die Ruinen menschlicher Gliedmaßen erkennen würden.» (‹Unfallgefahren und Unfallschutz in der Holzindustrie›. Berlin: Verlagsanstalt des Deutschen Holzarbeiter-Verbandes G.m.b.H., 1912); s. auch ‹Vorwärts› 25.6.1912: ‹Eine wichtige Ausstellung›.
Wohnungsenquete] Albert Kohn: Unsere Wohnungsenquête im Jahre 1909. Im Auftrage des Vorstandes der Ortskrankenkassen für den Gewerbebetrieb der Kaufleute, Handelsleute und Apotheker. Berlin: Selbstverlag, 1910. Diese Berichte wurden seit 1901 (ersch. 1902) in kurzen Abständen neu vorgelegt (s. auch: Bd. 4, [244], ‹Die Kinderhölle in Berlin›).
Im April-Heft 1912 der ‹Mitteilungen des Vereins der Plakatfreunde› war auf S. 89 eine Postkarte von Käthe Kollwitz eingeklebt, auf der es hieß: «In Groß-Berlin wohnen 600 000 Menschen in Wohnungen, in denen jedes Zimmer mit 5 Personen und mehr besetzt ist. Hunderttausende von Kindern sind ohne Spielplatz.» In diesen Jahren fanden Wohnungskongresse und Wohnungszählungen statt und in der Presse wurde teilweise ausführlich über das Wohnungselend in den Städten berichtet.
Rekrutenausbildung] Vgl. [7], *17*.
Hinrichtung] Vgl. [22].

48

Harun-al-Raschid

V: tu.
D^1: Vorwärts Jg. 29, Nr. 159, 11.7.1912, 1. Beilage, [S. 1] [Rubrik:] Kleines Feuilleton
Bibl.: Bonitz / Wirtz D 51; DT

Kontext
Am 2.6.1912 veröffentlichte der ‹Vorwärts› Dokumente zum Kutscherstreik vom Dezember 1911 in Königsberg. Danach waren die Schutzleute unter Androhung von Disziplinarstrafen gehalten, möglichst viele Anzeigen zu erstatten. Der dortige Polizeipräsident monierte immer wieder die angeblich zu lasche Überwachung des Straßenverkehrs. Innerhalb eines Monats bekamen daraufhin die Kutscher rund 400 Strafmandate, selbst Bettlägrige und Arbeitslose wurden aufgeschrieben. KT verlegte sein Märchen jedoch nach Berlin und verspottete den Polizeipräsidenten von Jagow (s. z.B. [5]; [49]).

2 *Harun-al-Raschid*] Figur aus 1001-Nacht.

49

Neue Bücher (mit Waschzetteln)

V: Kurt
D^1: Vorwärts Jg. 29, Nr. 160, 12.7.1912, 1. Beilage, [S. 1] [Rubrik:] Kleines Feuilleton. – Humor und Satire
Bibl.: Bonitz / Wirtz D 52

1 *Jagows Erlasse*] Der Berliner Polizeipräsident war für seine zahlreichen und teilweise unsinnigen Erlasse bekannt (s. [5]; [7]; [11]).

4 *Dallwitz*] Hans von Dallwitz war von 1910–1914 preuß. Innenminister und damit Jagows Vorgesetzter (s. [32]).

6 *Wegweiser*] Anspielung auf die Flügelkämpfe innerhalb der Nationalliberalen Partei, die auch bei der Wahl des Reichstags-Präsidiums deutlich geworden waren (s. [27], *1*).

9 *Polizeiwache*] Mißhandlungen beim Militär und bei der Polizei waren damals verbreitet, der ‹Vorwärts› dokumentierte zahlreiche Einzelfälle.

Auch die bürgerliche Presse berichtete immer wieder über Schindereien und Mißhandlungen und die oft äußerst milden Urteile, falls es überhaupt zu Anklagen kam (s. z.B. [7], *17*). KT hat in seiner ZAS 1912/13 zahlreiche Berichte über ‹Polizeitaten im «Rechtsstaat» Preußen› und über ‹Opfer der Militärpraxis› aufgeklebt.

50

Haasenbraten

V: Kurt
D[1]: Vorwärts Jg. 29, Nr. 163, 16.7.1912, 1. Beilage, [S. 1] [Rubrik:] Kleines Feuilleton. – Humor und Satire
Bibl.: Nd s. Bonitz/Wirtz D 53; 1 Nd

Kontext
Der 22jährige Kassenbote Max Haase hatte am 20.5. bei der American Express Company 100 000 Mark unterschlagen, um seinen homosexuellen Freund Alex Thomas auszuhalten. Die American hatte auf die Wiederbeschaffung des Geldes eine Belohnung von 4000 Mark ausgesetzt. Am 13.7. meldete der ‹Vorwärts›, daß es Haases Verteidiger, Paul Bredereck, «auf längeres, eindringliches Zureden hin» gelungen sei, von seinem Mandanten das Versteck des Geldes auf dem Tempelhofer Feld zu erfahren. Am nächsten Tag hieß es bereits, daß der Verteidiger dafür die Belohnung von 4000 Mark kassiert habe. In der Verhandlung im September kam jedoch heraus, daß Haase von sich aus ein schriftliches Geständnis geschrieben und seinen Anwalt um die Weiterleitung an das Gericht gebeten hatte. Dieser unterschlug jedoch das Geständnis, um die Belohnung kassieren zu können, mit der er einen Konkursantrag gegen ihn abwehren konnte.

Honorar bezahlen] Bredereck kündigte an, einen Teil der Belohnung auf das Honorar anzurechnen. Nach anhaltendem öffentlichen Druck stellte er die gesamte Summe der Mutter Haases zur Verfügung. Am 8.8. verschwand der durch verlorene Rennwetten hoch verschuldete 37jährige Bredereck aus Berlin. Er wurde steckbrieflich gesucht, nachdem herauskam, daß er sich mehrfach betrügerischer Manipulationen schuldig gemacht hatte (BT 12. u. 13.8.1912, Vorwärts 16.8.1912).

51

Die Stimme des Blutes

V: Kurt
D^1: Vorwärts Jg. 29, Nr. 165, 18. 7. 1912, 1. Beilage, [S. 1] [Rubrik:] Kleines Feuilleton. – Humor und Satire
Bibl.: Nd s. Bonitz / Wirtz D 54; 1 Nd

4 *folgende Rede*] In seiner Ansprache beim «Bundesschießen und Halbjahrhundertfeier des deutschen Schützenbundes» am 13. 7. erklärte Prinz Heinrich, der Bruder des Kaisers, die bürgerlichen Parteien seien die «Träger des nationalen Gedankens»: «Treff ist Trumpf! Trumpf sei auch für den Bürger der Gehorsam und die Einordnung in das Staatsganze.» (‹Eine Prinzenrede›, Vorwärts 16. 7. 1912).

12 *für Kaiser*] In der Rede heißt es u. a.: «Wer heutzutage sich nicht zu Kaiser und Reich bekennen will, der gehört nicht unter uns. [...] Jeder Stamm sei treu seinem Herrn, wir alle zusammen aber treu unserem Oberherrn, Seiner Majestät dem Deutschen Kaiser. Möge dieses Fest nicht verklingen ohne das Bekenntnis zu Kaiser und Reich und zu dem deutschen Ideal.» (Schulthess 1912, 197 f).

14 *Automobilen*] Prinz Heinrich widmete sich leidenschaftlich dem Automobilsport.

20 *das Solo*] Gemeint sind die Reden Kaiser Wilhelm II.

52

Doping

V: tu.
D^1: Vorwärts Jg. 29, Nr. 186, 11. 8. 1912, 1. Beilage, [S. 1] [Rubrik:] Kleines Feuilleton
Bibl.: Bonitz / Wirtz D 55

13 ff *Bergleute ... drauf*] Am 8. 8. hatte sich auf der Zeche Lothringen in Bochum eine Schlagwetterexplosion ereignet, die 115 Bergarbeiter tötete; s. auch [21], *3*.

53

In Zivil

V: tu.
D[1]: Vorwärts Jg. 29, Nr. 188, 14.8.1912, 1. Beilage, [S. 1] [Rubrik:] Kleines Feuilleton
Bibl.: Bonitz/Wirtz D 56; DT

seine Unterlippe] Auch im ‹Pyrenäenbuch› bezeichnete KT Alfons XIII. als den «König mit der Unterlippe» (Berlin 1927, 16).

54

Na also –!

V: tu.
D[1]: Pan Jg. 2, Nr. 39, 15.8.1912, S. 1093
Bibl.: Bonitz/Wirtz D 57; Rep

beklagen] Wedekinds Theaterstücke wurden immer wieder verboten, oder er mußte teils gravierende Änderungen und Streichungen vornehmen. So blieben z.B. die «Büchse der Pandora», «Totentanz», «Schloß Wetterstein» und «Bismarck» zu Lebzeiten Wedekinds verboten. Im Dezember 1911 richtete Wedekind an den Münchner Zensurbeirat, dem zeitweise Thomas Mann, Max Halbe, Alexander v. Gleichen-Rußwurm und Possart angehörten, sieben Fragen, «veranlaßt durch die beschimpfende, menschenunwürdige Behandlungsweise, die ich mir seit drei Jahren von der Münchner Zensurbehörde bieten lassen muß, und die sich nach Aussage des Münchner Polizeipräsidenten auf die Urteile gründet, die der Zensurbeirat über meine literarischen Arbeiten gefällt hat» (s. Artur Kutscher: Wedekind. Leben und Werk. München 1964, 276). 1912 trat ein deutlicher Umschwung zugunsten Wedekinds ein. Besonders in Berlin, wo er zum Zensor von Glasenapp gesellschaftliche Beziehungen herstellen konnte, feierte er große Triumphe. Alfred Wolfenstein schrieb in der ‹Aktion›: «Frank Wedekind hatte einen großen Erfolg. Einen der Größe von Groß-Berlin entsprechenden großen Erfolg. Er wird es wohl befürchtet haben. Denn auch die profanste Menge kann auf die Dauer Beschimpfungen nicht widerstehn und muß lieben – was geht's ihn an? – sie kann dem Primus an Frechheit und Stolz das Reifezeugnis nicht endlos verweigern.» (26.6.1912, 815).

1 ff *Frank Wedekind … ihn auf.*] Zitat aus BT vom 6.8.1912 (A) über ‹Wedekind im Metropoltheater›; s.u. 3–9.

3 *neue Revue*] «Chauffeur – in's Metropol!» Große Jahresrevue mit Gesang und Tanz in zehn Bildern von Julius Freund, Musik von Rudolf Nelson. Premiere war am 21.9.1912. Das Metropol-Theater führte auch eine Parodie auf Wedekinds «Frühlings-Erwachen» auf, u.a. mit Guido Thielscher und Joseph Giampietro.

3 ff *«Julius Freund … erscheinen.»*] BT 6.8.1912 (A).

4 *Wedekindwoche*] 10.– 16. Juni 1912. Vgl. [45].

7 *Giampietro*] s. [95]; Ignaz Wrobel: Giampietro, in: SB 8.1.1914, I, 43; D 227.

55

Gleichzeitigkeit

V: tu.
D^1: Vorwärts Jg. 29, Nr. 190, 16.8.1912, 1. Beilage, [S. 1] [Rubrik:] Kleines Feuilleton
Bibl.: Bonitz/Wirtz D 58; DT

12 *Kanoes*] Veraltet und amerikanisch für Kanu.

13 *Claire*] Möglich ist eine Anspielung auf KTs Freundin Else Weil, die Claire in ‹Rheinsberg› [72].

24 *Arbeitswilligen*] Am 14.8. meldete der ‹Vorwärts› (‹Sachsen in Deutschland voran?›), daß die sächsische Regierung im Bundesrat einen Gesetzesantrag «zum Schutz der Arbeitswilligen» bei Streiks eingebracht hatte. Gegen diese «Scharfmacherei» wandte sich sogar der Verband der sächsischen Industriellen (Dresdner Volkszeitung 11.9.1912).

26 *Bergwerk*] s. [52], *13 ff.*

31 *‹Kreuzzeitung›*] s. [24], *15.*

56

Der Kopfarbeiter

V: Kurt
D[1]: Vorwärts Jg. 29, Nr. 192, 18.8.1912, 1. Beilage, [S. 1] [Rubrik:] Kleines Feuilleton. – Humor und Satire
Bibl.: Nd s. Bonitz / Wirtz D 59; 1 Nd

4 *ein weniges Salz*] Anspielung auf die lat. Wendung «cum grano salis», mit einem Salzkörnchen, die den Sinn einer Einschränkung hat (nach Plinius d. Ä. hatte ein Gegengift nur Wirkung mit ein paar Körnchen Salz vermischt).
4 *Ferien*] Der Kanzler war zur Kur in Bad Gastein. Obwohl die SPD am 5. 9. eine sofortige Sondersitzung wegen der drastisch steigenden Fleischpreise verlangt hatte, kehrte er erst am 11. 9. nach Berlin zurück (s. [69]).
5 *Rußland*] Anspielung auf die Rußlandreise Wilhelm II. und Bethmann Hollwegs im Juli, die keine Annäherung in der sog. Balkanfrage brachte. Rußland machte deutlich, daß die Unterstützung der Balkanverbündeten im Fall eines Konflikts mit Österreich-Ungarn selbstverständlich sei, auch um den Preis einer Verschärfung der europäischen Spannungen. Am 9. 8. traf der frz. Ministerpräsident Poincaré zu Verhandlungen in Rußland ein. Dabei sagte er dem Zaren zu, im Falle eines Krieges um den Balkan zwischen Rußland und dem Dreibund (Österreich-Ungarn / Deutschland / Italien) Rußland zu unterstützen.
Heydebrand zischt] Der Reichstagsabgeordnete von Heydebrand war erklärter Gegner der Außenpolitik Bethmann Hollwegs (s. auch [43], *1*).

57

Referendarexamen

V: – tu.
D[1]: Pan Jg. 2, Nr. 40, 22. 8. 1912, S. 1113 – 1116
Bibl.: Bonitz / Wirtz D 60

Redaktionelle Vorbemerkung: «Doktor oder Referendar: daß wir um keinen Schritt weiter gekommen sind, zeigt diese Schilderung einer modernen Prüfungstortur». KTs Text ist der zweite nach einem Artikel über die Doktorprüfung.

Kontext
Am 10.8.1912 hatte KT die Universität verlassen und bereitete sich auf das juristische Staatsexamen vor, zu dem er am 15.3.1913 zugelassen wurde. Nach eigenen Angaben brach er das Examen jedoch während der schriftlichen Prüfung ab, um in die Verlagsbuchhandlung Haude & Spener in Berlin einzutreten (s. KTs Brief an die Universität Jena, 9.6.1914).

40 *lex Aquilia*] Röm. Schadensersatzgesetz (zunächst nur auf Sachbeschädigung, später auch auf Interessenschädigung angewandt).
55 *Hexenhammer*] Eigentl. Malleus maleficarum; von den päpstlichen Inquisitoren Heinrich Institoris und Jakob Sprenger 1489 veröffentlichtes, berüchtigtes Buch, in dem die Verfahren zur Hexenbekämpfung in ein wirkungsvolles System gebracht wurden.
97 *hundertsiebenundsechzig*] Nach § 167 StGB wurde mit Gefängnis bis zu 3 Jahren bestraft, wer durch Tätlichkeit oder Drohung jemanden hinderte, den Gottesdienst auszuüben oder durch Erregung von Lärm und Unordnung den Gottesdienst vorsätzlich verhinderte oder störte.

58

Die Wand

V: tu.
D^1: Vorwärts Jg. 29, Nr. 195, 22.8.1912, 1. Beilage, [S. 1] [Rubrik:] Kleines Feuilleton
Bibl.: Bonitz / Wirtz D 61; DT

KT befand sich auf Urlaub in Warnemünde. An seinen Verleger Axel Juncker schickte er am 27.8. die «herzlichsten Grüße aus Warnemünde-Rheinsberg». (Det Kongelige Bibliotek, Kopenhagen: Ny kgl. Saml. 5207,4°).

2 f *können zusammen … zu tief*] «Zwei Königskinder», Volkslied nach einem alten Balladenstoff, abgedr. in: Scherer 1978, 12.
12 *Wappen*] Mecklenburg führte einen Ochsenkopf im Wappen; vgl. [9].

59

Kölner Karneval

V: Kurt
D[1]: Vorwärts Jg. 29, Nr. 197, 24.8.1912, 1. Beilage, [S. 1] [Rubrik:] Kleines Feuilleton. – Humor und Satire
Bibl.: Nd s. Bonitz/Wirtz D 62; 1 Nd

buntbemützter Junge] Der Bonner Korpsstudent Knipping, der nach einer «Sektkneiperei» mit einer «Frauensperson deren Wohnung aufgesucht» hatte, geriet dort mit ihr in Streit und verletzte sie durch mehrere Messerstiche schwer.
Universitätsprofesser] Der Bonner Oberarzt Professor Büchler attestierte dem Angeklagten eine erbliche Vorbelastung und Schuldeinschränkung, da seine Mutter an Migräneanfällen litt. Außerdem reagiere Knipping stark auf Alkohol, was seinen freien Willen zur Tatzeit – «im höchste[n] Grad der Wahrscheinlichkeit» – beeinflußt habe. Daraufhin wurde Knipping auf Antrag der Staatsanwaltschaft freigesprochen, die Kosten des Verfahrens trug die Staatskasse (s. ‹Der straffreie Korpsstudent›, Vorwärts 22.8.1912).

60

Die patriotische Synagoge

V: tu.
D[1]: Vorwärts Jg. 29, Nr. 198, 25.8.1912, 1. Beilage, [S. 1] [Rubrik:] Kleines Feuilleton
Bibl.: Bonitz/Wirtz D 63; Rep

Entstehung und Wirkung
KT reagierte mit seinem Artikel auf eine kurze Notiz in der ‹Staatsbürger-Zeitung› (s.u. *29*) vom 18.8.1912, in der es über die geplante Einweihung der Synagoge in der Fasanenstraße hieß: «An der Feier wird als Vertreter des Kaisers sein Generaladjutant, Generaloberst Exz. v. Kessel, teilnehmen, der auch darauf achten wird, daß alles ordentlich hergeht, denn es ist bekanntlich schon oft vorgekommen, daß sie sich bei derartigen Gelegenheiten im Judentempel geprügelt haben.»
Auf den KT-Artikel antwortete die ‹Staatsbürger-Zeitung› am 27.8. u.d.T.

‹Die «patriotische Synagoge»›: «Wenn diese Folge unseres Blattes auf dem Frühstückstisch liegt, ist sie schon eröffnet, die neue Synagoge mit der interessanten Baugeschichte, der die Baugelder ausgegangen waren. Der Westen Berlins ist in der zoologischen Gegend um ein entsprechendes Bauwerk bereichert worden. Von der Fasanenstraße her grüßen drei Kuppeln hinüber zur Elephantenkuppel im Zoo – lieblich im Geiste des Großen Orients mit freundlichem Augenzwinkern dem Westen Berlins seinen Kurs weisend. Der Kurs ging einmal anders. Der ‹Vorwärts› kann sich nicht enthalten, ihn seiner Auffassung gemäß also zu schildern [...]»
Diesen Äußerungen folgt mit kleineren Auslassungen KTs Artikel mit folgender Nachbemerkung:
«Wir meinen nicht: ‹Fühlen sie nicht, wie sie sich verspotten?› Wir meinen vielmehr: ‹Sie fühlen, daß sie sich fühlen können› – wenn ein kaiserlicher Vertreter herhalten muß, die Einweihung pompöser zu gestalten. Wie mancher der Besucher des neuen Jahwezeltes findet den Anblick ganz selbstverständlich, wenn er daran denkt, wie andere in Königs Rock daheim seine Tafel zu zieren gewohnt sind.
‹Die Staatsbürgerin wird pöbeln ...›
‹Die Staatsbürgerin› hat nie diese Absicht gehabt, hat vielmehr vor wenigen Tagen aus diesem Anlaß nur festgestellt, daß der kaiserliche Generaladjutant Exz. von Kessel darauf zu achten haben wird, daß keine Prügelei entsteht. Wie verlautet, ist nichts geschehen, und es freut uns in gut staatsbürgerlichem Sinne, daß im Zelt in der Fasanenstraße ein friedfertigerer Geist herrscht als in dem Zelt in der Rykestraße, aus dem wir seinerzeit liebliche Interieurs aus einer Gerichtsverhandlung gebracht haben.
daß die *auswärtige* Politik erst dann (wir sagen: erstrecht) Sache der Nation wird, wenn man die ‹Knochen der Soldaten braucht›, stimmt. Und das ist gut so. Der ‹Vorwärts› weiß natürlich sehr gut, daß die *innere* Politik dabei *Sache des auserwählten Volkes* (der Synagoge) bleibt, wozu man zwar weniger den gemeinen Soldaten nötig hat, als die höheren Chargen.
Beweis:
Der 26. August 1912.»

1 *Montag*] Die Einweihung fand am 26. 8. 1912 in Anwesenheit von zahlreichen Vertretern der höchsten staatlichen, militärischen und städtischen Behörden statt. Die prächtige neue Synagoge im Stil einer romanischen Kirche mit drei Kuppeln war das erste jüdische Gotteshaus nach der Synagoge in der Oranienburger Straße, das nicht auf einem Hinterhof versteckt war, und wurde von vielen als Symbol für ein neues Selbstbewußt-

sein der Juden angesehen. Die Synagoge, deren Bau 2 Millionen Mark kostete, konnte bis zu 2000 Menschen fassen.

Kaiservertreters] von Kessel. Kaiser Wilhelm II. besuchte am 31.10.1912 die Synagoge.

Cadiner Kacheln] Die Majolikafabrik im Gutsbezirk Cadinen in der Provinz Ostpreußen gehörte seit 1898 Wilhelm II. Die Kacheln wurden im «Trausaal» der Synagoge verwendet.

Weg von Galizien bis zur Fasanenstraße] KT spielt auf den Weg vieler Juden aus dem Osten an, die seit der «Judenemanzipation» relativ schnell den Aufstieg ins Bürgertum geschafft hatten und meist nur ungern an ihre Vergangenheit erinnert werden wollten. Die osteuropäischen und russischen Juden waren bis Anfang des Jahrhunderts unter anderem als «Galizier» bezeichnet worden, bevor der Begriff «Ostjuden» gebräuchlich wurde. Galizien, ein Zentrum jüdischer Aufklärung, hatte zeitweise einen zehnprozentigen jüdischen Bevölkerungsanteil. Vor zunehmenden Verboten und ständig höheren Steuern flohen immer mehr Juden aus dem österr. Galizien ins nahe Königreich Preußen und nach Berlin, wo die Städteordnung von 1808, das Emanzipationsedikt von 1812 und das Judengesetz von 1847 den Juden das Staatsbürgerrecht brachte. – Die Fasanenstraße ist eine Seitenstraße des Kurfürstendamms in Charlottenburg, in unmittelbarer Nähe der Kaiser-Wilhelm-Gedächtniskirche. Diese Gegend, erst seit Ende des 19. Jh. langsam bebaut, war um die Jahrhundertwende zu einem eleganten und beliebten Viertel der Oberklasse geworden.

wie konservativ] Vgl.: ‹Hepp Hepp Hurra!› (Die Welt am Montag 14.2.1921; D 916).

Staatsbürgerin] Gemeint ist die 1871 von dem «Staatssozialisten» Friedrich Held gegründete ‹Staatsbürger-Zeitung. Tageblatt für nationale Politik mit täglicher Unterhaltungsbeilage›, die unter dem späteren Hg. Wilhelm Bruhn antisemitische Tendenzen verfolgte. Für sie war die «Judenfrage» der «Brennpunkt der sozialen Frage» (10.10.1902). Das Blatt war Organ der extrem konservativ-antisemitischen «Deutschsozialen Reformpartei», nach deren Auflösung 1900 stand es der «Deutschsozialen Partei», den «Christlichsozialen» und später der «Deutschvölkischen Partei» nahe.

in seinem Namen] Die große «Neue Synagoge» in der Oranienburger Straße wurde im Sommer 1866 dagegen sogar in Anwesenheit von Kaiser Wilhelm I. und Bismarck eingeweiht.

diensttuende Rabbiner] Dr. Bergmann erklärte in seiner Ansprache, «daß so wenig wie das Licht der Lampe die Vaterlandsliebe der Gemeindemitglieder jemals erlöschen werde, und er erinnerte daran, daß vor genau hundert Jahren auch jüdische Soldaten begeistert für die Freiheit des Vaterlandes gestorben seien». Rabbiner Dr. Hochfeld schloß seine Festpredigt mit einem Gebet für den Kaiser (BT 26. 8. 1912, A).

35 *uralte Synagoge*] Gemeint ist die «Altneuschul», eine 1260 entstandene Synagoge. Der Legende nach brachten Engel Steine des alten zerstörten Tempels aus Jerusalem als Grundsteine für die neue Synagoge, «unter der Bedingung, daß die Steine zurückgebracht würden, wenn nach Ankunft des Messias der Tempel von Jerusalem neu entsteht». «Unter der Bedingung» heißt auf hebräisch: «al tnaj», was wie «altneu» klingt. Daher soll die Synagoge ihren Namen haben. Die Synagoge ist einige Stufen tief in die Erde gebaut worden, gemäß den Psalmen: «Aus der Tiefe rufe ich zu dir, o Herr.»

37 *Hepp! Hepp!*] Eigentl.: Hep-Hep. Hetzruf gegen Juden bei den antisemitischen Unruhen 1819. Es gibt für die Herkunft mehrere Erklärungen, u. a.: die Zusammenstellung aus den Anfangsbuchstaben von «Hierosolyma est perdita», d. h.: «Jerusalem ist verloren».

61

Berliner Nachtkultur

V: tu.
D[1]: Vorwärts Jg. 29, Nr. 200, 28. 8. 1912, 1. Beilage, [S. 1] [Rubrik:] Kleines Feuilleton
Bibl.: Bonitz / Wirtz D 64; DT

18 *Kommis*] Handlungsgehilfe.

62

Die Festrede

V: tu.
D[1]: Vorwärts Jg. 29, Nr. 204, 1. 9. 1912, 1. Beilage, [S. 1] [Rubrik:] Kleines Feuilleton
Bibl.: Bonitz / Wirtz D 65; Rep

2 *Sedanfeiern*] Jährliche mit großem Aufwand veranstaltete patriotische Gedenkfeiern an den dt. Sieg bei Sedan 1870, bei dem Napoleon III. gefangengenommen wurde, s. [16], *0*. In seiner ZAS 1912/13 hat KT folgenden Ausschnitt ohne Quellenangabe aufgeklebt: «Die Sedanfeier der Idioten. Im ‹Liegnitzer Tageblatt› lesen wir: ‹Gestern wurde in der *Idiotenanstalt Wilhelm- und Augusta-Stiftung* der Sedantag in schlichter Weise gefeiert. An dem schönen sonnigen Nachmittag vergnügten sich alte und junge Zöglinge mit allerlei Spielen und abends bewegte sich ein langer Zug von männlichen und weiblichen Anstaltsangehörigen durch die mit bunten Lampions gezierten Wege. Viele trugen stolz ein *Lampion*, andere *sangen eifrig patriotische und geistliche Volkslieder*. Alle wurden durch das Abbrennen von Feuerwerkskörpern erfreut. Von den weiblichen Zöglingen hatte sich eine Anzahl sinnig maskiert. An einem *Hoch auf den Kaiser* und die Anstaltsleitung fehlte es nicht. Jedenfalls brachte die Sedanfeier einen Freudenstrahl in das gleichmäßige Anstaltsleben der *mehr als 500 Idioten.*› Wirkungsvoller kann der ganze Sedanrummel wahrlich nicht charakterisiert werden.»
Welschen] Von mhd. «walch» für Fremder; auch Bezeichnung für die Kelten. Das Wort wurde auf die romanischen Völker übertragen, besonders auf Franzosen und Italiener. Der abwertende Klang zeigt sich in den Wörtern wie «Rotwelsch» oder «Kauderwelsch». Das Sprichwort, auf das KT anspielt, hieß: «Welsche Tücke, deutsche Treue».
wie Fleisch schmeckt] Die anhaltende Fleischknappheit und die hohen Fleischpreise infolge rigider Einfuhrbestimmungen beschäftigten auch das preuß. Abgeordnetenhaus und die Reichsregierung. Am gleichen Tag schrieb der ‹Vorwärts› über ein Festmahl des Kaisers, «bei dessen Vorbereitung auf die hohen Fleischpreise keine Rücksicht genommen zu werden brauchte», und zitierte aus der Rede des Kaisers, daß die Menschen «mit den heutigen Verhältnissen» durchaus zufrieden sein könnten. Vgl. auch [69].

63

Logik

V: Kurt
D[1]: Vorwärts Jg. 29, Nr. 204, 1.9.1912, 1. Beilage, [S. 1] [Rubrik:] Kleines Feuilleton. – Humor und Satire
Bibl.: Nd s. Bonitz/Wirtz D 66; 1 Nd

2 *Professor*] Am 29. 8. 1912 hielt Professor Wheeler, Präs. der Universität California, eine Ansprache, in der er anregte, dem dt. Kaiser den Nobelpreis zu verleihen, «der die deutsche Armee, einen machtvollen Faktor des Friedens, 25 Jahre hindurch ausgebaut habe, ohne sich ihrer im Kriege zu bedienen» (‹Kaiser Wilhelm als Nobelpreisträger?›, Voss 30. 8. 1912, A).

10 *Jagow*] s. z. B. [5]; [49].

15 *«großer» Minister*] Gemeint ist wohl der Reichskanzler Bethmann Hollweg, der gegen eine Lockerung der Einfuhrbeschränkungen für Fleisch war.

21 *Fleischgericht*] s. [62], *21*; [69].

64

Die Pensionierten

V: tu.
D^1: Vorwärts Jg. 29, Nr. 206, 4. 9. 1912, 1. Beilage, [S. 1] [Rubrik:] Kleines Feuilleton
Bibl.: Bonitz / Wirtz D 67; DT

27 f *Tölz … Oeynhausen*] Bad Tölz ist durch seine 1846 entdeckten Jodquellen bekannt, Aachen seit der Römerzeit als Badeort mit schwefelhaltigen Kochsalzthermen, in Bad Oeynhausen wurden seit 1839 die Kochsalzquellen erschlossen.

65*

Lokales

V: Anonym
D^1: Vorwärts Jg. 29, Nr. 210, 8. 9. 1912, 1. Beilage, [S. 2] [Rubrik:] Kleines Feuilleton. – Humor und Satire
Bibl.: Bonitz / Wirtz D 68

Zuschreibung
Mit «tu-Mitarbeiter» im ersten Satz war KT gemeint, der im ‹Vorwärts› meist unter diesem Kürzel schrieb. Es ist davon auszugehen, daß KT den Text selbst formulierte.

2 *Berlin zu besuchen*] Doppelte Anspielung, einmal auf die ausgedehnten Reisen des Kaisers (zu der Zeit in der Schweiz) und auf die Tatsache, daß er meist in Potsdam wohnte und nur gelegentlich ins Berliner Stadtschloß kam. Auslöser für KT war evtl. eine Meldung des BT vom 26. 8. 1912: ‹Bevorstehende Abreise des Kaisers nach Berlin› von Kassel-Wilhelmshöhe.

4 *v. J.*] Der Berliner Polizeipräsident von Jagow.

8 *Straßenschlacht ... Streikposten*] Anspielung auf die sog. Moabiter Krawalle und auf den Bergarbeiterstreik, s. [7], *10*; [33], *0*.

8 f *blaue Partei*] Die Schupo hatte blaue Uniformen. Gleichzeitig Anspielung auf den schwarz-blauen Block, s. [4], *8*; [27], *1*.

9 f *unbestraften Berliners*] Jagow war als Polizeipräsident für die Ermordung des Arbeiters Herrmann verantwortlich, s. [7], *10*.

4 *Schnitzels*] s. [62], *21*, s. auch [69].

5 *Gerichtssitzung*] Vgl. [59].

66

Juristentag in Wien

V: Kurt
D[1]: Vorwärts Jg. 29, Nr. 210, 8. 9. 1912, 1. Beilage, [S. 2] [Rubrik:] Kleines Feuilleton. – Humor und Satire
Bibl.: Nd s. Bonitz / Wirtz D 69; 1 Nd

5 strotzt] *emend. aus* trotzt, *von KT hs. in ZAS verbessert*

Juristentag] Der 31. Deutsche Juristentag fand vom 3.– 6. 9. 1912 in Wien statt. Obwohl unter den Teilnehmern darüber Einigkeit bestand, daß die Todesstrafe keine abschreckende Wirkung auf potentielle Täter habe, stimmte die Mehrheit der Teilnehmer (470 gegen 424) für die Beibehaltung der Todesstrafe, da sie einer «volkstümlichen Rechtsüberzeugung» entspräche, die der Gesetzgeber achten müsse, wie es in der Vorlage des Berliner Prof. Dr. Wilhelm Kahl hieß. Für den Antrag Kahls stimmten vorwiegend die Richter und Theoretiker, dagegen die Mehrheit der Rechtsanwälte und Notare (‹31. Deutscher Juristentag›, Dresdner Volkszeitung 7. 9. 1912).

67

Wen hat er gemeint?

V: K. Tu.
D[1]: Pan Jg. 2 (1911/12), Nr. 43, 12.9.1912, S. 1190
Bibl.: Bonitz/Wirtz D 70

Über dem Titel steht «Vive la bagatelle! Swift.» Dieses Motto taucht im ‹Pan› öfters auf. Dem Text direkt vorangestellt ist die redaktionelle Mitteilung: «K. Tu. schreibt an den Pan:».
Unter dem Text KTs antwortete Kerr: «Ich habe keine Ahnung ... Sonst sind Urteile Heinrich Manns weniger verhüllt – er schrieb, exempli causa, mal von Herrn Harden: er sei eine ganz einfache Wetterfahne, die der öffentlichen Meinung folge, bloß im rechten Winkel zu ihr ... Wen hat er gemeint?
Aber genug des Spaßes. Eine der schlimmen Seiten dieses Rezepts, Leute zu charakterisieren, ist: daß der Anwender sagen kann: ‹Ich habe garnicht Herrn Harden gemeint ... Vielleicht Züge von ihm ..., aber doch nicht ...› (weißte?)
Das Könnenische macht vollends nachdenklich. Ein mittlerer Kritiker würde sich weigern, so ein paar nicht zwingende Sächelchen als Charakteristik laufen zu lassen. Wer ohne den Behang der dichterischen ‹Einkleidung› dahingeht, scheute sich, so arm zu kommen. Für Bismarck den Namen Garibaldi setzen: eine Tat.
So arm zu sein wagt man, wenn man den Beruf eines Dichters angemeldet hat.
Will heißen: ein eingeschriebener Dichter darf so arm sein, – wenn er nur Garibaldi statt Bismarck sagt. Nämlich dann ist es ‹gestaltet›.»

Zu Heinrich Mann s. auch Bd. 4, [126].

1 *Göttin Diana*] Heinrich Mann ‹Die Göttinnen oder Die drei Romane der Herzogin von Assy. Der erste Roman Diana›. München: Albert Langen 1903.

1 *diese Stelle*] s. Gesammelte Romane und Novellen. Leipzig: Kurt Wolff 1916, Bd. 2, 233–236). KTs Abschrift enthält zahlreiche kleinere Zitatabweichungen.

68

Burschen heraus!

V: tu.
D[1]: Vorwärts Jg. 29, Nr. 222, 22. 9. 1912, 1. Beilage, [S. 1] [Rubrik:] Kleines Feuilleton
Bibl.: Bonitz / Wirtz D 71

Burschen heraus!] Titel eines alten Burschenschafterliedes von 1847. Gleichzeitig nimmt KT die Forderung des Korrespondenten der ‹Täglichen Rundschau› auf, der angesichts einer Versammlung der SPD die Forderung aufstellte: «Burschen heraus!»

f *Jugendversammlung*] Vom 15.– 21. 9. fand im Volkshaus in Schönau, einem Vorort von Chemnitz, der Parteitag der SPD statt. Aus diesem Anlaß veranstaltete die SPD am 19. 9. eine gut besuchte Jugendversammlung, auf der Liebknecht sprach.

ff *«nationaler Gegenrevolution … das besser»*] Zitate aus dem Artikel von A. Pz.: Die Genossen in Chemnitz. Bei der roten Jugend (Tägliche Rundschau 20. 9. 1912, M).

Preis] Theoretische Privatvorlesungen kosteten laut Vorlesungsverzeichnis 5 Mark pro Semester und Wochenstunde. Eine wöchentliche vierstündige Lesung kostete also pro Semester 20 Mark. Bei Vorlesungen und Übungen mit schriftlichen Arbeiten erhöhte sich das Honorar.

Gleichaltrige «erziehen»] Der Korrespondent der ‹Täglichen Rundschau› forderte die Studenten als «nationale Leibgarde» zur «nationalen Gegenrevolution» auf, denn «nur die Jugend kann überzeugend zur Jugend sprechen».

69

Die Schlächter

V: Kurt
D[1]: Vorwärts Jg. 29, Nr. 250, 25. 10. 1912, 1. Beilage, [S. 1] [Rubrik:] Kleines Feuilleton. – Humor und Satire
Bibl.: Nd s. Bonitz / Wirtz D 72; 1 Nd

Fleischnot] s. auch [62], *21*. Am 23. 10. war es vor den Markthallen zu Krawallen gekommen, nachdem der Berliner Magistrat günstig in Rußland eingekauftes Fleisch verkaufen lassen wollte, die meisten Metzger jedoch

den Verkauf verweigerten, da das Fleisch angeblich minderwertig sei und sie daran nicht genug verdienen würden. Daraufhin stürmten Frauen die Verkaufsstände, plünderten sie und verprügelten die Schlächter. Mehrere verwüstete Markthallen mußten von der Polizei geschlossen werden. Die Zeitungen schrieben ausführlich über die ‹Revolte der Frauen› und den ‹Sturm der Hausfrauen auf die Markthallen›.
Am 25. 10. beschäftigte sich auch das preuß. Abgeordnetenhaus in einer zweitägigen Parlamentsdebatte mit dem Problem. Als hauptverantwortlich erklärte man die schlechten Ernten der letzten zwei Jahre und die überhöhten Futtermittelzölle. Eine Senkung dieser Zölle wurde von den Konservativen Parteien verhindert, da die ihr angehörenden «Junker» die Hauptnutznießer waren: Der jährliche Gewinn betrug nach SPD-Angaben rund 870 Millionen Mark.

5 *Wurfgeschosse*] Das BT berichtete von der Markthalle am Weddingplatz: «Die Frauen rissen die ausliegenden Fleischwaren von den Ständen herunter und warfen sie den Schlächtern an die Köpfe; die Schlächter erwiderten das Bombardement und so flogen an den Ständen Wurst- und Fleischwaren hin und her.» (‹Der Sturm der Hausfrauen auf die Markthallen›, BT 23. 10. 1912, A).

9 f *spielt ... Weißensee*] Während Arbeiter «Wurst vom Rosse» essen mußten, vergnügten sich die besser gestellten Kreise bei Pferdetoto und -rennen.

12 *int Purtmonai!*] Die wohlhabenderen Kreise machten sich einen Sport daraus, wie sich der Berliner Oberbürgermeister Wermuth erinnerte, möglichst viel billiges Fleisch zu ergattern, um «den kleinen Preisgewinn zu erhaschen» (Chronik 1912, 178).

13 *Katze*] Ein Schlächter rief: «Wenn euch unser Fleisch zu teuer ist, so freßt Hunde und Katzen!» (BT 23. 10. 1912).

15 *Balkan*] Anspielung auf den Anfang Oktober offen ausgebrochenen Balkankrieg. Am 19. 10. erschien das satirische Blatt der SPD ‹Der Wahre Jacob› mit einer Titelzeichnung: «Die drei Balkanmetzger»: «Ganz Europa schreit nach Fleisch! Bei einer allgemeinen Metzelei wird Europa sehr bald genügend versorgt sein.»

70

Amerika heute und morgen

V: tu.
D^1: Vorwärts Jg. 29, Nr. 262, 8. 11. 1912, Unterhaltungsblatt Nr. 218, S. 871 – 872 [Rubrik:] Kleines Feuilleton. – Literarisches

Bibl.: Bonitz/Wirtz D 73; GW 1
Rez: Arthur Holitscher, Amerika heute und morgen. Reiseerlebnisse von Arthur Holitscher. Berlin: S. Fischer 1912

Prosastück] Thomas Mann, Tristan, in: Tristan. Sechs Novellen. Berlin: S. Fischer 1903. In seinen Erinnerungen ‹Lebensgeschichte eines Rebellen› (Berlin: S. Fischer 1924, 221) schrieb Holitscher dazu: «In den [...] Novellen aber tummelte sich eine groteske Schar von Karikaturen, ‹Helden› des Alltags, die ihre Lebensuntauglichkeit in Situationen von kläglicher Komik bewiesen. Sofort erkannte ich mich in einer dieser bösartig verzerrten Gestalten wieder.» Die freundschaftl. Verbindung zwischen Mann und Holitscher ging darüber in die Brüche.
Rassenfrage] 346–361, «Der Neger».
Ellis-Eiland] 326–346.
f *Kinderrepublik*] 62–76, «Die Kinderrepublik in Freeville».
hier abgedruckt] Aus dem Kapitel «Chicago» war der Abschnitt «Die Katze in der Klavierfabrik» (289–304) am 6. und 7.8.1912 im ‹Vorwärts› abgedruckt worden u.d.T. ‹Das Chicagoer Tempo›. Auch in der ‹Neuen Rundschau› wurden seit 1911 mehrere Kapitel aus Holitschers Buch abgedruckt.
Die neue Welt] Außer den Essays erschienen von Jensen noch die Amerika-Romane ‹Madame d'Ora› und ‹Das Rad›, die W. Fred 1908 in der ‹Neuen Rundschau› besprach (924f).
Wolzogen] s. Ernst von Wolzogen: Was Onkel Oskar mit seiner Schwiegermutter in Amerika passierte. Berlin: Fontane 1904 und: ‹Der Dichter in Dollarica›. Berlin: Fontane 1912.
f *zu wenig gemacht*] s. [47].
«Arbeitswillig» und «Verbraucht»] Blatt VII, vor 305.
«Solche Leute ... Westen»] Richtig: «Leute im Westen» (Blatt III, vor 113).

71

Duo / Eine Selbstanzeige

V: Kurt Tucholsky, Kurt Szafranski
D^1: Orplid Jg. 1 (1912/13), H. 2, Dezember 1912, S. 48–49
Bibl.: Bonitz/Wirtz D 74; DT

Selbstanzeigen von KT und Kurt Szafranski für ihr Buch ‹Rheinsberg›; mit Zeichnungen von Kurt Szafranski.
Es ist zu vermuten, daß der gesamte Text von KT stammt.

Die blühende Mädchenknospe

‹Orplid›, 1912/13 vom Axel Juncker-Verlag hg. Buchhandelszeitschrift, die Rezensionen und Anzeigen enthielt. Es erschienen nur 5 Hefte.

1 *Rheinsberg*] s. [72].

4 *Magendantz*] Wahrscheinlich Wortschöpfung KTs; er nannte sich später in Briefen häufig «Magenzeller», s. Bd. 20 [B 209], [B 212], [B 216].

13 *Thumann*] Paul Thumann war einer der beliebtesten Illustratoren des letzten Viertels des 19. Jh., er leitete ab 1892 in Berlin das Meisteratelier für Geschichtsmalerei an der Akademie.

19 *pereat*] Möge er umkommen.

26 f *Streichholzpackungen … Madonnenbilder gemalt*] Streichhölzer gibt es erst seit Anfang des 19. Jh. KT hat hier beide Namen ironisch vertauscht. Bernhard war Gebrauchsgraphiker und galt als Erneuerer der Plakatkunst, Dürer malte auch Madonnen.

72

Rheinsberg. Ein Bilderbuch für Verliebte

V: Kurt Tucholsky
D^1: Bilder von Kurt Szafranski. Axel Juncker Verlag. Berlin Charlott[en]b[ur]g [1912], 95 S. (Orplidbücher. Bd. 3)
Bibl.: Bonitz / Wirtz C 1 mit 11 Auflagen und C 1.2: Vorzugsausgabe; zahlreiche Nd s. Bonitz / Wirtz C 1; GW 1

D^2: Mit Kupfern von Kurt Szafranski. Axel Juncker Verlag. Berlin [1921], 101 S. Mit KTs ‹Vorrede zum fünfzigsten Tausend› (S. 11–17), der als Motto von Wilhelm Raabe der «Schluß der Vorrede zu ‹Ein Frühling›» vorangestellt ist (S. 13); GW 3
Bibl.: Bonitz / Wirtz C 1.3 mit 7 Nd der «Vorrede»

D^3: Bilder von Kurt Szafranski. Axel Juncker Verlag. Berlin [1928], 110 S. [86.– 90. Tsd. der Gesamtauflage. Alleinauslieferung Josef Singer Verlag, Berlin 1928]
Bibl.: Bonitz / Wirtz C 1.4, dem Druck folgt Bonitz / Wirtz C 1.5 mit 2., 3. und 4. Aufl.
Als Umschlagbild wird für Bonitz / Wirtz C 1.5 die Schlußzeichnung von Kurt Szafranski auf der letzten unpaginierten Seite des Drucks benutzt.

D^4: Bilder von Kurt Szafranski. Josef Singer Verlag A.G. Berlin 1931, 110 S. Mit KT: ‹Rheinsberg (‹Zum hundertsten Tausend›)›, S. 3 (GW 9), und als Motto Wilhelm Raabe «Vorrede zum ‹Frühling›», S. 4. Fortgelassen sind nur hier die Motti von Alfred Kerr und Heinrich Mann.
Bibl.: Bonitz / Wirtz C 1.6 mit 8 Nd des Gedichts ‹Zum hundertsten Tausend›.
Bonitz / Wirtz C 1.7 bis C 1.18 weisen weitere postume Nd von ‹Rheinsberg› aus; als Ergänzung ist zu nennen eine in den 40er Jahren erschienene Ausgabe: New York: Frederick Ungar, 27 S. (zweispaltiger Druck).

Varianten
Der Variantenausweis erfolgt von D^1 zu D^2, D^3 und D^4 (für den identischen Textteil erfolgt kein gesonderter Ausweis von D^4).
0 Verliebte] *Auf den Titelblättern aller Drucke befindet sich ein Bild von Kurt Szafranski mit der Inschrift*: NVLLA VNDA TAM PROFVNDA QVAM VIS AMORIS FVRIBVNDA *(dt.: Keine Quelle/so tief und schnelle/als der Liebe/reißende Welle); vgl. dazu die Variante D^2* **69–72**
4 C.P.] *In der Vorzugsausgabe (Bonitz/Wirtz C 1.2) folgt auf der nächsten S. der Vermerk*: «Dies ist Nr. _ der auf 30 Exemplare beschränkten Ausgabe für die Mädels und anderes Liebes. Die Bilder wurden von Kurt Szafranski selbst koloriert.»
Anmerkung: KT bemerkte dazu später: «Es waren dreißig Exemplare – und weil wir es unsern Damen schenken mußten, die im Verhältnis 29:1 unter uns aufgeteilt waren, malten wir in alle Exemplare eine schöne 1, damit es keinen Ärger gäbe.» (‹Rheinsberg›, WB 8.12.1921, II, 581). Die

im KTA vorhandenen Exemplare sprechen gegen diese Aussage: sie tragen die Nummern 4, 14 und 28.

In D^2 folgt:

Vorrede zum fünfzigsten Tausend

> «Ach, es war doch eine schöne Zeit, als der Himmel noch so übertrieben blau und die Erde so sehr grün war und jeglicher Farbentopf übervoll! – Beim Anubis, Gevattern, wir wollen uns bestreben, auf dem Wege zu einem würdigen, ehrenfesten und verständigen Alter weiter zu kommen; aber der Undankbarkeit gegen die guten, närrischen, lustigen und weinerlichen Tage der Jugend wollen wir uns doch auch nicht bezichtigen lassen. Im Gegenteil, es soll uns dereinst in unserm Sorgenstuhl eine Ehre und ein Vergnügen sein, daß auch wir einmal mitten im Grünen auf dem Kopfe standen und uns nicht schämeten!» –
> Schluß der Vorrede zu ‹Ein Frühling›
>
> Wilhelm Raabe

«Und hat es denn keine Fortsetzung –?»
– «Nein – solche Dinge haben keine Fortsetzung. Oder glaubten Sie, wir wollten nun Reihenbändchen herausgeben: ‹Rheinsberg – III./IV. Teil› oder ‹Die Claire als Großmama›? Lieber nicht, wie? Aber erinnern – eine Erinnerung muß wohl erlaubt sein.»
Es war doch das, daß damals trotz Dienstpflicht, Katasterkontrolle und Einwohnermeldepflicht immer noch genügend grüne Plätzchen übrig blieben, auf denen du dich – ungestört vom Staat – tummeln konntest. Die Eisenbahnen fuhren im Lande umher, auch Müßiggänger benutzten sie – und kaum einer sah sie scheel an. Keine bestimmte Ration Haferkleie, tierische Fette, Fleisch, Wohnungskubikmeter und Öfen standen dir zu – nicht einmal die Lebensfreude war rationiert, und du durftest für preußische Verhältnisse schon eine ganze Menge. Vielleicht war es das –?
Oder war es die Unbeschwertheit des Alltags, das kleine billige Glück und die Möglichkeit, überall mit wenig Geld durchzukommen? So eingeengt es auch alles war, so klein im Ausmaß – an russisches Essen, an französische Flußlandschaften, an englische Rasenfelder durfte man gar nicht denken –: es hatte doch eine gewisse sorglose Atmosphäre.
Erlebnis und Schreiben waren ja – wie immer – zweierlei, und was in den drei Tagen leicht und grün vorübergeglitten war, wurde an der See in

ebensoviel Wochen würgend langsam in kleine Notizbücher geschrieben. Es wollte gar nicht vom Fleck – es wäre viel lustiger gewesen, zur Claire ins Nebenzimmer zu gehen, ihr ein paar alte Socken um den Hals zu binden und ein bißchen «Arzt und krankes Kind» zu spielen, anstatt an dem Salat da herumzuschreiben ... Aber es wurde doch durchgebissen, und in einem September kam ich mit den Büchelchen müde zu Hause an. Ich weiß noch, wie ich den Kram zuerst dem Szafranski vorlas – er sprang alle Nase lang auf, feixte fürchterlich und erklärte schließlich, das Ganze sei ja ganz nett, aber er müsse es leider völlig umarbeiten ... (Aber daß einer nicht zeichnen kann, ist doch kein Grund, sich das Schreiben zuzutrauen.) Und dann tranken wir viele Schnäpse und einigten uns auf die Hälfte.

War es die Zeit, daß es in jeder Beziehung so klappte –? Heute sind die Worte schwer geworden, und wenn einer «Blut» oder «Tod» sagt, dann ist das alles nahegerückt und verdammt real. Und wir sind doch abgestumpft dagegen und hören kaum noch hin, wenn eine neue große Umwälzung herankommt. Von uns aus –! Eine fette Überschrift in der Zeitung mehr.

Da hat es denn die Erotik nicht leicht. Sie muß sich verkrampfen, wenn sie von diesen Menschen etwas will, oder verkitschen oder verkriechen. Man unterschätzt sie, wenn man sie so überschätzt ...

Und damals –? Vielleicht war es nur einfach das, daß wir jung waren. –

So soll denn das fünfzigste Tausend des kleinen Abenteuers hinausgehen und den Leuten ein bißchen Spaß machen.

Ich habe den Wortlaut des ersten Manuskripts wiederhergestellt.

Die Privatsprache, die da in dem Buch geredet wird, hat sich allerdings längst gewandelt. Das sind ihre Uranfänge, und den fertig ausgebildeten Dialekt würdet ihr gar nicht verstehen. «Nuh deh alleliebsse Pumbusch es bikenke, weil sölm bifundsteint!» – Ja, da staunst du! Ich staune auch, wie sich erwachsene Menschen mit solchem Klimbim die Zeit vertreiben können. Ich bitte Sie, der Ernst des Lehms ...!

Was der Satz da oben heißt –? Das ist beinahe so problematisch wie der Inhalt jenes Pakets im Hotel, der mich schon so viele Briefe gekostet hat. Was war in dem Paket –?

Möchte ein gerecht und ernsthaft wägender Philologe des einundzwanzigsten Jahrhunderts diese Kernfrage der unsterblichen Claire zum Thema einer Doktorarbeit machen. Ich weiß es nicht.

Aber was in dem Buch da ist: das weiß ich schon.

Eine bessere Zeit, und meine ganze Jugend.

Berlin, den 25. Dezember 1920

Anmerkung: Unter dem Titel ‹Rheinsberg› veröffentlichte KT in der WB am 8.12.1921 (II, 579ff; D 982) eine ergänzende und bezugnehmende Vorrede, die in Bd. 5 dieser Ausgabe folgen wird. Dort gehen wir auch auf einen weiteren Druck dieses Textes (s. Ackermann) ein.

In D^4 folgt:

Rheinsberg
(«Zum hundertsten Tausend»)

Natürlich kommt das nie mehr wieder.
Allein: es war einmal.
Ich war ein Star und pfiff die bunten Lieder;
ich war Johann, der muntre Seifensieder –
und Claire war real.

Das ist schon lange her.
Und heute –?
Jetzt sind die andern dran.
Nach unsrer Sprache plaudern Liebesleute,
Zahntechniker und ihre jungen Bräute …
Das hört sich also an:

«Du sock nisch imme nach die annern Mättschen blickn!
Isch eiffesüschtisch, olle Bums-Roué!
Du imme mit die kleinen Dickn!
Nu isch ins Bett bigehn bimickn,
weil müdischlisch biwé!»

So liebt euch denn (in allen Ehren)!
Die Liebe währet ewiglich.
Und folgt ihr dieses Büchleins Lehren
und küßt ihr euch, ihr Wölfchen und ihr Clairen –:
dann denkt an mich.

Kurt Tucholsky

Auf der nächsten S. folgt:
Es ist nicht so schwer zu begreifen, was alles aus solchen Bogen, die vor vierzehn Jahren geschrieben wurden, hervorblicken kann, und wie drollig sich das Erstaunen und der Ärger mit den Erinnerungen alter jugendlicher Hoffnungen und Enttäuschungen, Leiden und Freuden mischen: ach es war doch eine schöne Zeit, als der Himmel noch so übertrieben blau und die Erde so sehr grün war, und jeglicher Farbtopf überquoll *[sic!]* Beim

Anubis *[der Rest des Mottos ist mit dem Motto zur ‹Vorrede zum fünfzigsten Tausend›, s. o., identisch].*
Im Frühling 1870

Wilhelm Raabe
Vorrede zum ‹Frühling›.

Anmerkung: Zu den wechselnden Raabe-Motti vgl. die Hinweise bei Meyer 1990, 33ff (in der letzten zu Lebzeiten erschienenen Ausgabe von 1932, dem 111.–121. Tausend der Gesamtauflage, ist das Gedicht ‹Zum hundertsten Tausend› und das Raabe-Motto wieder eingefügt; s. Bonitz/Wirtz C 1.5).

KTs Feststellung, er habe für D^2 «den Wortlaut des ersten Manuskripts wiederhergestellt» (‹Vorrede zum fünfzigsten Tausend›), sollte zurückhaltend betrachtet werden. Er hat vor allem zwei Passagen mit Hinweisen auf Friedrich den Großen getilgt (vgl. **187–194** *und* **892–895***) und eine Verbindung zum Titelblattbild von Kurt Szafranski eingefügt (vgl.* **69–72***). D^3 und D^4 berücksichtigen diese Änderungen nicht mehr, sondern greifen wieder auf D^1 zurück, so daß auch die Korrektur eines Fehlers in D^2 später in D^3 nicht mehr ausgeführt ist, der Fehler taucht wieder auf (vgl.* **501***). D^2 ist also eine Art von folgenloser Zwischenstufe in der Druckkontinuität von D^1 zu D^3 und D^4.*
5–14 … das beginnt … *Heinrich Mann] fehlt in D^4* **50** mein'] mein *D^2* **67** Coupé] Kupee *D^3* **69–72** Man verständigte … weeiit … Land …] «Laß mal deinen Ring sitzen! Soll ich dich in die Ecke stellen? Bist du Ehemann, oder bist du es nicht?» «Tje … aber ich möcht ihn nun mal von innen besehen!» – «Klaps! – Es steht nichts drin! Könnt dir so passen! Was soll denn da sein? Vielleicht: ‹Nulla unda – tam profunda – quam vis amoris furibunda Achthundert Karat›. Hö!» – «Es mangelt dir die Poesie oder: Du ermangelst einer solchen, meine Liebe!» *D^2 Anmerkung: Diese Änderung ist nur in D^2 eingefügt, in D^3 wieder getilgt (vgl. dazu Meyer 1990, 36)* **83** Herr Gott] Herrgott *D^2* **118** vorgab, war] *folgt in D^1 Bild auf S. 9 mit der Unterschrift*: Freundlich geleitete sie der Wirt … S. 11. **128** Waschtisch, eine] *folgt in D^3 Bild auf S. 15 mit der Unterschrift*: Freundlich geleitete sie der Wirt … S. 14 **130** durch die] *folgt in D^2 Kupfer auf S. 29 mit der Unterschrift*: Freundlich geleitete sie der Wirt… S. 28 **143** «Pack'] «Pack *D^2, D^3* **152f** herunter …] herunter. *D^2* **187–194** «Also paß mal … gehören könnten? …] *fehlt in D^2* **222** *So*] So *D^3* **224** tut nichts.»] *folgt in D^1 Bild auf S. 19 mit der Unterschrift*: Dies sei eine chinesische Vase … S. 22 **234** doch hoffentlich …?»] *folgt in D^2 Kupfer auf S. 37 mit der Unterschrift*: Dies sei eine chinesische Vase … S. 39

244 Augen folgten.] *folgt in* D^3 *Bild auf S. 27 mit der Unterschrift*: Dies sei eine chinesische Vase … S. 26 **267** hinaus, ins] hinaus ins D^2 **268** Am] *kein vergrößerter Absatz in* D^3 **277** Tod gehen?»] *folgt in* D^1 *Bild auf S. 25 mit der Unterschrift*: Sie lagerten sich ins Gras … S. 24 **280** «amor»] ‹amor› D^2 **289** nicht unerfahren] *folgt in* D^3 *Bild auf S. 33 mit der Unterschrift*: Sie lagerten sich ins Gras … S. 31 **294** – buh!»] *folgt in* D^2 *Kupfer auf S. 43 mit der Unterschrift*: Sie lagerten sich ins Gras … S. 41 **355** – Nö.»] D^2: Nö. Dir schmeckts wohl gahnich, wa?» – «T! Das bißchen Essen gönnt sie einem nicht …» – «Sieh doch das Lämmerschwänzchen! Hat in sich reingeschlagen und jetzt wird er sinnig. Mensch – liebe ich dich!» **414** Junge, will] Junge und will D^2 **423** tanzte …] tanzte. … D^2 **424** Haare auf.] *folgt in* D^2: – «Laß die Frisur nicht auf den Boden fallen, Clara. Sie könnte verderben.» **448** nehmen und] *folgt in* D^1 *auf S. 39 Bild mit der Unterschrift*: Er bauschte den Vorhang … S. 41 *(das Bild nicht in* D^2 *u.* D^3*)* **464** Als] *kein vergrößerter Absatz in* D^3 **497** oder: zieh] oder: Zieh D^2 **501** [aus]] aus D^2, *fehlt wieder in* D^3 **510** Auf] *vergrößerter Absatz in* D^2 **531** Wölfschen] Wölfchen D^2 **532** Wie? – ja] *folgt in* D^3 *Bild auf S. 55 mit der Unterschrift*: Leicht rollte der Wagen dahin … S. 57 **534** witzele nicht] *folgt in* D^1 *Bild auf S. 47 mit der Unterschrift*: Leicht rollte der Wagen dahin … S. 49 **541** Leicht] *kein vergrößerter Absatz in* D^3 **549** nichts. Zuckt die Achseln.»] *in* D^2 *irrtümlich*: nichts.» Zuckt die Achseln. **549** die Achseln.] *folgt in* D^2 *Kupfer auf S. 61 mit der Unterschrift*: Leicht rollte der Wagen … S. 60 **554** hatt'] hatt D^2 **635** möcht'] möcht D^2 **640** möcht'] möcht D^2 **662f** zitierte] citierte D^2 **674f** muffig rochen …] *folgt in* D^1 *Bild auf S. 59 mit der Unterschrift*: Sie schöpften die Abendluft … Seite 61 **682** zum Annähen …»] *folgt in* D^2 *Kupfer auf S. 71 mit der Unterschrift*: Sie schöpften die Abendluft … S. 70 **683** Gewiß.»] *folgt in* D^3 *Bild auf S. 69 mit der Unterschrift*: Sie schöpften die Abendluft … S. 68 **689** «Ein Kinematograph?] *kein vergrößerter Absatz in* D^3 **698** NATUR!] *in* D^1 *und* D^3 *ist davor eine eingedruckte schwarze Hinweishand, fehlt in* D^2 **729** «MORITZ LERNT KOCHEN»] *in* D^2 *u.* D^3 *zentriert auf eigener Zeile* **760** Am] *kein vergrößerter Absatz in* D^3 **762** klagend …] klagend. … D^2 **776** Welt] Welt, D^2 **788** nicht;] nicht, D^2 **789** nicht;] nicht, D^2 **808** «Wölfchen!] *kein vergrößerter Absatz in* D^3 **809** legte sie im] *folgt in* D^1 *Bild auf S. 71 mit der Unterschrift*: Eine Schafherde trappelte … S. 73 **823** her und hin.] *folgt in* D^3 *Bild auf S. 83 mit der Unterschrift*: Eine Schafherde trappelte … S. 82 **839** ein Wickelkind] *folgt in* D^2 *Kupfer auf S. 83 mit der Unterschrift*: Eine Schafherde trappelte … S. 81 **841** Und wieder] *kein vergrößerter Absatz in* D^3 **870** gübs] gibbs D^2 **887** nich] nicht D^3 **888** oder] Oder D^2 **892** Jugenderinne-

rungen …] Jugenderinnerungen.» D^2; *danach fehlt* D^2: **892–895**: … Wie schrieb … die noch können›.» **969f** irgendwie] *fehlt* D^2 **998** hätten] *folgt* D^2 zwar **1001** so. –] so. D^2 **1004** sein,] sein D^2 **1006** so die] so über die D^2 **1019** z.B.] *fehlt* D^2 **1031** Apparate, bzw.] Apparate bezw. D^2 Apparate bzw. D^3 **1061** Aber nun] *kein vergrößerter Absatz in* D^3 **1068** gewesen, –] gewesen – D^2 **1084** kam. –] kam. D^2 **1117** Liebe.] *folgt in* D^1 *u.* D^3 *auf unpaginierter Seite Schlußbild von Kurt Szafranski. In* D^2 *letzte Seite*:
Das fünfzigste Tausend von ‹Rheinsberg› wurde als einmaliger Sonderdruck bei der Firma Dietsch & Brückner in Weimar in der Unger-Fraktur gedruckt. Dem Text wurde die ursprüngliche Fassung des Werkes zugrunde gelegt. Kurt Tucholsky schrieb eine Vorrede, Kurt Szafranski radierte die Kupfer. In den Handel kommen 1000 Exemplare, jedes Exemplar ist numeriert und vom Autor und Künstler signiert.
[hs. Unterschriften:] Tucholsky Szafranski.
Die Exemplare I–XX wurden auf Bütten abgezogen und in Glanzleder gebunden. Diesen Exemplaren sind die Radierungen in signierten Abzügen von den unverstählten Platten lose beigegeben. Die Exemplare 21–250 wurden auf Bütten abgezogen und in Seide gebunden. Die Exemplare 251–1000 wurden auf Velin abgezogen und in Halbleder gebunden.
Dieses Exemplar trägt die
Nr. 198 *[hs. Eintrag]*
Der Axel Juncker Verlag zu Berlin

Emendationen

167 Wegen, der] *emend. aus* Wegen der **752** unwiederbringlich] *emend. nach* D^2 *u.* D^3 *aus* unwiderbringlich **1104** Dominantakkord] *emend. aus* Dominatakkord *(korrekt schon* **1100** *u. später* D^2, D^3*)*

Entstehung

In der ‹Vorrede zum fünfzigsten Tausend› (s.o. am Anfang der Varianten) berichtete KT über die Entstehung der «Notizbücher» an der Ostsee, wohin er mit seiner Freundin, der Medizinstudentin Else Weil, der Claire in ‹Rheinsberg›, im August 1911 für drei Wochen nach einem Rheinsberger Besuch gereist war. An der folgenden Bearbeitung des Textes in Berlin war auch Kurt Szafranski beteiligt, der dann die Bilder für den Druck herstellte. Die erste Fassung von ‹Rheinsberg› schickte KT an Max Brod in Prag, bei dem er sich später in einem undatierten Brief (vermutlich Ende 1911 / Anfang 1912) entschuldigte, «daß ich, ohne Sie zu kennen, Ihnen das ‹Tagebuch› übersandte?» (DLA). Anschließend fuhren KT und Szafranski zu Max Brod nach Prag, der Besuch ist auch durch Franz Kafkas

Tagebucheintragung über KT und Szafranski vom 30.9.1911 dokumentiert. Am 24.10.1911 dankte KT Max Brod für dessen Kommentar zur damals vorliegenden ‹Rheinsberg›-Fassung: «[...] ich danke Ihnen vielmals für Ihren Brief, und vor allem für Ihre Kritik. Ich bin sehr vergnügt, daß Sie auch getadelt haben. Den Schluß habe ich geändert, (die Idee des ersten stammte übrigens von Szafranski, na ja ...).» (DLA). Max Brod dürfte sich bei dem Verleger Axel Juncker für den Druck von ‹Rheinsberg› eingesetzt haben, sein Buch ‹Der Bräutigam› erschien gleichzeitig mit ‹Rheinsberg› (Orplid-Bücher Bd. 3) als Band 4 der Orplid-Bücher. KT hatte am 24.10.1911 bereits Kontakt zu Axel Juncker, denn er berichtete in seinem Brief an Max Brod davon, daß er die Korrekturbögen des bei Juncker erschienenen Gedichtbandes ‹Der Weltfreund› von Franz Werfel gelesen habe.
Laut Anzeige im ‹Börsenblatt› erschien ‹Rheinsberg› am 15.11.1912. Broschiert kostete es 70 Pfennig, gebunden 1 Mark.

Widmungen
Überliefert sind mehrere Widmungsexemplare, später auch von D^2 und D^3, von D^1 sind folgende erhalten:
D^1 (Bonitz / Wirtz C 1.2; Exemplar Nr. 14) mit der Widmung: Herrn Hermann Hesse in herzlicher Verehrung Tucholsky. 28.2.13. *(DLA). Im Begleitschreiben vom 28.2.1913 schrieb KT an H. Hesse*: «Ich weiß genau, daß ‹Rheinsberg› eine gemachte Sache ist, die man wohl so schreibt, wenn man verliebt ist. Nein, es wird nicht mein Beruf sein, Bücher zu schreiben.» *(DLA).*
Ebenfalls am 28.2.1913 schickte KT ‹Rheinsberg› an Rainer Maria Rilke (DLA).
D^1 (Bonitz / Wirtz C 1.2; Exemplar Nr. 28) überliefert mit der Widmung: Für Tant Achnes und Tant Flohra und Tant Berta und Onkel Heinz – vom neven Kurt. 5.3.13. *(KTA). Zu den Verwandtschaftsverhältnissen s. Hepp 1993.*

Wirkung zu Lebzeiten
Die erste Besprechung von ‹Rheinsberg› veröffentlichte Hans Erich Blaich unter seinem üblichen Pseudonym «Dr. Owlglaß» in der Zeitschrift ‹März› (I, 1913, 306). Szafranski und KT waren am 3.1.1913 mit einem Exemplar der Vorzugsausgabe nach Fürstenfeldbruck zu Blaich gefahren, trafen ihn aber nicht an und hinterließen das Buch. Dieser Hintergrund, die Entstehung der Rezension und der folgende Briefwechsel zwischen Blaich und KT ist dokumentiert bei Meyer 1990, 16ff (dort auch ein Aus-

zug aus der Besprechung). Zu dem späteren Briefwechsel, in dem es mehrfach um die folgende Wirkung von ‹Rheinsberg› geht, vgl. Blaich 1981. Die zweite Besprechung von Julius Bab erschien in der SB am 9.4.1914 (I, 429f); für sie dankte KT bereits am 8.4. in einem Schreiben an Bab (AB 2, 54).
Am 7.3.1918 schickte Kurt Szafranski an KT einen Ausriß aus einem Antiquariatskatalog, in dem ein «Luxusexemplar» von ‹Rheinsberg› angeboten wurde, mit einem Begleitschreiben. Am 19.3.1918 leitete KT dieses Schreiben von Szafranski mit einer hs. Notiz an Mary Gerold weiter; dokumentiert und mit Faksimile bei Meyer 1990, 14ff. Am 18.4.1918 schickte KT an Mary Gerold einen (undatierten) Zeitungsausschnitt aus der ‹Frankfurter Zeitung› mit einer Rezension von Reinhard Weer, die dieser «Irgendwo in Ostgalizien, Ende Januar 1917» geschrieben hatte.

Kommentar

3 *M.W.*] Zu den drei Namensabkürzungen ist im DLA eine ms. Notiz von Mary Gerold-Tucholsky überliefert, in der zu M.W. vermerkt ist: «Manja Walewska (oder so ähnlich) der späteren Frau von Kurt Szafranski».

4 *K. F.*] Kitty Frankfurther, KTs Verlobte.

5 *C. P.*] Claire Pimbusch, eine Figur aus Heinrich Manns Roman ‹Im Schlaraffenland›. KT hatte diesen Namen seiner damaligen Freundin Else Weil gegeben, mit der er 1911 in Rheinsberg war. Zur Namensentlehnung aus H. Manns Roman vgl. Grathoff 1996, 203ff.

6 ff *... das beginnt ... nicht vorher.*] Alfred Kerr in seiner Rezension zu Ibsens ‹Komödie der Liebe›, in: Kerr: Das neue Drama. Berlin 1905, 18–20, Zitat S. 19.

13 *Müde ... ins Gras*] Heinrich Mann: Die Jagd nach Liebe, Kap. 8. Hamburg/Düsseldorf: Claassen 1970, 269.

66 *trampfte*] «Trampfen» ist nach dem Grimmschen Wörterbuch eine «gelegentlich künstlich gebildete, rein literarische verhochdeutschung des lautmalenden trampen».

117 *Medizinerin*] Vgl. dazu Grathoff 1996, 197ff.

129 *Pendants*] Zum Vorbild dieses Motivs in Theodor Fontanes ‹Irrungen, Wirrungen› vgl. Grathoff 1996, 212f.

131 f *«Großpapachens 70. Geburtstag»*] Vgl. dazu später die Erläuterung zu *895*.

175 *zweiten Sees*] Dieser «Rheinsberger See» grenzt an den Grienericksee, an dem das Schloß und der Ort Rheinsberg liegen.

187 f *zweite Friedrich*] Im Erscheinungsjahr 1912 von ‹Rheinsberg› jährte sich der Geburtstag Friedrich des Großen zum 200. Mal, so daß seine Rheins-

berger Zeit durch die Gedenkveranstaltungen gegenwärtig war. In der Ausgabe zum fünfzigsten Tausend (D^2) hat KT diese und die spätere Passage über Friedrich den Großen (892–895) getilgt, diesen Mißgriff in den folgenden Drucken aber wieder rückgängig gemacht.

Gambetta] Häntzschel (1993, 354) vermutet: «vermutlich eine Anspielung auf Léon Gambetta, den französischen Führer der Republikaner und Gegner der monarchistischen Mehrheit der Nationalversammlung, so daß hier auf eine Opposition zur Monarchie angespielt sein mag». Vgl. [136], *6.*

Lindenau] Industrieller Vorort von Leipzig. Auch eine Anspielung auf Bernhard August von Lindenau ist möglich. Lindenau, sächsischer Minister, war maßgeblich an der Umwandlung Sachsens in einen Verfassungsstaat beteiligt.

Graf Schleuben] Offenbar fiktiv, allerdings ist zu bedenken, daß das chinesische Kabinett in Rheinsberg 1945 entfernt wurde. Das Inventarverzeichnis von 1802 nennt noch ostasiatisches Porzellan (Katalog: Rheinsberg, eine märkische Residenz. Ausstellung vom 21.– 29. Juni 1985 im Schloß Rheinsberg).

Pesne] Antoine Pesne hat die Malerarbeiten in Rheinsberg ausgeführt.

Amor patriae] Liebe zum Vaterland; vgl. dazu Häntzschel 1993, 354 f.

«Ne quis animadvertat!] Daß es bloß keiner merke!

Obelisk] Gemeint ist nicht der Obelisk im Park von Rheinsberg, den der Prinz Heinrich errichten ließ, sondern ein kleinerer auf dem früheren «Triangelplatz» vor dem «Ratskeller», den Theodor Fontane in den «Wanderungen durch die Mark Brandenburg» (Bd. 1: «Rheinsberg») und im Wahlkapitel des «Stechlin» (19. Kapitel) beschrieb.

«Partien»] Der Park von Rheinsberg war mehr nach dem Modell des locus amoenus gestaltet, sog. «englische Partien» waren erst 1772–1776 an einem ehemaligen Weinberg hinzugefügt worden, sie bestimmen aber nicht das Landschaftsbild dieses Parks.

Rondell] Es gab mehrere Rondelle im Park von Rheinsberg, möglicherweise ist das sog. «Orangerierondell» gemeint.

Ein Kinematograph?] Zur Diskussion des Films und des Kinos bei KT seit 1912 vgl. grundsätzlich [78], *0.*

die noch können›.»] Es ist möglich, daß eines der beiden Bilder in dem Rheinsberger Hotelzimmer mit dem Titel «Großpapachens 70. Geburtstag» (s. o. 131 f) rückverweist auf ein Parallelmotiv in Theodor Fontanes «Irrungen, Wirrungen». Dort hängt im Hotelzimmer von Hankels Ablage eine damals bekannte Lithographie «Si jeunesse savait» (Wenn die Jugend wüßte), deren Ausspruch fortgesetzt wurde: «Si vieillesse pouvait» (Wenn das Alter noch könnte), vgl. dazu Grathoff 1996, 213.

954 *was da in is*] KT bekam dazu Anfragen in Leserbriefen. Am 17.11.1917 antwortete er an Margarethe Sallis-Freudenthal: «Sehr geehrtes gnädiges Fräulein, wenn ich es doch aber nicht sagen darf? – Denn erstens einmal weiß es heute noch nicht einmal die Claire, und zweitens … nein, es geht nicht. Nur soviel, daß in einer wunderhübschen Geschichte von George Moore die Liebenden von ihrem Ausflug wieder nach Hause fahren, weil sie ihre Schlafanzüge vergessen haben …» (DLA).

1101 *Dominantakkord*] KT schrieb dazu am 25.8.1915 von der Ostfront an Axel Juncker, daß er bei der geplanten Neuauflage einige Stellen leicht ändern möchte. «Sollte das wegen des nötig werdenden Neuumbruchs nicht angängig sein, so möchte ich jedenfalls einen vorhandenen Druckfehler beseitigen (auf der vorletzten Seite steht einmal Dominatakkord statt Dominantakkord) und außerdem am Anfang ein kleines Gedicht einfügen …» (Auktionskatalog Hauswedell & Nolte zur Auktion 191, Mai 1973, 157).

1115 ff *In die … Liebe.*] In KTs Widmungsexemplar von Peter Nansen, Julies Tagebuch (Berlin o.J.) für MT ist auf Seite 128 ein ms. Zettel angeheftet: «Diese Stelle da, die fast wörtlich wie der Schluß von ‹Rheinsberg› lautet, habe ich nicht übernommen. Man hat mich erst nachher darauf aufmerksam gemacht. –» (KTA). Die Stelle bei Nansen lautet: «Und dann fuhren wir wieder in die Wirklichkeit zurück und in die große Stadt, wo es Eltern gibt und Sünde und Sorgen und ein schlechtes Gewissen.»

73

Die beiden Brüder H.

V: Kurt Tucholsky
D[1]: SB Jg. 9, Nr. 2, 9.1.1913, S. 50–52
Bibl.: Bonitz/Wirtz D 77; GW 1

Zu KTs Tätigkeit für die SB s. «Übersicht» im Anhang.

Entstehung
Im Rückblick auf 25 Jahre Weltbühne schrieb KT über seinen ersten Beitrag für die ‹Schaubühne›: «Ich hatte mich im damaligen Herrnfeld-Theater krank und wieder gesund gelacht … ich versuchte, das aufzuschreiben. Und ich platzte vor Stolz: S.J. ließ mich kommen. Und hat mich dann nie mehr losgelassen.» (Kurt Tucholsky: Fünfundzwanzig Jahre, WB 9.9.1930, II, 373–382; D 2458). Im Herrnfeld-Theater wurden damals die

Komödien «Wüstenmoral» und «Die Alpenbrüder» gespielt, laut Eigenwerbung ein «Lach-Programm, wie es keine zweite Bühne der Welt aufzuweisen hat» (Anzeige, BT 1.1.1913, M). Der Rezensent der ‹Neue[n] Theater-Zeitschrift› meinte über das Programm: «Daß ein Kritiker, den mehrmals in der Woche der Talentarmut ganzer Jammer anpackt, noch so herzlich von innen heraus lachen, daß er sich Schenkel und Hände vor schönstem Wohlbehagen wund schlagen, daß er wieder und wieder in Gefahr geraten kann, unter seinen Sessel zu fallen: das hätte er nicht für möglich gehalten. Die Gebrüder Herrnfeld, zwei ‹ausbaldowerte› Juden aus den böhmischen Wäldern, haben mich diese Erfahrung am eigenen Leibe machen lassen. [...] Man eile in die Kommandantenstraße und sehe selbst!» (NTZ H. 44, 29.10.1912, 1034).

Zum Herrnfeldtheater vgl. auch [159], [181] und [182].

f *«Die Überreste ... Küchengarten.»*] Als wörtl. Zitat konnte der Satz nicht ermittelt werden. Der Textzusammenhang ergibt, daß KT auf den Essay ‹The Aesthetes in the Kitchen Garden› (1904) anspielt. Chesterton führte darin die paradoxe Wahrnehmung eines Zeitgenossen vor, der sich beim Anblick einer weiten einsamen Landschaft Küchengärten vorstellte, und beschrieb dann ironisch deren Vorzüge, worauf sich schon die Zeilen 5–9 des KT-Textes beziehen.
Zwei Komiker] Anton und Donat Herrnfeld.
eigenes kleines Theaterchen] 1884 eröffneten die Brüder Herrnfeld ihr «Budapester Theater» in der Neuen König-Straße 32 (nahe dem Alexanderplatz). 1906 wurde das inzwischen in «Gebrüder Herrnfeld-Theater» umbenannte Theater (der Pharus Plan von 1902 nennt bereits diesen Namen) in die Kommandanten-Straße verlegt. Es existierte bis zum Tod von Donat Herrnfeld im Juni 1916. (Ab Oktober 1935 fanden dort die Theateraufführungen des Jüdischen Kulturbunds statt.) Ursprünglich versuchten die Herrnfelds, in Berlin jüdisches Theater zu etablieren, was sie aber in Ermangelung geeigneter Stücke bald aufgaben und die Stücke für ihr Theater selber schrieben.
scilicet] Nämlich.
umliegenden Weißwarengeschäfte] Anspielung darauf, daß um den nahe der Kommandantenstraße gelegene Hausvogtei Platz ein Zentrum der Konfektionsbranche war. Das Herrnfeldtheater befand sich zu der Zeit allerdings noch in der Nähe des Alexanderplatzes.
«Eine Partie Klabrias»] Eigentl.: Klabriaspartie; jüdische Groteske von Adolf Bergmann, mit der die Brüder Herrnfeld ihr Theater eröffneten.

95 *Dovidl*] Dowidl, Figur aus der «Klabriaspartie».
97 f *Schale Haut*] Tasse Milch.

74

Ouvertüre

V: Kurt Tucholsky
D[1]: SB Jg. 9, Nr. 4, 23.1.1913, S. 120–121
Bibl.: Nd s. Bonitz/Wirtz D 78; 1 Nd; GW 10

Überlieferung
T: 4 Bl., aoR ms. paginiert, aoR (links) von Bl.1 ms.: Kurt Tucholsky, mit hs. Korrekturen von KT (NL Max Brod, Privatbesitz); Faksimile von Bl. 1 in: du. Die Zeitschrift der Kultur (Zürich), Nr. 6, Juni 1994, S. 4)

Entstehung
KT hatte das Manuskript am 27.9.1912 an Max Brod geschickt: In dem beiliegenden Brief heißt es dazu: «Ich habe noch ein altes Prosastück von mir gefunden, das ich Ihnen, noch einmal überarbeitet, anbei übersende. Sollte es für Arkadia nicht geeignet sein, so ist eine Rücksendung nicht nötig.» (NL Max Brod, Tel Aviv). In dem von Brod herausgegeben ‹Arkadia. Jahrbuch für Dichtkunst› erschien KTs ‹Kindertheater›; s. [132].
In dem Widmungsexemplar der SB für Mary Tucholsky schrieb KT an den unteren Rand der ersten Seite dieses Beitrags: «Das Stück gibts nicht.»

Lesarten und Varianten
Verglichen wurde D[1] (Textgrundlage) mit T; alle Korrekturen KTs hs., sie werden daher im einzelnen nicht als solche gekennzeichnet.
5f als wüßte] *korr. aus* alle wussten **6** könnte] *korr. aus* konnte **10** Ei!] *davor Absatzzeichen eingefügt, arR Vermerk* Absatz **10** Mädchen.» *dahinter in neuer Zeile gestr.* Pietro? Ei! Ein Mächen!» **11** wußten] *dahinter Komma eingefügt* **11** kannten] *korr. aus* konnte **12** bologneser] Bolognese **13** von] *dahinter üdZ eingefügt* den **16** mit] *Beginn Bl. 2* **18** Miquaela] Miquaëla **23** den Violinen] den *korr. aus* dem *dahinter eingefügt* Violinen **28** unangenehme] un *vermutlich gestrichen, auf der Kopie nicht eindeutig erkennbar* **38** wie es] es *üdZ eingefügt* wie *korr. aus* wies **41** Auge,] Auge **41** an] *Beginn Bl. 3* **45** dargestellt] *korr. aus* daran gestellt **48** Augen ...] Augen – **51** die] Die **52** beiden] Beiden **53** kam]

käme *korr. aus* kam **55** alle –] alle – – – **58** beneidete?] beneidete? – **59** besitzen:] besitzen, **60** obszönen] obscönen **60f** ineinandergekrampften] ineinander gekrampften **64** erhitzt,] erhitzt **64** aufgeregt] *Beginn Bl. 4* **73** nichts!] nichts – **73** besaß mehr] *korr. zu* besass. Mehr **79** beinah] *unterstrichen* **80** «Beinah»] «beinah» **84** Der Vorhang bewegte sich leise.] *in neuer Zeile*

75

Drei neue Bücher

V: Kurt Tucholsky

D^1: Prager Tagblatt Jg. 38, Nr. 26, 27.1.1913, Mittagsbl. S. 6 [Rubrik:] Literatur

Bibl.: Nd s. Bonitz / Wirtz D 79; 2 Nd; DT

Rez: Max Brod, Die Höhe des Gefühls. Leipzig: Rowohlt 1913; Franz Kafka, Betrachtung. Leipzig: Rowohlt 1913; Ernst Blaß, Die Straßen komme ich entlang geweht. Heidelberg: Weissbach 1912

Zu Max Brod vgl. auch [16], *0*; [30], *0*; [72], *0* u. [138]; zu Franz Kafka vgl. Bd. 4, [112], *0*; zu Ernst Blaß findet sich 1922 eine weitere Rez. (WB 20.7.1922, II, 71 f; D 1090).

für Franz Werfel] ‹Szene im Dorf›. Meinem lieben Freunde Franz Werfel, Brod a.a.O., 59–72. Zur Beziehung Brod-Werfel s. Brod: Streitbares Leben. München 1960, 13.

f *eines Weltfreundes*] Anspielung auf Franz Werfel: Der Weltfreund. Berlin 1911.

ff *«Wie sich ... singen.»*] Kafka a.a.O., 37 f.

gestreckten] Im Original davor: quer.

ff *«... sich im ... auszubilden.»*] Kafka a.a.O., 40 f, «Das Unglück des Junggesellen». Im Original statt Aussehen: Aussehn.

«Kinder auf der Landstraße»] Erstes Stück des Sammelbandes, Zitat S. 15 f.

Parnaß] Gebirge im östl. Griechenland; in der griech. Mythologie Sitz der Musen.

f *Ein ... währen.*] Schlußzeilen des Gedichts, s. Blaß a.a.O., 43.

ff *«auf das ... blüht»*] Im Original: «dieses Daseins träumerisch reagiert, weil ...».

ff *«... das ganze ... Melodie –.»*] s. Blaß a.a.O., 5; im Original Melodei statt Melodie.

95 *mit Kurt Hiller*] Nicht ermittelt. Möglicherweise abgeleitet von der Bemerkung im Vorwort (7): «Es wird etwas geben, was, wie Kurt Hiller sagt, funkelt ‹zwischen Stahl und der Blume Viola›.»

76

Der Nachwuchs

V: tu.
D^1: Vorwärts Jg. 30, Nr. 25, 30.1.1913, 1. Beilage, [S. 1] [Rubrik:] Kleines Feuilleton
Bibl.: Bonitz / Wirtz D 80; DT

3 f *Norweger beleidigt*] «Ein norwegischer Student wurde von einem korporierten Studenten beleidigt. Anstatt diesen zum Duell zu fordern, versetzte ihm der Norweger einfach eine Ohrfeige. Hierauf richteten die Korporierten eine gemeinsame Anzeige an Rektor und Senat. Auf Grund dieser Anzeige wurde der Norweger von der Technischen Hochschule verwiesen. Als bestimmend dafür wurde angeführt, daß ein Student einem anderen keinen Schlag mit der Hand zufügen dürfe.» (Dresdner Volkszeitung 28.1.1913).

8 *denunziert*] Die Freie Studentenschaft der Technischen Hochschule Dresden hatte am Schwarzen Brett der Hochschule für einen Vortrag zum Thema «Klassenhaß und wir» geworben. Unter anderem war auf dem Plakat auch eine rote Fahne zu sehen. Nachdem vierzehn Tage niemand daran Anstoß genommen hatte, wurde das Plakat zwei Stunden vor Beginn der Veranstaltung durch den Rektor verboten. Dieser war vom Vorsitzenden des Studentenausschusses, einem Korpsstudenten, telephonisch auf das Plakat aufmerksam gemacht worden. Die freistudentischen Mitglieder des Studentenausschusses, die die Mehrheit bildeten, legten daraufhin ihre Mandate nieder. Der Senat der Hochschule stellte sich in dem Streit auf die Seite der Korporierten, Versammlungen der Freistudenten und dort gefaßte Beschlüsse wurden beanstandet und für ungültig erklärt.

15 *Bismarckkommers*] Kommers: studentisches Trinkgelage, meist zu feierlichen Anlässen.

77

Stephan Krotowski

V: Kurt Tucholsky
D[1]: Das Plakat. Mitteilungen des Vereins der Plakatfreunde Jg. 4, Nr. 1, Januar 1913, S. 29–32
Mit Plakatentwürfen von Stephan Krotowski
Bibl.: Bonitz / Wirtz D 76

Entstehung
Der Artikel sollte ursprünglich von Dr. Hans Sachs geschrieben werden, wie im Heft 4 / 1912 angekündigt ist.
KT war seit Sommer 1912 Mitglied des 1905 in Berlin gegründeten «Vereins der Plakatfreunde». Das Eintrittsdatum läßt sich nur in etwa rekonstruieren: Laut der Zeitschrift ‹Plakat› vom Juli 1912 hatte der Verein an Pfingsten 551 Mitglieder. Die dem Heft beigelegte Adressenliste konnte nicht ermittelt werden. In der Mitgliederliste von 1914 ist der Referendar KT unter der Mitglieds-Nummer 598 verzeichnet. Geworben wurde KT vermutl. von seinem damaligen Freund, dem Maler Kurt Szafranski, der die Mitglieds-Nr. 169 hatte. Auf der ordentl. Hauptversammlung des Vereins am 6. 1. 1913 hielt KT einen Vortrag zum Thema «Schaufenster und Reklame» (s. Das Plakat, Januar 1913, 53).

Zu KTs Tätigkeit für das ‹Das Plakat› s. «Übersicht» im Anhang.

zweite Aufsatz] Walter Heinemann: Der Modezeichner, 19–20.
den Leyendecker] Es ist nicht erkennbar, welchen Leyendecker KT meint; die Brüder Frank und Joseph Christian L. waren beide als Illustrator tätig.
ff *«Eleganz ist … zu schaffen».*] Rathenau: Gesammelte Schriften in 5 Bänden, Berlin 1918, Bd. 4, Ungeschriebene Schriften (1907), 232 (im Original statt unerhörte: unmäßige).
Gott sieht ins Herz] 1. Samuel 16, 7: «Ein Mensch siehet, was vor Augen ist, der Herr aber siehet das Herz an», im Volksmund: «Gott sieht aufs Herz».
‹Berliner Brief›] Von Hans Meyer, 33–38.
Narr auf eigene Hand] Schlußzeile aus Goethes Gedicht «Den Originalen» (1812); vgl. [39], 9.
nächsten Nummern] A. Cüddow: ‹Zirkus und Variété im Spiegel des Plakats›, in: Das Plakat, März 1913, 70–94.

78

Kino

V: Ignaz
D[1]: SB Jg. 9, Nr. 6, 6. 2. 1913, S. 181 – 182 [Rubrik:] Kasperletheater
Bibl.: Nd s. Bonitz / Wirtz D 81; 1 Nd

Vgl. zur Diskussion um den Film und das Kino bei KT seit 1912 im weiteren insbesondere die Beiträge [110] und [121], ferner [117], [139], [144], [149], [153], [157], [177], [178], [212], [214], [223], [224] u. [226]. Die Debatte um das Kino fand in der SB auch unter Beteiligung anderer Autoren 1913 einen Höhepunkt, erstmals richtete SJ in den Sachregistern die Rubrik «Kinematographie» ein; vgl. dazu auch am Schluß des Textteils die Ausführungen zur Rubrik «Antworten», die sich häufig mit dem Thema befaßten. KTs Einzelbesprechungen von Filmen sind im Anhang in der Rubrik «Verzeichnis der besprochenen Aufführungen und Filme» zusammengestellt. Vgl. zum Thema grundsätzlich ‹Hätte ich das Kino!›, Kaes 1978 und Jörg Schweinitz: Prolog vor dem Film. Nachdenken über ein neues Medium 1909 – 1914 (Leipzig 1992), in dem auch etliche KT-Texte abgedruckt sind.

1 *«Komm … Lie–bäs–lau–bee»*] Lied aus der Operette «Madame Cherry» (1910) von Karl Hoschna, mit dem amer. Originaltitel «Every little movement», dt. Text von A. O. Alberts.

2 f *Charlottenburger Chaussee*] Heute: Straße des 17. Juni.

28 *Bassermann*] Gemeint ist der Charakterdarsteller Bassermann, der als einer der ersten Theaterschauspieler auch Filmrollen übernahm. KT spielte auf dessen Hauptrolle in der Verfilmung von Paul Lindaus Theaterstück «Der Andere» an, die 1913 mit großem Reklameaufwand in die Kinos gebracht wurde. Im gleichen Heft (S. 187) wies die SB auch auf Bassermanns Artikel in der ‹BZ am Mittag› hin: ‹Wie ich mich im Film sehe›.

52 ff *«Das graue Hemd … badet trocken»*] Diese Filmtitel konnten nicht nachgewiesen werden und sind wahrscheinlich Erfindungen KTs.

79

Pallenberg

V: Kurt Tucholsky
D[1]: SB Jg. 9, Nr. 7, 13.2.1913, S. 201–204
Bibl.: Nd s. Bonitz/Wirtz D 82; 4 Nd; 1 NdzL Prager Tagblatt 15.4. 1914, M; GW 1

1 ff *In der … her …*] Christian Morgenstern: Das Huhn, in: Galgenlieder nebst dem Ginganz. Berlin [42]1918, 63. Vgl. [158].
8 f *herübergekommen*] Pallenberg war von 1911 bis 1914 am Münchner Künstlertheater.
5 *Jupiter und Menelaus*] Jupiter in «Orpheus in der Unterwelt» und König Menelaus in «Die schöne Helena», Operetten von Jacques Offenbach.

80

Die Theaterkritik, wie sie sein soll

V: Ignaz Wrobel
D[1]: SB Jg. 9, Nr. 8, 20.2.1913, S. 233–235
Bibl.: Bonitz/Wirtz D 83; GW 1

3 *bissigen Kritikerhunden*] Vgl. z.B. den Angriff auf Neumann-Hofer vom Deutschen Opernhaus in der SB (13.2.1913, 205–210).
Thaliien] Thalia, die Muse der Komödie, nach der häufig Theater benannt wurden.
Hilaritasse] Abgeleitet von dem lat. hilaritas: Fröhlichkeit.
Sudermannschen Stück] Anspielung auf die Auseinandersetzung zwischen der SB und Sudermann: SJ hatte im Dezember 1912 bereits vor der Premiere eine Kritik von Theodor Lessing über ein Stück von Sudermann abgedruckt, was schließlich zum Prozeß führte. Vgl. SB 26.12.1912, II, 691–692; 9.1.1913, 42–46; 30.1.1913, 156.
ff *Zu Dionys … bereuen*] Schiller: Die Bürgschaft.
Paroxytonon] In der griech. Betonungslehre ein Wort, das einen Akzent auf der vorletzten Silbe hat.

81

Illustrierte Klassiker des Deutschen Theaters

V: Horatio von Massarena
D^1: SB Jg. 9, Nr. 8, 20.2.1913, S. 242 [Rubrik:] Rundschau
Rez: Illustrierte Klassiker des Deutschen Theaters nach Inszenierungen von Max Reinhardt. Berlin: W. Borngräber 1913

Zuschreibung
In einem Widmungsexemplar des Jahrgangs 1913 der SB für Mary Tucholsky strich KT im Inhaltsverzeichnis die von ihm verwendeten Pseudonyme und seine Arbeiten an. Neben Schigolch, Die Claire, Ignaz, Peter Panter, Ignaz Wrobel gehört auch Horatio v. Massarena dazu. Ein weiterer Beleg für die Identität KT mit H. v. Massarena kann darin gesehen werden, daß unter diesem Pseudonym auch ein Gedicht über Hülsen erschien [91], das gleiche Wendungen aufweist wie das Gedicht von «Ignaz» über Hülsen [129].

16 *Diener*] 14.
16 *Pagay*] 60 und 78.
18 *einzig schöne Bild*] 53.
20 *Peter Waßmann*] KT meint vermutlich Hans Waßmann, der unter Reinhardt am Deutschen Theater spielte.
21 *das Bild*] 109.

82

Wir

V: tu.
D^1: Vorwärts Jg. 30, Nr. 48, 26.2.1913, 1. Beilage, [S. 1] [Rubrik:] Kleines Feuilleton
Bibl.: Bonitz/Wirtz D 84

1 *famosen Brief*] Offener Brief des jungen Dramatikers Kyser an die Nordische Filmfabrik in Kopenhagen, Dramaturgische Abteilung Berlin, in: BZ am Mittag 18.2.1913. Eines der Hauptargumente von Kyser gegen die Beteiligung von Schriftstellern an den Filmen war, daß der Stummfilm den Dichter seines eigentlichen Wirkens und Gestaltens beraube, nämlich der

Sprache. Was die Filmfirmen mit all ihrem Geld vom Dichter bekämen, sei «gerade das, was er mit seinem Werk überwunden hat, den Rohstoff».

2 *hier zitiert*] Der ‹Vorwärts› brachte am 19.2.1913 unter der Überschrift ‹Ein Dichter gegen die Kinopest› Auszüge aus dem Brief.

2 *geantwortet*] ‹Antwort an Hans Kyser›, in: BZ am Mittag 21.2.1913, 1. Beibl. Ewers hielt Kyser entgegen, daß es in der Dramatik nicht um das «alleinseeligmachende Wort» ginge, die Pantomime sei oft viel stärker und ergreifender. Als Kronzeugen zitiert Ewers aus Goethes Faust: «Ich kann das Wort so hoch unmöglich schätzen». – Auch die SB nahm zu der Kontroverse Stellung und schloß sich Kyser an (Max Epstein: Das Theatergeschäft, SB 6.3.1913, 273 ff).

Kino] H.H. Ewers schrieb das Drehbuch zum dem Film «Der Student von Prag» (1913), Hauptrolle: Paul Wegener. 1912 war Ewers auch Direktor eines Kinos in Berlin.

ff *«Als … kann?»*] BZ am Mittag 21.2.1913.

f *«Sie … tun.»*] «Die Zeit geht darüber hinweg, […] und dann werden Sie uns ein hübsches Kinodrama schreiben und werden über Ihren Windmühlenkampf von heute genau so lächeln, wie wir es jetzt schon tun.», ebd.

83

Der Theaterzettel

V: Horatio von Massarena
D[1]: SB Jg. 9, Nr. 9, 27.2.1913, S. 268 [Rubrik:] Rundschau

Zuschreibung: s. [81], *0.*

Baumeister Solneß] Figur aus dem gleichnamigen Schauspiel von Ibsen (1892).

kleiner Aufsatz] Prof. H. Werner: Vom Konzert- und Theaterprogramm, in: ‹Das Plakat. Mitteilungen des Vereins der Plakatfreunde› Nr. 4/1912, 145–150.

Obersitzko] Geburtsort des Großvaters Neumann Tucholsky.

aufreizende Programme] In H. 4, Oktober 1912 der Zeitschrift ‹Das Plakat› waren weitere Theaterzettel, u.a. von Toulouse-Lautrec, abgebildet. Die Nummer 1 des ersten Jahrgangs (1910) wurde eröffnet durch einen langen Beitrag von Hans Meyer über Toulouse-Lautrec.

84

Berliner Cabarets

V: Kurt Tucholsky
D[1]: SB Jg. 9, Nr. 10, 6.3.1913, S. 288–290
Bibl.: Nd s. Bonitz/Wirtz D 85; 1 Nd; GW 1

20 *‹Assiette au beurre›*] Illustriertes satir. Monatsblatt (1901–1936), antiklerikal und sozialist. ausgerichtet, an dem zahlreiche bekannte Künstler mitarbeiteten.
30 f *Franz Blei*] Aubrey Beardsley. Abgedr. in: Aubrey Beardsley, Zeichnungen. Dreieich: Weiss Verlag 1987, 7–25, Zitat: 17.
49 *Waldoff*] s. auch [199], 15–31.
55 *beim Girardi*] Der österr. Operettensänger Alexander Girardi.
60 *«ne duufte … Berlin!»*] «ne dufte Stadt ist mein Berlin!» Text von F. W. Hardt, Musik von W. Kollo
76 f *«Wenn dea … Braut …»*] «Wenn der Bräutjam mit der Braut so mang die Wälder jeht.» Text von F. W. Hardt, Musik von W. Kollo.
82 *«Mit meene … nich …»*] «Mit meine Beene machen Sie die Dinger nicht», in: «Nach meine Beene ist ja janz Berlin verrückt», Text von F. W. Hardt, Musik von W. Kollo.
99 f *«… und … llleicht!»*] «Der kleine Kadett», Text von Eddy Beuth, Musik von Siegfried Niklaß-Kempner.
102 *Lieder Mayols*] Félix Mayol: Les chansons en vogue créées par Mayol dans les principaux concerts de Paris. Paris: l. Hayard 1910.

85

Redaktionssitzung

V: Schigolch
D[1]: SB Jg. 9, Nr. 10, 6.3.1913, S. 290–291

Zuschreibung
Zum Pseudonym s. [81], *0*. Schigolch heißt der Vater Lulus in Wedekinds «Erdgeist».

0 *Redaktionssitzung*] Felix Hollaender und Arthur Kahane (s. *1*) gaben seit 1911 gemeinsam die ‹Blätter des Deutschen Theaters› heraus.

1 *Eidamer*] Verballhornung von Holländer.
1 *Kohone*] Verballhornung von Kahane.
1 *«Puppchen»*] Posse in drei Akten. Text von Jean Kren und Curt Kraatz, Gesangstexte von Alfred Schönfeld, Musik von Jean Gilbert. Die Uraufführung war am 19. 12. 1912 im Thalia-Theater, Mitte April wurde die 100. Aufführung gefeiert.
5 *Korfanty*] Der Führer der poln. Nationaldemokraten in Oberschlesien war zu dieser Zeit Abg. im Preuß. LT für die Polenfraktion.
3 *«Polnische Wirtschaft» … «Autoliebchen»*] Musikalische Possen von Jean Gilbert (1910 und 1912).
2 f *der junge Fiat*] Der Autokonzern Fiat ist nicht nach dem Begründer benannt, sondern ist die Abkürzung von: Fabbrica Italiana Automobili Torino.
gutsitzenden Leichnam] Zusammenziehung der beiden gerade laufenden Stücke «Der gutsitzende Frack» im Deutschen Schauspielhaus und «Der lebende Leichnam» in den Kammerspielen.
Wagner … Gilbert] In den «Antworten» der SB wurde am 30. 10. 1913 (1069) Gilbert an Wagner erinnert, der im Gegensatz zu ihm nicht gleich so einen durchschlagenden Erfolg gehabt habe.
in den Lichtspielen] Anspielung auf Bassermanns umstrittene Tätigkeit als Filmschauspieler; vgl. [78], *28*.
Mac Norton] Mac Norton, lt. Zeitungsanzeige «das lebendige Aquarium» genannt, trat zu dieser Zeit im Zirkus Busch auf, ebenso «der mysteriöse Deckenläufer».

86

Zur Psychologie des Theaterpublikums

V: tu
D[1]: Dresdner Volkszeitung Jg. 24, Nr. 61, 15. 3. 1913, Beilage: Leben, Wissen, Kunst Nr. 61, S. 3 [Rubrik:] Umschau. – Theater
Bibl.: Bonitz / Wirtz D 86; Rep

Zur ‹Dresdner Volkszeitung› s. [33], *0*.

f *90jähriger … heiratet*] s. Strindbergs «Totentanz», 1. Teil, 4. Akt, Kapitän zu Alice: «Dieser Tage las ich in einer Zeitung, daß sich ein Mann … siebenmal hatte scheiden lassen … also siebenmal verheiratet war … und schließlich machte er sich mit vollen neunzig Jahren davon und verheiratete sich von neuem mit seiner ersten Frau …».

41 f *dem englischen*] Vgl. [12], 7f, wo er von dem «literarisch besonders tiefstehenden Publikum» sprach.

87

Brief an einen Plakatmaler

V: Ignaz Wrobel
D^1: SB Jg. 9, Nr. 12, 20.3.1913, S. 338–340
Bibl.: Bonitz/Wirtz D 87; DT

1 *Söderström*] d.i.: Kurt Szafranski.

4 *«reformieren»*] Zu der Debatte s. E.W. Bredt: Das Plakat, seine Freunde und Feinde, sein Recht und Reich. Das Plakat, Juli 1912, 109ff; ‹Das Kientopp-Plakat›, ebd. 130; Julius Klinger: ‹Reklame und Kunst – Kaufmann und Künstler›, ebd. Okt., 143ff. KT trug die Diskussion mit seinem Beitrag nach außen. Vgl. auch [131].

6 f *‹Dreimal … Gorillaweibchen›*] Die Titel konnten nicht nachgewiesen werden. Vgl. [78], *52ff.*

23 *kleben Sie ihm Werte an*] Bereits im Juni 1911 protestierte der dt. Journalistentag in Eisenach gegen den «Reklameunfug», bei dem selbst bekannte Künstler und Wissenschaftler unter dem falschen Anschein von Kunst und Wissenschaft «Produktwerbung» betreiben.

33 *Pathé*] Pathé Cinéma, 1897 in Paris gegründete Nachfolgerin der Pathé Frères, eines der ältesten und lange bedeutendstes europäisches Filmunternehmen.

45 *Zufall*] Evtl. spielt KT darauf an, daß Hesse nur durch den Hinweis des Schriftstellers Paul Ilg von S. Fischer entdeckt worden war. Seine vorher erschienen Bücher fanden kaum Beachtung. Erst der bei Fischer 1904 erschienene Roman ‹Peter Camenzind› brachte den Durchbruch und machte Hesse schlagartig bekannt. Hugo Ball schrieb dazu: «Hesse stand jetzt dort, wo er hingehörte: auf dem Forum, weithin vernehmbar.» (Hugo Ball: Hermann Hesse. Sein Leben und sein Werk. Berlin 1927, 109).

88

Extrazug nach Nizza

V: Peter Panter
D^1: SB Jg. 9, Nr. 12, 20.3.1913, S. 346–347 [Rubrik:] Rundschau. – Tagebuch
Bibl.: Bonitz/Wirtz D 88
Bespr.: «Extrazug nach Nizza» von Arthur Lippschitz und W. Schönau (d.i. Martha Kneschke-Schönau) im Theater am Nollendorfplatz

Dies ist der erste Beitrag in der neuen Rubrik «Rundschau» der SB, in der anfänglich ausschließlich KT unter seinem Pseudonym Peter Panter schrieb.

Max] Max Pallenberg, s. auch [79].
«auf daß … bliebä!»] Nach Schiller: Das Lied von der Glocke. («Auf daß sie ewig grünen bliebe/die schöne Zeit der jungen Liebe»).

89

Leo Bakst

V: Peter Panter
D^1: SB Jg. 9, Nr. 12, 20.3.1913, S. 347 [Rubrik:] Rundschau. – Tagebuch
Bibl.: Bonitz/Wirtz D 89

f *Russischen Ballett*] Gastspiel im Nov./Dez. 1912 im «Neuen Operntheater (Kroll)» mit über 100 Mitwirkenden, unter anderem auch Nijinski.
Salon Cassirer] 1898 von Bruno und Paul Cassirer eröffneter Kunstsalon, der gegen viele Widerstände den Impressionismus in Berlin förderte. Paul C. war Mitbegründer der Berliner Sezession.
f *veröffentlicht*] William Ritter: Ballettskizzen von Léon Bakst–Paris, in: Kunst und Dekoration 1913, IV, 309–323.
Ausstellung] In den Ausstellungsverzeichnissen ist weder für 1912 noch für 1913 eine Ausstellung in Berlin aufgeführt; s. Irina Prushan (Hg.): Léon Bakst. Bühnenbild- und Kostümentwürfe Buchgrafik Malerei und Grafik. Leningrad 1986, 214ff und 228ff (Verzeichnis der Ausstellungen, auf denen Werke Baksts gezeigt wurden).

90

Wintergarten

V: Peter Panter
D^1: SB Jg. 9, Nr. 12, 20. 3. 1913, S. 347–348 [Rubrik:] Rundschau. – Tagebuch
Bibl.: Bonitz / Wirtz D 90

9 *März-Programm*] Angekündigt wurden u. a. die Tänzerin Grete Wiesenthal, Alice O'Brien von der Opera comique Paris und der Akrobat Mirza Golem.

19 *Callot*] Jacques Callot, frz. Zeichner und Radierer.

91

Herrn von Hülsen

V: Horatio von Massarena
D^1: SB Jg. 9, Nr. 13, 20. 3. 1913, S. 348 [Rubrik:] Rundschau

Zuschreibung: s. [81], *0*.
Vgl. auch [129].

2 *Jubelexzellenz*] Am 1. 1. 1913 wurde die zehnjährige Wiederkehr des Tages gefeiert, an dem Georg Graf v. Hülsen-Haeseler als Generalintendant an die Spitze der königl. Theater berufen worden war. Am 16. 1. hatte SJ dazu einen bissigen Artikel in der SB veröffentlicht (‹Der Jubilar›, 75), in dem er das Hoftheater verstaubt und erstarrt nannte und Hülsen-Haeseler vorwarf, nur am finanziellen Erfolg interessiert zu sein, die Künstler wie Untergebene zu behandeln und gute Kräfte aus dem Ensemble zu vertreiben.

13 *mit dem Stab*] Anspielung auf den selbstherrlichen Leitungsstil Hülsens. So erhielt Hülsen z. B. zum Jubiläum vom Vertreter der Sekretäre und Diätare einen Kammerherrnstab in der Form eines Brieföffners – ein «eigenartiges Geschenk», wie das BT kommentierte (‹Das Jubiläum des Generalintendanten›, 2. 1. 1913, A). Als Beispiel sei ein Fall genannt, den die SB am 10. 4. 1913 unter ‹Antworten. Hans Fr. Berlin› aufspießte (der Text stammt möglicherweise auch von KT): «Ja, Hülsen hat am zweiten Osterfeiertag, wie ein paar Zeitungen schreiben, eine Hofopernsängerin

aus einem Arbeiterkonzert telephonisch weggeholt, nachdem er einer andern den Urlaub zu diesem Zweck verweigert hatte. Daß der Mann als Arbeitgeber unmöglich ist, haben die bewiesen, die es sich leisten konnten, ihn stehen zu lassen und wegzugehen. Es ist immer dasselbe: in seinem Fach unfähig, ein prächtiger Zeremonienmeister, reißt er den Mund auf, wo er wirtschaftlich das Übergewicht hat. Leute, die aus seinem Bureau kein Gehalt beziehen, haben immer über ihn gelacht. Und die Engagierten (hinter seinem Rücken) auch» (423). SJ zitierte in einem Bericht über eine Kulturdebatte im preuß. Abgeordnetenhaus Liebknecht: «Ein Mann, der die königlichen Hoftheater mit dem Kasernenhof oder dem Polizeipräsidium verwechselt wie Herr von Hülsen, gehört nicht an die Spitze eines großen Kunstinstituts» (‹Parlament und Hoftheater›, SB 24.4.1913, 462).

92

Exls Tirolerbühne

V: Anonym
D[1]: SB Jg. 9, Nr. 13, 27.3.1913, S. 355

Zuschreibung
In dem Widmungsexemplar für Mary Tucholsky hat KT diesen Text rot angestrichen und als eigene Arbeit markiert (s. auch [81], *O*).

Exls Tirolerbühne] Volkstheater aus Innsbruck, das vom 16.–30.3. ein erstes Gastspiel in Berlin gab. 1921 gastierte es erneut in Berlin.
Schönherr] Von Schönherr wurde bei Exl's Gastspiel nichts gespielt. Es handelt sich hier wahrscheinlich um eine Anspielung auf die erste Besprechung von Paul Schlenther im BT: «Vielleicht wären gerade sie es, die dem Berliner Publikum das rechte Verständnis für Karl Schönherr erst eröffnen und beweisen könnten, daß dieser Dichter schon Besseres geschaffen hat als ‹Glaube und Heimat›.» (‹Tiroler bei Kroll›, BT 17.3.1913) KT referiert in seinem «Bericht» an den Herausgeber dieses Stück von Schönherr.
Kroll] «Neues Operntheater (Kroll)»; ursprünglich: «Kroll's Etablissement», gegenüber dem Reichstag; in den drei Sälen, in die rund 3000 Menschen paßten, gab es Operetten, Konzerte, Varieté-Programme, Bälle, aber auch Theater- und Opern-Aufführungen.
garnet erst angfangen] Das Gastspiel brachte zum Auftakt Ganghofers «Der heilige Rat», danach Anzengrubers «Kreuzlschreiber», Franz Kra-

newitters «Todsünden» und zum Abschluß «Das Gnadenbild» von Rudolf Brix und Anzengrubers «Die Trutzige». Nach Zeitungsmeldungen war der Besuch des Gastspiels allerdings ziemlich schlecht.

93

Der Eine

V: Schigolch
D^1: SB Jg. 9, Nr. 13, 27. 3. 1913, S. 366

Zuschreibung: s. [81], *0*.

Der Text spielt auf den seit dem 31. 1. 1913 in Berlin laufenden Film «Der Andere» von Max Mack an, der den Stoff der Persönlichkeitsspaltung nach dem Vorbild von «Dr. Jekyll und Mr. Hyde» gestaltete, nach dem 1893 veröffentlichten Schauspiel von Paul Lindau. Mack begründete damit den Autorenfilm in Deutschland. – Im Film führt der Sturz vom Pferd zur Persönlichkeitsveränderung eines Rechtsanwalts, der als der «Andere» zum Einbrecher wird. Der Film wurde stark beachtet, weil Albert Bassermann, bekannter Bühnenstar bei Reinhardt, die Hauptrolle spielte (vgl. dazu: Hätte ich das Kino!, 1976, 126–128).

1 f *Der Film … ist lang*] Abwandlung von «Der Wahn ist kurz / die Reu ist lang» aus Schillers «Lied von der Glocke».

17 *Jagow*] Polizeipräsident von Berlin.

17 *Gebrüder Herrnfeld*] s. [73], *17*.

22 *Kohn-Kurski*] Zu den zahlreichen Theaterzusammenbrüchen in dieser Zeit s. z. B. SJ: Das berliner Theaterjahr, SB 22. 5. 1913, 570 f; Epstein: Das Theatergeschäft. Rückblick und Ausblick, SB 3. 7. 1913, 667 ff; vgl. auch [120], *16*.

33 *Staatsbürgerin*] ‹Staatsbürger-Zeitung›, s. [60], *29*.

94

Bayreuth

V: Peter Panter
D^1: SB Jg. 9, Nr. 13, 27. 3. 1913, S. 371 [Rubrik:] Rundschau. – Tagebuch

Bibl.: Bonitz/Wirtz D 91; GW 1
Rez: Anna Bahr-Mildenburg und Hermann Bahr, Bayreuth. Leipzig: Rowohlt 1912

5 f *Feuilletonstrich*] Vgl. [15], *38 f.*

8 *ihre Welt*] Die Sopranistin Anna Bahr-Mildenburg war Wagner-Sängerin und trat häufig in Bayreuth auf.

0 ff *Ausgabe … Frau Cosima*] Nur eine kurze Bemerkung über die Kartenausgabe stammt von Hermann Bahr (105); über Cosima Wagner und den Kapellmeister Müller schrieb Anna Bahr-Mildenburg.

6 f *Muck … Gesicht*] 82; der Dirigent Karl Muck dirigierte seit 1901 (bis 1930) in Bayreuth den Parsifal.

7 f *trotzigen … bestaunt»*] 83.

0 f *Sie noch übrig lassen*] Von Emil Ludwig erschien Anfang 1913 im Verlag Lehmann das heftig umstrittene Buch ‹Wagner oder die Entzauberten›.

2 *«Nebel der Verzückung»*] 81: «Zwei Gattungen gibts von Bayreuther Gästen. Die einen suchen im dicken Nebel der Verzückung ihren Weg. Sehr gescheit sind sie nicht, aber beneidenswert.»

3 ff *«dies den Deutschen … kann …»*] In dem Kapitel «Bayreuther Stimmung» stellte Bahr vier Institutionen und Personen vor, die in Bayreuth zuhause waren: Jean Paul, den dem Anarchismus nahestenden Max Stirner, das «lustige Opernhaus» in süddt. Barock und das strenge Festspielhaus Wagners. Zusammenfassend stellt er fest: «Still auf seinem Fleck zu sitzen, die ganze Welt umspannend, und es zu leiden, daß nebenan der Nachbar ganz anders umspannt, das haben wir voraus, das ist deutsch. Dies macht den Deutschen aus, daß er in seinem Kopf für alles Platz hat, was irgendein Mensch in der weiten Welt gedacht hat, und daß er sich nicht verschließen und vereinzeln kann, daß er sich erweitern muß über alles hin, dessen der Menschengeist fähig ist, und daß er die ruhige Kraft hat, sich die ganze Welt anzueignen und sich doch niemals an sie zu verlieren. So waren alle, die den deutschen Namen in Wahrheit verdienen. Ihr aber seid immer noch geistige Partikularisten, die ihr glaubt, daß einer nur in der kleinen Provinz seiner eigenen Meinung selig werden kann!»

Cook] s. [42], *17.*

Kopf in den Wolken] «[…] der immer mit einem Fuß in den Wolken hing, aber die Nase tief in irdischen Furchen stecken ließ […]» (59); s. auch Peter Panter: Krankheit und Besserung, BT 3. 11. 1919; D 592: «Und denkt an das schöne Wort des gefallenen Hermann Löns: ‹Die Füße fest auf der Heimaterde, aber die Gedanken darüber: so soll es sein›.»

95

Metropoltheater

V: Peter Panter
D^{1}: SB Jg. 9, Nr. 13, 27.3.1913, S. 371–372 [Rubrik:] Rundschau. – Tagebuch
Bibl.: Bonitz / Wirtz D 92; GW 1
Bespr.: «Die Kino-Königin». Operette von Julius Freund und Georg Okonkowski, Musik von Jean Gilbert; Premiere am 8.3.1913 im Metropol-Theater

0 *Metropoltheater*] Die jetzige Komische Oper in der Behrenstraße.

17 f *Wedekind spielen*] Giampietro spielte im Metropol-Theater neben Hielscher auch in einer Wedekind-Parodie, s. [54], *3*.

96

Toto

V: Kurt Tucholsky
D^{1}: SB Jg. 9, Nr. 14, 3.4.1913, S. 399–400 [Rubrik:] Rundschau
Bibl.: Bonitz / Wirtz D 93

19 *Zirkus Schumann*] Neben dem Zirkus Busch der zweite große Zirkus in Berlin; hatte sein riesiges Haus am Schiffbauerdamm. Später wurde das Gebäude von Max Reinhardt gepachtet und zum Großen Schauspielhaus umgebaut. Im Keller war 1919 das Kabarett «Schall und Rauch» untergebracht. Nach 1945 bis zum Abriß: Friedrichstadt-Palast.

37 *Schlenthern*] Paul Schlenther, Theaterkritiker der ‹Vossischen Zeitung›, später des BT, gründete 1889 zusammen mit Otto Brahm den Verein «Freie Bühne», schrieb zahlreiche Bücher über das Theater (s. [112]).

38 *Schandarmenmarkt*] Am Gendarmenmarkt war das Königl. Schauspielhaus, das wegen seiner langweiligen Klassikeraufführungen auch den Spitznamen «Kleinkindertheater» hatte (Lange 1988, 522).

97

Der Vogelladen

V: Kurt Tucholsky
D^1: Simplicissimus Jg. 18 (1913 / 14), Nr. 2, 7. 4. 1913, S. 20
Bibl.: Bonitz / Wirtz D 94; Rep

Auf dem Ausschnitt in seiner ZAS ist hs. von KTs Hand vermerkt: *links aoR* «Simplicissimus» Jg. 18: *Mitte aoR* 1913. *rechts aoR* 7. April **4–5** protestiert … Schlüsselromane] *hs. gestr. mit unleserlichen hs. Änderungen arR* **23** stehen] *hs. davor eingefügt* plakatiert **24** kannst] *hs. gestr., arR eingefügt hs.* möchtest **35** Arbeitszeit] *hs. korr. zu* Arbeit

Zum ‹Simplicissimus› s. [38], *100f.*

7 *«Ach Mädchen …*] Nach Auskunft des Deutschen Volksliedarchivs in Freiburg / Br. ist dieses Lied dort nicht nachweisbar.

0 *«Wie die Blümlein draußen zittern»*] Als «Volkslied» 1852 von Friedrich Silcher publiziert (Text von C. O. Steinau, d. i. Julius Inkermann, Musik von A. Wagner, 1851).

6 f *«Ich hab' … gefällt»*] Volkslied mit dem Titel «Zuversicht», abgedr. in: Scherer 1978, 77.

9 *«Ein Mädchen …*] Nachgewiesen in den Hessischen Blättern für Volkskunde 1 (1902), S. 33 (Verf. u. Komponist unbekannt).

1 *«Meine Mutter … wär …»*] Alter Kinderreim, abgedr. in: H. M. Enzensberger: Allerleirauh. Viele schöne Kinderreime. Frankfurt / M. 1961, 38. Überliefert durch den «Zupfgeigenhansel», 9. Aufl., Leipzig 1912, S. 169f.

98

Intimer Dialog

V: Ignaz
D^1: Vorwärts Jg. 30, Nr. 83, 9. 4. 1913, 1. Beilage, [S. 1] [Rubrik:] Kleines Feuilleton. – Humor und Satire
Bibl.: Bonitz / Wirtz D 95

Kontext
Am 26. 3. 1913 hatte der sog. «Spielerprozeß Stallmann» im Berliner Landgericht begonnen. Der Privatier Rudolf Stallmann und der Leutnant a. D.

Edmund Niemela wurden beschuldigt, gemeinsam mit einem Dritten den 24jährigen Oberleutnant von Dippe durch Falschspielerei um 80 000 Mark betrogen zu haben. Im Prozeß, über den die Berliner Zeitungen fast täglich ausführlich berichteten, wurden zahlreiche Fälle geschildert, in denen Offiziere, Gutsbesitzer und andere Personen der sog. «feinen Kreise» Unsummen verspielten und verloren. Am 10.4. wurde Niemela freigesprochen, Stallmann wurde wegen Betrug zu einem Jahr Gefängnis unter Anrechnung von 9 Monaten Untersuchungshaft und 3 Jahren Ehrverlust verurteilt.

99

Der weiße Rappe

V: Peter Panter
D^1: SB Jg. 9, Nr. 15, 10.4.1913, S. 425–426 [Rubrik:] Rundschau. – Tagebuch
Bibl.: Bonitz / Wirtz D 96
Rez: Siegmund Feldmann, Paris gestern und heut. Kulturporträts. Berlin: Concordia Deutsche Verlagsanstalt 1909, 4. Aufl. Berlin: K. Curtius 1913.

9 *zweiten Empires*] s. [30], *1.*

24 *Verhältnis*] Feldmann 159 f. Zwischen dem Dramatiker Jean Richepin und der «göttlichen» Schauspielerin Sarah Bernhardt gab es 1883 eine kurze aber heftige Liebesaffaire, die in Paris monatelang die Klatschspalten füllte.

29 f *«die Hand … wetzen»*] Feldmann 7 (Vorwort).

100

Mit Roda

V: Peter Panter
D^1: SB Jg. 9, Nr. 15, 10.4.1913, S. 426 [Rubrik:] Rundschau. – Tagebuch
Bibl.: Bonitz / Wirtz D 97

Vgl. Bd. 4, [213].

1 *im Saal*] In der Singakademie (dem heutigen Maxim-Gorki-Theater) fand am 4.4. der zweite «lustige Abend» mit Roda Roda statt.

8 *Balkan*] s. [109], 2.

10 ‹*Die Jungtürken*›] Im März-Heft der ‹Süddeutschen Monatshefte›, 839 bis 846.

23 f *Hopf und Paulsiecks Lesebuchdeutsch*] Jako Hopf u. Karl Paulsieck: Deutsches Lesebuch für Gymnasien, Real- und höhere Bürgerschulen, Hamm 1855, mit zahlreichen Neuauflagen.

101

Der Bürgergeneral

V: Ignaz
D[1]: Vorwärts Jg. 30, Nr. 87, 13.4.1913, 2. Beilage, [S. 1] [Rubrik:] Kleines Feuilleton. – Humor und Satire
Bibl.: Nd s. Bonitz / Wirtz D 98; 1 Nd; GW 1

Satire auf die RT-Sitzung vom 9.4.1913, auf der die Wehrvorlage für eine weitere Erhöhung der Friedenspräsenzstärke des dt. Heeres beraten wurde. Die hier in Szene gesetzte Rede Haeuslers (Verh. d. RT, Bd. 289, 4600–4605) wurde von der SPD wiederholt mit Beifall bedacht.

Haeusler] Der ‹Vorwärts› bescheinigte dem ehem. bayerischen General, der für das Zentrum im RT saß, daß er ein ausgezeichneter Fachmann sei, kein weltfremder und volksfeindlicher Berufsmilitär, sondern «demokratisches Empfinden zu besitzen scheint und zugleich den Willen zur Reorganisation des Heeres im Sinne der Demokratie mitbringt» (‹Eine Niederlage der Militaristen›, Vorwärts 10.4.1913).

bayerische Bevollmächtigte] Der stellv. bayerische Bundesratsbevollmächtigte, General Wenninger. Während die Vorschläge Haeuslers von KT inhaltlich zutreffend wiedergegeben wurden, sind die Äußerungen Wenningers stark überzogen. Wenninger bestritt die «sogenannte Sachverständigkeit» Haeuslers und verwahrte sich gegen dessen Ausführungen.

beapplaudieren] Am Ende der erregten Debatte meldete sich noch einmal der Abg. Wenninger: «Ich habe noch das Bedürfnis, im Namen des bayerischen Offizierskorps das tiefste Bedauern hier auszusprechen, daß der Herr Abg. Haeusler in seiner Rede Worte gesprochen hat, die ihren Beifall nicht aus der eigenen Partei (Oho! links), sondern nur auf der äußersten Linken gefunden hat (Stürmische Rufe bei den Sozialdemokraten: Oho!)». Verh. d. RT, Bd. 289, 4610.

102

Coletti

V: Peter Panter
D[1]: SB Jg. 9, Nr. 16, 17.4.1913, S. 450–451 [Rubrik:] Rundschau. – Tagebuch
Bibl.: Bonitz / Wirtz D 99
Bespr.: «Wo ist Coletti?» Kino-Posse von Franz von Schönthan, Regie Max Mack. Aufführung in den Kammer-Lichtspielen am Potsdamer Platz

2 *Langweilig*] Die ‹Lichtbild-Bühne› schrieb dagegen zur Premiere von dem «gottbegnadeten Künstler, der es versteht, uns die Sorgenfalten von der Stirn zu wegscheuchen. Wer den bitteren Ernst des Lebens uns für ein Stündchen nur hinwegtäuschen kann, der ist unser Freund, ein Messias, Volksbeglücker und Menschenkenner.» (H. 14, 1913, zit. nach: Hätte ich das Kino! Marbach 1976, 44).

17 *Hans Junkermann*] Spielte den Detektiv Coletti, s. auch [168]).

18 *Mätsch Lessing*] Madge Lessing spielte die weibliche Hauptrolle der Lotte.

23 f *Söderström*] d.i.: Kurt Szafranski.

103

Hochherrschaftliche Wohnungen

V: Peter Panter
D[1]: SB Jg. 9, Nr. 16, 17.4.1913, S. 451
Bibl.: Bonitz / Wirtz D 100
Bespr.: «Hochherrschaftliche Wohnungen. Posse mit allem Komfort in 4 Bildern» von Tony Impekoven (1913); Musik Willy Bredschneider; Premiere am 5.4.1913 im Berliner Komödienhaus mit Senta Söneland und Martha Altenberg

21 *im Cabaret*] Senta Söneland trat zu der Zeit auch im Programm des Bier-Cabaret auf, das um halb neun Uhr begann.

28 *die Weber*] Käthe Kollwitz hatte 1897 / 98 den Radierzyklus «Ein Weberaufstand» veröffentlicht. Hauptmann hatte zu dieser Thematik ein Drama geschrieben («Die Weber», 1892).

104

Die Sorma

V: Peter Panter
D[1]: SB Jg. 9, Nr. 16, 17.4.1913, S. 451–452
Bibl.: Bonitz / Wirtz D 101
Bespr.: «Liebelei» von Arthur Schnitzler; Auff. am 11.4. im Theater am Nollendorfplatz; erwähnte Darsteller: Agnes Sorma (Christine), Fritzi Massary (Mizi Schlager), Max Pallenberg (Weiring)

Bereits 1910 hatte SJ in der SB den Artikel ‹Von der Sorma› veröffentlicht (31.3.1910, I, 334 ff).

17 *Massary*] Vgl. [207].

105

An Arno Holz

V: Kurt Tucholsky
D[1]: SB Jg. 9, Nr. 17, 24.4.1913, S. 470–472
Bibl.: Nd s. Bonitz / Wirtz D 102; 4 Nd; GW 1

Vgl. zu Arno Holz Bd. 4, [92] mit K.

1 *Avenarius*] Der Spendenaufruf ‹Für Arno Holz› erschien in der von Ferdinand Avenarius hg. Zeitschrift ‹Der Kunstwart› Jg. 26, H. 14, 2. Aprilheft 1913, 131 f.

9 *fünfzig Jahr*] Holz wurde am 26.4.1863 in Rastenburg geboren.

1 *Bataille*] Holz und Johannes Schlaf bestritten ihre literarischen Richtungskämpfe vor allem im Naturalistenverein «Durch!» und der Zeitschrift ‹Die freie Bühne›.

f *«Familie Selicke», «Papa Hamlet»*] Zu diesen Stücken vgl. Bd. 4, [92], *13*.

f *und in … ein*] Nach Schiller: Die Kraniche des Ibykus (1797).

Schlaf] Wortspiel um Johannes Schlaf, vgl. Bd. 4, [92], *13*.

«Phantasus»] Lyrischer Zyklus. H. 1–2. Berlin: Sassenbach 1898 / 99. H. 1–3. Dresden: Reißner 1913.

Städtchen der Mark] «Märkisches Städtchen» heißt das Gedicht im

‹Phantasus› (Arno Holz: Werke. Hg. von Wilhelm Emrich u. Anita Holz. Bd. I: Phantasus I. Neuwied 1961, 314 f).

44 f *«Des Dafnis … Venuslieder»*] Vgl. Bd. 4, [92], *24*; dort auch Hinweise zum «Publikumserfolg» (s. u. 48).

52 *Richtlinien für die Kunst*] ‹Die Kunst, ihr Wesen und ihre Gesetze› (2 Bde, 1891 / 92) – darin formulierte Holz mehrere seiner berühmten Formeln für die Kunst.

58 *Franz Blei*] Nicht ermittelt.

64 ff *«Kleine Blumen … Sterne …»*] Anfang des Gedichts «Er klagt / daß der Frühling so kortz blüht»:
Kleine Bluhmen wie aus Glaß / seh ich gar zu gerne / durch das tunckelgrüne Graß / kukken sie wie Sterne. (Arno Holz: Werke; wie in *40*, Bd. V, Neuwied 1962, innerhalb des Faksimiles von «Dafnis», S. 67).

67 f *Dorillgens, Grittgens*] Solche Diminutivformen gebraucht Holz häufig im ‹Daphnis›; vgl. Faksimile (wie in *64 ff*): S. 22, 28, 36, 43, 91, 122, 151, 186, 188, 191, 197, 275.

68 f *schwarzen Fleggetohn*] Faksimile (wie in *64 ff*): S. 137.

85 *«ER … Grabe»*] Titel des letzten Gedichts, Faksimile (wie *64 ff*): S. 305 f.

87 ff *Horch … breve!*] Letzte Strophe des Schlußgedichts, Faksimile (wie *64 ff*): S. 306.

106

Aus einem frankfurter Brief

V: Die Claire
D^1: SB Jg. 9, Nr. 17, 24. 4. 1913, S. 477 – 478 [Rubrik:] Rundschau
Bespr.: «Frauen» von Franz Adam Beyerlein; Auff. im Frankfurter Schauspielhaus am 21. 4. 1913

Zuschreibung: s. [81], *0*.

107

Der Dreischichtedichter

V: Peter Panter
D^1: SB Jg. 9, Nr. 17, 24. 4. 1913, S. 478 – 479 [Rubrik:] Rundschau. – Tagebuch

Bibl.: Nd s. Bonitz/Wirtz D 103; 2 Nd; GW 1
Rez: Robert Walser, Aufsätze. Leipzig: Kurt Wolff 1913

0 *Dreischichtedichter*] Diese Charakterisierung Walsers findet sich in Max Brods ‹Kommentar zu Robert Walser› (in: M.B.: Über die Schönheit häßlicher Bilder. Leipzig: Insel 1913, 158–166; erstmals in ‹Pan› 2. Jg., 1911, 53–58). – In einem Brief KTs vom 24.10.1911 an Brod heißt es dazu: «Der Walserkommentar war fein. (zu fein?) Sie haben, glaube ich Walser einen großen Dienst geleistet – seine Bücher waren nicht allzu bekannt. Ich kannte nur die kleinen Prosasachen und kann nicht beurteilen, ob alles in den Büchern steckt, was Sie schrieben. Aber ich kann es mir denken und das mit den Schichtedichtern ist famos. Mir sind eine Menge Beispiele eingefallen, mit denen ich früher nichts rechtes anfangen konnte. – (Hurah Keller! –)» (DLA). In einem weiteren Brief an Brod vom 27.9.1912 kommt KT darauf zurück: «Ich will Ihnen also nur in Kürze das Nötigste mitteilen: dass Walser beginnt (oder fortfährt) auf den höchsten Gipfeln des Parnasses herum zu klettern, werden Sie besser wissen als ich. In No. 39 der Schaubühne: Kotzebue. Ich weiss nicht, ob Sie das gelesen haben, es war meisterhaft. Mit Recht bezeichneten Sie ihn damals als ‹dreischichtig›. Er listet wirklich der Sprache neue Töne ab, z.B. in Kotzebue: ‹… seine massiven, sämtlichen, gepressten, gedruckten, in Kalbleder gebundenen, gekotzten und gebutzten Werke …› – das Wort ‹sämtliche› allein ist eine Freude. Man könnte geologisch schürfen, soviel Schichten gibt es garnicht. Ich bin sehr gespannt auf seinen Arkadia-Beitrag.» (NL Max Brod, Privatbesitz).

1 f ‹*Fritz Kochers Aufsätze*›] Leipzig: Insel 1904. Die Prosastücke in Walsers erster Buchveröffentlichung, zu der Karl Walser 11 Federzeichnungen beisteuerte, waren zuerst 1902/03 im ‹Sonntagsblatt des Bund› (Bern) veröffentlicht worden. Sie imitierten in ironisch-parodistischer Manier die Form des Schulaufsatzes (s. Z. 26ff).

2 *Bruder Karl*] Eine Würdigung der Leistungen Karl Walsers von Oskar Bie erschien im Jahr zuvor (SB 28.11.1912, II, 559ff).

4 *Sammlung der ‹Aufsätze›*] Erschienen im Frühjahr 1913, mit Einbandzeichnung und Vignetten von Karl Walser. Die meisten der in dem Band versammelten Prosastücke waren zwischen 1907 und 1912 in der SB und der ‹Neuen Rundschau› erschienen.

«Birch-Pfeiffer»] Zuerst in: SB 20.3.1912, I, 337.

«Kotzebue»] Zuerst in: SB 26.9.1912, II, 293.

«Kino»] Zuerst in: SB 25.5.1912, I, 606.

«Büchners Flucht»] Zuerst in: SB 29.8.1912, II, 174.

18 *«Lenz»*] Zuerst in: SB 18.4.1912, I, 453.

22 f *«Auch Kayßler … wegmachen …»*] Zitat aus «Vier Späße», die zuerst anonym in der Rubrik «Theaternachrichten» der SB (4.4.1907, I, 361–362) erschienen waren.

108

Wintergarten

V: Peter Panter
D^1: SB Jg. 9, Nr. 17, 24.4.1913, S. 479 [Rubrik:] Rundschau. – Tagebuch
Bibl.: Bonitz/Wirtz D 104

2 *neu*] Die Besprechung in der Voss begann ähnlich: «Dem regelmäßigen Besucher der ersten Berliner Spezialitätenbühne scheint es meistens unmöglich, daß auf dem Gebiet der Akrobatik, der Gymnastik usw. noch immer Neues und Hervorragendes gebracht werden könne, und doch enthält das April-Programm des Wintergartens ein paar sensationelle Nummern ersten Ranges.» (4.4.1913, M) Premiere des neuen Programms war am 1.4.1913.

8 *«Perezoff-Truppe»*] In der Voss hieß es dazu: «Die Perezoff-Truppe, die schon aus früheren Engagements vorteilhaft bekannt ist, hat ihre Jongleur-Pantomime Un souper chez Maxim mit zahlreichen, schwierigen, neuen und sehr komisch wirkenden Tricks ausgestattet» (4.4.1913, M). Laut BT hieß das Programm «Un souper animé chez Maxim» (6.4.1913, M).

9 *Kunstschütze*] In dem Programm traten die amer. Kunstschützen «The Vivians» auf.

10 *Binns*] Binns und Bert waren amer. Excentrics.

14 *Sunshine Girls*] Neben den «amerikan. Schönheiten The 6 Kirksmith Sisters» und dem engl. Tanz-Ensemble «Palace-Girls» traten die Sunshine Girls mit engl. Tanzgrotesken auf; vgl. [185].

19 *Max Linder*] Der Filmschauspieler war der Hauptdarsteller des Films «Die defekte Gasleitung».

109

Schieber!

V: Ignaz
D[1]: Vorwärts Jg. 30, Nr. 105, 1.5.1913, 2. Beilage, [S. 1] [Rubrik:] Kleines Feuilleton. – Humor und Satire
Bibl.: Nd s. Bonitz/Wirtz D 108; 1 Nd

2 *im Sturm Skutari*] Im Balkankrieg von 1912 verlor das Osmanische Reich seine makedonischen und albanischen Gebiete bis auf die Festungen Janina und Skutari. Am 23.4.1913 eroberten überraschenderweise montenegrinische Truppen die gutbefestigte Stadt Skutari, die nach dem Beschluß auf der Botschafterkonferenz der europäischen Großmächte Anfang Januar in London zu dem in die Souveränität entlassenen Staat Albanien gehören sollte. Die europäischen Großmächte sahen ihre territorialen Interessen gefährdet, eine Ausweitung des Krieges wurde aber durch den Rückzug Montenegros am 5.5. abgewendet. Zwischenzeitlich waren auch die Hintergründe des Sturms auf Skutari bekannt geworden. «Jener Essad Pascha, der uns als heldenmütiger Verteidiger Skutaris geschildert worden ist, [...] der hat sich, wie man jetzt weiß, mit dem König Nikita verständigt, den früheren Kommandanten der Festung ermorden lassen, die Festung den Montenegrinern übergeben und sich dafür selbst zum König des von Österreich so heiß gewünschten autonomen Albaniens proklamiert.» (‹Das Spiel mit dem Völkerfrieden›, Vorwärts 30.4.1913).

3 *Nikki*] König Nikola I. (Nikita) von Montenegro.

4 *Essad*] Essad Pascha, albanischer Politiker und Militär.

die Schieber suchen] Der ‹Vorwärts› hatte am Vortag über die Heeresvorlage im Reichstag berichtet (s. auch [101]), in der auch die Balkankrise angesprochen worden war. Den beschwichtigenden Bemerkungen des Staatssekretärs von Jagow hielt der SPD-Abgeordnete Haase entgegen: «Daß die Balkankrise und speziell die Affäre mit Montenegro nichts mit den Beratungen über die Heeresvorlage zu tun haben soll, ist unrichtig. [...] Fürchtet er für die Rüstungen?» (‹Die Heeresvorlage in der Budgetkommission des Reichtages›, Vorwärts 30.4.1913).

ins Sterben zog] Durch die Bündnispolitik wäre auch Deutschland in diesen Krieg hineingezogen worden. Der ‹Vorwärts› schrieb dazu am 25.4. auf der Titelseite: «Tausende Deutsche sollen auf die Schlachtbank geführt werden, um ein elendes Städtchen den Montenegrinern zu entreißen und den Albanern zu verschaffen. Das soll ein Hochziel deutschnationaler Politik sein? Deshalb sollen vielleicht noch unsere Arbeiter hinausziehen für Kaiser und Reich, für Skutari und Albanien, für den klerikalen Thronfolger Österreichs und den vorläufig noch anonymen König von Albanien?» (‹Ruhig, Österreich!›, Vorwärts 25.4.1913).

110

Kinomüdigkeit

V: Anonym
D^1: Vorwärts Jg. 30, Nr. 108, 5.5.1913, [S. 3] [Rubrik:] Kleines Feuilleton
Bibl.: Bonitz / Wirtz D 109

Zuschreibung
Der Text befindet sich in KTs Mappe mit eigenen Arbeiten (KTA).

Vgl. die Fortsetzung dieser Diskussion unter dem gleichen Titel in [121]; die grundsätzlichen Beiträge von KT zum Kino sind unter [78], *0* vermerkt. KT hat seine Einschätzung des Kinos später rückblickend revidiert. In einem undatierten Brief (um den 29.9.1935) schrieb er an Elisabeth Gertrud Dunant: «... will ich Dir sagen, daß ich keineswegs an die Unfehlbarkeit meiner Prophezeiungen glaube. Ich habe mich verhauen: 1913 habe ich an eine ‹*Kinomüdigkeit*› des Publikums geglaubt und die Bedeutung dieser löblichen Institution nicht erkannt.» (AB 2, 186).

3 ff *Lieschen hat ... am nächsten ...*] Die von KT erfundenen Titel sind zeitgenössischen nachempfunden, vgl. [78], *52ff.*
5 f *Wenn die Not am größten*] – ist die Hilf' am nächsten (sprichwörtlich).
14 *«das Publikum will es»*] Wörtlich später ebenso «Das Publikum will es so» in dem Gedicht ‹An das Publikum› (WB 7.7.1931, II, 32; D 2612).

111

Er auch!

V: Ignaz
D^1: Vorwärts Jg. 30, Nr. 109, 6.5.1913, 1. Beilage, [S. 1] [Rubrik:] Kleines Feuilleton. – Humor und Satire
Bibl.: Nd s. Bonitz / Wirtz D 110; 1 Nd

1 *PAPA*] Wilhelm II.

3 *der Junge*] Kronprinz Wilhelm verfaßte zu dem von ihm herausgegebenen Buch ‹Deutschland in Waffen› (Stuttgart: Deutsche Verlagsanstalt 1913) das Geleitwort und ein Kapitel. Der Kronprinz nannte darin das schwärmerische «Träumen von der Möglichkeit eines ewigen Weltfriedens» undeutsch und den Deutschen nicht anstehend. Vielmehr werde «das Schwert bis zum Untergang der Welt immer der letzten Endes ausschlaggebende Faktor sein und bleiben». Sätze wie: «Nur so, auf das gute Schwert gestützt, können wir den Platz an der Sonne erhalten, der uns zusteht, aber nicht freiwillig eingeräumt wird ...» wurden von der liberalen Presse als bedenkliche Einmischung in die Politik und Affront gegen das Ausland verstanden (z. B. ‹Der Kronprinz als Schriftsteller›, BT 30. 4. 1913, A; ‹Der Sohn seines Vaters›, Dresdner Volkszeitung 2. 5. 1913). Der ‹Ulk› ließ in einer Zeichnung den Kronprinz in Uniform auf seinem Pferd das Buch durch die Hufe des Pferdes schreiben: «Na, Hans, nun wollen wir den Leuten zeigen, was Kriegspoesie ist!» (‹Tipp, Tipp, Hurrah!!!›, Ulk 16. 5. 1913).

19 *wie damals*] Anspielung auf verschiedene Äußerungen Wilhelm II. zu außenpolitischen Fragen, mit denen er polit. Komplikationen hervorrief; am bekanntesten war die Daily-Telegraph-Affäre 1908, als er in einem Interview Anschauungen äußerte, auf die sowohl England wie Frankreich und Rußland empfindlich reagierten und die in Deutschland bei allen Parteien Empörung über die Einmischung auslösten.

19 f *entferntesten Zeitungsblätter*] Frz. Zeitungen kommentierten die Äußerungen des Kronprinzen als einen Beweis für die Notwendigkeit der frz. Rüstungsvermehrung. Der ‹Figaro› meinte: «Wenn Deutschland mit dem Schwert in der Hand droht, wäre es nicht angebracht, das französische Schwert rosten zu lassen.» Der Londoner ‹Daily Expreß› schrieb dazu: «Wir wissen nicht, ob er im Sinne seines Vaters sprach. Das Lob auf das Schwert wird den Frieden nicht erleichtern.» (s. ‹Der Sohn seines Vaters›, Dresdner Volkszeitung 2. 5. 1913; ‹Das Kronprinzenbuch und die Franzosen›, BT 2. 5. 1913, A; ‹Das Echo der Kronprinzenworte›, Vorwärts 3. 5. 1913).

112*

Paul Schlenther

V: Horatio von Massarena
D[1]: Zeit im Bild Jg. 11, Nr. 19, 7.5.1913, S. 1078
Mit einem von Trier gezeichneten Bild Schlenthers.

Zuschreibung
s. [81], *0*. Da KT das Pseudonym Horatio von Massarena in der SB benutzte und später auch unter Ignaz Wrobel in der ‹Zeit im Bild› schrieb (s. [176]), kann man davon ausgehen, daß der Text von KT stammt.

Die in Berlin 1903 gegr. Zeitschrift ‹Zeit im Bild. Moderne illustrierte Wochenschrift› wurde von Heinrich Michalski geleitet.

Schlenther wurde in der SB dieser Zeit wiederholt angegriffen; vgl. z.B. ‹Antworten. J. M., Berlin›: «Man kann es nur mit zwei nassen Augen betrachten. Dafür Freie Bühne. Dafür Kampf. Dafür ‹ausgezogen, Reiche erobert, Städte gegründet, Gesetze gegeben, Könige entthront, Freunde verloren, Götter beleidigt, dazu Nächte durchwacht, Pläne gesponnen› – dafür, daß eines Morgens ein Feuilleton des Berliner Tageblatts den Titel trage: ‹Kissingen ohne Philippi. Von Paul Schlenther›. Sic transit. Einst lief er Henrik Ibsen vorauf, jetzt läuft er Felix Philippi nach, und gar seiner Verdauung. Wohl bekomms. Daß Blumenthal, weil es heute die Kundschaft verlangt, Gerhart Hauptmann, den er früher angepöbelt hat, in gereimten Versen beschützt, ist selbstverständlich. Aber der Fall Schlenther fängt doch an, tieftraurig zu werden.» (SB 3.7.1913, 685).

10 *Speidel*] Gemeint ist Ludwig Speidel, einer der wichtigsten Repräsentanten des Wiener Feuilletons. Seine stilistisch glänzenden biograph. Essays wurden erst postum als ‹Schriften› (4 Bde., Berlin 1910/11) veröffentlicht.
10 *das Heft*] Botho von Hülsen und seine Leute. Eine Jubiläumskritik über das Berliner Hofschauspiel. Berlin 1883 (64 S.).
18 *Frenzel*] Gemeint ist der Schriftsteller und Journalist Karl Frenzel.
21 f *Herold Ibsens*] Schlenther war, zusammen mit G. Brandes und Julius Elias, Herausgeber von ‹Henrik Ibsens sämtlichen Werken in deutscher Sprache. Vom Dichter autorisiert›. 10 Bde., Berlin: S. Fischer-Verlag 1898–1909. Dem folgte eine Volksausgabe, gemeinsam mit Elias, in 5 Bänden, Berlin 1907, ebenfalls im S. Fischer-Verlag.
23 *‹Tante Voß›*] Schlenther war von 1886–98 Theaterkritiker der Voss.

26 f *Männerstolz vor Fürstenthronen*] Nach Schillers Ode: An die Freude (dort: «Männerstolz vor Königsthronen»).

29 *der Freien Bühne*] 1889 hatte Schlenther zusammen mit Otto Brahm, Th. Wolff, Harden u. a. die «Freie Bühne» gegründet. Der Verein sollte besonders solche Dramen berücksichtigen, «die den ständigen Bühnen ihrem Wesen nach schwerer zugänglich sind». Da die Aufführungen nur für Mitglieder des Vereins stattfanden, unterlagen sie nicht der Theaterzensur. Leiter war bis 1893 Otto Brahm, danach Schlenther. Aufgeführt wurden neben den Frühwerken von Hauptmann Stücke von Holz und Schlaf, von Ibsen, Max Halbe, Tolstoi u. a. (vgl. Schlenther: Wozu der Lärm? Genesis der Freien Bühne, Berlin 1889).

30 *nach Wien*] Von 1898–1910 war Schlenther Direktor des Burgtheaters.

49 *die ‹Nation›*] Wochenschrift für Politik, Literatur, Theater, wiss. Tagesfragen u. a., Berlin 1883–1907, hg. von Th. Barth.

51 *‹Berliner Tageblatt›*] Nach seiner Rückkehr aus Wien schrieb Schlenther für das BT.

53 *dem sechzigjährigen*] ‹Der «blutige Oskar»›, BT 12. 3. 1912, A. In Auszügen ist dieser rühmende Artikel in der SB abgedruckt (SB 27. 3. 1913, 372); demonstrativ werden Schlenthers abwertende «Äußerungen über Hebbel anläßlich des 100. Geburtstags» danebengesetzt, die im BT am 16. 3. 1913, M, unter dem Titel ‹Hebbel› erschienen waren.

57 *Mördergrube*] Abgeleitet von Matth. 21, 13.

113

Dem siebzigjährigen Mosse

V: Anonym
D[1]: SB Jg. 9, Nr. 19, 8. 5. 1913, S. 514–519

Zuschreibung
In dem Widmungsexemplar für Mary Tucholsky hat KT über diesem Text hs. vermerkt: «mit S. J. gemeinsam» (s. auch [81], *0*).

9 f *Annoncenexpedition*] Ein Büro, das Anzeigenaufträge entgegennimmt und an die einschlägigen Zeitungen weiterleitet. R. Mosse systematisierte das Anzeigenwesen kaufmännisch durch den Kauf ganzer Anzeigenseiten in Zeitungen und Zeitschriften. Bald gab es in allen größeren Städten Mosse-Annoncenbüros.

51 ‹*Fliegenden Blätter*›] 1844–1928 in München erschienenes illustriertes humorist. Wochenblatt.

76 ‹*Nationalzeitung*›] 1848 gegr. Berliner Tageszeitung, eines der Hauptorgane der Nationalliberalen Partei.

76 f ‹*Königlich ... Sachen*›] Titel der Voss, der ältesten Berliner Tageszeitung. Das liberale Blatt war hervorgegangen aus einer seit 1617 erscheinenden Wochenzeitung, erschien seit 1751 im Verlag von Christian Friedrich Voß, 1911 erstmals direkt als ‹Vossische Zeitung›. 1914 wurde sie vom Ullstein-Verlag übernommen.

79 *erste Nummer*] Erschien am 1. 1. 1872.

84 ‹*Fanfare*›] Fritz Mauthner: Berlin W., 3 Bde., Bd. 2: Die Fanfare. Dresden 1888.

92 ff «*Die Große ... Kampf hervor.*»] ebd. 65 f. KT zitiert, auch bei den folgenden Textstücken, mit leichten Abweichungen.

105 ff «*Doch nur ... Leute stellt.*»] ebd. 105.

108 ff «*Es kam ... Inseratenaufträge.*»] ebd. 140.

113 f «*Gott ... zurückspringen.*»] ebd. 312.

116 ff «*Von der hohen ... nicht.*»] ebd. 66 f. Im Original statt Mettmann: Pinkus.

123 f «*Je besser ... Inserate!*»] ebd. 66.

124 «*Über Leichen!*»] ebd. 405.

126 ff «*Lassen Sie ... für mich.*»] ebd. 273 f.

133 *Poeta propheta*] Der Dichter als Prophet.

135 ‹*Politiken*›] Führende dän. Tageszeitung in Kopenhagen, demokr., gegr. 1884.

143 f *Wie sich ... ein.*] Goethe, Faust II, 1. Akt, Kaiserl. Pfalz, Vs. 5061 f: «Wie sich Verdienst und Glück verketten / Das fällt den Toren niemals ein».

155 *nach Arthur Levysohns Tode*] 1906 schied der kranke Levysohn aus, sein Nachfolger wurde der aus Paris herbeigerufene Neffe Rudolf Mosses, Th. Wolff. Levysohn starb erst 1908.

166 *bestimmte Politik*] Levysohn hat (seit 1880) das noch unverbindlich liberale Profil der Zeitung geformt, Theodor Wolff machte aus der in der Krankheitszeit Levysohns «politisch wabbelig» gewordenen Zeitung (so Wolff 1941 in einem unveröffentlichten Manuskript, zitiert in: Wolfram Köhler: Der Chefredakteur Theodor Wolff, Düsseldorf 1978, 128) ein Blatt, das entschieden für eine linksliberale, parlamentarisch-demokrat. Politik eintrat.

167 f *Ein Sumpf ... Errungene*] Zitat aus Goethes «Faust II» (Großer Vorhof des Palastes, Vs. 11559 f): «Ein Sumpf zieht am Gebirge hin. / Verpestet alles schon Errungene».

76 f *moralische Anstalt*] Anspielung auf Schiller: Die Schaubühne als moralische Anstalt betrachtet. 1784.

7 *Schmöcke*] s. [21], *10*.

2 *Moritz Heimann*] In dem Aufsatz ‹Kritik und Kritiker›, Neue Deutsche Rundschau (Freie Bühne) 8. Jg. (1897), 1. Hbj., 195–203 (Zitat 196). KT zitiert leicht verändert. Bei Heimann heißt es: «In der Jubiläumsnummer waren eine große Anzahl von ‹Rückblicken› auf die letzten fünfundzwanzig Jahre des deutschen Lebens und seiner Geltung im Auslande: da waren es beiläufig vier Namen [...]» (mit leichten Abweichungen weiter wie bei KT). Die «Jubiläumsausgabe» als Beilage des BT vom 1. 1. 1897 ist in der Verfilmung der Zeitung nicht enthalten.

0 *«ein dichtendes Tölpelchen»*] Im Artikel ‹Hebbel›, BT 16. 3. 1913, M.

1 *als «Denker»*] Im Artikel ‹Der «blutige Oskar»›, BT 12. 3. 1912, A; vgl. [112], *53*.

2 f *erklären lassen*] Arnold Höllriegel: Für Else Lasker-Schüler, BT 23. 1. 1913, M.

4 *gesammelt werden mußte*] Im Januar 1913 erschien in der ‹Fackel› (Nr. 366/377) ein Spendenaufruf für Else Lasker-Schüler, unterzeichnet von Richard Dehmel, Karl Kraus, Selma Lagerlöf, Arnold Schönberg u. a. («für eine mit schweren Sorgen kämpfende Dichterin, deren poetische Eigenart ihr bisher den schriftstellerischen Markt nicht so weit erschlossen hat, daß sie von ihren Arbeiten leben könnte»).

7 *von Felix Philippi*] Philippi war vor allem bekannt als Verfasser zahlreicher bühnenwirksamer, künstlerisch unbedeutender Schauspiele. 1884 hatte er Künstlerportraits von Oper und Hofschauspiel in München veröffentlicht, 1912 waren von ihm Erinnerungen aus München erschienen (‹Münchner Bilderbogen›). Anfang 1913 veröffentlichte das BT Philippis Novelle ‹Monika Vogelsang› in Fortsetzungen; vgl. auch [112], *0*.

6 ff *«Du sollst ... vorhanden ist.»*] Mauthner 380 f.

6 f *«Die Entwicklung ... fragen.»*] ebd. 80.

0 *Ibsen*] Vgl. dazu [147].

0 f *von Blumenthal besudeln*] Blumenthal war einer der «rüdesten und leichtsinnigsten» unter den zahlreichen Kritikern der Ibsen-Premieren in Berlin, wie Alfred Kerr in einem Rückblick 1896 schrieb (‹Der Ahnherr. Zur Vorgeschichte des neuen deutschen Dramas.› Neue Deutsche Rundschau VII, 1896; abgedruckt in: Wilhelm Friese (Hg.): Ibsen auf der deutschen Bühne. Tübingen 1976, 105–122). Über die «Nora»-Premiere in Berlin im November 1880 äußerte sich Blumenthal mit Begriffen wie «widrige[r] Eindruck», «wahre Katzenmusik von Dissonanzen», «psychologische

Münchhauseniade, an die Niemand glaubt, der seine fünf Sinne beisammen hat» (so lt. Kerr, 113).

231 *Schlenther*] s. [112].

235 f *mit Lorbeer*] Vgl. oben *191*.

243 *faute de mieux*] In Ermangelung eines Besseren.

247 ‹*Frankfurter Zeitung*›] 1856–1943, gegr. von L. Sonnemann, Hauptorgan der Demokratie Südwest-Deutschlands.

253 *Exemplum … doceat*] Das Beispiel lehrt es und möge belehren.

258 *Hebbel tot … lebendig*] Vgl. die Gegenüberstellung der Schlentherschen Wertungen in: SB 27.3.1913, 372 ff.

273 ff «*Noch war … ruhen bis …*»] Mauthner 317 f.

114

Säcksche Festspiele

V: Ignaz (D^1); Theobald Tiger (D^2)
D^1: SB Jg. 9, Nr. 19, 8.5.1913, S. 526
D^2: Fromme Gesänge 1919, S. 7
Bibl.: Nd s. Bonitz/Wirtz D 111; 2 Nd; GW 1

Varianten
Die Varianten sind nach D^2 verzeichnet.
17 fermos] fermost

0 *Säcksche Festspiele*] KT parodiert die sächsische Aussprache. Nach der «Jahrhundertfeier» der Freiheitskriege am 10.3.1913 in Berlin und auch in Breslau, wo Kränze an den Denkmälern Friedrich Wilhelms III. und Blüchers niedergelegt wurden, fanden bis zum 100. Jahrestag der Völkerschlacht bei Leipzig am 18.10.1913 zahlreiche Festspiele statt. Am 3.4.1913 war in der SB bereits in der Rubrik «Aus der Praxis» ein verulkender «Aufruf» zu einer Freilicht-Nationalfeier von einem «Ausschuß für die Berliner Nationalfestspiele 1913» erschienen (SB 3.4.1913, 401 f).

1 *Nabolium*] Napoleon in sächsischer Aussprache; vgl. [153], 43.

115

Impressionistische Kritik

V: Peter Panter
D^1: SB Jg. 9, Nr. 19, 8.5.1913, S. 532–533 [Rubrik:] Rundschau
Bibl.: Bonitz/Wirtz D 112
Bespr.: «Das goldene Bett» von Walter Schmidthässler, in den Marmorhaus-Lichtspielen am Kurfürstendamm, Mai 1913 (Vitascope)

9 *Das goldene Bett*] Roman von Olga Wohlbrück, Berlin 1910.

12 f *Traktat von Westheim*] Gemeint ist der Kunstkritiker Paul Westheim. Eine Schrift dieses Titels wurde nicht ermittelt.

116

Der selige Alexander

V: Peter Panter
D^1: SB Jg. 9, Nr. 20, 15.5.1913, S. 557 [Rubrik:] Rundschau
Bibl.: Bonitz/Wirtz D 114; GW 1

1 *nicht spielt*] Richard Alexander war im Juni 1912 von der Direktion des Berliner Residenztheaters zurückgetreten, er starb 1923 in München.

2 *schweigender Erzberger*] Vermutlich eine Anspielung auf die Rolle, die Erzberger im Konflikt zwischen Wilhelm II. und Kanzler v. Bülow nach der Daily-Telegraph-Affäre (s. [111], *19*) spielte. Er hatte diesen Konflikt erheblich verschärft, indem er öffentlich den Verdacht äußerte, v. Bülow habe die Veröffentlichung des brisanten Interviews mit Wilhelm II. gezielt betrieben, während der Kanzler darauf bestand, es nicht gekannt zu haben (vgl. Klaus Epstein: Matthias Erzberger und das Dilemma der deutschen Demokratie, Frankfurt/M., Berlin, Wien 1976, 102 ff).

3 *Gerson*] Berliner Modehaus.

117

Ein Brief

V: Anonym
D^1: SB Jg. 9, Nr. 20, 15.5.1913, S. 557–558 [Rubrik:] Rundschau

Zuschreibung
In dem Widmungsexemplar für Mary Tucholsky (KTF) hat KT diesen Text rot angestrichen und als eigene Arbeit markiert (s. auch [81], *0*).

Vgl. [78], *0*.

3 *Ssineß*] Das Cines-Filmtheater am Nollendorfplatz wurde am 24.3.1913 eröffnet (vgl. ‹Hätte ich das Kino!›, Marbach 1976, 59f). Vgl. [153], *1*.
8 *Kwowadisfillem*] Die ital. Verfilmung des ‹Quo vadis›-Romans von Sienkiewicz wurde zur Eröffnung des Cines-Filmtheaters gezeigt (‹Hätte ich das Kino!›, Marbach 1976, 60).

118

Landtagswahl

V: Ignaz
D[1]: Vorwärts Jg. 30, Nr. 118, 16.5.1913, 2. Beilage, [S. 1] [Rubrik:] Kleines Feuilleton. – Humor und Satire
Bibl.: Nd s. Bonitz / Wirtz D 115; 1 Nd

0 *Landtagswahl*] Die Wahlen zum preuß. Abgeordnetenhaus gingen erst am 3.6. zu Ende.
2 *wähle blau*] s. [4], *8*.
6 *frei ... gibt*] s. [32], *0*.
14 *Urwähler*] Am 16.5. wurden in den Wahlkreisen nach dem Dreiklassenwahlrecht die Wahlmänner bestimmt, die dann später die Verteilung der Mandate festlegten. Während die Konservativen leicht verloren, gewannen die Liberalen 9 Sitze und die Sozialdemokraten 4 Sitze hinzu. Dennoch änderte sich an der politischen Konstellation nichts, da die Konservativen 147 Sitze, das Zentrum 103 Sitze, die SPD dagegen lediglich 10 Sitze hatte.

119

Wintergarten

V: Kurt Tucholsky
D[1]: SB Jg. 9, Nr. 21, 22.5.1913, S. 576–577
Bibl.: Bonitz / Wirtz D 116; DT

34 schon] *emend. aus* schonst

3 *Kaiserjubiläum*] s. [128].

4 *gewissenhafte Rezensent*] Die nächste Besprechung schrieb KT erst am 18.9.1913 (s. [165]). Am 28.8.1913 stand in der SB, Rubrik «Antworten» (vermutl. von KT): «Nein, Besprechungen des ‹Wintergartens› erscheinen hier im Sommer nicht. Kein Fleisch hält sich im Sommer, kein weißer Käse, keine Mayonaise; aber das Wintergartenprogramm hält sich. Ununterbrochen vom Mai bis August. Da müssen Sie sich schon gedulden, bis wirklich neue Leute dort eingezogen sind.»

20 *Wunderpapagei*] Neben szenischen Phantasie-Tänzen war auch «Lora» der Wunderpapagei angekündigt.

70 *Pleite*] Im selben Heft schrieb SJ über das «berliner Theaterjahr»: «Immer soll gerade das letzte das allerschlechteste gewesen sein. Das war nicht einmal dieses. Warum denn? Weils in sechs Monaten sechs Pleiten gegeben hat?» (SB 22.5.1913, 570).

120

Saisonbeschluß

V: Ignaz (D^1); Theobald Tiger (D^2)
D^1: SB Jg. 9, Nr. 21, 22.5.1913, S. 582
D^2: Fromme Gesänge 1919, S. 71
Bibl.: Nd s. Bonitz / Wirtz D 117; 2 Nd; GW 1

Vgl. das Parallelgedicht ‹Auftakt› [148].

Varianten
Die Varianten sind nach D^2 verzeichnet.
5 Kassenschalter,] Kassenschalter; **6** nach einander] nacheinander **10** kann, –] kann, **11** der] – der

7 *Konkursverwalter*] Vgl. [184], *51*.

10 *Hollaender*] Vgl. [167], *0*.

16 *Lothar!*] Gemeint ist Rudolf Lothar, der 1912 die Leitung des Lustspielhauses übernommen hatte, das wegen Lothars unvernünftigen Geschäftsentscheidungen bald Konkurs anmelden mußte. Der Fall Lothar wurde in der SB wiederholt angesprochen, die Gründe für den Zusammenbruch

sind in Max Epsteins Artikel: Das Theatergeschäft. Direktion Lothar?, SB 14.11.1912, II, 501–504, geschildert.

20 f *Rideau!*] Aufhören! Ebenso endet das Parallelgedicht [148], 20f.

121

Kinomüdigkeit

V: Anonym
D^1: Vorwärts Jg. 30, Nr. 129, 27.5.1913, 1. Beilage, [S. 1] [Rubrik:] Kleines Feuilleton
Bibl.: Bonitz / Wirtz D 118

Zuschreibung
Der Text befindet sich in KTs Mappe mit eigenen Arbeiten (KTA).

Vgl. zuvor [110] und [78], *0*.

1 *Erste Internationale Filmzeitung*] Kein Standort ermittelt.

1 f *kleinen Glosse*] s. [110].

20 *Filmzensur*] Vgl. dazu auch [177].

26 f *Berliner Polizeipräsidium*] Während seines Jura-Studiums besuchte KT das Polizeipräsidium in Berlin, s. auch [177], *1*.

33 *die Grandais*] Die Schauspielerin Suzanne Grandais wurde in dieser Zeit in den Theateranzeigen der Tageszeitungen als «Kino-Königin» tituliert, in den Annoncen zu der gleichnamigen, auch von KT rezensierten Operette (vgl. [95]) wird sie als Darstellerin allerdings nicht genannt.

47 f *«Einzug ... werden»*] Es handelt sich bei den genannten Filmen nicht um fiktive Titel, sie sind teilweise über die Zensurlisten nachweisbar (s. Birett 1980, 310, 326).

122

K.-K.

V: Kurt Tucholsky
D^1: Das Plakat Jg. 4, Nr. 3, Mai 1913, S. 114–117
Mit Plakatentwürfen von Ludwig Hohlwein
Bibl.: Bonitz / Wirtz D 106; Rep

Im nächsten Heft der Zeitschrift ‹Das Plakat› (Nr. 4, Juni 1930, 180) erschien ein kritischer Leserbrief, der KTs Beitrag ‹K.-K.› als «im Ton unfeinen, gehässigen und vor allem unreifen Artikel» bezeichnete. Ernst Friedmann sprach KT Kenntnis und Erfahrung ab und bezweifelte, «daß jemand, der selbst einen Laden am Kurfürstendamm aufgemacht hat, in dem der Verkauf der geistigen Nahrung stark mit geistigen Getränken versetzt wurde,» geeignet sei, sich zum Thema zu äußern. (Zu der von KT zusammen mit Szafranski betriebenen Bücherbar s. Hepp 1993, 69f.) Zu KTs Reaktion auf die Kritik an seinem Artikel s. [142].

26 f *Geld verdienen*] s. auch [87].

33 *Ball*] Der offizielle Karikaturisten-Ball fand am 18.1.1913 im Admiralspalast statt.

44 *Cirkusfest*] Am 1.3. fand im Zirkus Schumann der «Karikaturistenball» statt. Angekündigt waren neben Clownnummern das «Auftreten von Kraftmenschen, Tierbändigern, Springern, Ringkämpfern, einer marokkanischen Truppe und anderes mehr», Darsteller sollten Mitglieder des Klubs der Karikaturisten wie Trier, Simmel, Koch-Gotha usw. sein. Um 2 Uhr nachts sollte als Sensation der «Quatsch-Tanz», arrangiert von Edmund Edel, aufgeführt werden. Sprach das BT in einem ersten Bericht am 2.3. noch von einer «originellen Ballnacht» (‹Der Ball im Zirkus›), berichtete die Voss am nächsten Tag, daß das Publikum durch Pfeifen, Gelächter und lautstarken Protest ein vorzeitiges Ende des über zweistündigen Programms erzwang.

51 *Sela*] Angabe in den hebr. Psalmen, deren Bedeutung nicht geklärt ist. Wahrscheinlich Anweisung für den Vortrag; im volkstüml. Sprachgebrauch etwa: punktum, abgemacht.

54 *Annonce*] Im BT erschien am 4.3.1913 ein Inserat ‹Zur Aufklärung!›, in dem das «Arbeits-Komitee des Karikaturisten-Balles» mitteilte, daß es mit dem Ball im Zirkus nichts zu tun hätte und daß der jährliche Karikaturisten-Ball im Admiralspalast stattfinde. Unterzeichnet war die Anzeige von Deutsch, Klinger, Leonard und Zille. Der Hinweis auf «wirtschaftliche Notwendigkeit» ist dort nicht zu finden. Da KT Mitglied des Vereins der Plakatfreunde war (s. [77], *0*), könnte er die Information von Mitgliedern erhalten haben.

60 *Noch keinen … enden …*] Schiller: Der Ring des Polykrates («Noch keinen sah ich fröhlich enden, / Auf den mit immer vollen Händen / Die Götter ihre Gaben streun»).

92 *Modenschau*] Gemeint ist wahrscheinlich die «Modenschau der Wiener Werkstätten im Hohenzollern-Kunstgewerbehaus» vom 12.– 14.3.1913.

102 *kein Geld verdient*] Für Toulouse-Lautrec ist dies inzwischen widerlegt. Richard Thomson wies im Katalog zur großen Toulouse-Lautrec-Ausstellung in Paris 1992 nach, daß der Maler äußerst geschäftstüchtig war und seinem Verleger selbst wegen geringer Summen den Gerichtsvollzieher schickte. Wie sehr er auf seinen wirtschaftlichen Erfolg bedacht war, wird auch ersichtlich aus der «Correspondance d'Henri de Toulouse-Lautrec». Paris: Gallimard 1992.

112 *Konfektionshaus*] Gemeint ist wohl das große Kaufhaus von Hermann Tietz in der Leipziger Straße. Anfang März hatte Tietz in seinen drei Häusern eine Modenschau «der Modelle erster Pariser Häuser» veranstaltet.

123

Das herrliche Tiefdruckverfahren

V: Kurt Tucholsky
D[1]: Das Plakat Jg. 4, Nr. 3, Mai 1913, S. 141–142
Bibl.: Bonitz / Wirtz D 107; Rep

2 *in Kupfer-Tiefdruck*] Seit 1905 war ein neues Kupferdruck-Schnellpressen-Verfahren, genannt «Mezzotinto Gravures», auf dem Markt, das die Verlagsanstalt F. Bruckmann AG München entwickelt hatte. Die Vorteile des neuen Reproduktionsverfahrens lagen in der Schnelligkeit, der Möglichkeit großer Auflagen, der gleichmäßigen und genauen Wiedergabe und der Billigkeit. Seit 1909 war das Verfahren weiter verbreitet.

10 *Mertens Tiefdruck*] 1906 gründete Ernst Rolffs mit Eduard Mertens, dem Inhaber einer Berliner Lichtdruckanstalt, in Siegburg die Deutsche Photogravur AG. Sie arbeiteten ebenfalls mit Rotationsmaschinen, ihr Verfahren setzte sich aber gegenüber dem von Bruckmann entwickelten nicht durch.

44 *grotesken Robinson*] Gemeint ist der engl. Illustrator und Cartoonist William Heath Robinson (s. ‹Die verrückt perfekte Welt des Heath Robinson›, München 1979).

65 *‹Seidels Reklame›*] Das neue Blatt wurde in der Zeitschrift ‹Plakat› auch von anderen Autoren angegriffen. Im Septemberheft setzten sich der Herausgeber und ein Leserbriefschreiber mit den üblen Anwürfen Seidels auseinander, mit denen der auf die Kritik reagiert hatte. Der Leserbriefschreiber machte dabei dem Herausgeber den Vorwurf, er habe die unerfreuliche Auseinandersetzung in Gang gebracht, weil er nicht auf Sachlichkeit geachtet habe. «Hatten Sie keine Redaktionsschere, dem Herrn

Tucholsky aus seinem Tiefdruckartikel die Glossen über den Inhalt von Seidels Reklame wegzuschneiden?» (‹Seidels Reklame›, 205–207).

75 *Buch von Ruben*] Paul Ruben: Die Reklame: ihre Kunst und Wissenschaft. Berlin-Wilmersdorf 1913.

82 *Behrens und Klinger*] Der Architekt, Maler, Graphiker und Industriedesigner Peter Behrens sowie der Maler und Radierer Max Klinger.

124

Der Papagei

V: tu.
D^1: Vorwärts Jg. 30, Nr. 134, 1.6.1913, 1. Beilage, [S. 1] [Rubrik:] Kleines Feuilleton
Bibl.: Bonitz / Wirtz D 119; Rep

1 *rechtsstehendes Blatt*] Konnte nicht ermittelt werden.

2 *Wehrvorlage*] Sie war im April im Reichstag beraten worden und hatte zu heftigem Schlagabtausch geführt, bevor sie am 9.4. zur Beratung an die Budgetkommission überwiesen wurde; s. auch [101]. Zu ihrer Verabschiedung s. [221], *36*.

2 f *wie die Papageien*] Bei der Beratung des Wehretats im RT sagte der General Haeusler der Zentrumspartei: «Man braucht nur einmal die *bunten Uniformen der Kavallerie* zu betrachten. [...] Das ist nichts wie *Spielerei* und hat mit der Schlagfertigkeit der Armee nichts zu tun; es belastet uns mit dem *Fluche der Lächerlichkeit* und *verzehrt die Steuerkraft* des Landes.» Von der SPD kam der Zuruf: «Sie sehen aus wie die Affen!» (‹Der Abschluß der Militärdebatte›, Vorwärts 10.4.1913).

3 *Litewka*] Uniformrock mit Umlegekragen für Landwehr und Landsturm, wurde teilweise auch statt des Drillichanzugs getragen.

125

Kritik

V: Ignaz (D^1); Theobald Tiger (D^2)
D^1: SB Jg. 9, Nr. 22/23, 5.6.1913, S. 617
D^2: Fromme Gesänge 1919, S. 83
Bibl.: Nd s. Bonitz / Wirtz D 120; 5 Nd; GW 1

Varianten
Die Varianten sind nach D^2 verzeichnet.
5 zück'] zück **6** sei:] sei; **19** Begeist'rung] Begeisterung

3 *Susannen*] Die biblische Susanne (hebr.: «Lilie»), Hauptfigur eines apokryphen Zusatztextes zum Buch Daniel, gilt als Inbegriff der Keuschheit. Es hat mehrere Dramatisierungen des Stoffes gegeben (vgl. P. F. Casey: The Susanna Theme in German Literature, 1976), doch hat KT offenkundig kein bestimmtes Stück im Auge.

126

Unterhaltungsliteratur

V: Peter Panter
D^1: SB Jg. 9, Nr. 22/23, 5.6.1913, S. 619–620 [Rubrik:] Rundschau. – Tagebuch
Bibl.: Bonitz/Wirtz D 121; DT
Rez: Hans Olden, Das Frühstück auf Blue Island. Ein ekelhafter Kerl. 2 Novellen. München: Georg Müller 1912

4 *Sherlock Doyle*] Der engl. Kriminalschriftsteller Sir Arthur Conan Doyle war Verfasser der berühmten, seit 1891 erschienenen Sherlock-Holmes-Geschichten.
5 *Tauchnitz-Verlobungen*] Der Leipziger Tauchnitz-Verlag gab eine ‹Edition of British and American Authors› heraus.
13 *der Marlitt*] Eugenie Marlitt (d.i. E. John), deren Frauenromane seit 1866 in dem illustrierten Familienblatt ‹Gartenlaube›, dann auch als Buchausgaben erschienen, war bis in die 80er Jahre die populärste deutsche Unterhaltungsschriftstellerin.
14 *die ‹Woche›*] Gemeint sind die Fortsetzungsromane in Scherls 1899 gegründeter illustrierter Wochenschrift. Die erfolgreiche Illustrierte galt im Vergleich zu dem bei Ullstein erscheinenden Konkurrenzblatt, der wesentlich auflagenstärkeren ‹Berliner Illustrirten Zeitung›, als provinziell und kleinbürgerlich (vgl. Peter de Mendelssohn: Zeitungsstadt Berlin. Frankfurt/M., Berlin, Wien 1982, 150f).
21 *‹Tunnel›*] Kellermanns technisch-utopischer Roman (Berlin 1913) über den Bau eines Tunnels zwischen Amerika und Europa wurde der erste deutsche Weltbestseller. Er wurde in 23 Sprachen übersetzt.

22 *Romantik der großen Betriebe*] Vgl. [147], 98f: «Romantik des Geschäftslebens».

127

Der Mann mit der grünen Maske

V: Peter Panter
D^1: SB Jg. 9, Nr. 22/23, 5.6.1913, S. 620–621 [Rubrik:] Rundschau. – Tagebuch
Bibl.: Bonitz/Wirtz D 122
Bespr.: «Der Mann mit der grünen Maske» von Arthur Lippschitz und Julius Horst, seit 31.5.1913 im Theater am Nollendorfplatz, Berlin; erwähnte Darsteller: Gustav Matzner, Else Bötticher

0 f *«O Seligkeit ... gestört!»*] Nicht ermittelt.

2 *Gregor*] Hans Gregor hatte in Berlin die Komische Oper geleitet, ehe er 1911 nach Wien ging, als Direktor der Hofoper. Gregor galt als Reformer der Oper, der ihre Erstarrung überwand, indem er die Sänger zu Menschendarstellern, zu Schauspielern machte (vgl. dazu: Hermann Bang: Gregor, SB 9.2.1911, I, 155f).

128

Gips

V: Ignaz
D^1: Vorwärts Jg. 30, Nr. 147, 14.6.1913, 2. Beilage, [S. 1] [Rubrik:] Kleines Feuilleton. – Humor und Satire
Bibl.: Nd s. Bonitz/Wirtz D 123; 1 Nd

1 *Jubiläum*] Wilhelm II. feierte Mitte Juni 1913 sein 25jähriges Regierungsjubiläum.

3 *Fassaden ... verschleiert*] Die Straßen des Berliner «Hofquartiers» waren von verschiedenen Künstlern und Architekten geschmückt worden. Girlanden, Kronen, Fahnengewinde, goldene Phyolen mit Krönchen in rotem Feld wurden angebracht, die Laternen mit Säulen umbaut, Fassaden mit Stoffen drapiert, am Potsdamer Platz war ein riesiger Triumpfbogen errichtet worden. Das BT befand: «Einiges ist sehr nett, anderes gänzlich

mißlungen, Schönheit ist nirgends zu finden.» (‹Berlin schmückt sich›, BT 14.6.1913, A).

12 *bewilligt*] Durch private Spenden waren lediglich 124000 Mark eingenommen worden, die Ausschmückung der Stadt kostete jedoch rund 200 000 Mark. In letzter Minute stellte der Magistrat einen Zuschußantrag auf 70000 Mark. Der SPD-Abgeordnete Heimann bemängelte in der Stadtverordnetenversammlung am 12.6., daß für einen auf lediglich drei Tage berechneten Prunk aus «angepinselten Brettern und Pappe» so viel Geld ausgegeben werden solle. Auch die bürgerlichen Parteien bemängelten, daß der Magistrat bereits Fakten geschaffen habe und die Abgeordneten keinerlei Einfluß auf die Verwendung der Gelder mehr hätten. Trotzdem wurde, gegen die Stimmen der SPD, der Betrag genehmigt (‹Der städtische Zuschuß zur Jubiläumsausschmückung›, BT 13.6.1913, M).

129

Bitte an Hülsen

V: Ignaz
D^1: SB Jg. 9, Nr. 24/25, 19.6.1913, S. 653
Bibl.: Nd s. Bonitz/Wirtz D 124; 1 Nd

s. auch [91].

1 *«Graf Hülsen … wird»*] Am 6.6. ging eine Meldung in diesem Sinne durch die Presse (z.B. ‹Generalintendant Graf v. Hülsen-Haeseler›, BT 6.6.1913, A). Der genaue Wortlaut konnte nicht ermittelt werden.

4 *Stabe stoßen*] Vgl. [91], *13*.

130

Bassermann der Operette

V: Peter Panter
D^1: SB Jg. 9, Nr. 24/25, 19.6.1913, S. 656 [Rubrik:] Rundschau
Bibl.: Bonitz/Wirtz D 125
Bespr.: «Der lachende Ehemann», Operette von Edmund Eysler, Libretto von Julius Brammer und Alfred Grünwald; EA am 10.5.1913 in

«Monti's Operettentheater»; Gastspiel von Julius Spielmann; erwähnter Darsteller: Albert Kutzner

4 *Flabberlippe*] (mittel- und niederdt.): herabhängende Unterlippe; Flabbe: verdrießliche Miene.

131*

Kunst und Kaufmann

V: Anonym
D^1: Vorwärts Jg. 30, Nr. 162, 29.6.1913, 2. Beilage, [S. 1] [Rubrik:] Kleines Feuilleton
Bibl.: Bonitz / Wirtz D 126; DT

Zuschreibung
Der Artikel ist, obwohl anonym erschienen, nicht den ungesicherten Texten zugewiesen, da er in Sprache und Thematik anderen Artikeln KTs ähnelt; vgl. z.B. [122], [147], 95–100.

Kontext
Der Streit um die Frage, ob Reklame Kunst sei, wurde damals heftig geführt. Vgl. auch den Titel einer Ausstellung Berliner Reklamegraphiker in Leipzig: «Künstler und Kaufmann», die im Juni-Heft der Zeitschrift ‹Plakat› kurz besprochen war.

0 *Kunst und Kaufmann*] s. auch [87], *23*.
10 *Schmöcke*] s. [21], *10*.

132

Kindertheater. Eine Kindheitserinnerung

V: Kurt Tucholsky
D^1: Arkadia. Ein Jahrbuch für Dichtkunst. Hg. von Max Brod. Leipzig: Kurt Wolff 1913, S. 201–204
Bibl.: Nd s. Bonitz / Wirtz D 75; 2 Nd; GW 1

56f – trug sie ... aber] *Zeile in der Textvorlage vertauscht; sie erscheint als erste Zeile S. 203 (hier: nach 64 Glanz), gehört aber in die erste Zeile von S. 204*

Datierung
In der SB vom 3.7.1913, 690 wurde der Band unter der Rubrik «Neue Bücher» angekündigt.
s. auch: [74], *0*.

1 *Franz Werfel*] Werfel bedankte sich am 2.6.1913 mit den Zeilen: «Sehr geehrter Herr Kurt Tucholsky, ich danke Ihnen aufs Innigste für die große Freude, die mir Ihre Widmung gemacht hat. Kindertheater lebt tief nach in meinem Leben – Sie haben viel davon klar gemacht. [...]» (DLA). Ob KT Franz Werfel bei seinem Besuch in Prag 1911 persönlich kennenlernte, ist nicht gesichert. In dem von Max Brod herausgegebenen Jahrbuch ‹Arkadia› waren jedenfalls mehrere Prager Autoren vertreten, darunter Werfel selbst und Franz Kafka mit dem ‹Urteil›. Als «harmlose Bosheit» spielte KT 1922 eine kleine Attacke gegen Werfel in der WB herunter, die unter dem Titel ‹Zu diesem Werfel. Der Menschheitsdichter› erschienen war (WB 14.9.1922, II, 283 u. 296).
13 *quinkiliert*] Korrekt: quinkeliert.

133

Gussy Holl

V: Peter Panter
D^1: SB Jg. 9, Nr. 26/27, 3.7.1913, S. 687–688 [Rubrik:] Rundschau. – Tagebuch
Bibl.: Nd s. Bonitz/Wirtz D 128; 4 Nd; GW 1

Vgl. in diesem Band auch [135], 40ff, [224]; 1919 folgten die Beiträge ‹Politische Couplets› (BT 12.5.1919; D 488) und ‹Die blonde Dame singt. Für Gussy Holl› (WB 10.7.1919, II, 53; D 524); 1920 hat KT mehrere Chansons für Gussy Holl geschrieben (vgl. zusammenfassend Bd. 4, [4], *0*, [9], *0*, [263], 1) und in späteren Arbeiten finden sich häufiger Passagen über Gussy Holl. Der Briefwechsel mit ihr und Emil Jannings, den sie 1922 heiratete, wird in den Briefbänden dieser Ausgabe dokumentiert. Persönlich lernte KT Gussy Holl erst 1919 kennen, worüber er insbesondere in Briefen an Hans Erich Blaich ins Schwärmen geriet (vgl. dazu auch Meyer 1990, 129f und Hepp 1993, 246f). Grundsätzliche Literatur zum Kabarett vgl. bei Budzinski/Hippen 1996. Zahlreiche der von KT erwähnten Texte finden sich in der 5bändigen Reihe ‹Kleinkunststücke› von Volker Kühn (Weinheim, Berlin 1987–1994).

3 *Kohinoor*] Indischer Diamant, gehört zum brit. Kronschatz.

19 *Fritze Grünbaum*] Fritz Grünbaum ist ein bekannter Texter gewesen, ebenso der Chansonnier und Kabarettist Paul Schneider-Duncker, der Förderer von Claire Waldoff. Gussy Holl hat diese Parodien damals im Berliner «Chat noir» vorgetragen, wobei die Parodie eines Damenimitators (s. 24ff) in der Tat am bekanntesten war (vgl. auch [135], 47ff); vgl. den Artikel ‹Gussy Holl› in: Berthold Leimbach: Tondokumente der Kleinkunst und ihre Interpreten 1898–1945, Göttingen 1991.

32 ff *«Hopst du … gesagt …»*] Das Lied «Ob du mich liebst» stammt aus der Operette «Nakiris Hochzeit» (1902) von Paul Lincke, der Text von Heinz Bolten-Baeckers. Vgl. auch [135], 53.

38 f *zwei Seelen*] Sprichwörtlich nach Faust in Goethes «Faust I», Vs. 1112.

134

Der Hofmeister

V: Peter Panter
D^1: SB Jg. 9, Nr. 26/27, 3.7.1913, S. 688–689 [Rubrik:] Rundschau. – Tagebuch
Bibl.: Bonitz/Wirtz D 129
Rez: Richard A. Bermann, Der Hofmeister. Die Geschichte eines Niedergangs. München: Georg Müller 1912

135

Kabarett-Rückblick

V: Kurt Tucholsky
D^1: Das Organ der Varietéwelt Jg. 6, Nr. 241, 5.7.1913
Bibl.: Bonitz/Wirtz D 130

Das Organ der Varietéwelt und Kabarett-Rundschau. Artistisches Fachblatt, Zentralanzeiger für das gesamte Varieté-, Zirkus- und Kabarettwesen, erschien ab 1908 in Berlin. Es ist nur ein KT-Artikel aus dieser Zeitschrift bekannt.

23 *Die Erlholz*] Käte Erlholz arbeitete seit 1907 im Berliner «Chat noir», KT schrieb später Chansons für sie (vgl. Budzinski / Hippen 1996, 88).
27 *Rudolf Nelson*] Seit 1909 war Käte Erlholz mit Rudolf Nelson verheiratet.
29 *Senta Söneland*] Vgl. [103], *21*; [199], 11 f.
35 *Die Waldoff*] Zu Claire Waldoff vgl. mit weiteren Literaturhinweisen Budzinski / Hippen 1996, 420 f.
38 *«Steffel»*] Max Stefl.
40 *Gussy Holl*] Vgl. [133].

136

Die Kartoffeln

V: Anonym (D^1); Kurt Tucholsky (D^2)
D^1: Vorwärts Jg. 30, Nr. 172, 9. 7. 1913, 1. Beilage, [S. 1] [Rubrik:] Kleines Feuilleton
D^2: Das Lächeln der Mona Lisa 1929, S. 95–96
Bibl.: Nd s. Bonitz / Wirtz D 131; 9 Nd; GW 1

Varianten
Die Varianten sind nach D^2 verzeichnet.
1 f – und wollte man ihnen glauben, so bedeute das schon Deutschland –] *fehlt* **3** genaueren] genauern **4 f** genauer besehen] aus der Nähe ansehn **6** Paris 1870] Paris im Jahre 1870 **9** sich – mit] sich mit **11** haben, aber] haben. Aber **16** Was liegt hier vor? Ich meine nicht die juristische Seite:] *fehlt* **16** man] Man **17** Hochverrat] «Landesverrat» **18** Schärfste] schärfste **22** inszenierten] *der Absatz danach fehlt* **26** war] waren **30** auch zu] zu **34 f** Kartoffeln. Dieselben] Kartoffeln; dieselben **36** Krieg!] Krieg.

6 *Belagerung von Paris*] Nach dem dt. Sieg bei Sedan (s. [16], *0*) beschloß die neugebildete provisorische Regierung der Nationalverteidigung unter der Führung von Gambetta die allg. Volksbewaffnung und Fortsetzung des Krieges. In dem ersten Chaos des Übergangs vom Kaiserreich zur Republik gelang es der dt. Armee jedoch bereits am 19. 9. 1870, Paris einzuschließen und die Stadt zu belagern. Zahlreiche Ausfallversuche der Franzosen scheiterten, am 28. 1. 1871 ergaben sich die Forts um Paris, da inzwischen die Lebensmittel ausgegangen waren.

17 *Hochverrat*] In der Überarbeitung für seinen Sammelband änderte KT das in «Landesverrat». Beide §§ passen jedoch nur bedingt auf die Situation, weshalb KT den Begriff in Anführungszeichen setzte.

137

Leonce und Lena

V: Peter Panter
D^1: SB Jg. 9, Nr. 28/29, 17.7.1913, S. 722–723 [Rubrik:] Rundschau. – Tagebuch
Bibl.: Bonitz/Wirtz D 132; GW 1
Rez: Georg Büchner, Leonce und Lena. Mit Lithographien von Karl Walser. Berlin: Bruno Cassirer 1910

4 *Karl Walser*] Vgl. [107], 2.

6 *Reinhardt*] Max Reinhardt hat Büchners «Danton», nicht aber «Leonce und Lena» inszeniert, KT imaginiert eine erwünschte Aufführung am Deutschen Theater in Berlin.

1 ff *«Mein Herr ... Unterhaltung ...»*] Die Eröffnungsworte von Leonce zum Hofmeister (I, 1).

7 *Valerio Waßmann*] Zusammenziehung aus Büchners Figur des «Valerio» und des Schauspielers Hans Waßmann.

1 ff *O meine ... ruhen.*] Dieses Lied singt nicht Lena, sondern Rosetta in I, 3. Dazu veröffentlichte SJ eine «Antwort»: «*J. F., Kampen auf Sylt.* Sie hatten Recht; Peter Panter Unrecht. Er hatte, in der vorletzten Nummer, Verse Mariettens der Lena (von Büchner) untergeschoben. Er hatte, wie er mir schreibt, auswendig zitiert. Er hätts nicht tun sollen – man kann nie wissen, wer so ein Zitat im Mund gehabt hat.» (SB 14.8.1913, 787). Eine «Mariette» gehört nicht zum Personal von «Leonce und Lena».

ff *«Steh auf ... seligste Traum.»*] In der 4. Szene des 2. Akts.

138

Die Romantik des Geschmacklosen

V: Peter Panter
D^1: SB Jg. 9, Nr. 28/29, 17.7.1913, S. 723–724 [Rubrik:] Rundschau. – Tagebuch

Bibl.: Bonitz / Wirtz D 133; GW 1
Rez: Max Brod, Über die Schönheit häßlicher Bilder. Ein Vademecum für Romantiker unserer Zeit. Leipzig: Wolff 1913

Vgl. auch [16], *0*; [30], *0*; [72], *0*; [75], *0* und den Briefwechsel zwischen Brod und KT.

5 ‹*Schaubühne*›] Folgende Essays von Max Brod waren in der SB schon veröffentlicht worden: ‹Gustav Mahlers dritte Symphonie› (SB 12. 12. 1907, II, 570–572); ‹Die Vorstadtbühne› (SB 6. 8. 1908, II, 106–111); ‹Louskácek› (SB 5. 11. 1908, II, 446); ‹Untergang des Dramas› (SB 11. 2. 1909, I, 179–180); ‹Weiße Wände› (SB 16. 12. 1909, II, 661); ‹Torquato Tasso› (SB 23. 12. 1909, II, 667–691); ‹Das Wunderkind› (SB 7. 4. 1910, 378–380); ‹Meyerbeer› (SB 12. 5. 1910, 515–517); ‹Ideen für Ausstattungsstücke› (SB 14. 7. 1910, 742–745); ‹Verworrene Nebengedanken› (SB 3. 11. 1910, 1132–1135); ‹Illusion› (SB 29. 12. 1910, 1360–1362); ‹Smetana› (SB 20. 6. 1912, I, 657); ‹Das Berlioz-Theater› (SB 17. 3. 1913, 698–702).

10 ‹*Der Weg des Verliebten*›] Gedichte, Stuttgart 1907.

15 *Kaiserpanorama*] Die Kaiserpanoramen, hölzerne Zylinder, durch deren rundherum angeordnete Gucklöcher die Zuschauer kolorierte Stereoskopien z. B. von exotischen Weltgegenden oder aktuellen Ereignissen sehen konnten, waren Ende des 19. Jh. optische Attraktionen. Das Berliner Kaiserpanorama wurde 1883 von August Fuhrmann eröffnet. Sein Unternehmen belieferte auch die bald in zahlreichen größeren deutschen und europäischen Städten entstandenen Niederlassungen mit neuen Programmen. Brod beschreibt den mit der Entstehung des Films einsetzenden Untergang des Panoramas in der Geschichte «Panorama» (Brod 1913, 59–67).

22 «*Vorstadtbühne*»] «Die Vorstadtbühne» (Brod 1913, 117–128; Zitat 125).

139

Kino

V: Ignaz (D[1]); Theobald Tiger (D[2])
D[1]: SB Jg. 9, Nr. 30 / 31, 31. 7. 1913, S. 752
D[2]: Fromme Gesänge 1919, S. 85
Bibl.: Nd s. Bonitz / Wirtz D 134, 2 Nd; GW 1

Varianten

Die Varianten sind nach D^2 verzeichnet.

1 Commis] Kommis **3** kricht] kriegt **9** retten!] retten. **10** Da] Hier **10** um] und **15** Sie! –] Sie – **15** zerriß!!] zerriß! **20** sollt'] sollt

Zum Thema Kino vgl. [78], *0*.

20 *Herzog Albrecht*] Gemeint ist Albrecht Herzog von Württemberg, der 1913 auch Generalinspekteur der württ. Truppen wurde.

140

Die Réjane in der Reichenbergerstraße

V: Peter Panter

D^1: SB Jg. 9, Nr. 30/31, 31.7.1913, S. 757–758 [Rubrik:] Rundschau. – Tagebuch

Bibl.: Bonitz/Wirtz D 135

0 *Réjane*] Ein literarisches Portrait der Réjane (d.i. Gabrielle Charlotte Réju) von Maximilian Harden wurde 1909 in der SB veröffentlicht (12.8., II, 136ff).

1 *«Zaza»*] Näheres über die Aufführung mit Otty Severa (s. 14) konnte nicht ermittelt werden.

8 *Beardsley*] Es gibt zwei Portraits der Réjane von Beardsley, eins aus dem Jahr 1894, als Madame Réjane am Gaiety Theatre in London die Rolle der Catherine in «Madame Sans Gêne» spielte, ein Portrait auf einem Sofa im Profil von links (Brian Reade: Beardsley. Stuttgart 1967, Nr. 124). Und ein Porträt stehend im Profil von links (The Yellow Book, Vol. II). KT denkt an das erstgenannte Portrait.

1 f *Hermann Bang*] Nicht ermittelt.

141

Schreie auf dem Boulevard

V: Peter Panter

D^1: SB Jg. 9, Nr. 30/31, 31.7.1913, S. 758 [Rubrik:] Rundschau. – Tagebuch

Bibl.: Bonitz / Wirtz D 136; GW 1
Rez: René Schickele, Schreie auf dem Boulevard. Leipzig: Verlag der Weißen Bücher 1913

Jahre später, 1925, ließ KT aus Paris einen ‹Ruf› nach René Schickele folgen, der im Duktus an die «Stimme» aus Paris (s. 8) erinnert (WB 27.1.1925, I, 144f; D 1352).

5 *George*] Der esoterische Kult um Stefan George wurde 1926 nochmals im Vergleich zur Tendenzkunst ins Auge gefaßt: «In dem Augenblick, wo solche Kunst Tendenz wird, spielt der Bürger nicht mehr mit. Er, der so entsetzlich stolz ist, wenn in seinem Literaturvereinchen Georgesche Verse mit den Valérys verglichen werden, erstarrt zu Eis, wenn solche Verse etwa den Aufschrei einer vom Arbeitgeber gequälten Kreatur wiedergeben.» (‹Interessieren Sie sich für Kunst?›, in: Zürcher Student, Jg. 4, H. 2, Mai 1926; D 1625). KT sieht wie im Schlußsatz (s. 28f) Schickele in einer neuen Literaturentwicklungslinie mit Jensen oder Holitscher gegen den Ästhetizismus eines Stefan George.
9 ‹*Freundin Lo*›] 1911 erschienen.
24 ‹*Die Hochzeitsglocken*] Unter dem Titel ‹Liane de Pougy› am 30.6.1910 in der SB erschienen (702ff). Bergmann (1991, 214) verzeichnete 17 weitere «Aufsätze» (s. 25), die in der SB bis 1913 gedruckt worden waren.
28 *neue Linie*] Vgl. [70].

142

Coda

V: Tucholsky
D[1]: Das Plakat Jg. 4, Nr. 4, Juli 1913, S. 180 – 181
Bibl.: Bonitz / Wirtz D 127; Rep

Antwort auf Kritik an seinem Arikel ‹K.-K.› in der Zeitschrift ‹Das Plakat›, vgl. [122]. KTs Text ‹Coda› war der Leserbrief von Ernst Friedmann (s. [122], *0*) vorangestellt. Im nachfolgenden ‹Schlußwort› (181) parierte der Herausgeber den Vorwurf, er habe den umstrittenen Beitrag KTs nicht abgelehnt, mit dem Hinweis auf notwendige Diskussion. «Wir sind weder mit dem Tempo noch mit der Kampfesweise des Herrn Tucholsky einverstanden gewesen, aber wir fühlten, daß er an Fragen rührte, die schon lange denen, die eine gewisse Entwickelung in Berlin ernst ansehen, am Herzen liegen. Ernst Friedmann hat sich zum Anwalt der bedrohten Künstler aufgeworfen. Schade, daß er Persönliches brachte und die Person des Autors zu verkleinern versuchte, anstatt seine von ehrlichen Absichten getragenen Ansichten sachlich zu parieren. Er wäre wohl imstande dazu gewesen, hätte er die Löcher in den Gedanken Tucholskys erkannt, in die er hätte einfallen können. Warum widerlegte er nicht Tucholskys letzten Satz mit unseren eigenen Grundsätzen?»

15 *Vortrag*] s. [77], *0*.

143

Das Recht in Goethes Faust

V: Ignaz Wrobel
D^1: SB Jg. 9, Nr. 32/33, 14.8.1913, S. 775–777
Bibl.: Nd s. Bonitz/Wirtz D 137; 2 Nd; GW 1
Rez: Georg Müller, Das Recht in Goethes Faust. Berlin: Heymann 1912

Wirkung
Max Epstein äußerte sich in seinem Artikel ‹Sommer-Theater› (SB 11.9.1913, 864) kritisch zu KTs Text: «Im eigenen Lager sah ich Feinde. Die ‹Schaubühne› brachte zwei Aufsätze, die ich nicht unwidersprochen lassen möchte. Ignaz Wrobel kritisierte das Buch eines Juristen, das sich mit dem Recht in Goethes ‹Faust› beschäftigt. Das Buch mag verfehlt sein – die Idee ist es nicht. [...] Überhaupt ergeben nicht selten juristische Untersuchungen sehr viel zum Verständnis literarischer Werke, während umgekehrt sich in einer großen Zahl poetischer Schöpfungen aller Zeiten rechtshistorisches Material findet. Diese Zusammenhänge werden auch darin ihren Grund haben, daß unsre größten Dichter Juristen oder juristisch gebildet waren. Die nähern Angaben möge Wrobel bei Heine nachlesen. Erst die moderne Zeit hat ja den Beruf des Dichters als Schriftsteller geschaffen. Wer diese Beziehungen nicht kennt, der sollte sie studieren, aber nicht einfach die Juristerei eine Pseudo-Wissenschaft nennen. Die Motivation durch Klage-Erhebung ist von viel größerer Bedeutung, als Wrobel den Lesern der ‹Schaubühne› erzählt. Wer richten und entscheiden will, muß natürlich historische und casuistische Bildung haben. Die unzulänglichen Ergebnisse manches Urteils erklären sich viel leichter daraus, daß die Richter nicht die genügende Vorbildung hatten, als daraus, daß sie sich mit dem Wesen der römischen *detentio* zu sorgfältig befaßt

hätten. Sie erklären sich aus der Relativität aller menschlichen Einrichtungen.»

1 *Emil Fuchs*] Gemeint ist sehr wahrscheinlich der Jurist Ernst Fuchs, wie Soldenhoff herausfand (Richard Soldenhoff, Hg.: Kurt Tucholsky. Justitia schwooft. Schriften zum deutschen Justizalltag. Frankfurt/M. 1983, 356). Er wies auf den Artikel ‹Juristen› (‹Zeit im Bild› 22.1.1914; D 232) hin, in dem sich KT mit der Frage der Jurisprudenz als Wissenschaft beschäftigte: «Daß hier keine Wissenschaft , sondern ein Hantieren mit willkürlich erfundenen Begriffen vorliegt, hat uns der Freirechtler Ernst Fuchs in Karlsruhe bewiesen.»

8 ff *«Der Hauptinhalt … Zeit.»*] Müller 313 (dort: Den Hauptinhalt).

11 f *Tötung Valentins*] Gretchens Bruder, der Soldat Valentin, wird von Mephistopheles in einem Fechtkampf getötet (Faust I, Nacht, Vs. 3698 ff).

13 *Bindings Lehrbuch*] Karl Binding: Lehrbuch des gemeinen deutschen Strafrechts. Leipzig 1902.

14 f *Liszts Strafrecht*] Franz von Liszt: Lehrbuch des deutschen Strafrechts. Berlin 1881 (18. Aufl. 1910/11). KT hatte in Berlin Strafrecht bei v. Liszt studiert, der ein Vertreter der soziologischen Richtung in der Rechtslehre war.

17 ff *Auf! … dämmert auf.*] Mephistopheles in: Faust I, Kerker, Vs. 4597 f.

20 ff *«Betrachten … Gesetze.»*] KT zieht den Text von Müller zusammen, den 1. Satz von S. 188 und den 2. Satz von S. 191, wobei er aus der «Peinlichen Gerichtsordnung Karls V.» eine «Heimliche Gerichtsordnung Heinrichs V.» macht.

23 f *Heimlichen Gerichtsordnung*] Die 1532 beschlossene «Peinliche Halsgerichtsordnung» Karls V. (Carolina) gilt als erste Kodifikation gemeinen dt. Strafrechts; sie sah u.a. Folter zur Erzwingung von Geständnissen vor.

24 *Heinrichs V.*] Gemeint ist Karl V.

27 f *Ja, … kund …*] Mephistopheles in: Faust I, Der Nachbarn Haus, Vs. 3013 f.

29 f *«Dem … vorschwebte.»*] Müller 137 (dort: vorschwebe).

31 ff *Keinen … Flur.*] Worte des Olivenzweigs in: Faust II, Weitläufiger Saal mit Nebengemächern, Vs. 5120 ff).

53 *entschuldigt sein Buch*] So in der Einleitung, in der er auf zahlreiche Veröffentlichungen zu jurist. Fragen in der Dichtung hinweist (S. 7).

56 *Moser*] Das fünfzig Bände umfassende Werk ‹Teutsches Staats-Recht› (1737–1754) des Staatsrechtslehrers Johann Jakob Moser. Dessen 1753 erschienenes Buch ‹Seelige letzte Stunden von 31 Personen, so unter des Scharfrichters Hand gestorben› stellt KT in [156] vor.

58 *Herrn Wulffen*] Der Jurist und Schriftsteller Erich Wulffen verfaßte neben Lustspielen und Romanen auch Schriften über Kriminalität in der Dichtung. So z. B.: ‹Ibsens Nora vor dem Strafrichter und Psychiater› (Halle 1907), ‹Gerhart Hauptmanns Dramen. Kriminalpsychologische und pathologische Studien› (Berlin 1911), ‹Shakespeares große Verbrecher› (Berlin 1911).

65 *detentio*] Das Zurückbehalten. Im römischen Recht der Besitz einer Sache ohne Rechtsschutz.

83 *Amtsvorsteher Wehrhahn der Wulffen*] Figuren in Gerhart Hauptmanns «Der Biberpelz. Eine Diebskomödie» (1893).

84 *§ 839 BGB*] Der Paragraph behandelt die Schadenersatzansprüche bei Schäden, die aus rechtswidrigen und schuldhaften Handlungen von Organen des Staates an fremden Schutzgütern entstehen.

85 *Konkursverwalter*] Anspielung auf die zahlreichen Theaterkonkurse zu dieser Zeit; s. [184], *51*.

98 f *Juristerei … Handwerk*] KT hatte selbst Jura studiert. Anfang August stellte er an der Schiller-Universität Jena das Gesuch um Zulassung zur Promotion (Thema der Dissertation: ‹Die Vorbemerkung aus § 1179 BGB und ihre Wirkungen›); zu dieser Frage vgl. auch KTs Artikel ‹Juristen› (s. o. *1*).

111 *Ascendentin*] Vorfahr, Verwandter in aufsteigender Linie.

144

Moritz Napoleon

V: Anonym [Peter Panter]
D[1]: SB Jg. 9, Nr. 32/33, 14. 8. 1913, S. 791–793 [Rubrik:] Rundschau. – Tagebuch
Bibl.: Nd s. Bonitz/Wirtz D 138, 1 Nd

Zuschreibung
Im Widmungsexemplar der SB für Mary Tucholsky hat KT hs. unter den Text geschrieben: «Peter Panter». Auch im Autorenregister der SB wird der Artikel unter Peter Panter aufgeführt.

Vgl. [78], *0*.

8 *Pathé-Journal*] Die 1896 gegr. frz. Filmgesellschaft Pathé Frères erlangte schnell eine Monopolstellung in Europa. Bereits 1907 hatte die Firma Fabriken und Ateliers in Frankreich, England, Deutschland, Italien, Spanien, Rußland und den USA. Die Berliner Filiale war in der Friedrichstraße 73. Hauptgeschäft der Pathé Frères war neben der Produktion vor allem der Filmverleih. Das Journal war eine Wochenchronik.

9 *Maurenbrecher*] Lt. Pressebericht trat Maurenbrecher im Juli 1913 aus der Partei aus. Er habe sich «immer eine gewisse politische Selbständigkeit» bewahrt, die SPD habe ihn aber nicht auszuschließen gewagt. Der Prediger einer freireligiösen Gemeinde in Mannheim gehörte früher dem nationalsozialen Verein an, machte aber 1903 bei dessen Auflösung nicht die Fusion mit der Freisinnigen Vereinigung mit, sondern schloß sich der SPD an (‹Austritt aus der Sozialdemokratie›, BBC 18.7.1913, A).

12 *ad nauseam usque*] Bis zum dauernden Erbrechen.

13 *Prince*] Zu Moritz Prince vgl. [212].

35 *Possart*] s. [44], *21*.

145

Bürger-Solidarität

V: tu.
D[1]: Vorwärts Jg. 30, Nr. 210, 16.8.1913, 2. Beilage, [S. 1] [Rubrik:] Kleines Feuilleton
Bibl.: Bonitz / Wirtz D 139

1 *Unglück von Swinemünde*] Am 7.8.19113 kenterte bei einer plötzlichen Windböe das Motorsegelboot «Friedrich Karl» mit 22 Insassen. Nur 5 Personen konnten gerettet werden. Die Tragödie spielte sich vor Tausenden von Leuten ab, die wegen der Anwesenheit Kaiser Wilhelm II. bei den «Swinemünder Kaisertagen» in das Seebad gekommen war.

27 *«Protestversammlung»*] Die Zeitungen berichteten von Protestkundgebungen der Badegäste, in denen gegen die Bäderverwaltung schwere Vorwürfe erhoben wurden. Am 12.8.1913 brachte die Voss unter der Rubrik «Vermischtes» eine Polizeiverordnung, nach der ab Oktober Rettungsringe und Schwimmwesten für jeden Passagier zwingend vorgeschrieben wurden.

146

Berliner Konzertsaison

V: Anonym
D[1]: Vorwärts Jg. 30, Nr. 213, 19. 8. 1913, 2. Beilage, [S. 1] [Rubrik:] Kleines Feuilleton
Bibl.: Bonitz / Wirtz D 140; DT

42 gefeiert] *korr. aus* geliefert *nach KTs hs. Korrektur auf dem ZAS (KTA)*

Zuschreibung
Der Text befindet sich in KTs Mappe mit eigenen Arbeiten (KTA).
Vgl. zu dem Thema auch [183].

2 f *«Dulde … Sonne»*] Sprichwörtlich nach Paul Heyses Gedicht «Über ein Stündlein» aus den «Jugendliedern».
30 *O. H. Schmitz*] Nicht ermittelt. Zu Schmitz vgl. [3].

147

Wenn Ibsen wiederkäme …

V: Kurt Tucholsky
D[1]: SB Jg. 9, Nr. 34 / 35, 28. 8. 1913, S. 795 – 798
Bibl.: Nd s. Bonitz / Wirtz D 141; 1 Nd; GW 1

Im Exemplar des gebundenen Bandes der SB für Mary Tucholsky finden sich am Rand der Zeilen 124 bis 127 zwei senkrechte Striche, die wahrscheinlich von KT stammen. (KTA)

11 f *bei Reinhardt aufführen*] Leo Tolstois Drama «Der lebende Leichnam» wurde ab dem 7. 2. 1913 an Reinhardts Deutschem Theater gespielt.
22 f *«Im eigentlichen … still.»*] s. [8], *38*.
24 *Kapital*] Vgl. [131].
98 f *Romantik des Geschäftslebens*] Vgl. [126], 22.

148

Auftakt

V: Ignaz (D^1); Theoald Tiger (D^2)
D^1: SB Jg. 9, Nr. 34/35, 28.8.1913, S. 822
D^2: Fromme Gesänge 1919, S. 73
Bibl.: Nd s. Bonitz/Wirtz D 143; 2 Nd; GW 1

Varianten
Die Varianten sind nach D^2 verzeichnet.
4 los!] los. **13 ff** Der … sehn!] *die Strophe fehlt*

3 *Schmoddergown*] gown (engl.) Kleid, Robe.

14 *Bongs Klassiker*] Bong's goldene Klassiker-Bibliothek und Bong's Klassische Bücherei aller Zeiten und Völker. Berlin.

15 *Schönherrleben*] Gemeint ist der österr. Dramatiker Karl Schönherr; vgl. auch [92], *24*.

19 *Holzbock*] Gemeint ist der Kritiker Alfred Holzbock, der in Scherls ‹Berliner Lokalanzeiger› schrieb. Am 25.9.1913 (929) war in der SB in den ‹Antworten. H.C. Berlin› zu lesen: «Aber Sie dürfen wirklich nicht denken, daß hier der Holzbock irgendwie bekämpft oder herausgefordert werden soll. Um Himmelswillen! Wer gar nicht wirkt, wirkt auch nicht schädlich. Nur lachen soll man manchmal über ihn. Die immer wieder erschütternde Komik dieses Analphabeten empfinden – oder richtiger: der Tatsache, daß das in einem Riesenblatt gedruckt wird. Weiter nichts.» Vgl. auch das satirische Gedicht ‹Holzbock im Sommer› von Peter Scher (SB 3.4.1913, 391), das Antwortgedicht in ‹Antworten. P.S.› (ebd., 392) sowie [162], 52.

20 f *Rideau!*] Vgl. [120], *20f.*

149

Sommerliches Berlin

V: Peter Panter
D^1. SB Jg. 9, Nr. 34/35, 28.8.1913, S. 825–826 [Rubrik:] Rundschau. – Tagebuch
Bibl.: Nd s. Bonitz/Wirtz D 144; 1 Nd; DT

Vgl. [78], *0*.

46 *Herrnfelds*] Vgl. [159], [181], *0*, [182]; der Film mit Anton und Donat Herrnfeld konnte nicht ermittelt werden.

150

Die ägyptische Königstochter

V: Peter Panter
D^1: SB Jg. 9, Nr. 34/35, 28.8.1913, S. 826–827 [Rubrik:] Rundschau. – Tagebuch
Bibl.: Bonitz/Wirtz D 145; GW 1
Rez: Mechtild von Lichnowsky, Götter, Könige und Tiere in Ägypten. Leipzig: Rowohlt 1913

1 *Mechtild*] Eigentl. Mechtilde. Der Verlag hatte irrtümlich das «e» weggelassen (s. Wilhelm Hemecker, Mechtilde Lichnowsky 1879–1958. Marbacher Magazin 64/1993).

5 *Schmock*] Vgl. [21], *10*.

9 *Subjektivität aller Beobachtung*] Programmatisch heißt es bei Lichnowsky: «– überhaupt, ich bemerke, daß ich nichts von dem weiß, was andere interessieren müßte – und wenn ich dennoch schreibe, so geschieht es aus reinstem Egoismus, und das ist, glaube ich, das einzig Normale» (Lichnowsky 1913, 11).

10 f *die Fischer schreiben ließ*] KT spielt auf die in dieser Zeit im Fischer-Verlag erschienenen Reisebücher ‹Amerika heute und morgen› von Arthur Holitscher (1912; vgl. dazu KTs Rezension in [70]), ‹Die Reise nach Afrika› von Emil Ludwig (1913) und ‹Aus Indien› von Hermann Hesse (1913) an.

13 *Cook-Ägypten*] Gemeint ist der Reiseveranstalter Cook & Son (vgl. [42], *17*; [94], 30, und auch Lichnowsky 1913, 24 und 91).

17 *erinnert sich*] Im ersten Abschnitt des Buches (Zitat auf S. 10).

151

Parkett

V: Ignaz (D^1); Theobald Tiger (D^2)
D^1: SB Jg. 9, Nr. 36, 4.9.1913, S. 842

D^2: Fromme Gesänge 1919, S. 84
Bibl.: Nd s. Bonitz / Wirtz D 147; 1 NdzL; 4 Nd; GW 1

Varianten
Die Varianten sind nach D^2 verzeichnet.
3 Schauspiel, hofft] Spiel, erhofft **12** nickt.] nickt! **16** soo] so **19** Genug … «Ottilie] Genug – *dahinter neue Zeile, eingerückt* … «Ottilie

152

Der Bühnenmaler

V: Peter Panter
D^1: SB Jg. 9, Nr. 36, 4. 9. 1913, S. 850 [Rubrik:] Rundschau. – Tagebuch
Bibl.: Bonitz / Wirtz D 148; Rep
Rez: Karl Walser, Das Theater. Bühnenbilder und Kostüme. Mit Text von Oscar Bie. Berlin: Bruno Cassirer 1912

1 *über Bizet*] Der Band enthält u. a. Abbildungen von Figurinen und Dekorationen aus Bizets Oper «Carmen».
9 *kolorieren*] Die Abbildungen der Figurinen sind handkolorierte Originallithographien, die abgebildeten Theaterdekorationen Lichtdrucke nach den Originalen.
23 *Susanne seines Mozart*] Gemeint ist die Susanne aus Mozarts «Figaros Hochzeit», die zusammen mit dem Kammerdiener auf Tafel 8 dargestellt ist.

153

Herbert der Cinese

V: Peter Panter
D^1: SB Jg. 9, Nr. 36, 4. 9. 1913, S. 850–851 [Rubrik:] Rundschau. – Tagebuch
Bibl.: Bonitz / Wirtz D 149

Vgl. [78], *0*.

1 *Cines-Theater*] Am 10. 9. 1913 inserierte das «Cines» im BT für die Neueröffung im Friedrich-Wilhelmstädtischen Theater am 12. 9.: ‹Variété-Lichtspiele in künstlerischer Vollendung›. In den Cines-Theatern, zu denen auch das Apollo-Theater, das Nollendorf-Theater und der «Cines»-Palast am Zoo gehörten, gab es jeden Freitag Programmwechsel. Am 25. 12. 1913 stand in den «Antworten» der SB, 1292 (wahrscheinlich von KT): «Varietébesucher: Wenn Sie einmal einen richtigen Sketsch sehen wollen, so gehen Sie in eines der Cines-Theater, das eine entzückende Varieté-Nummer: ‹Besetzt – bitte später› herausgebracht hat. Dieser Scherz ist mehr als ein Scherz, gibt allerlei kleine Ausschnitte aus allerlei kleinem menschlichen Leben, dauert eine Viertelstunde, ist viel besser als ein dreiaktiger Familienschwank, und wenn man sich ausgelacht hat, ist man wahrhaftig ein bißchen nachdenklich geworden über die merkwürdigen Dinge, die so Tag und Nacht über durch die Telephondrähte gejagt werden.» Vgl. [117], *3* u. *8*.

16 *Hauptmann*] Die Verfilmung von Gerhart Hauptmanns ‹Atlantis›-Roman war bereits am 5. 8. 1913 in der ‹Frankfurter Zeitung› angekündigt worden (vgl. ‹Hätte ich das Kino!›, 132); vgl. weiter [226].

18 *Programm*] KT meinte das Programm des «Cines» Apollo-Theaters, das im BT (10. 9. 1913, M) neben dem Komiker Herbert Lloyd mit der Nummer «Nicht gut? Napoleon!» auch den excentrischen Geigenkünstler Alfredo «und die übrigen erlesenen artistischen und kinematographischen Attraktionen» angekündigt hatte.

43 *«Neppoljong»*] Napoleon; vgl. [114], *1*.

154

Das Theaterkind

V: Peter Panter
D^{1}: SB Jg. 9, Nr. 36, 4. 9. 1913, S. 851 [Rubrik:] Rundschau. – Tagebuch
Bibl.: Bonitz / Wirtz D 150; GW 1

155

Sieben tolle Tage

V: Peter Panter
D^{1}: SB Jg. 9, Nr. 36, 4. 9. 1913, S. 852 – 853 [Rubrik:] Rundschau. – Tagebuch

Bespr.: «Sieben tolle Tage», amerikanische Burleske nach Mary Roberts Rinehart und Avery Hopwood; deutsche Fassung von Otto Eisenschitz; Deutsche UA am 30. 8. 1913 am Deutschen Theater; Regie: Gustav Charlé
Bibl.: Bonitz / Wirtz D 151

156

Wie sie starben …

V: Kurt Tucholsky
D^1: Frankfurter Zeitung Jg. 58, Nr. 248, 7. 9. 1913, 4. M, S. 1

2 f Leipzig erschienen] *emend. aus* Leipzig 1753 erschienen

Zu KTs Tätigkeit für die ‹Frankfurter Zeitung› s. «Übersicht» im Anhang.

Vgl. zum Thema [22].

1 *Buch*] Johann Jakob Moser: Seelige letzte Stunden von 31 Personen, so unter des Scharfrichters Hand gestorben, Stuttgart, Frankfurt, Leipzig 1753.
12 *Ludwig Thoma*] Nicht ermittelt.
13 f *Mordtat des Staates*] Zur Diskussion über die Todesstrafe vgl. [22].
77 *denkt an Goya*] Gemeint ist wohl Goyas 82 Blätter umfassende Radierfolge «Desastres de la guerra» (Schrecken des Krieges) von 1808 – 1815.

157

Erotische Films

V: Kurt Tucholsky (D^1 und D^3); Peter Panter (D^2)
D^1: SB Jg. 9, Nr. 37, 11. 9. 1913, S. 867 – 870
D^2: WB Jg. 18, Nr. 45, 9. 11. 1922, II, S. 496 – 497
D^3: Mit 5 PS 1928, 24 – 27
Bibl.: Nd s. Bonitz / Wirtz D 152; 6 Nd; GW 1

Lesarten

In KTs Handexemplar der SB (D^1) sind zahlreiche hs. Änderungen und Streichungen von der Hand KTs mit Bleistift und rotem Buntstift.

5 Auch ich lachte] *gestr.* **13** Mädchen] *vorher mit rotem Farbstift ein undeutliches, wahrscheinl. stenograph. Zeichen für* junge **16–19** Sah ich ... auszukosten] *gestr.* **26** –] *im Gedankenstrich ein Haken, alR in Steno* wenn er das mochte **28** Genießer] *unterstr.* **32** agiler] *davor ein senkr. Strich* **42** Sie] *durchgestr., alR in Steno* die Späher **43–45** vorgebildet ... Art.] *gestr.* **47** daß] *davor senkr. Strich, arR* o **50** wie] *unterstr.* **54** gefällig] *danach senkr. Strich* **57** ratende] *davor* be **84** so] *davor ein Haken, arR* insow **88** da] *gestr.* **89** alle] *davor mit roter Farbe ein Umstellungszeichen*

Varianten

Die Varianten sind nach D^2 und D^3 verzeichnet.

0 Films] Filme *D^2, D^3*; *in D^2 folgt als Widmung*: Der Polizeistelle zur Bekämpfung unzüchtiger Bilder und Schriften in Züchten und Herrn Professor Karl Brunner zum Abschied gewidmet. **1f** Keiner sprach ... nur.] *gestr. D^2, D^3* **2f** Die Wand ... begann.] *zweimal gesetzt D^2* **5** alle] Alle *D^2* **26** jeder] Jeder *D^2* **36** , wie ich feststellen konnte,] *gestr. D^3* **38** alle] Alle *D^2* **42** alle] Alle *D^2* **52f** aber während ... bewundern,] und währenddessen *D^2, D^3* **56** Bier!»] Bier –!» *D^3* **59** vergleichende Privatfreuden] Privatfreuden vergleichend *D^3* **61f** Es war ... Pornographie.] *gestr. D^3* **63f** seine Frau] die Gemahlin *D^2, D^3* **70f** zwei oder drei Momente] ein paar Momente *D^2*, einige Augenblicke *D^3* **71** in denen sich] wo sich *D^2* **77** eine ulkige und verkrampfte Angelegenheit] ein ulkiges und verkrampftes Paar *D^3* **79** lag es] lag das *D^2, D^3* **81** wüßte] wußte *D^3* **83** jeder] Jeder *D^2* **83f** es kommt noch was –] es kommt noch was –, *D^2*; daß noch was kommt –, *D^3* **84** es sich] sich *D^2, D^3* **85f** vor einander] voreinander *D^3* **86** indem sie] wobei sie *D^3* **86** betonten, und überhaupt.] betonten ... *D^3* **89** alle] Alle *D^2* **91** gleich] *gestr. D^2, D^3* **93** jeder] Jeder *D^2* **98** kann einmal] können *D^3*

Vgl. [78], *0* und Bd. 4 [110].

15 *dicker Freund*] Kurt Szafranski.

21 *am Schlesischen Tor*] Die Gegend um den Schlesischen Bahnhof im Osten Berlins mit ihren Spelunken und Absteigen war das Milieu der Ganoven und der billigsten Prostitution; vgl. auch Bd. 4 [233], *79f.*

70 *piou-piou*] Spottname für den frz. Infanteristen, wahrscheinlich abgeleitet von «pierrot», Hanswurst.

99 *Port Saids*] Ägyptische Hafenstadt.

158

Palmström der Vermehrte

V: Peter Panter
D^1: SB Jg. 9, Nr. 37, 11.9.1913, S. 876–877 [Rubrik:] Rundschau. – Tagebuch
Bibl.: Nd s. Bonitz/Wirtz D 153; 3 Nd; GW 1
Rez: Christian Morgenstern, Palmström. 6. Aufl. Berlin: Bruno Cassirer 1913

Morgenstern war Autor der SB/WB (vgl. Bergmann 1991, 163), u.a. wurde sein Gedicht «Palmström» aus der 3. Aufl. der ‹Galgenlieder› in der SB nachgedruckt (2.4.1908, I, 356).

KT besprach später auch Morgensterns Bände ‹Stufen› (WB 3.4.1919, I, 386f; D 461) und ‹Der Gingganz› (WB 11.9.1919, II, 335f; D 560).

1 *‹Galgenlieder›*] Zuerst 1905 erschienen, ‹Palmström› zuerst 1910.
14 f *Aufhebung der Kausalität*] Vgl. [170], 10ff; [159], 46 und [193], 86ff.
30 f *«Die Mausefalle»*] Vgl. Christian Morgenstern: Alle Galgenlieder. Frankfurt/M. 1972, 132f. Die folgenden Zitate und Beschreibungen (bis 47) alle aus dem Gedicht.
49 *«Die Zeit»*] Morgenstern, Galgenlieder (wie *30f*), 281. KT zitiert die Schlußverse in 52f.
54 *«Lämmerwolke»*] Morgenstern, Galgenlieder (wie *30f*), 319.
54 f *«Folianten»*] Morgenstern, Galgenlieder (wie *30f*), 149 mit dem Titel «Der eingebundene Korf».

159

Die tausend Blumentöpfe

V: Peter Panter
D^1: SB Jg. 9, Nr. 37, 11.9.1913, S. 877–878 [Rubrik:] Rundschau. – Tagebuch
Bibl.: Bonitz/Wirtz D 154
Bespr.: «Endlich allein» von Anton und Donat Herrnfeld im Herrnfeldtheater, Berlin

9 *die Herrnfelds*] Vgl. [73], [181] und [182].
46 *auf uns lastende Kausalität*] Vgl. [158], 14 ff; [170], 10 ff und [193], 86 ff.

160

Der Varieté-Staatsmann

V: tu.
D[1]: Vorwärts Jg. 30, Nr. 238, 13. 9. 1913, 2. Beilage, [S. 1] [Rubrik:] Kleines Feuilleton
Bibl.: Bonitz / Wirtz D 155; DT

2 *in einem Varieté*] Zahlreiche Zeitungen berichteten, Bryan trete in einem Zirkus auf. Einige Tage nach KTs Artikel erfolgte die Richtigstellung: Es handelte sich um Vorträge bei Chautauqua-Instituten, die, über das Land verbreitet, als Sommerschulen die Volksbildung fördern sollten. Die Vorträge wurden ergänzt durch Musikstücke, Tiervorführungen o. ä. Bryan trat seit Jahren als Redner dieser Sommerschulen auf.
8 *Jodlerquartett*] s. auch [163], 3.
9 *Einkommen*] Bryan nahm für seine Vorträge Eintrittsgeld. Als Begründung führte er an, er könne von seinem Gehalt als Staatssekretär des Äußeren nicht standesgemäß leben.
14 *im Wintergarten*] Diesen Gedanken nimmt KT in [163] wieder auf.
20 *Kriegsminister*] Falkenhayn.

161

Wintergarten

V: tu.
D[1]: Vorwärts Jg. 30, Nr. 239, 14. 9. 1913, 2. Beilage, [S. 2] [Rubrik:] Kleines Feuilleton. – Notizen
Bibl.: Bonitz / Wirtz D 156

Vgl. die Besprechung dieses Programms in der SB: [165].

2 *Eröffnungsprogramm*] Am 2. 9. begann nach den Ferien die neue Saison im «Wintergarten».
5 *Duque*] Seinerzeit berühmter frz. Tangotänzer; vgl. [165], 11 ff. Er war im

März 1913 beim Tanzturnier im Berliner Admiralspalast mit seiner Partnerin als Schautänzer engagiert.

6 *nachäfft*] Watts parodierte die Tänzerinnen Olga Desmond und Anna Pawlowa.

20 *Boganny-Truppe*] Der akrobatische Sketch hieß «Die Opiumhöhle» (vgl. die Besprechung in der Voss: ‹Wintergarten› 4. 9. 1913, M).

24 f *«Meißner Porzellan»*] Nummer der Tiller-Girls.

162

Marionetten der Mode

V: Ignaz Wrobel
D[1]: SB Jg. 9, Nr. 38, 18. 9. 1913, S. 890–892
Bibl.: Bonitz / Wirtz D 157

1 *Nietzsche*] Nietzsche: Unzeitgemäße Betrachtungen. Erstes Stück: David Strauss. Der Bekenner und der Schriftsteller (1873), 1. Abschnitt: «Die Formen, Farben, Produkte und Kuriositäten aller Zeiten und aller Zonen häuft der Deutsche um sich auf und bringt dadurch seine moderne Jahrmarkts-Buntheit hervor, die seine Gelehrten nun wiederum als das ‹Moderne an sich› zu betrachten und zu formulieren haben; er selbst bleibt ruhig in diesem Tumult aller Stile sitzen.»

11 *Modeausstellung*] Das «Theater der Moden» fand vom 14. 9. bis 8. 10. 1913 in den Ausstellungshallen am Zoo statt. Eröffnung war am 13. 9. vor geladenen Gästen.

26 *Unfertig*] Auch die Voss beklagte in ihrem Bericht, daß an allen Ecken noch gehämmert und gearbeitet werde, um den «geladenen Gästen wenigstens einen Teil der im Programm versprochenen Vorführungen zeigen zu können» (14. 9. 1913, M).

34 *der sagt*] Franz Blei: Gott und die Frauen. Ein Traktat, Kapitel: Die Mode, in: Vermischte Schriften Bd. 2. München, Leipzig 1911, 229–230, Zitat: 230 f. Das Zitat ist eine Zusammenziehung. Bei Blei heißt es: «Es ist ein Wettkampf der Frauen untereinander – oft ist der Kampf nur um dieser seiner selbst willen geführt – und alles was in wilderen Zeiten Kampfmittel war und in tieferen Ständen noch Kampfmittel ist, das hat sich in der Mode sublimiert: Ein Kampf um die Macht über den Mann, der zuerst ein Kampf der Frauen untereinander ist.»

52 *Holzbock*] Gemeint ist der Kritiker des ‹Berliner Lokalanzeigers› Alfred Holzbock; vgl. [148], *19*.

53 *reizende Idee*] Unter dem Titel «Anno dazumal» gestaltete der künstlerische Leiter der hist. Abteilung, Ernst Stern, 6 Bühnenbilder vom Empire bis zur Jahrhundertwende. Mehrmals am Tag führten Mannequins in den Kulissen die entsprechenden Kostüme der Zeit vor.

67 *Großvater … nahm*] Titel eines damals bekannten Liederbuches: ‹Als der Großvater die Großmutter nahm›. Leipzig 1885.

68 *knallbuntes Theater*] Der ‹Berliner Börsen-Courier› (14. 9. 1913, M) meldete in seiner Premierenbesprechung, daß bei Ullstein «das kleine Marionettentheater die raffiniertesten Reklameszenen mit amerikanischem Einschlag und unglaublichen Knittelversen» spielte.

77 *mag stimmen*] In der Voss hieß es: «Denn daß die Mode heute gefälliger und praktischer ist, wird selbst ihr grimmigster Gegner nicht leugnen …».

163

Der lange Clown

V: Theobald Tiger
D^1: SB Jg. 9, Nr. 38, 18. 9. 1913, S. 900
Bibl.: Nd s. Bonitz / Wirtz D 158; 1 Nd

Vgl. [160].

1 *Herr Byran*] Gemeint ist der amer. Staatssekretär des Äußeren Bryan, wie in [160].

3 *siem tiroler Madeln*] Neben Bryan trat ein Jodelquartett aus der Schweiz auf.

8 *Kanzler*] Bethmann Hollweg.

164

Die Stimme der Höflich

V: Peter Panter (D^1); Kurt Tucholsky (D^2)
D^1: SB Jg. 9, Nr. 38, 18. 9. 1913, S. 903 – 904 [Rubrik:] Rundschau. – Tagebuch
D^2: Das Lächeln der Mona Lisa 1929, S. 181 – 184; zusammengefaßt mit D 277 u. d. T.: Die beiden Höflichs. – Coda: Die Stimme der Höflich
Bibl.: Bonitz / Wirtz D 159; GW 1

Varianten

Die Varianten sind nach D^2 verzeichnet.

3 siegen, die] siegen und die **3** (in der Rolle nämlich)] *fehlt* **3f** andern, wenn] andern dann, wenn **5** Selbst wenn] *davor ergänzt* Sie konnte einen so traurig machen. Daß es einmal schief gehen würde, war sicher – es fragte sich nur, wann. Und kam das Unglück: sie schrie nicht. Sie nahm das geduldig hin; aber es wurde nie wieder etwas Rechtes mit ihr. Sie konnte schwach die Hände heben – und eine war abgestorben für ihr ganzes Leben; sie konnte lächeln, lächeln in all der Schmerzlichkeit – und das Herz zog sich dir zusammen; es war viel, viel schlimmer, als wenn sie laut geklagt hätte **8** kann weinen,] ein heller Ton der Trauer, und sie kann **13** irgend etwas] etwas **15f** zu sagen, zum Fürsten] zum Fürsten zu sagen **20f** Die Stimme [...] sich wendet.] *fehlt* **23** einem Lustspiel] *fehlt* **23** Franziska.] *danach* «Minna von Barnhelm» ist ein Lustspiel. **24** heulte, wie] heulte wie

15 *«Bürger Schippel»*] Komödie von Carl Sternheim (1913). Die UA des Stückes fand am 5.3.1913 an den Kammerspielen statt. Regie führte Max Reinhardt, Lucie Höflich spielte die Rolle der Thekla Hicketier. SJ hat die Aufführung besprochen (SB 13.3.1913, 303ff).

22 f *«Minna von Barnhelm»*] Lessings Lustspiel «Minna von Barnhelm, oder das Soldatenglück» (1763) mit der Höflich als Franziska wurde erstmals am 14.1.1904 am Neuen Theater unter der Regie von Max Reinhardt aufgeführt.

165

Wintergarten

V: Peter Panter

D^1: SB Jg. 9, Nr. 38, 18.9.1913, S. 904–905 [Rubrik:] Rundschau. – Tagebuch

Bibl.: Bonitz/Wirtz D 160

Vgl. die Besprechung im ‹Vorwärts›: [161].

11 *Duque*] Vgl. [161], 5.

51 *gute Plakate*] Zu KTs Engagement in diesem Bereich s. [77], [87], [122], [123], [142].

166

Der Kontrollierte

V: Anonym
D^1: Vorwärts Jg. 30, Nr. 243, 18.9.1913, 3. Beilage, [S. 1] [Rubrik:] Kleines Feuilleton
Bibl.: Nd s. Bonitz / Wirtz D 161; 7 Nd; GW 1

Zuschreibung
Der Text befindet sich in KTs Mappe mit eigenen Arbeiten (KTA).

167

Mynheer Felix

V: Theobald Tiger
D^1: SB Jg. 9, Nr. 39, 25.9.1913, S. 930
Bibl.: Nd s. Bonitz / Wirtz D 162; 1 Nd

Hollaender, seit 1908 Dramaturg am Deutschen Theater in Berlin bei Reinhardt, war im März 1913 der Intendantenposten in Frankfurt angeboten worden, den er nach einigem Hin und Her auch annahm. Zu diesem Vorgehen hatte die SB schon in zwei Texten Stellung genommen (Panurg: ‹Hollaenders Abschied› 20.3.1913, 342; ders. ‹Flachrennen› 17.4.1913, 447). Der Amtsantritt Hollaenders in Frankfurt war für April 1914 geplant, bis dahin kümmerte er sich dort nur um die Aufstellung des Repertoires und die Erwerbung neuer Stücke.

2 *Genug Berlin*] Am 17.9. meldeten die Zeitungen Hollaenders Entschluß, aus privaten Gründen sowohl seine Stellung als Dramaturg in Berlin aufzugeben als auch den Intendantenposten in Frankfurt nicht zu übernehmen.

16 *Über'n großen Teich*] Die Voss schrieb, «daß der fluchtartige Rücktritt des Frankfurter Intendanten mit einem Liebesroman zusammenhängt, der in Berlin seit langem offenkundig war. Man nimmt an, daß Hollaender sich von Bremen aus nach Amerika wenden wird, um von dort aus die Scheidung von seiner Frau zu erwirken ...» (‹Zu Felix Hollaenders Abdankung›, Voss 17.9.1913, A).

18 *nervöse Jammertopf*] Freunde Hollaenders sprachen von einer «nervösen

Überreizung», von «Anzeichen einer seelischen und geistigen Erschöpfung» (‹Zu Felix Hollaenders Abdankung›, Voss 17.9.1913, A).

23 *Romanschreiber*] Er hatte naturalist. Novellen und Romane veröffentlicht, z.B. ‹Jesus und Judas› (1891), ‹Frau Ellin Röte› (1893), ‹Erlösung› (1899). Vgl. auch [40].

25 *patzt*] Hollaender hatte in Frankfurt einige ältere Schauspieler entlassen, was auf Kritik gestoßen war.

26 *verschwindet*] Nach seinem Rücktritt ging die Meldung durch die Presse, Hollaender habe vor, sich an einem geheim gehaltenen Ort mit schriftstellerischen Arbeiten zu beschäftigen; er wurde im Ausland, bzw. in Amerika vermutet.

32 *Habeat sibi!*] Meinetwegen (wörtl.: sie mags behalten, aus 1. Moses 38, 23 entlehnt).

168

Hans Junkermann

V: Peter Panter
D^1: SB Jg. 9, Nr. 39, 25.9.1913, S. 933 [Rubrik:] Rundschau. – Tagebuch
Bibl.: Bonitz / Wirtz D 163

Zu Hanns [sic!] Junkermann, Komiker des Trianon-Theaters, vgl. auch [102], *17*.

26 *Laurence*] Der Schauspieler Max Laurence, der zum Ensemble des Trianon-Theaters gehörte.

169

Der Teller-Philosoph

V: tu.
D^1: Vorwärts Jg. 30, Nr. 253, 28.9.1913, 2. Beilage, [S. 1] [Rubrik:] Kleines Feuilleton
Bibl.: Bonitz / Wirtz D 164

1 *im «Apollo-Theater»*] Premiere war am 26.9. Zum Programm des Apollo-Theaters s. auch [195], 43–54.

170

Kleine Vorrede [Der Zeitsparer]

V: Ignaz Wrobel
D[1]: Der Zeitsparer. Grotesken. Berlin: Reuss & Pollack Verlag 1914, S. 4
Bibl.: Nd s. Bonitz / Wirtz C 2; 2 Nd; GW 1

‹Der Zeitsparer›. «Grotesken von Ignaz Wrobel» ist der erste Sammelband mit Arbeiten von KT, die er hier zuerst veröffentlichte ([171]–[174]) und zwei davon danach andernorts nachdrucken ließ ([173], [174]). In den späteren Sammelbänden aus der Zeit der Weimarer Republik faßte KT in der Regel bereits erschienene Beiträge zusammen.

Auf dem 1. Vorsatzblatt: Das Titelbild, die Druckanordnung, und die Pointen stammen von Thomas Theobald Tomate [d. i. Kurt Szafranski].
Auf dem 2. Vorsatzblatt am Fuß der Seite: Ignaz Wrobel in seinem [große Lücke] Lebensjahr.
Auf der Rückseite: Dieses Buch wurde in 22,863 Exemplaren auf der Einjährigenpresse gedruckt und handschriftlich numeriert. Dies ist N°. *(mit Stempel eingefügt:)* 1.
Das Exemplar im KTA trägt auf der Rückseite des 1. Vorsatzblattes den hs. Vermerk von KT: Tombola – Weltbühnenball. 1922. / Wrobel.
Auf dem 2. Vorsatzblatt von KT hs. über den Druckzeilen: Nach Belieben auszufüllen *(vgl. den Faksimiledruck dieses Exemplars, hg. von Annemarie Stoltenberg, Hamburg 1986 sowie die Angaben bei Meyer 1990, 140ff).*
In einem zweiten Exemplar in Privatbesitz ist über den Druckzeilen ein Kinderphoto (nicht KT) eingeklebt und in die Lücke hs. eingefügt: 4. *(Faksimile in: «Ich habe den Eindruck, hier zu stören» Kurt Tucholsky zum 100. Geburtstag. Eine Ausstellung der Münchner Stadtbibliothek. Am Gasteig unter Mitwirkung des Jugend- und Kulturzentrums der Israelitischen Kultusgemeinde München. München 1990, 16).*

Entstehung und Datierung

Am 27. 8. 1913 schrieb KT an Hans Erich Blaich: «Sie sind unterdessen in die Literatur gekommen und heißen Dr. Bruck. Wenn dieser Brei fertig gekocht ist, – September, – dann …!» Blaich, der damals in Bruck bei München wohnte, fragte am 3. 9., ob der geheimnisvolle Brei ein Nachfolger von Rheinsberg sei. Am 9. 9. 1913 antwortete KT: «Das neue ist keine Fortsetzung. Die Claire als Großmama, – das wäre so eine Sache! – Es ist ein kleiner Scherz, der pseudonym herausgeht, und wenn Sie erlauben, schicke ich Ihnen das Dingelchen zu. (Preis Mir: es hat nur 25 Seiten!)» Am 26. 9. 1913 schickten KT und Kurt Szafranski den ‹Zeitsparer› an Blaich: «Zweitens schicken wir Ihnen unser kleines Heftchen, in dem wir auch Ihre ehrwürdige Figur malträtiert haben. Im übrigen: (Proportion) Ignaz Wrobel: Kurt Tucholsky = Ratatöskr: Dr. Owlglaß.

Nur, daß Sie noch den Dr. Blaich in der Hinterhand haben. Und im übrigen brauchen wir Sie wohl nicht daran zu erinnern, daß die Glieder einer Proportion wohl im Verhältnis stehen, aber noch lange nicht gleich sind.»

Am 28. 9. 1913 bedankte sich Blaich bei KT für die Zusendung: «Aber schon ein paar Tage zuvor hatt ich auf der Simpl. Redaktion Ihr Heftchen

in die Hand gekriegt, das ich dann so abends im Bett las, hübsch von hinten herein u. völlig ahnungslos, bis ich plötzlich auf meinen (wie Sie so richtig bemerken) ehrwürdigen Doppelgänger stieß. Voll Mißtrauen u. Interesse beroch' ich ihn wie ein Hund sein unerwartetes Spiegelbild. Und ein Licht leuchtete in der Finsternis.
Herzlichen Dank! Die Grotesken mit der köstlichen Titelzeichnung haben mir sehr gefallen u. viel Vergnügen gemacht, neben 1) namentlich Nr. 3. Mit Bedauern hört ich nachderhand, einige von ihnen hätten einmal dem [Simplicissimus] vorgelegen, seien aber wieder zurückgeschickt worden, weil man sie – Humor, Satire, Ironie u. tiefere Bedeutung freudig zugegeben – nicht als genügend straff komponiert befunden hätte (oder so ähnlich). ‹Was ka'scht mache, Guschtävle …!› sagt der Einsichtige.» (DLA, abgedr. in: Blaich 1981, 286).

11 *Kausalität*] Vgl. [158], 14 ff; [159], 46; [174] und [193], 86 ff.
14 *Satz vom Grunde*] Anspielung auf Schopenhauers Dissertation ‹Über die vierfache Wurzel des Satzes vom zureichenden Grunde›.

171

Der Zeitsparer

V: Ignaz Wrobel
D^1: Der Zeitsparer. Grotesken. Berlin: Reuss & Pollack Verlag 1914, S. 5–8
Bibl.: Nd. s. Bonitz / Wirtz C 2; 2 Nd; GW 1

59 *Bruck*] Bezogen auf Blaich aus Bruck, heute Fürstenfeldbruck.

172

Das Paradigma

V: Ignaz Wrobel
D^1: Der Zeitsparer. Grotesken. Berlin: Reuss & Pollack Verlag 1914, S. 9–12
Bibl.: Nd s. Bonitz / Wirtz C 2; 2 Nd; GW 1

26 f *«normalen Durchschnittsmenschen»*[1)]] Die Wendung findet sich tatsächlich an dem von KT angegebenen Ort, dem Bd. 33 der ‹Juristischen Wo-

chenschrift› von 1904. Der Abschnitt 6, der sich mit § 906 BGB beschäftigt, nennt den «normalen Durchschnittsmenschen» als «Maßstab für Erträglichkeit von Geräuscheinwirkung» (384).

57 *Paradigma*] KT spielt in dieser Geschichte auf die Herkunft seiner eigenen Pseudonyme an. 1927 schrieb er dazu im Vorwort zu seinem Sammelband ‹Mit 5 PS›: «Die alliterierenden Geschwister sind Kinder eines juristischen Repetitors aus Berlin. Der amtierte stets vor gesteckt vollen Tischen, und wenn der pinselblonde Mann mit den kurzsichtig blinzelnden Augen und dem schweren Birnenbauch dozierte, dann erfand er für die Kasperlebühne seiner ‹Fälle› Namen der Paradigmata.
Die Personen, an denen er das Bürgerliche Gesetzbuch und die Pfändungsbeschlüsse und die Strafprozeßordnung demonstrierte, hießen nicht A und B, nicht: Erbe und Erblasser. Sie hießen Benno Büffel und Theobald Tiger; Peter Panter und Isidor Iltis und Leopold Löwe und so durchs ganze Alphabet. Seine Alliterationstiere mordeten und stahlen; sie leisteten Bürgschaft und wurden gepfändet; begingen öffentliche Ruhestörung in Idealkonkurrenz mit Abtreibung und benahmen sich überhaupt recht ungebührlich. Zwei dieser Vorbestraften nahm ich mit nach Hause – und, statt Amtsrichter zu werden, zog ich sie auf.» (U.d.T. ‹Start› auch in WB 27.12.1927, II, 964–966; Zitat: 964).

173

Von dem Manne, der keine Zeitungen mehr las

V: Ignaz Wrobel
D^1: Der Zeitsparer. Grotesken. Berlin: Reuss & Pollack Verlag 1914, S. 13–18
D^2: SB Jg. 9, Nr. 43, 23.10.1913, S. 1030–1033
Bibl.: Nd s. Bonitz / Wirtz C 2; 2 Nd; GW 1 (D^1)
D^2: Bonitz / Wirtz D 185

Varianten
Die Varianten sind nach D^2 verzeichnet.
D^1 ist in der Setzung von Anführungszeichen bei Titeln inkonsequent, sie fehlen zunächst, werden ab 51 ‹Händehoch› dann gesetzt. D^2 folgt durchweg dem Prinzip des Weglassens, dem wir uns anschließen: ab Zeile 51 sind die Anführungszeichen in D^1 emendiert (auch in der Passage 84–103, die nicht in D^2 übernommen wurde).

2 Blätter:] *folgt kein Absatz* **6** –] *fehlt* **26** Metzger –] Mechler – **30** Jüngling: war] Jüngling. War **30** näheren] nähern **42** Aber] *kein vergrößerter Absatz* **44** herunter. Ihm –] herunter – ihm: **44** gesagt,] gesagt – **61** war. ...] war. **66** als etwas Verdammenswertes hinzustellen] verdammenswert zu nennen **68** höheren] höhern **69** könne.] könne ... **84–103** Er begann *[...]* meditierte weiter] *fehlt* **105** an] an, **112** häufig ...] häufig. **118** könne ...] könne. **125** Zeitungen,] Zeitungen: **127** lernen ...] lernen. **127–137** oder *[...]* pflegten.] *fehlt* **138–140** Er mußte *[...]* Literat! –] *fehlt* **141** Grillruhm] Er *ohne neuen Absatz* **149** weiteren] weiten **152** habe ...] habe. **157** Wielands] Webers **158** unserer] unsrer **160f** heraus] hinaus **167** Kurz:] Kurz, **172** nun ...] nun. **175** machte ...] machte. **177** wahr? –] wahr? **180** gelesen ...] gelesen. **180** Papieren ...] Papieren: **181** Morgengebet ...] Morgengebet, *so überall in 181* **182** Bote ...] Bote. **183** Gottseidank! – Alle vier! –] Gottseidank! Alle vier! **194** R.J.P.] *folgt*: Aus einer Sammlung von Grotesken, die unter dem Titel ‹Der Zeitsparer› bei Reuss & Pollack in Berlin erscheinen und fünfzig Pfennige kosten.

91 *Kinomüdigkeit*] Vgl. [110], *0* und [121].

57 f *Wielands «Oberon»*] Ein Versepos, das von Karl Maria von Weber (so die Variante 157) vertont worden ist.

174

Der Papagei

V: Ignaz Wrobel
D[1]: Der Zeitsparer. Grotesken. Berlin: Reuss & Pollack Verlag 1914, S. 19–23
D[2]: Zeit im Bild Jg. 11, Nr. 39, 24.9.1913, S. 2661–2662
Bibl.: Nd s. Bonitz/Wirtz C 2; 2 Nd; GW 1 (D[1])

Wirkung

Am 20.3.1914 schickte KT ein Exemplar des ‹Zeitsparer› an die Frau des Zahnarztes Paul Pacully mit der Widmung. «Der Papageientante ergebenst Wrobel». Im Begleitbrief schrieb er dazu: «ich erlaube mir, Ihnen anbei eine sogenannte Luxusausgabe meiner kleinen Geschichte zu übersenden, weil Sie doch in Ihrer Eigenschaft als Papageientante wesentlich zum Gelingen beigetragen haben. Ich freue mich sehr, auch in Ihnen eine meiner zahlreichen Musen zu erblicken ...» (Privatbesitz, Kopie in KTF).

Varianten

Die Varianten sind nach D^2 verzeichnet.

9 Stör] Stör, **12** weit:] weit; **13** Konservationslexikon] Konversationslexikon **13** – wenn] (wenn **14** nie,] nie **14 f** 9 *[...]* Offenbarungseid, –] 11. «Rübölseife») **15 f** das kostete *[...]* zu uns.] sie hatte eine Frühgeburt und er sechs Wochen bekommen. Als er die abgesessen hatte, kam er zu uns. **20** war uns] ist mir **23** reden –] reden, **23** hatte –,] hatte, – **24** sein Herr *[...]* so recht,] aber es paßte nie so recht. **25–28** und es *[...]* so recht ...] *fehlt* **29** im Käfig] *fehlt* **30** bischen] bißchen **33** Pu-hu-hu!] Pu-hu-uhu! **36** 9] neun **39** Sie] Sie denn **42** ach,] ach! **42** Psychologie! ...] Psychologie! verstehen ist ausgeschlossen! ... **43** gebe ich ja zu,] muß ich ja zugeben, **50** Indifferentes] indifferentes **57** Luisng?» –] Luising?» – **57–73** War denn *[...]* weiter kaute ...] *fehlt* **77** Du! ...] Du! **82** din] die **84–87** Wer mochte *[...]* Taschentuch ...] *Absatz fehlt, Text schließt ohne Absatz danach an* **90** immer] schon immer **103** Park –] Park, **103** kennen doch] kennen **104** Park! –] Park? – **107** Es] *kein Absatz* **110** von] und **110** – ich glaube, es hat keiner gefehlt] alle 64 Leute hoch, **114** die] das **117** «Was ist es denn?»] «Na, was denn?» **122** doch:] doch, **123** Zwerchfell –] Zwerchfell? **123** nicht zu unrecht] Nicht zu Unrecht **123** Ihnen, – das habe] Ihnen. Das hat **124 f** , weil *[...]* drückte] *fehlt*

0 *Der Papagei*] Der titelgleiche Text [124] behandelt andere Gegenstände.

37 *Judenvogel*] s. auch «Nebbichvogel» (WB 10.11.1921, II, 485 f; D 972).

54 *«fichez-moi ...»*] fichez-moi la paix!: Laß mich in Ruhe! Mach' daß du fort kommst!

91 f *«Den einz'gen ... Elterngrab ...»*] Refrain des Liedes von Winter-Thymian «Die Rasenbank am Elterngrab» (Torneck/Mährlen 1980, 56) s. auch: Theobald Tiger: Singt eener uffn Hof, WB 5.4.1932, I, 529; D 2716: «Du wahst in meines Lehms Auf un Ab/die Rasenbank am Elternjrab.»

175

Das beklebte Plakat

V: Tucholsky
D^1: Das Plakat Jg. 4 (1913), Nr. 5, September 1913, S. 208
Bibl.: Bonitz/Wirtz D 146

1 *Stillerschuh*] Für das Schuhgeschäft Stiller in der Jerusalemer Straße, das in allen Stadtteilen Filialen hatte, zeichneten so bekannte Plakatkünstler wie Lucian Bernhard und Erdt.

1 *gutes Plakat*] KT war seit Sommer 1912 Mitglied des «Vereins der Plakatfreunde»; vgl. z.B. die Artikel [77], [87], [122], [123], [142].

18 *Reichsgerichtsentscheidung*] Urteil des Zivilsenats «zu den Begriffen der Bearbeitung und der freien Benutzung eines Werkes im Sinne der §§ 12 und 13» vom 8.3.1913, in: Entscheidungen des Reichsgerichts, Civilsachen, Bd. 82, 16ff.

176

Siegfried Jacobsohn

V: Ignaz Wrobel
D[1]: Zeit im Bild Jg. 11, Nr. 40, 1.10.1913, S. 2711–2712
Darüber eine Porträtzeichnung von Theo Waldenschlager

Zur Zeitschrift ‹Zeit im Bild› s. [112], *0*.
KTs Artikel nimmt zahlreiche Bilder aus Jacobsohns 1912 erschienenem Beitrag ‹Der Fall Lantz› (SB 12.9.1912, II, 235–239) auf. Noch 1930 schrieb er darüber, daß der Artikel «wie kaum ein zweiter, in die Seele Siegfried Jacobsohns blicken läßt», s. Kurt Tucholsky: Fünfundzwanzig Jahre, WB 9.9.1930, II, 373–382; D 2458.

2 *Ungeheuer*] SJ charakterisierte sich 1912 selbst: «Er war ein freischwebendes Raubtier, das nicht bloß die armen Theaterleute ansprang, sondern auch die armen Zeitungsleute und diese eigentlich weit lieber, weil sie zurückschlagen konnten. [...] Sein öffentliches Leben zerfiel in ernste, fördernde Arbeit, die er mit planvoller Leidenschaft betrieb, und in kleinere oder größere Skandalaffären, in die er von Zeit zu Zeit geriet. Die Taktik der Zeitungen war nun: jene Arbeit totzuschweigen und die Erinnerung an diese Affären mit allen Mitteln der Entstellung und Übertreibung wach zu erhalten. [...] So war er für die große Menge allmählich ein Kinderschreck, ein gewerbsmäßiger Sadist, ein Pfuhl aller literarischen Laster, ein alter Zuchthäusler, kurz: ein Stück Abschaum der Menschheit geworden.» (SB 12.9.1912, II, 238f). 1912, nach dem «Fall Lantz», änderte sich das Verhalten der Presse, SJ und seine Zeitschrift wurden weitgehend anerkannt.

4 f *abgeschrieben*] In zwei Theaterkritiken Jacobsohns vom 7. 11. 1904 in ‹Die Welt am Montag› zeigten mehrere Zeilen eine Übereinstimmung mit einer Kritik von Alfred Gold von 1897. Diese «Plagiatsaffäre» hatte zur Folge, daß Jacobsohn seinen Posten bei der WaM aufgeben mußte. Er selbst erklärte die wörtliche Übereinstimmung der drei Passagen damit, daß er für sein Buch ‹Theater der Reichshauptstadt› bis zur Erschöpfung alle erreichbaren Zeitungen durchgelesen hatte und als Folge in seinem Gedächtnis «Worte, Bilder, Sätze und ganze Satzfolgen» von fremden Autoren schlummerten, die bei der geringsten Assoziation hervorgekommen seien. (S. J.: Der Fall Jacobsohn. Berlin 1913, 8).

5 *beleidigt*] SJ neigte zu drastischen Formulierungen. Über einen Kritiker der ‹Berliner Zeitung› etwa schrieb er, daß dieser «mit Jauche schreibt, dafür eines Tages mit einer Mistgabel erstochen und nur im äußersten Notfall mit literarischen Waffen angegangen wird» (‹R.O.F.›, SB 18. 2. 1909, I, 201). SJ bekam deshalb zahlreiche Beleidigungsklagen; sein Rechtsanwalt hat «mehr als einmal das Gefängnis von meinem verbrecherischen Halse abgewendet», wie er selbstironisch schrieb (ebd.). Einen Beleidigungsprozeß aus dem Jahr 1906 beschreibt SJ in ‹Sudermann›, SB 9. 1. 1913, 45 f.

6 *verprügelt*] «Wenn aber eine hysterische Schauspielerin ängstlich den Schirm gegen ihn erhob und kühn an die Zeitungen schrieb, daß sie ihn geohrfeigt habe, dann weinten die Redakteure, daß sie den lügenhaften Bericht nicht vor den Leitartikel setzen durften, und stießen wenigstens seine Darstellung des Vorgangs, für deren Richtigkeit er Zeugen nannte, in der kleinsten Schrift an die verborgenste Stelle der fünften Beilage.» (SB 12. 9. 1912, II, 239).

8 *kam*] KT schickte Anfang Januar 1913 seine erste Arbeit [73] an die SB. «Und ich platzte vor Stolz: S.J. ließ mich kommen. Und hat mich dann nie mehr losgelassen.» (Kurt Tucholsky: Fünfundzwanzig Jahre, WB 9. 9. 1930, II, 376; D 2458).

10 *Medias in res*] «Mitten in die Sache hinein». Beginn der ersten Theaterkritik Jacobsohns im ersten Heft der von ihm gegründeten ‹Schaubühne› (SB 7. 9. 1905, 9).

24 *événement*] Ereignis, Erlebnis.

41 *Gedächtnis*] s. o. *4 f.*

43 *einmal erzählen*] Die Formulierung macht deutlich, daß KT der Ansicht war, SJ habe in seiner Broschüre ‹Der Fall Jacobsohn›, die er im September 1913 veröffentlichte, noch nicht alles gesagt. (Die Ankündigung des Heftes und das Vorwort daraus findet sich auch in der SB vom 4. 9. 1913, 829.)

52 f *in seines Mundes Blütenjahren*] Vielleicht in Anlehnung an Shakespeares «Hamlet» (III, 3): «in seiner Sünden Maienblüte».

60 f *in* die *Worte*] SJ sprach selbst vom «Künstlerdrang, das Erkannte in die suggestivste, klarste und schönste Form zu pressen. [...] Denn höchst wichtig bleibt es, durch drei Adjektiva haarscharf den Grad von Lust oder Unlust zu treffen, den man vor einer Leistung empfindet» (‹Der Fall Lantz›, SB 12.9.1912, II, 238). KT verwies auch in anderen Artikeln immer wieder auf SJs Sprachvermögen: «Die Sätze waren schneidend scharf, biegsam; die letzte Nuance dessen, was er sagen wollte, stand in ihnen.» (‹Gedenken an Siegfried Jacobsohn›, WB 29.11.1927, II, 810–812; D 1918.

66 *wie Harden*] Harden war Schauspieler und Mitbegründer der ‹Freien Bühne›, bevor er 1892 die polit. Zeitschrift ‹Die Zukunft› gründete, in der er die Politik Wilhelm II. scharf attackierte.

66 f *zur Politik und Kultur kommt*] Unter KTs Einfluß veränderte sich die SB und beschäftigte sich zunehmend mit Politik. 1918 in ‹Die Weltbühne› umbenannt, wurde sie eine der wichtigsten politisch-kulturellen Zeitschriften der Weimarer Republik. KT sagte 1930 in dem Rückblick ‹Fünfundzwanzig Jahre› (WB 9.9.1930, II, 373), er habe bei SJ angeregt, daß 1913 erstmals ein Bericht über ein Börsenthema erschien, verfaßt von seinem Repetitor Vindex (d.i. Martin Friedländer). Vgl. dazu ‹Antworten. K. St. in Helsingborg›: «Da Sie doch in Ihrem nächsten Brief, getreueste aller Leserinnen, die bange Frage stellen werden, warum und zu welchem Zweck Vindex den Tabaktrust in der ‹Schaubühne› vornimmt, und ob er sich nicht vielleicht in der Adresse geirrt habe, so sei Ihnen gleich heute gesagt: Wenn hier neun Jahre das Theater und nur das Theater betrachtet worden ist, so habe ich damit noch nicht das Recht verwirkt, einmal andre Dinge betrachten zu lassen und zu betrachten. Ein Feld abgesondert von allen andern zu beackern, hat seine Reize, seine Vorteile, aber auch seine Gefahren. Es gibt hundert Zusammenhänge mit den andern Feldern, die auf die Dauer doch nicht außer Acht gelassen werden dürfen. Wir können uns nicht entziehen, wenn der Reichsbankdiskont hinaufgesetzt wird, und letzten Endes hängen wir alle an Fäden, die in der Burgstraße zusammenlaufen. An feinen Fäden, die wir nicht immer sehen. Aber gerade deswegen sollten wir sie sorgfältig ansehen, sollten wir lernen, wie es auf der Welt zugeht. Denn schließlich sitzt im Theater, dessen Bühne wir seit neun Jahren zu säubern versuchen, auch ein Publikum, von dem hier noch zu wenig gesagt worden ist. Jetzt also wollen wir öfters das Fenster des Arbeitszimmers öffnen, ein wenig hinausblicken und Ihnen dann berichten, was es draußen gibt – liebste aller meiner Leserinnen.» (SB 25.9.1913, 929).

177

Verbotene Films

V: Kurt Tucholsky
D^1: SB Jg. 9, Nr. 40, 2.10.1913, S. 949–953
Bibl.: Nd s. Bonitz / Wirtz D 167; 2 Nd; GW 1

Vgl. [78], *0*.

1 *Brunner*] Karl Brunner, seit 1911 Literatur-Sachverständiger im Berliner Polizeipräsidium, schickte am 23.10.1913 seine Visitenkarte an KT. Unter dem gedruckten «Professor Dr. Karl Brunner» stand hs.: «dankt verbindlichst für die frdl. Aufmerksamkeit und würde sich sehr freuen, Sie bald einmal persönlich kennen zu lernen. D.O. Am besten zu treffen im Pol.-Praes. Magazinstr. 3–5. Zimmer 136, 1–3 Uhr täglich». KT nahm die Einladung an (vgl. KTs spätere Beschreibung seines Besuchs in der WB vom 21.9.1926, II, 458 ff: ‹Eveline, die Blume der Prärie›; D 1696). Ende 1920 änderte KT seine Haltung gegenüber Brunner. Anlaß war dessen Vorgehen gegen Sudermanns «Die Raschhoffs» und Schnitzlers «Reigen» (vgl. ‹Der Hosenschnüffler›, Bd. 4, [243]; ‹Brunner›, WB 10.11.1921, II, 477; D 971; ‹Brunner im Amt›, WB 7.9.1922, II, 266 f; D 1135).

2 *Allgemeines Landrecht*] Das von 1794–1899 gültige ALR in Preußen umfaßte in über 19 000 Paragraphen Zivil- und Strafrecht, Verwaltungs- und Verfassungsrecht.

34 ff *Aus Liebe … Kaste*] Die Filme sind teilweise (ausgenommen «Aus Liebe zum Mordbrenner» und der «Nat Pinkerton»-Film, einer Folge aus einer tatsächlich existierenden «Nat-Pinkerton»-Serie) über die Zensurlisten nachzuweisen. Sie wurden für Kinder verboten und nur mit Schnittauflagen freigegeben (s. Birett 1980, 322).

52 f *Das zerschtörte Lähmsglick*] Der Film «Zerstörtes Lebensglück» wurde wie die anderen genannten Filme nur zensiert für Erwachsene freigegeben (s. Birett 1980, 322).

91 f *Naturmensch … Locken*] Die Anspielung auf Schauspieler konnte nicht aufgelöst werden.

98 *Heimburg*] Unter dem Namen Wilhelmine Heimburg schrieb Bertha Behrens zahlreiche Familienblattromane, meist veröffentlicht in der ‹Gartenlaube›.

146 *Schwierigkeiten*] Boxkämpfe waren verboten und blieben es bis 1918, trotz wiederholter Forderungen an das Berliner Polizeipräsidium, das Verbot aufzuheben. Amateur-Boxklubs gab es indes schon vorher, so etwa seit

1913 den Boxring-Club am Schlesischen Tor (so nach Lange 1988, 560). Joe Edwards war der Leiter des Anglo-American Boxing Club in Berlin.

178

Sehnsucht nach der Bakerstreet

V: Peter Panter (D^1); Kurt Tucholsky (D^2)
D^1: SB Jg. 9, Nr. 40, 2.10.1913, S. 960
D^2: Mit 5 PS 1928, S. 213–214
Bibl.: Nd s. Bonitz / Wirtz D 168; 4 Nd; GW 1

Varianten
Die Varianten sind nach D^2 verzeichnet.
7 Hülfsbedürftigen] Hilfsbedürftigen **12** «Fall»,] «Fall»; **13** heraussickerte,] heraussickerte; **25** Sherlock] Sherlok **27** Aber ich zeige auf keinen.] Aber ich sehe keinen an.

Vgl. [78], *0*.

0 *Bakerstreet*] Dort lag die Wohnung des Detektivs Sherlock Holmes in den Romanen von Sir Arthur Conan Doyle.
1 *Kriminalfilms*] Z.B. die 1913 begonnene Detektivfilm-Serie der «Stuart-Webb»-Filme unter der Regie von Joe May oder die «Nat-Pinkerton»-Filme (vgl. [177], 36).
4 *Apoll*] Hier als Gott der Künste.
8 *«Watson»*] Diener und Mitdetektiv in den Romanen von Conan Doyle.
19 *Film*] Die erste Sherlock Holmes-Verfilmung konnte nicht gesichert ermittelt werden.

179

Die Jahrmarktszeitung

V: tu.
D^1: Vorwärts Jg. 30, Nr. 259, 4.10.1913, 1. Beilage, [S. 1] [Rubrik:] Kleines Feuilleton
Bibl.: Bonitz / Wirtz D 169

2 *Schmöcke*] s. [20], *10*.

6 *bedrucktes Papier*] Das ‹New-Yorker Deutsche Journal› warb mit Stellungnahmen bekannter dt. Industrieller, Abgeordneter und Professoren sowie amer. Politiker für eine Beteiligung Deutschlands an der Weltausstellung in San Franzisko am 20.2.1915 anläßlich der Eröffnung des Panamakanals. Im Dezember 1913 fiel der Entschluß, daß sich Deutschland nicht beteiligen werde.

180

«Dienstlich»

V: Anonym
D[1]: Vorwärts Jg. 30, Nr. 263, 8.10.1913, 1. Beilage, [S. 1] [Rubrik:] Kleines Feuilleton
Bibl.: Nd s. Bonitz / Wirtz D 170; 2 Nd; GW 1

Zuschreibung
Der Text befindet sich in KTs Mappe mit eigenen Arbeiten (KTA).

1 *einen Fähnrich erschossen*] Der Vorfall ereignete sich am 28.9.1913; im November wurde der Leutnant deswegen vom Metzer Kriegsgericht zu 10 Jahren Zuchthaus und Aberkennung der bürgerl. Ehrenrechte verurteilt.

2 ff *der Leutnant … Fähnrich tot.*] Die hier wiedergebenen Details wurden durch «Mitteilungen aus Offizierskreisen» bekannt, die das BT am 6.10., M, veröffentlichte (‹Die Offizierstragödie in Diedenhofen›). Die Einzelheiten waren offenbar in der Untersuchung zutage gekommen. Der Artikel des BT enthält nicht die von KT in Anführungszeichen gesetzten Passagen.

181

Herrnfeldtheater: «Eine feine Familie»

V: tu.
D[1]: Vorwärts Jg. 30, Nr. 263, 8.10.1913, 1. Beilage, [S. 1] [Rubrik:] Kleines Feuilleton. – Theater
Bibl.: Bonitz / Wirtz D 171

Bespr.: «Was sagen Sie zu Leibusch? Ein Familienspiel in 3 Akten» von Anton und Donat Herrnfeld, seit 20. 9. 1913 im Herrnfeldtheater, Berlin

Vgl. auch [182].

1 *Herrnfeld-Theater*] Vgl. [73] und [159].
16 f *in ihres Lebens Maienblüte*] s. [176], *52f.*

182

Die Familie

V: Ignaz Wrobel
D^1: SB Jg. 9, Nr. 41, 9. 10. 1913, S. 978–979
Bibl.: Bonitz / Wirtz D 172; Rep
Bespr.: «Was sagen Sie zu Leibusch? Ein Familienspiel in 3 Akten» von Anton und Donat Herrnfeld, seit 20. 9. 1913 im Herrnfeldtheater, Berlin

Vgl. auch [181].

8 *Fohtöchs*] Phonet. Wiedergabe von: Fauteuils.
22 *«Kettenglieder»*] Untertitel: Ein fröhliches Spiel am häuslichen Herd in 4 Aufzügen. Berlin 1904.
53 *Friedensfest-Besucher*] «Das Friedensfest. Eine Familienkatastrophe» (1890) von Gerhart Hauptmann.

183

Die Musik kommt

V: Theobald Tiger (D^1; D^2)
D^1: SB Jg. 9, Nr. 41, 9. 10. 1913, S. 981
D^2: Fromme Gesänge 1919, S. 82
Bibl.: Nd s. Bonitz / Wirtz D 173; 1 NdzL; 2 Nd; 1NdzL Prager Tagblatt 12. 10. 1913, M; GW 1
Auch im Prager Tagblatt 38. Jg., Nr. 280, 12. 10. 1913 (M), S. 9

Varianten
Die Varianten sind nach D^2 verzeichnet.

2 Schwarzseidne] Schwarzseidene **5** löwenmähn'ge] löwenmähnige **11** mir durch dem] durch meinem **12** Dein] dein **18** Du] du **20** Gewinn nur:] Gewinn: nur

Vgl. zu dem Thema auch [146].

184

Notschrei

V: Peter Panter
D^1: SB Jg. 9, Nr. 41, 9.10.1913, S. 984–985 [Rubrik:] Rundschau. – Tagebuch
Bibl.: Bonitz / Wirtz D 174; DT

51 *Konkurs*] 1912 / 13 wurden eine Reihe von Theatern geschlossen. SJ nannte in seinem Rückblick auf das Theaterjahr sechs Theaterpleiten: das Neue Schauspielhaus, das Komödienhaus, Palfis Kurfürstenoperette, das Theater Groß-Berlin, das Friedrich-Wilhelmstädtische Schauspielhaus und das Apollotheater (‹Das Berliner Theaterjahr›, SB 22.5.1913, 570f); s. auch [119], *70* und [93], *22*.

185

Die Girls

V: Peter Panter
D^1: SB Jg. 9, Nr. 41, 9.10.1913, S. 985–986 [Rubrik:] Rundschau. – Tagebuch
Bibl.: Bonitz / Wirtz D 175; DT

20 *Sunshine-Girls*] Vgl. [108], 14.

186

Fauste! Fauste!

V: Peter Panter
D^1: SB Jg. 9, Nr. 41, 9.10.1913, S. 986 [Rubrik:] Rundschau. – Tagebuch
Bibl.: Bonitz / Wirtz D 176; DT

3 *Keller & Reiner*] In der Potsdamer Str. 118. Die Spiele begannen am 3.10. Paul Brann hatte das Stück bearbeitet und inszeniert.

7 *alte Faust-Spiel*] Das alte dt. Puppenspiel vom Doktor Faust ist seit 1746 bezeugt.

13 *Wurschtl*] Die Figur des Hanswurst war im 17. Jh. mit dem Faustspiel der engl. Komödianten in Deutschland eingeführt worden.

20 *symbolisch*] Vermutl. Anspielung auf die ausführliche Besprechung im BT ‹Faust am Schnürchen›, 4.10.1913, M, von H-l. Der Verfasser nannte Marionetten wahrer und wirklicher als Menschen und sah diese selbst an Schnürchen agieren.

22 *Rhodus*] Anspielung auf das geflügelte Wort: hic Rhodus, hic salta (Hier ist Rhodos, hier springe!, nach einer Fabel des Aesop).

25 *Puhonny*] s. [162], 73.

25 *Theater der Moden*] Vgl. [162], *11*.

31 *Cassian*] Vermutl. das Singspiel in einem Aufzug «Der tapfere Cassian» von Arthur Schnitzler, 1904 uraufgeführt, mit 2 weiteren Einaktern 1906 u.d.T. ‹Marionetten› veröffentlicht.

31 *Serva padrona*] «Die Magd als Herrin». Oper von G. B. Pergolesi.

187

Kritik des Parketts

V: Peter Panter
D[1]: SB Jg. 9, Nr. 41, 9.10.1913, S. 986–988 [Rubrik:] Rundschau. – Tagebuch
Bibl.: Bonitz / Wirtz D 177; DT
Bespr.: «Wie einst im Mai», Posse mit Gesang und Tanz von Rudolf Bernauer und Rudolph Schanzer; Musik: Walter Kollo und Willy Bredschneider; UA am 2.10.1913 am Berliner Theater; erwähnte Darsteller: Oscar Sabo und Josefine Dora

In dem Exemplar der SB für Mary Tucholsky steht am Fuß der Seite hs. von KT mit lila Tinte: «Das war in Schöneberg – im Monat Mai ...» (KTA).

1 f *Wenn fromme ... fort*] Parodie auf Schiller: Das Lied von der Glocke (Vs. 11 f: Wenn gute Reden sie begleiten, / Dann fließt die Arbeit munter fort).

188

Max Ulysses Pallenberg

V: Peter Panter
D^1: SB Jg. 9, Nr. 41, 9.10.1913, S. 988 [Rubrik:] Rundschau. – Tagebuch
Bibl.: Bonitz/Wirtz D 178; DT
Bespr.: «Die Heimkehr des Odysseus» von Karl Ettlinger und Erich Motz, eine burleske Operette mit Musik aus Werken Offenbachs, zusammengestellt von Leopold Schmidt; Auff.: 1.10.1913 im Theater am Nollendorfplatz, Berlin, erwähnte Darsteller: Max Pallenberg (Odysseus), Fritzi Massary (Circe)

2 *Pallenberg*] s. [79]; [88].
11 ff *«Ich hatt' einen Kameraden ... nit!»*] Text von Ludwig Uhland (1809), Musik nach dem Lied «Ein schwarzbraunes Mädchen hatt' nen Feldjäger lieb».

189

Büchner

V: Kurt Tucholsky
D^1: SB Jg. 9, Nr. 42, 16.10.1913, S. 997–998
Obertitel: Zwei Hundertjährige (auf KTs ‹Büchner› folgt ‹Verdi› von Paul Stefan, SB 16.10.1913, S. 998–1001)
Bibl.: Nd s. Bonitz/Wirtz D 180; 4 Nd; GW 1

0 *Büchner*] Anläßlich seines 100. Geburtstags am 17.10.1913.
1 *«Wozzek»*] KT dürfte die Gesamtausgabe von Karl Emil Franzos (‹Sämtliche Werke›, Frankfurt/M. 1879) benutzt haben, in der diese Schreibung des «Woyzeck» gebraucht wird.
11 *Pastellprinzessinnen ... Hofmeister*] Anspielungen auf «Leonce und Lena»; vgl. auch [137].
12 *Soldaten ... Ärzte*] Anspielungen auf «Woyzeck».
24 *dem Kind mitteilen, daß sein Vater ermordet worden*] Es scheint eine Verwechslung von KT vorzuliegen, denn es wird die Mutter des Kindes ermordet (vgl. Szene 29 in der Neufassung von Henri Poschmann: Georg Büchner: Woyzeck. Leipzig 1984, 33: «Draußen liegt eine»). Vgl. auch Herbert Ihering in der SB vom 25.12.1913, 1279: ‹Büchner-Abend›. Mög-

licherweise kann die letzte «Antwort» des Jahres 1913 darauf bezogen sein, die an ‹*T. K.*› gerichtet ist und in der es heißt: «Was er wieder über Georg Büchner telegraphiert hat, wie er wieder nichts gewittert, nichts verstanden, nichts gelesen, nichts gesehen und nichts gehört hat [...]», (SB 25.12.1913, 1293).

28 *«Den zwanzigsten ... Gebirg.»*] KT zitiert den Anfang noch korrekt, erst durch spätere philologische Eingriffe ist daraus fälschlich «Den 20. Jänner» gemacht worden.

28 *Maëstoso*] Feierlich, majestätisch (musik. Vortragsanweisung).

36 f *Lauter kühle ... sein!*] Schlußzeilen des Liedes, das Marie mit ihrem Kind am Fenster in der zweiten Szene singt (Neufassung von Henri Poschmann, Leipzig 1984, 9).

44 *Panizza*] Am 28.11.1913 schrieb KT an Hermann Croissant, er werde demnächst in der SB über Panizza als Künstler schreiben, worauf er wohl auch mit seiner Aufforderung an SJ anspielt (45 f): «– wir werden ihm nächstens einen Kranz aufs Grab legen, nicht wahr?» Ein Artikel über Panizza von KT erschien erst 1919 in der WB (II, 321; 11.9.).
Am 16.10.1913 wurde in demselben Heft der SB auch ein Leserbrief über Panizza abgedruckt (II, 1010).

190

Zarathustra und Appelschnut

V: Theobald Tiger
D^1: SB Jg. 9, Nr. 42, 16.10.1913, S. 1011
Bibl.: Nd s. Bonitz/Wirtz D 181; 1 Nd

0 *Zarathustra*] Nietzsche: ‹Also sprach Zarathustra. Ein Buch für Alle und Keinen›. Leipzig 1883–1891.

0 *Appelschnut*] Otto Ernst (d.i. Otto Ernst Schmidt): ‹Appelschnut. Neues und Altes von ihren Taten, Abenteuern und Meinungen›, Leipzig 1907.

2 f *‹Nietzsche, der falsche Prophet›*] Die drei Vorträge waren für den 27., 29. und 31.10. angekündigt und hatten im einzelnen die Titel: 1. «Nietzsche der Zweifler und seine zweifelhafte Werttheorie»; 2. «Die Phrasen ‹Jenseits von Gut und Böse› und der ‹Übermensch›»; 3. «Zarathustra, der Unheilstifter» (so nach dem Bericht: ‹Otto Ernst über Nietzsche!›, BT 9.10.1913, A). 1914 veröffentlichte Otto Ernst ein Buch unter diesem Titel bei Staakmann in Leipzig.

6 *Otto Ernest Schmidten*] Otto Ernst Schmidt war Volksschullehrer und Schriftsteller, dessen humorist. Geschichten und Plaudereien «ihn zum Hauspoet in vielen deutschen Familien gemacht» hatten, wie das BT in seinem Bericht schrieb (s. o. *2f*). Zu Ernst vgl. auch Bd. 4, [7], *36f*.

191

Wintergarten

V: Peter Panter
D^1: SB Jg. 9, Nr. 42, 16. 10. 1913, S. 1015 – 1016 [Rubrik:] Rundschau
Bibl.: Bonitz / Wirtz D 182

19 *Lingnerzähne*] Anspielung auf den Dresdener Hygiene-Industriellen Karl August Lingner, Hersteller des «Odol».
20 *traditionswidrig*] Vgl. dazu [153], 1 – 5.

192

Der Gerichtsdiener

V: Anonym (D^1); Ignaz Wrobel (D^2)
D^1: Vorwärts Jg. 30, Nr. 273, 18. 10. 1913, 1. Beilage, [S. 1] [Rubrik:] Kleines Feuilleton
D^2: WB Jg. 19, Nr. 41, 11. 10. 1923, II, S. 358
Bibl.: Nd s. Bonitz / Wirtz D 183; 4 Nd; GW 1

Varianten
Die Varianten sind nach D^2 verzeichnet.
0 *Gerichtsdiener*] *folgt:* Dies hier hat am 18. Oktober 1913 – vermutlich nicht zum hundertsten Jahrestag der Völkerschlacht bei Leipzig – im ‹Vorwärts› gestanden. Der Autor schickt es mir, um zu zeigen, daß der Gerichtsdiener des Ringelnatz-Prozesses, den ich in Nummer 40 geschildert habe, weder eine Ausnahme noch eine Errungenschaft der Neuzeit ist. Das wußten wir freilich. Denn, ach, es bleibt dabei: In Deutschland ändert sich nichts als das Wetter. **2** So? –] So? **14** alles] Alles **16** wenn's] wenns **20** einen] Einen **23** Volk. –] Volk.

2 *Moabit*] In Moabit waren das Untersuchungsgefängnis und das Kriminalgericht, zu dem die Strafkammern und Staatsanwaltschaften der drei Berliner Landgerichte gehörten.

193

Die Schildkröte Kamilla oder was soll das alles

V: Kurt Tucholsky
D^1: Frankfurter Zeitung Jg. 58, Nr. 290, 19. 10. 1913, 2. M, S. 17
1 NdzL Prager Tagblatt 2. 11. 1913, M

14 Masse] *emend. aus* Maße

1 f *«Es gibt … Lage»*] Nicht ermittelt.
81 *Friedell*] Nicht ermittelt.
88 *Kausalität*] Vgl. [158], 14 ff und [170], 10 ff.

194

Menschen

V: Kurt Tucholsky
D^1: Frankfurter Zeitung Jg. 58, Nr. 290, 19. 10. 1913, 4. M, S. 1

12 *Bericht*] Erster Beitrag in dem Erinnerungsband ‹Otto Julius Bierbaum zum Gedächtnis›, hg. von Hans Brandenburg, München 1912, 1 – 12.
27 *Buch*] Nicht ermittelt.
32 *Selbstkostenverlag*] Vgl. [15], *51*.

195

Filmschau

V: Ignaz Wrobel
D^1: Vorwärts Jg. 30, Nr. 277, 22. 10. 1913, 1. Beilage, [S. 1] [Rubrik:] Kleines Feuilleton
Bibl.: Bonitz / Wirtz D 184
Bespr.: «In diesem Zeichen wirst Du siegen» von E. S. F. von Darga, 1913;

«Der Shylock von Krakau» von Carl Wilhelm, 1913. Buch: Felix Salten; «Germinal» von Albert Capellanis, 1913

Vgl. [78], *0*.

1 *Kinodämmerung?*] s. auch [110], [121].

7 *«In diesem ... siegen!»*] Drama in 5 Akten von E. S. F. von Darga, Uraufführung 17.10.1913.

8 f *«gewaltiges Stück Weltgeschichte»*] KT zitiert wahrscheinlich die Werbung zum Film.

20 *«Shylock von Krakau»*] Ein «Mimodrama» von Felix Salten, Uraufführung 16.10.1913. Hauptdarsteller war der als Darsteller des Shakespeare-Shylock bekannte Schauspieler Rudolf Schildkraut.

33 *Prince*] s. [144], 13; [212], *0*.

43 *Der Cines*] Alle vier Cines-Theater (vgl. [153], *1*) brachten die Mischung von Filmen und Varieté-Nummern.

45 *Lloyd*] s. [153], 18–60.

45 f *Baggesen*] Zu seinem Auftritt s. [169].

55 *«Germinal»*] Vgl. die Besprechung des Films im BT, das ihn «eine der stärksten Leistungen der modernen Kinematographie» nannte (‹«Germinal» als Romanfilm› 30.9.1913, M). Vgl. auch ‹Antworten. F. K. Berlin NW.›, eine Filmbesprechung, die vor allem bei der Einschätzung von «Germinal» eine hohe Übereinstimmung mit diesem Text zeigt: «Es wird unmöglich sein, hier jeden neuen Film zu kritisieren, und sei's auch nur mit einem Satz. Aber wenigstens die letzten? Reinhardt: nein. Schildkraut: bis auf einige Körperbewegungen mäßig. Die historischen Films taugen alle miteinander nichts: sie treiben einen irrsinnigen Aufwand an Geld und schlechten Schauspielern und wirken wie Schlafmittel. Da müssen Sie nicht hingehen. Germinal: beachtenswert. Vom Roman ist nicht viel geblieben – aber einige Momente zwischen Mann und Weib in der Grube sind gut; und einige ‹Bilder›. Und das ist der springende Punkt. Warum hat keiner den Verstand, Maler in die Spitze zu stellen? Der Film ist erst in zweiter Linie eine Angelegenheit des Dichters – in erster eine des Malers, des Manns mit den Augen. Aber freilich: da müßte man experimentieren, dürfte nicht kitschen – und das ist nun einmal nichts für die Kinofirmen. Warte, gedulde dich fein: über ein Stündlein werden sie alle ein bißchen eingegangen sein. Dann wird das Theater wieder zu seinem Recht kommen, und der Film wird ein Unterhaltungsmittel zweiter Gattung werden. Jetzt ist er eines letzter Qualität.» (SB 23.10.1913, 1039).

196

Sexuelle Aufklärung

V: Theobald Tiger (D^1; D^2)
D^1: SB Jg. 9, Nr. 43, 23.10.1913, S. 1040
D^2: Fromme Gesänge 1919, S. 86
Bibl.: Nd s. Bonitz / Wirtz D 186; 4 Nd; GW 1

Varianten
Die Varianten sind nach D^2 verzeichnet.
3 Eßbüffé] Eßbüfett **7** es und] es, und **12** blamiert'] blamiert **14** kricht] kriecht **20** Es] es

16 *Referendar gebaut*] s. [57], *0*.

197

Das Barreau

V: Peter Panter
D^1: SB Jg. 9, Nr. 43, 23.10.1913, S. 1043–1044 [Rubrik:] Rundschau. – Tagebuch
Bibl.: Nd s. Bonitz / Wirtz D 187; 3 Nd; GW 1
Rez: Honoré Daumier, Recht und Gericht. Eine Folge von 40 Steindrukken. Berlin, Hellerau: Baron 1913

0 *Barreau*] Bezeichnung für die Advokatenkammer in Frankreich.
3 f *Charivari*] Die illustrierte frz. satirische Tageszeitung ‹Le Charivari› wurde 1832 von Charles Philipon gegründet. Fast alle namhaften frz. Zeichner lieferten Beiträge, zu den berühmtesten zählten Daumier und Grandville.

198

Erich Walter

V: Peter Panter
D^1: SB Jg. 9, Nr. 43, 23.10.1913, S. 1044 [Rubrik:] Rundschau. – Tagebuch
Bibl.: Bonitz / Wirtz D 188

199

Cabaret

V: Peter Panter
D[1]: SB Jg. 9, Nr. 43, 23.10.1913, S. 1044–1045 [Rubrik:] Rundschau. – Tagebuch
Bibl.: Bonitz / Wirtz D 189; GW 1

Vgl. KTs Entschuldigung für einzelne Bemerkungen: ‹Peccavi›, [204].
Im Linden-Cabaret, Unter den Linden 22, traten in diesem Programm u.a. noch Else Ward und Wolfram Kiesslich auf.

7 *Söderström*] d.i. Kurt Szafranski.

11 f *Söneland*] s. [103], 12–21; [135], 29ff.

15 *Klea Waldoff*] KT beschreibt Claire Waldoff schon im Artikel ‹Berliner Cabarets›, [84], 49–100; s. auch Bd. 4, [250], *21*.

21 f *«Hermann heeesta ...»*] Chanson von Ludwig Mendelssohn: «Hermann heeßt er! Ein Dienstmädchenlied»; s. Volker Kühn (Hg.): ‹Donnerwetter – tadellos. Kabarett zur Kaiserzeit 1900–1918›. Bd. 1 der Kleinkunststücke. Weinheim und Berlin 1987, 209f und 276f.

200

Die zärtlichen Verwandten

V: Theobald Tiger
D[1]: SB Jg. 9, Nr. 44, 30.10.1913, S. 1070
Bibl.: Nd s. Bonitz / Wirtz D 192; 1 Nd

0 *Die zärtlichen Verwandten*] Lustspiel von Roderich Benedix (1866). Über einen Eingriff Wilhelm II. in die Programmgestaltung der Geburtstagsfeierlichkeiten für die Kaiserin (s.u. *32*) konnte nichts ermittelt werden. Da auch der Inhalt des Theaterstücks keinen Hinweis liefert, ist anzunehmen, daß KT den Titel des Lustspiels parodistisch verwendete, um den Streit im Hause Hohenzollern zu kommentieren, über den die Presse ab 20.10. fast täglich berichtete. Mitte Oktober war ein Brief des Kronprinzen Wilhelm an Bethmann Hollweg bekannt geworden, in dem er forderte, sein Schwager, Prinz Ernst August, Sohn des Herzogs von Cumberland, solle erst auf seine Ansprüche auf Hannover verzichten, ehe er als

Bundesfürst den Thron in Braunschweig besteigen könne. Das wurde als Affront gegen die von Wilhelm II. abgesegnete Politik des Kanzlers in dieser Frage verstanden. Der Kronprinz versuchte, den Streit durch die Erklärung zu entschärfen, das Antwortschreiben Bethmann Hollwegs habe für ihn «zur Klärung der Frage erheblich beigetragen» (‹Der Kronprinz und die Welfenfrage›, Voss 21.10.1913, M). Bei der sog. Welfenfrage spielten alte historische Differenzen zwischen den Welfen und Hohenzollern eine Rolle: das Haus des Herzogs von Cumberland erhob Ansprüche auf Hannover, das 1866 von Preußen annektiert worden war. Auch ohne formellen Verzicht Ernst Augusts auf diese Ansprüche beschloß der Bundesrat am 27.10. auf Antrag Preußens, dessen Amtsantritt in Braunschweig zuzustimmen. Maßgebliche Begründung war die Heirat zwischen der Hohenzollernprinzessin Victoria Luise, Tochter Wilhelm II., und dem Welfen Ernst August und dessen Erklärung, «nichts zu tun und nichts zu unterstützen, was darauf gerichtet ist, den derzeitigen Besitzstand Preußens zu verändern» (‹Die Welfenfrage›, BBC 9.10.1913, M).

3 f *Obertheaterintendant*] Generalintendant des Berliner Hoftheaters (Opernhaus und Schauspielhaus) war Graf Hülsen-Haeseler (vgl. auch [91] und [129]).

6 *gratulieren*] Am 22.10.1913 wurde Auguste Victoria, die Gemahlin Wilhelm II., 55 Jahre alt.

11 *Prinzeß Caecilie*] Cecilie, geb. Herzogin zu Mecklenburg-Schwerin, war seit 1905 mit Kronprinz Wilhelm verheiratet.

32 *abgesetzt*] Am Geburtstag Auguste Victorias wurde im kgl. Schauspielhaus Schillers «Maria Stuart» aufgeführt; «Die zärtlichen Verwandten» standen erst ab 30.10. auf dem Programm.

37 *alten Keenig*] Vermutlich spielt KT auf die in der Presse diskutierten vergleichbaren histor. Streitfälle an. Im Artikel ‹Frondierende Kronprinzen› (BBC 22.10.1913, M) wird dabei ausführlich die Auseinandersetzung zwischen Philipp II. von Spanien und seinem Sohn Carlos geschildert, die mit dessen Einkerkerung endete. In anderen Fällen wurde der Sohn von der Thronfolge ausgeschlossen. Es liegt nahe, daß KT eine Zurechtweisung des Kronprinzen durch den Kaiser erwartete, zumal KT auch früher schon die Einmischung des Prinzen in die Politik kritisiert hatte (vgl. [111]).

42 *Verzicht*] Zu verstehen als Verzicht auf die alte Forderung Preußens und des Bundesrats, die Thronfolge eines Mitglieds des Welfenhauses in Braunschweig setze dessen Verzicht auf Hannover voraus. KT spielt hier offenbar mit dem in der Presse vielfach diskutierten Begriff «Verzicht»:

ob Herzog Ernst August wirklich verzichtet habe mit seinem Versprechen des Wohlverhaltens (z. B. ‹Verzicht oder Versprechen?›, Voss 9. 10. 1913, A).

201

Operettenmusik

V: Peter Panter
D^1: SB Jg. 9, Nr. 44, 30. 10. 1913, S. 1072 – 1073 [Rubrik:] Rundschau
Bibl.: Bonitz / Wirtz D 193; Rep

25 *Cherubim-Arie*] Gemeint ist wohl die in Mozarts Oper «Die Hochzeit des Figaro» von Cherubino gesungene Kanzone (2. Akt, 3. Szene).
26 *«Aida»*] Oper von Verdi.
26 f *Florestan*] Figur aus Beethovens Oper «Fidelio».

202

Wo waren Sie Samstag Nachmittag?

V: tu.
D^1: Frankfurter Zeitung Jg. 58, Nr. 302, 31. 10. 1913, 2. M, S. 7 [Rubrik:] Kleines Feuilleton
Der Titel ist im Druck in eckige Klammern gesetzt.

Vgl. den Artikel ‹Aha›, Bd. 4, [210], der in ähnlicher Weise den Umgang mit Angeklagten kritisiert.

203

Der alte Pagay

V: Peter Panter
D^1: SB Jg. 9, Nr. 45, 6. 11. 1913, S. 1097 [Rubrik:] Rundschau. – Tagebuch
Bibl.: Bonitz / Wirtz D 194

1 *siebzig Jahre*] Am 11. 11. 1913 wurde zum 70. Geburtstag von Hans Pagay in den Kammerspielen eine Ehrung vorgenommen.
17 f *Kammerdiener*] Pagay spielte den Kammerdiener in Max Reinhardts In-

szenierung von Schillers «Kabale und Liebe» am Deutschen Theater Berlin, die am 29.9.1908 Premiere hatte.

19 ff *«Wir hörten … Amerika!»*] Szene II/2 in Schillers «Kabale und Liebe».

204

Peccavi

V: Peter Panter
D^1: SB Jg. 9, Nr. 45, 6.11.1913, S. 1098–1099 [Rubrik:] Rundschau. – Tagebuch
Bibl.: Bonitz/Wirtz D 195; GW 1

1 *Besprechung*] s. [199].
12 *Peccavi, mater*] Ich habe gesündigt, Mutter (nach Lukas 15, 21: pater, peccavi).
13 *mea culpa, mea maxima culpa*] Durch meine Schuld, meine übergroße Schuld (Bestandteil der Messe, aus dem «Confiteor», dem Sündenbekenntnis vor der Kommunion).

205

Der Berliner Busch

V: tu.
D^1: Vorwärts Jg. 30, Nr. 297, 11.11.1913, 1. Beilage, [S. 1] [Rubrik:] Kleines Feuilleton
Bibl.: Bonitz/Wirtz D 196
Rez: Fritz Koch-Gotha-Album. Über 200 Zeichnungen. Berlin: Ullstein 1914

1 *Herr Tobias Knopp*] Wilhelm Busch: Die Knopp-Trilogie (1875/77).
6 *«Gent»*] engl. Kurzform für Gentleman, steht ironisch für: Geck, feiner Mann.
9 f *Fritz Koch-Gotha-Album*] Die Zeichnungen Kochs waren eingefügt in kurze Texte verschiedener Autoren wie Georg Hermann, Karl Ettlinger, Hans Hyan u.a.
11 *ulkige Nummer*] Koch war auch Zeichner des ‹Ulk›.

13 *Stiefelmaler*] Werner, der offizielle Maler des Kaiserreichs, stellte die dt. Heerführer des Dt.-Frz. Krieges 1870/71 dar und verfertigte großformatige Schlachtengemälde.

31 *Margueritentag*] s. [6], *0*.

42 f *von den verehrlichen Abonnenten*] Vgl. zu diesem Thema die kritische Würdigung Mosses: [113].

206

Schöner Herbst

V: Theobald Tiger (D^1; D^2)
D^1: SB Jg. 9, Nr. 46, 13.11.1913, S. 1125
D^2: Fromme Gesänge 1919, S. 87
Bibl.: Nd s. Bonitz/Wirtz D 197; 4 Nd; GW 1

Varianten
Die Varianten sind nach D^2 verzeichnet.
3 find'] find **13** lieg'] lieg **14** wär'] wär **18** Bogen –] Bogen.

207

Massary

V: Kurt Tucholsky
D^1: SB Jg. 9, Nr. 47, 20.11.1913, S. 1143–1146
Bibl.: Nd s. Bonitz/Wirtz D 198; 3 Nd; 1 NdzL Prager Tagblatt 3.12.1913, M; GW 1

2 *C. P.*] Claire Pimbusch, der Name aus Heinrich Manns Roman ‹Im Schlaraffenland›, den KT seiner Freundin Else Weil gegeben hatte; vgl. [72], *0*.

65 f *after, nie before*] Anspielung auf die beiden das galante Genre parodierenden Kupferstiche «Before and After» (Davor und Danach) von William Hogarth, die jeweils eine Dame und ihren Liebhaber vor und nach dem Liebesabenteuer darstellen.

66 *Prévost*] Wahrscheinlich denkt KT an den zweibändigen Roman ‹Lettres à Françoise› von Marcel Prévost, der in dt. Übersetzung (‹Die moderne Frau›) ab 1902 erschien.

93 *die Holl*] Vgl. [133] zu Gussy Holl.

208

Schall und Rauch

V: Theobald Tiger
D[1]: SB Jg. 9, Nr. 47, 20. 11. 1913, S. 1151
Bibl.: Nd s. Bonitz / Wirtz D 199; 1 Nd; GW 1

0 *Schall und Rauch*] Goethe, Faust I, Vs. 3457, Marthens Garten: «Name ist Schall und Rauch».
8 *Borkman oder Gynt*] Figuren aus Ibsens Dramen: «John Gabriel Borkman» (1896) und «Peer Gynt» (1876).
14 *Barnhelm*] Nach Lessings Lustspiel: «Minna von Barnhelm» (1763).
18 *Tassow*] Nach Goethe: «Torquato Tasso» (1789).
20 *Wallenstein*] Der Feldherr Wallenstein, Herzog von Friedland, ist Hauptfigur in Schillers Trilogie: «Wallensteins Lager», «Die Piccolomini», «Wallensteins Tod» (1800).
22 *Florian Geyer*] Histor. Figur aus dem Bauernkrieg, von Hauptmann im Drama «Florian Geyer» gestaltet (1895).

209

Wintergarten

V: Peter Panter
D[1]: SB Jg. 9, Nr. 47, 20. 11. 1913, S. 1155 – 1156 [Rubrik:] Rundschau
Bibl.: Bonitz / Wirtz D 200

10 *Operettendivas*] Grete Freund sang «beliebte und lustige Lieder» aus dem dt. Operettenrepertoire (so nach der Besprechung des Novemberprogramms im BT: ‹Wintergarten› 6. 11. 1913, M).
32 *Die Pia*] Sie trat als «Geist über den Wassern» auf.

210

Das Schaubühnchen

V: Peter Panter
D^1: SB Jg. 9, Nr. 48, 27.11.1913, S. 1181–1182 [Rubrik:] Rundschau. – Tagebuch
Bibl.: Bonitz / Wirtz D 201

1 *münchner Schauspielerpuppen*] Das Marionettentheater aus München, geleitet von Direktor Brann, gastierte seit 10.11. im Theater Keller und Reiner (vgl. auch [186]).
2 *«Tod des Tintagiles»*] Maurice Maeterlinck: «Der Tod des Tintagiles» (1894; dt. 1901).
3 *«Die Nürnberger Puppe»*] Oper des frz. Komponisten Adolphe Adam (1852).
4 *vorige Mal*] s. [186].
22 *harpeggierte*] Nach ital. arpeggio (die Harfe) für einen gebrochenen Akkord gebildet.
33 *Sterns*] s. auch [162], *53*.
36 *«König Violon»*] Siegfried August Mahlmann: «König Violon und Prinzessin Klarinette».

211

Alte Verse

V: Peter Panter
D^1: SB Jg. 9, Nr. 48, 27.11.1913, S. 1182 [Rubrik:] Rundschau. – Tagebuch
Bibl.: Nd s. Bonitz / Wirtz D 202; 1 Nd; GW 1
Rez: Hermann Hesse, Gedichte. Berlin: Grote 1902 (Neue deutsche Lyriker. 3.)

KT hatte Hesse schon ‹Rheinsberg› mit persönlicher Widmung geschickt (vgl. [72], *0*); weitere Rezensionen zu Hesse vgl. SB 23.4.1914, I, 485; D 281; WB 13.2.1919, I, 182f; D 431; WB 30.8.1927, II, 332ff; D 1870 u. WB 3.3.1931, I, 321; D 2560.

5 f *‹Diesseits›*] Der Band mit Erzählungen erschien 1907.
6 *«Im Nebel»*] Hesse: Gesammelte Werke, Bd. 1, Frankfurt / M. 1970, 27.

8 *Hermann Lauscher*] ‹Hinterlassene Gedichte und Schriften von Hermann Lauscher› veröffentlichte Hesse 1901.
11 *Goethe zu Eckermann*] Nicht ermittelt.

212

Moritz und Max

V: Peter Panter
D^1: SB Jg. 9, Nr. 48, 27. 11. 1913, S. 1182–1183 [Rubrik:] Rundschau. – Tagebuch
Bibl.: Bonitz / Wirtz D 203

Vgl. [78], *0*.

0 *Moritz und Max*] Die frz. Filmkomiker Max Linder und Charles Prince, der in Deutschland unter dem Namen Moritz Prince eingeführt wurde.
2 *des heiligen Gaumont*] Der frz. Filmkonzern Gaumont, 1895 von Léon G. gegr., produzierte ab 1898 Filme. Das 1905 errichtete neue Studio bei Paris war damals das größte Filmproduktionszentrum Europas mit Filialen in Amerika, England, Rußland u. a. Ländern, auch in Deutschland gab es eine Gaumont-Gesellschaft. Nach dem 1. Weltkrieg wurde der Konzern von den amerikan. Firmen überflügelt.

213

Altes Theaterglas

V: Peter Panter
D^1: SB Jg. 9, Nr. 48, 27. 11. 1913, S. 1183–1184 [Rubrik:] Rundschau. – Tagebuch
Bibl.: Bonitz / Wirtz D 204; GW 1

7 *als Riccaut*] Riccaut de la Marlinière ist eine Figur aus Lessings «Minna von Barnhelm».
8 *als Just*] Figur des Dieners, ebd.
10 *als Struwwelpeter*] Figur aus dem gleichnamigen Kinderbuch von Heinrich Hoffmann (1845).

30 *des Fräulein Holl*] Zu KTs Verehrung für Gussy Holl vgl. z.B. [133] und [224], 40–57.

214

Der Parademarsch im Kino

V: wr.
D^1: Vorwärts Jg. 30, Nr. 315, 30.11.1913, 1. Beilage, [S. 1] [Rubrik:] Kleines Feuilleton
Bibl.: Nd s. Bonitz / Wirtz D 205; 1 Nd; DT

Vgl. [78], *0*.

7 ‹*Köln. Zeitung*›] Die folgenden Zitate stammen aus dem Artikel ‹Ein preußischer Parademarsch in Zentralasien›, Kölnische Zeitung 26.11.1913, Mittags-Ausg.

215

Der Held von Zabern

V: Theobald
D^1: Vorwärts Jg. 30, Nr. 318, 3.12.1913, 1. Beilage, [S. 1] [Rubrik:] Kleines Feuilleton. – Humor und Satire
Bibl.: Nd s. Bonitz / Wirtz D 206; 1 Nd

Vgl. auch [220] u. [221].
Am 6.11. war in Zabern durch eine elsässische Zeitung bekannt geworden, daß der 20jährige Leutnant v. Forstner vor Rekruten gesagt hatte, wer einen elsässer «Wackes» mit der Waffe niederstoße, der werde nicht bestraft, sondern bekomme von ihm eine Prämie. Daraufhin kam es in den nächsten Tagen zu Unruhen und Demonstrationen der Bevölkerung. Schon allein der Ausdruck «Wackes» wurde als Beschimpfung verstanden. Das Zaberner Militär reagierte mit wahllosen Verhaftungen.
Am 2.12. kam es zu einem neuen Zwischenfall, als Leutnant v. Forstner aus einer Gruppe junger Demonstranten einen gelähmten Schuhmacher verhaften ließ; als der sich wehrte, schlug Forstner ihn mit dem Säbel blutig.

Die Übergriffe des Militärs auf Zivilpersonen lösten große Unruhe in der dt. Öffentlichkeit aus, die Presse kommentierte das Geschehen als militärische Diktaturgelüste, als Säbelherrschaft. Zur Behandlung der Vorgänge im RT und zur Reaktion der Reichsregierung s. [220] u. K und [221].

1 *langen Messer*] Gemeint ist der Offiziersdegen.

216

Salut au monde!

V: Anonym [Ignaz Wrobel]
D^1: SB Jg. 9, Nr. 49, 4.12.1913, S. 1205
Bibl.: Nd s. Bonitz / Wirtz D 207; 1 Nd; GW 1

Im Verfasserregister der SB ist das Gedicht als Text Ignaz Wrobels ausgewiesen.

0 *Salut au monde!*] Titel eines Gedichtes in dem bekannten Buch von Walt Whitman ‹Leaves of Grass›. KT benutzte die Übersetzung von Johannes Schlaf (Walt Whitman, Grashalme. Leipzig o.J. [1907], 145–156). Die erste Strophe stimmt wörtlich – bis auf die Auswechslung Wrobel für Whitman – mit dieser Übersetzung überein.

1 *Walt Whitman*] Ihm hat KT auch das Gedicht ‹Alle Welt sucht› gewidmet (WB 11.8.1925, II, 225; D 1465).

8 *Was hörst du*] Whitman, Grashalme, 146: «3. / Was hörst du, Walt Whitman? / Ich höre den Handwerker singen …».

24 *Dürjöh*] Gemeint ist Tilla Durieux, vgl. KTs Artikel in der SB 12.2.1914, I, 184ff; D 244.

27 *Was siehst du*] Whitman, Grashalme, 147: «4. / Was siehst du, Walt Whitman? / Wer sind die, die du grüßest, und die einer nach dem andern dich grüßen? / Ein großes rundes Wunder seh' ich …».

31 *Hollaender kommt wieder*] s. [167] u. K.

39 *Holzbock'n*] Vgl. [148], *19* u. [162], *52*.

48 *Salut au monde!*] Auch Whitman beginnt den Schluß mit «Salut au monde!» (156). KT übernimmt für seinen Schluß dann jedoch die – leicht abgewandelten – Schlußzeilen der 11. Strophe von Whitman: «Ein jeder von uns unvermeidlich! / Ein jeder von uns unermeßlich! Ein jeder von uns, sei's Mann, sei's Weib, mit seinem Recht auf der Erde! / Ein jeder von uns

mit seinem Teil an dem ewigen Zweck der Erde! / Ein jeder von uns hier ebenso göttlich wie irgendeiner!» (Grashalme, 155).

217

Holzapfel und Schlehwein

V: Peter Panter
D[1]: SB Jg. 9, Nr. 49, 4.12.1913, S. 1209–1210 [Rubrik:] Rundschau. – Tagebuch
Bibl.: Bonitz / Wirtz D 208; GW 1
Bespr.: «Viel Lärm um Nichts» von William Shakespeare; Premiere am 21.11.1913 am Deutschen Theater im Rahmen eines Shakespeare-Zyklus; Regie: Max Reinhardt; erwähnte Darsteller: Hans Waßmann (Holzapfel), Victor Arnold (Schlehwein)

1 *«Einfältige Gerichtsdiener»*] In Shakespeares Original heißen die beiden «Dogberry» und «Verges», in Adolf Wilbrandts Übersetzung von «Much Ado About Nothing» Holzapfel und Schlehwein. Sie kommen vor allem in den Szenen 3,3 und 4,2 in den Vordergrund.

8 *Heyses Fremdwörterbuch*] Paul Heyse hat nicht die dt. Übersetzung für die Shakespeare-Ausgabe von Friedrich Bodenstedt angefertigt, an der sonst auch Heyse beteiligt war. Die Übersetzung in Bd. 5 (Leipzig 1867) stammt von Adolf Wilbrandt. Die Komik der Gerichtsdienerszenen rührt vor allem aus dem ständigen Gebrauch falscher und verhunzter Fremdwörter.

49 *Messinas*] Dort spielt «Viel Lärm um Nichts».

218

Die diskreditierte Literatur

V: Peter Panter
D[1]: SB Jg. 9, Nr. 49, 4.12.1913, S. 1210–1211 [Rubrik:] Rundschau. – Tagebuch
Bibl.: Nd s. Bonitz / Wirtz D 209; GW 1

17 *Frieda Schanz*] Ihre ‹Balladen› erschienen 1910, seit 1905 war sie in der Schriftleitung von ‹Daheim› und ‹Velhagen und Klasings Monatsheften› tätig.

34 f *Fünfzig-Pfennig-Wiese*] Der Insel-Verlag gab seit 1912 die Insel-Bücherei heraus, in der kleinere Werke wie Novellen, Gedichtgruppen, Essays, dramatische Dichtungen, Reden und Volksbücher erschienen. Jeder Band kostete 50 Pfennig. Nach 18 Monaten waren bereits über 100 Titel erschienen.

35 *Fischer*] Zu Fischers Romanbibliothek und zur Auseinandersetzung um das billige Buch s. ausführlich Peter de Mendelssohn: S. Fischer und sein Verlag. Frankfurt/M. 1970, 504–534 (Das billige Buch).

36 *gibt es überall*] Es gab bereits zahlreiche billige Reihen, etwa Meyers ‹Volksbücher› oder die ‹Groschen-Bibliothek der Deutschen Classiker für alle Stände›. Die Bände von ‹Reclams Universalbibliothek› kosteten jeweils 20 Pfennig, bis 1912 waren bereits ca. 5000 Titel erschienen.

38 *Insel-Almanach*] Seit 1906 erscheinende Jahrbücher mit Leseproben und dem Verlagsverzeichnis. Auch andere Verlage wie etwa S. Fischer gaben Almanache heraus.

219

Bühnenluft

V: Peter Panter
D^1: SB Jg. 9, Nr. 49, 4.12.1913, S. 1211–1212
Bibl.: Nd s. Bonitz/Wirtz D 210; 1 Nd; GW 1

220

Abzug!

V: Theobald
D^1: Vorwärts Jg. 30, Nr. 325, 10.12.1913, 1. Beilage, [S. 1] [Rubrik:] Kleines Feuilleton. – Humor und Satire
Bibl.: Nd s. Bonitz/Wirtz D 211; 1 Nd

Das Gedicht bezieht sich auf die Vorfälle in Zabern, die KT schon in [215] kommentiert hatte. Vgl. auch [221].

1 *Tritt ab*] Nach den Übergriffen des Militärs in Zabern fand am 3. und 4.12. eine RT-Debatte statt, in der Reichskanzler Bethmann Hollweg auf verschiedene Interpellationen antwortete. Er hielt sich in der Darstellung der Vorgänge weitgehend an die Berichte militärischer Stellen und vermied ein klares Urteil über das Verhalten der Militär- wie der Zivilstellen. Am Ende der Debatte des 1. Tages stellte die Fortschrittliche Volkspartei einen Mißbilligungsantrag gegen ihn, der am 4.12. mit 293 gegen 54 Stimmen angenommen wurde. Das ganze Haus mit Ausnahme der Konservativen stimmte gegen ihn. Nach konstitutionellem Staatsrecht verpflichtete diese parlamentar. Niederlage nicht zum Rücktritt. Die Forderung Scheidemanns (SPD) am 9.12. nach Demission wies Bethmann Hollweg mit dem Hinweis darauf zurück, nur der Kaiser könne über die Entlassung entscheiden.

7 *Hochverräter*] Der sozialdem. Abgeordnete hatte in der Begründung der Interpellation unter Hinweis auf die Offiziere in Zabern von Hochverrat gesprochen (Verh. d. RT, Bd. 291, 6147).

11 *in den Keller*] Die in Zabern vom Militär Verhafteten wurden in der Kaserne über Nacht im Kohlenkeller festgehalten.

221

Wie hätte Bülow …

V: Theobald Tiger
D[1]: SB Jg. 9, Nr. 50, 11.12.1913, S. 1240
Bibl.: Nd s. Bonitz / Wirtz D 212; 1 Nd

Das Gedicht bezieht sich, ebenso wie [215] und [220], auf die Zabern-Affäre.

1 *Bülow*] Über den früheren Reichskanzler von Bülow, den Vorgänger Bethmann Hollwegs, veröffentlichte der ‹Vorwärts› wenige Tage vor KTs Artikel den Beitrag ‹Bülow über Bülow› (3.12.1913), der eine Vorabbesprechung des Sammelbands ‹Deutschland unter Kaiser Wilhelm II.› war, in dem Bülow die deutsche Politik darstellte. Der ‹Vorwärts› variierte in der Besprechung die gängigen Urteile über Bülow: er sei ein «Plauderer und Anekdotenerzähler» mit «schönen Phrasen und […] noch schöneren Zitate[n]», der «sich glatt wie ein Aal überall durchzuwinden versuchte».

10 *von der Memel bis Schleiz-Greiz …*] In Anlehnung an das «Deutschland-

Lied» («Von der Maas bis an die Memel, von der Etsch bis an den Belt»); das Fürstentum Reuß-Greiz (ältere Linie des Hauses Reuß) und das Fürstentum Reuß-Gera-Schleiz-Lobenstein-Ebersdorf (oder Reuß jüngere Linie) lagen im Vogtland; die Territorien wurden 1920 mit anderen Kleinstaaten zum Land Thüringen zusammengeschlossen.

16 *Heil, Willy*] «Heil dir im Siegerkranz» ist die Umarbeitung einer Dichtung von Heinrich Harries, die dieser 1790 nach der Melodie des engl. Volksliedes «God save the King» geschrieben hatte.

19 *Büchmann*] Georg Büchmann, dt. Philologe, der 1864 die ‹Geflügelten Worte. Der Zitatenschatz des deutschen Volkes› herausgab.

23 *Kinder eingefangen*] s. [215], K.

24 *Forstnern*] ebd.

30 *aufgesetzt*] Bethmann Hollweg wurde vorgeworfen, sich in seiner RT-Rede weitgehend auf die Berichte militär. Stellen gestützt zu haben (vgl. [220], *1*).

31 *als Philosoph*] s. [4], *24*.

32 *wacker hetzt*] Als Scheidemann am 9.12. Bethmann Hollweg zum Rücktritt aufforderte mit der Begründung, der RT habe ihm in seiner Mehrheit seine Mißbilligung ausgesprochen (vgl. [220], *1*), antwortete dieser mit einer klaren Ablehnung. Ironisch sprach er vom «sogenannten Mißbilligungsvotum» und nannte es verfassungswidrig, auf die Entscheidung des Kaisers, die diesem allein zustehe, Druck ausüben zu wollen (Verh. d. RT, Bd. 291, 6281 f). Die Äußerung Bethmann Hollwegs quittierten die Sozialdemokraten schon im RT mit Zurufen, auch der ‹Vorwärts› bezeichnete sie als «Verhöhnung» (‹Zu schwach auf der Brust› 15.12.1913).

36 *Militär-Etat*] Am 30.6.1913 stimmte der RT in 3. Lesung einer Regierungsvorlage zur Erhöhung der Friedenspräsenzstärke des Heeres um rund 136 000 Mann zu, nachdem schon ein Jahr vorher eine deutliche Erhöhung der Heeresstärke beschlossen worden war. Nur die Sozialdemokraten, Elsässer und Polen lehnten die Vorlage ab. Einem Teil der Steuern zur Finanzierung stimmte auch die SPD-Fraktion zu (s. [230], *32*), was auf dem Parteitag im September vom linken Parteiflügel kritisiert wurde.

222

Ellen Richter

V: Peter Panter
D[1]: SB Jg. 9, Nr. 50, 11.12.1913, S. 1241 – 1242 [Rubrik:] Rundschau
Bibl.: Bonitz / Wirtz D 213

223

Filmschau

V: wr.
D[1]: Vorwärts Jg. 30, Nr. 327, 12.12.1913, 1. Beilage, [S. 1] [Rubrik:] Kleines Feuilleton
Bibl.: Bonitz / Wirtz D 214
Bespr.: «Amerika-Europa im Luftschiff» von Alfred Lind, 1913

9 *Eisenbahnzüge*] Vorbild für die häufig gefilmte Ankunft eines Zuges war einer der ersten Filme überhaupt, der kurze Dokumentarfilm «L'Arrivée d'un train à la gare de la Ciotat» von den Gebrüdern Lumière (1895). Die aus der Tiefe der Leinwand auftauchende, größer werdende und dicht an der Kamera vorbeirasende Lokomotive soll das Publikum in panischen Schrecken versetzt haben.

12 *«Amerika-Europa im Luftschiff»*] Premiere 28.11. Vgl. auch [224], 40-57.

29 *Gussy Holl*] s. auch [133].

37 ff *Und komm ich ... gefahren*] Frei nach Fontanes Gedicht: «Wo Bismarck liegen soll», 1898 («[...] Ein Sachse war er, drum ist er mein, / Im Sachsenwald soll er begraben sein [...] Und kommen nach dreitausend Jahren / Fremde hier des Weges gefahren [...] So gebietet einer: ‹Lärmet nicht so! – / Hier unten liegt Bismarck irgendwo›.»)

224

Wintergarten und Lichtspiele

V: Peter Panter
D[1]: SB Jg. 9, Nr. 51, 18.12.1913, S. 1267–1268 [Rubrik:] Rundschau
Bibl.: Bonitz / Wirtz D 215

Vgl. [78], *0*.

11 *Fennel und Tyson*] Ein Gesang- und Tanzduo.

15 *Sirene Nord*] Serene [!] Nord wurde als «Venus im Bade» angekündigt.

18 *Die Sacchetto*] Rita Sacchetto.

24 *Linder-Film*] Vgl. [212].

40 *die Holl*] Vgl. auch [133].

40 f *in einem Film*] Vgl. [223].

225

Der Zweijährig-Unfreiwillige

V: Ignaz Wrobel
D^1: März Jg. 7, IV, H. 51, 20. 12. 1913, S. 899
Bibl.: Bonitz / Wirtz D 216; Rep

Dies ist KTs erster Text in der Halbmonatsschrift ‹März›, die 1907–17 in München von A. Langen, H. Hesse, L. Thoma u. a. herausgegeben wurde; vgl. [38], *19*.

2 *Einjährig-Freiwilligen-Dienst*] s. [41], *21*.
3 *entzogen*] Am 14. 12. 1913 informierte der ‹Vorwärts› über eine «Kleine Anfrage» zweier sozialdem. Abgeordneter: «Ist dem Herrn Reichskanzler bekannt, daß einem jungen Mann namens Walter Stoecker in Köln der Berechtigungsschein für den einjährig-freiwilligen Militärdienst mit der Begründung entzogen worden ist, daß sich Stoecker als Sozialdemokrat ‹in besonderem Maße in staatsfeindlichem Sinne agitatorisch betätigt› habe? Ist der Herr Reichskanzler gewillt, den geschädigten Walter Stoecker wieder in den Besitz der von ihm ordnungsgemäß erworbenen Berechtigung zu bringen?»
12 *«moralischen Qualitäten»*] Auf die Beschwerde Stoeckers beim Generalkommando hatte er zur Antwort bekommen: «Der Erlaß des Herrn Kriegsministers und des Herrn Ministers des Innern vom 21. Mai 1895 spricht sich dahin aus, daß derjenige, welcher wie Sie, in besonderem Maße in staatsfeindlichem Sinne agitatorisch betätigt, die für den freiwilligen Eintritt ins Heer erforderliche moralische Qualifikation nicht mehr besitzt, und daß ihm daher [...] die Berechtigung zum einjährig-freiwilligen Dienst zu entziehen ist.» (‹Entziehung der Berechtigung zum Einjährig-Freiwilligendienst›, in: Germania 11. 12. 1913, A).
22 *nicht der erste*] Zum Fall des jungen Sozialdemokraten Düwell s. [41], *1*.

226

Der Atlantisfilm

V: I.W.
D^1: Vorwärts Jg. 30, Nr. 335, 20. 12. 1913, 1. Beilage, [S. 1] [Rubrik:] Kleines Feuilleton
Bibl.: Bonitz / Wirtz D 217; Rep

Bespr.: «Atlantis» (DK 1913); Regie: August Blom; Drehbuch nach dem Roman ‹Atlantis› von Gerhart Hauptmann (1912); UA: 18. 12. 1913 in den Kammerlichtspielen in der Tauentzienstraße

0 *Der Atlantisfilm*] Vgl. dazu Sigfrid Hoefert: Gerhart Hauptmann und der Film. Berlin 1996, 10ff (vgl. dort auch die weiteren filmographischen Daten) sowie ‹Hätte ich das Kino!›, 132ff. Der Film und vorher schon Hauptmanns Roman erregten großes Aufsehen wegen des nur kurz zurückliegenden Untergangs der «Titanic» am 14. 4. 1912. Vgl. [35].
Eine dem KT-Text sehr ähnliche Filmbesprechung brachte die SB unter ‹Antworten. Wunibald Lappe› am 25. 12. 1913, 1292, die man wohl KT zuweisen kann. Sie lautet: «Wollt Ihr wissen, wollt Ihr wissen, was die großen Kinos machen? Dummheiten, mein Herr. Wie, zum Beispiel, diesen Atlantis-Film, der einen Schlag ins Meer darstellt. Wenn auch der Roman nicht schlechter werden konnte, so war es doch eine herrliche Gelegenheit, die äußerlichsten Vorgänge und Geschehnisse ungeschickt zu photographieren. Noch heute haben sie nicht eingesehen, daß nur ein Maler solche Aufnahmen arrangieren kann. Es gab erfreuliche Bilder von virtuoser Langweiligkeit. Eine dunkle Schattenglocke bimmelte, kitschige Verse leuchteten auf, und eine Schiffskatastrophe war von einer Gemütlichkeit, daß sie jedem dicken Herrn als Entfettungskur zu empfehlen wäre. Der prächtige Film rollte vor den Augen der Zuschauer ab … das reizend ausgestattete Haus … anwesend waren unter andern … Ist eigentlich einzusehen, warum man immer nur den Staatssekretär Dernburg und die Leute vom Bau erwähnt? Warum nicht auch einmal Unbekannte? Also anwesend waren unter andern: Herr Superintendent Wisselinck, der Restaurateur Hujahn, die Hebamme Weißmaak, August Ferdinand Näke, der Buchhalter Hauptvogel und Herr Kassenbote Rassel, mit dem ich meine Jugend im Hause Oberwallstraße 20 verbracht habe – wißt Ihr das nicht? Am nächsten Tag setzte eine schlimmer als schmierige, eine gemeingefährliche Reklame für den Film des Dichters Hauptmann ein. Ein Extrablatt mit der Aufschrift: ‹Ein großer Ozeandampfer gesunken!!› wurde verteilt, und nach einer launigen Schilderung der Katastrophe wies man zart auf das flimmernde Werk eines Mannes hin, der seinen Namen unbedenklich der widerwärtigsten Verquickung von Kunst und Kapital ausgeliefert hatte.» Vgl. auch ‹Antworten. H. R., Potsdam›, SB 4. 9. 1913, 873f.
2 *Tauentzienstraße*] Verlängerung des Kurfürstendamms zwischen Kaiser-Wilhelm-Gedächtniskirche und Wittenbergplatz, gehörte zum Zentrum des Berliner Nachtlebens. S. auch Theobald Tiger: Das Tauentzien-Girl, in: Bd. 4, [67].

3 *gleichnamigem Roman*] ‹Atlantis› erschien vom 16.1. bis 24.4.1912 im BT als Vorabdruck, s.u. 21 f: Zeitungsroman.

33 *Geld gebraucht*] Vgl. auch [232].

55 *Mann ohne Arme*] Gespielt von dem armlosen Artisten Carl Hermann Unthan.

227

Laster und Liebe

V: Ignaz Wrobel
D[1]: SB Jg. 9, Nr. 52, 25.12.1913, S. 1286–1289
Bibl.: Bonitz/Wirtz D 218; GW 1

2 *Schwierigkeiten*] Am 18.11.1913, A, brachte das BT die Meldung (‹Die neueste Kulturblüte›), eine Aufführung der Tanzschule Duncan am Stadttheater Münster sei kurz vor der Aufführung verboten worden. Auf Anregung des Vors. des dortigen Männervereins zur Bekämpfung der öffentl. Unsittlichkeit, der «gewisse Auswüchse» und «Nackttänze» vermutete, hatte die Tanzschule der Polizei eine Probevorstellung geben sollen, was sie abgelehnt hatte. Der Vors. des Vereins zeigte sich lt. ‹Münsterschem Anzeiger› zufrieden über das Verbot. Er wisse zwar nicht, ob die Tanzvorführungen «unzüchtige Sachen» enthalten hätten, aber er habe einschreiten müssen, denn «wenn wir hier in Münster eine Art Nackttanz erlebt hätten», dann hätte man ihm «den Vorwurf machen können: Wozu ist euer Verein denn da?»

9 *§ 1300*] Der § betrifft die Entschädigung bei Nichterfüllung des Heiratsversprechens. «Hat eine unbescholtene Verlobte ihrem Verlobten die Beiwohnung gestattet, so kann sie [...] eine billige Entschädigung in Geld verlangen.»

32 *Grete Beier*] Der Fall Grete Beier hatte 1908 große öffentl. Beachtung gefunden. Die ungeklärten Beziehungen der jungen Frau zu ihrem aus gesellschaftl. Rücksichten akzeptierten Verlobten und zu einem Geliebten hatten zu einem Gewirr von Lügen und Betrügereien geführt, das sie offenbar nur durch den Mord am Verlobten glaubte lösen zu können. Das Zitat schildert die Szene kurz vor dem Mord, die im Prozeß ausführlich zur Sprache kam, allerdings nicht wortgetreu. Vgl. den Prozeßbericht in der Voss: ‹Mordprozeß Grete Beier›, 30.6.1908, M. Zu ihrer Hinrichtung s. [22], *32f.*

46 *‹Volkswart›*] ‹Der Volkswart›. Monatsschrift des Verbandes zur Bekämpfung der öffentl. Unsittlichkeit, Köln 1908–1938. Der 1898 in Köln gegr. Volkswartbund, eine Vereinigung von Katholiken, wollte die Unsittlichkeit vor allem durch Volksbildung, Jugendpflege, Jugendschutz und -fürsorge bekämpfen.

56 *Liste*] Die Liste der als unsittlich bezeichneten Aktbilder wird mit der Begründung veröffentlicht, «das Volk vor einer Kunst zu schützen, die es zur Unmoral erziehen könnte», man wolle keineswegs «ängstliche Schnüffelei treiben oder die Kunstentwicklung hemmen» (‹Der Volkswart›, August 1913, 123: ‹Von der Düsseldorfer Kunstausstellung›).

78 f *sie können … kommen*] s. [58], *2f.*

80 f *‹Das Mißverständnis der Prüderie›*] In: Vermischte Schriften (Walther Rathenau: Gesammelte Schriften in fünf Bänden. Berlin 1918, Bd. 4, 217). KT zitiert mit Auslassungen.

91 *alte Hufeland*] Der Arzt Hufeland, ab 1800 Prof. an der Berliner Charité, setzte sich für Sozialhygiene und vorbeugende Gesundheitspflege ein. Die angesprochenen Äußerungen stammen vermutl. aus seinen in vielen Auflagen erschienenen ärztl. Ratgebern für die Praxis (z.B. ‹System der praktischen Heilkunde› oder ‹Makrobiotik›).

102 ff *«Sehen Sie … nimmt!»*] Vgl. dazu [177], bes. 82–88.

107 *mulier … ecclesia!*] Die Frau schweige in der Gemeinde; sprichwörtl. nach 1. Kor. 14, 34.

113 *Bodensee der Sexualität*] Das Bild bezieht sich auf eine schwäb. Sage, von Gustav Schwab bearbeitet in: «Der Reiter über den Bodensee» (1826). Ein Mann reitet ahnungslos über den zugefrorenen Bodensee. Als er hinterher von der überstandenen Gefahr erfährt, fällt er tot zu Boden.

228

Großstadt-Weihnachten

V: Theobald Tiger
D[1]: SB Jg. 9, Nr. 52, 25.12.1913, S. 1293
Bibl.: Nd s. Bonitz/Wirtz D 219; 10 Nd; GW 1

229

Die schöne Schutzmannsfrau

V: Peter Panter
D^{1}: SB Jg. 9, Nr. 52, 25. 12. 1913, S. 1296–1297 [Rubrik:] Rundschau
Bibl.: Nd s. Bonitz / Wirtz D 220; 1 Nd; GW 1
Rez: Mynona (d. i. Salomo Friedlaender), Rosa, die schöne Schutzmannsfrau. Leipzig: Verlag der Weißen Bücher 1913

Im gleichen Heft der SB wurde aus Mynonas Buch die Groteske «Der Rüssel des fetten Herrn Mühlmann» abgedruckt (1289–1291) und in einer redaktionellen Notiz auf KTs Rezension hingewiesen.
Mynona (Salomon Friedlaender) hat zwischen 1908 und 1915 drei Beiträge in der SB veröffentlicht.

1 *Spaß*] In der Groteske «Aeroplan».
9 *obskuren Blättern*] Die mehr als vierzig Grotesken waren zwischen 1911 und 1913 fast ausnahmslos in den expressionistischen Zeitschriften ‹Der Sturm› und ‹Die Aktion› erschienen.
14 *«Von der Wolke … hätte»*] S. 67 ff.
14 f *«Der zarte Riese»*] Der Eröffnungstext, S. 7 ff.
15 *«Zur Tödlichkeit des Sächselns»*] S. 104 ff.
15 f *«Verstellung»*] S. 93 ff.
22 *Nesselgrün*] In «Das Weihnachtsfest des alten Schauspielers Nesselgrün».
23 f *«Bald flammten Lichterbäume … um Lieder …»*] Im Original «Lichtbäume» (S. 130).
33 ff *«Im Bett … Zeit!»*] Zitat aus der Groteske «Zur Tödlichkeit des Sächselns».
37 *Papagei*] S. 106.
39 *Anakoluth*] Ohne Zusammenhang, unpassend. In der Sprachwissenschaft eine nicht folgerichtige Konstruktion (Fügungsbruch) im Satzbau.

230

Sie lächelt wieder!

V: Ignaz A. Wrobel
D^{1}: März Jg. 7, H. 52, 27. 12. 1913, S. 938–939
Bibl.: Bonitz / Wirtz D 221; Rep

Zur Zeitschrift ‹März› s. [225], *0*.

2 *lächelt wieder*] Leonardo da Vincis Gemälde der «Mona Lisa», nach ihrem Familiennamen auch «Die Gioconda» genannt, war am 22.8.1911 aus dem Louvre in Paris gestohlen worden. Durch den Hinweis eines Antiquitätenhändlers wurde das Gemälde im Dezember in Florenz bei einem Dekorationsmaler aufgefunden, der den Diebstahl begangen hatte. Nach kurzen öffentl. Ausstellungen in Florenz, Rom und Mailand wurde das Bild am 29.12. wieder in den Louvre gebracht.

7 *Schmöcke*] s. [21], *10*.

30 *Gutachten*] Lt. Zeitungsberichten traten zahlreiche international bekannte Gutachter auf, die die Echtheit des Gemäldes bezeugten. Ein Prof. Wickelstroh wird dabei nicht genannt. Möglicherweise ist der Name fiktiv.

32 *Wehrbeitrag*] Die im Juni 1913 beschlossene Heeresnovelle, die eine Erhöhung der Sollstärke des Heeres ab 1.10.1913 beinhaltete (vgl. [221], *36*), zog Sonderausgaben in Höhe von ca. 900 Millionen Mark, außerdem laufende Mehrkosten von ca. 400 Millionen Mark nach sich. Zur Deckung der Kosten wurden am 3.7. neue Steuern beschlossen: neben einer Erhöhung der Erbschaftssteuer und einer neuen Vermögenszuwachssteuer vor allem ein einmaliger außerordentlicher Wehrbeitrag als zweckgebundene Sondersteuer auf Einkommen und Vermögen. Nachdem im November der Bundesrat den Wehrbeitrag gebilligt hatte, wurden im Dezember von den einzelnen Bundesländern die Ausführungsbestimmungen erarbeitet.

35 *ad notam*] Zur Kenntnis.

Übersetzungen

231

Zwei Späße / von Henri Rochefort

V: Anonym
D[1]: SB Jg. 9, Nr. 34/35, 28.8.1913, S. 818
Bibl.: Bonitz / Wirtz D 142

Zuschreibung
Als Widmung für Mary Tucholsky schrieb KT im zweiten Band: «Meine

Beiträge habe ich im Autorenregister angestrichen. Dazu fast die meisten ‹Antworten›, (die Dich aber nicht interessieren) – und allerhand Einleitungen und Übersetzungen (so Rochefort.) –», s. auch [81], *O*.

Rochefort war am 30.6.1913 gestorben. Übersetzung aus dem Sammelband: Les Français de la décadence, Paris 1885. Mit einer ausführlichen ‹Vorbemerkung› von Maximilian Harden zur Person Rocheforts.
Die Übersetzungen wurden von der redaktionellen Bemerkung eingeleitet, als Probe folgten zwei kleine Späße, «da die ernsten Partien vollgepackt sind von Fakten und Voraussetzungen, die wir nicht mehr verstehen».
KT übersetzte jeweils nur Teilstücke aus Kapitel I und II und gab ihnen eigene Überschriften. Der erste Text (Rochefort, 9–11) umfaßt die letzten vier Zeilen von «Les philantropes» und den Beginn von «L'art et la pudeur». Der zweite Text aus Kap. II (Rochefort, 14f) ist der Anfang von: L'ère des phénomènes. Es folgen die Originaltexte:
1. La seule mesure nouvelle à laquelle je donne mon entière approbation, c'est l'introduction des modèles du sexe féminin dans les ateliers de l'école.
Après la cuisine des restaurants, la pudeur est chez nous ce qu'il y a au monde de plus incompréhensible. A la moindre affaire de viol et d'adultère, les femmes écrivent des déclarations au président de la Cour d'assises pour avoir un strapontin dans l'enceinte réservée, et quand il s'agit de l'art, cette divinité sans sexe, on se heurte perpétuellement à des poseurs de feuilles de vigne.
Jusqu'ici, les hommes avaient seuls le privilége de découvrir leurs torses devant les élèves de l'école des Beaux-Arts. Les femmes réclamaient énergiquement leurs droits politiques, c'est-à-dire la faculté de *poser l'ensemble*. Elles expliquaient aux professeurs que M. Ingres, qui est aujourd'hui sénateur, n'aurait jamais peint son *Angelique* du musé du Luxembourg, s'il n'avait eu devant les yeux que des Auvergnats.
Les professeurs résistaient en rappelant que l'apparition de Phryné avait mis les juges d'Athènes dans un état impossible à décrire. L'un deux surtout frissonnait d'horreur en songeant qu'on pourrait voir se renouveler dans les familles l'aventure arrivée chez Paul Delaroche.
L'atelier du peintre de l'Hémicycle se trouvait mitoyen avec un pensionnat de demoiselles, mais un doigt indicateur dessiné sur le mur empêchait toute confusion, en indiquant l'entrée du pensionnat.

Un soir les élèves de Delaroche descendirent dans la rue, et en deux coups de pinceau tournèrent vers la porte de l'atelier le doigt qui désignait celle de la pension. Puis ils attendirent.

Le lendemain, vers midi, une dame d'un certain âge entra dans l'atelier où deux jeunes gens étaient déjà installés.

– Messieurs, dit la dame, n'est-ce pas ici la pension de mademoiselle Graffinard?

– Si fait, madame, se hâta de répondre un des élèves. Donnez-vous la peine de vous asseoir, notre cousine Graffinard sera ici dans trois minutes.

– Je viens prendre des informations sur la maison, continua la dame, avant de confier ma fille, qui a quinze ans, aux soins de votre cousine.

–Votre demoiselle sera ici comme chez elle, la nourriture est excellente et les études sont très fortes. Elle apprendra une foule de choses qu'on ne lui enseignera pas ailleurs. Il y a, en outre, pour les récréations, un magnifique jardin qu'on peut admirer de la fenêtre.

La tendre mère se leva et alla à la croisée, mais en tirant le rideau pour démasquer la vue, elle se trouva face à face avec une jeune fille nue comme une anguille, qui s'étudiait avec le plus grand sang-froid à prendre des attitudes serpentines.

– Que vois-je? s'écria la dame.

– Ne faites pas attention, répondit tranquillement l'élève; c'est une pensionnaire qu'on a punie, parce qu'elle n'a pas pu réciter sa leçon d'histoire sainte.

La mère épouvantée s'enfuit et alla raconter à toutes ses connaissances comment mademoiselle Graffinard corrigeait ses pensionnaires. Ce qui amena bientôt la ruine totale de l'établissement.

Malgré ce danger, qui est bien vague, après tout, les femmes seront désormais admises à l'école des Beaux-Arts comme au parterre de l'Odéon, et les jeunes artistes ne seront plus réduits à compléter leurs études académiques sur des photographies coloriées.

2. Une brave dame, atteinte de cette épidémie qu'on nomme au théâtre *une indisposition de neuf mois*, étant allée voir les éléphants du Cirque, a mis au monde un enfant mâle dont la tête paraît absolument moulée sur celle de ces intelligents animaux. L'affreux poupon prend ses aliments avec son nez, au contraire de M. Samson, de la Comédie-Française, qui se sert du sien seulement pour parler, et ses oreilles sont tellement développées qu'elles pourraient supporter, sans aucun déchirement des cartilages, la paire de boucles d'oreilles de cent cinquante mille francs appartenant à mademoiselle Juliette B..., dont la vente continue.

La pauvre mère ne sait pas au juste si elle doit envoyer son petit dernier en nourrice ou au Jardin des Plantes, et en attendant qu'elle prenne un parti, elle pleure toutes les larmes de son corps et remplit l'air de ses cris lamentables.

Ungesicherte Texte

232*

Der Dichter der «Weber» bei Ullstein und Mosse

V: Anonym
E: Vorwärts Jg. 28, Nr. 284, 5.12.1911, 1. Beilage, [S. 1] [Rubrik:] Kleines Feuilleton
Bibl.: Nd s. Bonitz / Wirtz D 16

233*

«Vollmenschen»

V: Anonym
D[1]: Vorwärts Jg. 28, Nr. 286, 7.12.1911, 1. Beilage, [S. 1] [Rubrik:] Kleines Feuilleton
Bibl.: Nd s. Bonitz / Wirtz D 17

234*

«Geistreich»

V: Anonym
D[1]: Vorwärts Jg. 28, Nr. 287, 8.12.1911, Unterhaltungsblatt Nr. 238, S. 951–952 [Rubrik:] Kleines Feuilleton
Bibl.: Nd s. Bonitz / Wirtz D 18

235*

Justizirrtümer

V: ut.
D[1]: Vorwärts Jg. 29, Nr. 149, 29.6.1912, 1. Beilage, [S. 1] [Rubrik:] Kleines Feuilleton. – Humor und Satire
Bibl.: Nd s. Bonitz/Wirtz D 50

236*

Feste Justav, Deutschlands Eiche!

V: Anonym
D[1]: Vorwärts Jg. 30, Nr. 104, 30.4.1913, 1. Beilage, [S. 1] [Rubrik:] Kleines Feuilleton
Bibl.: Bonitz/Wirtz D 105

237*

Das Kolonialdenkmal

V: tn.
D[1]: Vorwärts Jg. 30, Nr. 116, 14.5.1913, 1. Beilage, [S. 1] [Rubrik:] Kleines Feuilleton
Bibl.: Bonitz/Wirtz D 113

238*

[Einleitung zu] Kulturfaktor Film

V: Anonym
D[1]: SB Jg. 9, Nr. 28/29, 17.7.1913, S. 707

239*

[Einleitung zu] Der imaginäre Brand/von Leonid Andrejew

V: Anonym
D[1]: SB Jg. 9, Nr. 37, 11.9.1913, S. 870

240*

Kasernenhygiene

V: Anonym
D[1]: Vorwärts Jg. 30, Nr. 253, 28.9.1913, 2. Beilage, [S. 1] [Rubrik:] Kleines Feuilleton
Bibl.: Bonitz/Wirtz D 166; Rep

Zuschreibung
Dieser und der folgende Artikel bilden mit dem abschließenden Beitrag ‹Der Teller-Philosoph› [169], eine Textgruppe, so daß dessen Verfasserangabe «tu.» möglicherweise auch für die beiden vorangehenden Texte gilt.

241*

Gottbegnadeter Kitsch

V: Anonym
D[1]: Vorwärts Jg. 30, Nr. 253, 28.9.1913, 2. Beilage, [S. 1] [Rubrik:] Kleines Feuilleton
Bibl.: Bonitz/Wirtz D 165

Zuschreibung s.o. 240*

242*

Der alte Fahrer

V: Anonym
D[1]: Vorwärts Jg. 30, Nr. 265, 10.10.1913, 1. Beilage, [S. 1] [Rubrik:] Kleines Feuilleton
Bibl.: Nd s. Bonitz/Wirtz D 179; DT

243*

Berlin amüsiert sich!

V: Anonym
D[1]: Vorwärts Jg. 30, Nr. 283, 28.10.1913, 1. Beilage, [S. 1] [Rubrik:] Kleines Feuilleton
Bibl.: Bonitz / Wirtz D 190

244*

Pégoud ist abgestürzt!

V: Anonym
D[1]: Vorwärts Jg. 30, Nr. 283, 28.10.1913, 1. Beilage, [S. 1] [Rubrik:] Kleines Feuilleton
Bibl.: Bonitz / Wirtz D 191

Übersicht über Tucholskys Tätigkeit für Publikationsorgane 1907–1913

Vorwärts, 1876 gegründetes Zentralorgan der SPD. Das Blatt, das zeitweise verboten war, stand bis 1900 unter der Leitung W. Liebknechts, danach führten die Redakteure kollegial die Zeitung, bis 1916 Stampfer die Chefredaktion übernahm. KT schrieb ab 25.4.1911 regelmäßig Beiträge für das Feuilleton.

Die Schaubühne, 1905 von SJ als Theaterzeitschrift gegründet, 1918 unter Erweiterung des Spektrums in ‹Weltbühne› umbenannt. Ab 9.1.1913 schrieb KT, meist unter Pseudonymen, regelmäßig Besprechungen, Glossen, Gedichte.

Frankfurter Zeitung, deren Vorläufer ab 1853 unter anderem Namen erschienen, hieß ab 1866 ‹Frankfurter Zeitung und Handelsblatt›. Die liberal-dem. Tageszeitung wurde von Sonnemann geleitet. KT veröffentlichte zwischen 7.9. und 31.10.1913 vier Beiträge in der Zeitung.

Prager Tagblatt, 1877–1939, größte deutschsprachige Tageszeitung (liberal-dem.) in Böhmen (österr.-ungar. Monarchie, später Tschechoslowakei). KT, der den Kontakt zur Zeitung über Max Brod herstellten konnte, veröffentlichte dort zwischen 7.1.1912 und 27.1.1913 sieben Texte.

Das Plakat, Mitteilungen des Vereins der Plakatfreunde, 1910 gegr., hg. von Hans Sachs, Berlin. Von KT erschienen zwischen Januar und September 1913 fünf Beiträge.

Pan, 1910–15 in Berlin erschienene Halbmonatsschrift für Kultur und Politik, hg. von W. Herzog und P. Cassirer, ab April 1912 von Alfred Kerr. Von KT erschienen zwischen 1.10.1911 und 12.9.1912 sieben Beiträge.

Ulk, 1872 gegr., satir. Beilage von BT und BVZ. KT veröffentlichte seine ersten beiden Arbeiten in diesem Blatt (22.11.1907); 1918–20 hatte er die Chefredaktion inne.

Zitierte Literatur

Ackermann, Gregor: Nachtrag zur Tucholsky-Biobibliographie. 2., erw. Ausg. Tucholsky-Blätter. Jg. 6, Dossier 1, Dez. 1995

Bergmann, Joachim: Die Schaubühne – Die Weltbühne 1905–1933. Bibliographie und Register mit Annotationen. Teil 1. München u. a. 1991

Birett, Herbert (Hg.): Verzeichnis in Deutschland gelaufener Filme. Entscheidungen der Filmzensur 1911–1920, Berlin, Hamburg, München, Stuttgart. München u. a. 1980

Blaich 1981: Ausgewählte Werke des ‹Simplicissimus›-Dichters Hans Erich Blaich / Dr. Owlglaß. Mit sämtlichen Briefen an Kurt Tucholsky. Hg. von Volker Hoffmann. Kirchheim / Teck 1981

Bonitz, Antje / Wirtz, Thomas: Kurt Tucholsky. Ein Verzeichnis seiner Schriften. 3 Bde. Marbach 1991

Büchmann, Georg: Geflügelte Worte. Der klassische Zitatenschatz. Berlin 1912, 1993

Budzinski, Klaus / Hippen, Reinhard: Metzler Kabarett-Lexikon. Stuttgart, Weimar 1996.

Busch, Wilhelm: Sämtl. Werke in 2 Bdn, hg. von Rolf Hochhuth, München 1982

Chronik: Die Chronik-Bibliothek des 20. Jahrhunderts, hg. von Bodo Harenberg, Dortmund 1990 ff

Grathoff, Dirk: Kurt Tucholskys «Rheinsberg»: Die Inszenierung der Idylle im Rekurs auf Theodor Fontane und Heinrich Mann. In: Monatshefte 88, 1996, 197–216

Häntzschel, Günter: Tucholskys «Rheinsberg» – ‹Idylle› oder Utopie? In: Jahrbuch der deutschen Schiller-Gesellschaft 37, 1993, 341–360

Hätte ich das Kino! Die Schriftsteller und der Stummfilm. Marbach a. N. 1976

Hauptmann, Gerhart: Sämtl. Werke. Centenar-Ausg., hg. von Hans Egon Hass u. a., 11 Bde, Frankfurt / M. u. a. 1962–74

Hepp, Michael: Kurt Tucholsky. Biographische Annäherungen. Reinbek 1993

Hösch, Rudolf: Kabarett von gestern. Bd. 1: 1900–1933. Berlin 1989

Jacobsohn, Siegfried: Briefe an Kurt Tucholsky, 1915–1926, hg. von R. v. Soldenhoff. München u. Hamburg 1989

Kaes, Anton (Hg.): Kino-Debatte. Tübingen 1978

Lange, Annemarie: Das Wilhelminische Berlin. Berlin 1988

Meyer 1990: «Entlaufene Bürger». Kurt Tucholsky und die Seinen. Ausstellung und Katalog Jochen Meyer in Zusammenarbeit mit Antje Bonitz. Marbach 1990

Ossietzky, Carl von: Sämtliche Schriften. Hg. von Werner Boldt u. a., 8 Bde. Reinbek 1994

Otto, Hans: Gründerzeit. Aufbruch einer Nation. Bonn 1984

Scherer, Georg (Hg.): Die schönsten deutschen Volkslieder. Leipzig 1875, Reprint Dortmund 1978

Schultheß' Europäischer Geschichtskalender, Bde 1910–1913, München 1911–1915

Soldenhoff, Richard: Kurt Tucholsky 1890–1935. Ein Lebensbild. «Erlebnis und Schreiben waren ja – wie immer – zweierlei». Weinheim / Berlin 1987

Torneck, Harro / Mährlen, Hermann (Hg.): Volks- und Küchenlieder, München 1977

Wander, Karl Friedrich Wilhelm (Hg.): Deutsches Sprichwörter-Lexikon. Ein Hausschatz für das deutsche Volk, 5 Bde, Leipzig 1867, Reprint Kettwig 1987

Verzeichnis der rezensierten Bücher

Die Nummer des Textes, in dem das hier verzeichnete Buch rezensiert ist, findet sich am Ende der bibliographischen Angabe in eckigen Klammern.

Auburtin, Victor: Die Kunst stirbt. München (Albert Langen) 1911 [8]

Bahr-Mildenburg, Anna und Bahr, Hermann: Bayreuth. Leipzig: Rowohlt 1912 [94]

Bermann, Richard A.: Der Hofmeister. Die Geschichte eines Niedergangs. München: Georg Müller 1912 [134]

Blaß, Ernst: Die Straßen komme ich entlang geweht. Heidelberg: Weissbach 1912 [75]

Brod, Max: Die Höhe des Gefühls. Leipzig: Rowohlt 1913 [75]

Brod, Max: Über die Schönheit häßlicher Bilder. Ein Vademecum für Romantiker unserer Zeit. Leipzig: Wolff 1913 [138]

Büchner, Georg: Leonce und Lena. Mit Lithographien von Karl Walser. Berlin: Bruno Cassirer 1910 [137]

Daumier, Honoré: Recht und Gericht. Eine Folge von 40 Steindrucken. Berlin, Hellerau: Baron 1913 [197]

Feldmann, Siegmund: Paris gestern und heut. Kulturporträts. Berlin: Concordia Deutsche Verlagsanstalt 1909, 4. Aufl. Berlin: K. Curtius 1913 [99]

Franck, Harry: Als Vagabund um die Erde. Mit 65 Abbildungen nach Original-Aufnahmen des Verfassers. Frankfurt/M.: Rütten & Loening 1912 [42]

Fritz Koch-Gotha-Album. Über 200 Zeichnungen. Berlin: Ullstein 1914 [205]

Goerke, Franz (Hg.): Die Mark Brandenburg in Farbenphotographie. In 20 Lieferungen. Berlin: Verlagsanstalt für Farbenphotographie 1912–1913 [29]

Hauptmann, Gerhart: Gabriel Schillings Flucht. Berlin: S. Fischer 1912. Vorabdruck: Die Neue Rundschau Heft 1, 1912, S. 1–58 [19]

Hesse, Hermann: Gedichte. Berlin: Grote 1902 (Neue deutsche Lyriker. 3.) [211]

Holitscher, Arthur: Amerika heute und morgen. Reiseerlebnisse von Arthur Holitscher. Berlin: S. Fischer 1912 [70]

Illustrierte Klassiker des Deutschen Theaters nach Inszenierungen von Max Reinhardt. Berlin: W. Borngräber 1913 [81]

Jacob, Heinrich Eduard: Leichenbegängnis der Gemma Ebria. Berlin: Reiss 1912 [39]

Kafka, Franz: Betrachtung. Leipzig: Rowohlt 1913 [75]

Lemonnier, Camille: Aus den Tagen von Sedan. Mit einem Vorwort von Bertha von Suttner. Übertragung von P. Cornelius. Berlin: Axel Juncker ^{2}1911 (Ausgewählte Werke. Bd. 4) [16] und [17]

Lichnowsky, Mechtilde von: Götter, Könige und Tiere in Ägypten. Leipzig: Rowohlt 1913 [150]

Morgenstern, Christian: Palmström. 6. Aufl. Berlin: Bruno Cassirer 1913 [158]

Müller, Georg: Das Recht in Goethes Faust. Berlin: Heymann 1912 [143]

Mynona (d.i. Salomo Friedlaender): Rosa, die schöne Schutzmannsfrau. Leipzig: Verlag der Weißen Bücher 1913 [229]

Olden, Hans: Das Frühstück auf Blue Island. Ein ekelhafter Kerl. 2 Novellen. München: Georg Müller 1912 [126]

Schickele, René: Schreie auf dem Boulevard. Leipzig: Verlag der Weißen Bücher 1913 [141]

Walser, Robert: Aufsätze. Leipzig: Kurt Wolff 1913 [107]

Walser, Karl: Das Theater. Bühnenbilder und Kostüme. Mit Text von Oscar Bie. Berlin: Bruno Cassirer 1912 [152]

Verzeichnis der besprochenen Aufführungen und Filme

«Amerika-Europa im Luftschiff» von Alfred Lind, 1913 [223]

«Atlantis» (DK 1913), Regie: August Blom, Drehbuch nach dem Roman ‹Atlantis› von Gerhart Hauptmann [226]

«Das goldene Bett» von Walter Schmidthässler, nach dem Roman von Olga Wohlbrück, 1913 [115]

«Der Eid des Stephan Huller» von Viggo Larsen, 1912, nach dem Roman von Felix Holländer [40]

«Der lachende Ehemann», Operette von Edmund Eysler, Libretto: Julius Brammer und Alfred Grünwald [130]

«Der Mann mit der grünen Maske» von Arthur Lippschitz und Julius Horst [127]

«Der Shylock von Krakau» von Carl Wilhelm, 1913. Buch: Felix Salten, 1913 [195]

«Die Heimkehr des Odysseus», Text: Karl Ettlinger und Erich Motz, burleske Operette mit Musik aus Werken Offenbachs, zusammengestellt von Leopold Schmidt [188]

«Die Kino-Königin», Operette von Julius Freund und Georg Okonkowski, Musik von Jean Gilbert [95]

«Endlich allein» von Anton und Donat Herrnfeld [159]

«Erdgeist» von Frank Wedekind [45]

«Extrazug nach Nizza» von Arthur Lippschitz und W. Schönau (d.i. Martha Kneschke-Schönau) [88]

«Frauen» von Franz Adam Beyerlein [106]

«Germinal» von Albert Capellanis, 1913 [195]

«Hochherrschaftliche Wohnungen. Posse mit allem Komfort in 4 Bildern» von Tony Impekoven, Musik Willy Bredschneider [103]

«Liebelei» von Arthur Schnitzler [104]

«Sieben tolle Tage», amerikanische Burleske nach Mary Roberts Rinehart und Avery Hopwood, deutsche Fassung von Otto Eisenschitz [155]

«Viel Lärm um Nichts» von William Shakespeare [217]

«Was sagen Sie zu Leibusch? Ein Familienspiel in 3 Akten» von Anton und Donat Herrnfeld [181], [182]

«Wie einst im Mai», Posse mit Gesang und Tanz von Rudolf Bernauer und Rudolph Schanzer, Musik: Walter Kollo und Willy Bredschneider [187]

«Wo ist Coletti?», Kino-Posse von Franz von Schönthan, Regie Max Mack [102]

Personen- und Werkregister

Verwiesen wird auf Textnummern und Zeilenzähler. Gerade gesetzte Zeilenangaben beziehen sich auf Textstellen, kursiv gestellte auf den Kommentar. Indirekte Nennungen sind durch runde Klammern gekennzeichnet.

Adam, Adolphe (1803–1856); frz. Opernkomponist
- ‹Die Nürnberger Puppe›; [210], *3*

Adler; [191], 25

Adolf Friedrich V., Großherzog von Mecklenburg-Strelitz (1848–1914); Regierungszeit 1904–14; [9], *2*

Alberts, Otto A.; Chansonautor
- ‹Komm in meine Liebeslaube›; [78], *1*

Albrecht Herzog von Württemberg (1865–1939); 1913 Generalinspekteur der württ. Truppen; [139], 20, *20*

Aldrich, Chas. T.; [191], 1

Alexander I. Pawlowitsch (1777–1825); russ. Kaiser, führte mit Friedrich Wilhelm III. die «Freiheitskriege» gegen Napoleon; [144], 15

Alexander, Richard (1852–1923); Schauspieler und Theaterdirektor, leitete 1904–12 das Berliner Residenztheater; [116], passim

Alfons XIII. (1886–1941); 1886–1931 König von Spanien; [53], 2ff, *10*

Altenberg, Martha; Schauspielerin; [103], *0*, 22

Andrejew, Leonid Nikolajewitsch (1871–1919); russ. Erzähler und Dramatiker, gehörte zunächst dem Kreis um Tschechow und Gorki an, wandte sich später dem Symbolismus zu, vertrat während des Krieges chauvinist. Positionen; [16], 55f; [17], 72, 87; [239], passim
- ‹Das rote Lachen›; [16], *55f*, 56; [17], 72f; [239], 1f

Angelo, Dr.; [90], 10

Annunzio, Gabriele d' (1863–1938); ital. Schriftsteller; [39], 11

Anzengruber, Ludwig (1839–1889); österr. Schriftsteller
- ‹Kreuzlschreiber›; [92], *29*
- ‹Die Trutzige›; [92], *29*

Aram, Kurt (1869–1934); Schriftsteller, Hg. der Zeitschrift ‹März›; [38], *19*

Aristides (um 550–467 v. Chr.); athen. Politiker und Feldherr; [197], 9

Arnold, Victor (1873–1914); Schauspieler; [137], 11; [213], 14, 18; [217], passim

Auburtin, Victor (1870–1928); Journalist und Schriftsteller, Mitarb. ‹Simplicissimus›, Auslandskorrespondent des BT; [8], passim
- ‹Der Ambassadeur›; [8], 8
- ‹Die goldene Kette und anderes›; [8], *8*
- ‹Die Kunst stirbt›; [8], passim
Auerbach, Siegmund (1860–1923); Arzt, Nervenheilkundler, beschäftigte sich u. a. mit dem Lärm als Krankheitsursache; [46], *0*
Auguste Victoria (1858–1921); dt. Kaiserin, Ehefrau von Wilhelm II.; [29], 8, *9*; [200], passim
Augustin; Schauspieler; [210], 30
Avenarius, Ferdinand (1856–1923); Schriftsteller und Kunsterzieher, Gründer und Hg. der Zeitschrift ‹Kunstwart›, Begr. des ‹Literaturratgebers›; [105], *1*

Bab, Julius (1880–1955); Theaterkritiker der WaM und BVZ, 1923–32 Hg. ‹Dramaturgische Blätter der Deutschen Volksbühnenvereine› (Berlin), engster Mitarb. SJs während der Zeit der SB; [72], *0*
Bach, Johann Sebastian (1685–1750); Komponist; [146], 29; [183], 3
Bader, Alfred; Vors. einer «Tatgruppe: Menschenrechte» gegen übersteigerten Nationalismus (Hamburg); [25], 22 f, *23*
Baggesen; Varietékünstler; [169], passim; [195], 45 f
Bahr, Hermann (1863–1934); österr. Schriftsteller und Theaterkritiker, Mitbegr. der «Freien Bühne»; [94], passim
- ‹Bayreuth›; [94], passim
Bahr-Mildenburg, Anna (1872–1947); österr. Sopranistin, Spielleiterin und Hochschullehrerin, verh. mit Hermann Bahr; [94], passim
- ‹Bayreuth›; [94], passim
Bakst, Léon (1866–1924); d. i. Lew Samojlowitsch Rosenberg, russ.-frz. Maler und Bühnenbildner, ab 1893 in Paris; [89], passim
- ‹Kunst und Dekoration›; [89], 4
Ball, Hugo (1886–1927); Schauspieler und Schriftsteller, Pazifist, Mitbegr. des Dadaismus; [87], *45*
Bang, Herman Joachim (1857–1912); dän. Schriftsteller, Vertreter des dän. Impressionismus; [127], *22*; [140], 21 f, 28, 61
Barneß; Varietékünstler; [224], 25
Barth, Theodor (1849–1909); linkslib. Politiker, 1881–98 und 1901–03 MdR (Dt.-Freisinnige Partei, Freisinn. Vereinigung), 1898–1903 Mitgl. des preuß. Abgeordnetenhauses, Hg. der Wochenschrift ‹Nation›; [112], *49*
Bassermann, Albert (1867–1952);

Bühnen- und Filmschauspieler, war 1898–1914 am Deutschen und am Lessingtheater in Berlin, erklärte im März 1934 seinen Austritt aus der «Genossenschaft Dt. Bühnenangehöriger», 1934 Emigration über die Schweiz und Österreich in die USA; [78], passim; [85], 45f; [93], *0*; [130], 0, 14
Bassermann, Ernst (1854–1917); Jurist und Politiker (NLP), 1893–1917 MdR, 1905–17 Vors. der NLP; [27], *1*, 12
Beardsley, Aubrey Vincent (1872–1898); engl. Zeichner und Schriftsteller; [84], *30f*, 31; [140], 18
- ‹Réjane›; [140], *18*
Bebel, August (1840–1913); gründete 1869 mit W. Liebknecht die Sozialdemokratische Arbeiterpartei, ab 1892 Vors. der SPD (mit P. Singer); [23], *7*; [27], *1*
Beckers, Paul (1878–1965); Varietékomiker, am Wintergarten als «Fliegentüten-Heinrich» populär; [209], 25
Beethoven, Ludwig van (1770–1827); [146], 29f; [226], 40
- ‹Fidelio›; [201], *26f*
Behrens, Eduard (1884–1944); schweizer. Journalist und Schriftsteller, Berliner Korrespondent der ‹Basler Nationalzeitung›, 1934 aufgrund seiner Berichterstattung über die Röhm-Affäre aus Deutschland ausgewiesen; [100], 9
- ‹Die Jungtürken›; [100], 10
Behrens, Peter (1868–1940); Architekt, Maler, Graphiker und Industriedesigner, Mitbegr. der Münchner Sezession (1893), 1907–14 künstler. Berater der AEG (berühmt die von ihm entworfene Stahl-Glas-Konstruktion der Turbinenhalle in Berlin, 1909), Begr. des modernen Industriebaus, Lehrer von Mies van der Rohe, Walter Gropius und Le Corbusier; [123], 82, *82*
Beier, Grete (1886–1908); wegen Mordes an ihrem Verlobten hingerichtet; [22], 32, *32f*; [227], 32, *32*
Benedix, Roderich (1811–1873); Bühnenschriftsteller, Schauspieler und Sänger, schrieb über 100 bühnenwirksame, anspruchslose Lustspiele; [200], 20
- ‹Die zärtlichen Verwandten›; [200], *0*, *32*, 34
Benjamin, Walter (1892–1940); Literaturhistoriker, Philosoph, Erzähler und Essayist, Freitod auf der Flucht vor den Nazis
- ‹Eduard Fuchs, der Sammler und der Historiker›; [38], *4f*
Benz; [85], 20
Berg; [154], 2
Bergmann, Adolf
- ‹Klabriaspartie›; [73], *92*, *95*
Bergmann, Yehuda (1874–1954); Rabbiner, 1908–33 jüd. Ge-

meinde Berlin, Mitbegr. und Dozent, später Präs. der Freien Jüd. Volkshochschule Berlin, aktiver Zionist, 1933 Exil Palästina; [60], *30*
Berlioz, Hector (1803–1869); frz. Komponist; [85], 38
Bermann, Richard A. s. Höllriegel, Arnold
Bernauer, Rudolf (1880–1953); Schauspieler und Regisseur, Eigentümer versch. Berliner Bühnen
- ‹Wie einst im Mai›; [187], passim
Bernhard, Lucian (1883–1953); Maler und Architekt, vor allem als Plakatkünstler bekannt, entwarf auch nach ihm benannte Schrifttypen; [71], *26f*; [77], 92; [83], 18; [122], 13, 104; [175], *1*
Bernhardi, Friedrich von (1849–1930); preuß. General und Militärschriftsteller; [26], *10*, 11
- ‹Deutschland und der nächste Krieg›; [26], (11), *11*
Bernhardt, Sarah (1844–1923); d.i. Henriette-Rosine Bernard, frz. Schauspielerin; [99], *24*; [133], 22
Bernstein, Eduard (1850–1932); Schriftsteller und Politiker (SPD), Hauptvertreter des Revisionismus, Mitgl. im BNV und der DFG (nach 1918 in der Geschäftsleitung der DFG), 1916 Geschäftsleitung der Zentralstelle für Völkerrecht, Präsidiumsmitgl. der Deutschen Liga für Völkerbund, 1917–20 USPD, dann Wiedereintritt in die SPD, 1902–1906, 1912–1918 und 1920–1928 MdR; [8], *0*
Bert; amer. Varietékünstler; [108], 10, *10*
Beseler, Maximilian von (1841–1921); Jurist, ab 1892 Präs. des Amtsgerichtes I Berlin, ab 1897 des Oberlandesgerichtes in Kiel und Breslau, seit 1905 Mitgl. des preuß. Herrenhauses, 1905–17 preuß. Justizminister; [32], *0*
Bethmann Hollweg, Theobald von (1856–1921); Politiker, 1905 preuß. Minister des Innern, 1907 Staatssekretär des Reichsamts des Innern, 1909–17 Reichskanzler und preuß. Ministerpräs.; [4], passim; [14], *16*; [18], passim; [43], passim; [44], 23; [47], 33; [56], passim; [63], *15*; [158], 18f; [160], 14; [163], passim; [200], *0*; [220], passim; [221], passim; [225], *3*
Beuth, Eddy; [84], *99f*
Beyerlein, Franz Adam (1871–1949); Schriftsteller
- ‹Frauen›; [106], passim
Bie, Oscar (1864–1938); Schriftsteller und Kunstkritiker, 1905–26 sporad. Mitarb. SB/WB, Musikkritiker des BBC, Red. der ‹Neuen Deutschen Rundschau›; [85], 25; [107], *2*; [152], *0*, 1f, 21
Bierbaum, Otto Julius (1865–1910); Schriftsteller und Kriti-

ker, Hg. ‹Pan›, ‹Die Insel›, ‹Die freie Bühne›; [38], *84*; [194], *12*, 13
Binding, Karl Ludwig Lorenz (1841–1920); Straf- und Staatsrechtslehrer
- ‹Lehrbuch des gemeinen deutschen Strafrechts›; [143], *13f*
Binns; amer. Varietékünstler; [108], 10, *10*
Bin(t)sch/li, die s. Dunant, Elisabeth Gertrud
Birch-Pfeiffer, Charlotte (1800–1868); Schriftstellerin und Schauspielerin; [107], 17
Bismarck, Otto von (1815–1898); 1871–1890 Reichskanzler und preuß. Ministerpräs. (außer 1872/73); [26], *10*; [38], *28*; [60], *29f*; [67], *0*; [76], 15; [187], 26
Bizet, Georges (1838–1875); frz. Komponist; [152], 1
- ‹Carmen›; [152], 1, *1*
Blaich, Hans Erich (1873–1945), Pseud.: Dr. Owlglass; Ratatöskr; Arzt, Schriftsteller und Übers., 1912–24 und 1933–35 Chefred. ‹Simplicissimus›; [38], *135*, 135ff; [41], *20*; [72], *0*; [133], *0*; [170], *0*; [171], *59*
- ‹Gottes Blasbalg›; [38], *139*
- ‹Der saure Apfel›; [38], *138f*
Blaß, Ernst (1890–1939); expressionist. Lyriker, Mitarb. ‹Aktion›, BBC, BT, ‹Der Sturm›
- ‹Die Straße komme ich entlang geweht›; [75], *0*, 69ff
Blei, Franz (1871–1942); österr. Schriftsteller, Kritiker und Übers.; [84], 30f; [105], 58; [162], 33
- ‹Gott und die Frauen›; [162], *34*
Bloem, Walter (1868–1951); Rechtsanwalt, Verf. vielgelesener national orientierter Dramen und Romane; [78], 37
Blom, August (1869–1942); dän. Schauspieler und Filmregisseur
- ‹Atlantis›; [226], passim
Blücher, Gebhard Leberecht von (1742–1819); preuß. Feldmarschall; [114], *0*
Blüthgen, Klara (1856–1934); Schriftstellerin; [241], 16f, 32
Blumenthal, Oskar (1852–1917); Schriftsteller, Gründer des Lessing-Theaters in Berlin (1888) und dessen Leiter bis 1897, Theaterkritiker des BT; [15], 4; [112], *0*, 18, 53f, 56; [113], 190f, *191*, *230f*, 230ff
Bodenstedt, Friedrich Martin von (1819–1892); Schriftsteller, Dramaturg und Intendant; [217], *8*
Böcklin, Arnold (1827–1901); schweizer. Maler; [1], 8; [113], 184
Börne, Ludwig (1786–1837); Schriftsteller und Publizist; [162], 53
Bötticher, Else (1880–1966); Schauspielerin und Sängerin; [127], *0*, 24
Bolten-Baeckers, Heinz (1871–

1938); schrieb hauptsächlich Texte zu P. Linckes Operetten, langjähr. Theaterdirektor in Berlin
- ‹Nakiris Hochzeit›; [133], *32ff*
Borchardt, Georg s. Hermann, Georg
Borchardt; Abgeordneter; [235], 1, 4
Borgia, Cesare (um 1475–1507); ital. Kardinal, entsagte 1498 der geistl. Laufbahn, Renaissancefürst, Vorbild für Macchiavellis «Principe»; [233], 20
Borngräber, Wilhelm; Verleger; [81], 8f
Boutet de Monvel, Maurice (geb. 1851); frz. Maler und Illustrator; [77], 6f
Brahm, Otto (1856–1912); d.i. O. Abraham, zuerst Theaterkritiker der Voss, 1889 Mitbegr. der «Freien Bühne» Berlin, seit 1894 Leiter des Deutschen Theaters, seit 1904 des Lessingtheaters in Berlin; [96], *37*; [112], 29, *29*
Brammer, Julius (geb. 1877); Schauspieler, Librettist und Dramaturg in Wien
- ‹Der lachende Ehemann›; [130], *0*
Brandenburg, Hans (1885–1968); d.i. Bernhard Johannes Alfred B., Schriftsteller, Theaterkritiker und Biograph
- ‹Otto Julius Bierbaum zum Gedächtnis›; [194], *12*
Brandes, Georg (1842–1927); dän. Journalist, Kritiker und Literaturhistoriker, 1877–83 in Berlin, ab 1902 Prof. in Kopenhagen, mit P. Schlenther und J. Elias Hg. der dt. Ibsen-Ausgabe; [112], *21f*
Brann, Paul (1873–1955); Münchner Puppenspieler; [186], 1, *3*; [210], *1*
Braune, Wilhelm Theodor (1850–1926); Germanist
- ‹Althochdeutsches Lesebuch›; [34], 5
Bredereck, Paul; Rechtsanwalt, Miturheber des Kapp-Putsches; [50], *0*, *13*
Bredschneider, Willy; Operettenkomponist
- ‹Hochherrschaftliche Wohnungen›; [103], *0*
- ‹Wie einst im Mai›; [187], passim
Bredt, Ernst Wilhelm (1869–1938); Kunsthistoriker und Schriftsteller; [87], *4*
Brinkmann, Max (geb. 1864); Schriftsteller, zunächst Porträtmaler, später Red. des ‹Kladderadatsch›; [38], 35
- ‹Genosse Tuleweit›; [38], 35, *35*
Brion, Friederike (1752–1813); Pfarrerstochter in Sesenheim, Geliebte Goethes; [34], 25, *25*
Brix, Rudolf (1880–1953); österr. Schriftsteller, Oberpolizeirat in Innsbruck, Mithg. der tirol. Monatsschrift für Lite-

ratur, Kunst und Leben ‹Der Föhn›
- ‹Das Gnadenbild›; [92], *29*
Brod, Max (1884–1968); österr.-israel. Schriftsteller, Theater- und Musikkritiker, Freund Kafkas, 1939 Emigration nach Tel Aviv; [14], *16*; [16], *0*; [30], *0*; [72], *0*; [74], *0*; [107], *0*, 12 f; [132], *1*; [138], *5*; [193], *1 f*, 3
- ‹Der Bräutigam›; [72], *0*
- ‹Die Höhe des Gefühls›; [75], *0*, 5 ff
- ‹Über die Schönheit häßlicher Bilder›; [107], *0*; [138], passim
- ‹Der Weg des Verliebten›; [138], 10
Bruhn, Wilhelm (1869–1951); Lehrer von 1889–94, seit 1895 Zeitungsverleger, Hg. der ‹Staatsbürgerzeitung›, Organ der antisemit. Deutsch-sozialen Reformpartei, seit 1903 MdR; [60], *29*
Brunner, Karl (geb. 1872); Regierungsrat, ab 1911 Literatur-Sachverständiger im Berliner Polizeipräsidium, zuständig für Jugendschutz, 1919 Referent im preuß. Wohlfahrtsministerium; [157], *0*; [177], 1, *1*
Bryan, William Jennings (1860–1925); amer. Politiker (Dem.), Pazifist, 1913–15 Staatssekretär für Äußeres; [160], passim; [163], passim
Büchmann, Georg (1822–1884); Philologe, gab 1864 erstmals die ‹Geflügelten Worte› heraus; [221], 19
- ‹Geflügelte Worte. Der Zitatenschatz des deutschen Volkes›; [221], 19, *19*
Büchner, Georg (1813–1837); Dramatiker; [107], 18; [189], passim; [221], *19*
- ‹Dantons Tod›; [137], *6*
- ‹Lenz›; [189], 27 f
- ‹Leonce und Lena›; [137], passim; [189], passim
- ‹Woyzeck›; [189], passim
Bülow, Bernhard Heinrich Martin Fürst von (1849–1929); Politiker, 1893 Botschafter in Rom, 1897 Staatssekr. im AA, 1900–09 Reichskanzler und preuß. Ministerpräs.; [116], *2*; [221], passim
Bulmans, Leonhardt; Komponist, Mitgl. der Münchner «Elf Scharfrichter»; [199], 5 f
Busch, Wilhelm (1832–1908); Zeichner und Schriftsteller; [7], *0*; [38], 36; [205], 1, 6
- ‹Knopp-Trilogie›; [205], 1, *1*

Cäsar, Gajus Julius (100–44 v. Chr.); röm. Feldherr und Politiker; [81], 3
Caliban (Pseud.) s. Nordhausen, Richard
Callot, Jacques (1592–1635); frz. Zeichner und Radierer, [90], 19, *19*
Capellanis, Albert (1870–1931); frz. Regisseur und Produzent
- ‹Germinal›; [195], *0*, *55*, 55 ff

Carlos (1545–1568); span. Thronfolger, Sohn Philipp II.; [200], *37*
Carnegie, Andrew (1835–1919); amer. Industrieller, gründete 1900 mit J.P. Morgan die «U.S. Steel Corporation»; [171], 31, *31*
Caruso, Enrico (1873–1921); ital. Sänger; [13], passim; [194], 84 f
Cassirer, Bruno (1872–1941); Verleger, eröffnete 1898 mit seinem Vetter Paul C. in Berlin einen Kunstsalon, aus dem sich der Bruno Cassirer-Verlag entwickelte; [89], *2*
Cassirer, Paul (1871–1926); Schriftsteller, Kunstkritiker und -händler, Verleger, 1910 Mithg. der Zeitschrift ‹Pan›; [38], *84*; [89], *2*
Cecilie (1886–1954); geb. Herzogin zu Mecklenburg-Schwerin, verh. mit Kronprinz Wilhelm seit 1905; [200], passim
Champmeslé, Charles Chevillet de (1642–1701); Schauspieler und Dramatiker
- ‹Les Grisettes›; [30], *12*
Charlé, Gustav (geb. 1871); Schauspieler und Regisseur; [155], *0*
Chauvin; [162], 90
Chesterton, Gilbert Keith (1874–1936); brit. Schriftsteller und Journalist
- ‹The Aesthetes in the Kitchen Garden›; [73], *9f*
Cohn, Emil Ludwig s. Ludwig, Emil
Cornelius, P. (Pseud.) s. Pins, Nelly
Correggio (um 1489–1534); d.i. Antonio Allegri, ital. Maler; [3], 28, *28*
Cüddow, A.; [77], *126*
Cumberland, Herzog von s. Ernst August, Herzog von Cumberland und zu Braunschweig

Dallwitz, Johann (Hans) von (1855–1919); Politiker, 1893–99 konserv. Abgeordneter im preuß. LT, 1910–14 preuß. Innenminister, 1914–18 Statthalter in Elsaß-Lothringen; [32], *0*; [49], *4*
D'Annunzio, Gabriele s. Annunzio, Gabriele d'
Darga, E.S.F.
- ‹In diesem Zeichen wirst du siegen›; [195], 6 ff, *7*
Daumier, Honoré (1808–1879); frz. Maler und Karikaturist; [197], passim
- ‹Recht und Gericht›; [197], passim
De Dio; Varietékünstlerin; [119], 44, 72
Debussy, Claude (1862–1918); frz. Komponist; [210], 20
Dehmel, Richard (1863–1920); Schriftsteller; [113], *194*
Dernburg, Bernhard (1865–1937); Politiker, 1907–10 Staatssekretär der Kolonialabteilung des AA, 1919 Reichsfinanzminister, 1919/20 Mitgl. der NV, 1920–30 MdR (DDP); [226], *0*

Desmond, Olga (1890–1964); d. i. O. Sellin, Tänzerin, um 1910 Star des Wintergartens; [161], 6, *6*; [165], 16
Deutsch, Ernst s. Dryden, Ernst
Dippe, von; Oberleutnant; [98], *0*
Dohm, Ernst (1819–1883); d. i. Elias Levy, verantwortl. Red. der polit.-satir. Zeitschrift ‹Kladderadatsch›; [38], *28*
Dora, Josefine (1867–1944); d. i. Isidora Emilie Skuhra, Schauspielerin; [187], *0*, 50f
Dove, Heinrich (1853–1931); Jurist und Politiker, ab 1902 Syndikus der Handelskammer Berlin, 1903–18 MdR (Freisinnige Vereinigung, 1910 Fortschrittl. Volkspartei), 1912–18 Vizepräs. RT, 1919/20 Mitgl. der NV, 1920–24 MdR (DDP), 1919 Reichsschatzminister; [23], *18*, *24*
Doyle, Sir Arthur Conan (1859–1930); engl. Schriftsteller; [126], (4), *4*
- ‹Sherlock Holmes›; [178], passim
Driand; [77], 7
Dryden, Ernst (1883–1938); d. i. E. Deutsch, österr. Plakatmaler und Werbegraphiker, 1926–33 künstler. Leiter der Zeitschrift ‹Die Dame› in Paris, ging 1934 nach Hollywood und arbeitete dort als Kostümbildner; [77], 90; [122], *54*
Dürer, Albrecht (1471–1528); Maler und Graphiker; [71], 25, *26f*
Düwell, Bernhard (geb. 1891); 1911–13 Studium der Nationalökonomie an der Handelshochschule Berlin, 1908–10 Leiter der SPD-Jugendorganisation in Berlin-Lichtenberg; [41], passim; [225], *22*
Düwell, Wilhelm (1866–1936); SPD-, später KPD-Mitgl., ab 1905 Red. des ‹Vorwärts›, 1919/20 Red. in Essen, Mitgl. des «Zentralrats» im Ruhrgebiet, Mitgl. des «Fürstenausschusses»; [41], *1*
Dunant, Elisabeth Gertrud (1897–1977); (von KT auch gen.: Bin(t)sch, Lieschen, Trudchen, Trudi), schweizer. Juristin und Journalistin, Schwester von Hedwig Müller; [110], *0*
Duncan, Isadora (1878–1927); amer. Tänzerin und Choreographin; [227], 1, *2*
Duque; berühmter frz. Professionaltänzer und Tangospezialist; [161], 5, *5*; [165], 11
Durieux, Tilla (1880–1971); Schauspielerin, seit 1903 in Berlin bei Max Reinhardt, 1933 Emigration nach Jugoslawien; [216], 24, *24*

Ebhardt, Bodo (1865–1945); Architekt in Berlin, bekannt als Restaurator von Burgen, Begr. und Hg. der Zeitschrift

‹Der Burgwart› und von ‹Der Väter Erbe›; [29], 5
Eckermann, Johann Peter (1792–1854); Schriftsteller, Vertrauter Goethes; [8], 38, *38*; [17], 74, *74*; [211], 11
Edel, Edmund (1863–1934); Maler, Illustrator, Plakatzeichner und Schriftsteller, seit 1892 in Berlin, widmete sich seit 1897 besonders der Plakatkunst; [122], *44*, 98
Edwards, Joe; Boxer; [177], 145 f, *146*
Eichendorff, Joseph Freiherr von (1788–1857); Schriftsteller
- ‹Aus dem Leben eines Taugenichts›; [42], *43*
Eisenschitz, Otto (geb. 1863); österr. Feuilletonkorrespondent der FZ, des ‹Neuen Wiener Tagblatt› u. a., Red. der ‹Deutschen Zeitung›, Dramaturg und Regisseur des Josefstädter Theaters und später des Parisiana-Theaters in Wien, Übers. aus dem Italienischen und Französischen, schrieb zahlreiche Bühnenstücke, 1942 ins KZ Theresienstadt deportiert, dort gestorben; [155], *0*
Eisner, Kurt (1867–1919); Schriftsteller und Politiker, 1899 Red. des ‹Vorwärts›, 1905 als Revisionist entlassen, ab 1917 Mitgl. der USPD, Ministerpräs. der bayr. Räterepublik, ermordet; [8], *0*
Elias, Julius (1861–1927); Literatur- und Kunsthistoriker, Übers. und Hg., begr. und leitete seit 1890 die ‹Jahresberichte für neuere deutsche Literaturgeschichte›; [34], *36*; [112], *21 f*
Elster, Hanns Martin (1888–1978); Schriftsteller und Verleger; [4], *1*
Enver Bei; [85], 8
Epstein, Max (1874–1948); Theaterleiter und Publizist, Gründer des Dt. Künstlertheaters Berlin, Mitarb. SB/WB, 1919–29 Hg. und 1920–33 Red. ‹Freie Deutsche Bühne/Das Blaue Heft› (Berlin), 1935 (?) Exil (England); [82], *2*; [93], *22*; [120], *16*; [143], *0*
Erdt, Hans Rudi (1883–1918); Reklamezeichner; [77], 90; [175], *1*
Erlholz, Käthe (1876–1957); d. i. Katharina Reinholz, Schauspielerin, Sängerin, Gattin von R. Nelson, trat in dessen Revuen auf; [84], 7; [135], 23, *23*, *27*
Ernst August, Herzog von Cumberland und zu Braunschweig (1845–1923); seit 1851 Kronprinz zu Hannover, mußte nach der Annexion Hannovers durch Preußen 1866 außer Landes gehen, hielt an seinen Thronansprüchen fest; [200], *0*
Ernst August, Herzog zu Braunschweig-Lüneburg (1887–1953); 2. Sohn des Herzogs

von Cumberland, seit 1913 verh. mit Prinzessin Victoria Luise von Preußen, 1913 Regierungsantritt in Braunschweig; [200], *0*, *42*
Ernst, Otto (1862–1926); d.i. O.E. Schmidt, Volksschullehrer und Schriftsteller; [190], passim; [241], 15, 32
- ‹Appelschnut›; [190], 0, *0*; [241], 15
- ‹Nietzsche, der falsche Prophet›; [190], *2f*
Erzberger, Matthias (1875–1921); Politiker (Zentrum), ab 1903 MdR, unterzeichnete als Staatssekretär im Nov. 1918 den Waffenstillstand, 1919 Minister ohne Geschäftsbereich, 1919–20 Reichsfinanzminister und Vizekanzler, ermordet; [116], 2, *2*
Essad Pascha (1863–1920); d.i. E.P. Toptani, alban. Politiker und Militär; [109], 2, *4*
Ettlinger, Carl (Karl) (1882–1939); Schriftsteller, 1902 Red. ‹Jugend›; [188], *0*; [205], *9*
- ‹Die Heimkehr des Odysseus›; [155], passim
Eulenberg, Herbert (1876–1949); Schriftsteller, 1906–1909 Dramaturg in Düsseldorf; [3], *1*
Ewers, Hanns Heinz (1871–1943); Schriftsteller, Kritiker und Theaterleiter; [82], 2, *2*, *4*, 22
- ‹Der Student von Prag›; [82], *4*
Eysler, Edmund (1874–1949); d.i. E. Eisler, österr. Operettenkomponist
- ‹Der lachende Ehemann›; [130], *0*

Fabiano; d.i. Jules Coup de Fréjac; [77], *7*
Falkenhayn, Erich von (1861–1922); preuß. General, 1913–15 preuß. Kriegsminister, nach der Marneschlacht 1914 bis Aug. 1916 Chef des Generalstabs des Feldheeres, März 1918 bis Kriegsende Oberbefehlshaber der 10. Armee in Rußland; [160], *20*
Feldmann, Siegmund
- ‹Paris gestern und heut›; [99], passim
Fennel; Varietékünstler; [224], 11
Fischer, Samuel (1859–1934); gründete 1886 den S. Fischer Verlag in Berlin; [87], *45*
Flaubert, Gustave (1821–1880); frz. Schriftsteller; [3], *1*
Fontane, Theodor (1819–1898); [105], 41; [112], 9
- ‹Irrungen, Wirrungen›; [72], *129*, *895*
- ‹Der Stechlin›; [72], *453*
- ‹Wanderungen durch die Mark Brandenburg›; [72], *453*
- ‹Wo Bismarck liegen soll›; [223], *37ff*
Forstner, Günther Freiherr von (1893–1915); preuß. Offizier, Leutnant in Zabern; [215], passim; [220], 9ff; [221], 24
Franck, Harry Alverson (1881–

1962); amer. Reiseschriftsteller; [42], passim
- ‹Als Vagabund um die Erde›; [42], passim
Frank, Ludwig (1874–1914); Jurist und Politiker (SPD), Vertreter des reformist. Flügels, gründete 1904 die sozialist. Arbeiterjugendbewegung, seit 1905 im bad. LT, 1907–14 MdR; [5], *10*; [41], *1*
Frankfurther, Kitty; 1912-18 Verlobte KTs; [72], *4*
Franz Joseph I. (1830–1916); 1848–1916 Kaiser von Österreich, 1867–1916 zugleich König von Ungarn; [110], 4f
Franz, Rudolf (1882–1956); 1910–14 Theaterkritiker in Bremen, dann Red. in Berlin; [38], 47
- ‹Die schönsten Märchen für die nationale Kinderwelt›; [38], 49f, *49f*
Franzos, Karl Emil (1848–1904); Schriftsteller und Journalist, Büchner-Hg.
- ‹Georg Büchner. Sämtliche Werke›; [189], *1*
Fred, W. (1879–1922); d.i. Alfred Wechsler, österr. Journalist und Schriftsteller, 1910–12 Mithg. der Zeitschrift ‹Pan›; [38], *84*; [70], *39*
Frenzel, Karl Wilhelm Theodor (1827–1914); Schriftsteller und Journalist, 1862–1908 Feuilletonred. der ‹Berliner National-Zeitung›, 1874 Literatur- und Theaterkritiker der ‹Deutschen Rundschau›; [112], *18*
Freund, Grete (1884–1981); österr. Operettensängerin und Schauspielerin; [209], *10*
Freund, Julius (1862–1914); Operettenlibrettist; [54], 3, *3*
- ‹Die Kino-Königin›; [95], *0*
Freytag, Gustav (1816–1895); Kulturhistoriker und Schriftsteller, 1867–70 Leiter der Wochenzeitschrift ‹Der Grenzbote›
- ‹Die Journalisten›; [21], *10*
- ‹Soll und Haben›; [143], 55
Friedell, Egon (1878–1938); d.i. E. Friedmann, österr. Kulturhistoriker und Schriftsteller; [85], 15; [191], 3; [193], 81
Friedländer, Martin s. Vindex
Friedlaender, Salomo (1871–1946), Pseud.: Mynona; Philosoph und satir. Erzähler, 1933 Exil; [229], passim
- ‹Rosa, die schöne Schutzmannsfrau›; [229], passim
Friedmann, Ernst; [122], *0*; [142], *0*
Friedrich Franz IV., Großherzog von Mecklenburg-Schwerin (1882–1945); Regierungszeit 1897–1918; [9], *2*
Friedrich II. von Preußen (1712–1786); 1740–86 König von Preußen; [72], *0*, 187f, *187f*
Friedrich Wilhelm III. (1770–1840); 1797–1840 König von Preußen, führte mit Zar Alexander I. die «Freiheits-

kriege» gegen Napoleon; [114], *0*, 15
Friedrich; Politiker (Zentrum); [14], *8*
Fröhlich, Alexander; Politiker (SPD); [14], *4*
Fuchs, Eduard (1870–1940); Schriftsteller und Kulturhistoriker; [38], *4f*, 4ff, 51
- ‹Die Karikatur der europäischen Völker›; [38], 4f, *4f*
Fuchs, Ernst (1859–1929); Freirechtler, am Oberlandesgericht in Karlsruhe tätig, seit 1925 einer der Hauptmitarb. der Zeitschrift ‹Die Justiz›, setzte sich für eine soziolog. orientierte Rechtswissenschaft ein; [143], *1*
Fuhrmann, August (1844–1925); Unternehmer, Erfinder und Besitzer des Kaiserpanoramas in Berlin; [138], *15*
Fulda, Ludwig (1862–1939); d.i. L. Anton Salomon, Schriftsteller, Mitbegr. der ‹Freien Bühne›, erfolgreicher Autor von Bühnenstücken, auch als Übers. tätig; [15], 4

Gambetta, Léon (1838–1882); frz. Politiker, Republikaner, Gegner Napoleon III., 1870/71 Innenmin., 1879–81 Präs. der Deputiertenkammer; 1881/82 Min.präs., [72], *210*; [136], *6*
Ganghofer, Ludwig (1855–1920); Schriftsteller
- ‹Der heilige Rat›; [92], *29*
Garcia; [90], 14
Garibaldi, Giuseppe (1807–1882); ital. Freiheitskämpfer und Politiker; [44], *15*; [67], *0*, 29
Gaumont, Léon (1863–1946); frz. Filmproduzent, Fabrikant photograph. Geräte, 1898 Gründung eines Studios bei Paris, 1905 eines weiteren großen Studios, das damals das größte Filmproduktionszentrum Europas war, ab 1908 auch Produktion von Wochenschauen; [212], 2, *2*
George, Stefan (1868–1933); Lyriker; [141], 5, *5*
Gerold-Tucholsky, Mary s. Tucholsky, Mary
Geyer, Florian (um 1490–1525); fränk. Reichsritter, Bauernführer, Titelfigur eines Dramas von Hauptmann; [208], 22
Giampietro, Josef (1866–1913); Operettenstar in Wien, später in Berlin; [54], *3*, *7*, 13; [95], *17f*; [213], 7
Gilbert, Jean (1879–1942); d.i. Max Winterfeld, Operettenkomponist; [85], 11, *38*, *75*; [95], *0*
- ‹Autoliebchen›; [85], *18*
- ‹Die Kino-Königin›; [95], *0*
- ‹Polnische Wirtschaft›; [85], *18*
- ‹Puppchen›; [85], *11*
Gioconda, La; die «Mona Lisa», Ehefrau des Francesco del Giocondo; [230], 1, *2*
Gipkens, Julius (geb. 1883); Reklamezeichner und Plakat-

künstler, einer der führenden Berliner Werbegraphiker; [77], 88
Girardi, Alexander (1850–1918); österr. Sänger, Volksschauspieler und Operettenkomiker; [84], *55*
Glasenapp, Curt Karl Gustav von; Zensor im Berliner Polizeipräsidium; [54], *1*; [120], 8
Gleichen-Rußwurm, Alexander Freiherr von s. Gleichen-Rußwurm, Carl Alexander Freiherr von
Gleichen-Rußwurm, Carl Alexander Freiherr von (1865–1947); Dramatiker, Erzähler, Essayist und Verf. kulturgeschichtl. und kulturphilosoph. Werke, Urenkel F. Schillers, Mitgl. im Münchner Zensurbeirat 1911; [54], *1*
Göhlert, Ernst Friedrich (gest. 1912); wegen Mordes hingerichtet; [22], *4*, *18f*, 22
Goerke, Franz (1856–1931); Direktor der «Urania», Institut für volkstümliche Naturkunde; [29], *0*, 11
- ‹Die Mark Brandenburg in Farbenphotographie›; [29], passim
Goethe, Johann Wolfgang von (1749–1832); [8], 33, 36, *38*, 95; [17], 74, *74*; [19], *74*; [26], 10; [34], 25, *25*; [107], 22; [113], *143f*; [133], *38f*; [158], 14; [176], 37; [208], *18*; [211], 11
- ‹Faust I›; [7], *31*; [8], 85; [82], *2*; [133], *38f*; [143], 1 ff, *11f*, *17ff*, *27ff*; [208], *0*
- ‹Faust II›; [113], *143f*, *167f*; [143], 1 ff, *31ff*
- ‹Den Originalen›; [39], *9*; [77], *112*
- ‹Sesenheimer Lieder›; [34], *26f*
- ‹Torquato Tasso›; [208], *18*
Gold, Alfred (geb. 1874); Kunsthistoriker und Schriftsteller, ab 1901 Korrespondent der FZ in Berlin; [176], *4f*
Golem, Mirza; Akrobat; [90], *9*
Gosé, Francisco Javier (1876–1915); katalan. Maler und Illustrator, lebte in Paris, widmete sich u. a. Motiven aus der Pariser «Damenwelt», war in Deutschland durch die Veröffentlichung zahlreicher Zeichnungen in der Münchner Zeitschrift ‹Jugend› bekannt; [77], 8, 17
Goya y Lucientes, Francisco (1746–1828); span. Maler; [156], 77
- ‹Desastres de la guerra›; [156], *77*
Grandais, Suzanne (1893–1920); frz. Schauspielerin; [121], *33*, 34
Grandville (1803–1847); d. i. Ignace Isidore Gérard, frz. Zeichner und Karikaturist; [197], *3f*
Gregor, Hans (1866–1919); Schauspieler, Regisseur und Theaterdirektor, gründete die

Komische Oper in Berlin, 1911–18 Dir. der Wiener Hofoper; [127], 22, *22*
Grieben, Hermann (1822–1890); Journalist und Schriftsteller
- ‹Das Kutschkelied vor dem Untersuchungsrichter›; [11], *1f*
Grünbaum, Fritz (1880–1940); Theater- und Kabarettdirektor, Schauspieler und Bühnenschriftsteller, im KZ Dachau umgekommen; [133], 19, *19*
Grünwald, Alfred (1886–1951); Librettist
- ‹Der lachende Ehemann›; [130], *0*
Guilbert, Yvette (1867–1944); frz. Schauspielerin, Sängerin und Diseuse, die das literar. Kabarett in Frankreich salonfähig machte; [85], 30f
Gulbransson, Olaf (1873–1958); norweg. Graphiker, seit 1902 Mitarb. des ‹Simplicissimus› (München); [6], *5*; [77], 118

Haas, Willy (1891–1973); Kritiker und Essayist, ab 1925 Hg. ‹Literarische Welt›; [30], *0*
Haase, Hugo (1863–1919); Rechtsanwalt und Politiker (SPD, USPD), 1897–1906 und 1912–18 MdR, 1911–16 einer der beiden Vors. der SPD, 1917–19 Vors. der USPD, Nov./Dez. 1918 Mitvors. im Rat der Volksbeauftragten, ermordet; [109], *9*
Haase, Max (geb. 1890); Kassenbote; [50], passim
Haberland, Carl (1863–1938); Politiker (SPD), Parteisekretär in Düsseldorf, 1906–07 und 1911–18 MdR, 1920–24 Mitgl. des preuß. LT; [14], 8, *8*
Haeusler, Caspar (1854–1938); General, MdR 1907–18 (Zentrum); [101], passim; [124], *12f*
Häußler; Schauspielerin; [132], 34; [154], 2
Halbe, Max (1865–1944); Schriftsteller, 1911 Mitgl. des Münchner Zensurbeirats, 1927 Mitgl. der Preuß. Akademie der Künste und Wissenschaften; [54], *1*; [112], *29*
Haldane, Richard Burdon (1856–1928); brit. Politiker (Lib.), 1905–12 Kriegsminister, 1912 zum Lordkanzler ernannt; [28], *18ff*
Hanako; japan. Künstlerin; [133], 20
Harden, Maximilian (1861–1927); d. i. M. Felix Ernst Witkowski, Theaterkritiker und Publizist, 1899 Mitbegr. der Berliner «Freien Bühne», ab 1892 Hg. der Wochenzeitschrift ‹Die Zukunft›, schärfster Kritiker Wilhelm II., ab 1905 Förderer und Berater M. Reinhardts; [67], *0*; [112], *29*; [140], *0*; [176], 66, *66*
Hardt, Friedrich Wilhelm Ernst (1876–1947); Schriftsteller, Theaterleiter, Rundfunkintendant, 1919–24 Generalintendant des Deutschen Nationaltheaters in Weimar,

danach der Schauspielbühne Köln, ab 1926 Rundfunkintendant beim WDR, 1933 entlassen; [84], *60*, *76f*, *82*
Harries, Heinrich (1762–1802); Pastor, Schriftsteller und Musiker; [221], *16*
Hartleben, Otto Erich (1864–1905); Schriftsteller; [38], 52
Hau, Carl (1881–1926); Rechtsanwalt, 1906/07 in einem Indizienprozeß wegen Mordes zum Tode verurteilt, dann zu lebenslanger Haft begnadigt, 1924 entlassen, beging Selbstmord, Schlüsselfigur in Wassermanns Roman ‹Der Fall Mauritius›; [21], 2, *2*
- ‹Das Todesurteil›; [21], *2*
Hauff, Wilhelm (1802–1827); Schriftsteller
- ‹Zwerg Nase›; [132], 22
Hauptmann, Gerhart (1862–1946); Schriftsteller, erhielt 1912 den Nobelpreis für Literatur; [19], passim; [103], 29; [112], *0*, 29, *29*; [113], 184; [114], *0*; [143], 58; [153], 16; [226], 3, 33, 64; [232], passim
- ‹Atlantis›; [153], *16*; [226], *0*, 3, *3*
- ‹Der Biberpelz›; [143], 54, (83), *83*
- ‹Einsame Menschen›; [19], 69
- ‹Festspiel in deutschen Reimen›; [114], *0*
- ‹Florian Geyer›; [208], *22*
- ‹Das Friedensfest›; [182], *53*
- ‹Gabriel Schillings Flucht›; [19], passim
- ‹Die Weber›; [103], *28*; [232], 0, 12
Haydn, Joseph (1732–1809); österr. Komponist; [183], 3
Hearst, William Randolph (1863–1951); amer. Journalist und Verleger, baute den größten Pressekonzern der USA, die Hearst Consolidated Publications Incorporation, auf; [179], 4
Hebbel, Christian Friedrich (1813–1863); Schriftsteller; [83], 6; [112], *53*; [113], 190, *190*, 258
Hegeler, Wilhelm (1870–1943); Schriftsteller; [38], 31
- ‹Des Königs Erziehung›; [38], 31 f, *31f*
Heifez, Jascha; Wunderkind; [183], *8*
Heijermans, Hermann (1864–1924), Pseud.: Heinz Sperber; niederl. Dramatiker und Journalist; [8], *0*, *98f*
- ‹Kettenglieder›; [182], 22, *22*
Heimann, Hugo (1859–1951); sozialdem. Politiker, 1908–10 Mitgl. des preuß. Abgeordnetenhauses, 1919/20 Mitgl. der NV, 1920–32 MdR, 1939 Emigration in die USA; [128], *12*
Heimann, Moritz (1868–1925); Schriftsteller, seit 1896 Lektor im S. Fischer Verlag, Mitarb. TB, 1910–25 SB/WB, Red. ‹Neue Rundschau›; [113], 182, *182*
Heimburg, Wilhelmine (1850–

1912); d.i. Bertha Behrens, Verf. zahlreicher Unterhaltungsromane, meist in der ‹Gartenlaube› veröffentlicht; [177], 98, *98*
Heine, Heinrich (1797–1856); [17], *5*; [143], *0*
Heine, Thomas Theodor (1867–1948); Zeichner, Illustrator, Maler und Schriftsteller, Mitbegr. des ‹Simplicissimus›, 1933 Exil (CSR); [38], *100f*; [97], *0*; [113], 89; [197], 5
Heinemann, Walter; Modezeichner; [77], *5*
Heinrich, Prinz von Preußen (1862–1929); Seeoffizier, Bruder von Wilhelm II., 1914–18 Oberbefehlshaber der Ostseestreitkräfte; [51], passim
Heintze; Hofopernsängerin; [241], 20
Held, Friedrich Wilhelm (1813–1872); Journalist, Schriftsteller, 1842 Hg. der ‹Leipziger Locomotive›, gründete 1871 die sozialist. orientierte ‹Staatsbürger-Zeitung (Alte Held'sche)›; [60], *29*
Henckell, Karl (1864–1929); Schriftsteller; [38], 52
Hermann, Georg (1871–1943); d.i. G.H. Borchardt, Schriftsteller, im KZ Birkenau umgekommen; [205], *9*
Herrmann, Robert (gest. 1910); Arbeiter; [7], 10, *10*; [11], *16*; [65], *10f*
Herrnfeld, Anton (1866–1929); Theaterleiter, Schauspieler und Schriftsteller; [73], passim; [93], 17; [149], 46; [159], passim; [181], passim; [182], passim
- ‹Endlich allein›; [159], passim
- ‹Was sagen Sie zu Leibusch?›; [181], passim; [182], passim
Herrnfeld, Donat (1868–1916); Theaterleiter, betrieb mit seinem Bruder Anton 1906–16 das «Gebrüder Herrnfeld-Theater»; [73], passim; [93], 17; [149], 46; [159], passim; [181], passim; [182], passim
- ‹Endlich allein›; [159], passim
- ‹Was sagen Sie zu Leibusch?›; [181], passim; [182], passim
Herzog, Wilhelm (1884–1960); Schriftsteller und Publizist, Mitgl. der DFG 1909 Mitbegr. der Zeitschrift ‹Pan›, 1909–11 Lektor des Verlages Paul Cassirer, 1912/13 red. Leitung ‹März›, 1914 Begr. der Zeitschrift ‹Das Forum› (1915 verboten), seit 1919 Leiter der sozialist. Tageszeitung ‹Die Republik›, seit 1929 in der Schweiz und in Frankreich, floh 1941 in die USA; [38], *19*, *84*
Hesse, Hermann (1877–1962); Schriftsteller, seit 1923 schweizer. Staatsbürger, 1946 Literaturnobelpreis; [38], *19*; [72], *0*; [87], 45, *45*; [211], passim; [225], *0*

- ‹Aus Indien›; [150], *10f*
- ‹Diesseits›; [211], 5f, *5f*
- ‹Gedichte›; [211], passim
- ‹Hinterlassene Gedichte und Schriften von Hermann Lauscher›; [211], *8*
- ‹Peter Camenzind›; [87], *45*

Heuer, Otto; [22], *5*

Heuss, Theodor (1884–1963); Politiker (DDP, ab 1930 Dt. Staatspartei), 1920–33 Dozent an der Hochschule für Politik in Berlin, 1924–28 und 1930–33 MdR, 1949–59 Bundespräs.; [38], *19*

Heydebrand und der Lasa, Ernst von (1851–1924); Rittergutsbesitzer, Jurist, führender Politiker der Deutschkonserv. Partei, 1888–1918 Mitgl. des preuß. Abgeordnetenhauses, 1903–18 MdR, 1912–18 Parteivors.; [4], *24*; [43], *1*, 2; [56], 16, *16*

Heyse, Paul (1830–1914); Schriftsteller, 1910 Nobelpreis; [217], *8*
- ‹Jugendlieder›; [146], *2f*

Hielscher; Schauspieler; [95], *17f*

Hiller, Kurt (1885–1972); Schriftsteller, Pazifist, Begr. des «Aktivismus», 1915–24 Hg. der ‹Ziel›-Jahrbücher, 1918 Vors. des Politischen Rats geistiger Arbeiter (Berlin), 1920 Eintritt in die DFG, dort Mitarb. im «linken Flügel», 1926–33 Führer der Gruppe Revolutionärer Pazifisten, 1915–33 Mitarb. SB/WB, 1933–34 KZ-Haft in Oranienburg, anschließend Exil (Niederlande, 1934 CSR, 1938 Großbritannien); [75], 95, *95*

Hirschfeld, Magnus (1868–1935); Arzt und Sexualforscher, 1933 Exil; [224], 12

Hochfeld, Samson (1871(?)–1921); Rabbiner in Frankfurt a. O., Düsseldorf, Berlin, Dozent der Lehranstalt (Hochschule) für die Wissenschaft des Judentums; [60], *30*

Höflich, Lucie (1883–1956); Schauspielerin; [137], 20; [164], passim

Höllriegel, Arnold (1883–1939); d.i. Richard A. Bermann, Journalist und Romancier, bis 1914 in Berlin, danach in Wien, Korrespondent des BT, Red. und freier Mitarb. versch. Wiener Zeitungen; [113], *192f*
- ‹Der Hofmeister›; [134], passim

Hoffmann, Ernst Theodor Amadeus (1776–1822); Schriftsteller und Komponist; [17], *5*

Hoffmann, Heinrich (1809–1894); Arzt, Lyriker, Humorist und Satiriker, Verf. des Kinderbuches ‹Der Struwwelpeter› (1847); [213], *10*, 11

Hofmannsthal, Hugo von (1874–1929); österr. Schriftsteller; [39], 8

Hogarth, William (1697–1764); engl. Maler, Zeichner und Kupferstecher
- ‹Before and After›; [207], *65f*

Holitscher, Arthur (1869–1941); österr. Schriftsteller, Mitarb. WB, Mitgl. der DLfM und der «Liga gegen koloniale Unterdrückung»; [70], passim; [141], *5*, 29
- ‹Amerika heute und morgen›; [70], passim; [150], *10f*
- ‹Lebensgeschichte eines Rebellen›; [70], *2*
Holl, Gussy (1888–1966); d.i. Auguste Maria Christine H., Schauspielerin und Kabarettistin, in erster Ehe mit Conrad Veidt verheiratet, in zweiter mit Emil Jannings; [133], passim; [135], *40*, 40ff; [207], 93; [213], 30, *30*; [223], 29ff; [224], 40ff
Hollaender, Felix (1867–1931); Schriftsteller und Theaterleiter, 1908–13 Dramaturg bei M. Reinhardt, Theaterkritiker des ‹8-Uhr-Abendblatts›; [40], passim; [85], passim; [120], 10, *10*; [167], passim; [216], 31
- ‹Der Eid des Stephan Huller›; [40], passim
- ‹Erlösung›; [167], *23*
- ‹Frau Ellin Röte›; [167], *23*
- ‹Jesus und Judas›; [167], *23*
Holz, Arno (1863–1929); Schriftsteller; [38], 52; [105], passim; [112], *29*
- ‹Des berühmbten Schäffers Dafnis sälbst verfärtigte / sämbtliche Freß- Sauff- & Venus-Lieder benebst angehänckten Auffrichtigen und Reuemüthigen Bußthränen›; [105], 44ff
- ‹Familie Selicke›; [105], 21
- ‹Johannes Schlaf, ein nothgedrungenes Kapitel›; [105], *34*
- ‹Die Kunst, ihr Wesen und ihre Gesetze›; [105], *52*
- ‹Papa Hamlet›; [105], 21f
- ‹Phantasus›; [105], 39, *39*, *40*
Holzbock, Alfred (1857–1927); Mitarb. ‹Berliner Lokalanzeiger›; [148], 19, *19*; [162], 52; [216], 39
Hopf, Jakob
- ‹Deutsches Lesebuch›; [100], *23f*
Hopwood, Avery (1884–1928); amer. Schriftsteller
- ‹Sieben tolle Tage›; [155], passim
Horst, Julius (1864–1943); Bühnenschriftsteller und Dramaturg
- ‹Der Mann mit der grünen Maske›; [127], passim
Hoschna, Karl (1877–1912); Komponist
- ‹Madame Cherry›; [78], *1*
Hülsen, Botho von (1815–1886); preuß. Offizier und Theaterintendant, seit 1851 Generalintendant des Berliner Hoftheaters, 1866 auch der Hoftheater in Hannover, Kassel und Wiesbaden; [112], *10*, 12
Hülsen-Haeseler, Georg Graf von (1858–1922); seit 1903 Generalintendant der Königl. Schauspiele Berlin; [81], *0*;

[91], passim; [129], passim; [200], *3f*
Hufeland, Christoph Wilhelm (1762–1836); Arzt; [227], 91, *91*
- ‹System der praktischen Heilkunde›; [227], *91*
- ‹Makrobiotik›; [227], *91*
Hyan, Hans (1868–1944); Schriftsteller, 1923–31 Mitarb. WB; [205], *9*
Hyan, Kät(h)e; Kabarettistin und Komponistin, betrieb mit ihrem Mann Hans H. ab 1901 das Kabarett «Die silberne Punschterrine», schrieb die Musik zu Texten von Hans H.; [199], *7*

Ibsen, Henrik (1828–1906); norweg. Schriftsteller; [34], 32 ff, *35*, *36*; [112], *0*, 21 f, *21 f*, 28, *29*; [113], 230, *230 f*, 233, 239 f; [147], passim; [148], 15
- ‹Baumeister Solneß›; [83], *1*
- ‹Hedda Gabler›; [34], 37
- ‹John Gabriel Borkman›; [208], *8*
- ‹Komödie der Liebe›; [72], *6 ff*
- ‹Nora›; [113], *230 f*; [143], 55, *58*; [147], 29
- ‹Peer Gynt›; [34], *32*; [208], *8*
Ihering, Herbert s. Jhering, Herbert
Ilg, Paul (1875–1957); Schriftsteller, 1900–02 Red. der ‹Woche› in Berlin (Scherl-Verlag); [87], *45*
Impekoven, Tony (Anton) (1881–1947); Schauspieler und Regisseur, Lustspielautor
- ‹Hochherrschaftliche Wohnungen›; [103], 0, *0*
Institoris, Heinrich (um 1430–1505); d.i. H. Krämer, Dominikaner, Inquisitor
- ‹Malleus maleficarum›; [57], *55*

Jacob, Heinrich Eduard (1889–1967); Schriftsteller, Übers. und Journalist, Feuilletonred., Reiseberichterstatter, 1926–33 in Wien Chefkorrespondent des BT, 1938–39 in Dachau und Buchenwald interniert, Exil USA; [39], *0*
- ‹Leichenbegängnis der Gemma Ebria›; [39], passim
Jacobsohn, Siegfried (1881–1926); Theaterkritiker, Publizist, Gründer und Leiter der SB und WB; [73], *0*; [78], *0*; [80], *63*; [91], *2*, *13*; [93], *22*; [104], *0*; [117], 1, 35 f; [119], *70*; [137], *21 ff*; [176], passim; [184], *51*; [189], 48; [224], 50
- ‹Der Fall Jacobsohn›; [176], *4 f*, *43*
- ‹Theater der Reichshauptstadt›; [176], *4 f*
Jacoby-Boy, Martin (geb. 1883); Architekt und Werbegraphiker; [77], 91 f
Jagow, Traugott von (1865–1941); Jurist, 1909–16 Polizeipräs. von Berlin, 1916–19 Regierungspräs. in Breslau, als Miturheber des Kapp-Putsches

und Innenminister der Kapp-Regierung verurteilt, 1924 begnadigt; [5], *10*; [7], (13), *13*; [11], 3, *3*, *7*, *12*; [47], 35; [48], *0*; [49], 1, *1*, *4*; [63], 10; [65], 4, *4*, *10f*, 11; [93], 16f; [109], *9*; [224], 15
Jahn, Friedrich Ludwig (1778–1852); Pädagoge und Politiker, Initiator der Turnbewegung in Deutschland, beteiligt an der Gründung der Burschenschaften, 1848 Abg. der Frankfurter NV (Erbkaiserpartei); [9], *19*
Jannings, Emil (1884–1950); d.i. Theodor Friedrich E. Janenz, schweizer. Schauspieler, verh. in 3. Ehe mit Gussy Holl; [133], *0*
Jatho, Karl (1851–1913); ev. Pfarrer, 1911 amtsenthoben, danach als freier Prediger und Redner tätig; [10], *10ff*, 15; [21], 3, *3*
Jaurès, Jean (1859–1914); frz. Sozialistenführer, Pazifist, 1885–89, 1893–98 und 1902–14 Mitgl. der Kammer, gründete 1902 die Ztg. ‹L'Humanité›, ermordet; [141], 13
Jean Paul (1763–1825); d.i. Johann P. Friedrich Richter, Schriftsteller; [94], 23ff, *23ff*
Jensen, Johannes Vilhelm (1873–1950); dän. Schriftsteller, Literaturnobelpreis 1944; [70], 36ff, *39*; [141], *5*, 29
- ‹Madame d'Ora›; [70], *39*
- ‹Die neue Welt›; [70], 39
- ‹Das Rad›; [70], *39*
Jhering, Herbert (1888–1977); Theaterkritiker und Publizist, 1909–19 und 1932–33 Mitarb. SB/WB, 1918–33 Mitarb. des BBC; [189], *24*
Juncker, Axel; dän. Verleger, gründete 1902 den Axel-Juncker-Verlag in Stuttgart; [58], *0*; [72], *0*, *1100*
Jun(c)ker-Schatz, Johanna (gest. 1922); Schauspielerin, seit Anfang der 70er Jahre am Theater, beliebte Soubrette, 1898–1902 am Thalia-Theater, später am Metropol-Theater, bekannte Darstellerin im Fach der komischen Alten; [85], 30
Junkermann, Fritz; Conferencier, Humorist und Schauspieler, trat in Berlin im Wintergarten, im Apollo, im Thalia-Theater und an der Volksbühne auf, später beim Rundfunk; [102], 17
Junkermann, Hans (1872–1943); Schauspieler, ab 1896 in Berlin (am Thalia-, Lessing-, Trianon-Theater und an den Barnowsky-Bühnen), ab 1912 auch beim Film; [102], 17; [168], passim

Kadelburg, Gustav (1851–1925); Schauspieler und Schriftsteller; [90], 3
Kaempf, Johannes (1842–1918); Bankdirektor in Berlin, seit 1901 Stadtverordneter, seit 1902 Präs. der Handelskammer Berlin, 1903–18 MdR

(Freisinnige, dann Fortschrittl. Volkspartei), 1912–18 Präs. des RT; [23], 18, *18*, *24*
Kafka, Franz (1883–1924); Schriftsteller; [132], *1*
- ‹Betrachtung›; [75], *0*, 39 ff
- ‹Tagebücher›; [72], *0*
- ‹Das Urteil›; [132], *1*
Kahane, Arthur (1872–1932); österr. Dramaturg und Kritiker, Mitarb. von Max Reinhardt, 1911–20 Red. der ‹Blätter des Deutschen Theaters›; [85], passim
Kahl, Wilhelm (1849–1932); Prof. für ev. Kirchenrecht, Staatsrecht und Strafrecht, Politiker (DVP), 1919/20 Mitgl. der NV, 1920–32 MdR, Ehrenvors. der DVP, Vors. des Strafrechtsausschusses im RT, Mithg. ‹Deutsche Juristenzeitung›; [66], *0*
Kalisch, David (1820–1872); Schriftsteller, gründete 1848 mit dem Verleger A. Hofmann die polit.-satir. Zeitschrift ‹Kladderadatsch›; [38], *28*
Kant, Immanuel (1724–1804); [4], 24, *24*; [18], 1, *1*
Karl V. (1500–1558); ab 1516 span. König, ab 1519 röm.-dt. Kaiser; [143], *20ff*, *23f*, *24*
Kayßler, Friedrich (1874–1945); Schauspieler und Schriftsteller, Mitarb. SB, ab 1900 vorw. an Berliner Bühnen tätig, 1918–19 und 1922–23 künstler. Leiter der Berliner Volksbühne, ab 1933 am Staatstheater; [107], 23
Keller, Gottfried (1819–1890); schweizer. Schriftsteller; [107], *0*; [112], 9
Kellermann, Bernhard (1879–1951); Schriftsteller, 1921 Vors. des SDS, im Weltkrieg Kriegsberichterstatter, Auslandskorrespondent des BT
- ‹Der Tunnel›; [126], 21, *21*
Kerr, Alfred (1867–1948); d.i. Alfred Kempner, Lyriker, Essayist und Theaterkritiker, Mitarb. zahlreicher Zeitschriften und Zeitungen, 1933 Exil (Schweiz, Frankreich, 1935 England); [3], *1*; [38], 83, *84*; [67], *0*; [72], *0*, 12; [113], *230f*
- ‹Das neue Drama›; [72], *6ff*
Kessel, Gustav von (1846–1918); Generaloberst und Generaladjutant; [60], *0*, *2*
Kiderlen, Alfred s. Kiderlen-Waechter, Alfred von
Kiderlen-Waechter, Alfred von (1852–1912); Jurist und Diplomat, 1908–10 Unterstaatssekretär, 1910–12 Staatssekretär des AA; [10], 21, *21*
Kielmeyer; [25], 25
Kieslich, Wolfram; Kabarettist; [199], *0*
King; [224], 25
Klaar, Ernst (1861–1920); Schriftsteller, Redaktionsmitgl. ‹Süddeutscher Postillon›, Mitarb. ‹Der Wahre Jakob›; [38], 53
Kleist, Heinrich von (1777–1811); Dramatiker und Erzähler

- ‹Der zerbrochene Krug›; [143], 55f
Klinger, Julius (geb. 1876); österr. Maler und bekannter Plakatkünstler, lebte in Berlin, Illustrationen für die ‹Lustigen Blätter› und das ‹Kleine Witzblatt›; [77], 92; [87], *4*; [122], 13, *54*; [142], 14; [162], 49
Klinger, Max (1857–1920); Maler, Radierer und Bildhauer, entwickelte für die Kunstgraphik ein neues Ätzverfahren (Aquatinta); [123], 82, *82*
Klopstock, Friedrich Gottlieb (1724–1803); Schriftsteller; [34], 10
Kneschke-Schönau, Martha (1886–1947), Pseud.: Walter Schönau; Sängerin, gab diesen Beruf aus gesundheitl. Gründen auf, seit 1908 Schriftstellerin in Dresden; [88], 7
- ‹Extrazug nach Nizza›; [88], *0*
Knipping; Korpsstudent; [59], *1*, *9*
Koch-Gotha, Fritz (1877–1956); Maler und Illustrator, ab 1902 in Berlin, Zeichner der ‹Berliner Illustrirten Zeitung› (bis 1920) und versch. Wochenschriften; [122], *44*; [205], passim
- ‹Fritz Koch-Gotha - Album›; [205], passim
Kohn, Albert (1857–1926); 1914–25 Direktor der AOK Berlin, sozialpolit. Berater der SPD-Fraktion
- ‹Unsere Wohnungsenquête im Jahre 1909›; [47], *8*
Koht, Halvdan (1873–1965); norweg. Historiker und sozialdem. Politiker, 1935–41 Außenminister, 1919–36 Mitgl. des Nobel-Komitees; [34], *36*
Kollo, Walter (1883–1940); Schlager- und Operettenkomponist; [84], *60*, *76f*, *82*
- ‹Wie einst im Mai›; [187], passim
Kollwitz, Käthe (1867–1945); Graphikerin, Malerin und Bildhauerin; [47], *8*; [103], 28
- ‹Ein Weberaufstand›; [103], *28*
Korfanty, Wojciech (1873–1939); poln. Politiker, 1903–12 und 1918 MdR (Polenfraktion), leitete 1920–21 den poln. Aufstand in Oberschlesien, 1922/23 Ministerpräs.; [85], 16, *16*
Koschat, Thomas (1845–1914); österr. Komponist; [183], 3
Kotzebue, August von (1761–1819); Dramatiker, zeitweise in den Diensten des Zaren, gründete 1818 das antiliberale ‹Literar. Wochenblatt›, ermordet; [107], 18; [155], 27
Kraatz, Curt (1856–1925); Bühnenschriftsteller in Wiesbaden; [85], *11*
- ‹Puppchen›; [85], *11*
Kranewitter, Franz (1860–1938);

österr. Dramatiker und Lyriker
- ‹Todsünden›; [92], *29*
Kraßmöller, Willi; Studienrat, Lehrer KTs; [41], *20*
Kraus, Karl (1874–1936); österr. Schriftsteller und Kulturkritiker, Gründer, Hg. und seit 1912 alleiniger Verf. der ‹Fackel› (1899–1936); [46], *1*, 1 ff; [113], *194*; [176], 57
- ‹Sprüche und Widersprüche›; [46], *1*
Krawehl; [79], 23
Kren, Jean (1859–1922); Schriftsteller und Theaterdirektor, Verf. zahlreicher populärer Schwänke und Possen, leitete ab 1899 zus. mit A. Schönfeld des Thalia-Theater in Berlin; [85], 75
- ‹Puppchen›; [85], *11*
Krotowski, Stephan; Gebrauchsgraphiker, Modezeichner und Maler, in Berlin zuerst als Karikaturist der satir. Zeitschrift ‹Ulk›, als Modezeichner u. a. für die Zeitschrift ‹Fashion› tätig; [77], passim
Kutscher, Artur (1878–1960); Theater- und Literaturwissenschaftler; [54], *1*
Kutzner, Albert (1876–1937); Tenor; [130], *0*, 10
Kyser, Hans (1882–1940); Schriftsteller, Drehbuchautor und Regisseur; [82], *1*, *2*, 22

La Vine, Edward; Varietékünstler; [191], 25 f, *25 f*
Labeo, Marcus Antistius (gest. zw. 10 und 22 n. Chr.); röm. Jurist unter Kaiser Augustus, Gründer der Rechtsschule der Proculianer; [57], 27
Lagerlöf, Selma (1858–1940); schwed. Schriftstellerin; [113], *194*
Langen, Albert (1869–1909); Verleger, gründete 1893 den «Buch- und Kunstverlag A.L.» (seit 1932 Langen-Müller-Verlag), 1896 Mitbegr. des ‹Simplicissimus›, seit 1907 Hg. ‹März›; [38], *19*, *100 f*; [225], *0*
Larforgue, Jules (1860–1887); frz. Dichter; [75], 51
Larsen, Viggo; Filmregisseur
- ‹Der Eid des Stephan Huller›; [40], passim
Lasker-Schüler, Else (1869–1945); Schriftstellerin; [113], 192, *192 f*, *194*, 200
Laurence, Max (1852–1926); Schauspieler und Spielleiter am Trianon-Theater, Berlin; [168], 26, *26*
Leistikow, Walter (1865–1908); Maler, Mitbegr. der Berliner Sezession, Stimmungsmalerei, auch kunstgewerbl. Entwürfe im Jugendstil; [1], 8
Lemonnier, Camille (1844–1913); belg. Schriftsteller; [16], passim; [17], passim
- ‹Aus den Tagen von Sedan›; [16], passim; [17], passim
Lenz, Jakob Michael Reinhold (1751–1792); Dichter des Sturm und Drang; [107], 18

Leonard; [122], *54*
Leonardo da Vinci (1452–1519); ital. Maler, Bildhauer, Zeichner und Naturforscher; [230], *2*
- ‹Mona Lisa›; [230], *2*
Leonhard, Rudolf (1889–1953); Journalist und Schriftsteller, Leiter des Verlags «Die Schmiede», 1918 und 1927–33 Mitarb. WB, lebte seit 1927 in Paris; [38], *4f*
Leopold, Richard (1874–1929); Schauspieler; [103], 9
Lessing, Gotthold Ephraim (1729–1781); Philosoph, Dramatiker; [176], 33; [213], *7*
- ‹Minna von Barnhelm›; [164], *22f*; [208], *14*; [213], *7*
Lessing, Madge; engl. Schauspielerin und Sängerin, weibl. Star des Berliner Metropol-Theaters, Stummfilm-Darstellerin; [102], *18*
Lessing, Theodor (1872–1933); Kulturphilosoph und Publizist, 1907–12 Mitarb. SB, 1933 Exil (CSR), dort ermordet; [46], *4*; [80], *63*
Levysohn, Arthur (1841–1908); österr. Journalist, zuerst am ‹Neuen Wiener Tageblatt›, 1876 wegen destruktiver Artikel ausgewiesen, danach am BT außenpolit. Ressortleiter, 1881–1906 Chefred. des Blattes; [113], 155, *155*, *166*
Leyendecker, Frank (1877–1924); dt.-amer. Maler und Illustrator; [77], 6, *6*
Leyendecker, Joseph Christian (1874–1951); dt.-amer. Illustrator; [77], 6, *6*
Lichnowsky, Mechtild(e) (1879–1958); geb. Gräfin von und zu Arco-Zinneberg, schrieb Romane aus dem Leben der Aristokratie vor 1914, Dramen, Gedichte, Essays, sprachästhet. Abhandlungen und aphorist. Prosastücke; [150], passim
- ‹Götter, Könige und Tiere in Ägypten›; [150], passim
Liebknecht, Karl (1871–1919); Politiker und Jurist, ab 1912 MdR (SPD), während des 1. Weltkrieges aus der Fraktion ausgeschlossen, gründete 1917 zusammen mit R. Luxemburg den Spartakusbund und 1918 die RF, im Dez. 1918 Mitbegr. der KPD, während des Berliner Januaraufstandes 1919 ermordet; [68], 5, *5f*; [91], *13*
Lieschen s. Dunant, Elisabeth Gertrud
Liman, Paul (1860–1916); Schriftsteller und Publizist, 1890 Red. der ‹Dresdner Nachrichten›, 1892 Mitbegr. und Leiter der ‹Leipziger Neuesten Nachrichten›; [241], 1, 12, 20, 32
Lincke, Paul (1866–1946); Komponist
- ‹Nakiris Hochzeit›; [133], *32ff*
Lind, Alfred (1869–1959); dän. Filmregisseur und -produzent
- ‹Amerika-Europa im Luftschiff›; [223], *0*

Lindau, Paul (1839–1919); Dramatiker und Essayist, Red. und Mitarb. versch. Zeitungen, 1895 Hoftheater-Intendant in Meiningen, 1899 Dir. des Berliner Theaters, 1904 des Dt. Theaters, 1908 erster Dramaturg der Königl. Schauspiele in Berlin, Verf. von Salonstücken und vielgelesenen Berliner Zeit- und Gesellschaftsromanen; [112], 18
- ‹Der Andere›; [78], *28*; [93], *0*
Lindenau, Bernhard August von (1779–1854); Jurist und Astronom, 1830–43 leitender sächs. Minister; [72], *210*
Linder, Max (1883–1925); Schauspieler; [108], 19, *19*; [177], 48; [191], 21; [212], passim; [224], 24
Lingner, Karl August (1861–1916); Großindustrieller (chem. Industrie Dresden), Hersteller des «Odol», bemühte sich um Volksaufklärung im Bereich der Hygiene, organisierte 1903 und 1911 große Ausstellungen zu diesem Thema; [191], 19, *19*
Link, Ernst; [8], *98f*
Lippschitz, Arthur (1871–1922); Schriftsteller; [88], 6
- ‹Extrazug nach Nizza›; [88], *0*
- ‹Der Mann mit der grünen Maske›; [127], passim
Liszt, Franz von (1811–1886); ungar.-dt. Pianist und Komponist; [46], 34
Liszt, Franz von (1851–1919); Jurist und Politiker (Fortschrittliche Volkspartei), Professor für Strafrecht und Kriminalistik, 1905 MdR, Begr. der soziolog. Strafrechtsschule. Mitbegr. der «Internat. Kriminalist. Vereinigung» und der ‹Zeitschrift für die gesamte Strafrechtswissenschaft›; [143], *14f*
- ‹Lehrbuch des deutschen Strafrechts›; [143], *14f*
Lloyd George, David (1863–1945); brit. Politiker, ab 1890 liberaler Abgeordneter im brit. Unterhaus, 1908–15 Schatzkanzler, 1916 Kriegsminister, 1916–1922 Ministerpräs.; [10], *20*
Lloyd, Herbert; Schauspieler; [153], passim; [195], 45
Löns, Hermann (1866–1914); Schriftsteller, Heimatdichter, Berichterstatter und Red. bei versch. Zeitungen; [94], *31*
Lothar, Rudolf (geb. 1865); österr. Journalist, Theaterleiter, Erzähler und Dramatiker, 1907–12 Red. ‹Berliner Lokal-Anzeiger›, 1912 Leiter des Lustspielhauses in Berlin, danach auf Reisen, 1920–33 in Berlin, nach 1933 in der Emigration verschollen; [120], 16, *16*
Lucille; Varietékünstlerin; [224], 7ff

Ludwig, Emil (1881–1948); d.i. Emil Ludwig Cohn, dt.-schweizer. Schriftsteller, Mitarb. WB, 1932 schweizer. Staatsbürger; [94], 20, *20f*
- ‹Die Reise nach Afrika›; [150], *10f*
- ‹Wagner oder die Entzauberten›; [94], *20f*
Lukian (um 120 n. Chr. - nach 180 n. Chr.); griech. Schriftsteller; [30], *18*
Lumière, Brüder (Auguste: 1862–1954 und Louis: 1864–1948); frz. Erfinder und Filmpioniere
- ‹L'Arrivé d'un train en gare de la Ciotat›; [223], *9*

Maas, Paul (1880–1964); klass. und byzanthin. Philologe, 1920 Prof. in Berlin, 1930–34 in Königsberg, nach Emigration 1939 in Oxford; [34], *45*
Macdonald, Ly; Schauspielerin; [132], 66ff
Mack, Max (1884–1973); Schauspieler, Filmregisseur, Produzent und Drehbuchautor
- ‹Der Andere›; [93], *0*
- ‹Wo ist Coletti?›; [102], *0*
Maeterlinck, Maurice (1862–1949); belg. Schriftsteller, 1911 Nobelpreis für Literatur; [210], 4
- ‹Der Tod des Tintagiles›; [210], *2*
Mahlmann, Siegfried August (1771–1826); Dichter und Publizist, Verlagsbuchhändler, leitete 1805–16 die ‹Zeitschrift für die elegante Welt›, 1810–18 die ‹Leipziger Zeitung›
- ‹König Violon und Prinzessin Klarinette›; [210], *36*
Mann, Heinrich (1871–1950); Schriftsteller, 1933 Exil (Frankreich, 1940 USA); [54], 15f, 18; [67], passim; [72], *0*, 14; [233], 15f
- ‹Die Göttinnen oder Die drei Romane der Herzogin von Assy. Der erste Roman Diana›; [67], passim
- ‹Im Schlaraffenland›; [72], *5*; [207], *2*
- ‹Die Jagd nach Liebe›; [72], *13*
Mann, Thomas (1875–1955); Schriftsteller, 1929 Literaturnobelpreis, 1933 Exil (Schweiz, 1939 USA); [16], 51; [54], *1*; [70], 1, *2*
- ‹Das Eisenbahnunglück›; [16], *52f*
- ‹Tristan›; [70], *2*
Marcus, Paul Erich (1901–1972); Berliner Theater- und Filmkritiker, 1933 Exil
- ‹Heimweh nach dem Kurfürstendamm›; [149], *16*
Marlitt, Eugenie (1825–1887); d.i. E. John, Schriftstellerin, verf. Unterhaltungsromane, die meist zuerst in der Zeitschrift ‹Die Gartenlaube› erschienen; [126], 13, *13*
Massary, Fritzi (1882–1969); d.i. Friederike Massarek,

Operettensängerin und Schauspielerin; [88], 8; [104], *0*, 17; [140], *0*; [188], *0*, 28; [207], passim
Matzner, Gustav (1876–1952); Operettentenor, u. a. am Metropol-Theater in Berlin; [127], *0*, 24
Maurenbrecher, Max (1874–1930); Theologe und Schriftsteller, 1901–03 Generalsekretär des «Nationalsozialen Vereins», 1903 Eintritt in die SPD, 1909–11 Mitarb. ‹Sozialist. Monatshefte›, 1909–16 freireligiöser Prediger in Nürnberg und Mannheim, 1913 Austritt aus der SPD, 1917 Mitbegr. der Vaterlandspartei und Mitgl. des Alldeutschen Verbandes, 1920 Eintritt in die DNVP, 1919–21 Pfarrer in Dresden, 1921–24 Chefred. der ‹Deutschen Zeitung›; [144], 9, *9*
Mauthner, Fritz (1849–1923); österr. Schriftsteller und Sprachphilosoph; [113], 84
- ‹Fanfare›; [113], 84 ff
Maxwell, Vera; Varietékünstlerin; [161], 3
May, Joe (1880–1954); d. i. Josef Mandel, Filmregisseur; [178], *1*
Mayol, Félix (1872–1941); frz. Chanson-Komponist
- ‹Les chansons en vogue créés par Mayol dans les principaux concerts de Paris›; [84], *102*
Megrinek, Gustav s. Meyrink, Gustav
Mehring, Franz (1846–1919); Politiker und Historiker, Journalist bei bürgerl.-dem., später bei sozialdem. Zeitungen, ab 1891 zum äußersten linken Flügel der SPD gehörig, gründete 1916 mit R. Luxemburg und K. Liebknecht den «Spartakusbund»; [8], *0*, *98f*
Meier-Gräfe, Julius (1867–1935); Kunsthistoriker und Schriftsteller, Mitbegr. der Zeitschrift ‹Pan› (1895); [38], *84*
Meltzer, Karl; [11], *1f*
- ‹Frankenberger Kriegslieder›; [11], *1f*
Mendelssohn, Ludwig (1858–1921); Komponist und Texter; [199], 16, *21f*
Mertens, Eduard (geb. 1860); Chemiker und Reproduktionstechniker; [123], *10*
Metternich, Gisbert Graf s. Wolff-Metternich, Gisbert Graf
Meunier, Constantin (1831–1905); belg. Bildhauer und Maler, meist Darstellung des arbeitenden Menschen; [1], 10
Meyer, Conrad Ferdinand (1825–1898); schweizer. Schriftsteller, Novellist und Lyriker; [126], 11
Meyer, Hans (geb. 1846); Kupferstecher und Maler, Prof., Lehrer an der Königl. akadem. Hochschule für bild. Künste; [77], *83*; [83], *23*

Meyer; Schulrat; [41], 24
Meyrink, Gustav (1868–1932); d. i. G. Meyer, österr. Schriftsteller; [12], passim; [38], 58, *58*
- ‹Der Golem›; [12], *8*
- ‹Orchideen›; [12], *1*
- ‹Das Wachsfigurenkabinett›; [12], *1*; [38], *59*
Michalski, Heinrich; Leiter der Zeitschrift ‹Zeit im Bild›; [112], *0*
Mirbach, Julius Graf von (1839–1921); Politiker (Konserv.), Rittergutsbesitzer, 1874 Mitgl. des preuß. Herrenhauses, 1878–81 und 1886–98 MdR, seit 1879 Präs. der «Vereinigung der Steuer- und Wirtschaftsreformer», Verf. mehrerer Schriften gegen die Goldwährung; [7], *27*
Moissi, Alexander (1880–1935); Schauspieler, 1906–33 in Berlin bei Max Reinhardt tätig, u. a. am Dt. Theater; [114], *0*; [137], 9
Mordini, Antonio (gest. 1902); [44], 15, *15*
Morgenstern, Christian (1871–1914); Schriftsteller; [79], 4; [158], 1, 29
- ‹Der eingebundene Korf›; [158], *54f*
- ‹Galgenlieder nebst dem Ginganz›; [79], *1ff*; [158], passim
- ‹Lämmerwolke›; [158], *54*
- ‹Die Mausefalle›; [158], *30f*
- ‹Palmström›; [158], passim
- ‹Stufen›; [158], *0*
- ‹Die Zeit›; [158], *49*
Moser, Johann Jakob (1701–1785); Jurist und Schriftsteller, 1727–32 Prof. der Rechte in Tübingen, dann in Frankfurt, 1759–64 Festungshaft in Hohentwiel, seit 1770 Privatgelehrter, veröffentl. neben jurist. Schriften Erzählungen und Lieder; [143], 56; [156], *1*
- ‹Seelige letzte Stunden von 31 Personen, so unter der Hand des Scharfrichters gestorben›; [143], *56*; [156], passim
- ‹Teutsches Staats-Recht›; [143], *56*
Mosse, Rudolf (1843–1920); Zeitungsverleger, u. a. Hg. des BT; [113], passim; [123], 80; [205], *42f*; [232], 21
Moszkowski, Alexander (1851–1934); Journalist und Schriftsteller, langjähr. Chefred. der ‹Lustigen Blätter›; [8], 3; [38], *27*
- ‹Die Kunst in tausend Jahren›; [8], *3*
Motz, Erich; Operettenkomponist
- ‹Die Heimkehr des Odysseus›; [188], passim
Mozart, Wolfgang Amadeus (1756–1791); [152], 23; [186], 19; [201], *24f*
- ‹Figaros Hochzeit›; [152], *23*; [201], *24f*
Muck, Karl (1859–1940); Dirigent, 1892–1912 Kapell-

meister der Berliner Königl. Oper, 1901–30 Dirigent der ‹Parsifal›-Aufführungen bei den Bayreuther Festspielen, 1912–18 Leiter des Boston Symphony Orchestra, 1922–33 der Philharmonischen Konzerte in Hamburg; [94], 16, *16f*

Mühsam, Erich (1878–1934); Schriftsteller, Vertreter des Anarchismus, 1919 Mitgl. des Revolutionären Arbeiterrates in München, nach Zusammenbruch der bayr. Räterepublik zu 15 Jahren Festungshaft verurteilt, 1924 amnestiert, 1908–32 Mitarb. SB/WB, 1926–33 Hg. der Zeitschrift ‹Fanal›, 1933 inhaftiert und im Juli 1934 im KZ Oranienburg ermordet; [38], 38, 42

Müller, Georg (1868–1945); Oberlandesgerichtsrat in Naumburg
- ‹Das Recht in Goethes Faust›; [143], passim

Mynona (Pseud.) s. Friedlaender, Salomo

Nansen, Peter (1861–1918); dän. Schriftsteller; [72], *1114ff*
- ‹Julies Tagebuch›; [72], *1114ff*

Napoleon I. (1769–1821); Kaiser der Franzosen (1804–14); [11], (2); [114], 1, 12; [144], passim; [158], 18

Napoleon III. (1808–1873); d.i. Charles Louis N. de Bonaparte, 1852–70 Kaiser der Franzosen; [30], *1*; [62], *2*; [114], (1), (12)

Nelson, Rudolf (1878–1960); d.i. R. Lewinsohn, Schlager- und Chansonkomponist, gründete und leitete das Berliner Kabarett «Chat noir» und nach dem 1. Weltkrieg das Nelson-Theater, für das KT Chansons schrieb, 1933 Exil (Schweiz, Österreich, 1934 Niederlande); [54], *3*, 4f; [84], 1; [135], *27*, *27*

Nero, Claudius Caesar (37–68 n. Chr.); 54–68 röm. Kaiser; [8], 91; [117], 23, 31

Neuhaus; Lektor; [34], *32*, *35*

Neumann-Hofer, Gilbert Otto (1857–1941); Schriftsteller, seit 1883 Theaterkritiker des ‹Dt. Montagsblattes› und des BT, ab 1890 Feuilletonred. des BT, 1897–1905 Dir. des Lessingtheaters Berlin, 1912 Mitbegr. und Aufsichtsrat des Dt. Opernhauses; [80], *3*

Neuss, Alwin (1897–1935); Schauspieler; [77], 114f

Nicolay, Ludwig Heinrich (1737–1820); Schriftsteller; [14], *11*

Nielsen, Asta (1881–1972); dän. Film- und Theaterschauspielerin, v.a. in Deutschland populärer Stummfilmstar; [110], 6

Niemela, Edmund (geb. 1884); Leutnant a.D.; [98], *0*

Nietzsche, Friedrich (1844–

1900); Philosoph; [113], 184; [162], 1; [190], passim; [194], 4
- ‹Also sprach Zarathustra›; [190], *0*
- ‹Jenseits von Gut und Böse›; [190], *2f*
- ‹Unzeitgemäße Betrachtungen›; [162], *1*
Nijinski, Waslaw (1888–1950); russ. Tänzer, 1909–13 Star der «Ballets Russes» unter Diaghilew; [89], *1f*; [165], 20f
Nikita s. Nikolaus I. Nikita Petrowitsch
Niklaß-Kempner, Siegfried; [84], *99f*
Nikolaus I. Nikita Petrowitsch (1841–1921); 1860–1910 Fürst von Montenegro, 1910–18 König; [109], 2, 3, *3*
Nord, Serene; Varietékünstlerin; [224], 15, *15*
Nordhausen, Richard (geb. 1868), Pseud.: Caliban; Schriftsteller, Hg. des ‹Deutschen Michel› und der ‹Gegenwart›, 1897–1905 Chefred. der ‹Berliner Blätter›; [29], 6
- ‹Die Mark Brandenburg in Farbenphotographie›; [29], passim

O'Brien, Alice; [90], *9*
Oertel, Georg (1856–1916); Chefred. der ‹Dt. Tageszeitung› 1898–1903 und 1912–16 MdR (Konservative Partei); [23], 22, *22*
Offenbach, Jacques (1819–1880); Operettenkomponist; [30], 17, *17*; [162], 55; [188], *0*, 33; [207], 119
- ‹Blaubart›; [30], *17*
- ‹Hoffmanns Erzählungen›; [30], *17*
- ‹Orpheus in der Unterwelt›; [30], *17*; [79], *55*
- ‹Pariser Leben›; [30], *17*
- ‹Die schöne Helena›; [30], *17*; [79], *55*
Okonkowski, Georg (1863–1926); Schauspieler, Regisseur und Dramaturg, viele Jahre an Operettenbühnen in Berlin, Verf. zahlreicher Schwänke, Possen und Operettenlibretti
- ‹Die Kino-Königin›; [95], *0*
Okonsky, Karl (1880–nach 1965); Red. der ‹Kattowitzer Zeitung›, Verf. polit. Artikel, von Geschichten und Satiren in dt. und poln. Sprache; [32], *0*
Olden, Hans (1859–1932); Schauspieler und Schriftsteller,
- ‹Ein ekelhafter Kerl›; [126], passim
- ‹Das Frühstück auf Blue Island›; [126], passim
Oldenburg-Januschau, Elard von (1855–1937); Politiker (Konserv., DNVP), Rittergutsbesitzer auf Januschau (Westpreußen), Vertreter der ostelb. Grundbesitzer, Vors. des Bundes der Landwirte in Westpreußen, 1902–12 und 1930–33 MdR; [10], 3, *3*
Orlik, Emil (1870–1932); Maler und Graphiker; [1], 11

Owlglass, Dr. (Pseud.) s. Blaich, Hans Erich

Paasche, Hermann (1851–1925); Nationalökonom und Politiker (NLP), 1881–84 und 1893–1918 MdR, nach 1918 Mitgl. der DVP; [23], *7*, *13*, 15, *18*, *24*, 27
Pachmayr, Adolf; Flugschüler, 1912 in Berlin-Johannisthal abgestürzt; [37], *0*
Pacully, Paul; Zahnarzt; [174], *0*
Pagay, Hans (1843 od. 45–1915); Schauspieler, seit 1887 am Berliner Residenz-Theater; [81], 16; [203], passim
Pallenberg, Max (1877–1934); österr. Schauspieler, Charakterdarsteller und Komiker in Wien, München, Berlin, verheiratet mit der Operettensängerin F. Massary, starb bei einem Flugzeugunglück; [79], passim; [88], *12*; [104], *0*, 20; [140], *0*; [188], passim
Panizza, Oskar (1853–1921); Nervenarzt, Schriftsteller und antiklerikaler Pamphletist; [189], 44
Parker, Rena; [119], 36
Paulsieck, Karl
- ‹Deutsches Lesebuch›; [100], *23f*
Pawlowa, Anna (1885–1931); russ. Ballettänzerin; [161], *6*, 9; [165], 16, 20
Pégoud, Célestin-Adolphe (1889–1915); frz. Flieger; [244], passim
Pergolesi, Giovanni Batista (1710–1736); ital. Komponist und Kapellmeister
- ‹Die Magd als Herrin›; [186], *31*
Pesne, Antoine (1683–1757); frz. Maler, 1711 als preuß. Hofmaler nach Berlin berufen, malte u. a. Wand- und Deckenbilder in den königl. Schlössern Rheinsberg, Charlottenburg und Sanssouci; [72], 242, *242*
Pfeiffer, Reinhold; [38], *49f*
Philipon, Charles (1800–1862); gründete 1832 die frz. satir. Zeitschrift ‹Le Charivari›; [197], 3, *3f*
Philipp II. (1527–1598); 1556–1598 König von Spanien; [200], *37*
Philippi, Felix (1851–1921); Journalist und Dramatiker, unter Einfluß der frz. Bühne Erzähler des Alt-Berliner Lebens; [112], *0*; [113], 197, *197*, 201, 204
- ‹Monika Vogelsang›; [113], *197*
- ‹Münchner Bilderbogen›; [113], *197*
Pia; Varietékünstlerin; [209], 32, *32*
Pimbusch, Claire s. Weil, Else
Pins, Nelly (gest. 1921), Pseud.: P. Cornelius; Österr., Hg. und Übers. der Werke C. Lemonniers; [16], *0*; [17], *0*
Plinius d.Ä. (23 od. 24 n. Chr. - 79 n. Chr.); d.i. Gaius P.

Secundus, röm. Schriftsteller; [56], *4*
Poincaré, Raymond (1860–1934); frz. Politiker, ab 1887 Abgeordneter, 1912–13 Ministerpräs. und Außenminister, 1913–20 Staatspräs., trat nach dem 1. Weltkrieg für eine nachhaltige polit., wirtschaftl. und militär. Schwächung Deutschlands ein, 1920 Vors. der Reparationskommission, 1922–24 Ministerpräs., veranlaßte 1922 die Besetzung des Ruhrgebietes, 1926–29 nochmals Ministerpräs.; [56], *15*
Possart, Ernst Ritter von (1841–1921); Schauspieler und ab 1887 Leiter des Berliner Lessingtheaters, 1895–1905 Generalintendant des Münchener Hoftheaters; [44], 21, *21*; [54], *1*; [144], 35
Presber, Rudolf (1868–1935); Red. und Schriftsteller, seit 1898 in Berlin, 1899–1905 Red. der ‹Post›, seit 1909 Chefred. der Zeitschrift ‹Über Land und Meer›, danach als freier Schriftsteller tätig, verf. zahlreiche Lustspiele, Schwänke und humorist. Romane; [90], 3
Preuschen, Hermione von (1857–1918); Malerin und Schriftstellerin; [241], 22, 32 f
Prévost, Marcel (1862–1941); d. i. Eugène Marcel, frz. Schriftsteller
- ‹Lettres a Françoise (dt. Die moderne Frau)›; [207], *66*
Prince, Charles (1872–1933); Schauspieler, Filmkomiker, in Deutschland als Moritz P. bekannt; [144], passim; [177], 48; [195], 33 ff; [212], passim
Prince, Moritz s. Prince, Charles
Prozor, Moritz (1849–1928); einer der frühesten frz. Übers. Ibsens; [34], *36*
Puhonny, Ivo (1876–1940); Maler, Graphiker, Werbezeichner und Marionettenbildner; [162], 73; [186], 25

Raabe, Wilhelm (1831–1910); Schriftsteller
- ‹Ein Frühling›; [72], *0*
Rabitz, Karl (gest. 1891); Berliner Maurer, erfand 1878 die Drahtputzwand; [46], *8*
Rachmann, Sam; Schauspieler und Impresario; [149], 19
Raschke, Emmy; Schauspielerin; [157], 37, 42
Ratatöskr (Pseud.) s. Blaich, Hans Erich
Rathenau, Walther (1867–1922); Industrieller, Publizist und Politiker, vor dem 1. Weltkrieg Inhaber von 130 Aufsichtsratsmandaten (u. a. Präs. des AEG-Aufsichtsrates), schrieb Essays zu wirtschaftl., sozialen, philosoph. und kulturkrit. Fragen, baute bei Beginn des 1. Weltkrieges die Kriegsrohstoffabteilung im preuß. Kriegsministerium auf, 1920 in

die 2. Sozialisierungskommission berufen, 1921 Wiederaufbauminister, 1922 Reichsaußenminister, von Rechtsradikalen ermordet; [41], 4, *4ff*; [77], *46ff*; 47; [227], 80, *80*
- ‹Das Mißverständnis der Prüderie›; [227], 80f, *80f*
Reclus, Elisée (1830–1905); frz. Geograph, Sozialist, mußte wegen seiner polit. Betätigung 1851 Frankreich verlassen (bis 1862), 1872 wegen Beteiligung an der Commune erneut des Landes verwiesen, ab 1892 Geograph an der Univ. Brüssel, Begr. der modernen frz. Geographie; [22], *5*
Reder, Heinrich von (1824–1909); Maler; [38], 52
Reicher, Emanuel (1849–1924); Schauspieler; [216], 37
Reinhardt, Max (1873–1943); d.i. M. Goldmann, Regisseur und Theaterleiter, 1905–33 Direktor des Deutschen Theaters und der Kammerspiele in Berlin, Mitbegr. des Kabaretts «Schall und Rauch»; [40], 22, *22*; [81], *0*, *20*; [93], *0*; [96], *19*; [112], 36; [114], *0*; [127], 23; [137], 6, *6*; [147], 11 f, *11f*; [164], *15*, *22f*; [167], *0*; [176], *5*; [195], *55*; [203], *17f*; [213], 8; [217], *0*
- ‹Illustrierte Klassiker des Deutschen Theaters›; [81], *0*
Réjane, Alice (1856–1920); d.i. Gabrielle Charlotte Reju, frz. Schauspielerin und Theaterleiterin; [140], passim
Rembrandt (1606–1669); d.i. R. Harmensz van Rijn, niederl. Maler; [8], 94f
Reuter, Fritz (1810–1874); niederdt. Schriftsteller, 1833–40 wegen Zugerörigkeit zur verbotenen Burschenschaft in Haft; [9], 18, *18*
Reznicek, Ferdinand Freiherr von (1868–1909); österr. Maler und Zeichner, Verf. gesellschaftskrit. Illustrationen in den Zeitschriften ‹Simplicissimus›, ‹Jugend› u.a.; [1], 9; [77], 17
Richepin, Jean (1849–1926); frz. Dramatiker; [99], *24*
Richter, Ellen (1893–1969); österr. Schauspielerin; [222], passim
Rieck, Arnold (1876–1924); Schauspieler, wirkte als Komiker am Apollo-Theater und an der Komischen Oper in Berlin sowie am Neuen Operettentheater in Leipzig; [85], 32
Rilke, Rainer Maria (1875–1926); d.i. René M. R., österr. Schriftsteller; [72], *0*
Rinehart, Mary (Roberts) (1876–1958); Schriftstellerin
- ‹Sieben tolle Tage›; [155], passim
Ritter, William (geb. 1867); Schriftsteller; [89], *4f*
Robinson, William Heath (1872–1944); engl. Cartoonist und Illustrator, arbeitete u.a. für

die Zeitschrift ‹The Sketch›; [123], 44
Rochefort, Henri s. Rochefort-Lucay, Victor Henri Comte de
Rochefort-Lucay, Victor Henri Comte de (1830–1913); frz. Schriftsteller und Politiker, gründete 1868 das Wochenblatt ‹La Lanterne›, radikaler Republikaner, Verf. mehrerer Romane; [231], passim
Roda Roda, Alexander (1872–1945); d.i. A. Sandor Friedrich Rosenfeld, österr. Schriftsteller und Journalist, Mitarb. ‹Simplicissimus›, 1938 Exil (Schweiz, 1940/41 USA); [38], 1, *1*, 68; [77], 114, 117; [100], passim
- ‹Der Schnaps, der Rauchtabak und die verfluchte Liebe›; [38], 80f, *80f*
Roethe, Gustav (1859–1926); Germanist, 1902–26 Prof. in Berlin, 1891–1926 Hg. der ‹Zeitschrift für dt. Altertum›; [34], (18), *18*; [236], 2, (7), 23
Rolffs, Ernst (geb. 1859); erfand als Kattundrucker die Übertragung der Photographie auf Kupferwalzen; [123], *10*
Rosegger, Peter (1843–1918); österr. Schriftsteller; [229], 27
Rosenow, Leopold (1848–1930); Fabrikant, Landtags- und Stadtverordneter in Berlin bis 1911; [14], 4, *4*
Rousseau, Jean-Jacques (1712–1778); frz. Philosoph und Schriftsteller; [42], 13; [234], 22f
Rowohlt, Ernst (1887–1960); Verleger, gründete 1919 den Ernst Rowohlt-Verlag, 1938 Exil (Brasilien); [12], *8*
Ruben, Paul (geb. 1877); Plakatkünstler
- ‹Die Reklame›; [123], *75*

Sabo, Oscar (1881–1969); Schauspieler; [78], 9; [144], 13, *13*; [187], *0*, 37, 50
Saccetto, Rita (1879–1959); Schauspielerin, Regisseurin und Tänzerin; [224], 18, *18*
Sachs, Hans (1881–1974); Zahnarzt und Publizist, 1910–21 Hg. ‹Das Plakat›, 1938 in Oranienburg interniert, im selben Jahr Exil USA; [77], *0*; [122], (6)
Sachs, Julius (1868–1924); Schauspieler; [119], 26
Sallis-Freudenthal, Margarete; [72], *953*
Salten, Felix (1869–1945); d.i. Siegmund Salzmann, Schriftsteller, Red. und Theaterkritiker in Berlin und Wien, 1938 in die Schweiz, dann in die USA emigriert; [195], *0*, *20*
- ‹Der Shylock von Krakau›; [195], *0*, 20ff
Schäffer, Sylvester; Artist, Jongleur, Kunstschütze und Akrobat des Wintergarten; [149], 17
Schanz, Fri(e)da (1859–1944); Schriftstellerin, seit 1905 Red.

der Zeitschrift ‹Daheim› und Lektorin des lyrischen Teils von ‹Velhagens und Klasings Monatsheften›; [78], 37; [218], 17, *17*
- ‹Balladen›; [218], *17*, 18
Schanzer, Rudolf (1875–1944); Schriftsteller
- ‹Wie einst im Mai›; [187], passim
Scheffler, Karl (1869–1951); Kunsthistoriker und Essayist; [142], 5
Scheidemann, Philipp (1865–1939); Politiker (SPD), 1903–18 und 1920–33 MdR, 1919/20 Mitgl. der NV, im Okt./Nov. 1918 Staatssekretär, rief am 9. 11. 1918 die Republik aus, führendes Mitgl. im Rat der Volksbeauftragten, 1919 Ministerpräs., 1920–25 Oberbürgermeister von Kassel, entging 1922 nur knapp einem Attentat von Rechtsradikalen, 1933 Exil, ab 1934 in Dänemark; [23], *7*, 16, 22, *22*, 26; [27], *1*; [220], *1*; [221], *32*
Scher, Peter (Pseud.) s. Schweynert, Hermann Fritz
Scherber; Musiker; [199], 9
Scherer, Wilhelm (1841–1886); Germanist, Hauptvertreter der positivist. dt. Literaturhistorik, ab 1877 Prof. in Berlin; [112], 11
Scherl, August (1849–1921); Verleger, u. a. ‹Berliner Lokalanzeiger›, ‹Woche›, ‹Gartenlaube›; [15], 46; [28], 4; [162], *52*
Scheurich, Paul (1883–1945); Porzellanplastiker, Maler und Buchillustrator; [77], 93; [122], 105
Schickele, René (1883–1940); elsäss. Schriftsteller und Journalist, Pazifist, 1907–25 Mitarb. SB/WB, 1914–20 Hg. ‹Die weißen Blätter›, 1932 Emigration (Frankreich); [141], passim
- ‹Freundin Lo›; [141], 9, *9*
- ‹Schreie auf dem Boulevard›; [141], passim
Schildkraut, Rudolf (1862–1930); Schauspieler, 1893–1900 in Wien, 1900–05 in Hamburg, 1905–10 am Dt. Theater in Berlin, danach auf Gastspielreisen; [195], *20*, 26f, 29, *55*
Schiller, Friedrich (1759–1805); [26], 11; [84], *72*; [93], *1f*; [189], 43
- ‹An die Freude›; [112], *26f*
- ‹Die Bürgschaft›; [80], *97ff*
- ‹Die Glocke›; [88], *16*; [93], *1f*; [187], *1f*
- ‹Kabale und Liebe›; [203], *17f*, 18, *19ff*
- ‹Maria Stuart›; [200], *32*
- ‹Die Piccolomini›; [208], *20*
- ‹Die Räuber›; [143], 55
- ‹Der Ring des Polykrates›; [122], *60*
- ‹Die Schaubühne als moralische Anstalt betrachtet›; [113], *176f*
- ‹Wallenstein›; [132], 21; [208], *20*
- ‹Wallensteins Tod›; [208], *20*

- ‹Wilhelm Tell›; [132], 22
- ‹Xenien›; [34], *22*
Schlaf, Johannes (1862–1941); Schriftsteller; [105], *11*, *34*; [112], *29*; [216], *0*
Schlemihl, Peter (Pseud.) s. Thoma, Ludwig
Schlenther, Paul (1854–1916); Schriftsteller und Theaterleiter, 1886–98 Theaterkritiker der Voss, trat als einer der ersten für Ibsen und den Naturalismus ein, leitete 1898–1910 das Wiener Burgtheater, danach als freier Schriftsteller in Berlin; [92], *24*; [96], 37, *37*; [112], passim; [113], 234, 240
- ‹Botho von Hülsen und seine Leute›; [112], *10*, 12f
Schmidhammer, Arpad (1857–1921); Maler und Illustrator; [38], *31f*
Schmidt, Erich (1853–1913); Literaturhistoriker, Schüler W. Scherers, seit 1887 Prof. in Berlin; [34], *16*, *18*; [81], *0*; [236], 1, 3, (7)
Schmidt, Ernst Otto s. Ernst, Otto
Schmidt, Leopold (1860–1927); Kapellmeister, Schriftsteller und Musikkritiker (BT und BVZ)
- ‹Die Heimkehr des Odysseus›; [188], passim
Schmidt-Häßler (Schmidthässler), Walter (1869–1923); Schauspieler, Theater- und Filmregisseur
- ‹Das goldene Bett›; [115], passim
Schmitz, Oskar A.H. (1873–1931); Schriftsteller; [3], passim; [34], (18); [146], 30
Schmoller, Gustav von (1838–1917); Volkswirtschaftler und Historiker, seit 1882 Prof. in Berlin, 1887 Mitgl. der preuß. Akademie der Wissenschaften, 1899 Mitgl. des preuß. Herrenhauses; [5], *17*
Schneider-Duncker, Paul (1883–1924); Schauspieler und Kabarettist, gründete 1904 gemeinsam mit R. Nelson das literar. Kabarett «Roland von Berlin», führte 1915–24 die «Bonbonniere»; [133], 19, *19*
Schnitzler, Arthur (1862–1931); österr. Schriftsteller; [186], *31*
- ‹Liebelei›; [104], passim
- ‹Reigen›; [177], *1*
- ‹Der tapfere Cassian›; [186], *31*
Schönau, Walter (Pseud.) s. Kneschke-Schönau, Martha
Schönberg, Arnold (1874–1951); österr. Musiker, Komponist und Musiklehrer; [113], *194*
Schönfeld, Alfred (1859–1916); Schauspieler, Red. versch. Zeitungen (BT, ‹Berliner Lokalanzeiger›), Dramaturg an versch. Berliner Theatern, 1899 mit J. Kren Leiter des Thalia-Theaters; [85], 75
- ‹Puppchen›; [85], *11*
Schönherr, Karl (1867–1943);

österr. Dramatiker; [12], 1, *1*; [92], *24*; [148], *15*
- ‹Glaube und Heimat›; [92], *24*
Schönthan, Franz, Edler von Pernwald und von (1849–1913); österr. Schauspieler, seit 1884 freier Schriftsteller, Verf. zahlreicher Bauerndramen; [102], 9f
- ‹Wo ist Coletti?›; [102], passim
Scholz, August (1857–1923); Schriftsteller und Übers.; [17], 73; [239], 3
Schopenhauer, Arthur (1788–1860); Philosoph
- ‹Über die vierfache Wurzel des Satzes vom zureichenden Grunde›; [170], *14*
Schubert, Franz (1797–1828); österr. Komponist; [46], 33; [146], 20
Schulz, Heinrich (1872–1932); Schriftsteller, Lehrer und Red., seit 1892 SPD-Mitgl., Vors. der Arbeiterbildungsschule in Berlin, Hg. der Zeitschrift ‹Arbeiterjugend›, 1906–19 Leiter des sozialdem. Bildungswesens, 1912–18 und 1920–27 MdR, 1919 Vizepräs. der NV; [41], *1*
Schumacher, Balthasar Gerhard; [221], *16*
Schwab, Gustav (1792–1850); Schriftsteller
- ‹Der Reiter über den Bodensee›; [227], *113*
Schweynert, Hermann Fritz (1884–1935), Pseud.: Peter Scher; Schriftsteller, Journalist, 1914–15 Red. ‹Simplicissimus›, 1913–32 Mitarb. SB/WB; [148], *19*
Seidel; Hg. der Zeitschrift ‹Seidels Reklame›; [123], *65*, 76
Severa, Otty; Schauspielerin; [140], 14
Shakespeare, William (1564–1616); [75], 57; [143], *58*; [148], 15; [164], 19; [176], 37; [189], 3f
- ‹Hamlet›; [81], 24; [176], *52f*; [181], (16f)
- ‹König Heinrich IV.›; [81], 25
- ‹Romeo und Julia›; [81], 11
- ‹Sommernachtstraum›; [81, 24
- ‹Viel Lärm um Nichts›; [217], passim
Sienkiewicz (1846–1916); poln. Schriftsteller, u. a. histor. Romane; [117], *8*
- ‹Quo vadis›; [117], 8, *8*
Silcher, Philipp Friedrich (1789–1860); Komponist; [97], *20*
Simmel, Paul (1887–1933); Zeichner, Karikaturist; [122], *44*
Söneland, Senta (1882–1934); Schauspielerin; [103], passim; [135], 29; [199], 11f
Sokrates (469/470–399 v. Chr.); griech. Philosoph; [113], 185
Sonnemann, Leopold (1831–1909); Publizist, 1856 Mitbegr. der ‹Frankfurter Handelszeitung›, der Vorläuferin der

FZ, seit 1866 deren alleiniger Besitzer, 1871–77 und 1878–84 MdR (DVP); [113], *247*
Sorma, Agnes (1865–1927); Schauspielerin, 1884–90 und 1894–98 am Dt. Theater Berlin, 1904–08 an Reinhardts Bühnen; [104], passim
Spahn, Peter (1846–1925); Jurist, 1898–1905 Reichsgerichtsrat in Leipzig, 1882–98 Mitgl. des Preuß. Abgeordnetenhauses, 1918 Mitgl. des Preuß. Herrenhauses, 1884 bis 1917 und ab 1920 MdR (Zentrum), 1912–17 Fraktionsvors., 1917/18 preuß. Justizminister, 1919/20 Mitgl. der NV; [23], 7, *7*, 13, *13*, *22*, 25
Speidel, Ludwig (1830–1906); Schriftsteller, Musikkritiker, Feuilletonist, seit 1854 in Wien, Mitarb. versch. Ztg.; [112], 10, *10*
- ‹Schriften›; [112], *10*
Sperber, Heinz (Pseud.) s. Heijermans, Hermann
Speyer, Wilhelm (1887–1952); Schriftsteller; [87], 46
Spielmann, Julius (1866–1920); tschechoslowak. Tenor; [130], passim
Sprenger, Jakob (1436 od. 38–1495); Dominikaner und päpstl. Inquisitor
- ‹Malleus maleficarum›; [57], *55*
Stallmann, Rudolf (geb. 1871); Privatier, als Falschspieler verurteilt; [98], *0*
Stampfer, Friedrich (1874–1957); Journalist und Politiker (SPD), 1916–33 Chefred. des ‹Vorwärts›, 1920–33 MdR; [8], *0*, *98f*
Stefl, Max; österr. Chansonnier; [135], *38*
Steinlen, Théophile Alexandre (1859–1923); frz. Graphiker, Illustrator und Maler, seit 1892 in Paris tätig, wurde bekannt durch seine sozialkrit. Darstellungen aus dem Leben des Proletariats, gilt als einer der bedeutendsten Plakatzeichner Frankreichs; [122], 101
Stern, Ernst (1876–1954); Bühnenbildner, 1905–21 Leiter des künstler. Ausstattungswesens am Deutschen Theater Berlin; [162], 53, *53*, 59; [210], 33
Sternheim, Carl (1878–1942); Schriftsteller, Dramatiker des Expressionismus; [155], 22
- ‹Bürger Schippel›; [164], *15*
Stevenson, Robert Louis (1850–1894); schott. Schriftsteller
- ‹The Strange Case of Dr. Jekyll und Mr. Hyde›; [93], *0*
Stirner, Max (1806–1856); d.i. Kaspar Schmidt, Philosoph, vertrat in seinem Hauptwerk ‹Der Einzige und sein Eigentum› einen individualist. Anarchismus; [94], *23ff*
Stöcker, Adolf (1835–1909); Hofprediger und Politiker, gründete 1878 die Christ-

lichsoziale Arbeiterpartei (seit 1881 Christlichsoziale Partei), 1881–93 MdR; [6], *24*
Stoecker, Walter (1891–1939); Journalist und Politiker (1917 USPD, 1920 KPD), Funktionär der Kölner sozialist. Arbeiterjugend, 1920–32 MdR, 1924–29 Vors. der KPD-Reichstagsfraktion, 1929–31 Parteisekretär der KPO, 1931–32 u. a. für die 3. Internationale aktiv; [225], *3*, *12*
Strachwitz, Moritz Graf von (1822–1847); Schriftsteller; [4], 1
- ‹Das Herz von Douglas›; [4], *1*
Strauss, David Friedrich (1808–1874); theolog. und philosoph. Schriftsteller; [162], *1*
Strindberg, August (1849–1912); schwed. Schriftsteller; [155], 18
- ‹Totentanz›; [86], *29f*
Ströbel, Heinrich (1869–1945); Publizist und Politiker (SPD, bis 1920 USPD, ab 1931 SAP), 1918 Vors. der preuß. Revolutionsregierung, 1919–20 polit. Kommentator der WB, 1920 aus der USPD ausgeschlossen, 1924–32 MdR, gründete 1927 zus. mit M. Seydewitz, K. Rosenfeld u. a. die Zeitschrift ‹Klassenkampf›, Exil Schweiz; [8], *0*; [36], *5*
Sudermann, Hermann (1857–1928); Schriftsteller, erfolgreich insbes. als naturalist. Dramatiker; [80], 57, *63*; [176], *5*
- ‹Die Raschhoffs›; [177], *1*
Suttner, Bertha von (1843–1914); Pseud.: B. Oulet, geb. Gräfin Kinsky, polit. Schriftstellerin, gründete 1891 die Österr. Gesellschaft der Friedensfreunde und war Vizepräs. des Internationalen Friedensbüros, 1905 Friedensnobelpreis; [16], *0*, 1, *1*, (3), (14), 55f; [17], *0*, 4f, 56ff; [239], 5
- ‹Die Waffen nieder!›; [16], *1*
Szafranski, Kurt (1890–1964); Plakatmaler und Illustrator, Studienfreund KTs, illustrierte ‹Rheinsberg›, gemeinsame Projekte: «Bücherbar» und ‹Orion›, Leiter der Zeitschriftenabteilung des Ullstein-Verlages bis 1934, 1934 Exil (USA), begründete dort die Illustrierte ‹Life›; [16], *0*; [71], 11, 19, 44; [72], *0*; [77], *0*, 88; [87], passim; [102], *23f*; [122], *0*; [157], *15*; [162], 74; [170], *0*; [199], *7*
- ‹Rheinsberg›; [71], passim

Thielscher, Guido (1859–1941); Schauspieler, Komiker, einer der Stars der Revuen im Berliner Metropoltheater; [54], *3*; [95], 6
Thoma, Hans (1839–1924); Maler und Graphiker, überwiegend Darstellung von Landschaften und Porträts; [1], 7f

Thoma, Ludwig (1867–1921), Pseud.: Peter Schlemihl; Schriftsteller, seit 1899 Red. des ‹Simplicissimus›, 1907 Mithg. ‹März›, 1920–21 Mitarb. ‹Miesbacher Anzeiger›; [38], 19, *19*, 82, 105 ff, *113*, 175, *178 ff*; [156], 12; [225], *0*
Thomas, Alex; [50], *0*
Thomsen, Ebba (1887–1972); dän. Schauspielerin; [226], *2*
Thumann, Paul (1834–1908); Maler und Illustrator; [71], 13, *13*
Tietz, Hermann (1837–1907); Begr. des Kaufhauses Tietz; [122], *112*
Tolstoi, Lew (Leo) Nikolajewitsch Graf (1828–1910); russ. Schriftsteller; [83], 7; [112], *29*
- ‹Der lebende Leichnam›; [147], 10 f, *11 f*
Toto; Clown; [96], passim
Toulouse-Lautrec, Henri de (1864–1901); frz. Maler und Graphiker; [83], 22 f, *23*; [122], 102, *102*
Trier, Walter (geb. 1890); Maler und Zeichner (Karikaturist), seit 1910 Mitarb. ‹Jugend›, ‹Simplicissimus›, ‹Lustige Blätter›, ‹Die Dame›; [77], 119; [112], *0*; [122], *44*
Trudchen/Trudi s. Dunant, Elisabeth Gertrud
Tschuppik, Karl (1878–1937); Schriftsteller, seit 1899 Red. des PT, 1910–17 Chefred., seit 1918 in Wien, ab 1927 in Berlin, 1933 nach Wien, Verf. populärer histor. Biographien; [30], *0*
Tucholski, Max; Onkel von KT (mütterlicherseits), Justizrat in Berlin; [2], *12*
Tucholsky, Mary (1898–1987); geb. Gerold, vor der Ehe russ. Staatsbürgerin, lernte KT 1917 in Alt-Autz (Kurland) kennen, 1924–33 Ehefrau von KT, 1945–51 Leiterin des Berliner Büros des Rowohlt Verlags, baute das Tucholsky-Archiv auf und gab nach 1945 seine Werke heraus; [72], *0*, *3*; [74], *0*; [81], *0*; [92], *0*; [117], *0*; [144], *0*; [147], *0*; [187], *0*
Tucholsky, Neumann (1824–1896); Großvater KTs väterlicherseits; [83], *16*
Tyson; Varietékünstler; [224], 11

Uhland, Ludwig (1787–1862); Schriftsteller, 1829–38 Prof. in Tübingen;
- ‹Ich hatt' einen Kameraden›; [188], *11 ff*
Ulivi; ital. Ingenieur; [173], 114
Ullstein, Franz Edgar (1868–1945); Verleger, Sohn des Gründers des Ullstein-Verlages, Leopold U., 1938 Exil (USA); [232], 20
Unthan, Carl Hermann; Schauspieler; [226], *55*

Vadasz; Varietékünstler; [84], 19
Valéry, Paul Ambroise (1871–1945); frz. Schriftsteller; [141], *5*

Vasco; Varietékünstler; [191], 15
Verdi, Guiseppe (1813–1901); ital. Komponist
- ‹Aida›; [201], 26
Verne, Jules (1828–1905); frz. Schriftsteller; [223], 13
Victoria Luise (1892–1980); Prinzessin von Preußen, Tochter Wilhelm II., verh. mit Ernst August, ab 1913 Herzogin von Braunschweig; [200], *0*
Vindex; d. i. Martin Friedländer, Mitarb. SB, Repetitor KTs in Berlin; [176], *66f*
Vischer, Friedrich Theodor (1807–1887); Ästhetiker und Schriftsteller; [62], 4
Voigt; [177], 91
Voigt, Wilhelm (1849–1922); Berliner Schumacher und Maschinist, berühmt geworden als «Hauptmann von Köpenick»; [44], passim
Voß, Christian Friedrich (1724–1795); Buchhändler, Gründer und Besitzer der Voss (ab 1751); [113], *76f*
Voß, Georg (geb. 1854); Kunsthistoriker, seit 1898 Prof., stellvertr. Vors. des Vereins für die Geschichte Berlins, Mitgl. des wiss. Beirats des märk. Provinzialmuseums, Mitgl. der Kunstgeschichtl. Gesellschaft in Berlin, Mitarb. der «Allg. dt. Biographie»; [29], 6, *6*
- ‹Die Mark Brandenburg in Farbenphotographie›; [29], passim
Wackerle, Joseph (1880–1959); Bildhauer, Maler und Entwurfszeichner für Kunstgewerbe, Prof., Mitgl. der preuß. Akademie der Künste; [210], 32
Wagner, Adolph (1835–1917); Volkswirtschaftler, seit 1870 Prof. in Berlin; [5], *17*
Wagner, August (1816–1894); Komponist, Organist, verf. Motetten, Chöre und Lieder; [97], *20*
Wagner, Cosima (1837–1930); Tochter von F. Liszt, verh. mit Richard Wagner; [94], *10ff*
Wagner, Richard (1813–1883); Komponist; [85], *38*; [94], passim; [113], 184; [210], 22
Walden, Harry (1875–1921); Schauspieler; [213], 9
Waldenschlager, Theo; Zeichner; [176], *0*
Waldoff, Claire (1884–1957); d. i. Clara Wortmann, Schauspielerin und Kabarettistin; [84], 49ff; [133], *19*, 20; [135], 35, *35*; [199], *15*, 15ff
Walewska, Manja; [72], *3*
Wallenstein, Albrecht Wenzel Eusebius (1583–1634); stellte 1625 Kaiser Ferdinand II. ein eigenes Söldnerheer zur Verfügung und erhielt den Oberbefehl über alle kaiserl. Truppen, unter dem Verdacht des geplanten Hochverrats vom Kaiser geächtet, ermordet; [208], *20*
Walser, Karl (1877–1943);

schweizer. Maler, Graphiker und Bühnenbildner, 1912–14 in Berlin, danach in Twann, Winterthur und Zürich, Mitgl. der Berliner Sezession, seit 1927 der Preuß. Akademie der Künste; [107], *1f*, *2*, *14*, 31; [137], *0*, 4, 26
- ‹Das Theater›; [152], passim
Walser, Robert (1878–1956); schweizer. Schriftsteller; [75], 42; [107], passim
- ‹Aufsätze›; [107], passim
- ‹Fritz Kochers Aufsätze›; [107], 1f, *1f*
Walter, Erich von (1877–1957); Schauspieler; [198], passim
Ward, Else; Kabarettistin und Sängerin; [199], *0*
Wassermann, Jakob (1873–1934); Schriftsteller, zeitweise Red. des ‹Simplicissimus›; [54], 16f, 18
- ‹Der Fall Mauritius›; [21], *2*
Waßmann, Hans (1873–1932); Schauspieler; [81], *20*; [137], 17, *17*; [217], passim
Watts, A.; Varietékünstler; [161], 6, *6*, 11; [165], 16
Weber, Carl Maria Friedrich Ernst von (1786–1826); Komponist
- ‹Oberon›; [173], *157f*
Wedekind, Frank (1864–1918); Schriftsteller; [3], 17; [45], passim; [54], passim; [95], 17f; [112], 37; [152], 19f; [189], 46
- ‹Bismarck›; [54], *1*
- ‹Die Büchse der Pandora›; [54], *1*
- ‹Der Erdgeist›; [45], passim; [85], *0*
- ‹Frühlings Erwachen›; [3], 17; [54], *3*
- ‹Schloß Wetterstein›; [54], *1*
- ‹Totentanz›; [54], *1*
Wedekind, Tilly (1886–1970); geb. Nerves, österr. Schauspielerin, verh. mit Frank Wedekind; [45], *0*, 2, 29
Weer, Reinhard; Journalist; [72], *0*
Wegener, Paul (1874–1948); 1906–20 Charakterdarsteller am Dt. Theater, 1938–45 am Schillertheater Berlin, Filmschauspieler; [82], *4*; [191], 17
Weil, Else (1889–1942); (von KT auch gen.: Claire Pimbusch), Ärztin, 1920–24 Ehefrau KTs, 1935 Exil (Frankreich), 1942 Deportation nach Auschwitz; [29], *26*; [55], 13, *13*; [72], *0*, *5*; [207], 2, *2*
Weis(s)gerber, Albert (1878–1915); Maler, Graphiker, Illustrator und Plakatkünstler, seit 1897 Mitarb. ‹Jugend›, 1913 Gründungsmitgl. und 1.Vors. der «Neuen Münchner Secession»; [77], 118
Wenninger, Karl Ritter von (1861–1917); Generalleutnant, bayr. Militärbevollmächtigter, stellvertr. Mitgl. des Bundesrates; [101], *23*, *26*
Werder, von; General, 1920 stellv. kommand. General in Magdeburg; [41], *20*
Werfel, Franz (1890–1945); österr. Schriftsteller, 1938 Exil

(Frankreich, 1940 über Portugal in die USA); [12], *8*; [75], *7*; [132], 1, *1*
- ‹Der Weltfreund›; [72], *0*
Wermuth, Adolf (1855–1927); Kommunalpolitiker, seit 1912 Oberbürgermeister von Berlin; [69], *12*
Werner, Anton von (1843–1915); Maler im Kaiserreich, Schlachten, Staatsereignisse und Hoffestlichkeiten als bevorzugte Sujets; [205], 11 f, *13*
Werner, H.; Prof.; [83], *13*
Werthauer, Johannes (geb. 1866); Justizrat, Rechtsanwalt und Notar in Berlin, 1926 Mitarb. WB, 1933 ausgebürgert; [25], *1*
Westheim, Paul (1886–1963); Publizist und Kunsthistoriker, 1917–33 Hg. ‹Das Kunstblatt›, 1918–33 Red. ‹Die Schaffenden›, Kunstkritiker FZ, ‹8-Uhr-Abendblatt›, ‹National-Zeitung› (Basel), 1933 Exil (Frankreich, 1940 Mexiko); [115], *12f*, 13
Wheeler, Robert F.; Präs. der Univ. California; [63], *2*
Whitman, Walt (1819–1892); amer. Lyriker; [216], passim
- ‹Leaves of Grass›; [216], *0*
- ‹Salut au monde›; [216], passim
Wickelstroh; Kunstsachverständiger; [230], 30, *30*
Wieland, Christoph Martin (1733–1813); Schriftsteller; [173], 157
- ‹Oberon›; [173], *157f*
Wiesenthal, Grete (1885–1970); österr. Tänzerin und Choreographin, trat seit 1908 mit ihren Schwestern Elsa und Bertha als Tanzgruppe mit eigenen Werken auf, ab 1910 selbständig, berühmt als «Botschafterin des Walzers», 1945–52 Dir. der Wiener Akademie für Musik und Bildende Kunst; [90], *9*
Wilbrandt, Adolf von (1837–1911); Schriftsteller und Literaturhistoriker, Shakespeare-Übers., 1881–87 Dir. des Burgtheaters in Wien; [217], *1*, *8*
Wilhelm Friedrich Viktor August (1882–1951); ältester Sohn Wilhelm II., bis 1918 Kronprinz, 1918 Exil auf Wieringen (Niederlande), 1923 Rückkehr nach Deutschland (Oels); [111], passim; [114], *0*; [200], passim
- ‹Deutschland in Waffen›; [111], passim
Wilhelm I. (1797–1888); ab 1861 König von Preußen und ab 1871 dt. Kaiser; [60], *29f*
Wilhelm II. (1859–1941); 1888–1918 dt. Kaiser und König von Preußen; [1], (1), *1*, *5f*, (12); [5], *2*; [7], 5, *5*, *(27)*; [9], *14*; [26], *18*; [28], *18ff*; [41], *20*; [47], 32, 34; [51], 12, *20*; [56], *15*; [60], passim; [62], *2*, *21*; [63], *2*, (3); [65], (2), *2*, (18); [76], *16*, (21); [111], *1*, *19*; [113], 88; [116], *2*; [128], *1*; [145], *1*;

[176], *66*; [200], passim; [220], *1*; [221], *1*, 16, *32*
Wilhelm, Carl (geb. 1885); Regisseur
- ‹Der Shylock von Krakau›; [195], 20ff
Willard; Varietékünstler; [209], 24
Wilson, Thomas Woodrow (1856–1924); amer. Politiker (Demokrat), 1913–21 Präs. der USA, 1919 Friedensnobelpreis; [144], 11
Winter-Tymian, Emil (1860–1926); sächs. Herrensänger-Humorist und Theaterdirektor; [174], *91f*
Wohlbrück, Olga (1865–1933); verh. Wendland, Schriftstellerin, Schauspielerin und Bühnenleiterin, Verf. vielgelesener Gesellschaftsromane
- ‹Das goldene Bett›; [115], 9, *9*
Wolfenstein, Alfred (1888–1945); Lyriker, Dramatiker und Essayist; [54], *1*
Wolff, Kurt August Paul (1887–1963); Verleger, wurde 1908/09 Teilhaber am Ernst-Rowohlt-Verlag, übernahm diesen 1913 (seither Kurt-Wolff-Verl.), später auch den Hyperion-Verl., 1933 Exil (Frankreich, 1935–38 Italien, 1938 Frankreich, 1941 USA); [12], *8*; [112], *29*; [138], 2
Wolff, Theodor (1868–1943); Publizist und Politiker, ab 1887 Literatur- und Theaterkritiker, 1889 Mitbegr. der «Freien Bühne» in Berlin, 1894 als Korrespondent des BT nach Paris, 1906–33 Chefred. des BT, 1918 Mitbegr. der DDP, 1933 Exil in Frankreich, 1942 an Deutschland ausgeliefert, KZ-Haft; [112], *29*; [113], *155*, 156, 161, *166*
Wolff-Metternich, Gisbert Graf; [25], *1*
Wolzogen, Ernst von (1855–1934); Schriftsteller, ab 1882 Verlagsred. in Berlin, 1893–99 in München, begr. 1901 in Berlin das «Überbrettl»; [70], 40
- ‹Der Dichter in Dollarica›; [70], *40*
- ‹Was Onkel Oskar mit seiner Schwiegermutter in Amerika passierte›; [70], *40*
Wulffen, Erich (1862–1936); Jurist und Schriftsteller; [143], 58, *58*

Yorck, Hans David Ludwig von (1759–1830); seit 1814 Graf von Wartenburg, preuß. General, Befehlshaber des preuß. Korps im russ. Feldzug Napoleons, leitete 1812 mit der Konvention von Tauroggen (Neutralitätsvertrag zwischen Preußen und Rußland) eigenmächtig den Frontwechsel der preuß. Truppen ein; [114], 12

Zedlitz und Neukirch, Oktavio Freiherr von (1840–1919); freikonserv. Politiker, 1876 im preuß. Handelsministerium,

1899 Präs. der Seehandlung, 1871–74 MdR, 1877–1918 Mitgl. des preuß. Abgeordnetenhauses; [36], *0*, 20
Zeppelin, Ferdinand Graf von (1838–1917); Offizier und Luftschiffbauer; [77], 13
Zetkin, Clara (1857–1933); Politikerin (SPD, 1917–19 USPD, 1919–33 KPD), Mitbegr. der Spartakus-Gruppe, 1920–33 MdR; [8], *0*
Zille, Heinrich (1858–1929); Zeichner; [1], 9; [122], *54*
Zola, Émile (1840–1902); frz. Schriftsteller; [3], 20, *20*; [194], 7; [195], 56, 63
- ‹Arbeit›; [3], *20*
- ‹Germinal›; [195], *(55)*, 55f
- ‹Nana›; [3], 20

Alphabetisches Titelverzeichnis / Verschollener Text

Die Nummern der Texte in diesem Band sind in eckige Klammern hinter die Titel gesetzt

Aber nein –! [43]
Abzug! [220]
Als Vagabund um die Erde [42]
Alte Verse [211]
Altes Theaterglas [213]
Amerika heute und morgen [70]
An Arno Holz [105]
Auftakt [148]
Aus den Tagen von Sedan [16]
Aus den Tagen von Sedan [17]
Aus einem frankfurter Brief [106]

Bassermann der Operette [130]
Bayreuth [94]
«Bei die Hitze –» [10]
Berliner Cabarets [84]
Berliner Konzertsaison [146]
Berliner Nachtkultur [61]
Bitte an Hülsen [129]
Blumentag [6]
Brief an einen Plakatmaler [87]
Bums! [27]
Büchner [189]
Bühnenluft [219]
Bürger-Solidarität [145]
Burschen heraus! [68]

Cabaret [199]
Caruso [13]
Coda [142]
Coletti [102]

Das Barreau [197]
Das beklebte Plakat [175]

Das herrliche Tiefdruckverfahren [123]
Das Herz von Preußen [4]
Das neue Drama von Gerhart Hauptmann [19]
Das Opfer [41]
Das Paradigma [172]
Das Recht in Goethes Faust [143]
Das Schaubühnchen [210]
Das Theaterkind [154]
Dem siebzigjährigen Mosse [113]
Der alte Pagay [203]
Der Atlantisfilm [226]
Der Berliner Busch [205]
Der Bühnenmaler [152]
Der Bürgergeneral [101]
Der Dreischichtedichter [107]
Der Eine [93]
Der Gerichtsdiener [192]
Der Hehlerstehlerkrakehler [36]
Der Held von Zabern [215]
Der Hofmeister [134]
Der Kontrollierte [166]
Der Kopfarbeiter [56]
Der lange Clown [163]
Der Mann mit der grünen Maske [127]
Der Nachwuchs [76]
Der Papagei [124]
Der Papagei [174]
Der Parademarsch im Kino [214]
Der selige Alexander [116]
Der Teller-Philosoph [169]
Der Theaterzettel [83]
Der ungeschriebene Roman [30]
Der Varieté-Staatsmann [160]
Der Vogelladen [97]
Der weiße Rappe [99]
Der Zeitsparer [171]
Der Zweijährig-Unfreiwillige [225]
Die ägyptische Königstochter [150]
Die beiden Brüder H. [73]
«Dienstlich» [180]

Die diskreditierte Literatur [218]
Die Familie [182]
Die Festrede [62]
Die Girls [185]
Die gute Tante [32]
Die Jahrmarktszeitung [179]
Die Kartoffeln [136]
Die Literatur im Kastanienwäldchen [34]
Die Mark Brandenburg in Farbenphotographie [29]
Die moderne politische Satire in der Literatur [38]
Die Musik kommt [183]
Die patriotische Synagoge [60]
Die Pensionierten [64]
Die Réjane in der Reichenbergerstraße [140]
Die Romantik des Geschmacklosen [138]
Die Schildkröte Kamilla oder was soll das alles [193]
Die Schlächter [69]
Die schöne Schutzmannsfrau [229]
Die Sorma [104]
Die Stimme der Höflich [164]
Die Stimme des Blutes [51]
Die tausend Blumentöpfe [159]
Die Theaterkritik, wie sie sein soll [80]
Die Wand [58]
Die zärtlichen Verwandten [200]
Doping [52]
Drei neue Bücher [75]
Duo / Eine Selbstanzeige [71]

Ein Brief [117]
Ein Neuer [39]
Ellen Richter [222]
Er auch! [111]
Erich Walter [198]
Erotische Films [157]
Exls Tirolerbühne [92]
Extrazug nach Nizza [88]

Fauste! Fauste! [186]
Film [40]

Filmschau [195]
Filmschau [223]

Gips [128]
Gleichzeitigkeit [55]
Großstadt-Weihnachten [228]
Gussy Holl [133]

Haasenbraten [50]
Hans Junkermann [168]
Harun-al-Raschid [48]
Herbert der Cinese [153]
Herrn von Hülsen [91]
Herrnfeldtheater: «Eine feine Familie» [181]
Herzliches Beileid! – [14]
Hinrichtung [22]
Hochherrschaftliche Wohnungen [103]
Holzapfel und Schlehwein [217]

Illustrierte Klassiker des Deutschen Theaters [81]
Impressionistische Kritik [115]
Intimer Dialog [98]
In Zivil [53]

Juristentag in Wien [66]

Kabarett-Rückblick [135]
Kindertheater. Eine Kindheitserinnerung [132]
Kino [78]
Kino [139]
Kinomüdigkeit [110]
Kinomüdigkeit [121]
K.-K. [122]
Kleine Vorrede [170]
Kleines Gespräch mit unerwartetem Ausgang [37]
Kölner Karneval [59]
Kriegshetzer [26]
Kritik [125]
Kritik des Parketts [187]
Kunst und Kaufmann [131*]
Kunst und Zensur [3]

Landtagswahl [118]
Laster und Liebe [227]
Leo Bakst [89]
Leonce und Lena [137]
Lieber ‹Vorwärts›! [23]
Logik [63]
Lokales [65*]

Märchen [1]
Marionetten der Mode [162]
Massary [207]
Max Ulysses Pallenberg [188]
Mecklenburg [9]
Mehr Photographien! [47]
Menschen [194]
Metropoltheater [95]
Meyrink Englisch [12]
Mit Roda [100]
Moritz Napoleon [144]
Moritz und Max [212]
Musiklärm [46]
Mynheer Felix [167]

Na also –! [54]
Nach den Wahlen [20]
Nachruf und Aufruf [44]
Neue Bücher (mit Waschzetteln) [49]
Notschrei [184]

Operettenmusik [201]
Ouvertüre [74]

Pallenberg [79]
Palmström der Vermehrte [158]
Parkett [151]
Paul Schlenther [112*]
Peccavi [204]
Polizei und Gericht [25]
Preußische Justiz [5]
Pst! [7]

Redaktionssitzung [85]
Referendarexamen [57]
Rheinsberg. Ein Bilderbuch für Verliebte [72]
Rotundenzensur in Königsberg [24]
Rührung [35]

Säcksche Festspiele [114]
Saisonbeschluß [120]
Salut au monde! [216]
Schall und Rauch [208]
Schieber! [109]
Schöner Herbst [206]
Schreie auf dem Boulevard [141]
Sehnsucht nach der Bakerstreet [178]
Sexuelle Aufklärung [196]
Sieben tolle Tage [155]
Siegfried Jacobsohn [176]
Sie lächelt wieder! [230]
Sommerliches Berlin [149]
Spiele nicht mit Schießgewehr! [11]
Stephan Krotowski [77]
Stirbt die Kunst? [8]
Streikjustiz [33]

Toto [96]

Unterhaltungsliteratur [126]

Verbotene Films [177]
Vergeßlichkeit [21]
Von dem Manne, der keine Zeitungen mehr las [173]
Vorsätze [2]

Warten im Speisehaus [31]
Wedekind in Berlin [45]
Wen hat er gemeint? [67]
Wenn Ibsen wiederkäme ... [147]
Wer in der Wilhelmstraße singt [18]
Wie hätte Bülow ... [221]
Wie liest man einen Parlamentsbericht? [28]

Wie sie starben … [156]
Wintergarten [90]
Wintergarten [108]
Wintergarten [119]
Wintergarten [161]
Wintergarten [165]
Wintergarten [191]
Wintergarten [209]
Wintergarten und Lichtspiele [224]
Wir [82]
Wo waren Sie Samstag Nachmittag? [202]

Zahlende Literatur [15]
Zarathustra und Appelschnut [190]
Zur Psychologie des Theaterpublikums [86]

Übersetzung
Zwei Späße / von Henri Rochefort [231]

Ungesicherte Texte
Berlin amüsiert sich! [243*]
Das Kolonialdenkmal [237*]
Der alte Fahrer [242*]
Der Dichter der «Weber» bei Ullstein und Mosse [232*]
[Einleitung zu] Der imaginäre Brand von Leonid Andrejew [239*]
[Einleitung zu] Kulturfaktor Film [238*]
Feste Justav, Deutschlands Eiche! [236*]
«Geistreich» [234*]
Gottbegnadeter Kitsch [241*]
Justizirrtümer [235*]
Kasernenhygiene [240*]
Pégoud ist abgestürzt! [244*]
«Vollmenschen» [233*]

Verschollener Text

Der Mann mit dem Säbelhieb

Chronologisches Titelverzeichnis / Inhalt

1 Märchen
2 Vorsätze
3 Kunst und Zensur
4 Das Herz von Preußen
5 Preußische Justiz
6 Blumentag
7 Pst!
8 Stirbt die Kunst?
9 Mecklenburg
10 «Bei die Hitze –»
11 Spiele nicht mit Schießgewehr!
12 Meyrink Englisch
13 Caruso
14 Herzliches Beileid! –
15 Zahlende Literatur
16 Aus den Tagen von Sedan
17 Aus den Tagen von Sedan
18 Wer in der Wilhelmstraße singt
19 Das neue Drama von Gerhart Hauptmann
20 Nach den Wahlen
21 Vergeßlichkeit
22 Hinrichtung
23 Lieber ‹Vorwärts›!
24 Rotundenzensur in Königsberg
25 Polizei und Gericht
26 Kriegshetzer
27 Bums!
28 Wie liest man einen Parlamentsbericht?
29 Die Mark Brandenburg in Farbenphotographie
30 Der ungeschriebene Roman
31 Warten im Speisehaus
32 Die gute Tante
33 Streikjustiz
34 Die Literatur im Kastanienwäldchen
35 Rührung
36 Der Hehlerstehlerkrakehler
37 Kleines Gespräch mit unerwartetem Ausgang
38 Die moderne politische Satire in der Literatur
39 Ein Neuer
40 Film
41 Das Opfer
42 Als Vagabund um die Erde
43 Aber nein –!
44 Nachruf und Aufruf
45 Wedekind in Berlin
46 Musiklärm
47 Mehr Photographien!
48 Harun-al-Raschid
49 Neue Bücher (mit Waschzetteln)
50 Haasenbraten
51 Die Stimme des Blutes
52 Doping
53 In Zivil
54 Na also –!
55 Gleichzeitigkeit
56 Der Kopfarbeiter
57 Referendarexamen
58 Die Wand
59 Kölner Karneval
60 Die patriotische Synagoge
61 Berliner Nachtkultur
62 Die Festrede
63 Logik
64 Die Pensionierten

65* Lokales
66 Juristentag in Wien
67 Wen hat er gemeint?
68 Burschen heraus!
69 Die Schlächter
70 Amerika heute und morgen
71 Duo / Eine Selbstanzeige
72 Rheinsberg. Ein Bilderbuch für Verliebte
73 Die beiden Brüder H.
74 Ouvertüre
75 Drei neue Bücher
76 Der Nachwuchs
77 Stephan Krotowski
78 Kino
79 Pallenberg
80 Die Theaterkritik, wie sie sein soll
81 Illustrierte Klassiker des Deutschen Theaters
82 Wir
83 Der Theaterzettel
84 Berliner Cabarets
85 Redaktionssitzung
86 Zur Psychologie des Theaterpublikums
87 Brief an einen Plakatmaler
88 Extrazug nach Nizza
89 Leo Bakst
90 Wintergarten
91 Herrn von Hülsen
92 Exls Tirolerbühne
93 Der Eine
94 Bayreuth
95 Metropoltheater
96 Toto
97 Der Vogelladen
98 Intimer Dialog
99 Der weiße Rappe
100 Mit Roda
101 Der Bürgergeneral
102 Coletti
103 Hochherrschaftliche Wohnungen
104 Die Sorma
105 An Arno Holz
106 Aus einem frankfurter Brief
107 Der Dreischichtedichter
108 Wintergarten
109 Schieber!
110 Kinomüdigkeit
111 Er auch!
112* Paul Schlenther
113 Dem siebzigjährigen Mosse
114 Säcksche Festspiele
115 Impressionistische Kritik
116 Der selige Alexander
117 Ein Brief
118 Landtagswahl
119 Wintergarten
120 Saisonbeschluß
121 Kinomüdigkeit
122 K.-K.
123 Das herrliche Tiefdruckverfahren
124 Der Papagei
125 Kritik
126 Unterhaltungsliteratur
127 Der Mann mit der grünen Maske
128 Gips
129 Bitte an Hülsen
130 Bassermann der Operette
131* Kunst und Kaufmann
132 Kindertheater. Eine Kindheitserinnerung
133 Gussy Holl
134 Der Hofmeister
135 Kabarett-Rückblick
136 Die Kartoffeln

137 Leonce und Lena
138 Die Romantik des Geschmacklosen
139 Kino
140 Die Réjane in der Reichenbergerstraße
141 Schreie auf dem Boulevard
142 Coda
143 Das Recht in Goethes Faust
144 Moritz Napoleon
145 Bürger-Solidarität
146 Berliner Konzertsaison
147 Wenn Ibsen wiederkäme …
148 Auftakt
149 Sommerliches Berlin
150 Die ägyptische Königstochter
151 Parkett
152 Der Bühnenmaler
153 Herbert der Cinese
154 Das Theaterkind
155 Sieben tolle Tage
156 Wie sie starben …
157 Erotische Films
158 Palmström der Vermehrte
159 Die tausend Blumentöpfe
160 Der Varieté-Staatsmann
161 Wintergarten
162 Marionetten der Mode
163 Der lange Clown
164 Die Stimme der Höflich
165 Wintergarten
166 Der Kontrollierte
167 Mynheer Felix
168 Hans Junkermann
169 Der Teller-Philosoph
170 Kleine Vorrede
171 Der Zeitsparer
172 Das Paradigma
173 Von dem Manne, der keine Zeitungen mehr las
174 Der Papagei
175 Das beklebte Plakat
176 Siegfried Jacobsohn
177 Verbotene Films
178 Sehnsucht nach der Bakerstreet
179 Die Jahrmarktszeitung
180 «Dienstlich»
181 Herrnfeldtheater: «Eine feine Familie»
182 Die Familie
183 Die Musik kommt
184 Notschrei
185 Die Girls
186 Fauste! Fauste!
187 Kritik des Parketts
188 Max Ulysses Pallenberg
189 Büchner
190 Zarathustra und Appelschnut
191 Wintergarten
192 Der Gerichtsdiener
193 Die Schildkröte Kamilla oder was soll das alles
194 Menschen
195 Filmschau
196 Sexuelle Aufklärung
197 Das Barreau
198 Erich Walter
199 Cabaret
200 Die zärtlichen Verwandten
201 Operettenmusik
202 Wo waren Sie Samstag Nachmittag?
203 Der alte Pagay
204 Peccavi
205 Der Berliner Busch
206 Schöner Herbst

207 Massary
208 Schall und Rauch
209 Wintergarten
210 Das Schaubühnchen
211 Alte Verse
212 Moritz und Max
213 Altes Theaterglas
214 Der Parademarsch im Kino
215 Der Held von Zabern
216 Salut au monde!
217 Holzapfel und Schlehwein
218 Die diskreditierte Literatur
219 Bühnenluft
220 Abzug!
221 Wie hätte Bülow …
222 Ellen Richter
223 Filmschau
224 Wintergarten und Lichtspiele
225 Der Zweijährig-Unfreiwillige
226 Der Atlantisfilm
227 Laster und Liebe
228 Großstadt-Weihnachten
229 Die schöne Schutzmannsfrau
230 Sie lächelt wieder!

Übersetzung

231 Zwei Späße / von Henri Rochefort

Ungesicherte Texte

232* Der Dichter der «Weber» bei Ullstein und Mosse
233* «Vollmenschen»
234* «Geistreich»
235* Justizirrtümer
236* Feste Justav, Deutschlands Eiche!
237* Das Kolonialdenkmal
238* [Einleitung zu] Kulturfaktor Film
239* [Einleitung zu] Der imaginäre Brand von Leonid Andrejew
240* Kasernenhygiene
241* Gottbegnadeter Kitsch
242* Der alte Fahrer
243* Berlin amüsiert sich!
244* Pégoud ist abgestürzt!

Verschollener Text

Der Mann mit dem Säbelhieb

Editionsplan

Band	Inhalt	vorgesehener Erscheinungstermin
1	Texte 1907–1913	*1997*
2	Texte 1914–1918	*2000*
3	Texte 1919	*1999*
4	Texte 1920	*1996*
5	Texte 1921/22	*1998*
6	Texte 1923/24	*1999*
7	Texte 1925	*2000*
8	Texte 1926	*2001*
9	Texte 1927	*1997*
10	Texte 1928	*2001*
11	Texte 1929	*2002*
12	Deutschland, Deutschland über alles (1929)	*2002*
13	Texte 1930	*2002*
14	Texte 1931	*1998*
15	Texte 1932/1933 Texte aus dem Nachlaß	*2003*
16	Briefe 1911–1918	*2000*
17	Briefe 1919–1924	*2001*
18	Briefe 1925–1927	*1999*
19	Briefe 1928–1932	*1998*
20	Briefe 1933–1934	*1996*
21	Briefe 1935	*1997*
22	Register	*2003*